浔水怀清

——三都大财主的风水传说

韦文德 著

Passion For River Xun:

The Feng Shui Story of a Landlord at Shandu

Wei Wende

美国华忆出版社

Remembering Publishing, LLC. USA

Passion For River Xun:
The Feng Shui Story of a Landlord at Shandu

Wei Wende

ISBN：   978-1-68560-174-4（Print）
          978-1-68560-175-1（Ebook）

Published by Remembering Publishing, LLC
9600 S IH-35, C600
Austin, TX 78748
RememPub@gmail.com

书名：浔水怀清——三都大财主的风水传说
作者：韦文德
封面插图：王培堃

出版：美国华忆出版社　奥斯汀·得克萨斯州
版次：2025 年 6 月第一版，第一次印刷
字数：320 千字

前言

边山石拱锁寒烟，大鹤孤峰耸向天。
白虎雄居庄侧右，青龙戏水绕村前。

"三都大财主的风水传说"故事，在柳府一带流传至今已有一百六十多年。故事的主人公，三都大财主是个真实的历史人物，这从方圆百里之内人所熟知的"一都米，二都女，三都大财主"一首从清朝末年流传至今的民谣中可以得到认证。

故事传说中，由于带有许多神奇玄幻的风水学色彩，不免让人产生怀疑或联想。首先，"风水"学说曾经长期被人们作为封建迷信来认识。因此，以风水传说的形式流传的，关于三都大财主的故事，被人们认为是无稽和荒诞。但是，现存的许多自然现象和历史物证，又都在试图印证着这个故事的真实性：比如边山村的大财主庄园；比如他所出资建造的石拱桥，还有石拱桥南头那惟妙惟肖，外形酷似一条大鱼的奇异的石头；尤其是那石头鱼背上人工凿就的石坑。就是因为那石头鱼背上的这个石坑，恰可见证了风水传说故事的真实存在。因为这个石坑隐藏着一个邪恶的阴谋，扼杀了大财主家的风水神灵，导致了大财主家族财势从鼎盛走向衰落。也正是这个石坑，见证了诡异的魔咒与冥冥之中神灵的角力。

正是因为故事中的神奇和玄幻的色彩，让这个故事得到久久流传。

从石坑引申出江湖隐士的一段预言，不幸在这个故事流传了百年之后一一应验。也因此而更加重了故事中对封建迷信的渲染，几至造成这个故事的彻底湮灭。就连大财主这个真实的历史人物，也曾经在相当长的一段时期里无人提起。尽管三都大财主在他那个年代里，曾经因为富甲一方而得名，但是，由于他个人乃至他的家族，从来没有人涉足过官场，所以，在当年的柳州府马平县，直至当今的柳州市柳江区地方史志中，并无只言片语的文字记载。

笔者幼时，曾经从母亲零零星星的故事讲述中，听到过"三都大财主"这样一个称谓。在母亲的口中，"大财主"是个受人尊崇和赞赏的人物，大概是出于对他的财富的崇拜吧！渐渐长大后，却再也没有听人提到过他。直到改革开放将近30年后的2008年，笔者才从《沧桑岁月——三都•里高拾珍》一书中，看到了韦宣梅先生执笔的"三都大财主轶事"一文。让笔者对三都大财主这个人物的历史，有了较为完整的了解。也激起了笔者的写作兴趣。当年笔者就曾将这个故事整理，作为故事的线索，提供给柳州市电视台摆古栏目。并于其后，将故事整理成"三都大财主的风水传说"一文，在网易博客《http://weiwende83142.blog.163.com》上发表。其后又以相同的标题，以"社情信息员"的名义，分为六章连载发表在红豆社区柳柳论坛的《柳江县域》上。但那都是故事的梗概，没有其中的过程情节，旨在向相关媒体传递一个故事的线索。

可喜的是，柳州电视台摆古栏目捕捉到了这个线索，并到三都大财主的家乡边山村，进行了实地采访，制作了摆古节目在电视上播出，影响很好，引起了相关部门的重视。政府拨出了专款，对大财主庄园周边的环境进行了大规模的整治，让大财主庄园的周边环境面貌焕然一新，又让"三都大财主的风水传说"故事发生了让人难以置信地转机。柳江县政府的文化部门也及时地，将现存的清代建筑"大财主庄园"，定义为文物保护单位进行申报保护。得到了群众广泛而热烈地拥护和支持。笔者在感动之余，为了让这些改革开放的成果，得到更加充分地展现，为它注入更多的历史文化内涵，自觉有必要担起这份责任。当然，这个责任并不是非笔者莫属，姑且就当作一个他乡游子，对家乡养育之恩的耿耿情怀，和一个文学爱好者的兴趣之举吧！

把这个传说以故事的形式，辑录成书，以飨读者，是笔者多年来的心愿。期望让更多的人通过这本书，加深对家乡的了解，增进家乡的知名度，为家乡的人民能够在改革开放的大潮中，分享到更多的，时代进步的成果。

本书叙述的这个故事，除了书中的主人公是以三都大财主作为故事的原型，并采用了他的真实姓名，故事中的具体情节，及故事中的相关地点地名，也大都借用了直至当前为止，依然沿用的真实地名称谓。其故事发展的过程情节及其人物，都是笔者通过对坊间传说进行的收集和整理，并加入了虚构的成分，以满足故事的完整性。本书并非史志，笔者只是借用了部分历史事件所处的年代作为故事的时间线，以历史人物和事件作为故事的原型，来讲述故事的文学作品。因此并未过多追求其中具体细节的真实性，因为这本来就是一个传说的故事。至于书中或有个别情节，无意中对历史人物（特别是三都大财主）的后人和邻里造成感情上的困惑或者伤害的，绝非笔者本意，谨此敬祈予以谅解并指正，笔者将酌情进行必要的纠正。

作者
2022 年 10 月 1 日

作者简介

韦文德，1950 年在广西柳江县三都乡屯马屯生，童年到青少年时代在三都街成长。1966 年初中毕业于柳江县三都中学。现为柳州市民。业余文学爱好者，柳州市柳江区作家协会会员。

目录

第一章　风水传说话神奇

一

　　犀牛山下的后河上，有一座古老而斑驳的石拱桥。桥上没有桥槛桥栏，只有一孔半月形的，由一块块边角工整，尺寸精准的方形料石干拱而成的石头桥。这是一座清朝时代的石拱桥。这座桥是犀牛山下，边山村的大财主出资兴建的。

　　这座石拱桥是一个湖南籍姓陈的师傅，带着几个徒弟建造的。据说，工程并没有按照原来规划设计所要求的完成。而只完成了工程的主体，即桥拱部分。至于桥面工程如桥槛、桥栏等桥面设施，以及桥头两边河岸的堤防都没有完成。这座桥让人看起来只有一弯光秃秃的石拱，孑然拱架在河面上。

　　桥南的引桥，是村里人为了通行，自己草草填土砌筑而成。这一带沿河两岸的乡邻，百多年来，就是以这座桥作为这条河上来往的通道。它为当地老百姓的生产生活提供了方便。至今，这座石拱桥经历了一百六十多年的世事沧桑。

　　时下桥面石缝中长着杂草，桥的两面爬满了薜荔藤。显然，它不再是这条河上的唯一交通。但它依然屹立在这条古老的河面上，向人们诉说着它的历史，以及昔日大财主家族的兴衰故事。

　　这一带乡间一直流传着"三都大财主"的风水传说故事。这个故事随着这座石拱桥的诞生而流传下来。这个大财主家族的兴衰，与这座石拱桥息息相关。

　　石拱桥北头直对着犀牛山，但却没有路直通山脚，而是过了桥就是一块傍着河岸的，从桥面下陷五六尺深的鸡蛋形水田拦在桥头，那块田约为一亩方圆，大概因为不是财主家的田地吧。过了桥就只有一条不足两米宽，傍着河岸的田埂小路。沿着这条小路往西，不到百米就是边山村。

　　边山村坐落在犀牛山南麓。村前河流弯绕曲折，河的两岸是阡陌纵横的水田，周边山峰壁立、形状各异，构成了一幅图画般美丽的山水风光。

　　这幅美妙的图画，从风水玄学的角度看，让人觉得玄妙而神奇。到过边山村的风水先生，都对那里的风水啧啧称赞，赞叹冥冥中天地造化的神奇。风水师们都说，这是一卦少见的风水宝地。这一卦奇异玄妙的风水，在冥冥中造就了这个村子的富裕。所以，这个村子才出了一个百里方圆之内知名的大财主。

　　尤其是在大财主家花了巨额资财，大兴土木，建造了一座豪华气派的大庄园之后，向世人宣示了他家的富有，因而赢得了人们给予他"三都大财主"的美誉。但是，财主家族的富有，在财主离世之后，就慢慢地开始衰败而破落了。

二

　　话说在清朝道光年间，韦昇端家族就已经是县内有名的富豪之家了。到了1851年，也就是道光皇帝死后，咸丰皇帝即位的那一年，恰遇洪秀全在广西桂平金田村发动了太平天国农民起义。一时间社会动荡，匪盗频仍，清朝官府自顾无暇，更无力顾及百姓的生命财产安全。

　　韦昇端自幼丧父，他膝下还有两个兄弟，年龄相差两岁上下，一直是靠着他那年纪轻轻就守寡的母亲，既要拉扯养育他们年幼的兄弟三人，又要经营管理着这份偌大的家业。一个守寡的妇道人家，做到这一步，她的艰辛可想而知，她的能耐着实令乡邻钦佩。她总算熬过了20年，长子韦昇端已经长大成人，并于两年前娶了媳妇成了家，眼下看着也快当爹的人了。所以，趁着过年，就把当家的担子交到了韦昇端的手里，自己潜心食斋念佛，安享清福。

　　韦昇端刚从母亲手中接过当家的担子，就遇上了太平天国起义的动荡年头，虽然那太平天国起义没有直接波及马平县境，但是盗匪的祸害总是时有所闻。为了应付这动乱的时局，一则为了预防盗匪之祸，二则也考虑到，他们一家虽然富有，但原来的居所房屋已都陈旧而狭窄，与自己的富豪之家极不相称，也该改造换新了。于是，他决定在祖上发迹的地方，兴建一座功能齐备的大庄园。

　　就在当年，韦昇端待春忙甫过，就到柳府请来了建筑师，到房基地上勘察、丈量，并签了契约，把建庄园的事定了下来。过了中

2

秋节，建筑师就领着一个近百人的建筑工程队进场动工。

工程进行得很顺利，也是上天照应，两年来一直都风调雨顺，到 1853 年年节临近的时候，一座规模宏大，豪华别致的城堡式庄园就竣工落成了。

这一年，恰好又是太平天国在金陵定都的年头。庄园的落成，是韦昇端接手当家后成就的第一件大事。在他和建筑师的密切配合下，工程按部就班地进行着。也是他的运气好，在如此动乱的年头里，却偏是乱不到他这里来，让他的工程得以从头到尾顺顺利利。要说都没有过麻烦那是假的，这么大一个工程，千头万绪，能没有过这样那样的事情？但都给他妥妥当当地解决了，也就没有出现过什么过不去的麻烦。这和他母亲二十多年来对他的言传身教不无关系。

已经落成的大庄园，规模宏大、设计考究，布局合理，外形雄伟而豪华，功能细致而完整。庄园分为东西两院，共有房屋 74 间。其间设有生活区、仓蓄区、牲畜饲养区和营造工区。还配置了安保防卫设施，在庄园东西两院，各建有碉楼一座，楼高数丈，内有 4 层板梯上下。两座碉楼东西对望。东碉位处庄园东南角上，濒临河岸，有院墙依势直达犀牛山腰，依山傍水，易守难攻。西碉位处庄园腹心，和虎山相对，守望着庄园西、南两面。庄园安防如此布局，确有一番文韬武略的气势。

庄园的建成，与周边鬼斧神工的自然地理风貌融为一体，构成一幅意象玄妙而神奇的田园风光。据建造这座庄园的建筑师说，边山村是个藏富的风水格局。

一座规模宏大的庄园一下子在三都一带落成，一时成为方圆百里之内人们争相议论的话题。其中有人羡慕财主家道富足；也有人质疑猜测他家财富的来源。由于建筑师有关风水说词的流传，大多数人开始对边山村的风水越来越感兴趣。随着大庄园的落成，三都大财主的风水故事也开始在三都一带流传开来。

三

财主家的风水传说从建筑师口中说出后，在三都一带便很快流传开来。于是引来了不少风水师，都想来印证一下边山村的风水，来探究这卦风水的奥秘。但是，那些风水师们都是各师各教，经他们各自勘察过后，得出的结论也都各有不同，众说纷纭，莫衷一是。

开始时，这财主听建筑师跟他谈过他们家风水的事，他并不太在意，他不太相信他家的富有和风水有什么关系。以他亲眼所见，那都是他家前人，特别是他母亲起早贪黑，艰辛劳作的结晶。后来听得多了，他也就有点将信将疑了。于是他也想探究一下那风水学说的神奇和奥秘。于是他悄悄派人进山，到屯马弄请一个深谙堪舆学说的本家叔公，前来评析自家的风水。

去请叔公的人一大早就赶到屯马，在村后山腰的密林中，有一处稍显平坦的坡坎上，有两间茅草屋掩隐在古藤缠绕的密林间，屋前有一块方圆不足三丈，由灌木丛环绕围成的小院落，院门口虚掩着一扇柴扉。有两只红冠大白鹅在院中休闲转悠，见有人来，便"哐哐"地叫了两声，并扑腾着翅膀迎到柴扉边来，像是迎候，又似警戒。这时，一个道袍束冠，面容清癯，双目炯炯的老者已立于屋门前。那便是来人要找的叔公。

那叔公已年过七旬，是个隐居山林的得道高士，对堪舆、命理方面的造诣颇深，但他并不以此为业，只是偶尔有人闻其名而专程求教于他时，他还要看人而定，帮不帮忙，要看来人的造化。得到他指点的人才知道，经过他所点评的风水，无不应验。财主之所以称他为叔公，按辈分他就是本家叔公一辈不假。屯马与边山本属同宗，屯马村始祖就是从边山出去的一个分支，至今也不过七八代人的年头而已。财主请叔公来到家中，就把原委向他道出，并嘱咐叔公此事不宜张扬。叔公听了自然懂得他的话中之意。其实，关于边山村的风水，他过去来三都赶圩时，来来往往的经过也不算少，只是走马观花地匆匆浏览而过，并未得以深究，只是认为这是一卦好地理、好风水。但如何好法也未得要领，讲不出个所以然来。这次因为财主家建起了大庄园，别人议论得多了，传到他的耳中，本想自己也来看看。但像他这样的得道之士，既是隐居，也就不便在这种场合过多露脸，更不好偷偷去勘察别人家的风水，以免受人议论。

这一阵子他就算得出，这财主一定会去请他，所以也就耐心地等着。昨天财主在这边决定派人去请他时，他在那边家中就有了心

灵的感应，果不其然今天巳时未到，就听到他那两只灵鹅在门前
"哐哐"地叫了两声，不到一袋烟的工夫，来请他的俩人便到了院
门外。叔公听来人道出原委，便背起他那出门时总要带的行头，跟
着来人就往山外赶来了。

　　到了财主家听财主说了，正待拿起行头出去走走，财主不让，
要他先把饭吃了再说。财主依叔公吩咐，只送来了一些素菜淡饭，
吃了后，对财主说："这个事既然不宜张扬，你们也就不必陪我，
由我自己去走走即可。"财主也是这样想的，就由他一个人去了。

四

　　叔公出了庄，竟自往西走去，他边走边用眼向四周不停地逡巡
着。走到村外西南角的"结台航"，那是一处坟岗，地势稍显平坦，
延展开约有百来亩方圆，缓缓向上连着犀牛山的西南麓，也即犀牛
的头颈处。村背的西北侧矮岭上，一座小巧石壁尖耸挺立，其形状、
大小、高低，与整座山的比例恰到好处，酷似如犀牛鼻端的独角。
整座犀牛山恰如一头俯卧于地上的犀牛，那牛头、牛驼、牛背、牛
腰、牛臀，位置、大小都各得其所，各在其位。甚至于那牛尾下边，
都恰如其分地有一处稍显凹陷的地方，活脱脱地和牛屁股的形状一
模一样。

　　叔公想起坊间传说着的建筑师的话：犀牛山是整个庄园风水版
图的元神所在。是庄园精气神的依托和靠山。经过自己一番勘察，
确如所说，这天工造化得也确实神奇，把庄园后山塑造成一头活灵
活现、极具灵性的犀牛。庄园就坐落在犀牛山南麓，在牛驼下的牛
脖子边。人在犀牛山背上，环顾四周，目光所到之处，云遮雾罩、
浩渺崆濛、群山叠嶂、尖峰耸立。犹如梦幻灵异的人间仙境。

　　庄园南面正前方，遥对着的是都鲁山。都鲁山形貌极像一头公
牛。山的西头缓缓上翘如牛臀；从牛臀向东陡然而隆起的山峰，就
像是牛驼；牛驼东下一丘隆起的山包就是牛头，头前是马路濑。马
路濑水汩汩流淌，源源不断，不枯不竭。那牛正在低头豪饮着清冽
甘甜的马路濑水。犀牛山与都鲁山之间阡陌纵横，两山遥相呼应，
形成一幅双牛练塘的风水意象。"双牛练塘"在风水玄学中，寓含

着五谷丰登、六畜兴旺。就是这一卦"双牛练塘"的风水，造就了富甲一方的大财主。

叔公从村西返回到村子正前方，朝右前方看去，是一座险峻挺拔的高峰，犹如一条直竖的虎尾，直指苍穹。每当阴天。那峰尖处薄暮冥冥，云雾缭绕，幽暗朦胧，就像在空阔浩渺的天幕上描霞涂雾、泼墨走笔一般。秋冬时节，北风吹过，落叶纷飞，阵阵风鸣犹如虎啸之声；那直指苍穹的峰尖，犹如怒竖的虎尾在逞威作势。峰下东头是一丘低矮浑圆的小山包，状如一尊俯伏于地的虎头。山包顶上，左右对称，有两礅兀立的小石丫，形状、高低、大小一致，形似两只清晰可辨的虎耳；那虎耳下的额头，有两处稍显凹陷的地方，正好葬有两卦坟茔，让人对面看去，像两只圆睁瞪视的虎眼，隐约闪烁着幽光。这山峰也就依形而得名，被人们叫作虎山。从村前西望虎山，整座山峰犹如一只躬伏、翘尾、竖耳、怒目，蓄势待发的猛虎。

五

龙泉濑位于板朝村中，一股清澈的濑水，从葱郁繁茂的竹木林荫下的石缝中汩汩而出，从那嶙峋的石峡间淙淙而过，流过河坝，流经拉雅村前，蜿蜒东下。河水流到虎山东南麓时，河面渐显宽阔，汇成一汪平潭。潭东、南两面都是天然的石岸，壁立如人工筑就的拦河大坝，硬生生地逼着水流改向北去，漫上浅滩。浅滩中石塄突兀丛生，那碧绿清澈的流水从石塄丛间漫流而过。浅滩宽而不长，滩面凹凸不平，长满了青苔、水草和灌木丛。水流潺潺，时深时浅，时缓时急。滩中有几丛凸起的石丘，把漫流的水汇聚成几股湍急的溪流，从石丘间形成的几道峡涧中流过。到得村前约 300 来米处的滩沿，河床陡降，原来缓缓流淌的河水突然形成下落之势，似涧似瀑，淙淙流泻，注入一条 U 型弯转的河道，西去东回，绕了 180 度又回到村前，汇聚成一汪方圆 2 亩来宽的水潭，潭中水势盘旋徘徊，清澈见底，碧绿晶莹，游鱼可见。

除了汛期水流暴涨外，在无风无雨的夜晚，那一汪清潭水平如镜；每至更深夜静，一弯明月倒映于潭中水底，那清潭更像一盘翡翠碧玉般晶莹、剔透、幽蓝。身临其境，犹如置身于水晶宫殿一般，闪烁幽幻。因此被人们称为"月光潭"。

河水在潭中经过一番往返回还，沿着村前的河道，平静地流向村东，在村东的河口处，有一尊形似鲤鱼的奇石，那石鱼一半沉溺于水中，一半浮露于水面，横亘在月光潭的出口处，挡住潭水的外泄，保持着月光潭水的深度，维持着水面的平静，以及潭水的清澈和幽蓝。外流的潭水，只有从那石鱼头、尾两处形成的河口东流，到犀牛山东南麓，从田野间沿着三都街背，向大河街方向流去。这里又是一处聚财的风水意象，它阻挡了财气的外泄。这是一幅富聚财源的风水意象。

从边山村到大河街这段河流，被三都街人称为"后河"。河道迤逦东下，到了大河街背一座突兀耸立的孤峰前戛然而止。远看，那孤峰在周边群山的簇拥下，尤其显得鹤立鸡群，特立独行，鹤山因势得名，也就成了这后河的河头。鹤山南麓的古圩市也随之得名为"大鹤街"。后来人们为了便于书写和记忆，就习惯地把"鹤"以"河"而代之，所以，后人就都以"大河"称谓了。图9（后河龙头——鹤山）

后河流到鹤山西麓，被鹤山挡住了去路，人们又在这里筑起了一座拦河坝，建起了一座水碾，把河流逼成几股水头，从几块天然巨型石板架就的"伏龙桥"下，经几丛石峡间涌流而过，折向鹤山北麓，汇入大沙河东去。伏龙桥就像是一条锁链，锁住了鹤山——后河这条青龙的龙头。鹤山、后河、月光潭连起来，在犀牛山上看，就成了一条昂头摆尾的大青龙。鹤山为龙头，后河是龙身，那龙尾就在庄园前面的月光潭中甩摆嬉戏。

后河连缀着虎山与鹤山，相互组构成了青龙白虎的格局，维护着这庄园的财富和威严。

六

叔公在村前由东向西，又由西向东细细的端详了几遍，走了几个来回，心中已是了然于胸。他想把这卦风水全貌看得更完整些，就决定到庄后犀牛山腰背上去走一趟，登高望远，奈何这番年岁，

7

山上又没有路，腿脚也实在不堪攀爬，爬到了半山腰，已是大汗淋漓，想起财主的吩咐，最终还是不得不勉为其难地爬到了山顶——"犀牛"腰背上。待他在石头上坐下歇了一阵缓过气来，便起身注目四望，一幅完整的风水图画就展现在他的眼前。

三都风水确是天工造化得神奇。在众山环绕之中，溪涧河流纵横交错，泉漾池塘棋布星罗，河道上的拦水坝一个接着一个，一座座水碾依坝滨水而立。三都境内田园肥美、水源丰富，一派富庶景象。依山为形，以水成势。但凡风水，光有山没有水成不了气势。在风水学中，常是以山为基为神，以水为气为财。他的财气，让边山村周边的水流渠网体现得淋漓尽致。

在三都的水系中，除了发源自板朝村的龙泉漾流经拉雅、边山到大河街的后河外，还有一条发源于十里外的盘龙村境内，流经板朝村前，顺着三都街南而过的"纳湾"河。纳湾河虽流经板朝村，并没有和龙泉漾水汇合，而是各走各的道，分从三都街南北两侧比肩齐头东向。纳湾河沿着街南从稻田间缓缓而过，龙泉漾水绕过街北曲折回还、依依东下。纳湾河在未到三都街前的河段，流经之处，都各有名称。到了三都街这段，才开始被三都街人冠以"纳湾河"这颇有些洋味儿的，半官半壮的称谓。按壮话"纳湾"的意思是"挖成的田"，河两岸都是连片肥沃的水田。

纳湾河傍着都鲁山脚，流过三都街旁一座老水碾房的拦河坝后，分成两支水流，一支绕过街东，向大河街前的七星坝流去。另一支注入街南田峒中的一个消水潭，叫作"拦龙潭"。注入拦龙潭后的这股水流，经过一段神秘的地下河道，潜流到距拦龙潭东面 500 多米的田峒中，从一处乱石岗中涌流而出。在乱石岗中形成一处面积数十亩宽，从未枯竭过的沼泽水泊。所以人们也无法知道那漾口到底在何处。前人就在这处水泊之处筑起拦河坝，又建起了一座水碾。在三都街境内短短的河段上，就有了两座水碾。流经这座水碾的水，也向大河街前的七星坝流去，与纳湾河分而复合，汇流东下。

发源于都鲁山东麓的马路漾，是三都最有名的地下水源之一。马路漾水质清澈，冬暖夏凉。漾口在都鲁山下田中，水是从石缝中渗涌而出，看不见泉眼，只看到漾池水面微微皱起波纹，水势稳定，秋冬从不枯竭，春夏涝雨时节也从来不见水涨成灾。漾水汇成溪流，从池中流出十多米后，分成两股，一股向北汇入纳湾河老水碾拦河坝内；另一股形成一条小溪向东流去。濮水所到之处无不是保水良田，马路濮水灌溉着盾牌山周边，拉寨村前的大片良田，然后绕过拉寨村前，折向北去，到七星坝下与纳湾河汇流。三都境内所有河道，最后都在里贡村汇入大沙河，注入溶洞，通过地下河流出三都，进入邻乡二都境内的白露河。白露河再下去就是一都、拉堡，最后汇入柳江。三都水系是马平县境内的主要水源。三都所有的河流溪涧，都属于大沙河水系的支流，但大沙河却并不在这卦风水的版图之内。

纳湾河一路向东而流，河上一座河坝接着一座河坝。有坝的地方就有水碾，真可谓星罗棋布。拦河坝是三都历史上，前人留下的水利工程。既可防治水灾，又可调节灌溉农田。水碾是三都的前人在生产生活中对水利的应用，是一个很有经济价值，一劳永逸，百世受益的科学举措、生财之道。

在犀牛山上，朝东、南、西、北放眼远眺，一幅完整的三都山水图画呈现在叔公的眼前。在春夏之交，河水暴涨，稻田泛绿之时，在五山环抱之中的广阔田野一片苍翠碧绿，这幅图画就变成了一片茫茫的稻海。纳湾河、后河就像两条青龙在绿海中嬉戏。而三都街就像是那绿波中一艘休闲停泊的画舫，随波起伏、悠悠荡漾。又像是碧海中一颗璀璨的明珠熠熠生辉。在叔公眼里，这是一卦大富大贵的地理风水。

叔公经过这一番勘察，心中已对大财主家的风水有了完整的认识和感悟，便下山向财主回话去了。

第二章　建庄园引出无端恩怨

一

从山上下来，回到庄中，叔公向财主一一道明踏勘所得。财主一面听着，一面频频点头。叔公讲的，竟与当时建筑师建房前所勘察点评的风水如出一辙。

过去人们迷信风水，尤其在建造房屋时，特别讲究。所以，但凡能称得上建筑师的，首先要具备风水堪舆的知识和技能。大财主在着手建造庄园的时候，从柳府请来了素享盛名的建筑师。

话说财主请来的建筑师，跟他揽下了恁大一项工程，心中自然高兴，决心要精心设计，精心施工。他在柳府时，已经听说这财主富甲一方。待他到了三都，就知道这三都大财主的名声并非虚传，心想这个工程马虎不得。同时他也看到，三都是个财主云集的地方，有钱人多。心中就琢磨着：这一带要建房舍、堂馆、庄园的人自然不少，只要能在三都一带竖起招牌，扬名立万，其后定会有揽不尽的工程，也就财源不断了。他自己在心中暗下决心，要把这财主庄园，建成三都一带标志性的建筑。让自己的名声在三都一带家喻户晓。

这个师傅是个建筑方面的饱学之士，是个有经验的建筑师。而风水学说只是建筑学中的一项补助的理论知识，是为建筑事业服务的。他是个诚实的学问人，所以在他心中，时刻谨记着中国传统儒学"知之为知之，不知为不知"的治学之道。他有自知之明：他对财主的一番风水说辞，主要是为了迎合财主在风水习俗观念上的心理需求。且已经是尽己之所学了。况且，这边山村的风水，也确如风水堪舆书上所说的一般，并非牵强附会，而是能够一一对应的。他自己也觉得这样的解说足够圆满的了。从财主所表现的神情来看，显然是对这番解说已经深信不疑，他也就适可而止，避免话多有失，造成画蛇添足的后果。

建筑师是搞建筑的，而风水学知识能帮助师傅在建筑设计和施工过程中，注意或避免一些生活习俗中的宜忌避讳事项，迎合人们在宗教信仰上的心理需求。搞建筑需要注意的，只是一些明面上的事情。而江湖术士则是专以坑蒙拐骗为手段，以牟取不义之财为目的的左道旁门之诡术。所以江湖术士总要比建筑师多一些心眼。高明的术士，他们除了要精通风水命理的真才实学外，往往还要刻意地修炼和掌握一些，常人意想不到的奇门技艺和阴损招式，专门用以讹人整人。

财主听了叔公的叙述，觉得与原来建筑师所勘察得到的结论是一致的。心里也就对自家的风水坚信不疑了。

建筑师与叔公都是地道之人，自然不齿于旁门左道的诡异邪术，所以他们两个人在勘察这卦地理风水时，他们看到的都是明面上的事物，却无缘洞察这边山村风水中暗藏着的天机，也就预料不到之后大财主家因风水所发生的故事。这一切，也许正是冥冥之中命里所注定的吧。

二

话说这财主在边山村建起了恁大的一座庄园，用了几年的时间和精力，也花掉了大量的钱财。庄园的建成，让"三都大财主"的名声在县内广为传播，以至闻名遐迩。

随着大财主声名鹊起的同时，关于财主家族暴富的传言，从原来只在坊间的悄悄议论，逐步演变成几乎是家喻户晓的民间故事传说。再经过一传十，十传百过程的添油加醋，以及言谈间的艺术修饰和加工，让听的人觉得，这大财主家的巨富，乃来自不义之财。但那义与不义，是他祖辈上的事，到了他父子这辈人身上，人们也讲不出他们有哪些不义的劣迹。人们只在心里认同着一个事实，那就是"三都大财主"这顶桂冠，是非他一家莫属的了。

传言说：大约是几代人以前，财主的太爷爷家境一般，且还养成好赌的习性。一天，正值大河圩日，他本意是想去圩上的赌摊玩一把，赢些酒肉钱回来过把嘴瘾。一早起来他就向大河圩赶去。没想到刚过得伏龙桥，走到圩西头，就听到从圩中间传来惊惶的吆喝声，他意识到圩上正在遭受匪劫。

此时他已经走到圩头一个拐角之处，听到圩中间一片慌乱杂沓

11

之声，便立即停下脚步，思忖着如何自处之时，见他立身之处的街边屋角，正好有一堆杂乱堆放的柴火，便慌不择路地往那柴堆下钻去，藏了起来。他刚藏好身，就听到一阵急促的马蹄声，正向他藏身的方向驰驶而来。他禁不住自己的好奇之心，悄悄从柴缝中向圩街中间望去，也就一刹那间，只见一众十来个骑匪已经到了他藏身处前，仓皇地从他藏身的柴堆边驰驶而过。

从匪众的相互吆喝声中，他听得出来，巡检司衙门的官兵已经在沿着圩街，由东向西追剿而来。劫匪们既已得手，也就无意恋栈与官兵缠斗，而只顾各自慌忙奔逃而去。慌乱之中，有一个落单的骑匪，远远地落在匪众后面数丈之遥。那落单的骑匪从他藏身的柴堆边一纵而过时，从马背上，滑落下一件脏污的衣衫，恰好落在柴堆边他的眼前。那蒙面的骑匪只顾逃命，也就顾不得那件不起眼的脏污衣衫，只顾扬长而去。

这一切都让他在柴堆中看得真真切切。他看着众骑匪都已尽数远遁，而后面追赶的巡检衙门的官兵还未见踪影，便壮着胆子，从那柴堆下出来，捡起那件骑匪遗落的衣衫。他当时也并不觉得那是什么值钱的物件，只是一眼看过去，觉得倒还可以穿用。待他捡到手上一看，也不见得与一般衣服有何特别之处，只是仿佛有点儿手沉的感觉，匆忙间也不觉得有什么蹊跷，反正捡得就是财，也算是今天来赶圩的收获吧。来不及细看，见周边也没有其他人，官兵也还是听有其声来，未见其人到。心想，今天这圩也是赶不成了，赌摊怕是已经被匪众洗劫过，不会再有人待在那里等着赌钱的，于是，就把那件拾来的衣衫顺手披在身上，自顾朝家走去。

回到家中，从身上脱下那件脏污的衣衫仔细翻看，那是件夹衣，经他仔细一番拿捏，就越来越感觉到有点儿异样。衣衫虽然显得脏污油腻，但是却未发现有破损之处，而且手感也不像一般衣服那么柔软，其中还有些儿硬硬块块的。他禁不住想探个究竟，弄个明白，于是便就手将那衣衫撕开一角。不由他不喜出望外，那衣衫的夹层中，竟是藏着一片片薄薄的，金灿灿的金叶片儿。待他将那衣衫全部拆散开来，夹层里全部都是一样的金叶片儿，足有两三斤重。他满心高兴，自忖是神灵显圣、祖宗保佑，竟然让自己无端的发了如此横财。赶忙将金子找地方藏起，然后到堂屋祖宗牌位前，焚起一把香，心意虔诚、毕恭毕敬地朝着天地神灵、祖宗牌位，连连跪拜，口中念念有词。似乎是在向天地神灵和祖宗牌位在暗暗的许愿承诺。

这些都是传言，这个传言是在大财主的庄园建成后开始流传的。这传言从何而来，谁也讲不清。这个传言的细节因为过于详尽和完整，且生动得就像是大财主家人自己讲出来的一样。财主的家人听了这样的传言，心里不舒服，他们从来也没有人听到过家里长辈提起过有那么一回事，他们都认定了那是个恶意的流言，但又无从知道是谁因为嫉妒他们的富有，而蓄意的捏造、诽谤和诬蔑。但传言讲的是他们祖辈上的事，他们也就不太在意它的真真假假了。况且传说中讲的是捡得黄金，且是从劫匪手中掉落的，也就不是什么伤天害理、见不得人的事，在道德伦理上无可指斥，也就只好听之任之，无须刻意地去否认或解释。

三

财主年幼丧父，这个家一直是他母亲执掌着，当他从母亲手中接过掌家的大权时，才二十来岁，正值青春盛年，风华正茂。他掌家后，为这个家做的第一件事情，就是成功地主持建造了这座豪华气派的大庄园，可见他的能耐还是非同一般的。这一点在地方上普遍得到了乡亲父老们的认可和称赞。

他在主持建造庄园的过程中，又学到了很多的知识，特别是在与建筑师傅的接触中，又懂得了不少关于风水的知识。他的心里认同了风水的学说，他认为他们家的富有，除了祖辈的勤劳和智慧以外，那就是得益于他们家占有了这得天独厚的地理风水，得到了上天神灵的庇佑和惠泽。所以当他听到了那个有损他家声誉的流言后，他就在心里想：有人在故意的贬损他们家祖先。就算是有过捡得黄金的事，且是从劫匪手中捡得，那也不是什么缺德的事，只能说是自家祖上积的德，才能享有这般好运气，这是上天赐予的。这便是风水的缘故吧。人说苍天有眼，冥冥之中人在做天在看，这天地间的是非善恶归根到底，都是有报应的，所以为人做事总要讲究个良心道德，总要顺应天意。如果是违逆了天意人性，即使再好的风水，它也会转化，太阳不会总是照着你一家。于是，他在迷信风水的同

13

时，也时时在心中怀着天地良心，检点约束自己的行为，不让乡间邻里因为自己富有而心生嫉妒，积怨成仇。

那时，人们都信风水，而且财主家风水的神奇，那是明摆着的，有眼睛都可以看得见，不由人们不信。他为了让那有损于他们家声誉的传言不再泛滥。他常常在稍有闲暇时，就到圩上去，故意找人多的地方待上一阵子，听听人们相互的调侃和吹牛，也希望有人会问起关于他们家风水的事情，让他有机会澄清一下那个传言的荒谬。

也正因为他常到圩上去，而知道圩街中间一家粉摊的烧鸭粉好吃，而且那家的生意也特别好，时时都顾客盈门，最适合各种信息的传播。所以，只要他一上街，就必定到那家粉摊上吃一碗烧鸭粉，或者喝一二两米酒，顺便也和邻里乡亲拉拉家常，套套近乎，尽量地与人为善。

他担心由于自己的富有会让人生妒而处处小心为人，但他万万没有想到，却偏偏就有对他们家的富有不服气的人，这个人一直在暗中和他们较着力使着劲，而这个人却又正是这一家烧鸭粉摊的老板。关于财主家先人捡得黄金的传言，正是从这家老板的口中传出去的。而他在老板家常常遇到人们因为他家的富有而刻意恭维他时，他总是以他家的风水好作为谦词，以否定那个流言的真实性。但是这老板却又不便言说，只得把对他的一肚子怨气隐忍在心里。老板认为这财主是知道了那传言的出处，有意地来挑衅和讥讽他的，就处心积虑地伺机羞辱他一顿泄愤解气。然而财主却一直蒙在鼓里一无所觉。

四

由于三都出了这么一个远近闻名的大财主，三都圩也就随之声名远播，来三都赶圩的生意人也就越来越多，从柳府、象州、武宣、鹿寨、忻城、来宾、柳城、庆远等周边各县来的，甚至于从湖南、贵州、广东、云南等外省，乃至更远的客商都有。成为很有点名气的圩市了。"三都大财主"的名声因三都圩市的繁华而越传越远，三都的圩市也因为有个"三都大财主"而越来越热闹了。一时间，这大财主也在不自觉间有一点沾沾自喜起来了，心安理得地享受着受人尊敬的荣耀滋味。

　　他常常在早上或下午，抽点空闲，到街上粉摊吃碗烫粉，砍点烧鸭，喝几两米酒，和人们闲聊吹牛。但是，他常爱去的这家粉摊的老板，对他的到来并不怎么热情。只是从生意的角度，以对待一般来客一样的礼数，虚与委蛇地与他客套着。尤其见他在用钱时，并不像一般大财主那般出手阔绰。每次来到粉摊边，都是他一个人独来独往，从无朋友或他人相陪，而且每次要的无非是一碗粉，二两酒。最多时，也就是外加些烧鸭、叉烧等下酒菜，心里早就有点儿嫌他小气，再加上还有那么一段宿怨未了，便就瞧不起他。只是碍于生意上的礼数，也就忍着他。特别又见他虽然家财万贯，但穿着打扮依然土里土气，一副典型的乡村土财主模样。又由于他没受过多少教育，识不得几个字，在言谈礼仪上也从不讲究，喝起酒来，乘着酒兴，常常是不拘小节的口沫横飞。言谈话语中，官话都讲不平，总爱三官搭两壮的不讲究语法文雅，特别是在那以官话为尊贵，以壮话为卑俗的文化氛围下，打心眼里对他产生一种鄙视心理。

　　其实，老板内心对财主的厌恶，是来自自己与财主家族间，不好讲出口的，只能自己单方面隐忍心底，而又不能给对方和公众晓得的宿怨。所以，每当财主出现在他的面前，他总想找机会和理由，不冷不热地讲点水话儿，揶揄他几句，但又不敢让情绪表露得太过明白，以免会引起众人的不满。他也想到，人家个个都对他大财主尊敬有加，唯独你一个人对他出言不逊，侮辱怠慢，岂不自取其辱，讨众人嫌，谁还会来和你做生意，来吃你家的粉，看你的脸色？到头来倒影响了自家的生意。

　　由于老板无缘无由地对财主怀恨在心，又不敢公开表露出来，只能忍在心底里的那种滋味实在不好受，也就难免找些机会，在背后传些财主的笑话、丑话，讥讽嘲笑他出出怨气。他经常在背后议论财主说："这个人文不像马卵，武不像棒槌，不过是靠他祖上逢点狗屎运，发点横财暴富起来而已。有什么可得意的？"

　　有这些话传出来，免不了也传到财主耳朵里。这财主有点憨厚，他似乎从不计较，还照样去那里喝酒吃粉。直到有一次，也是因为他正好坐在那老板的正摊上喝酒，那天高兴，就多打了一两酒，多砍了点烧鸭，喝到最后还有一点酒，作一口喝嫌多，分两口喝又嫌少，他也就干脆一口倒完。结果呛得他把嘴里的酒和肉，都从嘴巴里，鼻子眼喷了出来，喷得老板的摊上一片狼藉。这一下给了那老板足够爆发的理由，就趁机狗血淋头的，一巴拉地辱骂讥讽了他一顿，甚至于还嫌不够解气，把那句平常只在背后讲的"文不像马卵，武不像棒槌"的狠毒话，当面指着财主的鼻子就骂了出来。这下就真让这财主受不了了。于是那财主也乘着酒气壮胆，狠狠地回道："我不是马卵，更不是棒槌，倒是你那双眼睛瞪瞪地看人，真的像两个马卵鼓，你那鼻子也真像是根槌衣服的棒槌一样，都那样狠那样毒。以前你背后讲我骂我也就算了，我觉得吃惯了你家的粉，也不计较你，还是照样来光顾你的粉摊，你不领情也就算了，为什么反而非要和我过不去呢？你不乐意我来你这里吃粉，就明说一声，你以为三都街就你这一摊粉？"说完也就忿忿然，跟跄着回家去了。两个人的矛盾从此也就公开化了。

五

　　自从财主在三都街与粉摊老板吵了一架，回到家后，酒也基本醒了。他回想起吵架的事，心里觉得有点后悔。他把事情的前前后后，又重新在心里反复地过了一遍，觉得毕竟是因为自己酒多失礼在先，心中自是有点儿歉然。但他一想起那粉摊老板，竟然在公开场合把他骂得如此狠毒，毕竟是多年的老顾客，实在是一点面子都不给。

　　他在心中思忖着："不说我是三都有名的大财主，就算只是一个穷人，但也是你粉摊上的常客。既不少你的钱，更不是白吃白喝你的，何至于做得如此绝情，就为这么个事就把我骂得分文不值"。他在心里想来想去，总是找不出合乎逻辑的结论来。总觉得那老板好像是和自己有什么前世的旧恨，还是什么时候结下的新仇？在存心要和自己过不去似的。他又沉思一想：这一次只是因为酒多失态，骂骂也就罢了，但平时又没有什么得罪他的地方，为什么还要在背后骂我损我呢？他又想起被粉摊老板骂的那句狠毒话来。那话的意思，明显是谩骂嘲讽我文也不得，武也不得，把人比作马卵，比作棒槌，实在是把人骂得太毒了。每当想起，心中就有一股下不来的气，且越想就越不服气。

财主气归气，却也无可奈何。他只好又回头来想：自己确实文不会赋诗作对，武又不会使枪弄棒。想来想去，他最后还是想给自己找个台阶下，自己忍下这口气算了。但他又一想：这个粉摊老板是个做生意的人，应当懂得和气生财的道理。就算我是什么本事都没有的穷棒子，也不至于把我比作马卵，当作棒槌呀！他越想越感觉到受了莫大的侮辱。他这样反反复复地想着，老觉得总是有一口气郁积在胸中，怎么也吞不下去。晚上睡觉，一眯上眼睛，粉摊老板那恼羞成怒、愤恨的模样，和那令他难忘和刺耳的讥讽辱骂之声，就又萦绕在脑海中。闹得他几天几夜睡不好觉。

他在睡梦中醒来时，心里又不由自主地琢磨着：我家里要什么有什么，为什么一个粉摊老板都看不起我呢？粉摊老板骂他的那句话，总像梦魇一样的，反复在他的眼前出现，挥之不去。他终于归纳出了一个结论，意思就是：自己家里虽然富有，但是，在自己这个家族里，却从来没有哪个子弟进过官场，当过官、掌过权；也从来没有人进过官办的学堂，赶过考，得过功名，有点文才名气的。从武的方面想，自己家族里，也从来没出过一个会舞枪弄棒，在拳脚上出过威名的，在行武中领过兵打过仗的人。

于是，他立志要改变这种状况。从此他就很少再上街去喝闲酒了，而是潜心在家筹划着，把建庄园时，规划用着习武的馆舍腾出来整理好。亲自到柳府请来素有侠客名气的广东拳师，来村中挂牌设馆，让村中子弟习武练拳。把原来规划用于打制农耕器具的锻造作坊应用起来，请来打铁师傅，专事锻制一些刀矛兵器，一来可以作为武馆习武之用，二来，这几年又是太平天国作乱之时，正好可以作为庄园防卫之用。有了这样的想头，那庄园前面的练马场，也就整理好来，作为本村宗族子弟练习弓马骑术之用。

又把原来规划用于让儿童文化启蒙的塾馆，也腾出来，到柳府请来塾师，开馆授课，让村中孩童有个文化启蒙的场所。这样一来，也就把建庄园时，心里设想的配套设施都充分地利用了起来。好一般励精图治的景象，让邻里乡亲们不免议论纷纷。

六

　　粉摊老板一声骂，竟然让财主幡然振作，励志做人，把个家族庄园整顿得风生水起，有声有色。让乡邻百姓刮目相看，交口称赞。

　　话说他从柳府请来的广东拳师，据说是广东佛山方世玉洪门拳派的传人。方世玉及其洪门拳派，在当时的柳府一带乡村武术界中，是很有点名气，真有一番过硬功夫的。财主让师傅把村中的子弟，调教成在柳府一带武林中小有威名。让村中尚武的精神风气，一直流传至后世几代子孙。甚至于到了民国以后，边山村的武术技艺，在三都一带还保持着经久不衰的盛名。这是后话。

　　至于他请回来，给村中儿童进行文化启蒙的塾馆先生，是个秀才出身，有一肚子真才实学的塾师。他很尊重这个先生。他给的师资薪酬也较一般丰厚。所以这先生教授儿童也很用心。连财主本人也跟着先生学得了不少的才学知识。甚至还可以自己写副把对联，吟咏一两首打油诗之类的，多少的攒得点儿文才之气到自己身上。他跟拳师和塾师之间的关系，也非常和谐。有什么事他都喜欢找师傅、先生们商量。尤其是那个塾师先生，每每在他遇到有为难之事时，都乐于帮他出出主意。

　　塾师先生见他为人诚实，从不虚妄张狂，于是就给他出了一个主意，想帮他弄一个官场上的虚衔，以便于他今后在场面上走动。

　　塾师对他讲："以你现在的文才水平，也不用去参加应试，花一点银两，弄个文职衔头在身上，以后不至于总让人欺侮你无知无识，看不起你。也方便你以后在场面上走动。"

　　他问先生："要这虚衔有什么用处？又不是真的当官。"

　　先生说："你有这样一个官授的衔头，到场面上与人交往，也就不至于让人低看了你。再说，你虽然有钱，但是，在三都这一带，因为你无官无职，不是还有人看不起你？在背后骂你、取笑你吗？你有了个衔头，你跟人讲话自己也有底气，才能和你的财主称号相称。"听先生这样一讲，特别又想起被粉摊老板辱骂的事情，就觉得先生的话很有道理，也就接受了先生的建议，并委托先生负责去办这件事情。

　　先生出身秀才，在文场上也有一点知名度，认得一点文职官场上的人，也就应承了下来，答应为他牵头带路。他把一应需要打点的关节梳理好，所需要花费的银两准备好，跟着先生，先是赶到柳府，然后赶到省城桂林。

到了桂林，由先生领着，把先生在桂林有点名气的朋友，都给备办了相应的礼物，一一登门拜访。通过先生把这次来省城的目的，向朋友们说了，都得到了朋友们的一致支持，大家都异口同声地赞扬他为人诚实通达。这样一来，在桂林城的学界当中造成了不小声势。借助于他的仗义疏财，先生在桂林城朋友之间的名气，也一下子声名鹊起。他们用了几天时间，把个广西全省提督学政张为府第外围的关系，全部都打通了，个个都乐意于帮助他达成与张为的关系。那些在张为面前讲得点话的朋友，都乐意和他一起，前去学政府上拜会张为。

那些朋友们和先生一样，他们之所以乐于帮助财主去巴结张为，其实，在这个过程中，一则感动于财主为人慷慨诚实，又知道他是个财大气粗的财主，本身也想巴结他作为财神爷。二来，通过为他搭上张为的关系这过程中，同时也可以借花献佛，用财主的钱财，乘机得以巴结一下张为，为自己日后在官场上有个不期之需时，预为铺垫一条应付各种关节的路子。包括财主的塾师先生，都是抱着这种念头的。所以他们为财主的事，也都是真诚热心的。他们在为财主筹划着如何去拜访张为时，都认为，到张为府上拜访，不宜声势过大，只推举一个名望较高，且有功名在身的，和张为也素有来往，且几如至交的一个朋友刘先生作为引荐，带着财主和先生一起，加上两个从家里带来的随从，共五个人，备办了一份丰硕的厚礼，前往学政张为府上拜访。

到了张为府上，张为见是老朋友刘先生带来的人，基于刘先生的面子，从开始就不敢怠慢。加上和这财主见过面后，感觉这财主不笨不傻，模样儿纯粹是一副农民财主的样子。但却也知书达礼，也不像那些阿谀奉承，居心叵测之辈。谈吐间虽然话语不多，但却有问必答，且句句诚实。特别有感于他仗义疏财、出手大方，送来的礼品，府里上上下下，都打点了个遍。张为打从心里对他产生了好感。待到听他随来的先生道明来意，也就是为了求个功名的虚衔而已。张为听先生把话说完，出于给引荐来的朋友和先生的面子，也就很爽快地应允了给他一个"监生"衔头。"监生"衔头，也就相当于当今的中专文凭一样。不过也只是学界中最低的等级了。这样的衔头，不须经过应试，也不管你是否有真才实学，反正在官场上承认你有这个资格就行。

　　财主见这次的桂林一行，就这样顺风顺水地达到了目的，心中甚为高兴。便毕恭毕敬地拜辞张府回家。从此，财主就有了一个"监生"的名头了。虽然是个虚衔，但也多少给了他一点心理上的满足，至少在那个粉摊老板面前也就多了点底气。而他也因此得以和广西全省提督学政张为成了知交，这才是他最觉得面子而欣慰的事。

第三章　乡邻旧怨酿新仇

一

话说大财主的名声在地方上鹊起的时候，让他着实得意了一阵子。但是，他没想到的是，在他正为此而得意的时候，圩上那个和他吵过架的，一直对他耿耿于怀的粉摊老板，却感到如蚂蚁咬心头似的，说不出口的难受。便时时在心中谋虑着，怎样来和他分个高低、输赢。必欲将他整垮、整死而后快。所以，暗地里已在偷偷地收集着财主的罪名和证据，到县衙门告了他一状。

粉摊老板在状纸中罗列了财主"建造庄园、殿堂；构筑堡垒、兵营，打造兵器；招兵买马，竟日练兵习武，操演兵法；囤积粮草，拉拢官员，暗中与桂平金田村造反的叛匪洪秀全勾结作乱"。状纸递到了县衙。县府收到状纸后，见事关重大，并也知道这三都大财主的名声财势，就不敢接下这状纸，而把案子推到桂林省府衙署去审理。

话说那粉摊老板，为什么竟是如此地对财主耿耿于怀？非要弄到你死我活的地步呢？要说，在他们两家之间，前世无冤近世无仇，且那老板也姓韦，原是拉寨村人。拉寨村本是三都韦氏祖源之地。追根溯源，三都一带的韦氏，本来就是一祖同宗而分枝散叶的同族裔孙，是 200 年内的一家人。总不至于因为吵一次架，就闹到老死不相往来，生死相向的地步吧。其中隐情，只有粉摊老板自己知道。当财主得知自己被那老板告上官府时，却还如蒙在五里雾中，冥思苦想也找不出个缘由来。

至于粉摊老板和财主两人间的恩怨，老板既不能让财主知道，更不能让其他人知道。因为个中缘由，要从他们前三代的祖先说起，而且只是他家族单方面世代传承下来的宿怨，对方根本没有人知道其中的原因。

过去，财主的庄园还没有建起来，从财势上讲，他觉得财主并不比自己强过多少。也只是"拉屎握拳暗使劲"，在心中和财主悄悄地较量着。当"三都大财主"的名声在柳府一带传开之后，他见那些街坊乡邻们，都对财主毕恭毕敬的，开口闭口"大财主"长、"大财主"短地呼着唤着，极尽阿谀奉承之态，就勾起了他心中的妒火。特别是财主一反过去很少来街上吃粉喝酒的习惯，突然地喜欢来街上吃粉，而且还是偏偏的都爱来他家的粉摊吃粉，还不时地格外砍些烧鸭、叉烧，在摊子上喝起酒来。他就觉得，这财主是有意来他面前炫富来了。就更让他食不甘味，睡不安宁。常常让他情不自禁地，在脑海中不断地重复着财主祖先捡得金子的故事。

关于财主祖先捡得金子的故事，是粉摊老板从他爷爷、父亲口中，一代一代传下来的秘密。就像是一门祖传的绝技，只传男不传女，更不得外传。所以，他一直是谨守着这一祖训，牢牢地记在心中。直到财主家建好庄园，成就了"三都大财主"的名声后，他才忍不住，把那个故事掐头去尾地加工了一番，然后悄悄地传扬了出去。

要追究那个故事根源，还得从三都街如何发展成为圩市开始。

话说，一个地方，随着人口的发展，社会经济的逐步繁荣，集市贸易成为生活所必需。圩市是一个地域范围内的经济、文化和政治的中心。有了圩市就方便了人的生活。谁都希望自己生活在圩市当中。拉寨村本来是个大村，是韦氏始祖韦思从东兰来此落脚奠基的祖源之地，本该成为当地的中心。但是，三都巡检衙署却选择在大河街，那些外来的生意人，就都选择集中到官府衙门所在地去，目的就在于容易得到官府的保护。这个中心也就逐渐地在大河街形成了。

外来人原本都是到处漂泊的生意人，或者手艺人，他们居无定所，走到哪里遇有适合于他们长久生存的条件，他们就择地定居下来，与原住民融合杂处，成家立业。他们择地定居，得有几个条件：一要得到原住民的接纳；二是有事可做，生活有保障；三也是很重要的一条，就是宜居的自然环境。环境就是风水。原来的当地人，都是有家有室，有田地祖业，却少有生意人。外来的多是生意人，他们有做买卖的；有行医卖药的；有裁缝制衣的；有弹棉花纳被子的；有补锅补缸等等一类手艺人。这些行当，在当时的社会里，都被看成是三教九流，都是当地人所不愿做的，或者不会做的。有他们的到来，恰好弥补了社会的欠缺，也给他们定居后有了生活的来源保障。他们通过做买卖，做手艺起家置产，慢慢地就和原住民融为一体了。由于大河街人对外来人不排斥，容易接受新生事物，乐意与外来人互相学习，互补有无，人和人之间易于相处。这些条件促成了集市的形成。至于从风水的角度讲，大河街背靠鹤山，有后河自伏龙桥绕经鹤山，而汇入山后的大沙河东流，前有纳湾河汇流集注的七星坝作点缀。有奇山秀水的自然环境，当然是人们所要选择的宜居之地。加之有官府衙门所在，容易汇聚人气，相对于拉寨村，大河街这些条件也就占了天时、地利、人和的优势了。所以，大河街最终发展成圩市，也算是顺其自然的。

二

　　话说大河街成了圩市，做生意的人也就越来越多。有钱人也越来越多了。对这样的结果，老板家的先人心中不爽也是自然。但有风水一说，大多数人也就觉得，一来彼此都是同宗族人；二来既是风水所致，就是天意所归，怨不得人。也就顺其自然地默认了。之前的恩恩怨怨久而久之，也就慢慢淡忘了。但是，粉摊老板的先人，本来在村中是个大户人家，生性好强，只有他对这样的结果难以接受，而耿耿于怀。由于有大河街风水的传言，他就更不服气。他想，大河街风水有哪点比得拉寨村好，无非是他们大河街的那些外来人精明，会做生意。做生意的人多了，就把人气都拉过去了。再则又听传言说，那些外来的人都有些符法，会整些符咒，把人气、财气都揽过那边去了。因此，他也到柳府寻访到一个，据说是法力高深的风水法师。花钱请他到家里来，帮看看风水，想想解法。

　　他请来的法师，据说是个广东佛山来的游方术士，对风水、命理都有一定功底。此人口才好，能言善辩，且善于察言观色、见风使舵，很会迎合人的心理。为获得钱财，他可以信口开河，胡诌乱扯，随意发挥。一般的人，听了他的游说，大都会深信不疑，信以为真。

　　那风水师傅看了拉寨村的风水，又看了大河街的风水，对他说："那大河街的风水，主要在鹤山。那山是个昂起的龙头，威势无比。大河街前面的七星坝，是个招财藏宝之所。水源不断，财势不穷。

23

正好让那威龙临渊得水，是个旺财的风水格局。就连你们村前这条溪水，都是刚到村头，就转头朝着那大河街汇流而去，去为那神龙添财加势。拉寨村背靠盾牌山，所谓的盾牌，则只擅长自守，缺乏进取。你们村中也有一座独山，但山不高，且没有水助，成不了龙。这座山矗立村前，就像是一只护家之犬，和盾牌山相互呼应，一个守、一个护，倒是很好的平安格局，别人欺负不了你们。但却降不了人家大河街那威势在外的格局。"听法师如此说，他也觉得无可奈何。但他还是有点不服气，就问法师："还有没有办法和他们争一个高下？"

法师答道："这风水已成定势，很难挽回。除非能找到他们风水上的死穴，偷偷地破了他们的风水。但是，我看过了，找不出他们的死穴，也就无从下手了。但要想削减他们的财势神力，只有用明的硬的手段。但是那样以后，两村人就会世代成仇了。你们又是一祖同宗的族人，让人知道，以后你们就不得人心了。"听法师说还有用明的手段可以出一口气，他也就不顾及其他了。连忙问道："有什么明的手段？"

法师答说："那样做起来不太好。同时，我教你那样做了，也坏了我的名声，我以后还要在江湖上混的。"

他听了法师所言，犹豫了一下，但最后还是忍不住地追问道："你试讲讲也不妨，如果办法用得，我绝不会漏出话去连累你。而且还会给你一个大红包的酬谢，绝不会亏待于你的。"

见他这样说来，法师暗下思忖，觉得这个人实在是个心胸狭隘、睚眦必报、争强好胜的人，和这样的人打交道，让人有一种畏惧感。心里总要防着他一点才好。但是这个法师本来就是在江湖上混的，无非是想弄些银钱，听到他讲还要给自己红包，却又有点心动起来。心想，我教他一招，得了钱后，我就走人，以后不再来这里就是。机不可失，失不再来，何不赚他一笔是一笔。于是就故弄玄虚地说："那样做就有违我的道规师训了，我要遭报应的。"

他听法师这样讲，起初是有点自愧，但又想想，不妨听他讲出来看看，若是好办，且可以办得到的，就办。若是难办得成的，就当他白讲算了。于是又催法师说："你讲讲看嘛！"

法师见他心切，心里就想，既然如此，不妨教他一招，只要他多给一点酬金方可。就说："我见你如此心切，一定要知道这个办法，倒是可以告诉你。只是告诉了你这个办法后，我的寿源就减了，而且以后报应怎么样还不晓得。我打算告诉你以后，我也就丢开这一行不做，回家去面壁受罚了。"法师这是故弄玄虚，意图让他多给些钱就是。

他也是有心计的人。听话听音，一听法师这样讲，他心中已是明白几分，无非是想多要些钱财罢了！于是心想，办法若真有用，能给我出了这口气，我就多给他一些钱，相当于他一个月的奔波所得，他把意思告诉了法师。法师得了他的许诺，也就什么都不顾了。对他讲出了自己心里想好的招式、方法。

法师说："有一个办法，是轻一点的，可以让他们以后财运受损，财源渐减。而你们的财运就会转好而世代受益。"

听法师说到这里又顿住，就迫不及待地催法师："什么样的办法，快点讲嘛！"

"只要在你们村前开一条渠，你们的目的就可以达成……"法师讲到这里，又把下面的话给顿住了说："算了，我还是不说罢。做这样的事，我真的要短命的。"法师这样一来，却让老板他先人急得坐不住了，禁不住地连连追问，他就是不肯开口。直到向他明白开了价，承了诺，他才肯慢慢地道了出来。

他听法师讲完，就认认真真地记在心里。也不讲自己要怎么做，只是毕恭毕敬地把法师领回家后，不敢不遵守自己的诺言，打点一个丰厚的红包，招呼法师酒足饭饱后，把法师送出村外走了。

三

老板的先人听法师教的那一招，觉得有理。就决定按法师所说的做。到了秋收过后，他把全村人都发动起来，从盾牌山西北山脚起始，沿着山脚由西向东，开了一条水渠，把原来被山脚所阻而折向北去，流向大河街七星坝去的马路濑水，引到拉寨村前的田峒中过，绕过回龙村，流往七星坝的下游汇入纳湾河。这样一来，拉寨村前的所有水田，得到了这股溪水的充分灌溉，成了保水田，粮食连年增产。自此后，村里诸事明显见得比之前都顺利了许多，全村人皆大欢喜。于是他们便更加相信那法师的才学功力。大河街人见他们这样做了，确实让七星坝的水源少了一股，坝内的水量明显是减了不少。坝上的水碾不得不每天少碾了一两槽米。但这事也怪不得他们。大河街人知道，那股马路濆的水毕竟是从拉寨村流过来的，他们在村前修渠引水灌田，也是无可厚非的。这样一来，虽然减了大河街的一点水势财源，但也改变不了大河街的圩市地位，人们还是要去大河街赶圩。每当他看着大河圩日人潮熙攘，依旧如鲠在喉，愤然难平。两村人的芥蒂和误会也越来越深了，什么事都相互算计，相互提防着。

又过几年，他还是心有不甘。心里总是萦绕着那个法师对他说过的，还有一个更毒的办法，就是除非让人们不到大河街去赶圩……。到底是怎样一个办法，法师没有明说，却故意留给他去想象和猜测。他就在心里面猜着：要想使大河街没有人去赶圩，除非……。

过去，大河街已经成为当地人的圩市时，三都街还只是纳湾河畔一片宽阔的田畴。没有房屋没有住户。只是在大河街西头，离伏龙桥 500 来米远的地方，有一座古老的武圣宫庙宇（现在三都小学校所在地）。但是，由于这一片田畴，是周边众多村屯环绕之中心位置。外加拉么、拉滂和马路濆三眼冬暖夏凉，水量充沛的濆水的滋润，南有纳湾河，北有后河环流东下，是百里方圆内少有的保水田。即使是逢着大旱之年，也从未干旱成灾，每年早晚两糙照收不误，产量不减。这片水田在犀牛山、虎山、都鲁山、盾牌山、鹤山等五山环绕之中心，其间的田地，基本上就属于边山村和拉寨村人所有。除靠北边的后河南岸一线，属于边山村人的产业外。而靠南边的纳湾河两岸的部分，是属于拉寨村人的，且绝大部分都是粉摊老板他们家的祖业。到了他太爷爷手上后，才忍痛割爱，开始在这片良田上建起了房屋。他们建的房屋，是以圩街的布局风格，面街骑楼的样式建造的。为了鼓励他人也来这里建房，他宁可将自己名下的田地出让给人家建房。当然那地价可是按照保水田的价算的，当然也亏不了他。人们见这个地方四面环山，溪流纵横，确实是人口聚居的好处所，也就有很多人随他之后，跟他买块地皮，建起了房屋定居下来。慢慢地也就有了集市的基础设施，成了圩市的雏形。

当三都街的建设具有了一定的规模之后不久，粉摊老板的太爷爷也因年老且操劳过度而辞世了。粉摊老板的爷爷承继了他们家族的产业，当起了家。老当家临终时，还有一桩未了的心愿，就和盘嘱托于新当家的。新当家的自然不敢忘了其先父为之死不瞑目的嘱托，立志完成他的遗愿。

在老当家死了三年之后的一个圩日，大河圩遭遇了一场匪劫大案。鹤山下果园里的赌摊赌兴正浓时，从四面八方来的赌客和生意人，被一伙蒙面劫匪洗劫一空。在巡检府衙的官兵即将到来之际，众劫匪骑着马向伏龙桥方向匆匆而逃。确有不少人，看见一个落单的蒙面劫匪，骑着马最后一个从圩中间仓皇逃离，尾追众劫匪而去。至于有没有什么衣物之类的物件从马上跌落，只有那骑匪自己知道。而从劫匪马上跌落下来的物件，是谁人捡得，也无从证实。至于故事流传中，说是财主的先人捡得的那件脏衣物，其中藏有大量黄金的事，恐怕只有传播出那个故事的人，才知道是真是假。

四

大河圩劫案过后，赶圩的人都害怕到大河街赶圩。且见到新建成的三都街圩市设施和布局相对的完善，赶圩的人自然而然地，就自觉聚集到三都街来了。久而久之，三都街也就完全取代了大河街的圩市地位。拉寨村虽然取代不了大河圩，但是后起的三都圩，却是拉寨村人在自己的地盘上牵头兴起的。也算是完成了粉摊老板前人的夙愿了。

到了粉摊老板手上，除了从他父亲手上接过来的田地产业外，还有这个粉摊子的生意。同时，也把那个传了两代人的故事承续了下来。从他爷爷的爷爷那里承续下来的故事，到了他这一代，已经是第五代了。他爷爷传下这个故事，原本的意思只是让他懂得，大河圩的衰败和三都圩形成的历史，意思也是让他承继了三都圩的创始人的荣耀，以及大河圩衰败的秘密。那个秘密就是在当初大河圩的劫案当中。那个最后逃离的劫匪，在逃窜中从马上跌落了一件衣物。这就是全部的秘密。这个秘密揭示了三都圩创始人的历史功绩。但这个功绩却不能公之于众，只能让自己的子孙心中明了。而故事中的后面一节，如财主的先人捡了那件脏衣物，且在衣物中藏有黄金的事情，是他后来见财主建起了大庄园后，且被世人公认为三都大财主时，根据自己的猜想和推测，自由发挥而添加的情节，然后传播出去的。

大河圩的劫案已经过去了几代人，成了历史的悬案。但是故事却在不断地延续着。粉摊老板通过自己的揣测，认定财主家的财富，来源于坐享了他家前人用生命冒险得来的果实。进而认定财主就是他家的世仇宿敌。但又不敢把这个缘由公之于众。一来他没有证据可以证明，是财主的先人捡得那件跌落的物件。二来，他也怕人们追问到，他是怎么知道那个故事的？如果说故事是从他祖上流传下来的，人们就立即会联想到，那个蒙面的骑匪了。如此一来，他家世代的名声就会毁于一旦。他将会成为大河街人，乃至三都一带人的公敌。那是万万使不得的。权衡利弊，只好把这一口气朝着财主一家而发。所以，构陷财主的罪名，将他告上官府，期望官府给财主定个谋反的死罪，也就算遂了自己的心愿，报了自己先人的宿仇。

且说财主被以谋反罪告到桂林，感到莫名其妙。认为是粉摊老板心胸狭窄，只为吵了那么一架，就酿成如此深仇大恨，非要对簿公堂。他无端遭来如此官讼横祸，所谓冰冻三尺，非一日之寒。但他却浑然不知个中隐情和历史的根源。他为了应付官司，带人挑着银两，到桂林出堂应诉。到了桂林，通过他家的塾师先生引路，又拜会了学政张为，请其出面代为斡旋。最后虽然花了不少银两，却也达到了目的，官司胜诉而归。也算是皆大欢喜。

他官司新胜，心中高兴，一来想除除晦气；二来也想挽回自己因陷于官司而损坏的名声；三来也想气气那粉摊的老板，于是又大宴宾客，热闹了一场。而且在宴席间，乘着心情喜悦，当众在乡邻宾客面前宣布：为了乡邻方便，决定在年内，把村边河上原来的木桥改造成石拱桥。财主的这一决定得到乡邻们普遍的拥戴和赞许。

五

话分两头。且说三都街上的街坊邻居，都知道粉摊老板在和财主的官司中败诉了。人们都在他背后纷纷议论说，他去告人家，结果自己倒输了官司。人家和他前世无冤，近世无仇，缘何非要告人家一个死罪？人们都觉得他这个人，心地歹毒。所以也就怕和他这样的人打交道。害怕在无意间得罪了他惹上麻烦。原来爱去他家粉摊吃粉的人，也慢慢地少了，生意自然也就比不上原来那么兴旺了。这种状况他自己心里是明白的，人们的议论他也都或多或少地听在了耳朵里。只觉得心中有一股莫名怨愤，但又讲不出来。官司的败诉，他自觉在街坊邻居面前蚀了面子，而且还白白丢了许多银钱。于是，他对财主更是在心里恨得咬牙切齿。他得知财主为庆祝官司新胜，大宴宾客，就知道是在向自己示威、炫耀。他在心中暗暗发誓："此仇不报非君子"。当财主要建石拱桥的消息传到他耳朵里时，他在脑子里就浮现出他祖上与大河街的那段故事来，他就觉得，要报仇，还得采用祖上那一招来得有效。于是便在心中生出一个计谋来。

第二年夏收刚过，财主就放出话来，要着手建桥了。并准备亲自到柳府去找建桥师傅。粉摊老板很快获得了这个消息，就悄悄赶在财主之前，到柳府找到一个据说道行高深、功夫过硬，专事建造石拱桥的石匠师傅。

老板找到的这个师傅姓陈，是个湖南人。据师傅自己吹嘘说，他的建桥技术是祖传的，在湖南邵阳、邵东、湘乡、湘潭一带所有的石拱桥，都是他家祖上世代先人所造。这门手艺传到他这一代，差不多十代人了，在整个湖南已是久享盛名的。他说，他们经手建的桥，都是不用灰浆干砌而成。他建的每一座桥，都是在设计的时候，就算出需要多少块石头，并且每一块石料都编有号，标注着尺寸。按规定的尺寸，一块一块的加工好，然后选定时辰，把事先准备好的石料按编号，摞在规定的位置，这桥的主体工程就算完成。建桥的过程很有讲究。高明的师傅，事先准备的石头一块不多，一块不少，那桥就算是好彩头，能促使东家运势顺畅隆昌。

建桥师傅还说，他家祖传的技艺，不但精于造桥，而且擅长风水命理，他还胸怀一套驱邪避鬼的法术。若是遇着那些刁钻刻薄、居心不良的人，他可以暗施法术，在不知不觉的情况下，轻则教训一下，重则可以在事后给人留下祸端、更甚者将会家破人亡。师傅说的后面这话一语双关，是一套敲山震虎的策略。既是向人吹嘘自己的能耐，同时也是向人发出了警告，让人家不敢对他存有非分之想，开罪于他。他的用意就是为了抓牢每一桩到了眼前的生意。

听了师傅吹嘘的这些技能手段，正是粉摊老板所需要的。于是，老板就把他与财主之间的恩恩怨怨，添油加醋地向师傅诉说了一遍，并说那个财主就是要建石拱桥的主顾。他对师傅说，如果师傅能有办法治得了那个财主，能给他出了那一口恶气，为他报了憋在心中日久的旧怨新仇，他就可以促成师傅去接下这个财主的建桥工程。师傅可以从工程上大赚财主的一笔工程款，而且，他还会给师傅额外的一笔酬金。师傅听他一说，便完全领会了他的意思，懂得了他的用意和目的。心中暗暗思忖：这个主顾是个难缠的主子，是个不安好心的，存心要害人的人。不过，自己背井离乡，出来江湖上混，不就是为了寻找发财的机会吗？这样一来，自己跟师傅学得的技能不就正好有了用武之地了？知己知彼，懂得他是怎样的人，也就好对付了。眼见有这样一桩可以两头吃的生意，正是瞌睡碰着了枕头，去哪里找？于是在心中拿定了主意，无论如何，都要千方百计把这桩生意接下来。他迅速在心中想好了说辞，但在表面上却装着若有所思，表情凝重地，缓缓地对粉摊老板说："若是要达到你的目的，得首先设法去和那财主把造桥的工程接下来，然后在建桥的过程中，才有机会帮你达到目的"。老板听师傅这样一说，也认为有道理。于是两个人一拍即合，开始着手共同谋划起来。

老板首先向师傅详细介绍了财主各方面的有关情况。包括财主的家庭状况，以及财主个人的性格为人等等。他在介绍中无意间透漏出财主是个憨厚而老实，且还很有些善心，在乡邻里颇有些口碑时，师傅不禁在心中琢磨起来：听这主顾所讲，那个财主还算是个好人吧？他怎么就和人家搞不拢口呢？还搞到要暗算人家的地步？让师傅对老板本人的为人反倒起了不少疑问。不过，虽然他对老板的人品产生了疑问，但是师傅自己也并不是什么善类，而是一个善于察言观色，靠些旁门左道在江湖上混的下九流的角色，凡事只想挖空心思地，只要能多弄些钱就不择手段的人，从来就不考虑对象是什么人，也不去顾忌什么"恶有恶报，善有善报"的江湖道义。所以他也就不屑去和这个老板，追究什么财主的人品和口碑了。一门心思地，只想着如何把这个工程拿下来。他从老板讲的话中坚信，只要能把财主的建桥工程接下来，就能稳赚一笔大钱，更何况老板这里还承诺有一笔额外的酬金。

两个人商量好后，粉摊老板就先离开柳府，回家去了。那师傅便在柳府积极的活动起来。他把自己的名声、招牌，在柳府的建工行内广泛地传播开来。把自己的名声，让那些专以收集商业信息为生的"九八佬"家喻户晓。只要有建桥的顾主到了柳府，他就会第一时间获得消息。并且还会让那些人在那些顾主面前，不遗余力地为他吹嘘一番。并把那些顾主领来见他。用现在的话说，就是让他把柳府这方面的信息都垄断了，只要是有找建桥师傅的顾主到了柳府，就不愁找不到他。

他的计谋严丝合缝，局外人无论如何也不会觉察得到，其中隐藏着一个深远而邪恶的阴谋。

且说老板和师傅的计划已经着手了几天后，财主就来到了柳府。当他刚在"九八行"中放出要找建桥师傅的话来，马上就有一个原来认得的朋友领着，找到了那个建桥师傅。他听了师傅的一番自我介绍，本来就没有多少心计的他，自然也就都信以为真了。他满心高兴地，决定过两天领着师傅回去看看，然后再商量具体的事项。

在和师傅接洽上的第二天，他也到九八行中走访了一天，试图多了解一下相关的消息，多找一个这方面的师傅比一比。所谓货比三家，好让心中踏实些。但是几乎走访了所有认得的这方面的朋友，最终都指向同一个人。他心里也就觉得不会有再好的师傅了。次日，他就如约邀请那个师傅回家去了。

六

财主领着师傅回到家中，好酒好菜地招待着。茶余饭后，那师傅无非又向他吹了一番自己造桥的技艺，以及在风水方面的修为和功底。并且还吹嘘说，他家这门手艺的祖师爷，是衡山上南岳大庙中的第几代住持高僧。还故弄玄虚地，把从粉摊老板口中知道的，关于边山大财主家的风水传说，进一步的渲染发挥说："我跟你回到村前，只看了一眼，就看出了你们村这个风水了不得，是我所看过的风水中，从来没有见过的那么完整，那么圆满和神奇。简直是没有一点缺陷，没有一点遗漏。真是上天对你的眷顾啊！"又把粉摊老板告诉他的，有关财主的家世、历史，也作了一番吹捧和奉承式的描述，说："有这样的风水龙脉，你就完全可以心想事成，你不想发财都不行。你们要好好珍惜这个风水。"然后进一步说："你要建这座桥，是修阴功，积大德，上天神灵会回报你的。但是，修路建桥，总是会触及风水神灵。搞得好，顺应了天意，你们就越来越好。如果不懂风水，胡乱的动土，伤了风水，逆了天意，就会引来祸殃，影响着当代人的安危，严重的还会危及后代子孙的家运兴衰。所以，选择桥址是建桥工程成败的关键。"财主知道师傅说的这些，都是普通的常理。加上那师傅又故弄玄虚，添油加醋地连哄带骗的唬他，他就更加对师傅信任有加，言听计从。于是，便决定把建桥工程交给这个师傅来做。

师傅得到了财主的应允，拿定了这个工程，也就遂了心愿。他心里想：看来这个财主还真的像那个老板讲的一样，憨厚得近乎毫无心机的老实人。自己只这么三言两语，就把他给哄得服服帖帖了。他心里想：待这个工程动工以后，慢慢地再找机会，多抠他要点钱，看来也并不难。他又想到，自己揽下这一个工程，就等于是得了两个工程。这边得一份工钱，那边又额外地得到一份酬金。这岂不是一石两鸟，一箭双雕的好事？是几代人都难得遇到的。自己要好好地利用这个机会，尽量地多赚点。想到这些，他心中高兴得甚至有点儿飘飘然起来了。待他慢慢地冷静下来后，又想到那个粉摊老板允诺给的钱也不是白给的，他交托的事情，总是要做得给他看得见，他才会相信，才会心甘情愿地给钱。在财主这边，则是既要千方百计地多抠他要点钱，又要认认真真，实实在在地把桥建好。同时还要找好机会，把粉摊老板交托的事情，不露声色地做好，对他交代得过去，让他认可。又不能让财主这边看出个中的图谋。但是，俗话讲的：强里还有强中手，万一在这段时间里，恰巧遇上个功力深厚的同行人，不期而遇地来到这里，并且看穿了自己玩的手脚。同行是冤家，只要人家暗中给财主一指点，自己的阴谋也就败露无遗。财主一旦醒悟过来，强龙斗不过地头蛇，自己是个外乡人，到头来，不光连工钱都得不到，恐怕想全身而退地离开这里都难。他又想到，过去跟师傅学艺时，师傅也曾一再告诫过："害人之心不可有，防人之心不可无。"毕竟自己这是害了人，亏了理，是见不得人的招式，又是在人家的地盘上，所以就不得不小心谨慎地事先防着点。还想到，假若这边的阴谋既已败露，那边粉摊老板请托的事也就无法交代，酬金也就肯定也得不到了。最后，自己只落得个竹篮打水一场空。而且还会把自己的江湖名声搞臭，想再在江湖上混也就难了。师傅思前想后地反复作了考量，最后告诫自己：既要多弄得一点钱，又要能够全身而退。得了这一手后，就不再干这种缺德的勾当了。回家买地置产金盆洗手，安度晚年算了。所以，这一步棋务必要得手，又要千万小心谨慎才是。

师傅有了打算，也就在心中细细的谋划好一整套计划。他对财主说："这几天，我要先选好桥址，再根据桥址的地理状况，然后进行具体的设计，设计搞好了，才能计算出整个工程的造价。你呢，就不用总陪着我。你可以忙你的事情，让我自己慢慢地到河边走一走、看一看。"师傅话中暗含着他自己的意图。表面上是为财主着想，不过多地让财主花时间陪着他，耽误了家里的其他事务。其实他心中的意图是，趁这个选址的机会，要把财主这个村子的风水底细摸个清楚，然后才好制定一个，可以让自己进退自如的方案来，最后实现自己既定的目标。

财主听了师傅讲出这番话后，也觉得有道理。自己老跟着，一来误了家里不少事情；二来，反而容易干扰师傅的工作。选址是个前期工作，自己又没有这方面的技术，是不宜参与到每一个细节中去的。而且，为这个事也花了自己好多时间，耽误了家里不少事情。眼看着秋收农活就要结束，收租、入库的工作都要自己亲自打理、过问，有做不完的事要忙。既然决定把这个工程交给师傅做，就由着他去开始工作好了。于是，他吩咐家人注意照顾好师傅的生活起居后，就自顾忙于家里的事。建桥工程的事就让师傅自己安排。只是晚饭时如果在家，就叫家人额外备些酒菜，过去陪着师傅喝喝酒，唠唠家常。怕冷落了师傅。

师傅见他处事极有分寸，而且对自己尊重有加，心中也着实受到感动。同时又想起粉摊老板的嘱托，反倒觉得心中忐忑不安，甚至曾经动过放弃粉摊老板那边的生意不做，专心地做好这边生意的念头。但是，一想到自己原来的打算，心中的贪念也就难以割舍。只好一再告诫自己，如何千方百计地想出个万全之策来，圆满地做好这件事，让自己能够多赚到钱，而且又能两边都不得罪，且最终能全身而退，名利双收。

七

　　自从财主让师傅自己开始着手工作，就不再成天地跟着师傅了。师傅就自个儿在村里村外的，细细的考察起来。之后，他又绕着村背的犀牛山，从双宝山、根坡到岩田、屯甫转了一圈，然后独自爬到山顶上去，东南西北的朝向四面八方看了又看。还郑重其事的，带上罗盘，在山上一个人专心致志地摆弄起来。他这一摆弄，看看罗盘上的方位，心中就有个谱了。财主要建的这座桥，就应当在这犀牛山正南面，在犀牛腹部下面肚脐处的这个点上。选定了这个点，他再静心凝神地，启动天眼，运用法力，把这个点的上游河段、下游河段的地势、脉相，都仔细的，用自己跟师傅学来的法术心得，进行了参照、端详、考证、研究。这师傅，确实不是一般泛泛之辈的江湖术士，算得上是这一行中，修为不浅、道行高深之士，胸怀不少真才实学。可惜就是有点心术不正，把自己的才学用歪了。他一看自己所选的这个点，不得了！自己心中就有了结论：这座桥址非此莫属了。同时让他更为震惊的是，竟然让他找到了这个村子风水的命脉所在。他看透了这个村子的风水，除了过去建庄园的师傅所看出的，并已广泛流传的这个村子的风水奥秘，确非虚传。至于那些秀水绕门，青龙白虎，双牛练塘等等，那些都是看得见的表象。而他却看出了这个村子之所以成为巨富，并将继续蒸蒸日上，一发不可收地风水奥秘的内在暗格。这个暗格是一般法力所难以洞察的。而且这个暗格就恰好处在自己选定的桥址处。这座桥建在这里，弄好了，这个财主家族就会飞黄腾达。如果弄不好，这个财主，这个村子将会陷入逐步衰落，甚至破败的境地。看到了这一点，简直让他喜不自禁。他庆幸自己得到了先师佛祖的点拨。上苍似乎有意要成就他的这个欲望。他自觉有点飘飘然起来了。

　　师傅发现了边山村的风水暗格后，他并没有如实地告诉财主，而是悄悄地把这个秘密藏在自己的心底。他给自己留了一手。他只把自己选的桥址告诉了财主。他说，从风水上讲，这条河是这个村子的财源，村前的水潭是聚财之库。我选的这个点，在村子的东侧，处在这条河的出口之处。也就是财库之门。在这个地点建桥，就像是在库门上安上一把锁，可以节制财富的外流。保你财主的财富充盈，声名不倒；从桥梁建筑的角度上讲，此处河床较窄，且河床底部为犀牛山下原生的天然基石，基础牢固。以原生石为桥基，桥梁则可永保无虞。

　　财主听师傅这番解说，觉得确实很有道理。一直以来，村邻百姓劳作、赶圩，走亲访友，都是依靠那村前河道的浅滩上，临时架构在几墩石丘上的简易木桥，通行来往。木桥狭窄摇晃，走在桥上就像荡秋千一样，担心不小心掉下河去。如果两个人同时挑着担子，相向而来，在桥上就无法通行。若是逢着暴雨山洪，那简易木桥就会被冲得无影无踪。过后又得重架。一直以来，因为这座木桥，每年秋收租谷入库时，这桥就不堪重负，并常常为争先过桥而发生口角争斗。身为一方大财主，偌大一份产业、一个庄园，没有一座桥梁可供进出往返，在生产生活上极为不便，为此他早有感触。建一座可以永保无虞的石拱桥，一来方便自家，二来也给乡邻百姓方便，是功在当代，利在千秋的事业，这是他早就立下的志愿。

　　听了师傅这番既形象又玄妙的解说，他不由得依着师傅的描述，在脑海中浮想联翩：建成后的石拱桥，桥拱弯弯，就像天上的月亮，架在河上连着两岸，既牢固又漂亮。桥下是清清的流水，桥面平坦宽敞，来回通畅自如；站在犀牛山上，沿着拱桥南望，桥的南岸是连片的稻田，绿油油，青幽幽，随风起浪；在阡陌纵横之中，一条笔直平坦的村道，从桥的南端，向三都圩上延伸。此后，村邻百姓过河来往，就再也不用担心河水暴涨，冲断桥梁了。建好的拱桥，又好像一把巨大的铁锁，锁住了河口，就等于镇住了蛟龙，让它再也不能随心所欲，兴风作浪。正如师傅说的："有了这座拱桥，收则可拢山水之秀，可揽财源之茂，可摘文运榜首；放则可导泄暴雨洪流，趋利避害。"于是他毫不犹豫地，接受了师傅的提议，更坚定了把建桥工程交托这个师傅来做的决心。

第四章　老板设局暗施招

一

　　师傅认为自己已经得到财主的认可并信任，便立即开展建桥的前期工作。在桥梁的设计及预算工作中，他都极力地施展了自己在桥梁建筑方面的才华。他在地理勘察和选址过程中，发现了这个村子风水的暗格时，就对财主留了一手，没有把自己的发现和心得全部告诉财主。却在自己心中暗下决心，要利用这个风水暗格，作为日后控制要挟财主的紧箍咒。

　　他勘察发现的这个风水暗格，是个鲤鱼跳龙门的风水格局。这个暗格关系到边山村今后的成败兴衰。只待时机成熟，这条神鱼就可以乘势跃过龙门，飞黄腾达，将带动整个边山村的风水，来一个整体的飞跃。这个村子就会富贵辉煌。但当下，天时未到，这条神鱼尚埋没在地下，没有非凡功力的地理先生，是无法察觉的。一般凡人就更难知悉其中的玄妙了。所以，在修建庄园时，尽管那个庄园建筑师也曾对整个村子的风水，进行过全面的考察，但他毕竟只是专长于房屋建筑，对于风水堪舆的更高境界缺乏修为，功力肤浅，也就难以洞察秋毫，发觉不了这个村子的风水格局中，还有这么一个暗格了。话说这个游方的建桥师傅，确实在风水堪舆方面的修为不浅，造诣非同一般。只可惜由于他个人天性所致，居然修成个心术不正的恶果来。为了贪图富贵，竟然不择手段，把自己一身的修为用歪了。

　　搞到工程预算时，他有意把总造价在当时行价的基础上提高了两成。他跟财主报价的时候，财主就觉得这个造价是比行价高出不少，但不好向他直说。只是委婉地问道："这个造价好像是过高了点？"师傅就向财主解释说："这里面包括勘察设计费。比如你们村的整个的风水勘察，这项工作是需要过硬的功夫法力才能完成的，这个价值是无法衡量的。还有在以后的施工过程中，如到了定基、合龙以及逢年过节时，还要做些法事祭礼等等，这些事情都是要花功夫和精力的，这些都需要有真才实学才能胜任的，因为在整个工程的施工过程中，只要错了一步，都会导致东家不好的后果。有些错误甚至永远无法挽回，那是会关系到东家千秋万代的富贵荣华、运势兴衰的大计。在做这些法事当中，要严格遵循师训、道规，但也难以避免不得已的悖逆天意，也会多多少少的要泄露些许天机。作法的人就会因此而减了功力、阳寿。为了减少神灵的责罚，或弥补损耗的功力和元气，就要花一些时间面壁思过，静修养神，方能挽回失去的功力和阳寿。所以这方面都是要东家给予一定补偿的。”财主听他如此说，心里也觉得有点故弄玄虚，但细想下来，也算是情理之中。比如日常家中有个什么鬼怪异常，也都需要请法师来家做法事，消灾解难的，做一场法事下来，所需花费，也不止于他在这个工程里多要的这点工钱了。宁可信其有，不可信其无，反正自己也不差这点钱，花钱消灾，但求图个吉利吧。于是，也就不再在价钱上纠缠，免得让师傅不高兴。

整个方案就这样定了下来。并且按师傅提出的要求，把一些需要事先准备的事情，都吩咐家人着手准备，做到一应俱全的，交由师傅去安排开工。自己也就忙自己的事情去了。

二

话说师傅所提的条件，都得到了财主的一一应允，心中甚是高兴。心想，这个大财主真是财大气粗，而且确实也是个诚实憨厚的人。看来以后还可以找些机会，再讹他一些，也不是不可以。

想到这些，他又想起，财主这边的生意既是好做，粉摊老板那一头的生意也就不管他罢了，何必非要去做那些缺德的害人勾当？以后总要遭报应的。但是，一个人一旦有了贪念，他总是可以找得到能让自己释怀的，自欺欺人的理由来为自己辩解。他想，这边的钱好要，那也是凭自己的真本事。那边粉摊老板允诺的酬金为数也不小，且眼下这笔生意，也是那粉摊老板给自己送来的，并且双方已经达成协议，答应过人家的要求，总不能不守信誉，见利忘义。况且那粉摊老板又是个锱铢必较、睚眦必报、肚量狭窄的人。要是惹得他恼羞成怒，一旦翻了脸，他什么事都会做得出来。到时反倒让自己扁担无钉两头脱，不但眼看到手的钱财付诸流水，化为烟云，还把自己的江湖名声也给糟蹋了，岂不是"丢了夫人又折兵"，空欢喜一场。心想，放过眼下到手的一箭双雕，一石两鸟的好事不做，去考虑什么道德良心，岂不是白痴、笨蛋？管他的，机不可失，失不再来，姑且横下心来，把这件事做成，一大笔钱到手，就金盆洗手退出江湖，安度晚年。也当是面壁思过，痛改前非吧。

最后，他下定了决心，在两个仇家之间巧妙周旋，把这笔生意做下来再说。

师傅下了决心，就认认真真地筹划着开了工。先是安排工匠艺人，选好山场采石加工。一面也安排人着手清基。工程按部就班地进行着。他想到，这工程已经开工，这生意已成定局，该是去会会粉摊老板，与他打声招呼的时候了。于是，他抽个时间，找了个理由，到圩上老板家的粉摊坐下来，要了一碗烧鸭粉，叫来二两米酒，吃喝起来。瞅着客人少的空趟，问老板家找个方便的地方。老板会意，就把他领到后院菜地边的茅坑去。他一路跟着老板向后院走去，一路对老板简单地把那边的事讲了，并最后强调一声说："事情已成定局，你吩咐的事，我已经心中有数，到适当时机，我一定帮你着手办了，事成后你可要守信用啊！"那老板听他如此说，心中自是高兴，觉得自己憋屈在心中已久的那口怨气，好像已经出了一半似的。忙说道："师傅请放心，事成后，除之前约定的，还定当另有厚报。"得了老板的一再承诺，师傅心中更觉踏实，方便过后回到摊边，把酒肉米粉三口两口的，就吃完喝光，然后春风得意地走了。

会过粉摊老板回来后，师傅更是专心致志地督促工程。除了吃饭时间，都见他跑上跑下，一会儿到山场检查石料加工；一会儿到河边桥址处察看桥基的整理工作。这个师傅虽然在内心里悄悄打着歪主意，但在工程中，从设计到施工的每一道工序，还是循规蹈矩的一点都不含糊。他到石料工场，对每一块加工好的石料，都要亲自检验、丈量：查看石料材质是否坚实；是否存在隐性的裂纹；规格尺寸是否标准。到桥址处察看清基，都要亲自下水检查周边的地质状况，考证基础是否能够达到承重的标准。所有的工作他都一丝不苟，按部就班地认真去做。

师傅所做的一切，财主都看在眼里，见他如此负责任，坚信自己是找对人了，心中觉得释怀和安慰。不时地抽个时间，让家人弄些好酒好菜，经常陪师傅喝喝酒，慰问一下师傅，生怕怠慢了师傅。于是，师傅也就更加用心负责。工程进展顺利，进度也很快。转眼间，那桥孔已是拱到了一半，离合龙已经不远。眼看着一座漂亮的石拱桥就要建成，师傅心里高兴，财主也看着舒心。

建桥工程的进展，以及师傅和财主的一举一动，都在粉摊老板的眼里看得清清楚楚，以至让他心里总觉得不是滋味。他总在心里想着：桥都快建成了，也不见那师傅有什么动作。他是不是在财主那边得到了好处，就不屑理会我和他之间的约定了？加上他平时总听到人们在议论，说财主如何如何的总夸那个师傅技艺高超，是个有真本事的人。说那师傅也常在人前夸财主大方，待人厚道，礼数周全，有大财主风度。这些话传到他的耳朵里，就觉得自己是被那师傅耍了，心里头总是觉得不是滋味。如此一来，更让他感觉到自己耿耿于怀，积怨已久的一口气，恐怕是难以出得了。不由得他又在心中盘算着，这个机会是难得的，不能让它错过，要想个办法，促使那师傅遵守诺言，才不至于前功尽弃。

老板挖空心思，冥思苦想，终于想好了一套离间财主和师傅的计谋。随之便偷偷地去安排布置。

三

在师傅的积极努力下，建桥工程进展顺利，进度很快。原来计划用一年时间完成的工程，到次年雨季到来之前，工程已经完成了三分之二，眼见得再有一个月的时间，桥拱即将可以合龙了。财主看在眼里，心中喜不自胜，因而对师傅更是敬重有加。只要师傅提出点什么问题和要求，他都毫不犹豫地给予解决。在生活上更是让师傅无可挑剔。这样一来，让师傅对财主产生感激之情的同时，也意识到，随着工程的进展，他的计划的关键节点也即将到来。感激归感激，自己原来的计划总还是要实行的。因此，在他的心中不由产生了激烈的矛盾和斗争。按说这财主在待客之道上，确实让自己找不到和他翻脸的理由。从良心上讲，对这样的雇主施行暗算，确实难以下手。况且自己要做的事，确实过于歹毒，毁人风水甚于挖人祖坟，人世间没有比这更阴损，更缺德的事了。但另一头牵扯着的粉摊老板却又是有约在先。两头里都有个义字。对得起这头，就对不起那头。且两头也都得罪不起。只要得罪了一头，这整个计划都会前功尽弃，所有梦想将化为乌有，着实让他进退两难。

要说为难，其实并不为难，关键还在于人的一念之间。这师傅如果心地正直，胸怀坦荡，从开始就不应当允下粉摊老板那居心叵测的请托。即使是当初因为一时懵懂，善恶不分，不明就里而接了这桩生意，但在其后和财主的交往中，受人座上贵宾之礼遇，也该知足感恩，暗自修正自己的失误，痛改前非也为时未晚。就算事情到了这个地步，在粉摊老板和财主两个人之间，孰是孰非既已分明，谁善谁恶立判可见的情况下，也还可以在两者间做出明智的抉择，晓之以理，婉言拒绝粉摊老板的非分之托，恐怕那老板也还不至于为此和他反目。但却因他自己本性阴邪，贪念太重，并自信修为深厚，多谋善变，一心只想着乘此难得的机会，一口吃成个胖子，也就铁了心的要做蚂蟥两头咬，两边都舍不得丢。其所谓进退两难，不过也就是他的托辞罢了。

财主是个厚道之人，对于师傅伪善的外表背后所隐藏着的阴谋，不但毫无察觉，而且还认为他是个精明干练，胸怀绝技，诚实义气的人，一味地将他奉为贵人，礼遇有加。

眼见工程即将完工，心中高兴之余，便乘兴忙里偷闲，抽个空，骑着马到柳府城里逛了两天。一则想会会老朋友、老熟人，向他们报告一下他的石拱桥即将落成的喜讯；二来也想预先知会他们，到石拱桥落成典礼上，请他们去捧场热闹一番。让他没想到的是，在柳府闲逛的这两天，不时从九八行中听到一些，不得不令他对师傅另眼相看的传言。那些原来众口一词的，向他推荐这个造桥师傅的九八佬们，如今都一反常态的，把当初如何得了师傅的好处，而热衷于为他做宣传，为他吹嘘的事，全都告诉了财主。而且有人还对他说："当初你来柳府找师傅的时候，还有另一个湖南师傅和一个浙江师傅，也在柳府找建桥工程做。但是他们的消息都被我们故意封锁了。所以你找不到他们，他们也找不到你。让这个师傅做起了独门生意。那另一个湖南师傅和他也是认识的，那个师傅说，他这个人一向以讹诈手段弄钱，他只要能把你的工程接下来，从开工到完工的中间，他会以这样那样的花样和理由，向你讹要挂彩的红包，到工程做到即将完工的节口上，他还会狮子大开口，狠狠地讹你要一笔额外的红包礼金，你不给他，他就故意地拖你的工期，或者是弄鬼作怪整你的蛊。也是你为人大方，他才认真地帮你做到现在，到最后要完工的时候，他肯定会讹你一笔的。你可要防他一点。"九八佬讲的这些话，其实都是从粉摊老板那里传出来的。对财主讲这番话的这个人，并不知道自己是为粉摊老板做事。他是通过了七弯八拐的关系，得了人家的好处，受人所托，为人家办事，才特意来找财主讲这番话的。

财主听了来人这番话，心中就在思忖着：到目前为止，这个师傅还没有向自己提出过什么过分离谱的要求。不过，到了工程完工的时候，会不会出现那种情况，就不得而知了。其实，在当初商量价钱的时候，他提出的价钱确实是太高了点，自己是心中有数的。但是因为器重他的才学本事，就有意的将就他，不与他在价钱上纠缠。一方面为图个吉利，另一方面自己也不缺那点钱，多给他一点，就当是为子孙后代积点阴功罢了。所以就一口应承下来了。不过，既然有这样的话传到自己的耳朵里，总是有一定原因的，心里总要防着一点就是了。

他这一次出来两天，本来是出于工程即将完工，心中高兴，不想却反倒让自己听到这些让人不高兴的话来，心中不禁有点惴惴不安，到了第三天一早，只好悻悻地赶回家来。

四

财主从柳府回到家里，桥拱已经进行到合龙的准备阶段。桥拱合龙是整个工程最关键的节点。只要桥拱合龙成功，就可以宣告这个项目的主体工程已经大功告成。剩下的就只剩下引桥的铺填，以及桥面的装饰等收尾工作了。桥拱的合龙就像是房屋建筑的封顶一样，是最值得庆祝的事项。每到这个节点上，师傅总是要依照程序和惯例，举行一个仪式，进行一番虔诚隆重的祭祀活动。祈祷神灵护佑工程的顺利完工。也祈祷工程完工交付使用后，能为这座桥的建设者带来福禄，能保一方百姓交通平安顺畅，消灾除祸，给百姓带来福祉。

　　财主去柳府的这两天里，师傅在紧锣密鼓地进行着合龙仪式的准备工作。首先他要找一个可以设置祭坛的场所。所谓祭坛的关键设置，就是要摆设一个可供插香烧纸燃烛的香炉；可摆设供品的平台；可供师傅跪拜、念经、舞蹈、作法的，较为平坦宽敞的场地。这样的场地，在桥的南岸田中就有现成的，这是师傅在选桥址的时候就已经看好，并在心中有所安排，甚至于摆设香炉的地点也是现成的，就只缺一个香炉了。这个香炉在师傅心中也早有出处：在他选好作为摆设香炉的地方，就是一丘从田土中凸露出来的石头。那石头就像是一条大鱼的背鳍之处。按他已经成竹在胸的预案，他不要搬来什么香炉，只需按照香炉的大小尺寸，在那石头鱼的背鳍处凿成一个方形的石坑，就可以成就了一个永久性的香炉祭坛。他安排一个石匠花了一天的时间，凿成了一个长 26 厘米，宽 16 厘米，深 10 厘米的方正石坑。

　　财主从柳府回来的时候，桥拱合龙祭祀仪式的准备工作已经全部就绪。师傅喜滋滋地把这几天的工程进展情况，以及合龙仪式的准备工作，向财主一一作了汇报。他说："祭坛就设在桥南头的田中，那里正好有一处凸出地面的石台，本来是用来摆设香炉的。我想了一下，桥通之后，每年过节时，总要到桥上去烧香祭拜河神的，常年摆着个香炉在那里，还担心怕人偷了砸了，多不吉利。我在那摆香炉的地方凿了一个石坑，以后就作为这座桥的永久性祭台，不怕被人偷走或砸烂。"财主听了师傅的汇报，心中自然高兴，但是在柳府时听到的那些传言，又总萦绕在他的心头。在和师傅面对面的言谈中，就难免在表情中流露出一丝疑虑和尴尬。听到师傅一番喜讯的传达，心中虽然也觉着欣喜，但这欣喜却不像过去那样，表现得爽朗和阳光。但他又不得不和师傅虚与委蛇。他略显疲惫地对师傅嘱咐道："既然都准备好了，你就选个吉日，还要我做什么准备，你想好了，明天告诉我。我今天也走得累了，我想先去歇一歇。"于是便自顾朝内屋走去。

　　往常，每次他出外归来，总要叫家人备办些酒菜，和师傅边喝边聊。这一次就有点儿一反常态了。师傅是个江湖人，见得世面多，而且自身又是个专靠琢磨人心思吃饭的人，自然就极善察言观色，度量人心的，见他如此，也就顺水推舟，道声："老爷你累了就休息吧，改天我择好吉日，再来向您禀报。"就此退了出去，悻悻地回到自己房中。

直到晚饭的时候，财主家人来招呼晚饭时，财主也没起来吃饭，让师傅一个人独饮独酌。财主的反常表现，让师傅心里总觉得不是滋味儿。一个人一边喝着，一边在心里忖度着：财主这次出一趟柳府回来，本是说去会会朋友，顺便向朋友通报石拱桥即将落成的喜讯，是满怀着喜悦的心情出去的。不知怎么的，回来了却变得如此消沉不快。而且对我也是从来没有过的冷淡，好像这一切都是冲着我来的，其中是什么原因，实在难以让人琢磨。原本打算等他从柳府回来时，心情大好的机会，把合龙仪式的准备情况，让他汇报一下，趁他开心高兴的时候，把在仪式上的规矩、礼节和惯例再向他讲讲，暗示他在仪式上大方些，以求得新桥通行后，得到上天和土地等诸般神灵的保佑，让子孙后代永保平安昌盛。

他原本想，趁着合龙的仪式，理由充分、情理当然的，最后再讹这财主一把。不承想，这些话还没有机会讲出来，却让财主这般冷淡的情绪给呛在嗓子眼里了。他又在心里猜想："这财主怎么了？莫非是这一次到柳府遇着哪个同行高手，出于嫉妒而从中挑拨，向他点拨了什么，给他回来时看出我在设置祭坛的事上所做的手脚？"他理不出头绪，但他又极力地想找出其中的原因来，他认为，祭坛的事，自己做得如此巧妙，可以说是天衣无缝，又从未向谁透露过一点风声，就是粉摊老板也并不知道，自己会用什么方法去履行对他的承诺。特别是关于财主这村子的风水暗格，是从来都没有人察觉过的，他坚信自己是第一个发现的，而且从开始就只有他自己知道，从来就没有漏过一点口风。所以，也绝对没有第二个人知道。他回想，当初在山上，也是得益于当时的天象，顿然间得到先师在天之灵的接引、点拨，只在那一霎间得以启动天目，才让他得以看到了凡人所难以窥破的天机。才知道这柳府尽人皆知的，三都大财主的风水奥秘所在。他当时就想："莫非这是天助我也。出于他千方百计、处心积虑地要做成这笔生意，所以他从始至终对这事守口如瓶，从未漏过一点风声。而且他也曾受过师训'天机不可泄露'，忌干系遭天谴，自己更是把这事深深地隐于心中。"

也正因为他的深沉，他的心机，他在财主面前的表演，才不至于有任何的破绽让财主起疑。一直到现在，万般具备，只待东风，就可以成就他的整套计谋，正准备满载而归的时候，财主的这番表现，着实让他丈二和尚摸不着头脑，真把他惊出一身冷汗。唯恐前功尽弃。财主的反常表现，让他好一番绞尽脑汁，苦苦思索而不得其解。

五

话说当初，师傅到犀牛山上踏勘桥址，当他把整个村子的前前后后，里里外外，远远近近的山山水水，都看了一遍后，正要凝神于确定桥址的时候，原来不晴不雨，也没有一丝凉风的灰蒙蒙的天上，忽然间在他头顶上那一片天空，那非云非雾的天幕慢慢地向周围扩散开来，形成一个圆形的光晕，中间一轮秋阳，暖暖的射下一束阳光，投射在他正凝神注视着的，他要选为桥址的地方。

那光束照耀的范围，约略有十米多半径的方圆。他的眼神忽然间为之一亮，让他看到了桥址南岸，那光圈中部田里的田土下，隐约掩藏着一丘石头。在那七彩斑斓的光束照耀下，那埋没着石丘的田土，忽然间就如不存在似的一样，只看到一条金红色的大鲤鱼，摇头摆尾，跃跃欲腾空而起，后面还有一群小鱼紧随其后，活蹦乱跳。

这样的景象也就不到一分钟的时间，随着天上的太阳又被那天幕重新聚合遮蔽起来后，先前的一幕就像幻觉一样的消逝得无影无踪。一切又恢复了原来模样。那拟为桥址的南岸田中，只有一丘凸起如鱼的背鳍模样的石头。待他回过神来，刚才那神奇的一幕，便在他的脑海中，幻化成一幅鱼跃龙门的图像，一下子把他从灵异的幻觉中惊回。他再次凝神于那桥址的南北西东，端详了一阵子，然后把这村子的整个风水景象，在脑海中凝聚、拼接、展开，形成了一幅灵气十足的风水图画。

他自个儿呢喃自语地吟诵道："青龙白虎炫威严，家道兴隆禄寿添。风水灵鱼前殿转，龙门跳过主登天"。师傅经此一悟，对这财主一村的风水，也就得出了一个结论性的预测：在这样气盛神盈的风水润泽下，这财主的富有乃是天定，之所以当下只富不贵，乃天时未到。一旦天时机缘成就，那神鱼跃过龙门，这财主的子孙或可贵为天子。他心中当即泛起一丝丝的犹豫：这等难得一遇的好风水，到头来却毁在自己的手中，实在可惜。不如留着他，或许将来自己还可以得以沾光享福。但又一想，待得这条神鱼跳过龙门，总得过了几代人以后的事了。那时他财主的后人，哪个还记得，是我的一念之慈造就了他们的富贵荣华，而感戴于我？况者从我自己的命相中看，我的后人中，也并没有享得这等天赐富贵的命。只有我发了财，为他们打好基础，他们恐怕才会有点好日子过。

　　他又一想，人家为什么就有那么好的命，而我自己一天帮人看风水，找龙脉，帮人修桥铺路地跋山涉水，风里来雨里去，奔奔波波，劳劳碌碌，到头来却总是为他人作嫁衣裳，为别人好。自己却依然辛劳困顿，低声下气。思来想去，觉得做人不必想得那么遥远，还是现实一点，把握好眼前这次机会，尽量地多讹他点钱，再按那粉摊老板所托的事，也就一箭双雕，两头拿钱了。从这里回家后，就金盆洗手，洗心革面，不再干这种伤天害理的事。在家乡买田置产，建幢稍为舒适点的房屋，安然地过好下半辈子，也就足了。于是，他就一直依着他内心既定的方案，在财主和粉摊老板之间周旋着，实行着自己的计划。

六

　　师傅见财主从柳府回来，对自己的态度一反过去的那份热情，而是判若两人似的，变得对人消沉和冷淡，就有点儿丈二和尚摸不着头脑。心中也就情不自禁地生出忐忑和不安来。不由得在心中揣摩猜测着：是不是自己的意图被他察觉了？但是他又是从哪里得到了什么蛛丝马迹？让他能洞察只有我和粉摊老板才知道的秘密呢？他猜来猜去，始终得不出一个能让自己认为合理的解释。他挖空心思地在心中继续寻找着答案。

　　他又想到，是不是那个刘师傅，向财主透露了什么消息？他所说的刘师傅，是个桂林人，姓刘。是他在桂林做工程时认得的两兄弟，两兄弟都是手艺过硬的石匠，人老实，话头也少，跟自己做过

45

几个工程，没有过什么怨言闲话，所以这次又把他们带来了。但是自己的意图从来没有向他们透露过。这次安排那个刘氏兄长来桥头凿个坑，只说是图个方便，就地凿个现成的香炉盆，为合龙祭祀时用作祭台，逢年过节祭祀桥神、河神时用。这个石匠和他兄弟相比，显得老实憨厚，缺少心机，叫他干什么，他就循规蹈矩地认认真真给你做好，从来也不问为什么。这次叫他到桥头凿个坑，而且还从无前例的，把这个坑的用途都跟他说得清清楚楚，凭着他这个人，也不会从中觉察到其中的什么奥秘来的。

师傅想来想去，始终猜不透，是什么原因让老板不高兴。直到最后，他的脑筋不由自主地转到粉摊老板的身上去了。他心里想，是不是老板在其中使什么花招，他见自己迟迟没有动静，怀疑自己得了财主的好处，不打算为他办事了，所以就故意的透露什么信息给财主，挑拨我和财主之间的关系，让财主不再对我那么言听计从，让我和财主之间产生龃龉，而忌恨于我，迫使我不再对财主抱有过多的妄想。转而把希望寄托在他所承诺的酬金上面。专心为他办事，帮他达到目的。想到这里，不由他不在心中打了个寒战。他心里想，从开始接触到那个老板时，就已经感觉得到，那不是个好交道的主儿。从他口中道出他心中的企图和目的时，就知道他是个心胸狭隘，为达目的不择手段的人。这样的人，没有什么事他做不出来的。

他定下神来继续猜测着：如果真是财主已经察觉了我的意图，想从财主身上再多榨点油水的希望，也就此断绝了。又再一想，如果是那个老板从中搅浑，他总不至于把他自己的意图，都捅出来给财主晓得吧？那样一来，他自己的目的岂不是前功尽弃了？想到这里，他就自己否定了这方面的可能性。

但是，财主态度的变化又确实难以捉摸。反正，坑已凿了，再想恢复回去也就不可能的。剩下的就只有按粉摊老板的要求去做了。也就是说，要想捞钱就只能捞粉摊老板的钱了。师傅思来想去，到最后也只得下这个决心了。他当下唯一担心的是，他叫刘师傅凿好的那个坑，会让财主从中察觉他的真正意图。他知道，如果让财主觉察凿那个坑的真正秘密，以及那个坑将会给财主家造成的后果，到时候就算这财主仁慈，放得过他，恐怕这个村子的人，未必就放得过他。他用的这一招，可是十足下三滥的旁门左道伎俩。用这种手段整人，本来就是缺德损阴功，人神共愤的事，一旦阴谋败露，到那时想全身而退也就难了。想到这些，他不禁从心底里又打了个寒战，自己把自己吓出了一身冷汗。他在心里谋算着，如何打主意想办法，在财主还没有完全醒悟过来的时候，结束和财主之间的纠缠，把工程尽快完成，把工钱拿到手，再去粉摊老板那里拿他所承诺的那份酬金，然后尽快抽身走人，离开这个是非之地，回湖南老家安享晚年。

师傅在心中打定了主意，他就着手找好了祭祀合龙的日子。日子他要选好，不能在选日子上露出破绽，让人看出自己还有下一步图谋。他在心中盘算着：现在是甲寅年癸酉月，这个月也就只有寒露过后的廿四庚申日利于修造动土，再找个相生的时辰，那就只有巳时与日神相生了，于是就定下甲寅年癸酉月庚申日癸巳时作为合龙的吉时了。这样的年月日时，在相关的玄学典籍里都是认可的。就算是风水、易经的行内方家，也不会对这个吉日有什么异议。到时候，把桥一合龙，基本上也就万事大吉，趁他财主高兴时，就向他提出一个狮子大开口的要求，如若他一如既往地满足我的要求，我便加班加点的，帮他把剩下的工程——桥槛、引桥等桥面装饰工程一应给他做好，让他有个满意的收场。若是他有什么三心二意的，舍不得花钱，我就干脆故意的激怒他，惹他翻脸，闹得双方尴尬了，我才好乘机抽身退步，让他结算了工钱走人，剩下的收尾工作就让他自己收拾。避免夜长梦多，万一在这一段时间里让他看出什么破绽来，特别是那个石坑的秘密，那时就难以脱身，甚至连粉摊老板那头的事都无法如愿。真正就落得扁担无钉两头脱，竹篮打水一场空了。

拿定主意，定好时辰后，他就提前了三天，把择定的吉日吉时告诉财主，并把合龙仪式的排场计划，以及需要准备的三牲供品等物、事，都跟财主讲了，招呼他提前做好准备。最后还特意地叮嘱了一句："这合龙仪式可是比以前任何一次关节都重要，所以一定要做得隆重、完备。仪式完毕，那最后一块定神石落下去，这桥就算千秋万代地大功告成了。所以要特别慎重，一点马虎不得的。我想您对这样的礼数是懂的。"交代到最后，他还不忘针对财主的反常情绪，有意的点醒了一句："我见您这次外出回来，好像有什么心事，心情都不太爽，我也就不多讲了，我那边也还有很多要准备的物事要忙。您还有什么吩咐，就随时找我，这几天我就不再打扰您了。"意思是提醒财主，你这几天对我的态度，我已经都感觉到了，希望你还是要像过去一样对我客气，不要一下子翻脸不认人。这时，财主从柳府回来已是第三天了。这几天，财主从来没有主动找过他，似乎好像就没有建桥这回事一样。

第五章　刘石匠心生疑窦

一

　　财主回到家的几天里，一直心情不好，很少出来走动。因为这次柳府之行，无意中懂得，建桥师傅是通过耍手腕和自己接上关系的。心中就有了几分猜忌和不快。心想，他若是单为了赚这份工钱，倒也没有什么值得过多指责的。他无非认为我是大财主，钱财上不会斤斤计较，工价也就好算一点，到结算时工钱也好要一点。就不择手段务求必得地把这个工程争到手，讲起来也只是个竞争手段罢了。

　　财主想：单从这一点上，只能说明这个人过于精明而已。这从之前在工程造价的协商上，就已经有这种感觉。他的要价，比之前到行内探访所得到的常规价格，确实是高过一两成。还有就是，在破土动工的仪式上、在定基下桩等几个节点的仪式上，他都是故弄玄虚，趁机讹诈。他的这些作为，当初自己都是看在眼里的，只是为了图个吉利，也都迁就于他。一来，听他在选址时的侃侃而谈中，表现了他在风水玄学上的造诣确非泛泛之辈，是出于敬重他的才学技艺；二来，在和他的接触交往中，由于他的善于心计和做作，对他有了好感，也就误以为他为人正直而器重他的人品，也就处处、事事都迁就他。如今知道他从开始就是怀着心机而来，财主的心中自然也就产生了对他的多一份猜忌和提防。

　　但是，要改变原来对他的那种亲热劲，倒实在是一时间还真的拉不下面子。而要仍然像之前那样，对他毕恭毕敬的，却又实在也装不出来。所以这几天就只好尽量地回避着他。又回头想；总回避也不是办法，而且自己对他的态度的转变，其中的缘由，还是不好明摆出来讲的。毕竟这桥还没有完工，且又到了合龙的关键节点上，还是不得不装着笑脸，虚与应付。但始终觉得和他面对面总是有些尴尬。

　　现在，已是万事俱备，只缺东风了，只要桥一合龙，就可以算是大功告成，剩下的就只是一些收尾的工作，有他没他，也就没那

49

么紧要了。想他怀着心机而来，就是想多讹我一点工钱，过去对他已经足够大方的了，到这个最后的节点上，就看他如何开口。倘若他不是狮子大开口，我还是做够礼信给他，反正好人做到这个地步，就干脆做到底，就装着不知道他之前的心机算了，图个以后的吉利和平安。若是他非要狮子大开口，要利用这个最后的关头，蓄意的要挟，又要趁机再讹诈一把，我也不能再像过去那样，装癫装傻地都依着他了。如果他能耐心地把工程圆满完成，不搞出什么节外生枝的名堂来，乐得双方高兴，到最后结算工钱时，我也还是要遵循原先的协议，把好人做到底，给足他礼信和面子，彼此好合好散，礼送他离开。

二

到了八月廿四那天早上，天虽然不是那么的湛蓝，也还可以看到一轮迷蒙的朝阳，从东边的山头冉冉升起。阳光时而透过天幕，时而隐匿在天幕后面，时阴时阳的，照耀在庄园周边的原野上。稻田中初熟而开始泛黄的稻谷，被一阵秋风吹过，稻穗起伏，悠悠荡漾，一派欣欣向荣的丰收景象。财主一早起来，面对如此景象，几天来抑郁沉闷的心情，一下子变得豁然开朗。这时，已快到吉时，家中正一片繁忙。他到厨房走了一转，见昨晚吩咐准备的三牲供品等一应祭祀所需的物品，都已经装盒正准备送往桥头。于是他便招呼一声："时辰快到了，准备好就送去吧。"众人听得招呼，便都肩挑手捧的，向即将落成的石拱桥头而去。财主随在众人后面，到得庄园门楼口处，迎面一阵晨风吹来，感觉得舒爽清凉。这时正好一缕阳光透过云层，照到他的身上、脸上，鼻子一痒，他情不自禁地打起了一个脆响的喷嚏，眼里竟噙满了泪。他抬起手臂，用手揩了一下鼻子，顺势用衣袖抹了一下泪水，他没觉得有什么异样，这都是正常现象。他继续朝着桥头走去。刚才那缕阳光却又躲到了云层后面去了。天霎时又阴了下来。他朝桥头看去，仿佛有一团朦胧灰色的雾霾，在桥的上方时上时下，徘徊盘旋，待他快走近时，那雾才慢慢散去，让人有一种缠绵依恋的感觉。然而，财主对这天象向他所暗示的冥冥天意，并没有引起他足够的警觉。

　　财主走到桥头，师傅正指点着他的手下人，以及村里来帮忙的人们，在事前已经整理好的祭台上摆设三牲供品。只见师傅事先叫人凿好的石坑，在一丘凸出地面约三尺左右的石头中间，南北两边形成个龟背形缓缓下斜。周边是长着杂草的荒地。这块荒地就在桥的南岸边，凹下有两尺许。东边是一块水田，水田依着河岸傍着这块荒地，又深下去三尺多，状似一片水塘。这时节，田里的水稻正在泛着新黄。祭坛就设在这块荒地上。师傅叫人把地上的杂草铲除，把原本凹凸不平的地面稍稍平整了一下，把一张矮桌就摆在那石坑的东南边上，直对着新起的桥。

　　师傅站在即将落成的石拱桥南岸，看着财主从村前的老木桥那边过河，沿着南岸朝新桥走来。快到桥头的祭坛边时，师傅迎了上去，打了招呼，然后有点心照不宣的，向财主介绍了一下祭坛的布置。他首先指着那个当作香炉的石坑说："这个香炉盆安在这里，是桥的西侧，以后桥南岸要修一条引桥，沿着田边直向着三都街。这个香炉离引桥边约三尺左右，拿不走、打不烂，逢年过节祭祀天地神灵、桥神水鬼的，也就有一个永久祭台了。桥造好后，也需要一个永久的祭拜场所，若是每祭一次，你要搬一次香炉盆来，太麻烦。有个永久的香炉摆在这里，也就方便省事得多了"。财主听了，觉得也有道理。师傅讲完，又和财主一起走到新桥上，指着桥头边摆着的一块工整方正的料石说，今天祭的主要就是这块石头。这块石头就是这座桥的心脏，是这座桥的神灵的寄托。今天这场祭礼就是让这座桥的神灵归位。祭祀过后，这块石头就可以放到它该在的位子。假若这块石头放下去分毫不差，刚刚合适，这座桥也就千年万代，永保无灾无虞了。若是这块石头放不下去，或是放下去后左右松动，就算是我的才艺不精，剩下的工钱我也就不向您讨要了，明天就向您谢罪走人，您可以另请高明，重新赶造这块石头，重新祭祀合龙。财主听他讲得诚恳，心中的猜忌也就自然烟消云散了。

　　师傅对财主讲完这番话后，看时辰已到，且各项物事也已摆布就绪，就宣布开祭。他先在祭坛周边转了一圈，然后亲手拈起香烛点上，虔诚地跪下，口中念念有词，朝东南西北各拜了一拜后，把香、烛插到石坑里。然后立起，把财主请到自己原来跪拜的地方依例跪下。他自己在祭台上拿起一杯酒，双手擎过头顶，指引财主拜了三拜。礼毕，引着财主桥上桥下、桥南桥北、桥东桥西地转了一圈，然后走到桥面的中心位置。整座桥已经是组构成形，就还有桥面的中心还留有一个方形的缺口空着。那摆放在桥南头祭坛前的那块料石，就是要填补这个缺口的。师傅立于这个缺口的一侧，左手擎着酒杯，毕恭毕敬的微闭双目，口中呢喃地念着咒语，以右手无名指朝杯中的酒蘸了一下，然后对着天、对着地、对着那个空缺的坑各弹了一下，对天呼了一声："礼成"。师傅话声甫停，祭坛边便哔哔叭叭地响起了鞭炮声，欢呼声。那鞭炮声一直响个不停，除了财主自家准备的以外，还有乡邻们专门带来恭贺的，还有各处亲朋得到消息赶来贺喜的，足足响了差不多半个时辰。来观礼的乡邻亲朋，拥满了桥的两头岸边，欢呼雀跃。场面的热烈程度难以言喻。这不光是财主自己家的喜事，也是一代又一代乡邻们期盼已久的共同心愿。是子孙后代永远受益的大喜事。

在人们的欢呼雀跃中，师傅指挥着他的四个手下人，用缆绳把那块料石抬到桥面中间，轻轻地放置到横架着两截圆木的坑口上，让原先抬着石头的四个工匠，各拿着一把钢钎，对着料石四边的中点，以桥面为支点，同时微微把料石稍稍撬起，师傅便跪到那料石的直面、横面仔细端详目测，调整那料石与那预留的石坑的吻合度，然后亲手把垫在料石下的两截圆木轻轻而迅速地取出来，再站起来，细眯着左眼，向那料石的周边反复仔细地瞄了又瞄，接着高呼一声："神灵就位！"。只见那四个工匠手中的钢钎整齐划一地稍稍抬起，那料石便慢慢朝着那坑口滑落，最后发出"卟"的一声闷响，那块料石便不偏不倚，把那个空缺的石坑填补得严丝合缝：拿也拿不出，撬也撬不动。此时全场又是一阵哄动欢呼。

三

仪式完毕，这座石拱桥也就算落成了，只还差一些栏槛、扶手之类的桥面装饰，以及桥南头引桥的铺填等收尾工程了。到此，财主一颗悬着的心，也就随着刚才桥上那一块桥心石头的落下，填补了那个空缺的石坑一样落地有声，感觉到踏实。他心里又想起在柳府听到的那番话来，不禁在内心独自思忖起来：这个师傅是怀着心计而来，大概也就是为了多弄点钱罢了？现在桥也算落成了，就算还没有全部完工，做到这一步，后面的收尾工作就是不做了，这桥也是可以通行的。何况要不了多少时间和精力，他就可以把剩下的收尾工作搞完，我就可以把工程款结算给他，而且还会按例额外地给他一个红包的打赏，他就可以高高兴兴回家去过个好年了。他大可不必在这个时候，再耍什么花招来要挟讹诈了吧。

想到这些，他从柳府带回来的，所有对师傅的戒心，顿时就烟消云散了。原来他那微皱的眉头，也随着鞭炮声和人们那发自内心的欢呼声而舒展开了。他高声地招呼着在场的所有乡邻亲朋："家里已经准备了中午饭，有酒有肉，大家就别走了，都一起回庄里去，边吃边聊吧。"听他招呼，除了师傅和工匠们还需要留下来，收拾一下祭祀典礼现场，和桥面上的一应杂物，其他人便都熙熙攘攘的，边向财主表示恭维、祝贺，边簇拥着财主一起回庄园去，准备饱食饱喝一顿。乘机和财主多亲近、亲近，以备将来什么时候，有个大灾小难的危难之事，也好向他开口。他毕竟是这方圆百十里地方上的大财主。眼下这桥虽然是他一家出钱造好的，但这桥却是造福乡里的，是乡亲们共同的大喜事，大家心里是由衷地高兴。在这样大喜的时刻，大家乘此机会凑在一起热闹一番，也算是捧个人场，造造气氛，博博彩头。

回到庄园里，财主早就吩咐家里人在屋里屋外摆好了几十张八仙桌。财主亲自招呼那些远道而来的亲戚朋友，到屋子里坐了几桌。其余的乡亲近邻也在家人的招呼下，在屋外院子里围桌而坐。在西院屋里，他还特别为工匠们设了三桌上等席位，今天这场宴席本来就是为了酬谢师傅和工匠们的。

财主在东院向各来宾席的亲朋们打了招呼道："今天是个大喜的日子，承蒙各位贵宾前来捧场，给我面子，在这里，我就先给大家还个礼！"说完就双手抱拳地向在座的宾客，东南西北的转一圈，拱手致意。礼毕，接着说道："等一下酒菜上来了，各位就尽情吃喝，不要客气。今天这个场合，我就少陪各位了。我要专门地去慰劳一下那些师傅们。今天这酒席就是专门为他们而设的，我要亲自去陪陪他们，表示慰劳。"说罢，朝满座宾客双手合十，微微举过额眉额首致意，道声"对不起！"后，就到西院去了。

　　在西院中堂大厅正中摆着首席，大厅门外院中分左右各摆着一桌副席。工匠们按主从、师徒身份依次入席。财主携师傅在中堂首席边，按主、客位分别入座。未开席前，财主与师傅及工匠们客套了一番："各位师傅们辛苦一年了，今天大桥主体工程基本落成，从此，边山村天堑变通途，承蒙各位披星戴月，劳心劳力，我代表家乡父老乡亲们，向各位师傅表示感谢！今天这宴席就是为各位特意准备的，待会儿酒肉上来了就开席，敬请各位务必开怀畅饮，不醉不休。席后，我还为各位准备了一份薄礼，以表地主之谊。"听到这里，众工匠都为之喜形于色，争相向财主致贺恭维。过去在历次典礼上，财主每次都是只打一个大封包给大师傅（即工程的总承包人），再由大师傅分成小红包，分发给参加工程的所有工匠。给谁多，给谁少，那是由大师傅说了算，即使个人心里觉得不公平，也只能藏在心里忍着，不敢表露出来让大师傅知道，若是得罪了大师傅，惹大师傅不高兴，他随时都有理由把你给辞了。那个时代，找这样的工作并不容易，何况这样好的工程是打着包袱都难得找到的。所以，即使心有不满，也只得忍着。这次东家竟然按人头分红包，就由不得大师傅了。这东家可是这一带有名的大财主，大善人，东家自己封、直接给的红包，那份量就肯定不会少。所以工匠们一听说每人都有一份，就不由他们不高兴。

　　财主陪着的首席上，除了大师傅外，还有几个是这个工程队里的技术骨干。那桂林来的刘氏两兄弟自然就在其中。在大师傅眼里，在技术上他们两兄弟是最受倚重的人。要不大师傅也不会把那些个，跟他从湖南老家带来的工匠们放在一边去，而偏偏要把工程中最关键的环节，都交给他们两兄弟。如在桥头凿那个称为香炉的石坑；还有就是今天最后放下去的那块桥心石，就是大师傅交由他们精心制作准备的。就凭着今天那块料石最后就位时，发出的沉稳而干净利索地"卟"的响声，就知道那块桥心石制作的精细和标准了。那块料石把那桥中央预留的空缺，填补得天衣无缝。可见这刘氏两兄弟的手艺确实非同凡响，修为不浅。但是，今天自从那桥心石就位后，只要有心留意一下那个刘氏兄长，就会捕捉到，从他眉宇间不经意流露出的一丝不安情绪。但就只那一瞬间，让常人难以察觉。他的这种情绪的表露，是从他被大师傅叫去凿了桥头那个石坑时起，就时不时地有所表露。因为，就从那时起，他的心里就产生了一个解不开的谜团。

在他的经历中，从来就没有过，在建筑工程中，工程施工人员在工地内不经东家的要求或准许，随意改动人家的地理原貌等风水结构，随便凿个洞或者挖个坑什么的。刘氏兄长虽只是个单纯的石匠，但是搞这一行的，多多少少的都懂一些风水禁忌之类的规矩和讲究。在人家的工地内，随意的挖坑凿洞，对东家的风水肯定是会有影响的，只是有好坏之分而已。出于善心，凿一个洞或可把风水中原有的克害关系破解抵消；如果出于恶意整蛊、算计害人，则可把风水龙脉破坏，变利为害。他想，这大师傅平白无故的，在这即将落成的桥头边的生根石上凿个洞，肯定对东家是有影响的，就是不知其用意是好是坏，自己对风水的修为不深，也就难解其意了。心想：这东家是当地人人皆知的大财主，其为人也是公认的老好人，且对大师傅也挺不错的，对我们这些工匠也都很客气友好，想来大师傅总不会是要害他的吧。特别是后来听大师傅解释说是为了在这里设祭坛，凿这个洞是作为今后永久的香炉用的，他也就信以为真了。但是，后来他无意中发现：有一天，大师傅从财主家里出来时，财主家的那只黄狗总是不即不离地跟着他的脚后跟。到了桥上，大师傅在桥上东南西北地转了一圈，貌似在检查工程质量。而那只狗竟也一步不离地跟着他转来转去。当他转向那个石坑去时，那狗也跟了过去。快到那石坑边的时候，大师傅却像有点儿不耐烦地嗔怒道："哎，今天这狗仔老是在脚边转来转去的。"然后轻斥了一句"走，一边睡去。"一边抬起脚，撩了那狗一下，并似手中拿着一团什么东西，俯下身，投入那石坑中。只见那狗竟如听懂他的话一样的朝那石坑扑过去，然后低下头拱到石坑里，好像在吃什么东西，久久不见抬起头来。当时他也不怎么留意。但是他总觉得这事有些蹊跷，所以这事就像谜一样萦绕在他的心头，时不时地出现在他的脑子里，让他不自禁地想琢磨一下个中的谜底。然而却总找不到要领。他在暗中留意着大师傅的行踪和神情的变化，一直也没有个结论。

四

　　刘石匠在心中有了疑问，便开始偷偷地留意起大师傅的言行举止。这一次财主出去了几天，大师傅也没有什么反常的现象。只是那天他一早起来到采石场去时，出到庄园大门口，见大师傅也早早地起来，正从门楼出来向街上走去的样子。两人遇着了，就相互的打个招呼。听大师傅说是久没上街了，到街上吃碗烧鸭粉。当时也没觉着有什么反常。第二天，财主外出回来后，他发现财主对大师傅的态度和以往有所不同。以往他从外面回来，第一件事就是到桥上工地转一转，和所有工匠们打声招呼、道声辛苦，然后回家吩咐厨房准备一桌下酒菜，晚上陪大师傅喝酒聊天，或者谈些工地上的事。有几次还把他们两兄弟也叫来一起喝。他认为是财主心中明白，他这座石拱桥，除了大师傅外，没有他们刘氏两兄弟，这工程进度还真没有这么快，这么顺利。所以，在每一次给大师傅红包过后，总会在其他人不在的场合下，瞒着大师傅，悄悄格外地给他们兄弟俩各人一个红包。他们两兄弟，特别是他这个兄长，心中是明了的："这财主很大方，也很会做人"。因此，他在采石场上监督下料时，总是很主动的严格要求那些工匠们，一丝不苟地按规格质量下料加工。他看到一些工匠选的石料稍微有点裂痕纹路，他都叫换了再选过。大师傅吩咐准备的那块桥心石，是他叫他兄弟选的料下的线，打凿成雏形，他自己到桥上反复的测量那个预留的石坑，然后他自己按所量得的尺寸、角度，亲手裁凿而成。所以在最后就位时才那么的恰到好处。那块石料在平常人眼里看，不过是一块方方正正的石头而已。都认为只要凿得方正，符合尺寸就行。殊不知，那块料石是极有讲究的。

　　这座桥在设计时就有讲究：一是整座桥不得用灰浆，一律干砌组构而成；二是所有石料成品，除了对每一条边的尺寸长短的严格要求外，最关键的技术，在于每一个角的角度要把握得准确无误。每一块料石都有预定的位置，用这些预制的料石，各就各位的组构砌摆好后，最后剩下的那个所谓桥心的缺口，尺寸就必须符合设计的尺寸、角度毫厘不差，才能保证在最后合龙时，准确无误而一蹴而就，顺利成功。之所以人们都把"合龙"这道程序看得尤为重要。

把它当着检验整个工程成功与否的试金石。一个大师傅的技艺精与不精，有没有真才实学，都是通过这个程序，这个仪式来衡量，来检验的。这个程序只能一次成功，是不允许修正更改的。这个程序的顺利与否，将预示着这座桥将会给人们带来的是福？还是祸？在这个程序上失败，就意味着整个工程的失败。工程失败了，负责这个工程的大师傅的名声也就臭了。以后在这一行中，他就再也没有立足之地。要做成功一个工程，需要大师傅乃至他手下的所有工匠，都具有严谨的技术功底，有精湛丰富的实践经验。而这个大师傅手下的工匠中，唯有他们刘氏两兄弟堪当此任。这一点大师傅心中明白。财主心中也明白。所以财主对他们兄弟俩另眼相看，便是情理中的事。

　　刘氏兄弟跟过这个湖南大师傅做过几个工程，虽然大师傅因为器重他们兄弟的技艺，对他们还是很客气也很够义气。但是，他觉得这个大师傅心胸狭窄，而且是个很爱耍心机的人。只要哪个东家对他稍有怠慢或失礼，他就要搞一些左道旁门的小招数整人，让人家认错服输才肯罢休。知道他是这样一个人，所以心中总要留意着他，怕在不经意间得罪了他，惹他不高兴，造成彼此尴尬。

　　这一次做这个财主的工程，见东家财主与大师傅的关系也不错，也就觉着不会有什么小动作的了。后来见大师傅要他去凿这么一个无由无然的小石坑来，心里也就不由得生出个小疙瘩来。他自己心中琢磨着：做人总得讲点良心道德，所谓投之以桃，报之以李，人家财主对你这么好，你总不能恩将仇报吧？总不至于因为人家富有了，就嫉妒，就想整一些巫术招数，企图牟人家钱财或什么的吧？但是，因为对大师傅为人品性的了解，他也不敢肯定这个大师傅不会做出那样的事来。想到这些，他也就在内心里暗自维护着财主，尽量地不让他受到任何无妄之灾。但大师傅叫他去凿了这么个石坑，他不懂就里，又不好过问，本想提醒一下财主，而财主又正好出门了几天，他也就无可奈何了，只能按大师傅的吩咐去做了。

　　那天，见财主从柳府回来，本想提醒他一下的，但看到财主神情上有些不大对头，回来几天也没见过他一面，一直没有机会和他接触，也就只好把想说的话窝在心里头了。再者，自己对大师傅要凿的这个坑，是好是坏也说不清楚，也不知从何说起。并且还担心，在这种时刻无端地提出这么个事来，唯恐弄巧成拙，变成无事生非，惹出节外生枝的麻烦来，到头来反倒让自己落得在财主和大师傅间两头不讨好、里外不是人。看着今天这场祭祀仪式既隆重又很成功，大家伙都高兴，特别是这些工匠们，听了财主说个个都有红包得，不免更加开心。但这位刘氏兄长却又从这个状况中，感觉出一点非同寻常来，心中又平添了几分疑惑。

五

话说师傅在今天这个仪式中，得以按照自己原定的计划和步骤，随心所愿的圆满完成，并赢得了满场的喝彩声而踌躇满志。又见财主一改几天来的阴郁不开的面孔，一下子变得豁然开朗起来，似乎好像什么也没发生过一样，让他几天来心中的不安也顿觉释然。甚或有些儿得意忘形起来。

本来，那天趁财主去柳府的时候，他悄悄地让刘氏兄弟把那个坑给凿好了。凿好那个坑，就意味着，自己对粉摊老板的承诺已经成了板上钉钉的事实，可以向粉摊老板交代得过去了。

事已至此，他反倒觉得心绪不宁起来。晚上睡觉时虽然眯着眼睛，却怎么也睡不着。心里总在想：这种事情不是买卖，一手交钱一手交货就完事。这种事情眼下不可能看得到结果，要在几十年甚或上百年以后，结果才会显现，才可能证实得了现在所做的一切是否应验？因此，我应当怎样对那个老板讲，他才会相信呢？想来想去，只有把那"鲤鱼跳龙门"的风水奥秘如实地告诉他。而且要告诉他，要把那座桥南岸的引桥铺填好，工程才算全部完工。要想证实那"鲤鱼跳龙门"风水的存在，就得让那鲤鱼显露出来，让他看到那鲤鱼背上被凿成的坑，也就不由他不信了。但是，那样一来，就不光是老板一个人看得见，而是让所有人都看得见了，也就不成为什么秘密了。为了让他老板一个人相信的同时，却也等于出卖了自己，这个阴谋也就全部败露了。我就再也无法瞒得了财主和他整个村子的人了？那原先隐身于泥土中的石头鲤鱼一旦显露出来，即使财主一家没有人懂风水，难道他们一个村的人都没有一个懂风水的？就算全村没有一个懂风水的人，难道在整个三都这方圆百里之内，就没有一个会看风水的？到时，那鲤鱼跳龙门的风水秘密一旦被人识破了，再看到那鱼背上凿的坑，向财主道出其中机宜，谁还会相信那只是个为了祭神拜鬼用的香炉盆？当他们知道了那个石坑破坏了他们的风水龙脉，财主还能放得过我？他们那个村子的人能放过我？

师傅想好了对付粉摊老板的办法后，接着又要想好如何的应付财主的办法。

他反复权衡了利弊，最后还是昧了良心，决定对财主家的风水暗中做了手脚，毁了那"鲤鱼跳龙门"的风水龙脉。

在粉摊老板的一再催促下，石坑已经凿成，现在生米已经煮成了熟饭，一切都成了定势，就看如何向粉摊老板索要酬金了。

六

话分两头，回头又从老板这边说起：师傅安排刘氏兄弟凿好那个坑后，趁财主还没有回来，就随便编个理由到街上去，借着吃粉的机会，要把事情跟粉摊老板挑明了说，并要老板兑现之前的承诺。

他先以试探性的口吻向老板问道："你原来要求我帮你办的事，答应我的事，现在还算不算数？"老板听他这么一问，便迫不及待地赶忙应道："当然算数！"并立即追着反问了一句："你想好了办法没有？"

老板曾多次追问过他这个问题，但一直未曾得到过他明确的答复，还曾经怀疑过他可能会找借口推脱。听他问起原先的承诺，认为他可能最后下定决心，要接受这笔交易了。所以更想知道他打算用什么方法，去达成这笔交易。

用什么方法，才能达到自己的目的和要求？一直是老板心中最关心的事情。老板是个多疑的人，他心中一直认为在江湖上搞风水堪舆、阴阳玄学的人，没有几个是有真本事的，都是些半桶水混江湖，骗吃骗喝，骗钱财的人。这种人从来都是真真假假，虚虚实实，胡诌瞎掰、专事糊弄一些不懂风水玄学，而又信神信鬼的人。对这个师傅是否有真本事？道行深浅？原来只是道听途说，也没有验证过，毕竟心中没有谱。所以他在心里对师傅也一直是将信将疑。他出于对财主的仇恨心切，想在不声不响中整垮财主，而有求于师傅，姑且也就宁可信其有，相信那些关于师傅的道听途说的本事，横下心来，暗中在师傅身上下着赌注，就想试一试。但是心里面总难免还存在着疑惑，时时都在提防着师傅把他自己当成"凯子"耍，随便想一个办法来搪塞他，糊弄他，搞蚂蟥两头咬，骗他的钱财。今天见师傅主动提起之前的承诺，他心里就想道：这么重大的一桩事情，之前我曾多次催促他要遵守诺言，尽快落实一个方案，并付于实施。但是他却迟迟未有明确的答复，还认为是他得了财主的好处，不打算遵守诺言，不想做这笔交易了。

老板心里想：这一阵子已经许久没来街上吃粉，不来和我见面了，我还正准备着，想办法给他施加点压力，迫使他不敢背弃承诺。没想到他这一来，倒像是已经胸有成竹的样子，似乎是要拍板交易来了。想到这里，老板心中自有几分得意的觉得——这个师傅毕竟还是要听我的。得意之余，老板心中又不禁犯起了疑惑，这个师傅真的是重义气守承诺？还是舍不得放弃我之前所答应的利益？丰厚的报酬在一念之间得到，免去他的多少劳顿和奔波。他准备用什么办法来兑现这笔交易？这就非要问个明白不可，我的钱又不是像那财主他们祖上那样白捡得来的，至少也要不见兔子不撒鹰。所以，他也就迫不及待，紧追不舍地向师傅追问起来。

师傅明白老板的心思。他知道这老板不是个等闲之辈，不是个随意就可以糊弄的人，如果没有点真本事，他的钱也是不那么好要的。

话说师傅这个人，一直在江湖上摸爬滚打的混着过来，他干的修桥这一行，靠的是过硬的手艺，赚的是辛苦钱、力气钱，是本分营生。地理风水玄学的技艺，只是一项辅助营生。单靠本分赚钱，是难以活得舒心安逸的。长年累月在江湖上走，难免不时地还会遇上些个难以迈越的沟儿坎儿，在那种情况下，有时也就情不得已地，不得不昧着良心，以从师傅那里学来的技艺，歪着来用，以解一时的危难。这样一来，也就养成了他在江湖上正邪两道的双面人生。为了达到目的，正道走得通的就走正道，正道走不通的，需要施展些邪门手腕的时候，也就不在乎什么正人君子，或者旁门左道的伎俩，而毫不顾忌地都使将出来。

　　江湖是险恶的。他虽然自恃精通风水玄学，在江湖上的黑白两道都能左右逢源，但是，"林子大了，什么鸟都有"，且"一山还有一山高"，有时也不免船遇险滩、马失前蹄。自他出道以来，经过江湖上的历练，也就练出了他善于琢磨人心思的本领来了。

　　如今已是知天命之年，他自知，自己命中不带富贵，他所能企求的，是千方百计赚一笔养老钱，就此退出江湖，安心回家养老。当来到这财主庄园，看到财主家偌大个庄园，看到财主这般富有阔绰，对照自己，回眸一生，难免唏嘘。自己奔波劳碌辛苦了一生，到了该退出江湖了，却没攒下什么银钱，家产。家里住的仍然是那坡脚塘边，老父生前亲手摞起的那几间泥砖老屋。靠耕种那几亩祖上传下来的薄田、畲地，维持一家的生活。七十多岁的老母还要佝偻着老腰，帮着媳妇打理家务、喂猪喂鸭的忙里忙外。大儿子该是娶媳妇的时候了，至今也还没有着落。自己是一家之长，也应该是在家里当家作主拿主意的时候了。但却还要在外面奔波流浪。他是搞风水懂玄学的人，他知道这一切都是自己命中注定。和普通百姓比起来，自己虽然活得奔波，却也比上不足，比下有余。心中也不觉怎么低人掉脸。但是来在这里接下这项工程，一天面对着这么个财大气粗的大财主，难免的暗中自相比较。人比人，气死人，在大财主面前，不免自然地显出了自己的低下和卑微。难免产生莫名的嫉妒心理而怨天尤人。但是，眼下，自己已经是这般年岁的人了，在江湖上不会再有这般好的机会，让自己能脱胎换骨混出什么名堂来，也该回家安度晚年了。想到这些，他心中难免生出些许悲凉和无奈，同时也心有不甘。于是，心机一转，想到既是如此，何不抓住这最后的机会，攒下一笔养老钱，不求衣锦还乡，但求有个衣食无忧的晚年，也就不枉了奔波一生。有了这样的心思，也就在一念之间，横下心来，决定为老板而做下了这样一桩有悖良心的事情来。

七

　　今天就是来和老板讨价还价，最后摊牌的。听老板这么一再追问，他就知道这老板是心存疑虑。他自个在心里想：他想知道我用的是什么招数，而且也想认证一下，这个招数起不起作用？这也是

61

常情。因为这种事，一来不是什么光彩的事，二来不是当即可以印证见效的，一手交钱一手交货的买卖。而关键是应当怎样跟他讲，这才是需要认真琢磨的。如果向他和盘托出全部的内中机宜，担心让他知道全部内幕，让他晓得他自己的目的事实已经达成了，就担心像他这般狡诈的人，会赖账不守承诺，而且还可能会倒打一耙，暗中向财主那边透漏风声，把我给出卖了，到头来我自己反倒落得骑虎难下，害了财主，自己却得不到好处。而老板却一箭双雕，渔翁得利，既达成他的阴谋，遂了他的心愿，他自己却不用出钱也不用出力。想到这些，他迅速在心中编造了一套虚虚实实，真假相间的说辞，有意在其中添加了一些暗示和威胁的成分，在向老板作了交代的同时，也借机敲山震虎地向老板提出警告。

师傅对老板说道"三都这卦风水从整体上看，但凡在犀牛山、虎山、鹤山、盾牌山、都鲁山这个圈子十里内外，都在这卦风水的版图之中。都得到这个龙脉的惠泽和呵护。事实上，这卦风水的中心在三都街。以三都街为中心的这个圈子里，所有的村子都在这个风水版图里头。只是，各村所处的方位不同，有主有从，有正有偏。各个村子所能受到的惠泽、荫庇，程度也就有了轻重之分，大小之别。边山村处在这个风水的主神位上，得到上天神灵的眷顾自然就多一点，福泽就显得深厚一些。任何事都是难得一般的平均"。

师傅顿了一顿，继续道："世间为何有贫富、贵贱、善恶、美丑的不同？这些问题常常使人误解，甚至怨怪老天不公平，因而愤世嫉俗或者偏激行恶。其实，同样是人，为什么有的人出身豪门，家世显赫；有的人门第寒微，卑贱低下？有的人天赋异禀，端庄美丽；有的人资质平庸，其貌不扬？有的人一生坐享祖上余荫，福禄双全，凡事顺遂；有的人即使再怎么努力奋斗、挣扎，结果还是颠沛困顿，潦倒以终？这是什么原因呢？一言以蔽之，都是由于个人前世的行善或作恶的因缘报应，所以，一般人也就将这一切不同的人生际遇，归结为'命运'。如果每一个人都能对'命运'有共同的认识，都能各安天命，顺其自然，大家也就相安无事。所谓'命中有时终须有，命中无时莫强求'"。

"这话讲的就是一个人的现世祸福，事实上在你的前世，都已经因为你自己的作为而定下了的。至于你现世的作为，则可以决定自己后世的祸福。所以做人就要多行善、多积德。所谓'恶有恶报，善有善报'，一个人前世今生行的善、积的德多了，上天也就会给他的来世多一点福报。反之，一个人的前世作恶多端，他的今世就会受到上天的报应，但他却还不知改恶从善，而是一味地怨天尤人，继续作恶，上天也就会变本加厉地惩罚于他。这就是所谓的现世报应。"师傅对老板发表了一番感慨，一则想对老板作一番向善的劝导；二则也是想警示老板，让他适可而止地接受这个既已达成的事实，不要有太过分奢求。

师傅继续对老板旁敲侧击地进行着说服和劝导："财主他之所以能享大富，肯定是他和他家祖先前世积的阴功，才有了今生的善果。上天是有眼看得见的。老板，你要与财主比富有，争高下，看来在五代人之内，你是难以和他攀比的。我用这种方法整他，就是你我共违天意了。从道德良心上讲，就是我们在作恶。本来我就不应当答应你的。我是搞这一行的，上天附灵于我，是让我替天行道，惩恶扬善，给世人指点迷津，接引正道。但是，我却因为不认命，总想仗着自己练有这一身奇技，可以扭转乾坤，摆脱自己今世命中注定的窘困。我听说这三都大财主家财富有，为人豪迈大方，所以，我想得到他这个工程，我也就可得到一笔可观的酬金，足够我回家安度晚年。我也不用再在江湖颠沛流离。再加上你又有事要求于我，还允诺事成之后，再给我一笔足可安家立命的酬金，也是我六根未尽，贪念不泯，竟违背了师傅的教诲，忤逆了上天的善意，受了你的钱财的诱惑，竟一时糊涂，不计后果，就答应了你"。

"做人要讲信用，我当初既然答应了你，'一言既出，驷马难追'，不得不硬着头皮，昧着良心，履行我对你的诺言。在这件事情上，我为了帮你的忙，却把财主家甚至是整个边山村的人都得罪了。这样的事非同小可，一旦财主有所察觉，事情败露了，我脱不了身，你也就脱不了主谋的干系。而你是当地人，有家有业在这里，就更是跑得了和尚也跑不了庙的。以他财主家的势力，再加上我们做的这种事情，是毁人家风水，断人家龙脉的伤天害理的缺德事，让地方上人知道了，肯定会激起众怒、引起公愤，你我都成了乡里百姓人人得而诛之的公敌。到时候你那些所谓的理由，一无凭二无据的，哪个会信你的？你们这样一个大家族人，还怎么在这地方上待得下去？所以，这事既然已经做了，我希望你也要讲话算数，帮我尽快离开这个是非之地。这件事情只有你知我知，我走了以后，也就没有你什么事了。这样，对你对我都是最好的结果”。师傅对老板的警告渐渐地提到明面上来了。

　　老板听了师傅如此一番劝导带恐吓的话语，一方面觉得是师傅故弄玄虚，在卖关子威胁他；另方面细想下来，又觉得确实也是这个道理。这件事若在地方上闹开来，纵使自己巧舌如簧，终究还是自己理亏。总之，不能让这事给漏出去，要让这师傅及早走掉。只要师傅走掉了，以后这事就是给财主他们家知道了，谁也不能怪到我的头上。只要师傅走掉了，我倒还希望这师傅做的事公开了，气死那个财主，才正好解得了我们家忍了几代人的一口恶气。但是，师傅讲了这么多，却一直都未入正题，一直就没有讲明他是用什么方法整的。于是他便进一步表态和承诺道："这是肯定的，我一定会帮你，绝不会让你在这里出事的。"师傅听老板讲完这番话，不知怎么的，心中当时就情不自禁地惊起一阵冷战。老板的后半句话就好像印在心中一样挥之不去。而老板没有听到师傅向自己讲清楚具体的方法，心中的疑团始终还是没有解开。于是他又再一次要求师傅讲清楚他准备要实施的方案。师傅心知不给他讲明白，他是不会相信的。他不得不依照自己在心中想好的话，一一向他讲了出来。

第六章　施诡计师傅巧脱身

一

　　师傅经老板一再催问，不得不将自己心中想好的话，一一向老板讲了出来："当初，我和财主上犀牛山踏勘风水，选择桥址时，我暗发神功，打开天眼，纵观了他们家那卦风水的来龙去脉。发现了他们那卦风水确实非常神奇圆满。但那些看得见的表象，所显财气很盛，但却少了尊贵之气，倘若再有贵气来冲，他们那个风水就更是不得了。那可是要出九五之尊的一幅大富大贵的风水。我当时正为他们这卦风水的缺陷遗憾惋惜的时候，不料就在那时，天上佛光陡现，一束五彩斑斓的天光，霎时间照耀在我正要选作桥址的地方，当时我的眼前顿时一亮，我马上意识到我的天眼开了。入这行门的人都知道，道行不深，机缘浅薄，一世人都难得遇上天眼洞开。一旦天眼得开，上可看破天庭，下能洞察地府。"

　　师傅留意着老板的神情变化，继续说道："于是我稍事定神，赶忙向那光照指引的方位看去，我的眼前立即呈现一条青鳞闪闪的巨龙，正甩起它那硕大的尾巴，弓成一座天门，正好横架在我要选作桥址的河边两岸上。那龙尾巴甩起的浪花翻腾起伏。在那浪花里有一条金光闪闪的大鲤鱼，后面还尾随着一群小鱼，正在那里摇头摆尾、追波逐浪。那条领头的大鲤鱼正在那里跃跃欲试，意欲跳过那龙尾巴甩起的一堵堵浪花，正想从那龙尾拱成的龙门下腾跃而过时，瞬息间，那耀眼的天光霎时又阴暗了下来，一切又都恢复了原状。"讲到这里，他又顿了一顿，看了看老板，见老板正聚精会神地听着他讲。图15（电脑制作风水意象图）

　　于是，他接着说道："我意识到，天眼已经关闭了。我喘了口气，缓过神来，心中明白这是上天在提示我，财主家那卦风水里还有个暗格——鲤鱼跳龙门的暗格，只是时机尚未成熟。一旦时机一到，那鲤鱼乘势跳过龙门，财主他们家就要至尊至贵了。当时我就想，上天造就这么好的一幅风水图景，要造福这一方百姓，我若是用一种左道旁门的伎俩把它毁了，那是悖逆天意的。但是我又想了，纵使他财主至尊至贵，又与我有何相干？我一生四处奔波，终年劳碌，就只为养家糊口，我的命中也无福与他财主分享那份尊贵。我去为他高兴做什么？这是上天对他的眷顾。而现在上天又是有意向我透露天机，那么他财主能不能享受这份尊贵，就还要看我是否也能顺从天意了。他的命好，我若有意成全于他，他就可以享受这份尊贵。但是我的命不好，随便我怎么挣扎，都摆脱不了我这下九流的命，终究分享不了他那份尊贵，我又何必去成全他呢？越想到这些，我的嫉妒心就越加浓重了。反而庆幸，这么好的风水就偏偏让我给遇见了。"讲到这里，他又故意地停了下来，好一阵子不作声，惹得老板心中急得就像猫抓一样痒得难受。

他有意地吊着老板的胃口，迟迟不入正题，一直急得老板连连催问，他才慢慢又开始接着讲道："记得以前在跟师傅学艺时，师傅曾对我说过'命运虽然是前生注定的，但是，三分天命，七分人为。命是掌握在自己手上的，是自己的心与行为在时时刻刻左右命运。'出师以后，我时时都在琢磨着师傅对我讲的这番话。我是搞这行的，我自己知道自己的命有几斤几两，要想独享这番好风水，我没有那份业缘，也就承受不了那份业报。这样的想法一直以来都在我的心中辗转反侧，每当想到这些，又想到你对我的嘱托。以前你总是催我，我都下不了决心，所以也就无法明白地答复你。这次财主出去了一趟，几天没有见着他的时候，我又成天在想这个事，既然我的命中享受不了他们那风水所赐予的福报，倒不如遵循你的嘱托，帮你把事办了，拿到你的酬金，也就不算是不义之财了。二则我那边为财主造桥，自古以来修桥铺路都是修阴功，做善事，即使我想法子从财主那边多弄些钱，那也是天经地义的。凭着我的本事，弄得点钱就回家去，把家里那几间老屋修好来，再买几亩好田，给娃仔娶上媳妇，就在家安心养老算了。但是我想到这里，也不由得暗自反复思忖，我这样做了，一卦好生生的风水宝地就毁在我的手中了，我最终会遭报应的。"

师傅讲到"报应"两字，自己心中冷不丁地又激灵了一下。但他一想到事已至此，已是悔无可悔，便义无反顾地横下心来。他继续对老板，又像是自言自语地道："管他以后受什么报应，反正，我一生无法得到的，那就让谁也不要得到，'大伙不过年吧'。老板你不也是这样想的吗？"他反问了老板一声，有意识地把老板拉进"报应"的情绪纠结中来，然后继续道："经过一番激烈的思想斗争后，我就下了山，到之前那天光照着的地方，仔细地考察了一下。看到了那微微露在地面杂草丛中的石头，确认了那就是要跳龙门的鲤鱼了，只是当下还被泥土掩埋着未露出形来。所以一般功力的风水师傅也是看不出来的。即使是我，没有刚才那一阵子天眼顿开的指引，我也很难看得见这个隐秘暗格的。所以，就在那时，我就打定了主意，决定就从那里下手，把那要跳龙门的鲤鱼整死，让它边山村这条鲤鱼永远也跳不过龙门去。他财主家的风水就到此为止，再也发不下去而慢慢衰落了。"师傅终于对老板和盘托出了他对财主家的风水，施行的一整套阴谋计划。

二

"这个方案从那时起，就已经在我的心中定了下来。你以前总催我，我也不好对你明讲，你说这种事能随便讲吗？一旦机宜泄露出去，我还怎么做人做事？所以只有先瞒着你咯！现在做成了，本来还是不到该对你讲的时候，怕你一旦高兴，不小心说漏了嘴，岂不害我脱不了身。但是，我又想，这些事不告诉你，你也不会相信，而且这事是帮你做的，出了事，你可是主谋，我们两个都难脱干系，你总不会把自己害了吧？所以今天也就干脆都对你讲了。我现在已经在那鱼背上凿了个坑，我再找个时辰，再施点符法下去，那灵鱼就成了死鱼，就只是一尊石头了。但是，这种事情不是什么吹糠见米的生意，眼下你是看不到什么结果的。至少要经过两代人至三代人后，才会开始显现应验的。也就是说，过了 50 年后，财主家就如大海落潮般的开始败落了。到了一百年之后，他们就会变得一无所有。唯一能剩下的只有他现在的那座庄园的空架子。而且就是那些空架子也都已经不再属于他们家的了。"师傅继续把他心里想对老板讲的话，全部讲了出来。

师傅继续往下讲道："当然，我讲的这些，你我都不可能再看得见了，只有到了你的子孙后代，可以验证我现在讲的话。所以说，这件事你信与不信，只有随你的便了。但是有一点，我若对你讲清

67

楚了，到我走了以后，你就马上可以认证真假了。然而，要我现在就对你讲清楚，我有两个担心，一是让你知道了你的目的已经达到了，我们之间的口头承诺你就不承认了，我岂不是要吃哑巴亏？二是如果你不讲信用，而且还有心要害我，故意把这个秘密透露给财主那边的人知道，到时候我就不只是吃哑巴亏的问题，而是引来杀身之祸了。你说这样的事给财主他们知道，他们不把我剁成肉酱才怪！你想，这样的事我能不特别小心？现在的事，就是你必须立即兑现之前对我的承诺，帮我尽快地离开这里。我让我手下人把收尾工程做完，到时候眼见为实，也就不由得你不信了。"

老板听得师傅说到这个程度，也就不能不信了。但心里面却还是免不了有些儿疑惑。他想：这师傅真的就这么连招呼都不打一声，就在不声不响间，把这样一件能惊天地、泣鬼神的阴谋给办成了？这中间有多少真话多少假话？一时也还是说不清。总之是难以让人完全相信。老板自己心里明白，他求师傅办的这事，不是一件小事。如果目的达成了，将来，三都这一带百里方圆之内的财富版图就将随之改变，三都大财主的风骚就不再是他一个人所能独领了。所以说，这样的事情，往丑里说，可是挖人家祖坟，毁人家龙脉，贻害人家子孙后代的，伤天害理的缺德事呀！做这种事情是要遭天谴的。只有断子绝孙的人，才做得出这等狠毒之事。

之前要找师傅做这样的事情，无非是想出一出这口窝在心里几代人的恶气。也就是想现报那财主一下，找一件现实的事情，破一破他的财路，损一损他的财气，刹一刹他那财大气粗的威风。也没想到要整他子孙后代破落衰败。自己心里面许诺给师傅的条件也不过几十担，多则也就百来担谷的报酬，够他做生意当老板的本钱，能让他不用再浪迹江湖，想他也就会感恩不尽了。哪曾想到，这师傅反倒比自己嫉妒心还重，下手居然超出自己所希望达到的目的还要狠毒。不过，这样一来，反倒也觉得格外的高兴。这样倒也好，反正我和他财主已经是不共戴天的仇恨了。也算是对他的报应吧。让他把他祖上所得的不义之财全吐出来，也是理所当然。虽然之前对师傅的承诺只是口头的承诺，空口无凭，给他也得，不给他，他也奈何我不得。但是，他做的已经远远地超过我的要求，正像他自己讲的一样，事情一旦暴露出来，财主他们一个村子的人都不会放过他。可想而知，他走不脱，我也就脱不了干系。到时财主他们要报起仇来，那后果就真的难以收拾了。事已至此，只有和师傅好好商量，如何把这件事情稳妥地处理好，不至于让自己被动，坏了自己在地方上的名声。

在这之前，老板为催促师傅尽快达成自己的目的，曾经分别几次给过他一些银钱，但他却从来也没跟老板明确答复过做还是不做，更没有对老板说过他打算怎样做。今天他一来就说是已经把事情办好了，开始时，是让老板感到突然。不过，经老板一再追问，他这么一讲，事情好像也就明白了。而且话又讲到这个分上，倒也不像是编话来诓人的。也只能相信他了。

老板虽然半信半疑的，但又不得不相信师傅所说的话。两个人便商量下一步的事该怎么做。对于师傅提的要求，老板也都爽爽脆脆的答应了。

方方面面的事都商量得周周详详之后，师傅就满心高兴地回去，等着财主从柳府回来，把桥的合龙仪式办了。

三

话头又从财主这边讲起。财主从柳府回来后的情绪状态，让师傅好一番踌躇、忐忑。和粉摊老板商量好的计划，竟一时间不知如何着手。晚上睡觉的时候，都在琢磨着：这财主心里到底想的是什么？对财主几天来的反常表现，他也只好装着视而不见。

工程的事依然按部就班地进行着。合龙仪式也能如期进行，并得以圆满完成。仪式中，财主的态度和表现，与刚回来的那两天像是大有不同。而且仪式结束后，还大摆筵席为师傅们庆功。且还给每一位工匠都分别发了红包。这财主的心思确实让他难以捉摸。

当晚在宴席上，大家都喝得酒意朦胧的了，趁着工匠们刚得到财主分发的红包而高兴时，师傅即席站起，发表了一番感言："工程自开工以来，承蒙上天护佑，也是东家老爷的福缘深厚，天气一直都好，所以众弟兄们为了赶工，也就顾不得休息的累着忙着。现在桥也合龙了，也算是大功告成在即，趁今天高兴，大家也都喝得多了，明天就好好地休息一天吧！"说完，他向财主毕恭毕敬地带上一句："东家老爷，您看这样可以吧？"

　　财主听他这么一说，想到这帮工匠师傅也确实是累了好一阵子了。就接着师傅的话说道："对、对，明天正好是圩日，大家轻轻松松地出去赶一天圩。"众工匠师傅这时候酒也足了，饭也饱了，红包也得了，听大师傅和财主东家又这么一说，心中更是高兴得不得了，于是大家也就次第离席，跟跄着回住处休息去了。席间就只剩下财主和师傅以及刘氏两兄弟，那刘氏兄弟俩正从桌边立起要走，被师傅以手轻轻搭着肩头说："刘师傅你们再陪我和东家老爷坐一下吧。"听师傅的招呼，只见刘石匠那兄弟则回师傅道："对不起！今天我实在是已经喝多，就少陪你们了。你们三个多坐一会吧！"说完不待师傅和财主回话，就跟跄着先走了。那兄长见他兄弟自顾走了，他只好重新落座，抬眼看着师傅。师傅拿起两个酒杯，然后分别倒满了酒，拿起一杯，两手擎到财主面前，让财主接着。财主接了酒杯，便站了起来。师傅自己拿起另一杯酒，擎到财主面前以极其虔诚的态度，对财主说："承蒙老爷您看得起我，把这么好一个工程交给我来做，并且待我如上宾，真正让我受宠若惊，感激不尽！今天合龙顺利成功是托老爷洪福齐天。今天我借花献佛，用您的酒敬您老三杯。"手中酒杯与财主手中的酒杯碰了一下，自己先仰脖子干了。财主见他如此说得诚恳客气，也就跟着干了手中的酒。接着师傅又分别向各自的杯中倒酒，再次敬到财主面前，财主接过杯子，也回敬道："今天合龙成功，得益于师傅的手艺功底深厚，这一杯是我敬师傅，干！"财主本来酒量不高，本来之前高兴，已经喝得差不多了，两人再喝完这第二杯，财主便已显出醉态了，在一旁的刘氏兄长看在眼里。师傅又倒满第三杯的时候，财主见状就双手合拳，向师傅道："我今天高兴得喝多了，我们彼此也都各敬了一杯，你的情我领了，我看这一杯就免了吧？！"师傅酒量好，尚未见醉意，执意要喝这最后一杯。财主推辞不过，正显为难之时，一旁的刘氏兄长连忙立起，从财主手中接过酒杯，向财主和师傅道："我看东家老爷是过量了，这样吧，我替他干了这一杯，如何？"财主听他这么一说，巴不得有人帮他解围，自然高兴。而师傅也正担心，财主素来喝酒都是适可而止，如果财主执意不喝，反是倒了他的面子，既然这刘氏兄长愿意代喝，只要财主乐意，也算是给了面子，于是和刘氏兄长便干了第三杯。财主见酒也敬过了，客气话也说过了，但师傅却还没有辞意，就吩咐家人把席撤了，沏上一壶茶来，三个人坐着喝起茶来。

四

茶喝得几杯下去，解了不少酒意。这时，师傅表情变得严肃起来，正儿八经地，向财主说道："乘今天大家都高兴，我有一事与老爷相商，不知能不能得到老爷的理解？"

财主听了师傅这样一句态度凝重的话，一时有点丈二和尚摸不着头脑，便接口道："有什么大事？你不妨讲出来听听。"

师傅顺势接着财主的话头说道："事情是这样的，现在老爷这座桥的主体工程算是完成了，我是想请老爷这两天帮我把这部分已经完成的工程款算一下，让我带上湖南来的那几个徒弟们先走。这是个不情之请，还望老爷理解、见谅！"

财主见他如此提出，就觉得不合行规。心中琢磨着，这个师傅到底是怎么回事？起初是千方百计地想要接下这个工程，如今已是到了尾声，眼看要功德圆满了，却要中途退场。于是便疑惑不解地问道："眼看工程都到收尾的时候了，你何不帮我一起完成，竟丢下个半阑干的工程给我？莫不是我在哪点对不起你？要让我给人笑话不是？"

师傅听财主如此说，已经感觉到话中带着些嗔怒，如是赶忙接过话头说："不是！不是！绝对没有这个意思！老爷对我是仁至义尽，有过之而无不及，我心里头是明白着的。只是有一事为难，所以今天就乘酒兴，跟老爷提出来商量，我想老爷您是会理解和应允的。"

财主说："怎么一回事？你不妨讲来听听。"

师傅见财主如此说，就觉得财主心中已经有了些许转圜的余地了。便把自己在心中拟好了的说词，向财主缓缓道来："事情是这样的，去年我来柳府以前，途经桂林兴安，经人介绍，在那边洽谈了一个工程。那个工程是一个村子的人家集资做的。当时我和他们村里的长老什么都谈好了，我帮他们做了工程预算，但是他们所筹得的资金不够，还要继续筹款。他们那是众人的事情，我怕工程做到一半资金出了问题，不好解决。他们不像您这里，是您一个人出钱一个人说了算。他们那是众人的事，资金没准备好我就不敢先动工。双方谈好，让他们全部准备就绪以后，到今年秋后我们就去开工。离开他们那里，我正不知去向，发愁我这一帮弟兄，不知到哪里找饭吃。我就把他们带到柳府来闯。也是我运气好，一到柳府就遇上您这桩好生意。我真庆幸我出来时多烧了几炷香，得到先师在天之灵的护佑，能让老爷您看得起我，把这么好的一桩生意给了我。我这心里头一直都在感激着呢！本来这事早该对您先打个招呼的，却是因为我不知道怎么对您开口，也就一直放心里头。眼下约定的时间也到了，再拖下去，就恐怕人家另找了主子，我就要白丢了一桩生意。不瞒您讲，我们干的这行，这几年因为外面兵荒马乱的，实在也不好找事做。今天，您这工程也顺利合龙了，也是趁您心情好，我也多喝了几杯酒下肚，乘着酒兴，才敢向您提了出来。我想，老爷您一定能理解的。”

财主听得师傅如此道来，也觉得是在情理之中。但是，他这样一走，我这座桥不就变成烂尾工程了？

师傅见财主一时间沉默不语，就知道他心里想的是什么，于是接着道：“老爷您放心，我走了，但是我不会就这样一走了之。剩下的收尾工作，我已经在心中安排好了。”

“你怎样打算？”财主听到师傅说已经安排好了，就迫不及待地接口问道。

师傅接着话头说：“剩下的收尾工作，如桥面、栏槛，还有南北两头的引桥。这些都是面上的活，除了栏槛需要讲究技艺之外，其他就是力气活了。刚才我不让刘师傅先走，要他陪我留在这里，就是想让他们兄弟俩，负责完成这些收尾工作。刘师傅兄弟的手艺您也清楚，您尽管放心。您再给他派几个村里力气好的，精灵点的年轻人做帮手，他们抓紧点时间，最迟到年边也可以全部完工了的。”

财主听说师傅要留下刘氏两兄弟，心中稍微定下神来，但他不置可否地提道：“只是你这半阑干的工程，我怎么好算账给你？”

“这个事我也打算好了，现在，刘师傅也在这里，我们三头对六面的当面讲好，不会让您多花钱，就按我们事前谈好的总价，留下两成作为给刘师傅收尾的工钱。"师傅答道。

"你要我再派几个人给刘师傅帮忙，几个人是白做工的，还是让我给他们另付工钱？"财主问。

"我说了，不会让您多花钱。来帮忙的人，工钱由刘师傅从那两成的工程款中付给他们。"师傅对财主讲完这话，又顺便向身边坐着的刘氏兄长问道："你看这样可不可以？"

刘氏兄长一直坐在桌边，慢慢轻轻地呷着茶，一声不响地听着师傅和财主的对话。他感到很突然。这样的安排，师傅从来就没有向他透露过，没有商量过。今天在这样的场合突然提出来，自己一点心理准备都没有。特别是这收尾工程的工程量，还有工钱根本就没有预算过。师傅自己就一个人定了下来。不过刘氏兄长对这种情况也还经历过不少，经验还是有的。这工程虽然不是他逞的头，但以往他也曾逞头接过一些小工程做过，工程估价他也是会算得八九不离十的。所以在听师傅说留下两成工钱作收尾，他知道这样算也亏不了他，而且还稍有宽裕。所以一边听他们对话的时候，他自己也一边在心中估摸着这个问题。觉得这事是可以答应下来的。再者，这刘氏两兄弟跟着这个师傅，在这里做这个工程这么长时间，对于这一方的风土人情，生活习惯，经济状况，谋生方式，也都有了初步的了解。这里的人们世代相传，以农耕劳作为主，而商业只是作为生活的辅助手段。作为生活所必需的手工业，在这一带却是极为欠缺的。这一带石山多，盛产各种石材，且材质优良。但是，在当地却很难找到有造诣的石匠。石头在生活中用途极为广泛：房屋建筑、修桥筑路、拦水筑坝、器具制作、工艺雕塑等等。而当地人对于石材加工的手艺却是不甚精通，当地的工匠仅能从事一些工艺要求不高的粗活，如修筑路基、房基，建堤筑坝等。而要求稍微精细一点的工艺器具，如建房需要的门头、门槛，楼廊、牌坊，碑撰、石刻，雕塑造像等，甚至于磨盘、碾磙等之类的石器，都要到老远的地方去请来石匠师傅，或到外地定制。所以他们也就觉得，如果他们两兄弟能在这里待下来，凭着他们的手艺，就正好可以弥补当地这一行的空缺，就靠做石匠这行，还是可以落得下根的。有了这样的想法，又听师傅与财主的这番对话，他起初是犹豫了一下，但稍加冷静下来后，他也就当着财主的面，应允了师傅的安排。

财主见刘师傅已经当面应允，他对刘氏兄弟本来的印象不错，心里头也就默许了。再者，这次从柳府听到的关于师傅的一些传言，对师傅的人品已是不再如从前一般的敬重了，心里头有了疙瘩，感情上也就产生了隔阂，就不想再花心机和他继续纠缠下去，于是，当即就点头应允了师傅的安排。他们三个人就此当面达成了关于工程的移交，以及工费结算办法的协议。

是时，天色已是不早，三个人各自回房歇息去了。

五

合龙仪式当晚，工匠们都带着醉意回屋睡觉，第二天早上醒来，见天时已晏，但却没有听到师傅来安排工作，来催上工。就找到师傅问。师傅说："昨晚喝酒的时候，不是对你们说过今天休息，给你们去赶圩玩一天吗？"听师傅说，众人才想起昨天在宴席上师傅和财主讲过的事。此时，师傅也乘机把昨晚与东家财主达成的协议告诉了他们。叫他们继续休息两天，并收拾好器具行李，准备到桂林去。

工匠们都有些想不通：在这里做得好好的，东家对我们又客气，工程又还没有做完，怎么就丢下做了一半的工程走了呢？这样的事过去虽然也曾有过，但那都是因为师傅和雇主之间产生了矛盾，或因雇主对师傅怠慢刻薄；或因师傅手艺不精，工程质量达不到雇主的要求。眼下这个工程，这两方面的问题都不存在，但师傅却为什么丢下半阑干的工程就走人呢？他们心里想不通，但又不好问师傅。因为他们知道，他们这个师傅时不时地，会做出一些让人莫名其妙的事情来，而且从来也没有向他们解释过为什么。那个刘氏兄长也没有把昨晚他们三个人商量的事告诉他们。他们只好在心里犯着疑惑。

到了第四天早上起来后，洗漱完毕，早餐前，师傅才交代工匠们，吃完早餐就收拾包袱赶路。

这顿早餐还是蛮丰盛的，有酒有肉。财主在头一天晚上就吩咐厨房，准备一桌酒席，给师傅一行饯行。财主和刘氏兄弟都陪他们

74

一起喝了酒，吃了饭。席间兔不了相互客套一番，彼此都心照不宣，知道那些话里没有多少真情实意。酒足饭饱过后，师傅和工匠伙计们回房把收拾好的行李，背的背、挑的挑，来向财主辞行。财主及刘氏兄弟一起，把他们送到那尚未完工的桥头。师傅到桥上走了一转，最后用一种隐含怯惧的眼神，朝那石头鱼背上凿成的石坑走了过去，匆匆瞥了一眼，以略带歉疚的语气，拱手向着财主躬身一揖，然后以带着嘱咐的口吻，对着刘氏兄弟说："这以后的工作，就拜托你们兄弟俩了。你们先把两头的引桥筑起，桥面栏槛就好做些。这些你们都懂的，我只顺便啰嗦一句，剩下的事就辛苦你们了。"师傅话音刚落，正准备转身要走，冷不丁觉得好像双脚被什么绊了一下，整个身子就不由自主地扑倒在那个石坑前面，一时间让他感觉到大脑里一片空白，竟然不知所措，当他意识到自己是不慎而摔倒时，正待要爬起来，两条腿膝盖以下的部分却怎么也挪不动，只能靠着两只手臂撑起上身，让旁人看了就像是师傅在向那尊石头鱼在跪拜一样。当他完全恢复了意识后，才醒悟到，自己这个鬼使神差的下意识举动，是冥冥中神灵的警示，到底是警示着哪方面，匆忙间也就来不及推敲揣测，只是在心中泛起一阵隐隐的忧虑，赶紧爬了起来，拍一拍膝盖，领着他从湖南带来的一众工匠伙计，朝着圩上走了。财主把师傅的这一连串的下意识动作看在了眼里，怀着莫名的思绪，一直看着他们的背影，隐没在街口的拐角处，回身和刘氏兄弟一起回庄园去了。

　　刘氏兄长看到师傅刚才那下意识的一幕，则更加深了他心中原来所求而不得其解的狐疑。

六

　　师傅一行八人，从高头圩沿着圩街中间，向底下街走去时，心里总在想着，刚才是怎么的了？在那石坑前过的时候，不知怎么回事，竟不由自主的两腿发软地跪了下去，莫不是那冥冥中的神灵显了圣？这将预示着什么呢？这一下正忙着赶路，也没时间去掐算掐算，只是边走边在心中揣度着，不知是福还是祸？

　　走过烧鸭粉老板粉摊门前时，老板正做着生意，他故意向老板

75

大声打着招呼，然后向营盘街、经大河街、过伏龙桥，朝大枞坳走去。这一路上师傅和他的伙计们一行八个人，好像都怀着心事似的，都在默默地走着。待他们下了大枞坳，大家的心情才逐渐地开朗起来，步履也轻快了许多，不到酉时就到了柳府。他们径自从鱼峰山下的小龙潭边，经灵泉寺山门前过，往驾鹤路走去，投宿在驾鹤山东麓，在半山酒店北侧临江的一家客栈里。这家客栈是平南人开的，所以就叫"平南客栈"。在这里投宿的都是些广州、梧州、平南、桂平一带来的生意人。也有一些北边省份来的，卖狗皮膏药的、街头卖武的、耍把戏的江湖艺人。

平南客栈沿江边往上半里地，是赵家码头。赵家码头是从河南到河北进入柳府必经的船渡码头。从赵家码头溯江而上，可到柳城旧县。旧县凤山镇是龙江和融江的交汇处，西上支流是龙江；凤山是柳江的江尾，融江的江头；再北上经大埔，小长安，丹洲、老堡到融江江尾；从老堡再往西去是富禄，则进入都柳江河段，再溯流而上可进入贵州从江、榕江，直到贵州独山境内是都柳江的源头，也就是柳江河的主源头所在。川黔滇等西南各省往下江的梧州、广州的商旅、货物，就是沿着这一条水道顺流而下，到达柳府时，都在这个码头靠岸泊船歇脚，或换船转运。客人都就近投宿在沿江的赵家井一带客栈、货栈里。

从平南客栈沿江边东下两里多，就是蟠龙山。蟠龙山壁立于柳江河畔，阻断了沿江的陆路通道。蟠龙山东麓是柳府东郊的窑埠古镇。从驾鹤山下绕过蟠龙山西南麓，约五里路程可到达窑埠古镇。窑埠古镇与柳府东门城楼隔江相望，窑埠码头是柳府近郊的商埠码头。从下江来的商旅货物，以及柳江东岸周边乡村的土产，都是先到这里，然后转运进入柳府交易。许多城内的小商小贩，乘渡船来往于窑埠和东门间，贩些土产米粮回柳府卖，还有差价可赚。在窑埠码头的江边水面，舟船连横，樯橹交错；装船卸货的挑夫、苦力，下船登岸的客旅、水手混杂穿梭于码头江边，吆喝之声日夜不息，一派繁忙景象。窑埠是个商旅汇聚的滨江古镇。许多从下江来的，往下江去的客旅，都喜欢在这里投宿。而且要到下江去的客商，在这里也容易找得到顺水的便船。因为这里是郊外，住宿、伙食都比柳府便宜，且来去便利。师傅选择投宿在平南客栈，就看中他地处赵家码头和窑埠码头之间，要到赵家码头，只消溯流而上不到半袋烟工夫；要去窑埠码头则顺水而下，也不过一袋烟的工夫，都极为便利。

师傅一行到了平南客栈投宿时，客栈老板见他们一共八个人，则吩咐小二给收拾了两间大房，让他们安顿了下来。小二是个上了年纪，腰身不太灵便的人，但人很开朗热情，端茶送水的随喊随到，他听得出师傅他们是湖南人，不时地还和他们聊上两句，并说他早些年到过湖南，让他们有什么事就尽管吩咐，他乐意为他们跑跑腿帮帮忙。

在客栈安顿下来，稍加歇息后，已是到了该晚饭的时间了。工匠伙计们都七嘴八舌地嚷嚷着，打主意如何吃晚饭的事。有人就提出，大家到城中饭馆去吃一顿，并且得到众人的附和。师傅当时正在心中思谋着自己晚上的事，听了众人的议论，也就顺水推舟，纵容他们到城中饭馆里好好吃一餐，顺便好好地玩玩柳府的夜市风光。得到师傅的赞许，众人欢欣雀跃，纷纷起身，各自打理了一下装束，簇拥着师傅，便向赵家码头走去。

到得码头边，看着渡船正缓缓从河北向河南摆过来，大家准备登船过河时，师傅就对工匠们说道："今晚这顿饭我就不和你们一起吃了，我还要在这边河会一个老朋友，你们去吃，所有花销都由我包了，你们就好好玩一个晚上吧。"大家听师傅如此说，也巴不得师傅放手给他们自由，随他们自己的意，他们也想进进牌馆、青楼去试试手气，尝尝新鲜。成年累月地背井离乡，奔波劳碌，好不容易有点闲心，师傅又刚给大家发了工钱，各人身上都带得有钱，有了底气，哪个不想放松放松？这些工匠们大多都正值青壮年，玩心重，师傅是过来人，心里自然明白着。

渡船靠了岸，大家就争先恐后地挤上船去了。师傅自个儿回转身，一个人沿着码头拾级而上到驾鹤路，然后径自朝谷埠街走去。

师傅到得谷埠街，打听了鱼峰米行的去处。这个鱼峰米行，正是粉摊老板家开的米行。米行经营的都是本县的一都、二都、三都所产的优质稻米。尤其是一都的油粘米，最受柳府人的青睐。所以，米行生意一直很好。

其实粉摊老板家在三都街上算得是数一数二的富裕人家，素来受人恭维。但他就是看不得别人比他还富有。特别是自从三都出了个"大财主"的名头，但这个名头却不属于他，他便不由得在心中产生了嫉妒心理。再加上从他家祖上几代人流传下来的那个故事，就促成了他与大财主家的家族恩怨，促使他暗地里要和大财主争雄三都财富霸主地位。以致引发了这许多的明争暗斗来。甚至动用了江湖术士、左道旁门的招数，可谓不择手段。而大财主对此却一无所知。眼看他与大财主的暗斗已经进入最后的，决定胜负的关键时刻，为了不使他的阴谋遭到败露，他不便于亲自出马，于是就决定动用他在谷埠街的这个米行，让米行掌柜来完成他的整个计划的最后环节。

七

师傅到了鱼峰米行，已是夕阳西下的时候，小二正打点关门。他向小二说明了来意，说是要找老板有事相商。小二听说，向后吆喝了一声，一个掌柜模样的人就从屋后走了出来。师傅见并不是他所认识的老板，便开口说，我要见的是三都粉摊的韦老板。于是这掌柜便说，他是我的老板，我是这个米行的掌柜。你是湖南陈师傅吧？我们老板已经交代过我，说你要来的，要我把所要准备的都准备好等你。

其实，这个掌柜早就认识这个师傅。当初为了让师傅能与财主接上头，所动用的那些九八佬都是他的线人，那些在行内流散着的所有流言风语，都是这个掌柜设的局。对这些个中情节，师傅自然也就蒙在鼓里。只是到了要和师傅直接谈交易的时候，掌柜才安排了老板和师傅的见面。而所有一切幕后的操作，实际上都是掌柜在暗中进行着。包括财主前阵子来柳府所听到的传言，也都是掌柜所导演和编排的。还有那天的合龙仪式上，当初促使财主和师傅接上头的那个牵线的九八佬，也捧着一大卷喜炮，混迹于来捧场贺喜的亲朋当中。当时财主只是没有特别的留意他而已。所以，那鱼背上凿石坑的事，老板和掌柜在心中是认可了的。

师傅听得掌柜如此说，便随掌柜到后屋里间坐下。掌柜叫小二端来茶具，沏上茶，让师傅喝着茶，他就从一个床头柜子里拿出一个大包袱来，摊在师傅面前说，这是老板吩咐准备的，一百担谷的现钱，你点一下。师傅见面前这一大堆的现钱，先是心里一阵激动，几乎不敢相信这是真的。继而在心里想道：这老板为了要整人家财主，还真的舍得下本钱，难道就真的只是为了那不知真假的，前辈人流传下来的仇恨？想到这，他心里头又犯起了一阵情不自禁地寒战，不由自主地暗生了莫名的恐惧之感，让他油然而想起，当初在和老板洽谈这桩生意时，老板曾许下"我绝不会让你在这里出事"的承诺时，他当时也有过这样的感觉，那是因为老板话中所强调的"这里"两个字，使他联想到"这里"以外的可能性，让他第一次萌生了对老板的警觉；而第二次，是在和老板密谋实施对财主的手段和招数时，对老板道出了他自己内心的顾虑，他对老板说的"我这样做了，一卦好生生的风水宝地，就毁在我的手中了，我怕最终会遭报应的"。那是他从自己口中讲出的"报应"两字后，在自己内心犯起的一阵激灵。而这第三次，是他在面对着眼前这许多钱的时候，想到这老板竟然为了自己祖上流传下来的，且不知真假的仇恨，而不计成本、不计代价、不择手段地复仇心理时，感觉到这老板内心的阴暗和不可理喻，更是让他产生了一种莫名恐惧的不寒而栗。此时，早上从财主家出来到桥头那石头鱼前时，那个下意识的动作又浮现在他眼前，于是，他不敢在此逗留太久，也不管那些钱是多是少，不加清点地，匆匆包好藏在贴身处。掌柜见状，就问道："师傅你不清点一下？出了这米行，我可就不负责了啊！"这师傅心里是虚的，又听了掌柜这一声言语，就更是如躲鬼躲进庙里一样地令人毛骨悚然。于是慌忙言不达意地应到："不会的，不会的！"连茶也不喝就告别走了。掌柜让小二送到门口，伸头看着他匆匆而去，便关上了店门。

师傅沿着街边，从骑楼下匆匆向江滨走去。到得街头，便拐进驾鹤路，朝着驾鹤山而去。他一路走着，还不时地回头望望，看是否有人尾随其后。总算回到平南客栈，他那些工匠伙计都还没有回来。于是他关好房门，从身上把钱拿下来，收拾好，放进他那个贴心的，他有心要收为徒弟的，最年轻的伙计的行李担子里。然后放进他睡觉的床底，也不洗漱，就在床上躺着闭目养神。一直等到他那些工匠伙计们陆陆续续地回来。他那个徒弟给他打来一盆热水，叫他起来草草地洗了一把脸，泡了一下脚，然后才安心地睡了下去。
这时，他竟忘记了，他自己晚饭都还没有吃呢。

第七章　张网以待图谋落空

一

第二天起来，那些工匠伙计们，都出去吃了早餐回来后，问师傅，什么时候启程去桂林？师傅说，不急，今天大家就继续过河，到柳府再玩一天吧！我还有点事要办一下。他把所有人都打发走了，只把那贴心的小徒弟留下来，交代道：我今天要出去一阵子，你就不要出去了，在家里给大家看着点行李物件。昨天刚分的工钱，他们不会把钱都带在身上出去玩，肯定在行李中、笼箱里放有钱，你就在家帮他们看着点，特别是我们那个笼箱。出门在外的要多留个心眼，不要随意离开房间。看着小徒弟点头答应并上床躺下了，师傅就放心地出去了。

师傅先是到赵家码头边，打听了一下，明天往下的船。恰好遇着有一趟装着山货，从富禄下来，准备到白沙江口卸货的船，货不多，明天早上辰时起锚。这时船老大正在码头边看着补装点短途顺水货，正好也是到三门江码头上岸的货。

师傅就大声地和船老大搭讪着问道："老板，明天什么时候开船？还可不可以顺带我们一帮伙计到三门江？"

船老大听说是顺水短途的乘客，就问有没有货？师傅说："我们都是手艺人，只是各人的随身行李，还有吃饭的家什而已。"

老大听说没有货，就应道："没有货倒还可以，短途的就嫌装货卸货的误时间。一共有几个人？"

师傅应道："总共就八个人。"

老大说："那好吧！明天你们可要早点来，巳时前就要开船的哦。"师傅跟老大问了船钱，就算谈妥了。这时摆渡的船刚好准备过河，师傅就加快了几步跟着渡船过河，到府城里去了。

师傅进到府城中，就径直到东门码头上了渡船，过到窑埠码头上岸。到窑埠镇上不到一个时辰，就回转到府城中来了。

他回到府城中转了一圈，买了一些柳城云片糕，三江米粽，等地方上有点名气的小食，晃悠悠地提着回到客栈里。那些出去玩的伙计都还没有回来。只有他和小徒弟两人。他们也就不出去吃午饭了，拿起刚买回来的三江米粽，剥了粽叶，还是暖的，就吃了起来。各人吃了三两个粽子，也就饱了。叫小徒弟沏了两杯茶来，师傅拆开了一包云片糕，两师徒又就着茶水，慢慢地品尝起来，算是对付了一个午餐后，就各自钻进被子里睡起午觉来。等到一觉醒来，见那些出去玩的工匠伙计们也都陆陆续续地回来了。

看看已是吃晚饭的时间，师傅把钱给他那个小徒弟，到驾鹤街上，砍了两只烧鸭，再称半斤油炸花生米，一斤叉烧，打两三斤米酒，炒两碟粉回来，就在客栈里，一帮子师傅伙计，围着就算是吃了晚饭。他边喝着酒，边大声地告诉伙计们，明天早起要赶到赵家码头登船，到三门江上岸，往雒容走，争取明晚到鹿寨歇脚。然后走黄冕、永福到桂林去。伙计们听说还有一程船可坐，便开开心心地吃喝，一直喝到晚上亥时，草草地抹把脸，冲冲脚就上床都睡了。

二

话分两头。早上师傅到赵家码头找船的事，当时码头上来往上下的人群中，早就已经有人在不动声色地，悄悄留意着他的一举一动。待师傅最后一个跳上渡船过河时，鱼峰米行的掌柜就已经知道得清清楚楚了。及至当天晚上，师傅一帮伙计在客栈里吃烧鸭喝酒的事，还有师傅跟伙计们讲的话，也都传到掌柜的耳朵里了。

且说这个掌柜自小跟在老板身边，一起玩，一起念书，一起练过拳脚、习过武艺，在一起闯过江湖，一起下过赌场，一起逛过窑子。他天性聪颖，心眼活泛，且善解人意。尤其精于算术，一把算盘子玩得随心所欲，哗啦啦眯着眼三下五去二，毫厘无差。经过他的手做的账，让人一目了然。这个掌柜可谓多才多艺，且工于心计、足智多谋。他处事经验老到，各种事务到得他的手中，由他处置，事事周到圆滑，不留后患。许多事情，老板都不得不仰仗于他出主意、定方略，凡有大事都得与他谋划。所以在老板父辈上就一直没把他当外人。从他父亲起，两代人都是老板家的贴心跟班。老板家的家业，离不开他们爷俩的功劳。

师傅的行止掌柜了若指掌。当晚就把第二天的人事安排、行动方案等一应事项调度停当。他所谋划的程序、措施，招招都在师傅的前面一步。师傅昨天傍晚来到鱼峰米行，顺顺当当地拿到了他朝思暮想得到的那笔钱，他那又高兴又害怕，连数都不数一下就匆匆带钱离去的样子，这些情节，掌柜却是都看在眼里的。原来老板叫他筹备这一大笔钱，说要给师傅的时候，他就疑惑地问过老板："就真的给他这么多钱？"老板说"钱要给他，讲话要算数。要不然让他在这里和我们翻脸，我们在这一带还怎么立脚？但是，这钱还要想办法要回来，只把钱要回来，事情最终还会败露，要想法子连人带钱一起要，这件事情才会成为永远的秘密。"听老板如此说，掌柜心中就完全明白了。所以，这钱他是准备得足足的，分毫不差。

这掌柜在柳府市面混迹多年，已是白道黑道都能喊得应的角色。在白道中，到官府衙门走个关节，求个人情，都是小菜一碟。当年老板和财主的官司，就是他起的头，开的路。只是财主的底子硬，在柳府这里摆不平，才往上推到桂林去的。在黑道中，他随时都可以调动几十百把个，横得心下得手的道中人。应付这一类事情，他那是驾轻就熟，花不了多少心思。

第二天早上寅时，一艘轻便的快船，船上载着二十多个乡下人装束的中年人，在晨雾弥漫的河面上，从上往下，经过赵家码头，轻快地向下驰驶而去。

一路顺水，船行如梭，若过得一个时辰左右，船便到了洛埠河面，那船向江北岸的洛埠码头靠了过去，有五个人跳下船径自向码头上走去。船继续顺水下行。又过得不到半个时辰，到了三门江河面，船头慢慢偏左，靠向三门江渡口东岸码头。船上人陆陆续续下船登岸，上了码头，三三两两成群结队，沿岸向北而去。从头数来，共有一十六个人，个个步履轻盈，行色匆匆。那船上只剩下船夫一人，待所有人上了岸，便将船掉了头，沿着来路，溯流而上。

<h1 style="text-align:center">三</h1>

这个时辰，三门江渡口空寂无人，只有一艘渡船孤零零横靠江边。江面上晨雾正慢慢消散，但却看不到一丝天光。两岸山间的丛林依然迷蒙而宁静，看不到树巅摆动，也看不见竹丛摇曳，没有风

吹，也没有虫鸟的啼鸣。当下已是晚秋，这个天气不会好得到哪里去，不下雨就算是好天气了。

上了岸的人，很快隐没在密林间的小道上。

三门江是个千年古渡。从这里上岸，往北去几十里，就是雒容镇，路途不算太远。早百年前，这一带都是荒山野岭，草木森森，旷无人烟。沿途山径曲折逶迤，衰草没膝，败叶覆道；山边怪石嶙峋，大小洞穴星罗其间，一派阴森冷落之状。在山风呼啸间，伴着虎啸猿啼、狐悲鬼叫之声；秋末冬初的晨昏时节，更是薄暮冥冥、天昏地暗、万籁俱寂，唯闻林涛阵阵，落叶萧蔬。身临其境，难免让人生出恐怖惊悚、风声鹤唳的感觉。通常在这条路上行走的，都是三五成群，相约做伴而行，非英雄虎胆之士，谁敢单身冒险犯难，选这样的路走？尤其在那不太平的太平天国年间，太平军势力虽然未曾染指县境，但太平军在南京立国的消息，已为天下所知，清朝统治尚能维持多久，难有定论。在此情势下，群雄峰起，遍地狼烟。两广一带本是太平军老巢，洪杨义军北上后，原本已有规模的天地会，也就趁机跟风起事，势如潮涌，波及两广各地，更加剧了世道纷乱而致民生不济。一些乡间宵小之徒，也趁机邀约、串联，拉帮、结党，或揭竿为旗，啸聚山林，自封为王。但又自知实力不递而胸无大志，不敢去攻州夺县，怕惹来官府剿杀。却假以杀富济贫之名，专找些偏远乡村的富户甚或平民百姓，公开的奸杀掳掠；或有三五鸡鸣狗盗的市井之徒，也趁乱暗中结伙，但又不敢公开张扬，而是半工半农、亦商亦盗地隐迹于市，平时专事小偷小摸各找生活。嗅到发财机会，就临时凑合到一起，干上剪径劫财的勾当。干得一票后又作鸟兽散，各自回家，等待新的机会。一些荒郊野岭，山险林密的偏僻古道，常常成为这类歹徒的出没之地。从三门江这种远离人烟的古渡口，到雒容之间的这段路途，因为形势险恶加上时势纷乱，知道的也就没有多少人敢走，因而更显得凄清冷落。当掌柜的咋听得说，师傅要走这条道上桂林，起初他还不敢相信，经再三证实了，不由他不暗自心中高兴了。

从这渡口上岸，匆匆隐入那山间小道中的一帮人，正是米行掌柜头天晚上调度来的一帮黑道中人，连船夫共是二十二人。在洛埠下了五人，从三门江渡口上岸的还有十六人。掌柜的算计好了，以两个对付一个的办法，足可收拾师傅一行八人。他们个个包袱里都藏得有匕首、火枪等家什。他们此行的目的，不用说就是为那师傅和工匠伙计们身上所带的，从财主家拿到的工钱。还有从米行得的，掌柜所给的一百担谷的价款。他们到了山道上一个拐角地方，找了一处便于隐匿，又近道边的现成山洞，留得人在来路上望风，其他人就在洞中歇着。一切布置就绪，就等着师傅一行人的到来了。看这架势，那师傅一行今天要在这条古道上过，就难免凶多吉少，人财两空了。

四

　　话说那师傅是江湖艺人，除了精通造桥以作谋生之技外，还兼以风水堪舆和命理占卜，且常年混迹江湖，跋山涉水、走南闯北，周旋于白道与黑道之中，自有一套防身制敌的武功奇技。同时，当年他拜师学艺时，他的授业师傅还是个身怀抱负的武林隐士，见多识广，对兵书阵法也颇有造诣，见他练功用心刻苦，想他日后定当大有作为，便把自己毕生所学尽数传授于他。再加上他自出道以来，历练了这许多年，早就不是一般人眼中的石匠而已的等闲之辈了。加上他天性精明隐忍且善于钻营，锋芒从不外露，他一身所怀技艺，老板和掌柜，乃至财主等一干人，也就难于知晓了。在这一点上，掌柜就看走眼了。

　　师傅一众工匠伙计，昨晚都喝了酒，有烧鸭、叉烧、花生米，外加三江米粽，炒粉，还有云片糕，随各人喜爱，尽吃尽喝，酒足饭饱后，都躺到床上睡下了。师傅一夜并没有像其他人一样睡得那么香甜。他躺在床上辗转反侧，久久不能入眠，熬了两三个时辰，才迷迷糊糊了不多会，看看外面已是天光乍现，也就起了床。等他洗漱完毕，就把大家叫了起来。让小徒弟叫来早餐吃了，大家在打点行李的时候，师傅就到柜上结了店钱。然后招呼众人出店，朝赵家码头去了。

　　到得赵家码头，那船已是在那里等着他们了。待他们登了船，各找位子坐好，船老大也就吆喝一声，手中竹篙朝那码头石坎撑了一下，稍稍用力，船就离了岸。待调正了船头，放下竹竿，顺手操

85

起大桨就摇将起来。那船顺着水流，缓缓朝江心驶去。

　　这时在码头上，一个商人模样打扮的中年人，一直都在看着师傅他们从半山酒店那边走来，直到八个人都上了船，并看着这艘船离岸向江心划去，渐行渐远，一直看到船影过了窑埠码头隐没在萝卜洲后，他也才离开了赵家码头。米行掌柜正在米行里等着他，听他说师傅他们已经上船走了，心中方才踏实下来。叫伙计早早地开了店门，一面做着生意，一面等待着好消息。

　　师傅他们的船顺江而下，没有风也没有雨，不多时也就到了三门江渡口。无巧不成书，到这里下船的，除了师傅他们八个人外，正好还另有八个也是在这里下船上岸的客人，他们是岸上不远处楼梯山村人，只是搭个顺水船从柳府回家，货也不多。船到三门江西渡口码头，船家只用挠钩搭住码头上的桩子，稳住船身，那楼梯山的几个客人就都三跳两跳地上了码头去了，船老大正待要把船横过渡口东岸码头，好让师傅他们几个上岸。而师傅他们却未见有所准备，船老大正待吆喝他们一声，就见师傅坐在原位一动不动的，对着船老大说："老板，我们不在这里下船了，我们改到鸡喇下，该多少钱我们就给多少钱。"船老大见他们要继续往下走，反正是顺水船，巴不得轻轻松松多赚几个钱。于是招呼他们坐好就开船而去。

　　从三门江到鸡喇这一段水面又宽又直，船走得更是轻松，不到半个时辰就靠在了鸡喇的码头边。师傅他们行李简单，半袋烟工夫都上了岸。船即刻又离岸而去。这时已是申时。鸡喇码头都正在忙碌着。师傅他们就找个不太显眼的，在码头上水的角落坐下，看着上游下来的船。刚才在船上，还没到三门江渡口时，他已经向工匠伙计们讲好了，改在鸡喇换船，再往下走，一直走水路到平南转船到桂林去。工匠伙计们听说一路都不用走路，全部是乘船，个个高兴得很，也就没有人再问什么。

　　不多一会，从上游古亭山江面，出现了一艘下江模样的商船顺水而来。师傅等得一袋烟工夫，那船就到了眼前的江面，他已经看得清那船老大的模样了，正是他昨天在窑埠镇上约好的船。他便立起身，举起手向那船招呼着。那船老大也看清了他，便停住右桨，那船就慢慢地向码头靠了过来。船头刚靠着码头，老大还来不及拿起竹篙稳住船身，师傅及一众伙计便上了船。船还没完全停稳，就又离岸继续开行了。又是一袋烟工夫，师傅回头看时，鸡喇码头已是在眼中变得模糊了。这时，师傅才把憋在胸中的一口气松了下来。

话分两头。这时已是酉时，在三门江东岸山间古道上的那帮人，已是等了一个多时辰了，却未见师傅他们的身影。那为首的又差遣刚才留在岸边上望风的人，再往山边道口上张望。那去望风的人不多时又回来回了话说，从码头到山脚，一个人影都没有，怕是他们从另外的路过去了。众人同时哄哄道，这里哪还有第二条道。莫不是他们没有下船？那个刚才望风的人立即嚷嚷道，我看着他们下的船，我还数了人头，正好是八个人，还有不少东西呢。为首的就追问道，他们是在哪边码头下的船？那望风的人听问，好像是忽然醒悟什么似的赶忙答道，他们是在西岸码头下的。我以为他们会马上随着渡船过河的，我没有继续看下去，就回来报讯了。莫非他们又转从陆路回柳府去了？众人七嘴八舌地猜着。为首的就说，他们又不知道我们在这里等他，既然下了船又转走回去，恐怕那几个人就不是他们。他又转一想，说道，看来是不出掌柜所料，他们可能改变了主意，不走这条道了，而是提前在洛埠码头上岸了。刚才下船的那些人不是他们，而是楼梯山那带的村民。我们赶紧着点，马上赶往雒容去，与老肖他们汇合就知道了。为首的发了话，大家便都赶紧朝着雒容而去。此时天色已近黄昏。

五

自从师傅一行八人，那天从五里卡进到鱼峰山脚时起，在柳府的所有行踪，都在掌柜的监控之下。这掌柜，除了在他的老板面前稍显谦恭外，在江湖上，却是呼风唤雨的角色，颇有一番能耐。他也因此而极为自负。在他的眼里，这个精通周易五行之术的师傅不就是个石匠而已，根本就没把他当成对手。在这一点上，他是看走眼了。因此，他在用人上也就流于粗心，居然让师傅的一着虚招给骗过了。那天在赵家码头看着师傅的那个人，见师傅与船家谈妥后，就信以为真，以为大功告成，又见师傅最后一个跳上渡船摆渡过河，也就赶着回去向掌柜邀功去了。掌柜自以为自己的计划天衣无缝，却不知强中还有强中手，给师傅耍了一招明修栈道、暗度陈仓，便把他的守株待兔之计破解于无形之中。

　　师傅那天在赵家码头甩开掌柜的眼线，过了河，就直奔东门码头过到河东，在窑埠镇里一个船家客栈，找到了一趟往下江到平南的商船老大。那船老大正在招揽往桂平、平南的客商。

　　那年头，自洪秀全在浔州金田村起义后，挥师北上，占了江南十七省后定都南京，建立了太平天国，与清朝皇帝分庭抗礼，朝野震动。清朝皇帝急召各省兵马围追堵截，清剿镇压。太平天国的老巢，两广地面反而空虚，于是各地的天地会也就乘机纷纷起事，烽烟四起，江湖失色，弄得清朝统治者首尾不能相顾。尤其在两广境内的西江流域，官府衙门形同虚设。当时马平境内虽然未遭祸及，水路也未曾遭受封堵。但那些消息灵通的商人，也不愿往下江去冒风险，所以凡是下江来的商船，要回下江去，也就难得找到往下的客商货物了，大多都只得放空而回。唯独今天这一趟船的船老大已来了两天，却还见他不紧不忙，好像是稳坐钓鱼台一样，在等着往下江去的客人。师傅正是通过柳府九八行中朋友介绍，到这里来找他的。这个朋友说，这个船老大是他的老朋友，这船老大的客都是他给找的。他还说，这一趟船明天就走，客也不多，加上师傅他们一起，也不过就二十来人。船老大这次是从平南上来的，这是返程，且是顺水行船，不计多多少少，随便得点脚钱也就知足。船老大嘱咐师傅他们明天午时前务必登船，不要误了时辰。

　　师傅待得其他客人都各自走后，只有他和船老大两个人时，他问船老大道："你这船从这里起航，到得鸡喇是什么时候？"老大说："顺水，走不了几个时辰，大约也就两个时辰，申时即可到达。"师傅说："我的伙计们都在鸡喇住着，明天我们不在这里登船，而是在鸡喇码头待你，船到鸡喇，麻烦你靠个岸让我们上船就得，误不了多少时间，我现在就付给你船钱，你看可好？"船老大见他如此说，且还先付了船钱，也不怕他反悔，顺水靠个码头也误不了时间，也就算达成了交易。他临走时，船老大还再三地交代他，要提前到码头等，不要误了船，到时候船可是不等人啊。这船老大看着他朝码头走去，上船过江去了，心中暗想，这趟差事可就算能完成了。

　　师傅付给船老大八个人的船钱，便又随渡船过河，从东门回柳府去。师傅是个精明人，之前在赵家码头上的事，那是故意做给人看，说给人听的。他早留意到有人一直暗中跟着他。而到窑埠来的事，才是他不能让人知道的。而掌柜的还一直以为，师傅并未察觉到老板的用心和图谋。这是米行掌柜百般周密之中的一个疏忽。反而让师傅的这一招给蒙了。

六

师傅他们乘坐的船，离开了鸡喇码头后，就一路顺水行舟，越滩过峡，船行轻快。师傅自在鸡喇登船后，心中一直紧绷着的那根弦，也随之松了下来。一路上的心情也变得舒畅而坦然了。这时已近黄昏，但是两岸的风光景色依然清晰可见。

这柳江河水，自柳城凤山南下，到柳府西的新圩，过白露洲到鸲鹰洲，磨滩洲，沿着壶城西岸，过西门到小南门，再到东门，然后再沿壶城东岸北上，到凤凰山、上茅洲、鹧鸪江一带后，婉转东去，到洛埠码头又江回岸转而南下，过三门江、古亭山、静兰码头到鸡喇码头，然后向里雍、白沙，九曲十八弯的东下，才算出得了柳府境。沿江两岸青山似黛，一湾碧水荡漾，此时，师傅一行身在其间，谈笑风生，心旷神怡。师傅正自陶醉在自己"明修栈道暗度陈仓"一计成功的喜悦当中，更觉得这柳江的风光简直胜过仙境。

船到得白沙江口江面时，天色已是朦胧，师傅见之前他们乘坐的那艘船，正靠在江口码头边卸货，他们的船沿着航道驰行而过，两船间彼此并未留意，只有师傅自己在意地多看了那艘卸货的船两眼，也没看出有什么异样之处。心中更觉踏实。

这船今天起航得晚，船老大也就不打算在此靠岸歇息，准备赶到石龙码头过夜，明天早起，到明晚天黑前，可能也就到得了武宣与浔州交界之处了。找个合适的码头再歇一晚，第三天就可以早一点到达浔州府城。

船到了石龙，已是戌时，船靠码头，让客人就近草草吃了晚饭，也不找客栈歇息了，就在船上各自席地而卧，一夜无话。船老大当晚就在船头上，铺上铺盖，囫囵地打个盹，就算养足了精神，天还未黎明，他也不打算把客人们叫醒，就起了锚开航了。顺水行舟，

　　船老大只消带桨在水面轻轻拨划，用不了多大的气力，那船便径自随水漂行而去。行到中午时分，船已是进入武宣地界的黔江河道了。到了武宣码头，也不靠岸，乘客们都在船上各自就着自己带的干粮，算是打发了早餐和午饭了。傍晚时分，到了武宣与浔州交界处，再往前走，就是浔州地段，就没有了可以靠岸休息的码头了，也就只得在下江码头靠岸过夜。

　　这里所说的"下江"，是武宣县内黔江河道上，与浔州交界处的一座临江小镇。前面所说的下江，是对整个西江流域下游地面的统称。这个武宣县的下江码头，是个繁忙的船家码头。从下江码头到浔州码头间的水道，是从柳江到西江的整个航道中，最为险要的大藤峡航段。那里两岸石崖壁立，河道狭窄，滩险流急。曾有多少船只在那里翻覆沉没。相传在那里留下了许多水鬼冤魂，终日盘桓不去，伺机兴风作浪，以图寻找替身，方可解脱阴间地府的缧绁，得以升临天界，重新投胎做人。也是因为有这样的传说，一些世间宵小歹徒，相互勾结，啸聚成江盗水匪，在这江峡河段出没，装神弄鬼，谋人钱财、害人性命。所以，在这段河道上行走的船客，通常不敢在晚上通过，大多安排在午间时分，且要结伴同行，以壮声势。所以，在武宣和浔州两地交界上的下江，就成了船客们靠岸歇息过夜的理想码头，每天都有过往客船货船在此靠岸歇脚，下江也就成了接待过往船客商贾的客栈服务业的热闹去处。

　　师傅他们的这趟船在下江靠岸时，已是傍晚时分，所有乘客自昨天上船开始，已是在船上待了两天一夜，吃的是干粮，喝的是江水，个个都觉得有些腻烦了，都想上岸走走，找个地方好好吃一顿晚饭，找个客栈好好睡个正经觉儿，养足精神明天好去闯大藤峡那个鬼门关。于是，大家就都离船上了岸。船家交代了明晨早起，卯时就要开航，争取在正午时分通过大藤峡。

第八章　败露风水天机

一

　　就在师傅等一船人在下江上岸歇息的头天晚上，米行掌柜派到三门江古道上，拦截师傅等一行人的那帮黑道中人，在三门江到雒容的古道上，苦苦等了一天，却未见到师傅他们的踪影，眼看天已黄昏，那领头的老大心中思忖，怕是不出掌柜所料，那一帮石匠一定是真的在洛埠上岸了吧？于是就招呼众人，急急地赶往雒容而去，和洛埠过来的人会合，看情况按第二步方案实行，等师傅他们出了雒容后，再行下手。这是掌柜为了万无一失而预留的一手。

　　与此同时，从洛埠码头上岸的五个人，也正从洛埠向雒容而来。他们是掌柜为了预防师傅那帮人途中改道，在洛埠上岸，有这五个人在此等候，他们则仍然难逃掌柜的手心。掌柜吩咐这五个人：要是发现师傅那一帮人在洛埠上岸，他们五个人就分两组，前二后三地跟着师傅他们，若师傅他们中途再有变动，那后面的三人就由一人通风报信作联络。掌柜的筹划可见得是极为周密的。这五个人在洛埠码头上等了约两三个时辰，其间曾看到过有一趟下行的商船经过，船上有人有货，但未见在洛埠码头靠岸。相隔一个多时辰，又见得有一趟状似下江模样的商船经过，船上客人不多，也未见有大宗货物行李。等到了黄昏时分，也没见着有人上岸，心中以为在三门江道上的老大他们一伙已经得手了。于是按事先的约定，也就直奔雒容，和三门江上来的大队伍会合。

　　从三门江上来的一众十六个人，到得雒容时已是傍晚时分。到了约定的接头地点和洛埠来的人会合后，方才知道，从洛埠上岸的五个人，原来也是扑了空的。一众二十一人也不顾天黑，立马分成三帮，星夜赶往洛埠码头。夜半时分到得洛埠码头，那船已在码头等了多时。急急地都上了船，那船夫就尽了最大的力气，划开了双桨，溯流而上，向黄村码头划去。

　　边行着船，大家也就七嘴八舌地议论着，猜测着。有人说，那帮湖南佬根本就没上那个船；有人说，在三门江西码头上岸的八个人，就是他们一伙，可能他们又回柳府去了；有人就反驳道，他们为什么要回柳府去？他们又不知道我们在三门江道上要劫他们；老大不耐烦地吼道："你他妈的乱猜一通，我就担心他们是直接跟着船顺流下去了"。有人说，他们跟船下去，不是和他们要回湖南背道而驰，越走越远了？老大说，什么越走越远？他们到了白沙江口不会上岸？从江口不可以乘船到鹿寨？就是走陆路，也要不了多少时辰也可以到鹿寨。讲到这里，大伙又七嘴八舌地嚷嚷开：如果是这样，那我们现在再返回雒容，赶去鹿寨，兴许可以赶在他们的前头到达鹿寨。但是，这个时候，他们已是连续地从三门江到雒容，又从雒容到洛埠，行程上百里，且没有好好吃过一顿饭，是又累又饿地已经疲惫不堪，也就没有人响应了。这时又有人猜测道："他们会不会也不在江口上岸，而是换船直接下象州、武宣、浔州去了呢？"老大听了这话，也觉得有这种可能。但他又一想说道："前些时候听从西江上来的人说，西江一带近些年天地会闹得很凶，而且正向着广西的梧州、浔州一带发展，他们要是往下去了，不是自己找死吗？这好像不太可能"。听到这，大家也都就此闭了嘴，不再争论也不再猜测了。就盼着早一点回到柳府，好好吃一顿，睡一觉。

逆水行船，那船夫死命地划船，到了柳府他们泊船的黄村码头，已是大清早的了。老大就吩咐大家伙各自散去找饭吃，好好睡一觉，等他的消息。他自己就直奔鱼峰米行去了。

到了米行，掌柜的已是等了他多时，正在着急。老大把这一路上的情况从头到尾，详详细细地给他说了。他听了老大这番话后，感到莫名地失落。他知道，出现这样的结果，说明师傅已是事先就已经察觉，并一直在防着他这一手了。这个湖南师傅不愧是个老江湖，真是老谋深算，自己真是小看他了。

掌柜自知，这样的结果不能怪谁，只能怪自己失算。师傅的行踪是他自己派人监控打探的。他想来想去，那师傅的去向，只有两种可能，一是到江口上岸；二是取远道顺江而下，到浔州、平南、梧州去。到梧州继续走水道，溯桂江北上直达桂林。至于，到江口上岸的可能性不大。因为江口虽有洛清江水路可走，但还得经过雒容、鹿寨。若是从江口走旱路，也一样要经过鹿寨，而且那条路更远更难走。他们既然是已经有了防备，就肯定会想到，鹿寨离柳府不远，也还是在我们所能掌控的地方。只有冒险闯浔州，下梧州，才能完全摆脱我们对他们的控制。虽说最近有传言，西江一带的天地会闹事，但还没有听说闹到广西境内。再说那些天地会的人，也都是农民、船民、手艺人等等老百姓，不像官府那么有秩序有法度。他们也可以自称是天地会的人，也不会有人能识破，他们很容易就可以蒙混过关的。想到这里，他不由得长叹了一声，叹自己竟然败在一个游方的手艺人手上，落得偷鸡不着蚀把米。

无可奈何之下，他也不敢得罪了黑道上的朋友，他只好打点了一些钱，给眼前这个黑道上的老大，让他给他的兄弟们好好吃一顿，就算了结了这件事情。并且交代老大，让所有人以后不再提及这件事。打发了老大后，他就草草地打点一下，赶回三都向老板汇报去了。

掌柜回到三都，已是老板收摊的时辰。他以忐忑的心情，向老板把事情的前后经过说了一遍，生怕老板怪罪他无能。但是，看见老板听他说完以后，并没有太大的反应，好像是没什么事似的。老板反而宽慰他道："钱要不回来也就算了，那钱本来也应当是给他的，因为我们托他办的事，他确实也办好了，给他那个钱也不冤枉，也算是天意吧。"掌柜听老板如此说，一方面心中稍有宽慰，另一方面又觉得有点儿蹊跷。就问道："他做的那事怎么样了？"于是，老板就把财主那边的事向他道了出来。

二

财主那天送走了师傅后，便郑重其事地对刘氏兄弟说"大师傅他们走了，这剩下的事，就拜托刘师傅你们两兄弟了。你们就放心地帮我做完这工程。我不会亏待你们的。"

刘氏兄长听他如此说，连忙应道："东家你放心，我一定会给你做好的。你只要给六个年轻踏实的人给我做个帮手，不出两个月，我保证可以给你做好的。"

财主听了，很是宽慰。就问他，桥做到现在这个样是不是可以通行了？那刘氏兄长答道："只要把桥南的引桥筑好了，通行是完全没有问题的。只是没有栏槛扶手，怕老人孩子或者是夜晚过桥不太安全。有了栏槛扶手就不怕会出现跌桥落水的事故发生。再者，有了栏槛，这桥也就好看些，完整些。也才配得上您恁大一座庄园。"

财主说："栏槛是要的，只是想，大家伙现在看见桥都架通了，一则都想图个新鲜，二则也想图个方便，不想再走那咿吖作响的木桥了。再则也可以顺便试试这桥的牢固和舒适。"

刘师傅听他如此说，也就理解了他的意思，就说："好吧，那我们就把桥南头那截引桥先筑起来，让人们赶圩下田不用再绕远路，同时也可以把那座旧木桥也拆掉了，先通行，然后再整那栏槛，也就不用赶时间了。"财主听他这样讲，也就十分高兴地同意了。

那大师傅离开的第二天，刘师傅就领着财主给他派来的几个年轻人，到桥头下线，规划引桥的工程。他到得桥头，从桥北到桥南两点成一线的拉直延伸，那引桥的西线隔着他所凿的那个石坑也就四五尺远。他心里已经有了引桥的模样儿了：引桥与桥面拉平，正好平着那个石坑。他决定用片石砌筑引桥东西两边路基，中间用泥土填平夯实，以后栏槛搞好了，这桥的整体也就漂亮又实用了。第二天，他就叫那班年轻的伙计们从石场搬来片石，先把引桥的东边路基砌好来，然后清理引桥西边的路基，清出来的泥土就填在引桥中。西边路基砌好后，就近用石坑周边的土挖来填充引桥，同时也让那个石坑凸显于地，形成一个天然的祭台。其实。他的这个设计，正是大师傅原来所设计的方案。也是事出必然。这一挖土填路，就把石坑周边的土都挖了，那原来埋在土下的石头，也就自然地显出了全形来。

那凿了坑的石头，是块生根石，是从下面长出来的。那整个石头的形状，就像一条摇头摆尾的大鱼，那鱼身，鱼背、鱼鳍、鱼尾都活灵活现。尤其是那鱼背和鱼尾的形状和神韵，动感十足；后面还紧跟着几条活灵活现，欢蹦乱跳、嬉戏追逐的一群小鱼。整个画面栩栩如生，简直让刘氏兄弟及一众村民看得发呆，啧啧称奇。

图 19—1（石头风水鱼 作者摄）

那刘氏兄长看到如此画面，禁不住地把目光移向那鱼背上他亲手凿的那个坑上去。不看则已，一看，不由他不冒出一身的冷汗。

那坑不偏不倚，正好是在那鱼的背鳍处。只稍延伸思忖：一条活鱼，在那背鳍处被凿开恁大个坑来，还能活得了？他又再向下想去：这天公造化出这么个神鱼在这里，莫不就是村里这大财主的宝贝？或者就是地理上说的，是这村大财主的龙脉穴位之所在？但是，在这龙脉穴位上凿这么个坑，这鱼不就给整死了？这龙脉，这风水不就给破了、毁了？这将意味着，这样会给大财主造成一个什么样的结局？他越想越觉得害怕。他心里不停地在想着、琢磨着：大师傅为什么要这样做？这财主没有亏待过师傅，也没亏待过我们这帮工匠任何一个人，他为什么要这样整人家呢？这是伤天害理，毁人家世代子孙的事呀！这样要遭天谴的呀。这刘氏兄长想到这些，不由得他不打了个寒战。他自忖：凿坑这事不正是自己亲手做的吗？那大师傅为什么就偏偏要选我来做这事呢？而且叫我做了，为什么又非要把我给留下来收尾这工程呢？这不是明着要陷我于不义，给我头上扣屎盆子吗？让我怎么脱得了这干系呢？想到这些，他的脑子当时就麻木、糊涂而不知所措了。图19－1（石头风水鱼 作者摄）

　　从良心上说，他对不起财主。自从自己参加做这个工程至今，这财主除了对大师傅是刻意的毕恭毕敬，看得出那是出于礼节。而这财主对于他们两兄弟，那是真心实意地爱戴和礼遇有加。那是财主对他们的诚实和技艺的推崇。财主对他的情，是形之于表，存之于心，天日可鉴呀！他越往深处想，就越觉得是对财主有愧又有罪。他此时已是浑身瘫软无力，跌坐于桥头边，面朝着他亲手凿出来的那个石坑，目光呆滞，神魂无主，既羞愧又彷徨，既自责又害怕，真不知如何是好。他的这一表现，让他的兄弟及那帮村民不知所以然，还以为是他突然得病了，赶忙地围过来问这问那，七手八脚地想把他扶起来，要送他回庄园去。此时，他也开始像是回了魂一样，慢慢地清醒冷静下来，面对众人，他无言以对，只深深地叹了一口气，就叫众人收了工回庄园去。他一路走回庄园，一路也打定了主意，回去要向财主道出真相，向财主请罪。不管财主如何处置他，他兄弟就是死在财主手中，也挽不回他对财主造成的伤害和损失。

图20（刘石匠 网络图片电脑加工）

三

　　回到庄园，刘氏兄长让众人各自散去，只留下他兄弟二人。兄弟俩在堂屋见到财主，请财主在堂上坐下，然后那兄长拉着他兄弟一起，面向着财主双双跪下，叩了几个响头之后，面带愧色，眼含泪花，战战兢兢地对财主恳切地诉说道："东家呀，我们对不起你了！"财主看他兄弟俩这架势，一时间觉得莫名其妙，不知所以然。还以为是他们不想干了，赶忙把他俩扶起，问道："莫不是我那些兄弟不听你的调遣？就不想帮我做完这收尾的工作了？"

刘氏兄长听财主这样问起，就赶忙地答道："不是，不是。"

"那你这是什么意思？快起来讲"财主追问着。

见财主追问，刘氏兄长便把大师傅那天如何安排他，在桥南头地里那墩石头上凿坑做香炉祭台的事，从头到尾地讲了出来。他说："我当时就觉得有点蹊跷。按规矩，帮东家做事，但凡遇到涉及东家风水根基的事情，都应当事先向东家讲明原委，征得东家的同意，才能下手的。当时，我正想提醒他一下，但您那天正好不在家，我又不知道他是不是已经跟您讲过。当时离合龙的日子时间又紧，我也就不便多嘴，只能按他的吩咐去做了。再者，我没有那个功力修为，也看不得那么深，想不到那么远，只是看得见眼前那么一墩石头而已，根本就没想到会是今天这种模样。"

财主听了，就急忙问道："那现在怎么样了？"

刘氏兄长诚惶诚恐地回道："这两天依您的吩咐，我带着兄弟们想先把桥南头的引桥筑起来。引桥的两边路基都砌好了，我是遵循大师傅的吩咐，就近把那墩石头旁边的泥土挖来填充引桥，同时也想让那墩石头凸出地面，让它形成一个拜台，以后祭祀时，也就成了一个正规的祭拜场所了。没想到那泥土越往下挖，那墩凿了坑的石头的形状，就越显得让人觉得惊奇。到得把周边的泥土挖完，整个石头就现了全形，我们一帮在场的人都给惊呆了，就像是活脱脱的一条大鲤鱼摇头摆尾地，领着一群活蹦乱跳的小鱼嬉戏的场景，显露在我们的眼前。那场景就算是画匠画的，或是雕匠雕的、塑的，都没有那样逼真，那样传神。就是再不懂风水，不懂画画的人，只要到那里瞥上一眼，没有人会说那不是一条大鱼领着一群小鱼，在那里游耍嬉戏的。简直太神了！我正和兄弟们在那里感到稀奇时，我亲手凿的那个石坑也就油然跳进我的眼帘。那个石坑就像一个深邃的魔盒，拽拉着我的魂灵一样，让我几乎背过气去。我总觉得，那个坑对您东家不是好事，但那个坑又是我亲手凿的，我不知道怎样向您交代，所以，我就急了，只好停了工。"

财主听了刘氏兄长的这番话，也觉得问题不那么简单。一时间也是六神无主，就跟着他们兄弟俩，赶急赶忙地朝那桥头而去，想看个究竟。到了那里，只见那周边被挖走了泥土而裸露的石头，真不是刘氏兄长的刻意夸张，确确实实就像一条大鲤鱼后面跟着几条小鱼，在那里摇头摆尾的，不管你是从左看还是从右看，或者从前看还是从后看，从哪个角度看，都是那么个印象，简直让他看得目瞪口呆，不知所措。他再往那鱼背上看去，那个坑竟像是那鱼背上一个深深的伤口，好像还在冒着血似的。他也感觉到了问题的严重性。竟一时哑口无言，不知如何是好，心里想着，得赶紧回去，把这事跟母亲说清楚，听她老人家定夺。

四

财主母亲自从把当家的大权交给他后，对家中的一切大事都有意识地放手不管，而由他自己作主。但他是个孝子，凡遇家中有什么重大的事务，总还是先向母亲禀报说明，听听母亲的意见，才做最后的决定。早几年他刚接下这持家大任的时候，做的第一件大事就是要建造庄园。当他向母亲提出这个想法时，他母亲就毫不犹豫地表示了赞同。结果证明，这件事他办得是有头有尾，有板有眼的，证明了他完全胜任这当家的大任。此后，家中一应事务，他母亲也就更加放手于他，尽量地让他自己多动脑筋，自己拿主意作主张了。要建这座桥的时候，他也曾事先向母亲禀报过，听候她的首肯。但她就是不肯给他做出肯定的答复，只是把"你自己看咧，你有没有这个财力？这件事做起来后有什么利弊得失？"这样的一句话撂给了他。他向母亲说："虽然建庄园时花了不少库存的粮钱，但是还不至于穷得了我们。我们恁大个家业，每年的收入总不会断的，只要精打细算，勤于打理，一年下来就可以攒下那么一座桥的钱来的。当下，我们这庄园建好了，但是我们进出还得走那伊吀摇晃的小木桥，每年大水一来，总是担心让水给冲了，不小心还会损了货物，甚至伤着人命。再者，我们这庄园建得这么气派，乡邻们都是看在眼里的，还走这样的木桥也是不相般配，乡邻们会背后讲我们抠，讲我们小家子气，舍不得为乡亲们着想。要是建起一座永久性的石拱桥，方便我们，也是造福乡里乡亲，也不冤枉了我们这'大财主'的名头。"他母亲听他如此说，心中很觉宽慰，但是她还是没有给他明确的答复，最后还是由他自己做主。

他之前统揽过建设庄园的事务，也积累了一些经验，所以建起桥来，似乎也就轻车熟路，做起来也是头头是道的，总算一直顺当，其间没有出过什么意外枝节。可就是万万没有想到，临到大功告成了，竟就生出这么个事来，这是他怎么都想不到的。他原来心里总是想：这是为邻里乡亲做的善事，乡亲们高兴都来不及，哪还有人会从中作祟？他甚至还想到，这座桥修好后，自己的名声在地方上将会更加响亮，更得人心，会更受乡邻敬仰。所以，也更坚定了他的这个决策和打算。万万没想到的是，事情会出在这个建桥师傅的身上。而且是搞出了这么一招来，真是让人"丈二和尚摸不着头脑"，找不出理由来。自己平时对他是毕恭毕敬，待如上宾，且对他是言听计从，有求必应，样样迁就于他。只是这次去柳府两天，因为听到了一点让人不舒服的闲话来，心里有了疙瘩，所以回来的时候，实在装不出那份殷勤和笑脸对他，也不过才那么两天，对他稍有冷淡，但在生活起居上也还是依然如故，没有慢待过他什么呀？而且他整出这么一招的时候，我也还没有回来，看来倒不是因为我回来时冷淡了他，才这么做的！那又是为什么呢？实在找不出一个合理的解释。

这种事情，可不是什么鸡毛蒜皮的小事，而是大得不可以再大的了。所以，最后，他唯一在心理上的依靠，就只有寄托在他母亲的身上了。

他让刘氏兄弟先回去休息，并且还安慰了他们几句，不让他们着急。他心里想着，这刘氏兄弟还真是老实人，看他们着急的样子，不像是他们故意装出来的。听他们讲的话也不像是他们自己编造的。他们确实也是不知内情。这事还得感激他们，出这样的事，他们第一个想到的是，怕对我们产生什么不好的后果，第一时间就先回来对我讲了。这事现在还很难说会是什么后果，以后的事情也还可能用得着他们的地方，不管如何，不能怠慢了他们。他把他们兄弟俩打发走后，就直奔他母亲的内屋而去。

到了母亲的内屋，母亲不在，问家里人，说是大概到鸡舍去喂鸡去了。找到鸡舍，果然是在喂鸡。他就过去拉着母亲的臂膀，说有点事回家商量一下。他母亲不明就里，跟着他就往屋里赶。回到屋里，他让母亲坐好，就把刘氏兄长说的那番话一字不漏地对她讲了，而且也把自己去现场的情况也全都讲了一遍。他问母亲，这样的事该当如何是好？他母亲毕竟老道沉着，听了他这番话后，第一件事也是想自己亲自去看个究竟。于是便叫他领着朝桥头而去。一路无话，到得现场，让她一看，不由她不也为之震惊。她首先想到的是，他们这是遭人暗算了。但是会有怎样的后果，自己还讲不清楚，得请个内行的师傅来看看，才敢作结论。她也不作声，俩母子就默默地往家里走。回到屋里后，她也来不及喝一口水，就首先吩咐财主说："这事我们晓得就得了，不要对任何人提起，还要交代刘师傅兄弟俩和那一帮知道的兄弟，这事不要在外头议论。你赶紧点，进山一趟，去把屯马叔公请来。那个叔公原来不是来帮我们看过这风水吗？去把他请来，看他对这个事怎么讲法再说"他听母亲如此吩咐，觉得也只能如此，但这时天色近晚，山里路不好走，他只好推说明早赶去。

五

当晚，他一夜志忑，翻来覆去地睡不着觉，总在想着这个风水石被凿坑的事情。他在想，造桥师傅千方百计地要接下这个工程，得到工程后，又做了个半阑干就丢下走了，原来就为了这样一个阴谋。但是，这个阴谋又是为了达到什么目的呢？我和他前世无冤今世无仇，他为什么要害我，要整我呢？而且自他来到我家，也从来没有怠慢过他。他这样做到底是为什么呢？想不出个所以然来。他又转念一想，这个事情现在还说不清是好事还是坏事。说不定倒是个好事呢？且不去想那么多，睡觉起来，明天进山去请叔公来看看再讲。

第二天早起，他洗漱完毕，草草地吃了一点早餐，就带着一个随从家人朝山里去了。他们翻过乾土坳，乾超坳，不到一个时辰，就到了屯马。在村背密林中找到了叔公家。财主向叔公道明了来意。那叔公见是财主本人，就不客气也不推辞，捡起行当就随他起程。一路匆匆而行，也就顾不得谈话，回到边山已是午时左右。他领着叔公见了母亲。因是长辈，他母亲对叔公也是极尽谦恭、挚诚。按例招呼叔公吃了斋饭。叔公知道这是大事，所以对饮食宜忌、行为举止，都很讲究，要做法事时，是切忌荤腥的。叔公匆匆用了斋饭，就催着要去现场看个究竟。他母子俩也不带随从，就亲自领着叔公向桥头走去。

到了现场，财主母子也不多说闲话，就让叔公自个走走看看。

叔公先是到得新修的桥上，上上下下、周边远近地看了个遍，然后就走到那个石头鱼边，神情肃穆，手把罗盘，口念佛咒。他在启动自身的功力，致力于参透这石头泥土里隐藏着的冥冥奥秘。过了足足半个时辰，只见叔公面无表情的，走到桥边的财主母子俩身边，语气深沉地开口说道："侄媳呀，我们这是给人家算计了。这暗算我们的人，可是个功力深厚的人啊！"

随着把财主母子俩领到那石头鱼的鱼头处，指着那石头鱼说："这就是一条神鱼，那后面是一群鱼仔，你们看这，"他指着那鱼头前面，在引桥东沿，路基边有一礅独石，那石礅状似一粒直立的玉米，又像一尊立于龙案上的玉玺。

"这石头鱼是上天派驻这里的钦差，负责督察这一带风水的孕育和走势，一旦天时机运成就，使命完成，它即可飞回天庭复命。这就是'鲤鱼跳龙门'的禅义内涵。所谓的天时机运，就是这一卦风水的元神已修成正果，可以在人间君临天下了。那石头鱼前面的，形如玉米又像玉玺的石礅，乃为上帝置于此地的，为神鱼与天庭通风报信的神器。负责传唤和指示这条神鱼跳过龙门。占有这个风水元神之位的人，就可以接受上天赋予的神力和荫庇，而可以呼风唤雨，号令天下，要风得风、要雨得雨，可享九五之尊、天子之贵。"叔公以他避居山林，潜心修炼的毕生功力，联通了冥府与天庭的讯息库，通览了宇宙间的阴阳讯息，破解了天机。叔公向财主母子阐释着他对这卦风水意象的心得。

叔公讲到这里，停了一停，好似陷入了沉思，接着像是在自言自语地喃喃道："边山这风水龙脉，我前年来考察的时候，他冥冥之中的意象和征兆，总算略可参透一二。像财主家今天这等富足，以庶民而论，已是到了极点，若要再富，岂不所谓富可敌国？而朝廷怎能容得下你？他不怕你觊觎他的天下？看这风水意象，不正是这般套路？假若天意得时，运程已至，自然就真的不是这般光景了。然而，这等绝世风水格局，既系天成，却又何故让他毁于一旦？这是天意还是人意的违逆呢？这样一个隐匿无形的暗格，一般人怎么能看得透其间意象。就算像我一般专事研判风水的人，尚因功力不足，这些年来都难以洞察其中奥秘。也是直到今天，这一切都已露了全形，我才可以看出这个风水格局当中的寓意，方得知这是个贵为九五的风水暗格。可见，在这里整出这么一个名堂来的人，绝不是一般的泛泛之辈。在这个不显山不露水的风水暗格中，他居然能洞察秋毫，窥破天机，预见深远，可见他功力匪浅。有如此功力者，想必一定是来头不小。从这个风水暗格的意象来看，是天时未到。若再往后待，不出五十年，这鲤鱼跳龙门的格局也就孕育完成，那颗玉米就是一尊玉玺了。无奈，现在这条神鱼却让人暗害整死了。那龙门也就永远也跳不过去了。以后的荣华富贵，一切都将成为泡影。非但这样，更应担心的是，在没有了这尊贵格局的风水暗助，再过了五十年以后，就连我们眼前这份财富和风光，都难以维持。真是造孽啊，这样好的风水，就这样被人毁了，真太可惜了。要是之前我们能看得出来有这个暗格，就可以好好的提防着，也就不至于被人暗算了。不过这也难说，天意岂能让凡人参透。我过去经过这里时，也都曾经琢磨过，边山这么好的风水，为什么就单单找不出个显贵的格局来呢？也怪我功力不深，修为不足，我就是看不出这里还有个暗格。我现在也想不通，这个修桥的师傅，有如此功力，为什么竟要违逆天意，做出这种遭天谴，损功力，折阳寿的事情来呢？他做下这样的事，实际上只是损人而并不利己，又何苦呢？人为财死，鸟为食亡，莫不是有人从中使了钱财？蒙其心智？受人利用了？"

　　财主母亲在旁边听了叔公这番话语，却似如遭受五雷轰顶，差不多气得当场晕倒。财主自己心里更是说不出的酸苦。这是涉及家族子孙千秋万代的事啊，就这样让自己一招不慎，贻害千古，累及子孙。他内心的自责和痛苦不可言状。但他还得扶着母亲。他母亲气得一脸的灰土色，但她没有发出任何声响，只是默默地咬紧牙关强忍着。可想而知，他内心受的打击无疑是沉重的，但她还不得不以超常的毅力忍着，尽量地不让它表露出来。

叔公见自己这番话，把财主母子吓成这般模样，自己觉得有些儿言语过重，危言耸听，自觉歉然而不再继续往下讲了。老夫人见叔公不再做声，情绪慢慢地也就稳定下来。她忍受着胸中莫名的愁苦，不知道向哪里发泄。本来她还想责怪几句自己的儿子，但冷静一想，出这样的事情，怎么能去怪他呢？修桥铺路本来就是有益百姓，造福乡里的慈善事业，这件事情从头到尾都是自己极力推崇的，心中还一直在为刚出道的儿子，能有这般仗义疏财的善举而感到欣慰。出了这样的事情，自己也是没有预料到的。总之，这样的事情，怪谁都没有用。对于冥冥之中的风水命理的问题，凡人能有几个人讲得清楚？就连这叔公还是专事风水堪舆，命相推理，没有出这件事情之前，不也没能看得出其中机宜吗？何况我们娘俩，一个寡妇和一个刚刚出道的年轻人？事情既然已经到了现在这样，需要考虑的，是还有没有可以破解和挽救的办法？想到这里，她的心逐步平复了下来，吩咐他儿子先把叔公请回家中，请叔公慢慢忖度思谋，想个什么办法来，把死马当作活马医，或者可以扭转一下这种局面。

六

回到家中，母子俩把叔公请到堂屋的客座上坐下，叫家人泡来一壶清茶，财主给叔公和母亲各斟了一杯，也给自己斟了一杯，然后在一旁坐下陪着。他母亲拿起茶杯呷了一口热茶，把之前的激动稍稍压了压，等叔公也端起茶杯喝了茶后，就缓缓而诚恳地向叔公说道："事情都到了这一步，请您老人家不论好丑，慢慢地再给我讲一遍。主要是讲讲，这个事情往后会造成什么样的后果？比如说，会对我们三都这一带地方，我们边山，我们这个家族的人丁、财势、命运，产生点什么影响？"

叔公听了财主母亲这番话，又端起茶杯呷了一口茶，顺顺喉咙后，开始把边山村这风水意象，从头到尾详细地一一复述了一遍。他说，边山村这风水确实是天下难得的一卦好风水。这周边的山，这村前的水，都合书上所讲的，是一副旺财的意象。这些都在明处看得见的山形水势。但这些看得见的山水田园意象里头，显出的都只是财势而没有权贵之势。只有桥头那卦，原来隐埋在地下的，凡眼看不见的鲤鱼跳龙门的格局，才蕴涵着权贵的意象。人世间，没有权贵在冥冥中的支撑，就是再富也富不长久。所谓"穷不出五服，富不过三代"，就是世间人论富贵的经世常识。世人都把富贵双全作为追求的最高目标，就是为了维持自己长久丰足的物质财富。而那卦鲤鱼跳龙门的风水格局，就是暗含着，一旦那鲤鱼跳过了龙门，就意味着这风水元神的修为达到了最高的境界，就会得到了上天神灵的护持保佑，成为上天之子。而你们当下还是只富不贵，那就是还没到时候，没到那个境界。好事坏事总有个孕育的过程，也就是天时未到，时间到了，这风水神灵也就孕育成熟了，它就具备了强大的功力而可以顺应天意。道理就是这么个道理。但是现在这个格局被破坏了，这个风水的神灵受制而死，其间大贵的神灵意象就灭失了，也就永远不可能到达得了那个尊贵的境界了。至于以后你们这个家族的人丁虽然没有什么大碍，不过既然没有大贵支撑，大富就终归难保，不出两代，最迟不出三代人，恐怕你们这份产业也就会慢慢地阴消阳散。过了百年之后，不光是你们这个家族的后人，但凡在这卦风水版图之内的所有人，难免遭遇人祸天灾，而穷困潦倒，甚至饥馁暴亡。叔公讲到这里，话头也就戛然而止，一副凝重而悲戚的表情，让一旁的母子二人更觉惶惶不安。

三个人都不知道讲点什么好，只是默默地相对了很久。财主听得母亲长叹了一声，问叔公道："事情既然这样，还能改变得了吗？有没有什么办法，可以破解那妖孽所施的妖术？"叔公答道："他暗施巫术害人，那是悖逆天理的阴邪招数，所谓道高一尺，魔高一丈，邪不压正，总还有一些阳刚之术，以制阴邪，尚可破解他那左道旁门的阴损邪术。但是，他在那鱼背上凿了那么一个坑，却是一着阳招。他的整个招数，毒就毒在暗着明招、阴阳兼备。那个石坑是阳明之物，是实招，是硬功夫，那个位子正是整个风水龙脉的死穴。穴位既破，神灵无可依附，则魂飞魄散而去。纵有高人施招，挽住神灵，仍无神体可附，当是徒劳。死难复生，这也算是天意吧！"

　　这时，财主在一边听得已是怒火烧心。他暗自思忖，那该死的湖南巫师，我要把他抓回来，祭祀我们的祖宗先人，风水神灵。于是他对母亲说："我去把那个该死的巫师追回来，他自己施的巫术，他一定会有破解的办法。解铃还须系铃人，把他追回来，如果解不了，我就拿他祭祖先，就算向祖先赔罪。"母亲听他讲出这等话来，有失人道，便当即制止他："混账，讲这种没人性的话做什么，你是气糊涂了？"

　　他们母子俩听了叔公的这番话后，也觉得是有道理，明白这一切都已经成为事实了。心中都自觉戚然绝望。只好打点了叔公，着人把他送回家去。

　　叔公临别时，对他们母子俩意味深长地说道："凡是富贵，都不可能是永久的。你们家的富足已是远近闻名，且历时将近百年，即使按当下这个变故，那风水的事，也不是马上会应验得了，据我看，总要有个五十年以上，才会开始显露出来。所以，在你们这一代人还不会有什么无妄之灾。至于百年之后，你们的后人，终归要家财散尽，饥馁暴毙者也难免有之。那也是天道轮回，人之常情。天下事，哪有好事永远都归于一家？要记住，三分天命，七分人为。好人总会有好报的。命运掌握在自己的手上，自己的心与行为，在时时刻刻左右着自己的命运。人要惜福，就是要珍惜自己眼下所拥有的福分。福从哪里来？福是从人的心上来的。只有慈悲柔软的心才能纳得一切福分。要着意培养自己的慈悲心，对天地万物，一草一木，一切卑微弱小的生命，都要有深切的慈悲之心。人还要有多一点感恩之心，要在一切值得与不值得感恩的地方，发现感恩的地方。这样，天地万物都会眷顾于你，对你恩宠有加，能让你逢凶化吉，处处眷顾你。至于我先前说的，你们家百年之后的事，儿孙自有儿孙福，你们也没有能力管得到那个时候。你们纵使给他留得再多的财富，他们受得了受不了，守得住守不住，那要看他们的造化。各人自有天命，且由他们去吧。你们能过好你们这一生，就好了。"

　　母子俩静静地用心听着，把叔公的每一句话都深深地印在心里。

第九章　师傅误入义军营

一

　　财主嘱人把叔公送走后，母子俩回到屋里。由于听了叔公刚才说的那番话，他们的心里也觉得坦然了许多。财主给母亲和自己各斟了一杯茶，母亲默默无语地看了他一阵子后，才开口对他说道："事情都成了这样，我们也不用多想了。至于你讲的，要去把那个建桥师傅找回来，也没有必要了。你把他找回来，最多不过可以追问是什么人指使他，而问出来又能怎样？这种事你还能问得了人家的罪？你杀了他们又怎样？也改变不了我们这冥冥之中风水的定势。反而给子孙后代留下无端的仇恨和罪孽，冤冤相报何时了？"。财主听母亲如此说，就问母亲："那当下这些事情怎么个收场？就这样算了？"他母亲说："眼下，要交代刘师傅两兄弟，不要把这事透露出去。要好好待他们兄弟俩，就让他们把那桥整好，可以通行就得了。既然这座桥给我们带来了灾祸，就不要再花那个钱搞什么栏槛扶手，讲究什么豪华气派了。以后这家里的事，你就做主吧，也用不着再什么事都来问我。你两个兄弟也不小了，你也要好好地管教他们，慢慢地教他们，让他们以后也能帮得你一点忙。"听了母亲这一番嘱咐，他的心中觉得有些沉重。他知道，这件事给母亲的打击是沉重的。他自觉心生内疚。而母亲把以后的家事托付给自己，是想让自己在这方面多磨炼磨炼，以图日后能独撑局面。自己是家中长子，这些都属必然，是义不容辞的。

　　当天晚上躺在床上，他一夜都在想这件事，想叔公讲的话，想母亲嘱咐的话。他在心中打好了草稿，准备好明天起床后，对刘师傅他们兄弟说的话。什么时候睡过去都不知道。

　　第二天起来，就到刘师傅他们房里，见到他们还躺在床上，一脸的惺忪，显然昨晚也没睡好。他们见财主来到房中，未知来意，不免都觉得惴惴不安。财主是理解他们的，便把昨晚想好的话对他们讲道："我们已经找来师傅看了，那是一卦好风水，那是鲤鱼跳龙门的风水。那鲤鱼前面那墩石头是粒玉米，诱饵，是想引诱那鱼跳过龙门飞走。师傅让你在鱼背上凿那个坑，就是为了做个香炉，用香炉镇住它，就是为了不让它走掉。它若走了，就会带走我们的福分。把它留在这里，就是留住了我们的福分。你们就继续去把桥头那截引桥筑好填平，把那条鱼和那粒玉米永远给隔开，不让它得到那粒玉米，他也就跳不过龙门，也就飞不走了。不过，那桥槛就暂时不搞了，就先这样用着，能过河就得了，等到过一段时间以后，看看它经得起风、抵得住雨，不再变形走样了，到时再一起搞好，那桥栏槛与整座桥也就连成一体，就更牢固了。"听财主这么一说，刘氏兄长心中依然感到忐忑不安，他不太相信财主所说的是真话，他始终觉得那师傅这样做是有悖常理的，但他自己又没有那份修为，讲不出其中的道理，只好存疑于心。他又反过来想到，既然财主都这样讲了，他都不计较，自己一颗悬着的心总算也放了下来。赶忙起来洗漱，匆匆吃过早餐就上工地去了。

自听了叔公那一番话，以及母亲的告诫以后，曾经一度在心中滋生过寻仇的心理，已经基本上平复了。自己也觉得，事情已经是到了不可挽回的地步，再找他寻仇也是于事无补的。反倒让自己平添了罪孽。不如顺其自然，泯灭仇恨，修心养性，多行善举，为后人积点阴德。但是，心里面总还挂欠着，想去探究一下那师傅的下落，还想听听师傅亲口给自己解开这心中的谜：到底自己在哪方面得罪了他，他要对自己下那么重的手；或者是什么人指使他这样做，为什么？他只想解开谜底而已。于是，他安排好家里的事后，决定出柳府一趟，一方面探探那师傅的下落，一方面也想出去散散心。

第二天，他来到柳府，到九八行中转了一圈，找到一些认得的人，悄悄打探了一下建桥师傅的消息。九八行中的消息来源宽广，方方面面的消息总会通过各种不同的渠道传来，只要你存心要知道的消息，你只要舍得花点钱，总会有所收获的。还是上次给他透露关于建桥师傅耍心眼揽工程的那个人，对他说，那个师傅前几天说是把你那个工程做完了，准备到桂林去接新工程。后来又听到一个专走"夜路"的朋友讲，好像是因为他刚从你那里回来，身上带了不少钱，已经被一帮夜路客盯上了。再后来又听说那帮夜路客到三门江守了一天，好像是挨他放了鸽子，最后是空手回来的。又听说那帮夜路客是为哪个米行老板做事，最后那个老板是偷鸡不着倒蚀了一把米，连那个师傅的去向都搞不清楚。以后就再也没听到什么了。得到这些消息，看来再往下探也不会再得到什么更有价值的消息了。对于所发生的这一切变故，在他心中也有了一点基本的轮廓，也不想再往下深究了。在柳府住了一个晚上，就回了家。

二

　　财主回到家，刘氏兄弟领着村里那几个年轻人，已经把引桥搞好了。桥两头该补该填的也都补好填平了。已经可以通行无阻了。他就把该付的工钱，一个不少地都给了刘氏兄弟。并对他们说："这段时间也辛苦了你们，这工钱算给你们，如果认为不合理，你们就提出来，该补的我都补给你们，或者你们觉得还有什么困难，也可以提出来，我能帮得了你们我尽量帮你们，就算我们交个朋友结个兄弟。"

　　这个刘氏兄长，见财主说得那么诚恳，心中就想，前段时间备料建桥的时候，来往山场，从村前虎山北麓经过，山脚下有两座岗峦，样子就像两砣金元宝一样，一南一北并肩而立，高矮相齐，情状相似；其中南岗略显清癯，而北岗则稍见壮硕，两两形同昆仲，相依相靠。两座岗峦之间有一丘平缓的坡地，绿草如茵。坡前一条小溪流水潺潺，水质清冽，入口舒爽甘甜。如此山形地势，风舒水润的去处，实在是人口生息、安家立业的好地方。那时他就曾经想过，若得在这个地方立下个家，长住下来，就最好不过。而且在这一带地方，也找不到手艺精到的石匠，就凭着我们兄弟的这门手艺，在这一带就专门接点石匠活来做，生意肯定不错。慢慢经营，攒下些钱来，将来有机会就置点田地，也算在这里立下脚跟，成就一番家业，便可世代安顿下来了。经打听知道，那山脚一带田地都是财主家的，那石岗坡土，倒也没有明确的归属。但是，凭着财主家在这带的实力和威望，当属他家地盘也是情理之中。若是跟他商量，出些小钱，买下山脚那一小块坡地，建起一两间房，就够我们两兄弟在这里安顿下来了。但是，那时财主也忙，自己也忙，找不到机会向他提出来。而且想提出来也觉得不好意思。现在既然事情做完了，也多多少少看懂了这财主的为人，趁着还没走，不妨试着向财

107

主提一下。如果他能答应了更好，如果他不答应，就顺势走人，也不丢面子，况且也不是白要他的地，总是要出钱买才来得正当。

想到这，他就鼓起勇气，向财主提了出来。财主听他这样一提，从来就没有想到过这样的问题，一时间就难得明白答复他。心里在想，这刘师傅两兄弟倒是老实人，而且还有这门不错的手艺，要是让他们留下来，以后有个这方面的事情，倒也方便。就这事不知道母亲怎么想的？想想又记起那天母亲嘱咐的那段话来，以后家里的事，就不要再总去问她老人家了，要学会自己拿主意，作主张。想想，也就下了决心，自作主张地答应了下来，一则当做善事，二则也为了日后方便。于是就对那刘氏兄弟说："你们有这个心思倒是好，有你们在近旁住下来，以后有点什么这方面手艺的事要做，也就方便了。做一两间房屋也要不了多少地，就不说买了，反正那山脚坡边也没种什么，你们就在那里把房子建起来住下吧，以后我这边有个什么大事小事的，也少不了要请你们帮个忙，到那时再讲吧。"听他这么爽脆地答应了，兄弟俩高兴得了不得，当时就千恩万谢地谢了财主。

<h1 style="text-align:center">三</h1>

话说老板对财主家的事，特别是那桥头"鲤鱼跳龙门"风水的事情，都经过一番精心的打听过了，他还偷偷派人去那桥上走了一遭，那尊石头鱼以及鱼背上的石坑，都实实在在地如那师傅所说。也就不由他不信了。

米行掌柜回到三都街上的时候，老板对他说，财主这两天到柳府去了，说不定是去找那个师傅算账寻仇去了。老板说："我正担心着呢，不知道你那里事情办得怎样？"掌柜听到老板问起这事，便接口应道："我这次回来，就是为了向你报告这事呢。"。于是他把整个事情的前后经过，详详细细地向老板讲了。老板听说他们劫杀师傅的计划落空时，心中顿时有些紧张起来。其后听掌柜说，师傅一行人已经失去了踪迹。才让他稍微感到轻松一点。掌柜问老板，下去该怎么办，还要不要继续查找他们？老板想了想说："这都几天的事了，你们已经完全没有他们的踪迹，恐怕他们已经是出广西去了，你们还能到哪里寻他去？就是知道他们到了哪里，一切事情也都晚了。算了，就由他们去吧，但愿他们躲得远点，不要给财主找到他们就好了。"掌柜听他这样讲，就反问道："那我们那些钱就这样给他了？"他说："算了吧，那也是他应该得的。"

掌柜从老板的话里听得出，老板托师傅做的事情，师傅已经做得让他感到满意了。看得出来，老板虽然听说劫杀师傅的计划落空了，但他表现得还并不很在乎。

劫杀师傅的计划失败，让老板觉得那师傅的功力确实高深，让他更相信师傅对财主所施的手段也一定是真功夫，这就意味着他的目的已经达到。因而在心底里佩服师傅的同时，也对他产生了敬畏之心。这一点，掌柜也和老板一样的有同感。掌柜在想：我这一次的计划和行动，不可谓不周密严谨，但智者千虑，难免一失，到头来终归还是全盘落空。这说明，那个师傅对老板的心思，恐怕早有洞察，而且预防在先了。既然师傅如此高深莫测，着着先机，再继续纠缠下去，未必还会讨得好处？只求他以后不会回来找我们报仇就好。

老板心中也正是这么想的。他记得，当初和师傅谈论这件事的时候，师傅曾经明枪暗箭，一语双关的，警告过自己不要对他抱有恶念。所以才叫掌柜不要再去追查师傅他们的下落了。老板有这样的想法，掌柜也就巴不得就此省了心机，也顺坡下驴，卸掉了心上的负担。想想自己原来要做的那些事，倘是成功了，那就是谋财害命、伤天害理的事。世间事，天理昭昭，恶有恶报，善有善报。就此了却那恶念，也算为后人积点阴德吧。如果继续纠缠下去，逼得那师傅无路可走，就怕他狗急跳墙，把老板与他之间的交易暴露出来，老板今后在这乡间也就难以立足。思前想后，心中觉得，当下这样的结果已经算是最圆满的了。心中的包袱卸掉了，他便心情舒畅地告别老板，回柳府去了。

四

且说师傅一行人，昨晚离船上了下江码头，到街上就近找了个临江客栈住下，洗漱一番，就在隔壁小饭馆好好吃了一顿晚饭，然后回房歇息。直到第二天天亮，招呼众人起床，草草吃了早餐，就到河边码头上了船。因为知道今天要过大藤峡，大家都不敢拖拉，怕误了众人的时辰。船家见乘客都已上齐，就起锚开航，顺江而下。

船行了不到一个时辰，只见江面越来越窄，水势也越来越急，那船老大根本就不需用力，只需稍微轻轻摆弄一下船桨，稳住航向，船便自己顺流而去。船老大好像有意提醒众人似的说了声："这就开始进入大藤峡了。"听了他这一句话，不由得让众人都显出些不安来。众人的目光都情不自禁地朝向两岸周边扫去。只见两岸石壁陡立，江面时宽时窄，不时一阵深秋阴寒的江风骤起，伴随着两岸栖鸟的啼鸣，唤起了众人莫名的恐惧。空荡荡的江面上，只有他们这一只船孤单零落的随水漂流。虽然此时已近巳时，但这深秋朦暗的天色，再加上大瑶山早晨特有的浓雾，还弥漫着两岸的山头，把头顶这一小片江天遮盖得严严实实，不露一点光芒。让人觉得这船像是在涵洞中行走一样，江面一里外就看不清状况。

师傅这时在船舱里，双臂拥抱在胸前，席地而坐在众人的中间，面带沉思。他在心中暗暗地推算：那天从财主家离开时选的是癸亥日，年上甲寅属水、月上癸酉属金、日上癸亥属大海水、又选了乙卯水时出行，有一重金三重水，不需损耗月上金之力，是相生水旺的日子。事实证明，自那天从财主家出来后，既成功避开了掌柜的暗算，又一路顺风顺水，平平安安。掐指一算，今天是离开财主家的第五天，阴历九月初一丁卯日，今年甲寅大溪水，月建甲戌乃高山之火，大溪之水难克高山之火，加以日上丁卯亦属炉中之火，形成日月双火格局，年上大溪水对日月双火更加难以形成克势。而此时乙巳又是一重佛灯火，三重火势，正需要大溪之水润燥防火过旺成灾。以此推理，应当平安无事。这一船人中，只有他一个人懂得这阴阳之数及命理预测和风水天象，其他人是不知道的，所以当船进入大藤峡时，加上船老大又有意特别通报了进入大藤峡地界时，众人便不免造成恐慌。只有师傅一人心中有数，依然镇定自如。他只是自个在心中谋算猜测，可能会出现的状况。他所能够的，就是依据自己胸中所学的八卦推理之法，预测些个人吉凶祸福、财运。但是，单凭他自己的修为，是难以洞知天下大事的。他也没有那样大的抱负。

关于天下大事，他原来所知道的，就是早几年太平军的一些故事，那是因为太平军是从广西北上，经过他的家乡，然后打到南京去，在南京建立起太平天国的。至于太平军走后，原来在广东广西境内活动的天地会，继而到处起事，正在攻州夺县已有年余，他却并没有注意到。他虽听人说了，但他却一直认为，那仍然是太平军留在两广的力量所为。而最近天地会的发展情况，在他离开柳府之前，却毫无所闻。他原来还想，乘广东方面时局动荡，这桂东南一带多少受些波及，这种情况正好可以为他所用，让老板和掌柜忽略了对这个方向的预防，借势摆脱了老板和掌柜的暗算。他选择了从柳府直下平南，再溯桂江而上，仍从桂林返回湖南。梦想着赶回家去过个好年，然后着手他的立业规划。

人算不如天算，就在他们离开财主家前几天，广东天地会已在浔州府建立起了大成国。浔州府所在地已经成了大成国的都城，并将之称为"秀京"。这一切，师傅却是全然不知的。他心里所想的，无非就是如何能尽快地赶回家中，过个好年。

五

师傅自以为能掐会算，但天地会首领陈开和李文茂，在广东领导起义这样的大事。他却浑然没有听说过。此时，天地会在广东起义，已经有一年多的时间。起义军经过一年多的拼杀，起初发展很快，已经攻占了广东数十座县城后，多路义军主力聚集在广州城下，合力围攻广州。但广州城内清军实力雄厚，且坚守不出，天地会义军围攻了几个月也没攻下来。在义军集中兵力围攻广州的同时，广州周边各县城乡的天地会便呈现兵力分散的态势，给清军以可乘之机，集中优势兵力，对各部义军实行各个击破的战略战术，各路义军相互间失去有效协同，只能各自为战，遭受清军的血腥屠戮下，起义军渐显式微，最终广州城也没有打下来，连周边所占领的数十座县城反倒全部为清军所克复，变成了退无可退的处境。

陈开、李文茂两部在这样的情势下，放弃攻夺广州的原定计划，改变策略，集合所余各部，溯西江而上，挥戈直指广西。

原在广西的清军主力，因洪秀全的太平军起义，大都已尾随追

111

剿太平军北上了，而在广西则仅依靠地方团练维持统治，出现了后方空虚的态势。天地会义军乘虚很快攻占浔州府，并于九月二十七日在浔州建立了大成国。在师傅他们从柳府为避开米行掌柜的追杀，选择顺流而下的这段时间里，大成国的首领们此时正积极分兵四路，向东、向西、向南、向北，积极拓展地盘，扩充力量。天地会主要首领之一的李文茂，此时正在攻夺贵县的前线拼杀。

师傅他们乘坐的这趟船的船老大姓邓，梧州人氏，原来就一直在西江流域的浔江、郁江、黔江、柳江上谋生，对沿江两岸的地理人情谙熟在心。在天地会中的船手帮里，他有一定的人气。早在道光二十六年（1846），他就曾经参加过梁亚发领导的波山船手起义。并在起义军中任水师头目。后来起义失败，他成功地避过清军的缉捕追杀，逃到广东避祸。在广东又秘密参加了李文茂的天地会。他是个颇具谋略的精明人物，有勇有谋，受到李文茂的器重，成为李文茂所部亲军头目。李文茂知道他对广西的风土人情、地理交通都很熟悉，且交游广泛，便委他专门负责情报的收集和刺探。他此次到柳府，就是李文茂派他前往打探军情，并秘密网罗人才，发展势力，筹措军资，为日后攻夺柳府预做准备。师傅那天到窑埠找船，他正在窑埠等待他在波山船手起义军中的盟友、旧部，以及新发展的天地会会员前来报到，约定克日奔赴浔州参加义军。正是他在柳府的线人，把师傅引荐来窑埠找到他的。在师傅与他约好船期之后，师傅一行人的情况，当天就由他在柳府的线人，通过九八行和黑道中摸查清楚了。他知道师傅一伙身上带有不少银钱。且知道师傅这个人在风水玄学上颇有修为，为人机谋善变，武功谋略过人，正是他们需要网罗的难得人才。所以，对于师傅一帮人的去向，他早就在心中有了安排。由于他知道师傅的能耐，且有同乡同族八个人一路同行，形影不离，又个个都是经验老到的江湖手艺人，想必手脚功夫也一定不差。所以这一路上，他对师傅一帮人尤为谨慎谦恭，不敢对他们露出丝毫破绽。当师傅给他预付了船钱，并约在鸡喇码头上船，他就知道师傅在玩明修栈道暗度陈仓的计谋，只是故意不点破，而让他们自投罗网，正好让他自己坐收渔翁之利。

六

　　师傅他们一船人在大藤峡中顺流而下，这一路上，众人都屏声静气，情不自禁地用眼睛向四周江面及两边岸上逡巡。尤其是师傅他们几个人，更显得惊恐不安。他们八个人的心情自然与其他人有所不同，因为只有他们，这时还懵然无知自己即将面临的遭遇。而其他的人则相反，心中正急不可耐地期待着那个时刻的到来。

　　在师傅们的惴惴不安中，船继续在大藤峡中行驶了不到一个时辰，就要出到峡口外面的时候，船速逐渐慢了下来。江面上的人和船也慢慢见多了起来。师傅他们正待松下一口气来，却见从右岸边驶来一艘快船，船头上插着一面号旗，船上二十多人手中都持有火枪剑戟之类的兵器。为首一人头缠红巾，腰佩长剑，还别着一支短火洋枪。师傅见状正不知所措，那船已是靠了过来。那船上一人手持一把挠钩，已经搭上了这船的船头。只见那船头上为首的人，向船老大拱了拱手道"邓老板久违了！这一路上可好？"船老大也拱了拱手回礼道："托陈头领的福，一路顺风顺水。不知李大统领在不在营中？"那陈头领答道："李大统领正带领天地会众兄弟在前方厮杀着呢。邓老板带弟兄们先回营中，此时正是午饭时间，让弟兄们先吃了饭，然后就在营中安顿下来，等李大统领他们回营了再做定夺。"

　　此时，师傅他们见船老大与来船上的头领居然相互认识，正丈二和尚摸不着头脑，不知这船老大葫芦里卖的什么药而忐忑不安时，听了他们这番对话，凭着师傅这等江湖阅历丰富的手艺人，心中已是猜出个八九不离十的了。但他仍然不知道他们到底是什么来路。因为此前，他对天地会已经在浔州建立了大成国的事一无所知。但是，他对天地会倒是有所了解。两年前，他在贺州时，就曾遇到一个姓徐的同行人，此人就是天地会中人，并也曾邀他加入过天地会。他只是觉得自己有这门手艺，只需些时日，还是可以混出一份家业来的，何苦要去和朝廷作对，提着人头过日子？就婉言推辞了。但他心中还是蛮佩服那些天地会人，敢于用生命去谋事业、求生存的胆略。所以他和天地会中人，时有往来，也相互接济过，总还算是有点交情。但是，眼下的处境，他心中是没有底的。他只知道，自己是躲鬼躲进庙，自投罗网了。他还不知道这个船老大将会如何对待他。但是凭着他的江湖经验，凭着他的机谋善变，而且他也知道天地会人，大多是和他自己一样的江湖手艺人、船民、雇工等穷苦大众。他心里想，天地会也不会太过为难穷苦人的。再者，他也结交过不少天地会的人，和天地会总算是有过交情的，或许运气好，能在这里碰上个把原来认识过的人，说不定也就遇难呈祥了。于是，他想起了那天他从财主家离开的日子，那是他自己精心掐算出来的好日子。虽然没有算计到这段时日里，还有今天这么个节外生枝的事情来。从总体上说，整个行程大体结局是祸是福，现在还难以预料。但总不至于会陷入绝境吧？师傅一面在心里谋算着对策，一面安抚那几个伙计，叫他们不必惊慌，"船到桥头自然直，总会有办法的"他说。

七

在陈头领的指挥下，邓老大的船随着来船慢慢地靠上了岸边。陈头领的人先上了岸，等师傅他们一船人都上岸后，就朝着浔州柳府走去。到了一处西山脚下的营房内，把他们八个人就安排在一个房里住下。其他人就安排到了另一处地方。陈头领吩咐人送了饭过来房里，大家就先吃起了饭来。

这时，邓老大也过来跟他们一起吃饭。吃饭当中，邓老大向师傅他们开口说道："陈师傅，对不起，在柳府的时候，我就认识你了，只是你不认识我，我也就不方便套近乎，以免引起你的疑心和顾虑。其实和我们同船的那帮弟兄，他们都是奔着天地会来投靠，来谋前程的。现在天下大乱，清朝的日子已经是兔子尾巴长不了啦。过去在满人的统治下，我们这些打工的，撑船的，做手艺的，过的都是不如人的生活。我们为何不可以成就一番大业，也去坐坐衙门，当当老板，过过财主般的生活？那皇室宫殿都是天下手艺人建造的，凭什么只许他们满人皇帝享受？我们为什么不可以去坐坐？我也是有心给您老兄引个路。我们李大统领现在正是求贤若渴，凭着您老兄这一身技艺才华，他不会亏待您的。"

听他如此说，陈师傅心中便思忖起来：这船老大还真不简单，我一般在外很少报出自己的姓氏，他竟然连自己的姓氏都知道，想必他在柳府的时候就已经盯上我了。说不定我在柳府的那个九八行的朋友，都是他天地会的人，要不那个朋友怎么就给我出主意，教我如何地避开米行掌柜的劫杀阴谋，而且还知道窑埠有到平南的这一趟子船？这天地会还真的有天罗地网了。要不也不会在不长的时间里，就能占了浔州，还建起个大成国来，看来他们是要和清朝干到底了。听了邓老板这番口气，他们倒不像是为了我的财来的，却真的倒是想拉我们入伙罢了。看看他们现在这个气势，势头倒是挺兴旺的，跟上他们似乎还真有可能成得了大事。只是，我现在这身上所带的银钱，就无法带回家去了，总不可能还带着钱来投了他们？我那家里可是靠着我弄的这些钱回去生活的。本来就打算得了这些钱，就回去买田地，建房屋的。这样不就冤枉了我好一番算计，到头来还是一场空，而且还不得不投靠他们天地会，和他们一起提着脑袋过日子？这样一来，我那一家子岂不更加无所依靠了。听了邓老大的一番话，他也不知道怎样作答好，只能含糊其词的嗯了两句，连他自己都不知道是什么意思。

陈师傅他们就在这大成国的兵营里待着，没有邓老板的话，他们也不敢随意走动，生怕被当作奸细或者逃兵给杀了头。至于每天的伙食倒也不错，总是有酒有肉管够，慢慢地，他的这班弟兄，也不像当初刚来时那样，成天来追问大概什么时候能走，他的心也就没那么烦了。待着待着就好像习惯了似的。眼看半个月就这样过去了，晚饭的时候，好一阵子都没露面的邓老板，又忽然跑来和他们一起喝酒，喝酒当中，邓老板和陈师傅客套了几句后，说"众位弟兄还过得惯这种生活吧？"那些伙计这些天来好吃好喝的，又不用做工，倒也觉得这样的生活还蛮安逸的，听邓老板问起，就都争着答道："都能有这样的生活，就是去打仗也不怕。好过上山当土匪做强盗！"邓老板听了心中高兴，他需要的就是这样的效果。他就接口问道："那大伙就不走了吧，留下来一起干。不出三两年，太平天国打到北京去，清朝就完蛋了，我们大成国和太平天国就分了这天下，以后就都是我们的好日子了。弟兄们再想想看，明天李大统领回来了，想好了就给他个准话，我想他刚在贵县打了胜仗，一定很高兴，说不定会给大伙一个好的差事，或打个赏什么的，岂不是大家高兴。但是，我也要提醒一下兄弟们，跟他讲话可要顺着他点性子，要是惹他生气了，到时候我也就难得从中转圜帮你们讲话了，是吧，陈师傅？"他把脸转向了陈师傅，似问非问的道："陈师傅可是江湖上闯荡多年的人，应付这种场面当是内行的了，是吧？"他连连问了陈师傅两声"是吧"，陈师傅听得出他话里柔中带刚，暗含着一种警示，或者说是威胁的意思。邓老板撂下这么一句话，也不听陈师傅他们如何回话，就告辞走了。

第十章 识时务师傅随大势

一

　　第二天，李大统领从贵县凯旋，大营里一片欢腾。将近黄昏的时候，他吩咐邓老板把陈师傅领到他的住处相见。陈师傅不敢怠慢，跟着邓老板即刻就到了他的府上。

　　邓老板领着陈师傅进来，李大统领抬眼看去，只见那陈师傅跟在邓老板身后，前后约两三步距离，不紧不慢，步履稳健踏实；抬眼看去，额头微隆，鼻准泛红，一对眼睛明亮有神，古铜色的面颊上划着两条明显的皱纹，在两片薄嘴唇合拢的嘴角上打了个括号；五尺个头，不胖不瘦，体态适中，头戴一顶瓜皮帽，穿着一袭长衫，背后垂着一根长辫左右甩摆，乍看去，给人一种精明睿智的印象。听邓老大说，这陈师傅精通易理占卜，地理堪舆，还具有上达天庭下窥地府的法力，若能收罗这样的人才，对大成国的事业将会起到极大的作用。

　　李大统领正在想着，邓老大和陈师傅已一前一后地迈到他的座前来，他缓缓起身招呼道："陈先生，久闻大名，今日终于得见，三生有幸，请坐！"陈师傅见这号称大成国的统领，对自己以先生相称，还如此江湖礼遇，先是心中生出几分感动，于是不卑不亢地还礼谢过，然后坐了下来。侍从端上茶来，陈师傅礼节性的擎起茶杯，轻轻呷了一小口。然后以一种敬仰的神情，看着李大统领。

　　"我们这里刚刚立国，正是用人之际，这次邓老板到柳府去，本来就是为了去召集过去的老朋友，来壮大成国的声势。没想到还有意外收获，竟能把你这等高人请来了。陈先生在行内的名声，我等天地会兄弟早有耳闻，正愁着不知陈师傅此番云游何处，不想却让邓老板无意中得遇，看来，我李某和陈先生还真有些缘分呢！"

　　陈师傅听得如此话语，正待不知如何找话来回时，又听李大统领继续说道："怎么样？听邓老板说，大师（此时李大统领已把先生给升了一级改称为'大师'）还有点家事未了，不想在大成国吃苦？"

　　陈师傅听得如此提问，也就急忙顺势答道："在下只是离家日久，漂泊江湖，家中尚有八十老母及妻儿，全仰仗在下持家，一年到头忙于生计，还从未有机会孝顺过老母。此番正想就此退出江湖，回家尽孝，侍奉老母天年，聊尽一点为人子之情分。若是与大统领真有缘分，待老母百年之后，尽了孝道，不待李大统领召唤，自当前来帐下听候差遣。"图20（大成国平靖王大堂议事　网络图片）

　　李大统领见他如此口气，知道他有推托之意，便以带有激将的口吻说："倘若大师肯在营中屈就，家中之事，兄弟我自有安排。克日就拜托邓老板着人走一趟，帮大师了却尽孝之心，并不为难。只是我们这大成国的将士，来此并非享福，而是把脑袋掖在裤腰带上，来和清朝皇帝及其狗官们搏命的，想必大师是个享福纳贵之人，不愿与我等同受江湖颠连，共冒矢石风险，李某自然不便强留。我等天地会兄弟，走上这一途的，可都是些有点男儿气概的汉子，全凭自愿，从无胁迫之意，如果大师不屑与我等为伍，李某当让邓老板礼送出境。"

　　陈师傅听李统领这番话头，起先是觉得这个人小看人。后来一想，这不分明是个激将法吗？于是，就顺着李大统领的意思，来个就坡下驴，让他不再纠缠挽留，慷慨地让自己得以脱身，岂不遂意？于是接口答道："在下本无大志，只望一生凭此下九流之雕虫小技，谋个一日三餐，得个避风遮寒之所，得让老母妻儿免于饥馁则足矣。多谢大统领美意。"

　　李大统领见好话说完，这个师傅却反而得寸进尺，毫无感动之意，心中想道：这个风水鬼师倒还真的是个老江湖，处事待物步步为营，老谋深算，分明就是为了他那身上带的银钱，怕留下了，银钱也被充了公，冤枉了他一番心计。想想，这一点不也正是他的软肋之所在吗？我何不就此敲一敲他？于是接口又道："在桂东南李某麾下，大师一行人等及一应物件，李某尚可保全大师安全无虞，如若出此境外，到得桂林至湘境一途，李某则鞭长莫及，爱莫能助了。请大师掂量掂量。"

　　话说到了这个份上，就是明显地带着威胁的口吻了。陈师傅分明听出了其中的含义，默然良久，竟无言以对。心中想到，他既已知道我的心事，为何久久不提这银钱的事，却一味地旁敲侧击，到了这时既已提出，也就是到了最后摊牌的时刻了。他最后那段话，虽说带有威逼之意，却也算出于真心实意。想必他们这班天地会人，纵使是为了谋财，总不会是冲着我等这般贫苦谋生的人吧？人说同病相怜，我与他们同属一众贫寒之士，当不会是为了谋我这一点钱财的吧？不如就此明白与他摊开来说，看他又作如何表态。

他说：“大统领言语中关爱之意，在下全然领会，大统领对在下的心思，想必也是了如指掌，本来也无相瞒之意，只是不便开口。”

李大统领听他如此口气，知道他准备最后摊牌了，就抢先给他回了一句：“有何不便开口？但说无妨。”鼓励他尽快把心中想讲的话，毫无隐瞒地摊开讲来。

陈师傅见他追问了，就顺势把话说明了“想必大统领也知道，我等一众兄弟，自去年在柳府乡下揽了一个工程，整整辛苦了一年多时间，刚于月头收尾，我是为了赶去桂林接下另一个工程，还没完工，就要求东家让我结了账。那财主为人忠厚，也没为难于我，就都把工程款给了我。我们正待急着把这些钱送回家去，途经桂林时，顺道把一个新工程接下来，留待过完年就来开工。现在这些钱可是都随身带着，这可是我们众兄弟辛苦了整整一年的所得，家里就待着这钱回去过年。另外，家里爷辈留下的几间老屋，也已经破烂不堪，早就该修了。可是，一年等一年地过去了，也没攒下个修房的钱。总算终于遇上个好主，有钱又大方，才攒够了修房的钱。现在可都带在身上，这也就是我们众弟兄的命根子呢。”这陈师傅是讲一半留一半的，只是尽量地讲得可怜兮兮的，以博取这大统领的同情。

李大统领知道他讲的不是假话，但也知道他是讲一半留一半，就开始有点儿受愚弄的感觉，觉得这个人不愧是玩惯了旁门左道，正邪兼施的人才，就故意地问了一句，给他一点旁敲侧击，震一震他：“既然大师挑明了说，我想，大师今年在柳府的这桩生意，可是一石二鸟的好生意啊！而且还都是大主子呢！大师的这一计可不比孔明、刘伯温差啊！”听了这话，就差一点没把这个陈师傅给吓得魂飞魄散。心想，我就这点难以见光的隐私都给他放在了心上，若再此地无银三百两的一味哄瞒，恐怕真的会惹恼了这个大统领。

虽说这大成国才刚有个胚子，还远远成不了真气候，但眼下可是他讲了算的，他要是真的恼羞成怒了，我们这区区八个人还不就像几只蚂蚁一样的，不须他亲自动手，就会消失在这浔州地界里。就甭说回家建屋享福了。这已经确实到了识时务者为俊杰的地步了，再与他执拗下去，恐怕是一点回旋余地都没有了。

他想了想，该如何最后跟他摊牌？不如就此应了他，跟他提点条件，反而是上策。于是他就振振底气，直了直腰杆，站起身，拱了拱手，向李大统领开口道："看着天地会弟兄们个个都志气昂扬，这大成国是前途无量，其实在下早就心仪已久，也想来跟弟兄们分碗饭吃，只是在下这随身所带的，辛苦了年余得来的银钱，却未能送回家中，致家中嗷嗷待哺的妻儿老小生活无以为继，这如何是好？想大统领等众天地会兄弟搏着命起来造反，不就是为了换个光景过生活的？我等就是留在帐下听候大统领差遣，总也得让我等设法子先把这些钱送往家中，以资家中老小免于饥馁不是？不知大统领于此如何定夺？"

大统领听了，知道他总算是松了口，便说："如此说来，大师是愿意留下与我等同甘共苦的了？至于大师及众兄弟的那点辛苦钱，请放心，我大成国虽然刚刚立国，国库虚空，但也不缺弟兄们这点血汗钱，正如大师所说，天地会兄弟就是为了让我们贫苦兄弟换个光景过日子才起来造的反，怎可还自己人打起自己人的主意来了？我看这样可行？让邓老板安排两个身手了得的兄弟，陪护你那个徒儿，把这钱送回各人家中，并顺便也给家里报个平安，给他们在家中也留着点儿心眼，不出年把时间，恐怕大师的家乡也就是我们大成国的天下了，那时大师便可衣锦还乡，告慰家人了。"听如此说，陈师傅想想，看来也只能这样了。算是达成了共识，皆大欢喜。于是李大统领吩咐厨子备了酒菜，叫邓老板把陈师傅那一帮弟兄一起请来，在大厅上摆了两桌酒席，就当是为贵县新胜庆功，也是为陈师傅他们来归接风洗尘。

二

酒足饭饱，当晚无话。次日一大早，邓老板就来到陈师傅他们

120

房中，与陈师傅一起，把昨天与李大统领商量决定的事情，告诉了众人。陈师傅最后决定，让他的小徒弟，和另外一个年纪较大的杨石匠，由邓老板派人护送回湖南家乡。其余人留下来，在大成国跟李大统领打天下。

那杨石匠已是年过六旬的人了，不适合在外征战厮杀。再者从这里回湖南的一路上，道路曲折凶险，难免会出现这样那样的事情，小徒弟年纪轻，见识少，很难应付得了，所以让杨师傅带着，有事情也就有个拿得主意的人。让小徒弟专门带着陈师傅自己的钱，其他人的钱，让他们各自分别包装好，交给杨师傅带着。到了家后，事情交代清楚，小徒弟再随陪护的人返回，继续跟随陈师傅，在大成国谋前程。

陈师傅这样的安排，其实就是留了一点心眼儿的。这一路上回湖南，结果如何，谁也讲不准，他始终牵挂着他那笔钱能不能到家。所以，有小徒弟作个回执，到时候也就有个准信，心里也就踏实些。至少也可以知道一些家中的事，省得一份牵挂。

安排好后，一切准备停当，杨石匠跟小徒弟二人，便于次日和邓老板及其手下三个人，启程北去。此行是邓老板亲自带队，可见李大统领对陈师傅可算是极为上心的人物。另一方面，李大统领让邓老板亲自护送陈师傅的钱回湖南，却也是另有一番深意。是时，太平天国面对的最强悍的对手，就是曾国藩的湘军。李大统领心中的大算盘是，趁湘军忙于应付洪秀全的太平天国，其老巢湖南必定空虚，待大成国年内一统广西之后，就伺机北上，乘虚而入，直捣湘军老巢湖南。这是预设的一步棋子，让邓老板一方面帮陈师傅送钱回家，另一方面也顺道去摸摸湖南的底细，早做准备。而李大统领大费心思，不计代价的多番迁就于陈师傅，不就是想留下他这么个人，好为大成国的事业蓄储点人才。陈师傅送走了杨石匠和小徒弟后，李大统领就把陈师傅安排在他的帐中随他左右，做了他的随军师爷，协理军务。为下一步进图柳府预作打算。

陈师傅手下那些弟兄，也都各有安排。这些半辈子以石匠谋生的人们，见在这天地会军中，大多是像他们一样的手艺人，还有的也都是些雇工和以苦力谋生的底层人，也算合群，且都有着共同的志向，都想着也为自己谋个前程，换个活法。所以，也就觉得这大成国还是有奔头，有前途的。大家也都铁了心就此留了下来。

陈师傅他们加入大成国李大统领麾下，在浔州（时称秀京）过了丙辰龙年春节。按大成国的统一部署，李大统领所部义军的作战目标是溯黔江、柳江而上，向武宣、象州进而攻夺柳府。过了年后，李大统领所部就向武宣进发。于四月攻下武宣后，继续北上。到了五月，就把象州也攻了下来。攻占象州后，正待挥师北上柳府。

这一日，陈师傅正在李大统领帐中议事，便有人来向李大统领报说，从湖南回来的小徒弟已来在军中，想见陈参事。李大统领得知小徒弟已经回来，就知道邓老板肯定也一同回到军中。一方面知道陈师傅急于要见他的小徒弟，了解他们此行的情况以及他家中的事情。二来他自己也想听听邓老板他们汇报一下他们这一路上经过桂北一带，以及湖南境内的情况。于是，就让陈师傅去见了他的小徒弟。

陈师傅见到了小徒弟，听说钱已送回家中，并已着手安排建房的事，心中自有几分安慰。只是听说，老母亲得知他在广西参加了大成国义军，心中似是惴惴不安。事已至此，又远离家门，尽孝之道变得鞭长莫及，也无可奈何。唯望大成国事业成就后，也不企望封官拜相，但求能够返乡，陪侍老母左右颐养天年，得叙天伦之乐就满足了。经过这么一桩事情，陈师傅倒觉得李大统领是个重义气之人，极讲信誉，有大丈夫气概，是一个可信赖的人物。

另外几个伙计听小徒弟从家乡回来，也都一起聚来，听了各人家里的事情，心中皆大欢喜。加上最近战事也都顺利，刚克武宣，又占象州，正准备进攻柳府。他们心中都想，自去年从柳府顺流而下，到了浔州，参加大成国的义军，至今也一年多了。财主家的那座桥现在不知已成什么模样了？想起在那财主家一年时间，虽然辛苦，但和那财主相处得倒是和睦，财主的为人也不错，不像一些富人那般刁钻刻薄，瞧不起做工的人。到时候要是占了柳府，就回三都去拜访他一下。顺便看一看他们建的那座桥现在怎么样了。

在此同时，李大统领也把邓老板传来帐中相见。听邓老板说，他们这一路北去，经过桂东北地区，到湘、桂边一带，有天地会的陈永秀、黄金亮等起义军都正在攻州夺县，对省城桂林已经形成巨大的威胁。到湖南境内，曾国藩正在积极地操练湘军，准备随时应对太平军。只要是太平军方面有什么动静，湖南就会全省震动。这时陈师傅听得小徒弟汇报完毕，也回到帐中，参加议事。他说，照这样的情况，我们如果能在年内攻下柳府，便乘势挥师北上桂林，攻占省城桂林后，就可直上兴安、全州，兵锋直抵湘南。趁湘军疲于对付太平军，我军可以乘虚直入湖南，湘军则首尾不能相顾，最多到明年末就可占领湖南全境。李大统领也是这个意思，于是就商议眼前要攻柳府的事。李大统领对陈师傅说，你对柳府的情况比较熟悉，我想请你和邓老板一起，带上你原来那几个弟兄，先设法混进柳府，把柳府的各方面情况摸清楚，让邓老板再去发动一下他原来在柳府的那些朋友，到时候来个里应外合。攻占柳府也就指日可待了。

三

却说财主这边，自造桥的陈师傅撂下半阑干的工程走后，他留下的刘氏两兄弟按财主的吩咐，把收尾工作也完成了。刘氏两兄弟想到双宝山下落户的事，也得到财主的应允，便高高兴兴地向财主告辞回桂林去了。打算回家过个年，然后再把家人一起带来，就在双宝山下，自己动手，就地取材，用石头建起两间屋先安顿下来，在这一带一边揽些石匠活做着，一边慢慢地扩建房屋，就在这里落地生根安顿下来。

建桥的收尾工作全部完工了，财主照常按一般的礼节，吩咐人把工地收拾干净，用师傅准备好的祭台，摆上三牲供品，像模像样地祭祀了一番，算是竣工典礼，宣布开放通行。石拱桥开通后，乡邻们得了方便，无不称赞财主为乡里造福，人们对他也越加的尊敬和爱戴。

自那以后，人们也开始发现，财主的生活习惯好像越来越低调了。他很少出来走动，也很少见他上街吃烧鸭粉了。

财主的反常表现，粉摊老板心中既高兴，又疑惑：这财主家的风水都给毁了，难道他还没觉察出来？既然没有觉察出来，但他怎么的又变了一个人似的？那又是为什么呢？于是他又想起了师傅说的，要到五十年、百年之后，才看得见他所弄的那些神招法术是否应验。看来，财主是还没有觉察到的了。唉！这财主还真的是个老实得有点憨厚。这样的人居然能享这样的大富？真是他命中注定，让他遇上这么好个风水。这人啊，还是要信命，命好了，这天底下的好事都会自己找上你。命不好，你就是天天起早，这好事也难得让你遇到。好的风水，好的机会，也是靠有缘分才遇到的。过去那些事，也是出于嫉妒恨，花了那么多的心机，也花了那么多钱财去和他斗，到头来，自己也得不到什么好处。即使是五十年、百年以后，他们家败得精光，他们家人都穷死了，饿死了，他也不知道了。和他还有什么关系？而我自己呢，又能从中得到什么？我自己也不知道。到那时，我的后人又会从他们家的败落中得到什么？如果我的后人也像我一样，成天花心思，花钱财去和人斗，说不定他家还没败落，我们家就先破产了。想想这些，老板心中忽然间产生了一丝悲戚的感觉。

却说财主在刚察觉到，自家风水受到鬼师暗施诡计之害时，也曾一时气起，要去追杀鬼师以雪家恨。由于他母亲阻拦，也就作罢了。家中的事，他母亲已有吩咐，以后都由他定夺做主，他也就不用再凡事都要去问一下了，成心让老人家吃斋念佛，也算是孝心吧。这么大一个家业，事情自然很多，一旦忙起来，确实让他疲于奔命。想起母亲的吩咐，一则需要帮手，二则也想趁机会，调教一下两个兄弟，就试着慢慢地把一些简单的，比如去催催租；到佃农家了解了解农事；了解一下自家田土家业的状况，给他们从中得到一点历练，增长一点见识，日后可以帮自己一把。到他们都长大成人了，树大分桠，仔大分家，兄弟情分再好，到头来总是要自己过的。经他这样安排下来，虽说是因为建了这座桥坏了风水，但这桥建好后，生产生活却是眼见得方便了许多。得到乡邻们的许多赞许。他自己也感觉得到不少的心理安慰。那以后还没发生的事，也就在心中淡了下来。

知道因为建这座桥被师傅坏了风水的事，除了他母子俩和那叔公外，其他的人并不知道。那叔公自然也会守口如瓶，不会拿这事唱出去。他也怕人家会问他，以前你为什么没看出来？那样一来，也会毁了他的名声。至于那个暗中作怪的人如果是本地人，他也不会"此地无银三百两"把自己指使人做的缺德事讲出来，他也怕报应的。至于那个鬼师，他在外面也不会把自己做的这些缺德的鬼事讲出来，让人知道他是专门搞左道旁门的妖道邪术，以后谁还敢雇他请他？再说，虽然这风水是给坏了，但那神灵的事情，并不是说坏就坏了的，就像那叔公说的，那还得到五十年、百年之后才会应验而显露出来。总不能坐等败家吧！眼下不还是风调雨顺的吗？所以，该做的事他还照做，决不荒废了事业。

在忙碌中，时间不声不响地就过去了一年多。到第二年（1856）末，听得有人从柳府回来说，大成国的义军正在攻打柳府府城，柳府里外都是大成国的人。听到这些消息，他心中就有点不安起来：不知道大成国是个什么样的国体。柳府到三都这地方才只相隔 60 里地，到时大成国攻下柳府后，要来三都不过是半天时间，到时候不知道会出个什么情况？心中实在也没有底。时下柳府又正在打仗，又不便出去打探消息。好在这几年修房建桥，也把家中的储蓄现钱基本上都花光了，虽然这财主名声在外，人们都知道我们是家大业大的大户人家，但这些年的花销，也是众所周知的。眼前剩下的，也就只有田地房屋，这些拿不走抬不动的产业了。也不怕他兵匪来抢。就是他们攻占了府城，柳府一带就是他们的天下了，他们不也是要靠收捐纳税，来维持他们的天下吗？像我们这样的大户人家，他们不也还得巴结着点。但是对这样的乱世，该防的还得防着。

想到这些，他就在心中谋划着：眼前是秋收的季节，正是租谷入库最忙的时候，如果兵匪来抢，这库粮不就正好变成为他们准备的了？于是，他经过一番考虑，就在心中决定下来，今年不收租了。让佃农们自己留着，各自保管好，日后时局安定下来以后，就当是请他们代管，扣除一成，留给他们作保管费。他马上叫来两个兄弟，叫他们挨户地到佃农家中吩咐。

这是何等聪明的一招？你说，他们家一年的租谷就是几千担，要入库收藏，是个多大的工程，谈何容易？他这样一化解，不就等于是坚壁清野，化整为零了？对他自己，对佃农都是两得利的事。无不皆大欢喜。能想到这样的方法来应对时局，确有他的过人之处，他不枉为富甲一方的大财主。

<h1 style="text-align:center">四</h1>

转眼间，只有少数兵力困守的柳府府城，被大成国义军围攻已将近半年多时间，因为原来驻守广西的清兵主力，大多已经尾追太平军北上，城中守军只能企望地方团练的外援，只是杯水车薪，力量有限而无济于事。到了 1857 年 3 月中旬，城中已是援断粮绝，坚持不了几天了。然而，大成国平靖王李文茂部，在围攻柳府府城的半年多来，也并不轻松，兵力物力的消耗也不在少数。眼看大成国义军攻克柳府府城已是指日可待，但却也几乎到了强弩之末。就说军粮一项，当下已经显出了无以为继的情状，目下库存的粮食不足维持半月，然而派出筹齐粮草的人眼下还没有消息，平靖王心中已是万分着急，不知如何是好。他在冥思苦想之余，忽然想起来，早前派来柳府府城预作内应的陈师爷，他之前不就是在三都大财主家建桥的吗？据传说，那大财主家良田万亩，每年租谷就有上万担之多，当下正是秋谷入库的收官时节，库存的现粮肯定丰富，若叫师爷出马向大财主借粮，不就可以立马解决了。不过他又一想，师爷与大财主家为修桥一事，曾有过节，不知那大财主能否转圜而施以援手，很难预料。不过眼下，唯有这条路子是近路，只有派人把师爷召回帐下协商。

师爷来见平靖王，简单汇报了他与邓老板在城内的活动情况，并说万事俱备，只待王爷下令总攻，他们便可里应外合，夺下柳府府城。王爷跟他说了关于缺粮的事情，并征求他有什么良策，在短期内能筹齐所需粮草，不致耽误了攻城大计。没想到这师爷听了，却不假思索地一口就应承了下来，并保证在三天内可以筹齐十万斤白米，决不误了攻城的大计。王爷见他如此胸有成竹，便认为他正是仗着与大财主的关系。并在心中猜测，这师爷看来是打算对财主采用软硬兼施的手段了？不然他怎么会如此有把握？不管他用什么办法，他只要能弄得来就行。至于他葫芦里卖的什么药，用什么手段去弄那么多米，王爷也懒得去猜测。

师爷领下任务，便即告别王爷走了。

陈师爷之所以胸有成竹地应下平靖王交给的筹粮任务，自有他的道理。一则自他投入大成国军中，并没有立下半点功劳，王爷对他可是百般迁就和关怀，知道他身上带有大笔钱款，不但不牟夺他的钱财，还亲自派人，帮他把钱送往家中。就凭这一点，他已在心中对王爷感激不尽，把这当着王爷对他的知遇之恩；二则，通过和王爷的相处中，觉得王爷是个治国之才，人中豪杰，将来必成大业。大成国前途无量，自己随在王爷左右，到时候自然也就少不了封侯拜相，光耀门庭，得遂当年上山拜师学艺时的胸中抱负。他在心中早就铁下心来要追随王爷，竭尽胸中所学，帮助王爷成就大业。所以，当他接受王爷之命，随邓老大潜回柳府时，就在心中谋划着如何帮助王爷攻夺柳府。

他当年学艺时拜的师傅，本就是个胸怀大志的隐士，只是未遇天时，无从施展。收他为徒时，见他秉性聪慧，便把自己的抱负寄托于他的身上，所以就把一生所学传授于他，只是到了后来，与他师徒相处日久，才发现这个徒弟虽然聪颖过人，但却有点急功近利，心术稍有不端，若是疏于引导，今后在遇到个什么危难之时，难以保证他会因为要达到目的而不择手段，甚至会置天理人性于不顾，干出些伤天害理的事来。所以，在他学业未满，而家中有点变故（邻里纠纷）时，他便借故向师傅辞学回家。师傅本来还想留他多待些时日，着重历练他的心术，方才放他下山。但他去意已决，师傅心想，他心不在焉，实在强留于他，也是学无所成。他秉性如此，且由他到江湖中自己历练，或许机缘巧合，让他从经历中自己觉悟便是，各人自有天命，也就让他下山去了。临别之时，师傅对他说道："为师还有一技，因你功力未达火候，而尚未教授于你，待你下山历练后，功力有所增进，且觉自己胸中所学不敷应用时，再想回来就学，为师在此等候着你，是时，为师将尽胸中所学教授于你。你这一走，便是踏入江湖，而江湖险恶无处不在，全靠你自身修为了，为师也帮不了你，唯此临别之时，最后给你留下一句话，希望你谨记于心——'防人之心不可无，害人之心不可有！恶有恶报，善有善报！好自为之'去吧！"

自他拜别师傅下山，处理了家中变故，并在江湖中历练了两年后，觉得江湖中事，确实还有许多自己预料不到的事情，凭自己胸中所学，有时甚难应付周全，想起师傅临别所言，就想上山一趟，一来想去看望师傅，二来也想去求教师傅。但到得山上，却见人去屋空，师傅早已不知所终，只好悻悻下山。此后，每当想起师傅，就只能默念师傅临别时的那句赠言了。时间久了，他也就从中悟出了师傅的良苦用心，师傅是在提醒自己，不可妄生害人之心。他也时时以此告诫自己。但是，每当遇到些危难之事时，为得自己脱身，也就不顾他人那么许多，终究难以周全。

五

自从师爷奉王爷之命潜回柳府，本想乘机找那鱼峰米行掌柜寻仇，但虑及自己重任在身，不能因小失大，所以也就忍着不露面，不让掌柜知道自己在柳府，以防节外生枝误了大事。但他也着人了解了，粉摊老板的鱼峰米行，在掌柜的经营下，生意一直都好，所以铺面、仓库一直都存货充足。

生意人对时局总是特别关注。专做米粮生意的掌柜，对兵匪战乱的事就更为留意了。前年在三门江古道上拦截师傅的计划落空后不久，就听说天地会在浔州建起了大成国，并随之溯江而上，已经占了武宣，正准备北上攻打柳府。但是后来却没有打到柳府，而只是打到象州，就被清军阻住，不得不全都退回到浔州去了。最近又频频听得有消息说，大成国又向柳府打来了。

这些年来，老百姓打着反清复明的旗号发动起义，烽烟四起，相隔不了几年又是一次，真是此起彼伏：1846 年，梁亚发在柳府发起的波山船手起义；1851 年，洪秀全领导的拜上帝会在桂平金田村发起的太平天国起义；到 1854 年，陈开、李文茂领导的天地会，在广东发动了起义。但是结果都一样。波山船手起义闹得脚跟都没站稳，就被全部剿灭了。接着的太平天国起义，也没能在广西站下脚跟，只得辗转北上湖南、湖北、江西到南京建都立国。广西还是清朝的地盘。前年在广东发起的天地会起义，把广州城围了半年多，也没打下来，只好跑到广西来。广西由于洪秀全的太平天国起义，把清军的主力都引向北去，在广西却只留有少量地方武装，以及民间的团练组织，在维持着清朝的统治。

大成国这次又向柳府打来，打得下打不下，还难下结论。像这一类的起义，都是由一帮贫苦百姓发动起来的，很难成得了气候，最终都将被清军打败。尤其是柳府府城这样周围是山，三面环水的半岛地形，在大刀长矛的时代，是易守难攻的。义军在久攻不下时，最终还是会被官军打跑的。掌柜的心里有这样的想法，在生意上也就不太在意这时局的变化。他反倒认为，打起仗来米粮生意会更好做。况者，他们的生意一直都好，也就舍不得放弃，照常地做着生意，没把大成国的事情放在心上。

但是，他一个掌柜的，哪里懂得攻城夺隘的兵家之术？他不懂得，柳府的攻守争夺之战不在城中，而在于城外半岛周边的制高点。只要鱼峰山、马鞍山、驾鹤山、蟠龙山、西鹅山等等山岳岗峦守不住了，柳府府城也就守不住几天了。他更没想到，眼下清军兵力薄弱，哪来那么多兵力守得住那么多山？再者，一旦这些山被团团围住了，山上又能坚持得了多久？

就在掌柜的没把大成国义军放在眼里，继续做着他的发财梦的时候，一夜之间，大成国义军竟把柳府府城给四面包围了起来。这鱼峰山、马鞍山、鹤山、蟠龙山，欧阳岭等都成了大成国的前哨营垒。连回三都的必经之路，也让占在铜鼓岭、张公岭的义军给封断了，闲人一个都不让进出。

这样一来，米行的生意也就难做了。伤脑筋的是，这一阵子刚刚进了一批上好的一都油粘米，是月前，有客商专程来订的货，说是过几天后就来船装走，运往下江去的。他知道，这粮要运往下江，不就是去和义军做生意的吗？可见打起仗来，这米粮生意更好做。但眼下这仗都打到眼皮底下来了，这库里存着那么一大笔米粮还运不出去，这笔生意也就难做了。生意难做也就算了，只是，这兵荒马乱的，俗话说兵马未到、粮草先行，这米可是打仗所必需的东西。这种时候，别说是义军乱匪，就是官军，也不会和你公平交易，和你讨价还价？这满仓满囤的白生生的大米，将如何处置？这才是真正的急坏了这个米行掌柜。

这掌柜正在为这批库存的大米着急，这事情就来了。这几天大成国义军攻城正急，听说城墙都给炸塌了几处了，鱼峰山、马鞍山都已经住满了大成国的义军。谷埠街、驾鹤街一带都在义军的控制之中，看来城内清军支持不了几天。这时他才真正地感到棘手，有点儿坐卧不安起来。

六

　　这天下午，掌柜正在门口骑楼下，听人们议论义军攻城的事，只见一队义军朝着米行而来。原来聚在骑楼下议论的人们，也就各自散去了。掌柜回到米行门口，心神不安地看着那队义军到底要向哪里去？只见那领队的义军头目到了米行门口，就直朝他问道："你就是米行掌柜的？""正是在下！"掌柜强作斯文地，拱了拱手答道。那个头领见他应了，也不再多话就说："请你跟我们走一趟，我们大成国平靖王陈师爷找你有事。"说完不由分说地，几个人上来左右分开的挟着他要走，他来不及进屋打声招呼，只喊得店小二看好店门。义军头目留下几个军士在店门口守着。其余义军挟持着掌柜朝鱼峰山而去。到了鱼峰山下的小龙潭边，众军士簇拥着掌柜，折向左边马鞍山脚下的灵泉寺。进得寺门左厢房内，让他坐定，众军士依然环立于他的四周。

　　不一会，一个师爷模样的人便立于他的当前。他抬眼一望，这三魂就像掉了七魄似的，全身就抖得像筛糠一样，哆嗦着话都讲不出来。你说这是怎么回事？原来这位来到他面前的人不是别人，正是他前年秋里，叫人在三门江古道上，意欲劫其钱财害其性命的，在三都帮财主造桥的湖南师傅。刚才领着这一队义军到米行去的人，所以当时让他觉得似曾面熟，原来正是一直跟着这师傅身边的小徒弟。在这种冤家路窄的境况下，再老辣的江湖人，都会瞠目结舌，丧魂落魄，认定了即将死到临头。

　　当年，掌柜设计在三门江古道劫杀师傅，却让师傅一行最终消失得无影无踪。转眼过去了一年多，他曾经一直留意着他们的下落，但一直都杳无音信。心想，他们得了那笔钱，一定都回到湖南享福去了。加上老板不让继续追查，一年多下来，他也就把那件事情给慢慢地淡忘了。只是时不时地想起来觉得后悔，后悔当初就不应当把那笔钱全都给那"鬼师"——自从师傅失踪后，他在心里头就把师傅骂作了"鬼师"。

　　让掌柜万万没有想到的是，他当初处心积虑，想要拦截追杀的"鬼师"，竟然误打误闯的，跑到浔州参加了大成国，并成为大成国平靖王李文茂身边的师爷（军事参谋），并且还充当了平靖王攻打柳府的先遣队副队长，协助邓老板，在城内组织一支由天地会会员组成的地下先遣队。准备大成国义军攻城时，和攻城的义军里应外合，攻夺柳府府城。他们已经潜入柳府多时，并对鱼峰米行的情况了如指掌，但掌柜却一无所知。

师爷等他稍稍缓过神来，便开了腔招呼道："掌柜的别来无恙！？"这时，掌柜已经是六神无主了，听得这师爷跟他打了招呼，他也不知如何回应，只是一味地"哎、哎。"见他这个熊样儿，师爷也不拐弯抹角，就单刀直入地揶揄了他一句："掌柜的，前年那次是我不熟柳府的路，走错了道，让掌柜的弟兄们在三门江古道上忍饥受寒的白等了一天，真不好意思了，对不起啦！今天是我自己找上门来了，你看我们这旧账也应该结了吧？你看怎么个算法？"掌柜的听了这话，心想，这回栽在这"鬼师"手中，怕是没有活路了。掌柜的是个黑白两道都走的人，他懂得黑道上的恩怨，迟早都是要了结的。所以他就在心里头抱着了必死的打算，于是就定下心来，且把死马当成活马医的穷思应付，也就不顾及什么江湖上的面子，腆着脸皮，装着可怜无辜的样子应道："师爷饶命，之前那些事情都是老板要我做，我只是老板手下管事的，凡事不得不听老板的吩咐，实在不是我自己的本意。"他这话不讲还好，讲了让师爷听到，反倒火起，厉声呵斥道："你当我是三岁孩童？那一切的阴谋招数不都是你的主意？那老板都是听你的。你那个老板为人虽是歹毒，但却远不及你诡计多端，心狠手辣。掌柜的，你也是太小看我了，你不想，我既可上观天象，下识地理，难道就看不出你们这点花花肠子，烂肚黑心？你们只为上辈人的一个猜疑，都不惜血本要毁人家祖坟，坏人家风水的人，能让我信得了你们？那阵子，若不是我机灵一点，今天也就没有了这见面的机会了。"停了一会，见掌柜的无言以对，就接着说："我是个江湖人，我唯一最要讲究的就是信誉，我接受了你们的委托，拿了你们的钱财，答应你们的事情，不管好事丑事，我都要讲话算数，不管用什么手段，我都千方百计地给你们把事情做了。而你们却是当面做好人，背后下杀手。你们比起人家那个财主来，为人就差得远了，人家虽然缺点心眼，但人家那是真正的厚道。我是后悔当初相信了你们的理由，认为你们是得理的，草率地就答应了你们，害得我对他做下了那桩缺德的事来。后来，他虽然都晓得了我的所为，但他也没来找我问罪。那是多大胸怀？而你们，却想哄我为你们做事，我为你们做了事了，却又想反悔不想给钱，给了钱了又想要回来，还想要我的命。甚至连我身边的兄弟都想一起灭口。你讲你们这样做够歹毒的吧？！你们嫉妒人家财主比你们富有，那是人家的命，上天是有眼的，什么人该富，什么人该穷，那都是有定数的。就凭你们这肚量，这胸怀，这为人，上天能给你们这样的人大富，岂不是害人？"。师爷一箩一串地数落了掌柜一顿，让掌柜听起来觉得无地自容，无言以对，只是一味地辩解说："是我们的不是，但我是吃老板家的饭，得依着老板吩咐去做，实在也是无可奈何的。"师爷听了他那些无赖式的一味辩解，知道已经达到了给他下马威的效果，就不想再和他啰嗦，决定和他摊牌，于是又故意地暴喝一声道："今天叫你来，不想听你的辩解，只想了却我们之间这笔恩怨，你说该怎么办？"掌柜听他这样一声怒吼，就觉着这一下完了。便又进一步的哀求道："师爷您大人大量，只要您饶了我一命，我甘为大成国效犬马之劳。"

师爷之前这般言语一半是真心，另一半也是做作，是故意的要给掌柜的一个下马威。让掌柜心中明白，今天就是给他死个十回八回也不冤枉他。在这种情况下，只要给他一条活路，要他杀他老板，杀他爹妈，他都会干的。于是就对他说道："当下的事态你也知道，识时务者为俊杰，眼下，你是待罪之人，要你三更死，你就绝对活不到五更。看在你也是个人才，脑子活泛，只要你愿意为大成国出力，也算是将功补过，平靖王也就可以饶了你的死罪。你看如何？"

掌柜的听如此说，这心就放下了一半。只是不知这师爷要他办什么事情，于是急忙问道："不知师爷要我从何效力？"

师爷说："你看你现在可以如何为大成国效力？"掌柜的思来想去，也想不出自己能为大成国做些什么？就应道："我一个做粮米生意的，也没什么能耐，请师爷明示。"

师爷见他真的揣着聪明装糊涂，就单刀直入的点醒他道："正是你这生意上的路数，就能为大成国效力。"

听到这，掌柜的终于想明白了，眼下他们正在大战之际，最需要的不就是自己原来最担心的粮米问题吗？想到这，他心中为之一惊，行里那一库十万斤好米，那可是老板的命啊！若是给他们晓得了，不就要完蛋了？但又一想，眼下是保命要紧，反正那是老板家的钱财，我这也是为了他的事，才惹下这么一个冤对头来，他老板总也要负责的。何况钱财乃身外之物，他老板家还有的是田地，留得青山在，不怕没柴烧，钱财总还是会挣回来的。但是他还是抱有侥幸心理，认为师爷不一定晓得那一库存粮的事。本来在意识到九死一生的关头，就什么都舍得，这下子他见有了生的机会了，他又把钱财看得比命还宝贵了，竟然又忘了自己这命是握在人家手里的了，就是迟迟舍不得漏出这事来。

第十一章　平靖王平定柳府

一

师爷见掌柜吞吞吐吐，就是舍不得自己吐露出来，也就懒得再和他兜着圈子，心想：反正他再怎么狡猾，这个坑他是跳不过去的，他的命脉已经抓在我的手中，由不得他耍什么小聪明，也不想再和他玩什么猫捉老鼠游戏了，直截了当地，就对掌柜说道："眼下我们大成国攻城大战即将开始，军粮就是当务之急。我知道你米行仓库里存有一批待运的好米，本来我们对你不需要商量什么，直接没收充公得了。但是，也念在我们曾有过一面之识，虽然你对我不仁，但我们大成国却是仁义之师，恩是恩，怨是怨，公归公，私归私，这不是我个人的私事，公事还得公办。所以也还给你一个戴罪立功的机会，只等你自己开口，把这批粮米献出来，也还算你立了一功，你这死罪也就可以免了。况者，到我们大成国在柳府站住了脚跟以后，还打算给你留一个发财的机会，让大成国的军粮采购生意，都交给你的米行经营，这钱就轻而易举地赚回来了。"不容掌柜答应不答应，师爷又接着说道："你还要跟你老板说，只要他往后都听我的，以前的事就一笔勾销。他跟财主之间的恩怨，我也可以为他永远的保守着秘密。但是，他也不要再去惹人家财主了。其实人家财主没有什么对不住他的。他那前辈人讲的事情，谁也讲不清楚，又没有一个拿得出手的证据。前辈人的恩怨是非，只是他一个人的猜测，人家财主从来就不知道有过那么一回事。"掌柜一面听着，一面"嗯、嗯"地应着。

师爷的话头顿了一顿接着又说："眼下这件事也不是什么难事，对于你掌柜来说，不过是举手之劳而已，对你则是毫发无伤。而老板呢，总是要出点血的。但是出这点血也不会白出，以后还有长久的生意可以做，且是稳赚不赔的生意，那是别人想找都找不到的好事。"

"以后的利益不敢奢望，只想能弥补之前的那些罪过而已。"掌柜赶忙表态说。

　　"话不多讲，眼下大军压境，军粮是急需的物品，我知道你仓库里正有大批现货。其实这批现货，也是平靖王早先就安排好，派人叫你准备的，现在是时候动用了，你那米行仓库里所有的存粮，都充作军粮。算是我们大成国借你米行的，也算是你们对大成国的贡献，算你将功抵过，免你死罪。以后你们为大成国采购军粮，眼下这点粮款损失不就赚回来了？将来大成国大功告成，这次借你们的，还会如数折价归还，也不会亏了你们。"

　　掌柜听了这话，一切都明白了。他心中的算盘立即拨拉了起来：这一仓库的上好油粘米，可不是个小数目，老板整个家底都压在这批米里，再做两年生意也赚不回这么多。要是问老板，要了他的命他也不会答应。但这不是做生意，让他落到眼下这处境，恐怕他也巴不得留一条命，就是倾家荡产也在所不惜。况且是他自己做了亏心事在先。留得青山在，不怕没柴烧，这也算是最好的保命办法了。眼下也由不得我同不同意，他老板也不该怪罪于我。之前那些事可都是为他而做的。何况还有以后的利益可图。如果大成国在柳府站下了脚跟，单军粮这桩生意做下来，不出一年也就赚下来了。

　　师爷对掌柜摊了底，由不得掌柜同不同意，就算是定下来了。安排人跟着掌柜去查封了仓库，派人看守着，整个仓库就交由管粮草的人经管，就算和掌柜的移交完毕。

　　处理完这事，师爷向王爷复了命，王爷当时喜不自胜，连连夸赞师爷深谋远虑，未雨绸缪，办事利索。当晚师爷就带着他的小徒弟等几个弟兄潜入城中。准备接应大军攻城。

二

　　掌柜不知道，他今天的遭遇，早在师爷接受平靖王的指派，潜入柳府，预做攻打柳府的秘密工作时起，师爷心中就已经谋划好了的。一来想趁机报了那一箭之仇，二则也想露一手给平靖王看看。他想在攻打柳府这一仗，争得一份头功，以报平靖王的知遇之恩。打算死心塌地跟着平靖王干一番事业了。

　　在他接受平靖王的委派，潜入柳府为攻打柳府做内应的时候，心里就想到过，趁这次攻打柳府，去找米行掌柜的报仇。凭掌柜之前做的那些谋财害命的勾当，纵是让他九死也难辞其咎，趁此机会正好可以把他抓来杀了，再抄没了他米行的所有存粮和财产。于是，在大成国义军未围困柳府府城之前，他就派人扮作米商身份，到米行中，与米行掌柜定下一笔大生意，让他准备一大批现粮，预备着，到义军攻下柳府府城时，就可以用这一批粮食，作为一份厚礼进献给平靖王，以报知遇之恩。他事先也没有想到，他的这一着先机，恰恰正好解了平靖王一时间粮草不继的危机，让他在平靖王面前露了脸，立了大功。并在大成国义军里赢得了一顶"诸葛神算"的桂冠。

柳府府城终于给平靖王攻克了。师爷从米行弄来的这一大批粮食，给攻城之战解除了后勤上的一大危难。且在大成军攻打柳府府城的关键时刻，师爷率着他的一众弟兄，与事先潜入柳府府城内的天地会会众，与邓老板率领的，原来潜伏在柳府府城内的船手帮旧部，分从南、北两面夹击之势，把驻守西门的清军击败赶跑，打开西门，与攻城大军里应外合，最终攻克了柳府府城。由于在攻夺西门的血战中，邓老板因掩护师爷他们打开西门，在阻击清军对西门的援兵之战中牺牲，平靖王为此失去了一个得力的，擅长搞情报工作的干将。也由于邓老板的牺牲，攻城的首功也就归师爷一人所得。师爷连立两个大功，得到平靖王的信任和器重。他的一众石匠兄弟，也为攻城立了功，平靖王爱屋及乌，把他们都收为近身侍卫，跟着师爷驻在王府里，负责王府的警卫工作。师爷更得以参与王爷的军机大事。

大成国攻占柳府后，平靖王把柳府改为龙城府，原来的马平县改为瑞龙县。在大南门建起了平靖王府，给他的部下分官设职；给所占的州、县，委派了知州、知县；整顿了起义军队伍，分别给各营、各军以番号，便于攻战布防、发号施令。

平靖王很注重恢复生产，对所辖地域的农村没有采取破坏性的掠夺。并改革币制，自铸"平靖胜宝"钱币，保护和鼓励商业的发展。在平靖王的治下，柳府府城内及周边的乡村，没有受到太大的扰害，让百姓感觉到只是换了一个门庭，改了一下招牌，而且生活得比在清朝治下更有尊严。其中师爷给出了不少主意，王爷都一一采纳。如把柳府改为龙城府，马平县改为瑞龙县。师爷说，这两个名字都含个龙字吉利，企望有朝一日，王爷成为真龙天子，位尊九五。在建平靖王府时的选址定点，风水评估，都是师爷亲自祭起罗盘，精心堪舆推算而定。王爷很是满意。

师爷曾对王爷这样评说王府的风水："柳府之所以又称为壶城，是因柳府的地形而定，柳府府城就像是个大大的酒壶，大南门位居这壶底，壶底平实牢固， 则久立而不倒，财源丰盛，王运长久。环城一抱柳江水，从西北滔滔而来，而到了壶西则缓缓绕城而过，又从壶底再往北到壶东，把个柳府府城紧紧地环抱在怀中，这就是个财源丰盛而不外泄的风水意象。这柳府是个富庶之都。"把个王爷李文茂哄得信心十足。对他更是信赖有加。

三

龙城在大成国平靖王统治时期，在三都一带的民间历史传说中，没有关于老百姓受到大成国官兵侵扰的传言。照说，三都到龙城仅只半天路程，像三都大财主这样众所周知的豪门大户，竟然没有受到大成国官兵的滋扰，照常的生产生活。

当年为财主家修桥的湖南师傅，已经成为平靖王李文茂的师爷，财主竟始终一无所知。但是，粉摊老板和他的米行掌柜，一直和师爷保持着联系，并且还相安无事地做着大成国的生意，赚着大成国的钱。当然，这生意他们是想做也得做，不想做也得做的，因为他们被师爷抓住了他们的软肋。同时也是他们稳赚不赔的生财之道。不让财主知道，是他们之间的约定。这个约定，为他们自己保守了他们在地方上的名声，也暗中对财主起到了保护的作用。无形中消弭了他们与财主家族间的世代仇怨。当然，这都是出自师爷的用心。师爷当初为了达到自己的目的，以旁门左道之术，坏了边山村财主家的风水。但是，他有感于财主为人的厚道，自觉于心有愧。所以，大成国在龙城的一年多时间里，他没有仗恃他在大成国的地位和权势，到三都去进一步侵害大财主家族的利益，反倒还暗地里给予保护，这也是他人性的一面。他这样处置他与财主之间的恩怨，是他师傅当年与他告别时，对他的教导不无关系。他虽然没能完全的遵照师傅临别的赠言教诲，但他也确实努力尽可能地抑制了自己悖逆师训的行为，尽量少给人造成伤害。

至于暗施招数，毁了财主家风水的事情，据师爷自己说： 从财主家风水的走势看，财主家前辈与人结下的宿怨，注定了要在他这辈子了结，"我不过顺应天意，施了那么一招。而那一招，不过只是为了给那粉摊老板看的，也好除却那老板家几代人心中的疙瘩。"这些都是师爷在心里为自己的行为辩解开脱。

师爷还说，他从财主家的风水中看到了，那卦鲤鱼跳龙门的风水，只是一卦虚幻的风水意象。即虽有其形，而已无其实。从其形看，那条神鱼所追逐而想要得到的那颗玉米，其内心早已蛀空。即使是给那鱼追上了，它得到的也将只是一颗没有心的玉米空壳。没有了心，魂也就无可依附了。就是说，那卦风水龙脉的运程已过，不再可能成得了国之大器，得到它，也不过是梦幻一场。所以，财主家一直就只富而不贵，也是上天注定的，不可强求。如果那鲤鱼跳龙门的风水格局已成正果，那财主家岂不是要登九五，做皇帝了？我看他家村前的月光潭，虽见水质清滢，却嫌阵势小巧，其方圆尺度也很逼仄，不足以容纳真龙翻转腾挪。所以，那鲤鱼早就将那玉米吃空了壳，也始终跳不过龙门去。即使它能跳过龙门，依边山村那一潭水也容不下它，它还是要腾空而去的。

凡人所能看得见的都是表象，人们都有一种误解，认为那风水只旺财主一家。其实那是一卦很大的风水版图。它的福荫所及，在犀牛、虎山、都鲁、盾牌、大鹤等五峰环峙的周边地域内，都在同一条龙脉的福荫之下，一荣俱荣，一损俱损。边山村不过处在整个风水来龙去脉的主位上占了鳌头。江河湖汉尚有源头水尾之分，意思便是缘厚缘薄有别而已。这风水一坏，明里看得见的只是损害财主一家，其实，所有在这一版图之内的物事元神都将随之受损，只是程度大小不同而已，得大者失大，得小者失小，没有人能免得了波及。个人运气都有小运大运之说。而风水运势，则每五十年为一个小运轮回，每百年为一个大运周期。它的盛衰是按这个轮回周期而运转的。风水在冥冥中的能量大小，总是有个度的，而且再强势的风水，冥冥之中，最终也还得服从于天下大势。也就是顺应上天之意。

至于大财主家之后的运势将逐步趋于败落，从他这卦鲤鱼跳龙门的风水看，也是可以得到预见的。那玉米粒既已注空无实，然则竟未能跳过龙门，则是因为盛期已过，秃势渐显。照他个人的命相而言，他为人憨厚朴实，心眼地道，在他的一生中自然也不会出现什么大灾大难。而在他百年之后，他的子孙后代也就难有他这份福报了，他这份家业将在他们的手中逐渐的衰败而最终破落。但他的福报也还是可以在一些重要关节上荫庇子孙的，所以，他们的破落未必不是一件好事。我看，至少可以蚀财消灾，免去他子孙后代百年期的血光之灾，不也还是有赖于祖宗的荫庇吗？

师爷对边山村风水的这番系统评说，过去从未对任何人说过，因为那时他还要实行他自己的目的和计划，不可能和盘托出，只能是选些好听的对财主讲了。他这番评说，是在平靖王占据柳府的期间，一个偶然的机会，在柳府街巷间，与来柳办事的刘石匠不期而遇时，在刘石匠的追问下，说出来的。他在向刘石匠解说风水的同时，也意在为他自己之前的所为开脱。那时，刘石匠两兄弟已经在财主的允许下，在边山西侧的双宝山下，站下了脚跟，立下了门户。他听说刘石匠竟然得到财主的应允，在那里落户生根，他对财主的为人更是有所感动。特别是刘石匠带有质问的意思问他："财主为人不错呀，而且对你也很好，你为什么要这样整人家？"于是他便对刘石匠说出了前番话语。

他还说，据他纵观天象得知，清朝气数已渐衰微，国运行将不济。过得五十年后，清朝气数将尽，国脉不继。随后的五十年内，天下灾祸不绝，群雄蜂起，兵连祸结，生灵涂炭，民不聊生。直至百年之后，江山始归一统，然而到了那个时候，天下趋向大同，贫富追求一律将成大势，仅此区区一域风水，怎抵得过天下大势？穷也好！富也好，饿也好！饱也好！均由大势而定，由不得一个人想还是不想。就是冥冥之中的魔鬼神灵都将无可奈何，风水还不是由上天所安排？再说，凭着财主他们那个村的风水而论，经过一百五十多年的衰变轮回后，将会有贵人出现，点醒那卦百年沉睡的风水神灵，让它再次焕发灵光，让财主的后人——边山村人再度辉煌。

此次偶遇，师爷还就近请刘石匠喝了一顿酒，对他当初能接受他的请求，留下来继续收尾工作，让他得以脱身表示感谢。并于酒席间嘱托刘石匠不要把他俩相见一事，以及他现在的师爷身份告诉财主知道。还说："待日后有缘，我再到财主府上当面谢罪。"刘石匠听他说得诚恳，对他之前的所作所为，和他现在所走的路，在心底里有了理解，对他的嘱托也就默默地应了下来。酒后，两人就此拱手相别，一股莫名的悲戚之情，顿时在刘石匠心中黯然而生，一如诀别般地向师爷道"此次别后，不知还有没有再见的日子？陈师傅您多多保重"。

四

平靖王李文茂在柳府不到一年时间，脚跟基本站稳，起义军队伍也经过一段时间的整编和训练，把所属部队编成前、后、左、右、中五营，此外尚另设御林军、常胜军、长生军、祷天军等，颁予了各营各军番号。以元帅、将军等为各部首领官职。

师傅在攻占柳府的战斗中立了首功，因为他没有自己的部属队伍，平靖王李文茂把他留在身边，没有什么适当的官职任命，姑者就尊之为师爷，跟着王爷参与军政会议，为王爷出谋划策。他的一班石匠弟兄也跟他立了军功，且个个都怀有一身技艺，王爷就把他们一起，留跟师爷，作了王爷的亲兵护卫。

大成国以平浔王陈开为首各部，根据原定方略，由平浔王坐镇秀京浔州，其余各部分头向东、南、西、北四方扩展，一年多来，各路都有所斩获，大成国的地盘得到极大扩张，下一步的战略目标，是会攻省城桂林，进一步夺取整个广西的政权。

1857 年 12 月，当清军桂林守将蒋益澧率所部湘军，向平乐、贺县一带活动的陈金刚、陈永秀等部起义军进剿时，陈开、李文茂决定趁此桂林城内兵力空虚的机会，以陈开为东路、李文茂为西路，会攻桂林。

1858 年 1 月，平靖王自柳府起兵，经鹿寨黄冕沿洛清江北上，2 月，到达桂林西南六十里处的永福苏桥，但和东路军陈开部仅仅能达到战略上的统一，却无法达到战役战术上的统一，东西两路处于各自为战的态势。且双方的讯息又未能及时沟通，加上对敌情报的缺失，无法确凿掌握桂林城内清军的动态、虚实，当平靖王李文茂所部兵至苏桥时，畏首畏尾，不敢单兵冒进，只好在苏桥扎下营

140

寨，等待东路军的消息。

一直等到 4 月，才得知陈开所部进兵到达平乐，但受到湘军的顽强阻击，欲进不能。双方相持到 5 月份，从后方传来消息说，由昆寿指挥的广东清军已经由肇庆向梧州开进。 梧州地处广西东大门，有桂江北上直达桂林，沿浔江西进可直接威胁大成国都城秀京（浔州城）。陈开部面临前后夹攻两面受敌的处境，且和西路军平靖王李文茂部又失去联系，致使东西两路没能采取有效协同，形成了各自为战的局面。在陈开部不得不放弃北攻桂林的意图，率部返回梧州布防时，却并没有和李文茂部形成统一行动。致使李文茂部在苏桥干等了 5 个多月。

由于东路陈开部从平乐退兵，原定两面夹击桂林的计划流产。只剩下西路平靖王李文茂部万余人马，驻扎在永福苏桥，但对当时只有 2000 多守军的桂林，仍然造成极大的威慑，也事实上牵制了平乐方面的湘军，致使平乐湘军不敢尾追陈开部南下夹击梧州，免除了陈开部两面受敌的威胁。

这仍然是一个不可多得的战机，如果平靖王李文茂部采取果断措施，继续向桂林挺进，从兵力对比上，还是占绝对优势，攻打桂林还是绰绰有余的。然而，平靖王在攻打柳府的战役中，失去擅长军情刺探的邓老板，一时还没有人能取代邓的作用，因此，平靖王的对敌情报工作形如空白，对清军当时的情报一无所知。加上和东路军陈开部失去联系，几如孤军作战，以致造成决策上的优柔寡断，错失了一举攻夺桂林的战机。

东路军陈开部撤离平乐后，桂林外围清军得以向桂林城内收缩兵力，以致城内守军逐步增加到五千。尽管如此，在兵力上，平靖王李文茂部仍然处于优势，但由于缺乏情报来源，平靖王仍然不敢对桂林发动进攻，而是继续滞留苏桥踯躅不前，一再错失战机。这时，在平靖王身边的师爷看在眼里，急在心里，就向平靖王提议，派他手下一个姓方的石匠只身前往平乐，了解平浔王陈开部的情况；并借重他是湖南人的身份，设法混入桂林城，刺探桂林城内的虚实，以便为平靖王决策进退提供依据。得到平靖王李文茂的赞许，叫师爷立即赋予实施。

方石匠和师爷是同乡，年纪约 40 上下，跟着师爷闯荡江湖多年，方石匠手艺不错，一直以来都是师爷手下的技术骨干，也有一身武功，为人精明干练，所以师爷派他还是以游方石匠身份，带着石匠工具，以便和湘军套个老乡的关系，不易被识破。他的路线是从永福往东到阳朔，阳朔在平乐与桂林之间，南达平乐一天路程，北到桂林也是一天路程。约定好一个礼拜从桂林返回苏桥。

方石匠走后，平靖王率所部仍留驻苏桥不动，等待方石匠的消息。在这期间里，师爷曾与平靖王私下交流时说道："自古兵法有言'知己知彼，百战不殆'。我们这次北上桂林，居然连桂林清军的虚实全然不知，便草草出兵，且东西两路大军之间却没有建立有效的联络，没有统一的部署，统一的号令，而各自为战，这都是兵家大忌啊。"

平靖王听师爷所言，似乎深有感触的应和道："是啊！我们事先没有派人到桂林刺探一下清军的虚实，对清军方面一无所知，也没有召集各部将领好好研讨一下具体的作战计划，制定统一的行动部署，就这样匆匆出兵，连两军之间的联络都没有一个有效的办法，真是形同儿戏。在这样的情况下，你说这仗可怎么打法？"

师爷听后说道："当下这个情况，确实让我们为难，继续向桂林进发，在我们和平浔王他们东路军失去联系的情况下，我们则形同孤军作战，且桂林城内的清军兵力多寡，防御部署如何，等等，我们都是一无所知。我们若是单兵冒进，进攻桂林城，若是能打下来则好，如果打不下来，在桂林城下形成胶着状态，被拖在那里，我们左翼的庆远若乘机出兵扰我侧后，断我后路，平乐清军回兵桂林，与桂林内外夹击，我们将身陷四面包围之中，进不能进，退不能退，将如何是好？"

他继续接着分析道："眼下这个局势，我们既不敢冒进，也不宜滞留苏桥时间过长。此次我军北上，几乎是所有精锐倾巢而出，柳府后方仅留少量兵力守城，若被清军侦知我后方空虚，敌可东从荔浦，西自庆远分两路插入我军后方，分兵断我退路，阻我回援柳府，然后以少部兵力乘虚袭取柳府，柳府我守城官兵势将难以抵敌。一旦柳府陷落，我们将成为丧家之犬，无家可归。"

听了师爷对当前形势作的分析，平靖王已是有些乱了方寸，不知如何是好，只好问师爷道："眼下这种情况，我们该当作何打算？"

"值此情势，眼下我们有两种选择：一是趁我军目前士气尚仍旺盛，城内清军人心惶惶之际，统军奋勇北上，直取桂林，必当事半功倍；据我测估，桂林城内守兵不过 4000 右，最多也不会超过 5000，而我军则拥有上万之众，在兵力上我军仍然处于优势，胜算则多了几分；从苏桥到桂林，快走不过半天路程，我们可选择下午开拔，带足干粮，傍晚即可到达，找隐蔽的地方夜间休息养足精神，次日早起，不必埋锅造饭，让弟兄们吃饱干粮后，即起兵悄悄抵达桂林城下，突然发起猛攻，一鼓作气给他来个措手不及，攻下桂林城，或许并不太难。"

然而，平靖王此时却显得有些心智迷乱，因为他知道攻打桂林，需要面对的是一支训练有素，骁勇善战的湘军，且听说太平军就曾屡屡败于湘军之手，所以他在心理上已经产生了畏战情绪。于是他又问师爷："还有一种选择又是如何？"

师爷说："既然不选择进攻，则不宜在此久留，应当速速回师，加强柳府的防御，积蓄财力物力，招兵买马，扩充军备，稳定柳府的阵脚，使柳府与梧州形成掎角之势，拱卫秀京，等待时机成熟，再议北伐桂林之军务。"

平靖王李文茂听了师爷这番话后，心想，桂林城内清军的兵力、防务一无所知；东路军平浔王的情况如何也不得而知，仅凭师爷的估计和猜测，攻打桂林的决心如何下得了？一旦桂林城打不下来，耗费了时间又损兵折将，粮草不继。近日又得报，庆远已被清军团练所攻破，对我侧后造成威胁，若趁我军疲惫之时，发兵包抄我军西南侧后；平乐方面的湘军也趁机回兵桂林，包抄我东南侧后，我们将陷于四面包围之中，到时候我们外无援兵，内断粮草，想退也退不了，最终可能会招致全军覆没的结果。他把他的顾虑对师爷提了出来，并说："师爷既已派出细作，不如再等两天，待方师傅回来看看情况如何再做定夺，如何？"师爷想想，也只好如此。

但师爷对继续驻兵苏桥始终放心不下，他总有一种不祥的预感，于是他领着他的小徒弟，带上罗盘，到军营四周进行了一次踏勘。

师爷见平靖王所布的阵，是依着前人冷兵器时代的阵法布的阵、扎的营，整体没有什么大的纰漏，整个阵营东面靠山，山背是悬崖，山前是缓缓的斜坡，坡上有一处凹陷的坡谷，极为隐蔽，平靖王的指挥部便设于这个坡谷中，坐东朝西。南面依山势形成一个隘口，地势狭窄，北高南低，平靖王是以守势布防，派一支义军把守，防止敌军的偷袭，保障全军的退路。北面作为义军的正面，地势平坦开阔，平靖王取攻势布阵，整个阵势形成一把向北张开的剪刀，进可攻退可守。西面一线则沿江布防。洛清江西岸是广阔的田畴，地势低矮平坦，在东岸可一览无余。洛清江河面宽阔，但河水浅，大船无法航行，只可以用小船或竹筏涉水而过。平靖王派固定哨外加流动哨，严密监视江面，敌人若企图渡江偷袭不容易得逞。

师爷对整个阵势踏勘过后，找了个地点，让小徒弟摆好罗盘，进一步进行测算。得知了这个阵营的生门，正好就在正西面的洛清江边。也就是说，在遭遇不测时，唯有西面的这个地方可保无虞。

五

平靖王的优柔寡断给了清军可乘之机。在平靖王进不进退不退，犹豫不决之时，师爷派出去刺探军情的方石匠，已经从平乐湘军同乡口中得知，大成国平浔王陈开已经回兵梧州，但平乐湘军忌于大成国西路军李文茂部已经进抵苏桥，不日即可兵临桂林城下，而桂林城内守军只有2000余人，唯恐桂林有失，所以平乐湘军不敢尾追陈开部南下，而是采取以攻为守的战术，分兵1500经荔浦直插永福，袭击李文茂部后方，阻吓李文茂部，让其不敢贸然进攻桂林。之后，留下少部兵力，在平乐监视陈开部，防其回窜桂林。其余全部兵力向桂林城内收缩，增强城内的防务。

方石匠获此情报后，知道这一情报极其重要，尤其是湘军一部已悄悄直插永福，到时平靖王李文茂部的退路将被切断，情势紧急。但是师爷交代的任务又还没有完成，桂林方面的情报还一无所获，回去难以复命，就想还是取道桂林，探得桂林的情报后，从桂林回苏桥，这样则需多耽搁两天时间。而此时正是平靖王和师爷正在定夺进退之计的时候。

方石匠拿定主意，日夜兼程赶往桂林。到得桂林，以同样的方法，混入城中。探得原来平浔王陈开部在平乐受阻之时，桂林城内守军只有 2000 余人，守军主将蒋益澧故布疑阵，在桂林城内频繁调兵，让平靖王不知城内虚实而不敢贸然进攻桂林；另一方面又令外围多县团练会攻庆远，大造声势，威胁平靖王的侧翼，牵制平靖王不敢轻举妄动。而此时，桂林城内在大成国陈开部平乐退兵后，周边湘军得以向城内收缩，目前城内兵力已经达到 5000，大大增强了城内的防务。他获知这些情报后，不敢耽搁，便急急赶回苏桥复命。

就在方石匠赶回苏桥的当天，从平乐取道荔浦，直插永福的 1500 湘军已经抵达永福以南，切断了平靖王李文茂部退回柳府的通道，并向苏桥发起攻击。而此时平靖王与师爷还在等待方石匠的情报，突然遭到清军从后方发起进攻，由于不知虚实，平靖王所部万余之众，竟被 1500 湘军发炮乱轰而溃不成军，一时间乱了阵脚，纷纷各自夺路而逃。混乱中，师爷带领他的一帮弟兄紧紧护着平靖王，朝着他察看地形时得知的生门所向，试图退过洛清江，正欲登上木筏，不想却被湘军一发炮弹落在平靖王近处岸边，当时情况紧急，师爷和他的小徒弟见势，急急朝平靖王扑将过去，他们一众兄弟见势，也都朝着他们一起扑了过来，此时，师爷已将平靖王扑倒在地，并伏在他的身上，而小徒弟也紧跟着扑倒在师爷身侧，那帮弟兄们还没来得及扑倒，那炮弹就炸响了。当时弹片横飞，四个未及扑倒的石匠兄弟们全数倒在了血泊之中，而一块弹片则从小徒弟身上划过一道深深的血沟，钳进了平靖王的胸背上，唯有师爷一个人幸免于难，毫发无损。他从尸堆下挣扎爬起来，听到平靖王的呻吟声，他翻开一身血肉模糊的小徒弟，察看王爷，也已血肉模糊，显然是伤得不轻，再看他自己手下那班弟兄，全都没了气息，他急急召来附近的义军将士，把王爷和小徒弟抬上木筏，并招呼平靖王手下统兵的得力部将，叫他组织兵力，向南警戒守住这个渡口，掩护王爷过江，并伺机向敌方发起反攻，最终湘军因寡不敌众，被义军杀开了一条血路。因为不知道从义军背后发起攻击的湘军的实力，再者，平靖王李文茂又身带重伤，义军也就不敢恋战，护着李文茂等一班伤兵，由师爷与陈戊养（即师爷初到浔州时，到江上来接应邓老板的亲兵营统领）统领的暂时协调下，带领所部弟兄们向北警戒，边打边退的撤回柳府。

湘军因为兵力不足，也不敢贸然向义军发起大规模的攻击，再者，他们此举的目的在于围魏救赵，牵制平靖王部，致其不敢进逼桂林城。见平靖王部已是退兵柳府，也就只是不即不离的尾衔义军其后。在义军退回到柳府后，湘军也就跟进到鹿寨，便停止向柳府进发，只在雒容一线布防。切断了江口李文辉部与柳府的水路联系。等待蒋益澧所统湘军主力从桂林随后到达后，才对柳府展开包围攻击。

此时，李文茂带伤退回柳府之后，经过一段时间的调养，基本上已见痊愈，但是，由于被湘军切断了与江口方面的联系，认为江口已被湘军所破，便于 1858 年 6 月 24 日，率部从柳城方向突出湘军的包围，向融县、三江等黔桂边一带游击。

是年底，平靖王李文茂因伤体初愈，未得很好调养，便连日征战厮杀，颠沛流离在融县一带桂西北的山区中，终因积劳成疾，加上旧伤复发而在融县北部怀远山中病故了。其所部则作鸟兽散，各投其主。其余部由李文茂的亲信陈戊养统率，坚持了下来，由陈开收编和统领。

在李文茂从柳府突围时，小徒弟的伤尚未痊愈，师爷便将他安排在灵泉寺，托住持代为照料。自此，小徒弟便一个人隐匿在灵泉寺养伤，其后因柳府落入湘军之手一年多，一直等着师爷回来找他，却杳无音讯，师爷与小徒弟失去了联系。

六

柳府重新被清军攻占后，一直为大成国筹措粮食的鱼峰米行掌柜，担心清军回来后清算他的通敌之罪，和老板商量，将米行停业，暂回三都专事农业。老板继续经营他的粉摊，但处事却一改从前的张扬，变得低调随和起来。此后与财主之间的那些过节，也尽量地表现得若无其事，生怕让财主知道他曾与大成国之间的交易，而告他资匪之罪。

财主是个憨厚的人，见过去总与他过不去的老板态度不似以前傲慢，对他比以前客气了许多，他也就巴不得彼此相安，就不计较那些过去的恩恩怨怨了。

师爷安置了小徒弟后，跟随平靖王李文茂从柳府突围，辗转于融县、三江等黔桂边区，到 1858 年 11 月，平靖王李文茂在怀远旧伤复发而死后，师爷对义军的前途已经失去了信心，便决定离开义军他去，另谋出路。他对李文茂原亲兵统领陈戊养说是要回柳府找他的小徒弟，并顺便了解一下柳府和平浔王陈开的情况。师爷原来受平靖王李文茂的重用，这个陈统领的心中一直就有些不服气，只是在苏桥遇袭时，见师爷一帮人都为平靖王而全部牺牲后，他才在心中对师爷这一帮人另眼相看。陈统领见师爷这般说了，本也想把师爷留下来，继续当他的师爷，知道师爷去意已决，同时也见他年岁较长，且经过这一阵子老跟着义军队伍东奔西走的，在这黔桂边的大山中疲于奔命，眼见得他的身体似有不支的样子了，也就不好拦他，但也不想把话挑破了明说，只是说："你去吧，如果找到你那小徒弟，就顺便设法走一趟浔州，看看平浔王他们的情况如何，回来我们好做下一步的主张。"

师爷回到柳府，柳府已是回到清朝柳府的管辖之下。师爷仗着他是湖南人，又是个手艺人，应付由湖南人组成的湘军有很多便利之处。他以找手艺工作为名，在柳府进出，也不太受官府的注意。

柳府这工、商行内的人，大多认识他是个修桥的湖南石匠师傅，只有米行老板和掌柜知道他的大成国义军的身份，但是，那米行老板和掌柜自己和大成国义军的关系还唯恐瞒不住，哪里还会自己送上门去的道理？再者，掌柜也想道：师爷是湖南人，与湘军是同乡，只要师爷不来招惹他们就阿弥陀佛了，他们更不会自找麻烦去举报师爷了。

师爷回到柳府，到灵泉寺找小徒弟，住持说，他早在湘军进了柳府后不到两月，伤就痊愈了，说是要去找你们，就自个儿走了，后来也就不知到哪去了。师爷想回湖南老家去，但找不到小徒弟，也不好一个人就走，想多待一阵子，看看是不是可以遇见小徒弟。就在他到处打听小徒弟的下落的时候，得知，柳府府城内的湘军主力早于 8 月份就开赴贺县，去进剿陈金刚部义军去了，目前城内的湘军兵力不到 500 人，城防非常空虚。这可是个好消息，他记起要离开义军时，陈统领曾交代过的话，就决定下一趟浔州，把这个情报告诉平浔王陈开。

陈开得到师爷这个情报，事不宜迟，即刻就下了决心，召集人马，随师爷突袭柳府。

柳府府城内守军见大成国兵临城下，自知力所不敌，就匆匆退往桂林而去。就在 1858 年 11 月的当月，柳府再度落入大成国陈开所部手中，并相继收复了融县、柳城等地，收编了原来在这一带活动的李文茂旧部，陈戊养所率李文茂的余部就此归于陈开麾下统领。又在柳府维持了一年多。

到了 1860 年，因为陈开在决策上的一再失误，加之大成国立国时的五王，在几年来的征战厮杀中，至此，已经仅剩平浔王陈开一人了，虽然所率部众仍有十多万，仅靠陈开一人毕竟独力难支，顾此而失彼，已经渐显颓势了。柳府最终仍然被清军所陷。

师爷一直在柳府寻找小徒弟，终究没有消息。柳府再度陷于湘军之手，他也就毅然脱离陈开的义军，在柳府留了下来，另作打算了。

天地会自 1854 年在广东起义，到次年转进广西，在浔州建立大成国，攻占了广西梧州、南宁、柳府等几个主要城市及大部分州县，浴血奋战了前后十年时间。到了 1864 年后，随着太平天国在南京的覆灭，大成国起义也在同一年里，宣告彻底失败。整个广西又回复到清朝的统治之下。

第十二章 财主为母祝寿大宴宾客

一

1850 年代，是中国历史上风雨飘摇的年代。除了各地各种旗号的反清起义外，其间，一些匪盗也乘机浑水摸鱼，啸聚山林，鱼肉百姓。

但是，在那样动荡的年代里，财主家却似乎没有受到太大的影响，居然还大兴土木地建造庄园，之后，又接着建起了石拱桥。"三都大财主"正是在那个动荡年代中得名的。

在那样的年代里，他没有遭到土匪强盗的劫掠，也没有因为各种农民起义的波及，但他倒是为了一些莫名的个人恩怨，而尝到了不小的苦头。比如，他因建庄园，而招来粉摊老板的嫉妒，甚至给他罗织罪名，把他告上衙门。其后官司虽然赢了，但却也为打官司花掉了大量的钱财，还费了不少心思，并因此也和粉摊老板结下了仇怨。因为和粉摊老板的结怨，为了笼络乡间邻里的人心，攒一份虚荣，不惜用家中因建庄园、又打官司而花得所剩无多的积蓄，用来修建了石拱桥。本来修桥是件积德行善的好事，花点钱也值得。他万万没想到的是，为了修桥，却把本来好端端的一卦祖宗风水给毁了，这是对他最大的打击。

遭受了这样的打击过后，他曾经有过一些反省。他觉得，自己确实是因为家里富有而过于张扬了些，别人在这样兵荒马乱的年头里，装穷藏富还来不及，自己却在短短几年时间，大兴土木，摆阔炫富，得罪了一些小人，所以才遭到这样的报应。因此，他也一改过去的作风，做事为人变得小心翼翼起来，生怕无意中又得罪了人。

自从因为修桥而招致风水变故，他母亲自此潜心向佛，把家里家外的一应事务，都已嘱托由他做主，他是家中长子，不得不克勤克俭，励精图治而无心旁骛了。至于和粉摊老板之间的恩怨，他只知道官司的那档子事，关于风水被毁的事，他心里虽然怀疑那师傅背后有人在和他捣鬼，但他却没想过和粉摊老板会扯上什么关系。

在粉摊老板和掌柜那边。因为大成国平靖王曾一度占领和经营柳府，那平靖王的师爷又是和他们有过一段扯不断理还乱的恩恩怨怨，身不由己地让师爷把他们拉下了水，淌进了大成国的泥淖之中难以自拔。更不幸的是，他们原以为柳府这天下从此便是大成国的了，却不曾想到，柳府虽两度为大成国所占领，但最终还是回归了清朝的统治之下。本来，他们还企望通过师爷的关系，攀上大成国平靖王这棵大树，和师爷联手揽下军粮采购的生意，那可是稳赚不赔的官商生意。况且，有了这层关系，若是大成国以后得了天下，自己不也就成了功臣，从此飞黄腾达，福惠子孙。但是，天不从人愿，眼下，这柳府又回到清朝官府的治下了，他和大成国之间的瓜葛，反倒成了他心中的块垒，想甩又甩不脱，生怕被人知道，一旦传到财主耳朵里，那将是祸及九族的罪名。所以，他就不得不一改前愆，低调做人，不敢再招惹财主。再者，他和财主之间的恩怨争斗，他也自己觉得自己是赢家，为此他也经过了一番反省，在夙愿已了的同时，他也觉得师傅用这种手段整人家财主，也有一点过火了。在这种境况下，他也想放下和财主之间的恩怨，不想再纠缠，也不敢继续纠缠下去了。他怕继续纠缠下去，万一让财主察觉他就是毁了他们家风水的罪魁祸首，再一追究下去，就会连与大成国之间的那个秘密也就都大白于天下，他就会真逃不脱倾家荡产，甚至满门抄斩的祸殃了。

财主和粉摊老板间，经过双方各自进行了反省，权衡了利弊，都主动的各自退了一步，双方的夙怨也慢慢地消弭于无形之间。让财主得以风调雨顺，平平安安地过了十多年，给他得以历练成了一把治家的好手。同时，也把两个兄弟调教成能够独当一面的把轼，眼见就要完成母亲的嘱托和心愿了。

二

柳府重新回归清朝统治后，虽然在其他地方还有大成国部分残余势力，在继续和清朝统治者进行着不屈的斗争。到得清朝同治元年（1862），财主恰逢母亲六十大寿，他的心情也特别的好了。把之前十多年来的风风雨雨，恩恩怨怨也都慢慢地淡忘了。他就想乘着喜气正盛之时，趁势大宴宾客，为他的母亲祝寿，凑个锦上添花让老母开心。

经过一番策划，由于他母亲寿诞正好又临近中秋，于是择定吉日，便广发喜帖请柬。把远亲近朋都请了个遍。但是，请柬都派发出去后，觉得还缺了个官场上的人物，心里总觉得有些美中不足。于是又专门特制了一封精致的请柬，请先生陪着，亲自到桂林去张为府上走了一趟。那学政张为见他如此盛情诚恳，并且在派送请柬时，还刻意备办了一份不菲的大礼，毕恭毕敬地亲自登门拜会相请，深受感动，觉得这个人可交，就欣然应允道："为兄高堂大寿，届时理当亲临府上恭祝贺寿"。得了张为亲口允诺，财主满心喜悦，同时又顺便把当年在桂林求捐"功名"时认得的朋友，一个一个地拜送了请柬，然后才高高兴兴地回了家。

到了他母亲大寿的那天，所有收到请柬的亲朋好友都来了。没有收到请柬的，自己认为是个机会，想来巴结大财主的人，不请自来的也来了不少。在来贺寿的宾客当中，最让他出乎意料的是，粉摊老板居然也打了一个大大的红包，亲自前来贺寿。财主是个实在忠厚之人，只要你敬他一尺。他就巴不得敬你一丈。他见粉摊老板居然过来给老母贺寿，简直就是给他天大的面子，之前的所有龃龉也就随之烟消云散了。此一情节，当时曾经一度传为佳话。他逢人问到便说："一笔写不出两个韦字，毕竟是一祖同宗的兄弟，有什么解不开的冤仇？"

贺寿大喜，所收礼金礼品，他家里自然安排得有人专门接收造册，其丰厚自不在话下。他不是为了这些礼品礼金，他有的是钱财。他最觉稀罕的，也是最想得到的，就是学政张为的如期而至。得知张学政已经到了三都街上，他便赶急赶忙、毕恭毕敬地亲自到庄前桥头迎候。还特意将仪仗队请到庄门外，整好队形等候。远远看见庄中的塾师先生正朝着庄园而来。他立即叫仪仗队的吹鼓手们尽情地吹拉弹唱起来。此时，先到的宾客人等，听说是有官场上的人来，也都闻讯来到庄门外，图看个热闹。因此，在庄门外已簇拥着一大批，服饰五彩缤纷的男女老少。庄门外人头攒动，熙熙攘攘，场面好不热闹。待张学政一行到了庄前，那一干闲杂人等，也都主动的肃静井然起来，随在财主身后，躬身抱拳，彬彬有礼，迎接贵宾。整个场面可谓隆重庄严，给张学政等一行人得足了面子。张学政此次前来贺寿，也是受财主诚心所感，特别是听了塾师先生一番说辞："这三都大财主虽然家财丰厚，但为人诚实厚道，好客大方。但是从他祖上下来几代人，都只知道操持田地，勤俭务农，从来没有人涉足过官场，也从来没有人进过学堂、经过府试，求得个一官半职的。到了当下，也只能算是地方上的土财主，但却半点威势都没有的人。在他的地方上稍有点财势的，且品行不端的人，都不把他放在眼里，而把他当成'凯子'，时时都想找点机会讹他一把。他听我说起学政大人的才学为人，就诚心想巴结大人，想从中跟大人学习一些文人的儒雅和官场的礼仪。这一次他明是为母亲祝寿，实则是借机巴结大人，想请大人给他面子，为他在地方上壮些声势。"张学政听先生有此一说，尤为感动，特别是财主之前为此而亲自到桂林府上，盛情相请。自己是个学官，是崇尚礼仪之人，礼尚往来也是应该的。于是，他不仅打算自己要来，还考虑到，自己一个人来，造不了什么声势，就邀了不少当时省内稍有些名气的文人学士、官场朋友，都一起来为他捧场。再加上财主原来自己认识，并发过请柬的朋友，其中大多也都是他认识的，也想巴结他的人，于是就组成了一支 30 多人的贺寿队伍，相约汇聚柳府，一路浩浩荡荡，经柳府向三都而来。

　　来贺寿的宾客，自然也都各自备办了礼品。他们中的绝大多数人，都曾经得过财主的厚礼，这次不过算是从中拿些来做个回礼，给财主送个面子而已。学政张为本人送的礼，除了常规的绫罗绸缎，金银饰物而外，还给他母亲送来了一个意义非凡，珍贵无价的时尚大礼——一方精致的牌匾，专为财主母亲祝寿。图 22（王培堃画）

　　那牌匾是以上等楠木雕饰而成。并亲笔书写题词。张为身为广西全省提督学政翰林院士，其书法造诣和文才气势，自是非同一般。他极尽平生功力，在牌匾上亲笔书上"浔水怀清"四个大字。并落款："广西全省提督学政翰林院侍讲加三级张为"在其上；下面是"给监生韦昇端之母卫氏题　同治元年仲秋月谷旦立"字样。并教人把牌匾漆成红底金字，显得灿烂辉煌非同一般。学政张为这个牌匾标明是送给财主母亲，为他母亲祝寿的。起初财主并不理解那牌匾题字的含义，便暗地里向他的塾师先生请教。先生就很耐心地对他解说道："那'浔水怀清'四字，是在夸赞令堂贤良能干。'浔水'就是柳江河，过去从柳府到桂平这段河流，曾经统称为浔水，这在唐朝柳宗元的《柳府山水近治可游者记》一文开头，就有'古之州治，在浔水南山石间。'一句，浔水意指柳江流域一带地方。
而'怀清'二字，指的是秦朝时候的一位贤能善良的乡村寡妇，名
叫怀清。该妇对秦朝的建立曾作过特殊的贡献，所以很得秦始皇的
赏识，且得到过秦始皇的嘉奖。张学政在此则是把令堂比喻为怀清
一样贤能善良的妇女。张学政把令堂比作了史上的名妇人，这是极
高的荣誉。"财主听先生这番解说，再者又看到匾中落款有"给监
生韦昇端之母卫氏题"字样，他自己觉得，这块匾不光是褒扬他母
亲，同时也把他所获得的功名职衔，有意识的作了认可和张扬。他
心中自是高兴得不得了。于是他把母亲大寿的喜宴，热热闹闹的办
了三天三夜。喜宴间，庄园内外张灯结彩，由自家的武馆组成了龙
狮队，竟日舞龙舞狮，杂耍献艺，为宾客取乐；还特意请来了桂戏
班子，搭台唱戏，酬谢宾朋；流水筵席，酒肉不断，不醉不归。隆
重的场面，在地方上空前绝后，把自己的财势、功名炫耀得淋漓尽
致。宴毕，到送客回礼的时候，尽量地考虑得圆满周全，不给人留
下话柄。尤其那贵宾中，唯一能显示他官场荣耀的学政张为，就更
不必说了，自然是礼加三等，恭敬有余。

　　喜宴散场之后，他把那"浔水怀清"牌匾视为传世珍宝，高高
的挂于正堂之上。他为母亲祝寿的奢华场面，从此又成了一段佳话，
在三都一带百十里方圆内流传着。尤其是那块官赐的牌匾，更为他
"三都大财主"的名声锦上添花。

三

　　为了筹备寿宴，财主一家人忙了好一阵子。等到寿宴结束，远
近宾客都已走完散尽，全家才得以松下一口气来，好好地休息了两
天。到过了三早，这一趟子喜庆事务才算是尘埃落定地过去了。
　　一天早起，财主想，这几天母亲的大寿，她老人家好一阵子喜
笑颜开，高兴得合不拢口，但是连续折腾了几天，也没时间去给老
人家问安，不知道老人家身体可有什么不适？如今总算是圆满结束
了，也该过去给老人家问个安了。再说，这两天好不容易闲得下心
来，心头总在想着一件事：这次母亲大寿，没想到那粉摊老板并没
有得到请柬，居然能抛弃前嫌，还打起一个大大的封包前来贺寿，

153

这样的举动，在世俗乡邻间可是掉面子的事啊！不知他安的什么心？早年他无缘无故地把我告上衙门，欲置我于死地，后来在两边都花了大量的钱财之后，我胜了，他却是赔了夫人又折兵地败诉了。为此，他心里还总是不服气，总是不失时机地想羞辱我，随时都想寻机会报复我。其实想起来，这官司一旦打起来，不管到头是胜是败，双方都得不到什么好处，钱却都是花了一大把一大把的，还费了那么多心思，真正是劳民伤财，又还伤了两家和气，落下世仇，让子孙后代都被这仇怨困扰着，永世不得安宁。"冤冤相报何时了？"，这道理大家都晓得，但世间又有几个人舍得拉下面子，主动地找对方和解？像眼前我们两家的事，本来就是他的不是，我总不能自己去向他讨没趣，而应该是他主动的有所表示，那才是情理之中。但要他主动地走这一步，确实也是需要一定勇气和肚量的。现在，他既然已经走出了这第一步，我们总不可能得理不让人，自己把路堵死吧？我是不是也应该有所表示？为这事，他就想去问问母亲的主意。要是一般的家事，因为母亲有过嘱托，自己就可以做主了。但这事是关系到我们一个大家族在地方上的面子问题。也是个是非的问题，弄不好会落下族人的非议和指斥，说自己是个窝囊废，没有骨气。

话说自从修桥被暗算坏了风水后，财主的母亲就把一应家事务都交给儿子打理，自己潜心吃斋向佛，修身养性，弥补前衍，偿还前世所欠孽缘。今年适逢六十大寿，本来也不想弄什么排场，打算悄悄地过去算了，但做儿子的想尽尽孝道也是人之常情，也就顺着他们的意了。多年来清心寡欲已经习惯了，这几天寿庆当中热热闹闹，着实也高兴了一番，面子也得了。最觉得意的，还是得了一方省里学政大人亲赐的牌匾，这可是天大的荣耀，也算是这些年来自己修阴功修来的福报吧。恶有恶报，善有善报，上天是有眼的。至于风水被毁那事，正如叔公所讲的，那是前世祖上欠下的孽缘，是报应，想免也免不了的。所以，心中也就不再为那事耿耿于怀，而是顺其自然。至于子孙后代，儿孙自有儿孙福，各人自有天命，就是留得再多的家财，他们命中受不了的，到时还不是该败的终归还是要败的，前辈人还奈得几何？真是一番慈悲心怀。这一天早上起来依例诵了一通早经，做了一番功课，正在用斋早膳，却见儿子前来问安，就边用斋边听听儿子有什么话说。

　　财主向母亲问过安，然后就把自己心中所想的事情，对母亲说了。他母亲听得他把这个想法全说出来后，心中自觉得好一番宽慰。心里想：这个儿子还真的没有辱没这大财主的名头。心地朴实善良，胸中容得下仇怨龃龉，坦坦荡荡做人。于是就坦然对财主说："你能这样想是对的，心中总藏着仇恨，这一世人就不要想活得舒坦，冤家宜解不宜结，人生一世，多一个朋友好过多一个仇人。你就看着办吧，"财主得到母亲的这番答复，心中非常高兴地向母亲告辞而出。

四

　　找一个闲空日子，财主以自己跟塾师先生学来的一点文墨知识，亲笔字斟句酌地修了一封请柬，就自个儿到粉摊老板的摊铺去了。因为不是圩日，老板正在摊边闲坐着，见着财主一身光鲜整洁的，面带笑容地朝着自己的店铺而来，心中觉得有些蹊跷。待得财主到了门口，他便连忙起身相迎道："财主老哥今天得空出来？伯娘的大寿忙完了？是不是想吃烧鸭粉了？"他们俩之间，从来还没有如此客套过，让财主面对这样相敬如宾的场面，反倒觉得有些许的别扭。同时也觉得犹如久别重逢的老友般的亲切，顿时也就轻松自然了下来。赶忙回礼道："老板今天难得空闲，特地来找老板讨杯酒喝"。这时店铺里原来的两三个客人正吃着粉，见老板和财主这般客套，也觉得有点新鲜。两家过去的过节是众所周知的，像这般客气还是第一次见到，就边吃着粉，边等着看事态的发展。

　　财主应了老板的招呼，就进到店里。老板见他朝着屋子正中的一张桌子走去，就连忙过去把桌子擦抹得干干净净的，并亲手给他挪过一张结实的凳子，请他坐了下来。问他道："是先吃粉还是先喝酒？"

　　财主也客气地应道："今天呢就吃一碗烧鸭粉得了，酒嘛，今天晚上请你到我家去，我们再慢慢喝。"讲完顺手从怀里把准备好的请柬，毕恭毕敬地双手递到老板面前。

　　老板见财主如此循规蹈矩的举动，一面伸手接过请柬，一面忙

155

不迭地应道："咃！喝酒还用专门到你府上去？就在我这里现成的，保你喝个够，我请客。"

财主听了老板这话更觉亲切，甚至都有点感动了，接过老板的话头道："我知道你这里有现成的酒肉，但你这是在做生意，一码归一码，我请你，自然就应当到我家去喝咯！"

老板一面与财主客套着，一面恭恭敬敬地展开拜牒来看，才知道这财主今天郑重其事的，是专门来请他的，一时间竟手足无措起来，不知道这财主葫芦里卖的是什么药？不得不重新定下神来，认真细读起柬文来，只见上面写道："承蒙贤兄屈驾亲临奉贺母寿，感激不尽，特备薄酒，恭请贤兄移尊敝舍一述，以致谢忱！恭候光临！"这老板也不是什么文人才子，但对于请柬牒文的遣词格式，也还略通一二，知道财主这是真心实意，要请他到家里喝酒的。见财主这般认真的举动，竟至让他也有些感动起来。心想，财主这样的亲自手持请柬前来相请，感情是有感于在他母亲大寿时，我的贺寿之举的回报了。看来，这财主的肚量还真的不是那么小肚鸡肠耿耿于怀的村野小民了。如此一来，自己之前的主动之举算是想对了。但我当初抹下面子走出那第一步，确实舍下多少面子，还担心自己以热面孔去贴着人家的冷屁股，那才是把面子丢尽了。财主这一回拜，也算还足我的面子了。于是急忙应道："年兄给我如此面子，我不能拂了这等美意，今天就是不做一天生意，我也得早早过去，只是如此将叨扰府上，实在过意不去。"

财主听得老板当面应下了，也觉得很有面子，心中甚为高兴。于是也学点风趣的样子，向老板道："谈何叨扰？我也好久没来吃烧鸭粉了，如此说，我就先叨扰贤兄的生意了，先给我来一碗烧鸭粉吧。"

老板赶忙说："自然、自然，你坐着，我去烫来。"片刻时间，老板端着装有烧鸭头、鸭翅、鸭腿满满一碗粉来，放在财主面前。财主还是过去那般的憨厚诚实，一点都不会做作的，拿起筷子就呼呼噜噜地吃了起来。吃完照样从身上掏出钱来向老板付了粉钱。老板推辞不收，财主说一样是一样，这是做生意，在家里是另一码事，坚持着把钱放在案板上，朝老板拱拱手告辞道："我先走了，回去准备好等你，你一定要早点过去啊！"

五

　　财主走后，老板一面做着生意，一面在心里想着到财主家喝酒的事。到时候两个人面对面的，该聊点什么？会不会提起两家之前的那一段宿怨？想起两家的怨仇，追根究底起来，那都是自己为了老一辈无根无据的一句话，瞎猜测加上自己的嫉妒心而挑起的，本来也就理亏。至今，两家的恩怨头尾加起来，也有十多个年头了。这十多年来的人生风雨，世事沧桑，都经过见过，要说报应，自己也算是受过了。特别是大成国占了柳府的那几年里，正是为了两家的恩怨，而牵扯上了造桥师傅，其后又和大成国扯上了瓜葛。那可是灭族的罪名啊！好在财主是个厚道的人。如果他是个工于心计、睚眦必报的小人，一门心思地寻机报仇雪恨，自己那点糗事岂能瞒得过他？自前两年大成国从柳府败走，清朝官军重新收复了柳府后，他若是为了报仇，乘机向府衙里稍稍备上一份薄礼，给我安上个通敌的罪名，也不算冤枉了我，我这一门子恐怕早就朝不保夕了。现在，这样的可能也还不算已经过去，只要他财主有心，出去柳府跑一趟，想找一下我的麻烦，也还是不难的。所以，及早地解开两家的仇怨，已经变得刻不容缓了，恰逢这次财主母亲大寿时要大宴宾客，正是机会。于是就决定拉下面子，不请自去给财主母亲贺寿，去试探一下财主的心胸肚量，估计他财主不至于把一个送礼贺寿的人拒之门外吧？

　　这一次财主亲自来请，可见就是他对自己之前所表达的和解意愿的一种回应了。冤家宜解不宜结，两家再这样老死不相往来，这仇恨就会世代相传，搞得子子孙孙都不得安宁，只有两败俱伤，没有输家和赢家的。他心里这样想着，趁着财主也有了和解的表示，就下定了决心，顺水推舟的，就着这次去财主家喝酒，就干脆把这层意思摊开来谈。他虽然下了这个决心，但是他心中也还是觉得有些忐忑，不知财主是不是也有这层意思？或者纯粹只是针对我的贺寿之举，礼尚往来的一种回应呢？不管他，反正在饭桌上跟他摊开，只是我和他两个人面对面，也没有外人晓得。即使他没有这个意思，也蚀不了我的脸面。相信在那样的场合下，他财主总不至于一点脸面儿都不给，反而会把我撵出来吧！他那样憨厚的人，既然都亲自来请我到他家去，而且还是当着众人的面向我提出邀请的，在场的人都晓得的事，想来他也不会有什么恶意。

老板在心中理顺了头绪，下定了决心，也就趁着今天的生意也不怎么好，把一只烧鸭留着不卖，完整地砍了包好，早早地收了摊，洗了个澡，换身干净衣服，提起烧鸭，就朝着财主家走去。

六

从街上到财主庄园，走快点也就一袋烟的工夫。到得财主家门口，只见财主已是在那里等着了，两人拱拱手，客套了一番。财主说："请进！请进！直接到堂屋就座。什么都准备好了，就等你来。不过我这里也没有什么好东西，就是点家常饭菜。我估计这个时候你也该到了，所以就到门口来等着你。"

老板见财主这般热情，不像是做作，看得出是真心实意的，于是也客客气气地回道："老哥你太客气了。今天在我那里，我都讲了，喝酒就不用到你这里来麻烦了，就在我那里什么都是现成的，你非要我到你这里来。我也想，你家庄园落成至今，我倒是从未认认真真来坐过，今天也是老兄你有心请我来，我也就不客气地特意过来叨扰叨扰你了！"

财主听了老板这话也觉得是真心话，于是又赶忙应道："说什么叨扰，但得兄长纡尊降贵，光临寒舍，真是蓬荜增辉，是老弟我的荣幸。"说着话，见老板手中还提着个粽叶包，知道老板一定是又带有烧鸭或是叉烧等下酒菜来了，于是又客气道："你看你，我请你过来喝酒，怎么又要你带菜来？怕我这里没有菜给你下酒不是？"

老板见他说到了，就顺手递到财主手中，谦虚一番道："今天生意不好，又是为了早一点过来喝酒，趁早就收了摊，这是卖剩的一只烧鸭，知道合你的口味，就顺便拿来下酒，免得留到明天就变成旧货，卖给客人吃，以后牌子臭了，还怎么做生意？起初我还犹豫着，怕你嫌我把卖剩的东西拿来吃，好在还是一整只没动过，我也就厚着脸皮砍好拿过来了。"

158

　　两个人你来我往的相互客套了一番，话也越来越投机了，彼此间心理上的隔阂，和相互间的提防，在不知不觉间就烟消云散了。财主的憨厚劲也就自然地表露了出来，道："我倒是喜欢得很咧，这街上的烧鸭，我就是对你家的情有独钟，那阵子，你老兄都曾经嫌过我，我都还厚着脸皮到你那里吃，而不愿到别家吃的。"

　　这财主也是憨厚得可爱，心里高兴起来，再方面也想谦虚一点，竟然就口没遮拦起来，无意中就把彼此间最不愿意提起的敏感话题点破出来，让老板听起来竟难免现出尴尬，赶紧面带愧色的接口应道："惭愧！提起那些旧事，还真对不起你了，今天就算是来向你老哥请罪吧！"

　　财主听了老板这番话，才知道自己这口无遮拦的毛病又上来了，哪壶不开提哪壶，真正是有点得意忘形了。于是赶忙回应道："老兄你言重了，我不是那个意思。你看我这人就是心直口快，讲话都没过脑子的，我的意思只是讲，你家的烧鸭合我的口味，今天也是见你来了，高兴起来就不懂得哪话该讲，哪话不该讲了，得罪！得罪！"说完，从老板手中接过那包烧鸭，拉着老板的手，赶紧着朝堂屋里走去。生怕再客气下去，话多有失，怕坏了气氛。

　　财主拉着老板的手，亲亲热热地把老板让到堂屋，那里已是摆了满满一桌子的菜肴，也是刚摆好的，有的还在冒着热气。恭敬地请老板到桌边坐下。

　　老板见堂屋中一大桌菜，却空无一人，便谦让道："就我们两个人啊？伯娘她老人家不在，我怎么好意思就座？"

　　财主应道："她老人家一直吃素，不便与我们同桌，我就不叫她来了。"

　　"既然伯娘吃素，晚辈我到了府上，理应去给她老人家问个安。"老板说着拉起财主的手说："走，领我前去给伯娘问个安！"

　　财主见他如此说，觉得也是情理之中，礼节皆然，就领着他朝母亲斋堂而去。到了门口，财主就高声禀道："娘呀，圩上老板一定要过来给您老问安咧！"他母亲此时正坐在神案边闭目修炼。听到话声，微启双目，朝门外望去，见是粉摊老板已是到了门外，正想起坐相迎，老板见了，急忙三步并着两步，赶上前去，口中忙不迭道："要不得！要不得！伯娘您老不要起来，我是特意来给您老请个安，怎子好扰了您老倒起来迎我？您老坐下、坐下，我给您老磕个头就走，不打扰您老的清静。"接着赶上两步，扶了财主母亲坐下，便朝老人双膝跪下，口中说："伯娘啊！侄子我不懂理，以前多有得罪，把亲人当成仇人了，最近我查了祖上留下的族谱，按辈分，您老是本家伯娘，是一点也不掺假的咧。我和昇端可是实在的两兄弟啊！你看我这个不肖子孙，以前竟做出那样对不起祖宗的事来，心中一直惴惴不安呢！前些日子正好是您老大寿，我觉得是个机会，就厚着脸皮过来，向您老赔个罪。但在那个大喜的日子，您老高兴着，我也没有机会向您老提起，再者也不想在那个大喜的日子，向您老提起那伤心的事来，扫您老的兴。今天也是昇端兄弟大肚量，亲自到摊上请我过来喝酒，我想是终于等到机会了，就早早收摊过来，得以当面向您老请罪！"

财主母亲见老板如此郑重其事的，说了一大版饱含真诚歉疚之意的话来，便自深受感动，原来心中尚存留的一丝怨愤之情，竟于无形中化为乌有。急忙地立起，上前一步，把老板扶起来，口中连连说道："礼重了、礼重了！以前的事就不提了，那也不能全怪你，我就讲过昇端，一个巴掌拍不响，出那样的事，总也有我们的一些原因的，昇端是个老实人，做事从来也不会转个弯的，恐怕也是在哪点得罪了你，惹你恼火了，才出了那么个事来的。事情都过去那么久了，今天大家彼此都想开了，就好了，以后不再提这事，本家人的，有什么喜事难事，大家都要相帮相扶些，不要让外人见笑了就是。那天昇端就对我讲，想请你来家坐一坐，兄弟间把事情说开就好了，总不能给子孙后代留下那么一个仇怨的包袱，今天见你能过来，我心里高兴着呢！你们俩呢，也不用要什么人陪着，我是吃素的，也不便陪着你们。你们就两兄弟慢慢喝，慢慢吃，高高兴兴来高高兴兴地回去。"

老板听了财主母亲这番话，在心怀愧疚的同时，心中不觉泛起一阵阵暖意。心想，这一家人确实厚道，讲话做事总是给人留退路，不是那种得理不让人的人。于是说："就我们两兄弟太冷清点儿，把两个兄弟一起请过来，几兄弟热闹点儿。"于是财主母亲也就答应道："也好，他们俩也该经点世面，学做人了，就让他们过来陪陪你们，热闹热闹，也让他们跟你们学着点待人接物的礼信，总有一天他们也要独当一面的。"财主听母亲如此说了，也就领着老板告辞而出。

七

财主三兄弟加上老板，正好四个人，一张八仙桌一个人坐一面，把一张摆满菜肴的八仙桌坐满。财主和老板相对分坐东西两面；右手边是二弟；左手边是三弟。席间财主和老板推杯换盏，他两个兄弟都不善言辞，只是左右陪衬，轮番劝酒。财主虽然酒量不大，但却好酒，逢着酒劲上来，几杯酒下去，兴致就来了，平时间的口无遮拦的本性就自然而然地表露无遗。老板是生意人，对酒也有几分嗜好，只是生意人善于逢场作戏，也善于把持自己，言谈话语间总会有几分保留，不像财主一类人一条肠子通到底。但今天也许是经过饭前的接触，已经把财主一家的心底分寸摸透，觉得无需设防了，所以，酒席间的话语也就多了几分直率和坦诚，少了一些生意人的狡诈和虚伪。几杯酒下肚后，面对着侃侃而谈的财主，那心底里本性固有的一点心理防线，就都消失于无形了。两个人频频举杯，话语也投机。吹着吹着，就拉起了宗族谱系，追根溯源的，相互攀起了本家宗亲情缘来了。

财主与老板这时都已经有了几分醉意，老板平时对酒都比较善于把持，也是今天高兴，就放开了心态的喝，但是他仍然能把握分寸，还不至于迷了神智，虽然略有醉意，也不过脸上微显红晕而已，并没有达到胡言乱语的地步。而财主喝酒达到一定的程度，则越显兴奋，话头也就多了起来。两个人扯到宗系族谱，财主说"我听老人说，我们三都一代的韦家，就一个老祖宗韦思，我们两村韦氏都是第二代嫡传韦银铜的子孙。"

老板接口道："是啊，我们两村才是三都韦氏嫡传'韦银铜'的子孙，而拉寨和边山是从志顺公分支的，志顺公往下一辈是四兄弟，文奎、文芝、文福、文朝，文奎为长，他们一支都到屯马立了村，你们文芝公为次，你们这一支到边山立屯，也七八代人了。我们是文福第三，一直在拉寨村守着祖宗的那块地过下来。还有一个老四是文朝一支，他们的后人都到来宾去了。"

161

　　他们吹着吹着，就吹到了祖宗的光辉历史上来了。财主说："其实我们的祖宗是从北方山东来的，那时祖上韦山涛，跟着狄青来广西剿侬智高，立了军功后，被皇帝封到广西来当官的。"

　　"是呀，祖上韦山涛带着他六个儿子一起来广西打仗，后来全部都分封在广西各地当官，落地生根，所以韦氏就成为广西最大的宗族，"老板接口道。

　　财主又说："祖上韦山涛公的六个儿子被皇帝封为六千金，我们这一支是千一景岱公之后。当年景岱公是封在东兰县土司职。我们三都韦氏始祖韦思是景岱第二十三世子孙，也是因为从东兰来三都平乱立功，又被封到三都来当了五都巡检职，开始在三都这里落地生根。当时韦思公来三都时，他的亲生仔银铜还小，同时他还带了几个侄仔银豹、银殿、银门一起来，到三都后，他又生了银怀，几兄弟就在三都一带各自成家。银铜因是韦思的嫡亲之子，就继承了他的职位。其他几个侄仔各立军功，各自得到朝廷封赏，特别是银豹，名气就比其他兄弟大些。"

　　老板听财主吹到银豹的名声，心想，我们银铜一支才是正宗嫡传，怎么就为别系吹嘘起来了？就抢着说："在三都一带，我们银铜一支才是嫡传。那年明朝皇帝快完蛋的时候，到处义旗纷纷，我们的先祖银铜公的长子志道伯祖，放着世袭的巡检职不当，带领族人乡勇在凤山揭竿而起，意欲推翻了崇祯皇帝。但因起事早了一点，时机不对，才导致了被官军攻进凤山村，还挖了银铜公的坟，毁了银铜公的遗骸。就是那一次事件，志道公一帮兄弟才四散避祸，你们志顺公就是那个时候才到边山来立屯的。"

　　这时财主已经是八九分酒意了，说话听话都已经是头重脚轻的，眼皮眯细着有点儿睁不开眼睛的样子了，被老板抢了话头去，他只有听话的份儿，那精神头就慢慢地支撑不住了，虽然听得见他还在哼哼唧唧的，好像在不断应和着，但他那头却已是不由自主地伏在了饭桌上去了。

　　老板边讲着，边看着财主的眼皮子已经越来越睁不开了，他自己也因为陪着财主喝，还要不时地应付他两个兄弟，其实喝的比财主的多去了许多，由于他本身酒量比财主的酒量大，又还有很强的自制力，所以到这个时候他仍然保持着清醒，但也觉着头有些重了。

于是，他就对那一直陪在旁边的两兄弟说道："昇端兄看来已经喝高了，今天高兴，我也多喝了，我们就到此为止吧，明天是圩日子，还有生意呢！我就告辞了。"

财主他二弟听老板说是要走，也就客套道："不妨、不妨，我家兄长就这样，虽然好酒，但酒量不大，不过他要醉也醉不到哪里去的，他眯眯眼就又可以喝了。老板你就继续喝吧，我们还可以陪着你的，你尽管喝，没有事的。"老板知道这也是客气话，哪有主人都醉了，客人还喝的道理？于是坚持要走。

那三弟看了他坚决要走的样子，知道也不好留了，就推了推他兄长一把："大哥，老板要走了咧。"那财主虽然是醉了，但他酒醉心明白，只是脚软走不得罢了，听了三弟的叫唤，他强撑着眼皮子，对老板说："没有事没有事，我还可以继续陪你"。一边说着，一边踉踉跄跄地站起来，还一边伸手去找杯子，看那神情，分明已是把持不住了，那伸出的手一颤一颤的找不着目标，本是要去抓酒杯，却因为把持不住力度，却把盛着酒的杯子碰翻落地，"叭啦"一声，碎了一地的杯碴，洒了一地的酒。这样一来，反倒把他的醉意惊醒了几分。老板见如此，知道他是不能再喝了的，叫他两个兄弟快扶他坐下，对他说"我也不能再喝了，你看，我喝得比你们哪个的都多，再喝我就回不了家了。我明天还要做生意呢。"老板是个场面上的老手，在这种时候，他知道对已经喝醉了的人，不能刺激，不能说他不能再喝了，只能说自己不能喝了。你要是说他不能再喝了，他就会拿命来和你赌着喝。

老板坚持要走，财主也就不再执意留他了，就嘱咐两个兄弟，把老板送到家去。老板婉拒说，他没有醉，能自己回去，不用送的。但是两兄弟还是认认真真的，坚持把他送到了家才回来。

自此以后，你来我往，两家人几十年的恩怨情仇，就渐渐地化解无形了。那石头鱼背上的坑却一如当初，在潜移默化着财主家的运势。

第十三章 人丁兴旺 喜事连连

一

在外人看来，财主家这些年风调雨顺，财源滚滚，家道昌隆。怎么看都不像他们家曾遭遇了风水变故的样子。人们依然坚信着，边山的风水龙脉在庇佑着他们财主一家。

过去那些年代里，老百姓心中所追求、向往的幸福美满，不仅仅是财富的丰裕。人丁兴旺，才是不管富人、穷人都共同追求的幸福。可见，人丁的兴旺和康乐才是最主要的追求。古话常说的："多子多福"。多福来自多子，多子即是人丁的兴旺。在这人丁的兴旺中也还存在着男尊女卑的区别。自古以来，把男子当作是传宗接代的正统传承，所以人们在祈神拜佛时，都把五男二女当作是最理想、最圆满的祈求。

财主的富有是人们公认的，而他膝下多子多福也是乡间邻里所羡慕不已的。他父亲 27 岁过世时，留下他们年幼的三兄弟，他当时只有 5 岁多，他最小的兄弟不满周岁。他母亲当年 29 岁守寡，拉扯着他们兄弟三个，操持支撑着这么一个庞大的家业，实属不易。到了 1850 年他 24 岁，母亲把当家的担子交到他的手上时已经年近半百了。

刚从母亲手中接过当家的担子时，他年轻气盛，财大气粗，雄心勃勃。在他的谋划和主持下，建起了一座远近闻名的财主庄园，随之又建起了村头的石拱桥。正当他要为自己的成就志得意满的时候，却得知因修桥而坏了自家风水，母子俩因而在精神上受到了沉重的打击。他也因此而扪心自问，反省了自己在处事为人上的差池、弊病，自觉悟出了一些心得，认为是自己处事过于张扬，过于炫富而遭人嫉妒所致，这是上天对自己的惩罚。也因此，促使他一度收敛了自己的处事做派。自那以后，他凡事都小心翼翼，总怕不留意间得罪了人，又会惹来什么灾祸。

于是他兢兢业业，老实低调的孝敬母亲，循规蹈矩地操持家业。其间，家中一应大小喜事，如儿女弥月周岁等等，本应大操大办的庆典礼仪，他都故意模糊低调的能免的都免过了。直到他母亲的六十大寿，这是做儿女孝敬母亲的大事，是实在没有理由，也不应该敷衍过去的。再者，这十多个年头下来，家中也都雨顺风调的事事如意，特别让他母亲高兴的事是，此时他已是膝下五男二女的人了，这是何等吉昌荣耀的大事，家中人丁也看着兴旺起来了，他的处事风格又不知不觉间回复到他原来的本性，又开始有点儿财大气粗起来了。所以，他就给母亲大办了一场寿宴，他的名声又开始在乡邻间风生水起地响了起来。尤其是因为大办了母亲的寿宴，而和粉摊老板家冰释了前嫌，两家人握手言欢，称兄道弟起来，他也就无需再顾忌什么恩怨情仇，把风水变故的事也给淡忘了。

在母亲大寿过后，接着就是他的仔仔女女们，也一个跟着一个地长大成人了，他该高兴的，该操心的事也就越来越多。他正值中年，精力旺盛，经过多年的历练，各方面的本事才学也臻成熟稳重了，和乡间邻里也都能和和睦睦的少有隔阂纷争。

在他为母亲操办六十大寿庆典时，他最大的女儿已经年届二八，到了该找婆家的时候了。在寿宴上，就有乡里出了名的媒婆向老寿星提出来，要给她大孙女找个好婆家的事。作为奶奶对自己孙女的婚事，早就留意在心了，有人如此提出，自然高兴，就顺口应允了，并嘱媒婆要找个门当户对的人家。

像他这样人家的儿女婚嫁之事，那些乡间的媒婆早就给他们物色谋划好了，自然都是门当户对的，只要他们开口，便都是现成的。这寿宴刚过不到半月，那媒婆便提着鸡鸭鱼肉，烟酒点心的来向他们正式提亲来了。媒婆说，那男方家可是本县一都木罗刘家的满仔。

一都木罗刘家可是有名望的富贵双全之家呢！不光是田多地广，豪宅大院的，还是代代都有人在外做官的，在柳府开商行做生意的，在拉堡还开得有当铺钱庄。这样的人家，也是他们这种只富不贵的人家，所企望巴结的人家。这一都木罗刘家是他早就知名的。和这样的人家联姻，那可是可遇而不可求的，加上经媒婆巧舌如簧的一番吹嘘撮合下，财主夫妇自然无话可说，只等着让他母亲亲口定夺了。财主母亲早就高兴得合不拢嘴，自然也就当面应允了下来。

财主让家人弄了一桌丰盛的酒菜，招待了媒婆。让媒婆酒足饭饱之后，塞给媒婆一个厚厚的封包，让媒婆把大女儿的年庚八字带上。

　　媒婆回去把八字拿给男方家请相命先生一合，真的是命中注定的姻缘，两个八字凑在一起，金木水火土五星俱全，男女命相所属珠联璧合，没有一点克害瑕疵，那男方家简直如获至宝，高兴得不得了，不在乎聘礼嫁妆的多少，巴不得即刻就迎娶回来。当即就让先生把过门的日子都给选好了，就在次年九月初二日，即癸亥年壬戌月丙午日迎娶。不出半月，那聘礼也就送到了财主家来。加上媒婆又是添油加醋地吹了一番，给财主一家满心的欢喜，这事就定了下来。

<h2 style="text-align:center">二</h2>

　　从提亲到定亲，一直到闺女出阁，正好是一年时间。在这一年时间里，财主家除了日常的生产经营事务运作之外，女儿出嫁的事就是家中的要务，由他母亲亲自安排、过问、督促，由他夫人亲手操持、谋划，按部就班地进行着嫁女的筹备工作。似这等门当户对的婚嫁大事，作为女方家，为了让女儿过门后，在婆家享有足够的地位和面子，不敢有半点疏忽，一应所需的嫁妆，都要事先准备得一丝不苟。

　　按壮人的婚嫁习俗，女子出嫁到男方家，不管女方是富有之家还是平常百姓家，女子都要给男子包括他家爷、家公、叔伯、兄弟，每人至少一双布鞋作为嫁妆。双方都是富有之家，就更是两双、三双不论的多多益善。这些鞋子依理都应当是新娘亲手制作的，因为这是显示新娘勤奋聪慧的象征性嫁妆，是不可或缺的。似他们这等豪门大户的亲家，当然不是三五双鞋就对付得过去的，但是只有一年时间，凭新娘一双手，就是不睡觉也是难以做得出来的，他女儿只能是去求奶奶做主，分发给家中女眷帮着完成。就一项布鞋，已足足装了两三个抬盒。至于其他的女红手艺，如绣花枕套，绣花被面，绣花床单等等一应床上用品，以及给新郎以及新郎的父母、兄弟等家人做衣服，也属于是嫁妆的一部分。这都是为了向男方家显示出新娘的才艺和品格，同时也显示了女方家庭的富有。至于还有陪嫁的金银、珠宝首饰等奢侈品，他们这等乡村财主，则不同于都市里的财主日常那般讲究奢华，家中是不会有那么多的收藏，只有用现钱请银匠加工或是到首饰店铺采买。还有一个大桩的嫁妆，就是绸缎布料等，一般都是自家纺织印染的布匹等等，这些都属成规定例。另外，富家女出嫁时，按例往往还给新娘配备一个陪嫁的丫头，多的还甚至是两个，跟着新娘陪嫁到男方家中，这也是女方身份的象征；更为大桩的，就是以土地良田作为新娘的嫁妆。这些都是富人家婚娶的习俗和定规。

女儿出嫁这事，可是在财主当家后，置办的第一桩婚事，自然是极尽所能，为了这个女儿的出嫁，财主家足足置备了一年时间，可谓万事俱备一丝不苟。

到了次年九月初二日出阁的日子临近前的一个月内，财主家里就开始整摆布置，把整个庄园打扫粉刷一新，该张灯结彩的，早早就把那大红灯笼高高地挂了起来，只待那一天的到来，到了还差两三天的时间，一些远方的亲戚朋友，就开始络绎不绝的来了。这嫁女的喜宴就算是已经开始了。庄里庄外已经呈现出一派熙熙攘攘、热闹繁忙的景象。流水的筵席在屋里屋外的院坝中，桌椅板凳，杯箸碗盏，摆了一百多桌。猜码划拳，谈笑风生喜气洋洋。

到了接亲的日子，时近辰时，男方的接亲队伍就到了街上，向着庄园迤逦而来。只见媒婆领着一帮衣着艳丽的婶、嫂、姑、姊的妇女接亲队伍在前，跟着是仪仗队，排了五六丈长，这一路上唢呐声声，鼓锣齐鸣，嬉笑欢声着过来。其后跟着的是抬着酒坛三牲、五色米饭、粽子、粑粑等等礼仪供品十多抬盒，后面跟着的又是一应接亲所应具备的礼信物事，又是十多抬盒，头前到了石拱桥边，队尾还没从街上出来。村里出来迎接的队伍，从庄园门楼连到石拱桥头。两具舞狮早在桥头摇头摆尾，殷殷期待；接亲的队伍一到桥头，爆竹烟花声便哔哔叭叭震耳欲聋。

迎亲队伍进到庄园，庄里一面接下礼品，一面把客人都安排入席，正式的宴席也就开始了。光这接亲的客人就坐满了十桌酒席。全村能摆席的地方都摆满了，还不得不到庄前练马场上搭起临时的棚子，才摆够所需的席位。

一面盛情地款待了接亲的来宾，一面让家人把事先准备好的嫁妆，装上了来接亲的抬盒，格外还有自家事先就摆布好的二十几抬盒，待宾客酒足饭饱，让人抬起跟在新娘的花轿后面，热热闹闹地出庄而去。这次来接亲的花轿来了两台，除新娘乘坐的，规格华丽考究的花轿外，还另外有一台规格仅次于新娘花轿的轿子，那是专门给新娘的陪嫁丫头乘坐的。送亲的队伍比男方家来接亲的队伍规模大了两倍，气势夺人。

财主这长女嫁去的这个人家，家里的田地财产与娘家相当，娘家本来想陪嫁些田地，他们不稀罕而婉拒了，但排场是要讲究的。娘家有丫头陪嫁，也足可以向外人炫耀娘家的财势，这可是最给男方家面子的事，让外人看起来，这真是一桩门当户对的姻缘，双方都有面子，男方自然喜不自胜。按习俗，陪嫁到男方家的丫头，是专门服侍自家小姐的，而不是去服侍婆家人的，自然与家中其他丫头佣人身份不同。而且还有一个惯例和习俗，若是陪嫁的丫头得到主家的青睐，便极有可能被主家收纳为妾的，那山鸡也就变成凤凰了。这种丫头陪嫁的习俗，一般只在大富大贵人家才会有的，这样的排场是极其风光的。

送亲的队伍，足有两三百人，队伍前头的花轿已经出到三都街口外，而后头却还在边山村前。那喜庆隆重、奢华的场面不言而喻，在三都一带地方的历史上，这样规格的嫁女排场是从来没见过，也算是空前绝后，成了远近闻名的佳话传说。

这是财主给母亲办了六十大寿后，仅隔一年的时间，他为大女儿出嫁而操办的宏大场面。

三

大女儿出嫁过了两年时间，他大儿子成婚娶媳的大事，也是他一生中的首例，那场面的奢华和隆重，更不能比嫁女的规格差。媳妇是里高圩上的胡姓姑娘，也是个殷实人家，接亲送亲的队伍更是浩浩荡荡，阵势恢宏。那聘礼、嫁妆更是丰富多彩，琳琅满目。

听老辈人说，那送亲的队伍从里高下来，一路上锣鼓喧天，山歌不绝，热闹非凡。那媳妇家是里高圩上客居的湖南籍生意人，那婚嫁礼仪除了遵循本地壮人的习俗而外，还难免摆不脱一些湖南地方的汉家风俗：一个规模庞大的彩龙队，一直陪着送亲队伍，一路

168

上彩龙翻飞，喜乐悠扬，到得边山村，那彩龙队还格外到庄园前面的演马场上，特意为来宾贵客舞龙贺喜助兴，壮大声势，炫耀姻亲两家的排场威风。

也是他这样的人家，才有能力有条件，承受得了那样花钱如流水的连番折腾。长子成亲过后两年，又是他二女儿出嫁的大喜之事。自然又另是一番轰轰烈烈。

二女儿是嫁给本乡的槎山村，也是乡里有名的书香门第，富庶之家。这个二女儿的出嫁，也不例外的大费了一番周折。除了一应必需的嫁妆礼品外，还附带加以 60 多担谷的好田作为嫁妆。

财主一生育有二女八男，还加上他二弟的一个儿子，三弟的一个儿子和一个女儿，他这个财主家族可算是真正人丁兴旺的家族。自他大女儿出嫁之后，随之是长子成婚，又接着二女儿出嫁，再往后七个儿子以及两个侄儿一个侄女的婚娶，一个接着一个，每隔两年一次的婚庆礼仪排场的接踵而至，其间还加上孙儿女辈的出生、弥月、周岁喜庆等等，哪一桩都是免不了的喜庆筵宴。几乎占去了他一生中的盛年时光，和他一手经营所获的积蓄。他的心思精力，也大都花费在这些事务上面去了。财主家族的富有和兴旺，他的家业，他的名声，也因此而达到了鼎盛。他的精力，他的家业也随着他年龄的增长，由盛而衰，再没有继续发展和壮大的余力了。

四

到了农历庚辰年（1880），即光绪六年，财主 54 岁，在他操持下，包括他两个兄弟的儿女一起，该成家的都成了家，该出生的孙子女辈，也都一个接一个出生成长。他母亲时年已经 79 岁耄耋之年了，家里从曾祖母到曾孙子女，好一个四代同堂，兴隆昌盛的大家族，让财主大庄园焕发着从未有过的，人财两旺的发达景象。让一家人沉浸在天伦之乐中，了却了老夫人一生心愿。

也就在这一年的秋天，财主本来打算又要为母亲 79 岁寿辰办个寿宴，好给老母亲高兴。但是，老夫人却说："这些年来，我们家喜事一个接着一个，个个都是大操大办的，也太频密了，我们自己劳碌奔波的也就算了，还弄得邻里乡亲们都跟着劳心劳力的，我们

169

都过意不去了。若是今年寿辰做了，我若有福到得明年又是八十大寿，又要大操大办，想歇一口气都不得，亲戚朋友都会觉得烦。"财主和家人们听了，觉得老夫人这话通情理。也就决定今年的寿辰就免了，到明年八十大寿时再热热闹闹、风风光光地大办一次。于是，在老夫人寿辰那天，只在家中按照寿辰礼节，准备了一应祭祀供品，祭祀了天地祖宗，一大家人一起来给老寿星拜寿祈祷，四代同堂地在一起吃一餐团圆饭，她还给孙儿、孙媳，曾孙子女们都派发了红包，她觉得在家里办个这样的家宴，却比那种大场面还更乐和喜悦，还不必为那些繁文缛节疲于应付，让她高兴得合不拢嘴。

村里人见今年这老寿星的寿诞都过了，却未见财主家里有什么动静，见面时总问，今年老寿星的寿诞怎么还没准备好呀？家人们就都回道，今年老人家不让办了，说到明年满八十再办吧。人们知道，明年是老夫人的八十大寿，那是不可能不办的，到时，那场面将是更加隆重和热闹的了。这些年来，她们家办的喜宴，几乎是一年都没断过，每逢这样的事，同村邻里、亲戚、朋友，再穷的，礼信总也免不了的，还要主动地到家里出力帮忙，做得多了也就免不了觉得烦人。但是，像她们这样的大户人家，又是谁都不愿对她们失礼，总要想到，万一遇上个疑难沟坎的钱财上过不去的难事，向她们伸手求助时，不至于被驳了面子。

老夫人的寿辰刚过得不到十天，那天，风和日丽、秋高气爽，一大早起来，大家心情都很舒爽，一家人正准备着吃早餐，便着人到老夫人的经堂去给老夫人问好，并问她老人家的早餐是出来一起吃？还是送过去给她？人去到经堂，却不见老夫人和往常一样的，坐在堂前闭目诵经，而卧室却仍如往常睡觉时一样地虚掩着门，进到屋中一看，那老夫人一如往常睡觉一般，铺盖整洁，面目安详地躺在床上，一双鞋子端正地摆在床前，家人轻轻唤了她一声，却也未见她回复，以为她还在睡觉，就不忍心去惊她的觉就走了。到了差不多午饭时间，往常这个时候，她都要到厨房里来转一转的，今天却不见她到来，于是家人们就觉得有些儿蹊跷，几个孙媳妇一起到她房中去看看，准备服侍奶奶起床。到了房中却见她还是早先时候一个样地躺着，就近前去她耳边轻轻地唤她，也没回音。再用手去抚摸她的脸颊，她还是没有动静，孙媳们便急了，都围拢去叫她，推她，还是没有动静，只好给人去唤来婆婆，一看那场面，便俯下身子，用耳朵贴到胸前去听她的心跳，都已经没有了声息，但她的面容却一如既往的平和安详。大家知道，这老夫人是在家中毫无征兆地无疾而终了。消息一经传了出去，知道的乡邻亲友都跑来吊丧。人们都说"这个老奶心好，无病无痛的，就这样走了，也不牵累儿女子孙。"

财主在悲痛之余，决定给母亲把白事当红事办了，那些嫁出去的姑辈们，女儿们，那些祖辈爷辈的外家，舅公舅父等等的远亲，都专门着人去报了丧，这近邻的，不用交代，该来的都来了。那粉摊老板这些年来和财主家都已走得越来越亲越近了，一得到消息，一家三爷仔也都一起过来了。把老夫人的丧事热热闹闹办了七天七夜。财主还趁此机会，顺便把他父亲的墓也重新修葺一新。

他父亲过世时，他们弟兄都还年幼，不谙世事，后来也一直没有机会给立个碑，就趁母亲的大葬这个机会，把他父亲的墓也立了块碑。也算了却一桩心愿。这也是他母亲生前交代的。

五

母亲在世时，他们兄弟三人虽然都已各自有了家室子孙。但他们始终还维持着一个四代同堂，人丁兴旺的大家族，共同聚居在他所亲手建造起来的大庄园里，他仍然是这个庄园家族的一家之长，在维护着"大财主"这面旗子的尊严和荣耀。到母亲的丧事过了三服，财主自己已年近花甲，精神和体力都渐渐觉得力不从心了。他心里就开始盘算着：再这样家中有家的，硬凑合着一个大家子，始终不是长久之计。在他们兄弟三个中，他有两个女儿八个儿子。两个女儿都已出嫁，身边还有八个男丁，而两个兄弟则分别只各有一了。但在家族中的排行，大弟的儿子为家中长孙。按理说，还没分家，下一代当家人应该是长孙继位才是正统惯例。但是，从母亲手中下来，都一直是自己辛辛苦苦地撑着这个家。他这些儿子们，大多在性格品行上深受他的遗传，憨厚有余，但却机巧不足。而他的两个侄儿，则又个个都接得乃父的品性，精明有余而诚实不足。眼前还有他统揽驾驭着，他两个兄弟乃至两个侄儿，还不敢忤逆胡为。

171

只怕日后这代老人过世了，留下这么一个庞大家业，由着大侄儿当家，就凭他几个老实的儿子，是难以约束得了他们那个当家的堂长兄的。且他们那二堂兄为人古灵精怪，从来不愿受人管束。到时这份祖上留下的基业，保不稳就像叔公所预言的那样，恐怕要不了五十年就破落了。母亲当初向他交托这持家的担子时，就曾有过"树大分桠，仔大分家"的嘱咐。而且平时三兄弟间就曾不时有过不少赘言，只是慑于老母亲尚健在，怕伤了老人的心，始终就没提过分家的事。如今老母过世也已经三年了，两个兄弟也时有不服管束的表现。不当家不知柴米油盐贵，强扭的瓜也不甜，他就想，趁自己还健在，分了家，让他们自己过，省得留到下一代，他们一个不服一个的，反会生出许多的枝节来，让邻里乡亲们闲话。于是他找个机会，便对两个兄弟提出了分家，让各人自立门户。两个兄弟也都早有这个期盼，便都没有异议。于是请来族中长老，依例析产，平均分配。自此三都大财主便一分为三。但乡邻们都习惯地认为，这三都大财主的名头，也只有他堪此荣膺。他的两个兄弟不管是从个人品德修为，还是持家的才干，自然难以与他相提并论。

自从三兄弟分了家后，各自名下的产业，经营得立马就有了良莠之分了。当年母亲交托当家的担子时，就曾对他评说过两个兄弟的秉性特长："你二弟是个慵懒成性的人，遇事从来都想避而远之，只图清闲。你那个三弟，由于在你父亲走的时候，他年纪最小，我又忙于里里外外的事务，没有时间和精力调教于他，成天只把他丢给姑奶奶照顾，受姑奶奶宠爱惯了，不知什么时候染上赌博的恶习，为此，我曾多次的训斥于他，但到头来又都让姑奶奶给护着，一直不见长进。这些你都是知道的。今天我故意不把他们叫来，目的就是想特别地交代你这些事情，让他们在场有些话不便讲，给他们留点面子，便于你们兄弟间以后好相处些。往后凡事人手不足，你就指点他们去做，不要让他们清闲惯了，那些恶习就改不了了。你也要给他们多历练历练。'树大分桠，仔大分家'，以后你们兄弟总是要分开，各过各的，不至于让他们自己把家给败了，你做兄长的还得要为他们操心。"

分家过后，几年下来，他的一份产业依然蒸蒸日上，而两个兄弟的家业却日见萎缩。二弟因秉性慵懒，又经营无方，分在他名下的许多田产，稍远些的，他觉得不便经管，就都逐步出手变卖，所得银钱又不善经营用度，也就阴消阳散的只出不进，家境已初见紧蹇；而三弟在没有分家以前，习惯于仰仗于长兄总揽家务，平时省得操心劳神，养成了放荡不羁的习惯，且染上赌博恶习一直没改掉。原来有母亲和长兄不时敲打，还不敢过于放肆。分家之后，他女人也约束不了他，以至不断地亏空家产，几年下来，也已渐显败象。看着他们日渐堕落，作为长兄看着心疼，但又不好越俎代庖，去惹他们不高兴。

分家之后，家业不似以前那番庞大了，要操的心自然也少了许多，再则，他自己一份八个儿子，平摊了也就不见得多了，经他精心的调度，里里外外更显井井有条。由于不时见兄弟急钱用而贱卖田产，败了祖业，于心不忍，不得不拿出钱来垫上，把一些舍不得丢的好田产，暂时的收归己有，说是待他们手头宽裕时，再归还给他们，算是帮他们守住祖业，不让他们破落。如此相比之下，他名下的产业倒是日见长进，和两个兄弟的境况形成了鲜明对比。到了1889 年，他看着两个兄弟逐渐衰落的景况，他常常沉思：这是不是那风水的事开始应验到两个弟弟身上去了？于是他不禁反躬自省：那风水被人暗算坏了，那可是自己犯的错、作的孽，如今应验在两个弟弟身上了。所以每每想到这里，他总是心有自责。他想，好在当初母亲特别交代了，不让那风水被破坏的事传开。若是让两个弟弟知道，或是让外人知道，恐怕要惹出多少的闲话来。

于是，他想来想去，能用什么办法弥补一下，减少一点自己的罪孽，在两个弟弟身上的报应？他想到了，要借重祖先的余荫，来庇护两个弟弟。他心想：在母亲过世时，已经给父亲立了碑，但祖父的碑却反倒一直还没立起来，这是不是有悖于辈序伦常？如此，祖上的神灵不爽而迁怨于子孙。他自己觉着是这个道理。于是，他决定，在自己身体还健在，一为祖上尽一份孝心；二为两个弟弟建一份功德。要为祖父重建阴宅，修葺坟墓，为家族树碑立谱；三也为本村族人做一些公益事业，以报平日的提携相助之情分，把原来在建庄园时，没有建起的门楼建起来，也可为日后万一又生匪乱时，有个防备的机关。事情就这样定了下来。

六

　　为修墓立碑的事，财主找来了道士师公占卜择日。道师经过推算卜卦，说是本年宜建造阳宅，而不宜修墓、立碑等等。修建阴宅要触动阴魅鬼灵，则不宜与阳宅同一年动工，以免不利阳宅。门楼那是大阳之宅，须等门楼建好后，再另行择选吉日，动土开工修葺墓园。又说今年建门楼大事，则是正逢其时，宜及早动工。便先选好吉日吉时，找来工匠奠基开建。

　　门楼工程的工程量不是很大，师傅依然是当初建庄园时的那拨师傅。和财主彼此都是熟人，而且师傅对庄园的地理风水，已经很是熟悉，在设计上自然也就不须从头勘察，不几天就拿出了方案。找好吉日，定下吉时，即可破土动工。开工后，不缺钱也不缺材料，所有的工匠业务娴熟，手艺老练，加上时年天公作美，阴阳晴雨有制，在师傅的督促下紧锣密鼓地施工，到了九月，就只半年时间，一座巍峨的门楼也就雄峙矗立于村口。

　　门楼高两层，墙体厚实，工艺精致。门楼四角镶嵌包砌着经过精工细凿的料石，四个墙角笔直工整，一线通天、牢固坚实。正中门洞宽阔敞亮，门廊边线以青砖包饰、弧形拱顶，灰缝线条均匀，边线对称，规整流畅，整座门楼古朴典雅、威严。两扇对开的木门庄重厚实。立于村前对着门楼仰视，让人有一股凛不可侵的气势。

　　门楼在庄园中轴线南端，从门楼直进，就是庄园的主通道。从门楼一直通到庄园后山，把整座庄园分为东西两院。两院房屋对称排列在通道两侧。门楼前面对着村前那波光滢滢的月光潭。登临门楼之上，朝南远望，正前方的朦胧中，都鲁山那圆润的峰峦雄矗于前。在月光潭畔，便是那俯伏待势，翘尾逞威的虎山，雄峙于侧。目光从月光潭上瞟过，傍着虎山向西南远眺，龙塘濮的发源地板朝村依稀可见。板朝村前的圆宝山，那山形气势，酷如其名，别有一番神韵。圆宝山背景纵深的远处，目之所及，层峦叠嶂，秀峰隐约，缥缈崆朦，犹似天庭仙境。在门楼上，除犀牛山背的景观无法尽收眼底之外，犀牛山东、南、西三面的山水田园，在门楼上，可以一览无余。

　　建造门楼，用的是财主个人的钱财，他的两个兄弟没有半文的投资，更没有村中其他族人的赞助。此时，财主已是年过花甲的人了。也许是人老了，总要想到一点儿身后之事。所谓雁过留声，人过留名。一个人来这世上走了一遭，离去前，总企望着在这人世间留下一个好的名声。他想想，自己一生，承蒙祖先庇佑，家业丰隆，在地方上虽然获得了"大财主"美名，但自己却没有哪样实物留得给后世子孙。这偌大个庄园，虽是自己亲手统揽建造，但那用的是家族的钱，建的是家族产业。建成之后，也没有留下丁点笔墨文字，能让后人知道是他所经手建造。其后建起的村头那座石拱桥，原本打算最后完工时，在桥头立个石碑，刻记下建造者的名字，让子孙后人铭记。不承想，却因建桥而毁了风水，他也就没有心思按原规划完成全部工程了，而是连桥槛都不要就草草收了工。更没心绪立碑纪念了。留下眼前这座半阑干的拱桥，乡邻们得以通行无阻，人们尚知道是他做的善事。到这代人都过世后，子孙后代谁人还知道，这桥是谁人建造？

造桥的事，始终成为他的心病。一是出于善心，却毁了风水，他自觉对不起祖先村民；二是想借此善事，让自己在世上留个善名，到头来却反倒累及族人，乃至世代子孙，他总是常常难免在心中自责。所以这次决定建造门楼，就是为了以赎前愆，向村民族人弥补一下自己的过失。也想乘此工程竣工后，在其上留下一方铭碑，刻上自己的名字，让后世也知道有他这么个先人，曾经为家族乡邻做过一点善事。于是，他把自己的想法告诉了建筑师，让建筑师把他的心思设计进工程里去。

建筑师依据他的嘱咐，按照规例，用一块精磨的长方形石板，上面镌刻着"南合北合"四个工整而遒劲的大字。作为门楼的铭牌，镶嵌在门楼的拱门上方正中处。顾名思义，"南合北合"意味着企求普世间合好太平；祈愿乡邻和睦平安。并在铭牌左侧门脸处另外镶嵌一匾略小直立的长方形石碑，并自上而下镌刻着"此门楼韦昇端起造，光绪己丑年建造碑记"字样。一看而知，这块碑记，纯粹是为财主自己而立的。也正是这块碑，让现在的人还知道，"三都大财主"的原名叫韦昇端。也让人们知道，那三都边山村的财主庄园，是他韦昇端曾经的产业。也知道村头那依然屹立于后河之上，古老而斑驳的石拱桥，是他韦昇端出资建造的。这就是闻名一方的大财主生前的心愿。也是他一生留给历史的证物。

第十四章　修祖坟立墓碑儿孙孝道

一

建好门楼，了却了财主一桩心愿。但还有祖墓还没修，碑还没有立，财主心里总觉得还有心愿未了。

修墓立碑是大事，非得找个真正懂行的道师来指点摆布才行，不可随意为之。但是，当地却难找如此道行高深的人。当年为石拱桥的事，财主亲自进山请来评析过风水的那个本家叔公，也早已作古。如今这些道士，都是些混江湖找饭吃的，道行不深的江湖术士。财主曾找来几个，请他们帮找个吉日了却心愿。那些术士知道他是远近闻名的大财主，并自知道行不深，不敢造次，又不敢朦他，生怕惹出事来，脱不了干系，所以都对他支吾了事，都说找不到好日子而推脱了，不敢赚他的钱。就这样一拖再拖地等着。这一等，转眼时间又过了五年。等得他心里着急，寝食难安。

自从建好了门楼后，随着年事渐长，他的身体也日渐衰弱，家中事务也就交给儿子打理了，就像当年他母亲对他一样的，在一旁敲打指点。他那个大儿子诚实有余，精明却不及乃父，遇事少有主见，一点小事都来过问于他，让他觉得不胜其烦。于是他便嘱咐他儿子，以后凡事要自己做主，做不了主的，就和兄弟们一起商量，不要总是来烦我，让我休闲几年。自此他才真正地得了些闲空，茶余饭后就到村外桥头上，转一转，或是到村西头的"结台航"坡上遛达。到他祖父墓地所在的妙山脚下转悠。

一天早上起来，天灰蒙蒙的，要雨不雨的样子。他想起夜半时分，忽然刮起了风，下起了雨来，他想起身，去看看库房门窗是不是关好，但总是觉得头重脚轻的起不来，就朦朦胧胧地又睡了下去。一会儿，只听得房门咿吖一声，有一个高大模糊的身影，戴着雨帽、披着斗笠从门外迈了进来，走到他的床前，对他说：这样的天气，你还睡得着？我那点房子都被风雨淋透浸塌了，找个躲雨的地方都没有，你也不管？你这不肖子孙，你们有好日子过，就忘记祖宗了

177

吗？听了这些话，当时他已经意识到，自己是在半梦半醒之间，心里知道是祖父在天之灵托的梦，想起身下床，给祖父的魂灵跪下，却就是起不来。正待挣扎着起来，只听得呼嘭一声关门的声音，让他从梦中惊醒了。此时屋外正在翻着风。他睁开眼朝窗外望去，只见自己上床睡觉时，明明关好的窗子，不知道什么原因，给风吹开了，正在一晃一晃地敲打着窗棂，呼嘭作响。听得出窗外的风，还在呼呼不停地吹着，雨声不大，断断续续。他再想睡也就睡不着了，只躺在床上，微闭着两眼，两只手臂交叉枕在后脑勺下沉思着。这已是清明节前夕，再过几天就是清明节了。想来刚才这一阵风，是秃尾龙回来做清明了。

每年清明节前的几天，正是秃尾龙回乡做清明的时节。相传，秃尾龙是个孝子。他长年在外奔波打工，留得一个老母在家中。但是，不管他走得多远 ，心中总是惦念着家中的老母亲。每逢过年过节，他总是不辞辛劳，不怕路远，即使丢下生计，也要赶回家中陪老母团圆过节。一天，忽然得到老母亲给他托的一个梦，说是老母病重，要他赶回家中见最后一面。他得了梦后，就匆匆赶回家中伺候老母，扶病送终。怎奈路途遥远，待他赶到家中，老母已然过世，令他悲痛欲绝。他到老母墓前哭了三天三夜。竟是在老母的墓前哭死过去。他的孝心感天动地。上帝念他一片孝心，便把他化为一条秃尾龙，升天而去。所以，到了每年清明节前，他都要回乡给老母扫墓。他回来的时候，因为路途遥远，怕赶不上时间，就化成一阵大风，赶在清明节到来之前回到家乡。

秃尾龙的故事在柳府一带民间广为流传，各有各的讲法。但说也奇怪，每年清明节前的几天内，出现的滚滚风雷，伴着飞沙走石，却未见滂沱雨下的自然现象。不管什么地方，但凡出现这种情况，人们便都认为是秃尾龙回乡给老母做清明了。好像在提示人们，应当是到了为前人扫墓祭祖的时节了。

二

清明节的到来，让财主修葺祖坟的心念加重了。他暗自下了决心，今年无论如何要把祖父的墓修葺一新，并立上墓碑。

　　他一早起来洗漱过后，早餐也不吃，到厨房的灶上，捡了两个煮好的红薯芋头，剥了皮，边吃着边向村西"结台航"祖父墓地走去。想去看一看，昨夜梦中，祖父所讲的是真是假。到墓边围着墓地转了一圈，只见去年清明时未烧尽的香烛、纸钱、爆竹残梗依然还在，狼藉一地，去年铲除的杂草，如今又是蓬勃丛杂，一丘低矮的坟茔被掩隐在杂草丛中。坟墓左边塌下几块墓石，露出一堆的黄土，那是竹鼠打成的洞。他想把那塌下来的几块石头扶好，无奈徒手，感觉力不从心，怎么搬也搬不动，只好作罢。来了这一趟，什么也没做成，就悻悻而返。

　　回到家中已是午饭时间，也没心思吃饭，只觉走得累了，就又上床躺下歇息，也没睡着，心中只念叨着，今年一定要把祖父的墓修好。但是没找到好日子怎么办？他又一想，那些道士们，还有族中的老人也常说，清明节是传统的祭祖扫墓的时节，用清明节修墓立碑，也就不妨着什么，也就不用忌讳什么了。想想觉得是这个道理，如是，就在心中定了下来。

　　心中既已把事情决定下来，他当即就午觉也不睡了，即刻爬了起来，到厨房草草地吃了碗饭。然后去把这一个决定告诉了两个老弟，叫他们及早抓紧时间准备。然后自己就赶到双宝山下去找刘石匠两兄弟商量刻碑的事。

　　话说刘氏石匠兄弟，当年跟随湖南师傅一起，来为财主修桥，桥修好后，得到财主的首肯，在双宝山下用片石建起两间住房，定居下来，至今也已将是两代人的功夫了，加上后来还有一些边山村人，也到这双宝山下来建房居住，这里就形成了一座独立的村子，起初叫作宝山村后改叫里谷村。里谷村紧邻着边山村不足一里路程。刘家兄弟就在双宝山下安顿下来，开始一直以石匠手艺为生，尤其是用石头砌房子，为最拿手的技艺，还专门为人雕琢石磨，石舂等生产生活用的器物。尤其是雕刻墓碑的手艺最为精绝，而在这一带出了名，终年有做不完的活。由于他们自认是外来的客家人，在和当地原住民的相处中，谨遵客道，谦恭自律，与人和善，因而特别受人敬重，收入也稳定可观。几十年下来，在周边置了些田地，他们自己也到附近的乾土坳里，开了点荒，加上老家那边的近亲朋友，知道他们在这里过得踏实，也都纷纷前来投靠他们，在这里定居下来，这个村子发展得也就很快。

刘石匠兄弟如今已是近七十的老人了，他们为人豁达大方，且乐于助人。他们不忘财主当初对他们的好，一直都和财主家走往如亲戚。遇着财主家有点什么喜事杂活，用得着他们的，只要他们晓得，他们都是倾家出动地出力帮忙。那年财主给父亲立的碑，还有那门楼上的那两块铭牌石碑，就是他们给镌刻制作的。且是作为礼品赠送给财主。但是，最终财主也没白要，变着法儿地给他们打了红包，以其他的理由回报他们。财主找到他们商量雕刻墓碑的事，并打算连墓室也用料石包砌。这一应所需的石匠活，全都包由他们刘氏兄弟负责，他们连工钱多少都不讲就满口应承下来，只是说，一个清明节只有十多天的时间，这一应工作无论怎么赶，也是难以完成的。他们对财主说，按常规习俗，只要是在清明这个节气内动工，至于什么时候竣工并不犯忌讳，不需要一定在清明节里完工。动工以后，就不必急了，慢慢地把一应需要的东西都准备好后，先把墓整好来，再找先生选个好日子把碑立起来就可以了。财主首肯了这个方案。

财主利用清明祭祖的季节，着手动工，开始了祖墓的修葺工作。刘氏两兄弟也开始着手备料工作，前后共花了三个多月时间，一座规制宏大，外观堂皇的新墓，就矗立在结台航西边的大妙山东麓，全是用统一规格尺寸的料石圈彻而成四米直径圆形的墓廓；墓顶用糖泥胶土夯实抹光，呈弧状，以一个球形石鼎式封顶，供祭祀时插放纸幡标旗，就像清朝官员的顶戴花翎一般。

坟墓做好了，按照先生选的甲午年正月十六日立碑。墓碑极为考究，整个形状像一座牌坊，碑冠挑檐翘顶，碑缘雕龙刻凤，碑文字体娟秀，记载着墓主生卒年月，详列了所有儿、孙乃至曾孙名讳；墓廓周边用片石砌就一堵半圆形，批抹光洁的围墙，挡住周边的泥土，地面用糖泥混合胶土夯平，阻住杂草的丛生。整座坟墓气派而豪华，在当地尚属首屈一指。

为了修葺祖墓，财主算是呕心沥血，费尽了心思。立碑竣工之日，搞了一个隆重的庆典仪式。那天，在庄园里又摆上了几十桌酒席，让亲戚朋友乡邻们又热热闹闹的庆祝了一番。自此，他总算一颗心落了地，了却了心中夙愿。

三

　　财主一生牵挂的几件大事，都有了着落，精神上也就放松下来了。他感受到了从来没有过的轻松。同时，他也感觉到了无所事事的清闲和无聊。每天他就一个人到处溜达。到田里、地里，到山脚祖坟边走走逛逛。生活上，像他这样的乡间土财主，吃的穿的，并不讲究什么山珍海味、绫罗绸缎。只要能吃饱穿暖的衣食无忧，他便自觉高人一等，心满意足而别无所求了。他唯一算作享受的事，就是到圩上粉摊去，吃碗烧鸭粉，喝几两小酒，和街坊邻居、乡里乡亲聊聊天，吹吹牛，既可解馋又可解闷。这就是他生命的乐趣。他觉得这就是他晚年的享受。

　　他知道，这世间，与他一般年纪，甚至比他还老的人，都还是不得不为一日两餐而奔波劳碌。在和那些乡邻佃户们的接触当中，他看到，还有许多人是难以做到衣食无忧的。许多人家的孩子，寒冬腊月的还光着屁股，打着赤脚。许多人家的房子还是茅草盖的，在刮风下雨天的那种难处，是可想而知的。而自己只是命好，让祖先碰上这么好的风水，自己才有眼下这么好的光景过。他又想到，自己家这风水也已经被毁了，到时候，自家那些子孙后代们会落下怎样的光景，谁又能讲得清楚？他唯一牵挂的，就是尽量地为后代子孙积点阴德，企望为他们多积点福报。让他们少受点恶报，少受点灾殃。于是他也想学他母亲一样，吃斋念佛。但他又没有那份自持力，首先他这唯一的嗜好，这酒瘾就难戒得了。所以，他最终就只得以"各人自有天命"来为自己开脱了。闲来无事，就以老板家的烧鸭为下酒菜，喝点小酒作为自己享受的生活。

　　祖墓修好后已经半年多过去了。一天早起，他烦得无聊，早餐也没有吃，就沿着河边向石拱桥头慢慢走去。到了桥头，便停下脚步，仔细地端详起这座他自己经手建造的石拱桥来。这座桥建好后，他还从来没有这样仔细地看过。一来当时因为建桥而毁了风水，心中已是悔恨不已，害怕到这桥上来不免触景生情，勾起他一生中最怕触动的伤心往事。他一直把因为建桥而毁了祖宗风水的事，当作是他自己的罪孽。因此，他甚至极不情愿从这桥上通过。只是原来旧的木桥已经拆掉了，要过河就只有从这桥上通过，实在也是无可奈何，但每一次从这桥上过的时候都是匆匆而过，不愿多作停留。

转眼间，这座桥也已经建成有四十年的时间了。四十年来，乡邻们都是从这座桥上来来去去的。这座桥给乡亲们提供了方便，乡亲们都是深有体验的，乡亲们对他的善举都是有口皆碑的，乡亲的赞许时不时传到他的耳朵里，给了他极大的安慰。有时，他也想：建这座桥虽然坏了自家的风水，却也给乡邻们得到了不少方便，这是唯一能让他释怀的理由。加上他一直要维持着这么一个庞大的家族产业，不免身心疲惫，也就不再有那么多的闲心余力，在这个事情上耿耿于怀。再则，因为风水被毁而贻害子孙的预言，一直也未曾有过应验，他的家依然富有而殷实。久而久之，他心中的那份罪孽感，也就慢慢地淡了。今天也是闲来无聊，想上街到老板家的米粉摊上，找老板喝酒聊天，就漫无目的地走到这桥上来了。也是心血来潮，突然让他想起要好好地看一下这座石拱桥。

他一个人，桥东桥西、桥上桥下地端详着。只见这桥，都是由一块一块工整的料石，一块扣着一块地干摞而成，其间缝口线条笔直、清晰、均匀，但却没有一丁点儿补缺填漏的灰浆痕迹。由于桥面上没有栏槛扶手，整座桥单纯而朴实地拱架在河面上，连接着河的两岸。桥下清澈的水中，倒映着这座桥的影子。这时已是夏末秋初时节的早晨，天幕沉沉，没有雨没有风，也没有太阳，连当年建好桥后，不知是哪个村民栽种在桥头的杨柳，那微黄的丝丝柳叶，此时也只是静静地垂吊在桥头岸畔。他走到桥的上游，眼光穿过桥底，朝着下游看去，那桥和桥下水中的拱形倒影，组合成一个硕大而圆形的门洞，那溟蒙的天幕倒影于其中，影影绰绰。不禁让他浮想联翩、思绪万千。那风水的事又不禁油然而在心中浮现。

他漫步过桥，沿着南岸的引桥，走到那石头鱼上，那鱼头被引桥掩埋在路基下，桥左边那颗残缺的玉米粒，离那鱼就一步之隔。那鱼尾及尾随的一群小鱼，依然活灵活现，惟妙惟肖。最后，他的眼睛盯在了鱼背上，那个被师傅凿成的坑，依然如故，无法抹除，无情地展现在他的脚下、他的眼前，撩起了他无限的想象：假若没有这个石坑，也许现在他已经不是这番光景了。或者再过十年几十年，他的后人将会是当年叔公所预言的那样......。他不愿意再想象下去，毕竟他已经知道没有那个可能和希望了。他的心在隐隐作痛。

　　他突然记起来，他本来是要到圩上米粉店老板那里，喝酒吃烧鸭粉的。于是他收回了他的思绪，悻悻地朝着圩上踽踽而去。

　　进到街口，沿街的店铺都正在开门准备做生意，那些饮食店铺都正忙着生意，摊边都坐着人在吃早餐。财主从上街向下街朝着老板的店铺走去，一路上遇着的人，都热情地跟他打着招呼。他感觉得到人们对他的尊重，之前不爽的心情无形中就淡去了，脚步变得轻快起来。走到老板的店铺门口，见老板家媳妇在忙着生意，摊边铺里都坐得有人。老板正一个人坐在屋角的一张桌子边喝酒。

四

　　老板这些年来，也把生意都交给家里年轻人去经管，不用他自己再亲自站摊、烫粉了，看看生意忙了就来帮帮忙，忙过了就打来一碗自家酿的米酒，捡些砍剩的烧鸭、舀一勺花生米，还有头天卖剩的叉烧，选一张角落拐上的桌子，自斟自饮起来。他可比财主会享受、会生活些，赚钱始终是他的乐趣。

　　他正喝着闷酒，看见财主正朝着他家的摊铺里走来，他便热情地打起招呼："兄弟（自两家和好以后，相互间称呼就改为'兄弟'了）来了？快点这边坐，我正一个人喝着闷酒，嫌没有人陪呢。"财主听老板招呼他喝酒，正合心意，就不客气地走过去，坐在老板挪过来的凳子上应道："我也是早上起来不晓得做什么，就特意出来找你喝酒的。"老板递过一只碗一对筷子，给他倒了一杯酒，两个人碰了一下就喝起来了。

　　两个人边喝着酒，边天南地北地聊了起来。老板略显神秘地对财主说："前天我那米行掌柜的回来对我讲，板朝村的'哥朗'，最近刚在柳府加入了一个道上的团伙。"

　　财主听了后，"嗳！"地叹了一声，说："这个癫仔，做什么不好，偏要做那玩命的生计。"

　　老板说："听讲，他前一阵子自己养了一笼鸡，挑去柳府卖，到了大山脚被强盗抢了。他就想，自己辛辛苦苦养了一年，自己舍不得吃，想拿到柳府多卖点钱，以备亲戚朋友之间礼尚往来，需要随礼时也能拿得出来，要不总给亲戚朋友看不起。不承想，就那么一下子被抢了个精光，他为此而懊恼之余，也从中体悟到，要想快速致富，看来还是要敢于拿命相搏，敢于铤而走险才行。于是他通过柳府的熟人牵的线，找到一伙道上的队伙，并帮他讲了点好话。那老大知道他家贫如洗，无牵无挂的，且体魄强健，是个敢做敢当的人，就把他收下了。"

财主听了，接口应道："我们这里出了这样的人，只怕以后地方上的事情就多了，乡亲们恐怕要遭受殃及池鱼之苦了。"

老板喝了一口酒，抹了抹嘴巴说："我听说，他们这一帮子道上的人，是专做大买卖的，他不吃窝边草，不吃小百姓。看来他哥朗不会回来我们这里祸害乡里乡亲的。板朝村里人都讲他这个人还是有骨气，讲义气的。"

财主听了，也就不再讲什么，他只是想，这一个地方转来转去的，也不过鸡犬相闻的几里地方圆，有点人就做得吃，有点人就找碗饭吃都那么艰难。他又想到了祖宗、神灵、风水来了。讲来讲去，还是得信命。这命里有多少就是多少。命里没有的，再怎么挣扎也是枉然。就像自己吧，田地产业是有了，但是也就好到这个程度了，再想好，命里没有的，就是在现成的风水宝地上，那风水宝地的神灵都会不翼而飞去的。和我们以前的老祖宗一样，那凤凰山宝地不也说是要几好有几好？但最终命里头没有的，到头来还不都是变成空的了？于是他叹了一声对老板说道："哥朗这人说来也够可怜，小小的年纪就死了爹娘，自己挣扎着长大，人缘好力气也好，但是家底太差了，想做点什么事都做不成，到这般年纪了，也是应该成家立业的了，但是家里穷得拿不出一样值钱的东西来。人说'穷则思变'，但是运气不就，你始终就变不了，你看他，就连自己养的几只鸡还被强盗给抢了，真是"屋漏偏逢连夜雨，船迟又遇顶头风"啊？也难怪他走到这一步，这人，心一冷，就绝了念想和希望，什么事不做得出来？！就望他莫要祸害乡间邻里就好。也望他做事认得留个二手，不要做绝了，凡事适可而止，早一点回到正道上来。"

"也是，凡事总要记得给自己留一条后路才好。希望他好自为之。"老板应了一声，算是结束了这个话题。话头一转，他又把话头扯到了风水上来。他说："说到风水，我听得那些风水师傅讲，你家发财就是全靠村前那条河。但是，那条河可是从板朝村发源来的，但是他们村反倒没有哪家比得你发财呀！"

财主听着，喝了一口酒接着说道："是呀！以前帮我做房子的师傅，还有那个造桥的师傅都对我讲了，主要是靠那水好，特别是村前的那月光潭，那是我们村的财库呢。"

老板听到财主提到那个做桥的师傅，心里就咯噔了一下警觉起来，生怕财主继续聊下去，又把那个旧事扯出来，万一讲漏了嘴，翻起了旧账，让彼此尴尬。就忙着把话头扯开说："那条河的源头在板朝村，那水从濮里出来，就直接地流下来了，没有在他们那里蓄成水潭。所以他们那里就成不了财库，藏不了财。财气都流到你们村来了。"

财主听了老板这番话，正想趁着酒兴，把那风水被师傅给坏了的事说出来，但心念一转，赶紧自己把话头收了回来，害怕露出自己心中的伤疤，而只长长"哎……！"地叹了一声，自己给自己倒了满满一杯酒，也不理会旁边的老板，自顾喝了下去。他那神情，就像是喝下了一杯苦涩的药汤一样，逼着自己强咽下去，眼眶里噙着满眼的泪花，那种痛苦的表情，让旁人都能感受得到。老板知道他为什么突然显出这种情状来。这些年来，虽然从来不曾听到过，财主自己关于风水被毁的只言片语，但从他的刻意隐晦中，却是不难洞察，他心灵上所承受的打击。从这一点上，曾经给老板感受到了一种莫名的，成功的满足和喜悦。然而，他又一想，从这成功中，自己也没有得到过什么值得高兴的东西，却反而是给自己的心中，埋下无期的隐忧。所以，几十年来，财主都不愿公开的事情，他自己又何必"此地无银三百两"，让人们去猜度和揣测？还不如把那层窗户纸捂紧，不去伤财主的心，也护住了自己心中的隐痛。既然两家都已冰释前嫌，就让那彼此都不愿提起的隐痛，永远地埋在心里头吧。

财主的欲言又止，老板也有意回避，两个人相对无言，也再找不出什么话来讲了。老板给各人倒满了酒，又碰一下就喝了。连续这样喝了几杯，彼此都觉着有了醉意，财主自知不能再喝了，对老板说，我不能再喝了，今天这酒钱算我的。老板听他这样一讲，自己觉得也不能再喝了，因为财主到来之前，他已经喝了不少，这后来又是一杯接一杯地喝，也应该是到得尺度了。于是也爽脆地说："那就停了吧，但这顿酒钱无论如何也不能算你的。是我喝了一半你才来的。你还走得动你就走吧，我也不留你。"财主听老板这样讲，也不再谦让，就踉跄着走了。

五

财主回到家，家里人都已吃过午饭，各自忙去了，也没有人来理睬他，他就径自回到自己的房里去。还是昏昏沉沉的，觉得头痛，衣服鞋子都来不及脱，就一头躺倒在床上，伸手想拉过被子来给自己盖在身上，但还来不及盖好就睡着了。这时已是初秋凉风习习的时节了。

财主这觉睡去，竟是没有了时辰，已经是晚饭的时间了，家人们摆好饭菜，纷纷入席准备开饭了，却不见他露面，就觉着蹊跷，老大便亲自到他房中，请他出来吃晚饭。到了房里，只见他一副和衣而卧的架势，近前叫他，只听得他哼哼了一声，一点也没有要起来的意思。便又近前去，要扶他起床，他还只是哼哼，而眼睛都不曾睁开一下，翻了个身，用手摸索着去拉被子，又拉不动的样子。看他这个样子，好像是病了，就伸手去试了试他的额头，有一股烫乎乎的感觉，就知道他是真病了，便帮他脱了鞋子，衣服，帮他盖好被子，带上房门就出去了。

出到大堂，见家里众人一直在等着，没有人敢先吃饭。老大便吩咐他老婆，让人准备一盆热水，自己就亲自往圩上赶去。不多会，老大把保和堂的先生请来了。老先生到得财主房中，先摸摸他的额头，然后把了把脉，说是受了风寒，开了个方子，叫个人跟着先生去圩上铺里拿药，老七就跟着去了。老大叫人端来热水，给财主擦了擦身子。这时财主醒了过来。家人问他要不要先吃一点饭？他直说头昏不想吃东西，只说两个脚还发冷，想烫烫脚。老大叫人再端了一盆热水，把他扶坐起来，侍候他泡了脚以后，让他躺着等吃药。这时去圩上拿药的人回来了，直接到厨房灶上，下了药罐煎成药汤，盛了一小碗端来，扶着让他喝了下去。遵从先生的吩咐，喝了药后，

186

严严实实的盖好被子，不让透风，让他睡过一觉看看。若是发得一身汗，病就是好了，若是没发汗，就要另开方子抓药调理。

话说这财主生在富人家，平日里吃饱穿暖的，再者年轻时身体也壮实，又要经管恁大一个家业，总要忙里忙外的，却从来就没有过什么卧床不起的疑难病痛。只是眼下年岁大了，家里的事业也不用自己操心了，反倒觉得没有了努力的方向、奋斗的目标，也就失去了精神上的激励。心神上也就松懈了下来。这一放松，就觉得有了闲心，也才开始发觉到，自己这身体已是大不如前，时不时地觉得这里不适，那里不爽的了。尤其那天他从老板家喝得醉醺醺地回来，一路上给风一吹，打了那么个冷战，就觉得头昏脑涨的神志模糊。回到家也来不及洗把脸，抹抹身上的汗，鞋子也来不及脱，倒头就躺下了，伸手想拉一把被子来盖在身上，也觉得手软塌塌的，用不上力，拉不动被子，就昏睡过去了。昏睡中酒劲消散了，经凉秋的阴寒之气一吹，这一身的五脏六腑，经脉关节就受到了病邪浸淫，也就落下了病根。

且说他喝了药，勉强地睡了一觉，到了第二天，还是昏昏沉沉的起不来，一点儿没见有好转的样子。之后又多次请来先生把脉开方抓药，都无济于事，都过得四五天了，也未见起色。家里人见状，束手无策。他老伴覃氏见一家人忙乱了好一阵子，也未见有何功效，就想到了要去武圣宫抽签占卜，问问是否遇上什么邪魔妖咒了？从武圣宫求得佛签回来按法驱邪，也还依然如故。于是又让他儿子进了一趟山里，去找修桥那年为他家评析过风水的，那个叔公的后人。

那叔公的后人道号"九阳居士"，深得叔公的真传，而且曾在龙屯庙里静修过几年，道行颇为深厚，擅长风水堪舆、算命择吉、精批八字、预测吉凶。同时也兼通些药理医术等等，对伤寒夹色之疑难杂症具有独门技艺。请得他出来为财主医、法兼施，恐怕才会收获奇效。

那九阳居士出山来到财主家，在庄园里外走了遍，又到河边桥头仔仔细细地勘察一遍，详细地询问了财主得病的时间、过程。得知财主得病那天是八月二十四戊辰日。他掐指一算："今年甲午马年属金，八月癸酉鸡月属金，二十四日戊辰龙日属木，受年上月上两重金之所克，本月戊辰龙日是草木凋零之日，不宜谋事出行。财主本命丙戌属狗，与戊辰地支辰戌相冲；本命丙戌与癸酉月之地支酉戌相害相克；八月当秋，金旺，土休，财主本命丙戌狗年属土，是为处休之地；财主一大早出门到桥上正好又遇上个丙辰时，又是一重辰戌相冲，丙辰时与戊辰日为地支自刑，如此算来，刑冲克害重重；以五行生克评之，本命丙戌属土，土生甲午年、癸酉月之两重金，逢我生者则耗气，命主为此元气大耗，又逢戊辰日属木，命主本命属土受木之克。虽有时上之土补之，但时上辰与日上辰自刑无气。如此看来，欲以法作解，是逆天行道，也就于事无补了。唯听天由命，依赖前世阴功乃至今生的福报了。到得九月甲戌属火相生命主丙戌之土，但取了初七日庚辰又是一冲，倘若过得了，可望还有一线生机。如若不然，最迟到初十癸未日是个大坎，就再也难以跨得过的。恐怕是要准备后事了。"家里人听了九阳居士这一番解说之后，不知所措。

打发了法师走后，一家人聚在一起商量，也没商量出个什么主意来。财主至那天病发，卧床已有十多天了，这三四天来已是水米难下，气息柔弱，全靠从保和堂得回一支高丽参，每日炖些鸡汤喂下，尚可维持至今。今天已是九月初六了，到了明天，就是法师所讲的时限初七了，但却未见有好转的迹象，真真忙坏了一家人。到得晚上，他突然自己挣扎着想坐起来，说是一身的不舒服，想洗个澡。家人见状都很高兴，认为是奇迹真的发生了。于是赶忙按着九阳居士嘱咐的，到结台航采来些黄荆树的花枝，到地头边采来些红辣寥，到山脚园里摘几枝柚子叶回来，烧了一大锅滚烫的热水，端到他的房中，把门关严了，让那腾腾的热气熏得满屋子馨香缭绕，让人醒脑提神，待水温稍凉得可以下手后，给人服侍着他好好地洗了个澡，又喝了点鸡汤，当时就蒸蒸地发了一身的汗，看起来他那精神头像是好了许多似的，那天晚上他安安稳稳地睡了个好觉。一家人高兴得不得了。

第二天初七日一早，他竟然在家人的帮扶下，坐了起来。给他洗了把脸，正准备问他想吃点什么？是不是要熬点粥喝？没想到他却提出，想吃一碗烧鸭粉。家人们都说，你还在病中，吃烧鸭恐怕对你的病体不利。他一脸的不高兴，喘着气说，什么都不想吃，就想吃点烧鸭粉。家人无奈，就让在近前的老六亲自到街上，去粉摊老板家打碗粉回来。老六到了老板家，老板见了，连忙问道："财主老哥的身子怎么样了？有点好转了吧？"老六便把情况对老板说了，并说："今天终于可以坐得起来了，问他想吃点什么，他却说就想吃你家的烧鸭粉。"老板听了，也很高兴，一则高兴他终于想吃东西了，说明他的病是有所好转了。二则听他说想吃烧鸭粉，说明他对我家的烧鸭粉真是情有独钟。心中不免有些儿受宠若惊地感动了起来。但是，定下心来一想，这烧鸭可是偏热的东西，恐怕对他的病体不太适合。于是就对老六讲了。老六说，我们在家的时候也对他讲了，但是他指定要吃烧鸭粉，其他的东西他又不想吃，那怎么办呢？只好还是决定带一碗回去，要不惹他不高兴。老板听了，觉得也是。于是就亲自操刀，从一整只烧鸭身上，剔出些最精美的胸脯肉，把骨头剔得干干净净的，并且切细，烫了一碗刚蒸出锅的米粉，用另一只小碗分开装着鸭酱，还外带两个肥嫩的烧鸭尾锥（屁股），到里屋拿来自家的提盒，装好盖上，亲自提起，老六要给钱，他说什么也不肯收，说这是我自己要去看看你爹的，没关你事。就随着老六一前一后地到财主家去。老板知道财主这次生病，是那天在自己家里喝酒回去后的事情，心里一直觉得好像和自己多少有点关联，心中总是有些儿歉然，但具体情况又不得而知，也没有机会去看看。今天听说是有了起色，心中也不免高兴，就想亲自去看看，借以表达自己的慰问和关怀。

六

　　财主在家人的服侍下，一直在床上半躺半坐地等着，要给他先喂些参汤，他执意不喝，就要等烧鸭粉。他一面等着老板的烧鸭粉，一面不由自主地思绪万千。他没想到，自己这一次就是到老板家的店铺里和老板喝了一阵酒，回来就病成了这个样子，让自己感觉到浑身就像散了架似的，起不来床，这身体就这么的变得经不起风雨了。他觉得自己真的是老了。心中不免感慨良多。脑海中也随之浮现出自己一生里所经历的一些风雨坎坷。那些都算不了什么，唯一让自己耿耿于怀的，就是，因为建了村头的那座石拱桥，毁了自家的风水，眼看着这祖宗留下的基业，因为自己的一时不慎而行将不保，子孙后代也将随之而风雨飘摇，衰败破落，这将如何能让自己死而瞑目？想到这事，脑子里又不由得浮现出与老板之间的恩恩怨怨来。自当年因为建了庄园，惹得老板不知从哪里挑剔出些无中生有的闲话来，并把事情闹上了官府，打起了官司来。虽然之后的官司倒是胜了，却也是为此花了不少的银钱和心思，还惹得地方上乡邻们的许多无端猜测。最终还酿成了两家的仇恨。

　　他又一想，自己虽然赢得了官司，却也因为赢了官司，心中高兴，心血来潮，不惜花钱建起村头的石拱桥。这本来是一件好事，一是为了自家的便利，二来也是为了乡邻们的方便，三来嘛，说实在的，确实也带有几分赌气，想乘机气气粉摊老板。但是没想到，为了做这样一件好事，到头来却闯下大祸，把自家的风水给毁了。只好自己捏着鼻子吃冲菜（具有酸辣刺鼻味的腌菜）自作自受，又像哑巴吃黄连，不好对人讲。闹得自己给自己种下了无法医治的心病。真是"祸兮福所倚，福兮祸所伏"。至今也弄不清楚，到底在哪方面得罪了那湖南来的建桥师傅，竟至下了如此歹毒的手段。虽然后来也偶尔听得有传言，说这风水一事，似乎也有老板在从中作祟，但毕竟只是传言，也没有任何的证据，就不好随意胡乱的猜测了。只是因此而导致了两家的芥蒂更加深了。甚至酿成两家世代的冤仇。好在这老板也还拿得起放得下，在母亲大寿时，能主动示好，这才弭合了两家仇恨，以致后来两家反倒成了世交。从和老板恢复了关系后的接触中，倒也觉得，这老板也并不是什么心地狠辣之人。只是他那柳府米行掌柜的为人，有点捉摸不透，好像什么事情里头都有他的影子。也难怪，一个长期在柳府生意行中打滚的人，难免不混迹于尔虞我诈的黑白两道之间。什么人都打交道，势必什么事情都经过见过，也就难免沾上各种风气。不过老板找了这样一个人，帮他打理他在柳府的生意，却倒是找对了人。他老板在三都这里的田地产业，再加上他在柳府的生意，也称得上是有头有脸的大家富户了。只是这老板个性过于好强了些，凡事总想争第一。这也难怪，自己不也一样好强争胜吗？自己所做那些事，不都是为了图个好名声吗？有争就有斗，有斗就难免要使手段。就难免得罪人、伤害人。要在地方上笼络人心，就不能凡事都斤斤计较，总要舍得点，不时地要为地方上做些公益的事情，在乡邻里图个好名声，以免让人在背后戳脊梁骨，骂你为富不仁。他老板就是在这方面做得不够，过于精算，所以也就少了几个深交的人。但总的说来，他还算是经营有方的人才，值得自己佩服。所以也曾动过要从他身上学得点什么的心思。

财主想到这些，又不免想到自己家的事来。自家这风水是毁在自己手里的，从现在的迹象看，好像已经在慢慢地应验了。自己现在也年老了，再有本事，也无法挽回那些失去了的一切。至于以后，自己也管不了那么多，就全凭子孙后人各自的命运了。只是自家这些儿孙们，因为少到外面走动，接触的朋友少，经的世面也少，只晓得总盯着这现有的家业、田地，除此之外没有半点创业精神，也无一技之长，这以后，没有了这风水龙脉的庇佑，到这些家业老底保不住的时候，拿不准就真的像叔公所预言的一样？要破落到饥馁暴毙的程度？

这就是财主到死都无法释怀的顾虑。他心里总在想，如何的为子孙后代找一条新路，能避免走上叔公所预言的那种结局之路。在和老板的交往中，他也曾悟出了一些从商的道理。或许为他们铺就一条从商之道，让他们接着走下去，就能够摆脱风水和宿命的缧绁。但是，从商做买卖不是想做就能做的，要有门路，要会精打细算，要眼观四面耳听八方，要善于抓准机会。做生意钱来得快，但是一不小心也会亏得一塌糊涂甚至倾家荡产的。所以没有个行家里手的指引提携，认真地学几年，瞎冲乱闯是不行的。然而自己眼下已经年老体衰力不从心了，不知什么时候，一觉睡下去就醒不来了，哪还来得及去学这些。心想，如果能让他们年轻人，跟着老板家增进交往，找个机会向他提出，要跟他学做点生意，也不是不可能的。但是，想归想，这是自己的一厢情愿，人家老板肯不肯在这些方面指点，那还是另外一回事。

财主正想着如何找机会探探老板的口气，就见老板提着提盒，随老六进了屋来。他激动得想挣扎着下床相迎，但就是起不来。老板见状，赶忙快步上前，把他扶起在床上坐着，不让他下床。扶他靠着床头，要喂他吃，他不让，老板只好让老六来喂他。他吃了几口，喘了口气，对老板断断续续地说："难为兄弟你放下生意，跑过来看我。你看我，是不是真的老了？不中用了！以前从来就没得过这种病，一身瘫软，头总是昏乎乎的。我自己都觉得，可能是过不了这一关了。我什么都不怕，就怕以后再也不能跟你一起喝酒，吃你的烧鸭粉了。"老板看着他讲完这番话时，眼里噙着泪水，那泪是真实诚恳的，不是做作出来的。心里想着，这财主还真是性情中人。我们两家的恩怨才放下这几年，他就把我当成至亲兄弟待了。

财主的真诚，动情的话语，着实令老板感动不已。他急忙接口道："老哥莫要这样讲，讲得我心都酸了。把心放开一点，这小病小痛的，哪个人一生没经过几回？你这不就已经好起来了？慢慢吃，不用急。想吃烧鸭不是一件小事嘛！我们自家有的，什么时候想吃都行，天天我给你送过来。等你恢复好了，我又带上烧鸭过来，我们兄弟俩又一起喝酒。"

听了这些让人暖心的话，在众人的陪侍下，财主竟然吃下了半碗烧鸭粉。众人都很高兴。老板见状，怕影响他休息，也就嘱咐他好好歇着，顺势向他告辞，准备离去。但财主却伸手一把拉住他的衣角说："别忙着走那么快，我还有话还没讲完呢。"

老板怕他的话多了影响他的病体。就说："不急、不急，你先好好休息，等你病好了，我再过来和你边喝酒边聊。"

听了老板这话，财主认为老板还是不理解他的意思，心中就有点儿着急起来，硬撑着，非要把话讲完不可的样子，憋红着脸说："兄弟呀，你听我讲，过去我们两家有点个误会，曾经有过一段时间的仇仇怨怨，差不多搞得两家人老死不相往来，闹得两败俱伤。后来也亏得你放下了面子，主动伸手，我们两弟兄才得以重归于好，我是想，如果这一次我要是先走了，我这些子子孙孙们就嘱托你多多关照，让他们这下一代人能像我们一样，世代相亲和好如兄弟，相互的扶持提携。我们两家在三都这地方上，总还算是有头有脸的人家，但是人说，富不过五服，穷不过三代，谁能保得了千秋万代一帆风顺？人总会遇着点风风雨雨的，所以，兄弟多总比仇人多好，我就怕我这些娃仔没见过世面，不会做人，你们家的娃仔是做生意的，跑外面见的世面多些，见多识广，我就想让你把他们兄弟间拉得近点，跟着你那些娃仔出去学一学，见见世面。这些话我早就想对你讲了，但总是开不了口。有话讲不出来，我这心又总是放不下。这阵子得了这病，我就担心若是前几天突然的就走了，这话也就没有办法对你讲了。现在得讲出来了，我也就放心了，不晓得你的心意如何？"

　　老板听他讲完这番话，也就明白了他的意思了。同时也听出来了，这财主是在考虑他的后事呢。他是在想让他的子孙后代们，不要再像他一样，抱守成规，死守着这祖上留下的基业，死盯着家里的那些田地，而是希望他们也走出去，闯一闯世界，换一种活法。懂得了财主的心思，着实让他又深深感动了一番。于是他赶忙回应道："自然！自然！我们要让他们多多亲近往来，让他们相互提携。你放心，你好好休息，莫要多想，待你这一次病好后，我把我那些娃仔都一起叫过来，给他们大家伙儿认识认识。"财主听他这样讲了，这心就放下了，话也讲多了，觉得累，便闭上眼睛，松下了拉着老板衣角的手，老板也顺势告辞走了。

第十五章 日落西山的虚荣

一

老板告辞了财主回家，老六把他送到桥头，他就执意不让再送了，叫老六回去照顾好他爹。老板站在桥上，看着老六往村里去的背影，就觉得这老六的性情品貌，几乎和他父亲一模一样，也是个老实忠厚之人。他看着老六进了庄园后，正待要走，才猛然想起，财主当年正是因为修了这座桥，才毁了自家风水的。不知财主至今是不是知道，他们家的风水是为什么被毁的？他知不知道，毁了他们家风水的罪魁祸首就是我？想到这里，他心里便产生了一种无法言状的矛盾心理。他既觉得在和财主的明争暗斗中，自己是胜者。但这胜得并不光彩。心中也就隐隐生出一丝内疚和自责。也正因此，他对这座桥的好奇心理，也就油然而生起。这座桥建好都四十年了，为了保守着自己心中的那份秘密，他还从来都不敢到这座桥上来好好看过。特别是传说的那尊风水鱼，到底是什么样子？

他情不自禁地在桥上流连起来。他站在桥边上，低头向下看去，只见桥下清澈的水中，倒映着弯弯的桥拱，就像那湛蓝悠远的天空中的一弯月亮。又像是粼粼微波中的一叶孤舟，孤孤零零地在那里晃晃荡荡，周围一片浩瀚缥缈，也不知道要飘向何方。他想，这情境倒是挺恬静优雅的，可惜不过是个虚幻而已。由此他想起，当初那湖南师傅给财主造这座桥的时候，为了迎合我的复仇心理，把这里说成是财主家风水龙脉的穴位所在。并把它说成是一卦鲤鱼跳龙门的风水格局，那么神秘、奇特。自己一直以为是那师傅故弄玄虚，在瞎吹神侃蒙人。如今看来，眼前这幅图像，倒也确有一番神似。让人身处其境，真有一番如梦如幻，缥缥缈缈的感觉。于是他情不自禁地走到桥南头的引桥上，仔细地端详着传说中，那鲤鱼逐食戏浪的奇幻景观，确实是天工地造的自然奇景，形神兼似，惟妙惟肖。又一看那鱼鳍上的石坑，不由得他不相信那师傅所讲的风水的传奇了。由此而更使他陷入了深深的自责当中。他想，这就是自己作的孽，这好好的一卦风水就这样毁了。而自己也没有从中得到什么，倒是让那湖南的鬼师，耍了一招蚂蟥两头咬的从中捞了一把，然后金蝉脱壳卷款而逃。自己不光为此填进去一大笔银钱，还在其后，因为与他的瓜葛，被卷进大成国的泥淖之中，被讹去一大批米粮不算，还险些招来祸殃缠身，乃至几十年来的战战兢兢，害怕被人揭了伤口、露了疮疤。想到这些，不由他不生发一番损人不利己的感慨来。尤其是他又想起那师傅曾经说的，这一卦"鲤鱼跳龙门"的风水，并不单只惠泽他们财主一家，整个三都这方圆十里之内，都处在这卦风水版图之中，都能够不同程度地分享着这卦风水神灵的庇佑。"哎！我真是自己作孽啊！"他发自胸中的一声慨叹。他想，好在经过了那么些风风雨雨，也算让自己明白过来了，主动地弭合了与财主之间的芥蒂，冰释了两家的嫌隙，让两家成了至交。倒也值得些许自我的安慰。但是，暗算财主家风水的这一节往事，始终成为自己一生的心病，而作为一个永远的秘密，深深地埋在了自己的心底里。眼下，看着财主家三兄弟分家之后，他们家的财势已经渐次显出了沧桑没落，似乎正在朝着那鬼师所预言的景况演变，他心中隐隐生出了恻隐之心、内疚之情。看了财主今天这景况，听他所嘱托的那番话，自己当时就有了一种不祥的预感，似乎像是一种回光返照的现象。他心里暗自思忖：恐怕这财主是来日无多了。

　　老板在桥上触景生情的一阵反思过后，便悻悻地从桥上下来，往回家的路上走去。一边还在琢磨着财主嘱托的那一番话。听他那话中的意思，是不是他自己已经预感到，他一旦走后，他的儿孙们将守不住他的家业。或许他已经看到，从他上几代过来的先祖们，都是以纯粹的农耕经营手段，来维持和积攒下这份庞大的家业，其间所付出的艰辛是常人难以想象的。但是经过了几代人的演进，到了他这一代，也曾经达到了鼎盛。也许是因为风水的缘故，抑或因为人口发展的缘故，他们这一份祖上留下的产业，到了他的手中，已经看不到发展的势头了，而只是处于守成的境况。及至到了这份产业在他们兄弟手中一分为三后，他手中的一份尚算守住，还略有发展。但这种发展对于他们整个的家族产业而言，并不是总量的发展，而只是在祖业的基础上，在自家弟兄间的彼消此长，朝三暮四的变换而已。从个体状况来看，由于他两个兄弟的无能和疏懒，已经出现了萎缩的迹象。这样下去，他们这个家族，将会日渐衰落。加上人口的不断发展，不断的分家析产，原来一体的家族产业，在今后可以预见的将来，便会随之星散零落，实力大减。当下唯一守成并略有发展的，他本人的这一支，人丁空前兴旺，他一旦撒手人寰，他的八个儿子各立门户势在必然。这样一分开就化整为零，在社会竞争中的声势财力，也就优势全无了。守业的成败在于个人的才智和能力，心机和手段。在他的八个儿子当中，大多是诚实有余而才智平平，若是单纯务农，尚可勉强维持。若要经商做生意，或从事其他行业则都是外行。当下，土地资源有限，土地已经成为农村人的命根子，争夺和收揽土地作为发展手段，想必困难重重。要想守住家业甚或是企求发展，出路只能是以农为主，工、商兼顾方能见效。或许财主已经预见到其身后的景况，单纯的务农，是难以发展壮大的。老板想到这里，顿然醒悟，可能财主正是预见到了这一点，才想到要像我们家一样，以经营田地为主，也兼做些生意，倘是遇着天灾，田地歉收，也就不至于断了生计。但是，经商并不是每一个人想做就能做好的事，特别在他们家族里，从来没有经商的传统，所以才有此一番嘱托的话出来，是想让我帮他做些指引，把他的儿孙们引上从商的道上来。老板参透了财主嘱托的言中之意，不禁佩服财主的深谋远虑，慨叹他不愧是一代富豪的"大财主"。

财主在病中冥思苦想的，正是这个意思。但是，他想得更多的是基于当初那叔公来为他评析风水时所预言的，五十年或百年之后，他的子孙后代将沦落到穷困潦倒的境地。如今四十年过去了，在自己的苦苦撑持下，从眼下的情况看，还没有到得那个境地。但是由于三兄弟的分家，他已经看出了其中的端倪，预感到其家族之后的没落。为了避免出现饥馁暴毙的景象，他的子孙们恐怕是有必要另谋出路，方可不至于落到那个不堪的境地。

财主的良苦用心，他的一众儿孙并没有人领会得了。他们在这种富豪的家庭里，过惯了不愁吃不愁穿的生活。受惯了乡间邻里的羡慕、恭维和吹捧，心里充满着优越感。再则，关于风水变故的秘密，财主不光是对外一直保守着，就连他老婆及他们的亲生的儿女辈们，也是从来没有透露过半点风声的。所以他们一直都认为，他们家的财富是取之不竭，用之不尽的。从来就没有想过他们这样的富豪之家，会出现落魄困顿的局面。他的八个儿子当中，只有老六因为经常里里外外地随在他的身边，看着他，帮着他处理家里家外的各种事情，也学会他那谨小慎微的性情脾气。因此也从中隐隐觉察到，父亲的内心似乎隐藏着什么难言之隐，或者不便对人言说的秘密。但又不敢直言问他，只好把疑惑埋在心底。直到听他对粉摊老板嘱托的那番话后，隐约得知，父亲一直在忧虑着身后，他们家族的前途和命运。他也预感到，他们的父亲恐怕是来日无多了。

二

且说财主拉着粉摊老板，说出了那番他早就想好在心中的话后，目送着老板走了。他好像了却了一桩心事一样，安然地睡着了。一直睡到晚上，家人叫他起来吃点东西，他只是摆摆手表示不想吃，继续自顾睡着。家人以为他上午吃了老板送来的半碗烧鸭粉，还饱着。再则以为他和粉摊老板讲的话太多，而累着了，也就不忍打扰他，让他多睡一会儿。可是，他就这样睡到了第二天，都快中午了，他还是安安静静地睡着。叫他起来洗把脸，他也不作声不作气。从他那面相看，还是几天来的那种状况，虽然显得病态殃殃，也不像是要恶化的样子，只是怎么叫他，他总是起不来，一副昏昏沉沉的模样，不声不响地睡着。

自那天吃了半碗烧鸭粉之后，就再没有吃过任何东西。这人的肚子，没有了进的，自然也就没有了出的，家人倒也省了许多端屎倒尿的污秽肮脏的活儿。但是家人还总是坚持着精心照料他，每天给他洗换着贴身衣裤，几天更换一下被褥，他的屋里也才没有那么多污浊气息。但见他总是不吃不喝，家人看了着急，但也没有什么办法。又请来先生拿脉诊断，先生说脉象虽然细弱，倒还算稳定，就是不知道如何解释他目前这种症状。也不知道该给他开点什么方子，吃点什么药好。只好嘱咐他家里人，要随时给人陪护着他，注意和提防突发的变故。于是他几个儿子就商量，由老六专职日夜的陪护他，其他的饮食浆洗杂务，就由几个媳妇轮流着来帮他收拾。

就这样不吃不喝地又过了两天，到了初十凌晨，老六因为连续几个晚上没好好合过眼，在床边坐着就打了那么一会儿盹，恍惚间

197

觉得好像有人在摇醒他一样，让他一下子惊醒过来。他还以为是父亲醒来了，想喝水或是想吃东西了。他便轻轻问道："爹，你想要点什么？"却不见他有任何回应，就以为是他睡久了，想翻身还是怎么的，就伸手到被子里，想帮他挪一下身子。当手一触碰到他的身子时，就感觉有点儿异样，虽然看他整个身子自然而规矩地伸展着，像是熟睡一样，但却是有些冰凉。老六赶紧缩回手去摸摸他的脸盘，也是一股冰凉的感觉。赶紧再探探他的鼻息，已经是没有一点气息了。又摸了摸他的全身，也是一样的冰凉。这一下老六才意识到，老爹是不是已经过世了？他赶紧去把众兄弟及所有家人都叫了来。大家看了，也就确认这老人确实已经过世了。顷刻间，整个屋子里便悲声骤起地忙乱了起来。老夫人覃氏这时也闻声来到屋里，见状，知道已成定局，便吩咐着手后事。

　　财主就这样悄无声息地走完了他的人生，和他母亲当年过世时的情形一样。记得当年他母亲过世时，邻里乡亲们曾经议论过：说是她心地善良，为人厚道，就是到死时，都不想让后人受她拖累，为她吃苦。人们都说这就是所谓的好死，是现世的福报。财主一生做事，都是以他母亲作为榜样、楷模，宅心仁厚，慈善为怀，没有太多的奢求。所以，他死的时候，也不曾让他的子孙家人为他而受累。这也是他现世的福报。

　　要说这财主在世时家财万贯，富甲一方，但从他吃和穿的生活习惯上看，虽然不至于故意地装得像那些穷苦人家那般困顿寒酸，但和其他一般的富人家，也没有多大不同，看不出他有如何奢华。也从不见他在人前的刻意招摇。唯一能体现他奢靡的，主要是表现在他的一生中所举办的娶亲嫁女、寿诞、入宅、丧葬，等等礼仪庆典的场面。在这种场面里，他是毫不吝啬、极尽奢侈的。也因此，每当他家里出有这等大事，人们都主动地，自己心甘情愿地来帮他家的忙。这种现象，有人认为是由于他家富有，又大方豪爽，人们是来恭维和巴结他；也有人是乘机来沾他的光，占他的便宜来了。也许什么样的人都有。但是，关键的原因，还是冲着他的厚道仁慈和慷慨。在处理他的后事时，他的家人知道他生前喜欢热闹、爱讲排场，自然就不忍坏了他生前的规矩，拂逆了他最后的意愿，也就尽量地给他办得隆重而奢华，安抚他的在天之灵。

他的一应后事，自然是由家中长子出来做主。他们的祖父早早就过世了，本族中当下在世的就只有两个叔叔，即财主的两个兄弟属于长辈。这丧事自然得尊重长辈的意思，虽然并不要长辈做什么具体事务，但须凡事都要向长辈们禀告一声，得到他们的首肯后，才指派家中人分头操办。

财主一共有八个儿子，此时都听老大调遣。第一个安排出去的首先是老七老八两个最小的兄弟，让他们分头负责报丧，通知三亲六戚、亲朋至交等。回来后，负责安排那些前来吊丧的客人的食宿事宜；老二负责专门延请道公法师，安排道场法事等事务。老三负责延请地理师傅来堪舆墓地，安排动土开挖墓穴，备料筑墓等等事务；老四负责整个丧事期间，家中一应伙食及祭祀供品；老五则负责协助老四，并专职负责坐堂招待，负责接待来宾及收受奠仪礼品的登记造册等事务；老六因为在父亲生前一直陪侍左右，所以就和老大一起负责洗礼入殓事宜；老大自己负责灵堂的摆设，守灵及灵前迎来送往的应酬等等礼仪事宜。一切安排妥当，整个丧事便按部就班地在哀伤繁闹的气氛中进行着。

三

灵堂设在大堂上。前来吊丧的客人中，除了本家至亲及本村族人外，粉摊老板算是第一拨。因为老板家在街上，老七第一个通知的就是他。他得知了财主过世的消息，印证了他之前的预感。于是他郑重其事地准备了一份隆重的奠仪，并让家人即刻赶到柳府，把他的两个儿子也找了回来，然后领着他们一同到财主家中给财主吊丧。并嘱咐他的两个儿子，协助财主家人料理一些相应的事务。他是把财主那天对他嘱咐的话，很当一回事地放在了心上。

财主生前曾经对他的儿子们留过话，说是他死后，不用到其他地方找墓地，就近在"结台航"找个地方就行。 这里近他在世时生活了一辈子的村庄、田地、河流，近他亲手缔造的庄园，拱桥，也近他家的祖坟墓地。老三请来的风水师傅在村西的"结台航"勘察墓穴，却找不到适合大葬的地方。他们兄弟又一再地强调了他父亲生前嘱咐，风水师傅说，在这里只能找得到可以小葬用的墓地，作为暂厝之所，待三年以后，还要另找个合适的地点和时机，再行捡金大葬。众兄弟都只好接受了这个方案。法师便择定于九月十七庚寅日破土下葬。这样下来，就要守七天七夜的灵。道场法事就安排在十四、十五、十六三天，十七日午时下葬。

十七日那天，一早起来万事俱备，人们吃过早餐，在法师道士的摆布下，送丧的仪式就开始了。

财主丧事的隆重程度是地方上有史以来绝无仅有的，足以体现他生前的富甲一方。在送丧的一路上，法师在前跳着傩舞开路，老大捧着灵牌领着众兄弟随着法师后面，有几个族中子弟专职负责擎挽执幛，撒纸钱、燃鞭炮，之后是女儿媳妇组成的哭丧队伍，跟着是道士在灵枢前念经超度、扶棺送灵；棺后又是一长串哭丧队伍，最后就是族人及亲戚朋友组成的送丧队伍。送丧的队伍从墓地排到家里，浩浩荡荡，哭声和鞭炮声响彻四野乡间。一代富豪极尽了死后的哀荣。

以他生前所受万人景仰的身份，按地方上以往的习俗，富贵人家的人死后下葬，为了彰显他生前的富有，都习惯于以家中宝物，如金银玉器等饰物作为死者的陪葬品。但是，财主死后，除装殓着他的遗体的那副棺材和一身的寿服外，他什么也没带走。他生前所处的年代，是兵祸不断、盗匪频仍的动乱年代，家中货物都难免被匪帮流寇洗劫的风险，盗墓之事更是屡见不鲜、防不胜防。陪葬的习俗也就被人们看作是一种虚荣而逐步淡化了。财主生前本来是很讲究名声虚荣的，但他想到，若是用值钱的物件做陪葬，将会遭受掘墓挖坟，开棺倒尸的侮辱，死后都不得安宁，他也就决定放弃那种有害无益的虚荣了。特别是他听老板说过本乡板朝的哥朗入了黑道，做了强盗土匪，他的心里就一直想着，本乡本土一旦有人当上了土匪强盗，势必就是乡里的不幸。他就一直担心着哥朗会不会回来危害乡里。他想，哥朗是本乡人，自然清楚这乡里谁穷谁富，说不准他什么时候穷途末路了，或者是他嫉恨心起，领着他一帮匪徒回来洗劫乡里，我们这乡里的首富人家，势必首当其冲。但是村里庄园有门楼碉堡，有村民家丁，他强盗也不见得就稳操胜算。但是，埋在坟墓里的财富就不一样了，那是在荒山野岭间，无关无栏，掘坟盗墓就只是花力气不担风险的事，怎样防备得了？所以，他生前就曾经有过吩咐，让家人在他死后，不要给他搞什么金银珠宝的陪葬，以防因此而惹来盗墓贼，弄得不但蚀财，而且死后还要受那份侮辱。况者，他生前虽然富甲一方，但却是世代农耕，成天侍弄的是田地和粮食，成天打交道的都是农民而已，家族中从来也没有人进过官场、做过商贾，世代家居乡下农村，在柳府并没有半分产业，也很少有闲心经常进城玩乐，久时因事进城一趟，办完事就匆匆赶回，连官话都讲不平，见过的世面更是有限。只是因为用祖上攒下的银钱建起了一座庄园，为乡邻们修了一座石拱桥，才得到乡邻们赞誉尊称为"大财主"。这个"大财主"的名头、称号，在三都这一带倒也不是虚名，但从他一家人平日的生活看来，虽然从来不用虑及缺粮断炊，但平日里一家人吃的也并不见得像那些柳府人一样，讲究什么山珍海味，无非一日三餐家常饭菜而已。一家人进出穿戴的，也不讲究什么穿金戴银的奢华，不过只是家纺家织的乡间棉布，手工制作的衣衫而已。更不会有赏玩收藏什么古董玉器珍宝的闲情逸趣，更没有那份高雅的鉴赏知识和技能。所以在他下葬时，家人给他装殓的，也就是常规的丧葬服饰鞋帽罢了，并没有任何象征财富的物件可供陪葬。何况这次的葬礼还只是小葬，待届满三年之后，家人还要为他另择风水宝地，捡金大葬才算得是最后入土为安。这次随他下葬的，唯一可以显示他生前身份的，就是装殓着他遗体的那一副规制宏大的棺木，稍稍可以显出他生前家世的富豪。他生前所侍弄的田地，他所亲手缔造的庄园依然完整地保留了下来，留给了后人。他所亲手主持建造的石拱桥，依然屹立在村头的后河上，成为乡邻跨越后河的便捷通道。他"三都大财主"的名声也一直流传至今，和一都米，二都女一起，组成了柳府人众所周知的一句民谣，成了三都人的一份骄傲。

四

财主过世后，庄园里，财主家人的悲痛气氛还没有完全平复，一年一度的春节又到了。他生前总是特别看重这过年过节的气氛，每一个节日他都要求过得热热闹闹、红红火火。这也许就是他们这些乡村土财主炫耀财富的时机和方式。什么时候，富有总是一种荣耀。没有了他这个大财主，这个家族的节日也过得没有那么认真了。庄园里也就少了许多往年的喜庆气氛。

他的一大帮儿子们，早在办完他的丧事时，就各怀着心事。这么大一个家族产业，谁能有老爹那份能耐，挑得起这个当家的担子？撑得起恁大的家业？他们都自问没有那份能耐的同时，也不相信别人有这份能耐。而且也不甘心由别人来当这个家。最终各人心里都在打着分家的念头，只是因为老父刚刚过世，谁也不敢先提出来。再者，也因为还有老母在，凡事总还得听她老人家做主。趁着大家在一起过年，不免就把平日里家中的一些事情提出来议论，慢慢地，话题就扯到了这当家的事上来了。在议论中，老大接过其他兄弟的话头，当着母亲的面把分家的事提了出来。老大说："以前有老爹在，他是一家之主，凡事就以他说了算，我们兄弟只晓得按他的主意去办了。现在他老人家不在了，照说，我是一家的长子，理应挑起这个当家的担子，但是，我自知没有老爹那份能耐，而且我们家里头兄弟多，一个人有一个想法，很难想到一起去，遇事就容易相互推诿，扯皮，变成一个和尚挑水喝，两个和尚抬水喝，三个和尚反倒没有水喝了。老爹在时也常常讲，树大分桠，仔大分家，这是迟早的事。现在老爹不在了，就趁着您老还健在，您就做个主，帮我们兄弟把这个家分了，各人过各人的，省得等下去话头越来越多了再分，还容易伤了兄弟和气。"

众兄弟看着大哥把大家心里的话都讲了出来，便都安静下来，看着母亲，想听听母亲的决断。

照理说，要是在别人家里，兄弟之间都在争着把持当家的权柄，而长子接班当家也是世代相袭的规矩。作为家中长子接手当家，既是求之不得也是情理中的事。但是他们这一家子兄弟，却与别人家的兄弟不同，他们兄弟的性情都偏于厚道而近乎懦弱，且还有他们慵懒、自私的一面。过去有父亲做主，自己不用操心，所以就养成了坐享其成的习惯。他们都觉得，做多做少都一样，何必去揽那一份吃力不讨好的差事？就都想推诿于人。他们自私的一面就是，权柄落在别人手中，又怕别人多吃多占，自己吃亏。所以都想分开过，各人管各人的一份，自己的事情自己做主，不受人管也不怕别人占了便宜。

　　他们家从他们奶奶时起就形成了一个规矩，即父不在母做主。但是他们的母亲却没有奶奶那份能耐和权威，她也不愿操那份心。她本来想，老当家的不在了，由老大接掌当家之责，是顺理成章的事。但是她们这些儿子们却都是些懦弱庸碌之辈，都想撇脱吃现成饭。经老大当众提出分家的事，她觉得也只能这样了。但她又想，这老当家的才过世，至少要守三年的孝，现在还不到半年，兄弟就要分家，就是不孝，会惹人闲话说我们财主家儿孙不孝，或会猜疑我们家中变生内乱了。她沉思片刻，说：“你们老爹刚过世还不到半年，更何况他现在还只是小葬，你们做儿子的按规矩要守孝三年，等到三年后，还要把你们老爹捡金大葬后，才算孝满。到时候，你们再分也不迟。这三年中你们兄弟还要同心协力，把这个家管好，一面也可以让你们兄弟都熟悉你们这个家业的状况，同时也可以慢慢商量着，先做好一个分家的方案，到时候分起来也就有头有尾的，不至于出现兄弟间为分家而吵吵闹闹丢人现眼。我们毕竟是大户人家，乡邻百姓都在看着我们呢。”大家觉得母亲考虑得周全，就都认同了母亲的办法。

　　在守孝的三年里，他们兄弟倒都能遵从母亲的嘱咐，在大哥的带头下，都能同心协力，把财主遗留下来给他们的家业管理得还算有条理，安心地等待着分家的那一天。在他们八兄弟中，老七老八两个小的和他们的兄长们不同，表现得有些不安分。他们除了打理大哥分派给他们的事务外，有空时总爱两兄弟结伴往外跑。他们尤其把他爹临终前对粉摊老板说的话，牢牢地记在心里。他们经常去的地方就是圩上粉摊老板家，人们都误以为他们接得他爹的嗜好，爱吃老板家的烧鸭粉。他们为人机灵，手脚也勤快，也就得到老板家人的欢迎，久而久之，和老板家老二也就混成了莫逆之交的兄弟。在老板的授意下，老板家老二也经常带着他们一起到柳府玩，去见见世面。他们去柳府时也就都在老板家的米行落脚投宿。此时米行老掌柜的也已过世，是老板家老大自己在那里当的掌柜。同班同辈的，性格也有些投缘，所以他们在那里也就学了不少的生意经，耳濡目染了不少外面世界的事情。也懂得一些江湖上的事。他们也知道了他爹死的那一年，大清国发生了一场和日本人的甲午战争，并且输给了日本人。

　　三年时间转眼就过去了。到了 1897 年 10 月，财主过世已经三年整，按当时风水先生的吩咐，他的家人应该是为他捡金大葬了。但那时在三都一带的风声有点不太对劲儿。几年前在外面入了黑道，当了土匪的哥朗突然回到了板朝。还带回来一大批朋友，把个三都圩搞得从来没有过的热闹。他们还经常成群结队地进出到龙女瀵源头的石门坳。人们都猜测，他们是不是探得有什么商队要经过石门坳，是要去那里拦路抢劫去了。这样就搞得三都一带人心惶惶起来。但是奇怪的是，又没听到说有哪家哪屯被抢了。在人们的纷纷议论中，板朝人都出来为哥朗辩护称：哥朗是个义侠，他自己说了，兔子不吃窝边草，他们不抢穷人，也不抢本地的富人。原来听得说哥朗带着很多人回三都来时，财主家族的兄弟们都担心着，不知哪天，他们这三都首富之家，会招来土匪强盗的劫掠。也就积极地做好了防卫的准备，白天派人上后山望风，晚上一早早就把门楼子关严。还悄悄地添置了一些必要的火枪、刀矛之类的武器，严阵以待。

　　后来老七从柳府回来，就对他的兄弟们讲，他说哥朗并不是人们所议论的那种土匪强盗。其实他在外面入伙的，是一个叫三点会的秘密反清组织。就是和早些年，曾经占过柳府的平靖王李文茂的那些人一样。当年平靖王被湘军围困后，因为力量不支，便带队撤出柳府，到黔桂边一带游击，后来因旧伤复发，病死在怀远山中，他手下的人也就群龙无首，一部分人就四散隐居避祸，另一部分人在次年平浔王陈开又占了柳府时，都投到了平浔王麾下，跟着平浔王又坚持了几年，最终还是被湘军打败。平浔王也被抓起来杀了。他手下的人被抓的抓、杀的杀了。侥幸逃脱的，也就各寻生路，隐居于深山或市井。待事情平息后，没死的人又慢慢地开始潜回柳府，相互串联起来，又秘密地纠集到一起来，组织了一个叫作三点会的秘密组织，伺机重举反清义旗，东山再起，誓言非推翻清朝皇帝誓不罢休。他们的力量还嫌弱小成不了气候时，就暂时分成小股啸聚深山老林。为了筹集粮饷，也不免干些剪径劫掠的营生，但是他们抢的都是官家的钱粮，一般百姓，尤其是穷人他们是不抢的。官府见他们力量弱小，又没有旗号，就当他们只是一般洗家劫舍的土匪而已，也就不太重视。不知内情的百姓，也就跟着官府一样的认识，把他们当成土匪强盗了。

　　哥朗跟的就是他们这帮三点会的人。听得他们帮里面自己的人讲，哥朗人年轻，力气好，胆子又大，敢做敢当，混得没有多久，就被众人推举，让他当上了个不大不小的头目，手下也有个 200 多号人。他们平时大多时间都分散在各处的深山密林中安营扎寨，他这次带人回来，也不知道他要做些什么，但我们这乡里也没听讲有哪家挨抢，也没有哪个人被杀。老七又说，我们家是乡里首富，但是我们和官府平时也没有什么往来瓜葛，这些哥朗都是知道的，我想，他是不会来找我们麻烦的。他若来了，好好讲，我们就暗中接济他们一些以求平安，也不是不可以。但是，我们也做点防备是必要的。因为他们人多人杂，俗话说，林子大了什么鸟都有，难免会有一些品行不端的地痞流氓混迹在他们当中，仗着人多势乱，乘机劫掠百姓，偷偷发财的也是在所难免。众兄弟听得老七讲了，都信以为然，也才松下一口气来。但是庄园的防卫事宜还得照常维持着，以防万一。

　　他们兄弟本来打算在这一年里为老爹捡金大葬。捡金大葬是个大事，免不了又要大操大办，大宴宾客，还要请来法师道士，少不了又是三天三夜的道场法事，势必又要惊动十里八乡。但眼下的局势风诡云谲，土匪强盗都到了家门口，在眼皮子底下来来去去的，唯恐避之不及，何必还要张扬造势，引火烧身惹来祸端。大家都认为在这样的情势下，还是暂缓为好，等到过一阵子，情势明朗，社会安定下来再搞也不迟。至于分家的事，这种时候正是需要众兄弟抱团，共襄危局，以渡时艰。这个时候反倒分了家，人心都散了，到有点什么事的时候，就难免自顾各扫门前雪，想再召集在一起也就难了。大家都想到了一起，也就赞成暂时不分，还是由大哥持掌家政，众兄弟愿意听大哥的调遣，于是分家的事也就又拖了下来。

第十六章 壮士回乡襄义举

一

　　ZZZ 话说哥朗突然带着他一帮兄弟回到家乡，经常进出石门坳、龙女濮、龙屯庙一带，一时间搞得乡里乡亲忧心忡忡，但是晃眼过去了一个多月，也没听讲有谁家被偷了抢了，或有人被伤被杀，连财主那样的富豪人家，也没有遭到哥朗他们丝毫的骚扰、勒索。倒是听得说，有人看见，哥朗他们一帮人从外地挑来几十担金银财宝，从板朝村经乾土坳到屯马弄里去了，大概是藏到哪个山洞里去了。他们根本就不缺钱，所以不用担心被他们抢。哥朗他们一帮人越聚越多，搞得三都街天天像赶圩一样热闹，生意都好做了许多。老板家的烧鸭粉生意一天忙不停歇，比往时多做了许多生意。其他行业的生意也都水涨船高，真是乐坏了生意人。看到这种情形，好奇的人都想打听打听个中究竟。但就是没有一个能够得到明确的答案。只听得有人议论说，他们是来准备参加过年时的龙屯庙会的。这个讲法听起来倒也觉得合乎情理。但是，听那些人的口音又都是南腔北调的，不像都是周边乡镇的本县人。

　　石门坳是五都、三都、二都几个乡镇交界的中心。而五都又是柳府和庆远、忻城、柳城四县交界之处。石门坳是柳府进出五都山区古道的门户，山高林密、坳陡路狭。是一个天然的险关要隘。石门坳下的龙屯村，正好就像一个驿站一样，守护着坳口。进山出山的都要经过石门坳，石门坳成了名副其实的一夫当关、万夫莫开的兵家必争的险要之地。

　　石门坳口的南边，有一条怪石嶙峋，被杂树枯藤缠绕遮蔽得幽深冥暗的峡谷，从群山深处朝山外蜿蜒迤逦而来。峡谷在大山中有许多支流蔓沟，每一条冲沟都有岩溶渗流的山泉，汇到峡谷中便形成了涓涓细流，水流越聚越大，到了峡口处，便形成一股淙淙流淌的山溪。山溪口处恰好又有一口长年不干的濮水，叫龙女濮。山溪流到这里与濮水汇合后，就成了一条小河，流到坳前的山凹处汇成了一汪水泊。

这水泊四面环山，只在东南方向有一个狭窄的峡口，起着溢洪的作用。峡口外面就是历年被洪水冲刷而成的，裸露着黄沙卵石的干河道。这条河在秋冬时节也只能算是一条山溪，流水潺潺，水质清澈。但是，每逢春夏雨季，山洪暴发，水泊的水位暴涨淹到石门坳脚时，在水泊的唯一出口处便形成了汹涌激流、滔滔浊浪，挤着向峡口外奔涌而出，屡屡把博爱乡往下，沙河两岸的田地村庄淹成泽国。

等到山洪过后，恢复了常态时，就只剩下了满布着大小不一的，鹅卵石裸露的河床，和卵石间一摊摊灿黄的河沙。所以这条河自古以来被称之为"沙河"。这条沙河对于沿河两岸的百姓弊大于利：人们需要水灌溉田地庄稼的时候，它就只剩下河床中间那么一涓细流，只够人们饮用之需，却难以起到灌溉的作用。而到春夏雨季，不需要它灌溉时，它又偏要暴发山洪，淹没村庄和田园，百姓叫苦连天却又无可奈何。为此，周边百姓寄望于神的护佑，便筹资在石门坳下龙屯村侧的一处平展的坡头上，建起了龙屯庙，供奉山神以镇河妖。

龙屯庙是个道观，信奉道教。由于龙屯庙长年烟火不断，不时有道家人在此驻观修持，从这庙里出道的隐者居士，传说都是道行高深，精通命理、善勘风水等各具独门技艺的奇士异人。所以，龙屯庙便成了周边乡镇，百里方圆之内知名的道观，长年香火鼎盛。

每年春节，都有乡间绅士牵头组织，在龙屯庙举办庙会。抢花炮是庙会中的竞技项目，乡民之间以屯为单位参加竞技，不论大村小屯，但凡自认为有实力的，十里八乡都可以派代表队前来参加。竞争激烈，场面鼎沸。能进入代表队参加抢花炮的人，都是身强力壮，具有武艺功底的人。能够抢得花炮胜出的代表队，就会得到挂钟或奖金等奖励，受人尊敬和景仰。

哥朗的一帮兄弟和朋友，个个都年轻力壮，人们都猜想，今年能胜出的恐怕是非他们莫属了。而哥朗的黑道身份又是乡邻们众所周知的，在人们的心中就难免怀着一股猜不透的疑惑，他们会作为哪一方的代表参加抢花炮呢？在期待着春节到来，等着看热闹的同时，心情也不免有些儿忐忑。

到了十二月初九甲子日那天，正好是阳历 1898 年元旦。哥朗他们那帮人就都早早地，纷纷从四面八方聚集到龙屯庙去了。其实，他们都是三点会的人，或者是三点会邀约而来的人。到了中午时分，人们便都看到了，他们那一帮人从石门坳那边结队蜂拥而出，打着旗子，手持各式刀枪，总共不下千人，浩浩荡荡地朝圩上而来。人们见了这个阵势，以为他们开始发难抢掠了。家中有钱财的人，大多都做了鸟兽散，各自回家藏匿财物或躲命去了。有胆大的，且家贫的，则聚在街头看热闹。他们特别的留意着哥朗。哥朗在那帮人中，由于他个子魁梧，且嗓门洪亮，在他们那一帮人里头就显得特别的鹤立鸡群。只见他手持一把崭新瓦亮的洋式毛瑟短枪，在队伍前面健步如飞，来到街头，见有这些不怕死的人不躲不闪地看着他，他便用壮话喊道："倍啰！倍夏老周啰！"，意为去杀当时三都团总周沣。便领着那一帮人朝大河街去了。

当哥朗他们一帮人，从石门坳里出来到屯甫村和童岭村之间时，在犀牛山上放哨的财主家人就赶紧把情况报告了老大。老大赶紧地把家里的男人们召集起来，把门楼上闩、加锁、顶杠，让拿枪的都上了碉楼，门楼和山上，拿着刀矛器具的人就守住了各个村角门背，以防土匪来抢。全村人严阵以待，过了一阵子后，山上望风的人却下来报告说，那帮人没有朝这边来，而是朝大河街那边去了。但老大还是不敢放松，叫在山上的人和楼上的人继续守着，不要下来，以防哥朗他们杀个回马枪。老六就说："我看他们是做大事的，他们是要江山，不是要钱财的。"老大说："不管他们要什么，我们都得小心才是，他们要江山不也得要有钱财，要吃饭的呀？"老六说："要钱财，要粮草，他们不会去抢官仓国库？"老大说："他们要是打不过官兵，穷途末路了，就不管你老百姓还是什么人了。"众兄弟也觉得大哥讲的也有道理，就还是大家轮流着领班守夜。

众人中，没有人留意到老七老八两个对于哥朗那班人的态度。老七对哥朗那班人为什么就那么淡定？好像他都事先晓得，哥朗那班人都是干什么的一样。

二

哥朗那帮人到大河街去后，也没再见他们回头来了。到了稍晚些时分，财主家老六对老七说，我们到街上去打听打听，情况到底怎么样了。就拉着老七一起到了街上。见街上人东一群西一伙的，都在议论哥朗他们那帮人的事。

在烧鸭粉老板家粉店门前聚的人特别多，其中有一个，平日里不务正业，专事搞点小偷小摸，在赌摊边玩点玉米籽的浪子，正在那里比手画脚地，在向众人讲述着哥朗他们的事。他说，他那时在营盘街口，见哥朗他们从石门坳过来，哥朗还邀他一起去参加，他没跟他们一起，但却好奇地尾随着他们的队伍后面去看热闹。到了大河街团练衙门，那团总周沣两爷仔已经不知去向了。听人讲是朝着六道坳方向去的。哥朗他们就朝着六道坳紧追而去。浪子讲："我也就跟着他们，去看他们怎样和周家爷仔打架。结果追到六道坳就追上了。老周家那个癫仔胆小，见那么多人追上来，只想跑，也不敢还手，给哥朗吼了一声就软瘫在路边跑不动了。那周沣见他仔跑不动，拿着一把漏壳长枪，朝哥朗他们这边放了一枪，想回来救他仔，结果被哥朗他们的人朝他打了几枪，只见他跟跄了一下，抱着肩头，也不敢回头理会他仔，只顾自己跑了。他仔被哥朗他们的人抓住，问都不问地打死在路边后，就都忙着去追杀周沣去了。追不追得上，就不知道了。我只跟到六道坳上，见他们真的杀人了，我也就回来了。"

围在旁边听讲的人，听他讲完后，就七嘴八舌地议论开了。有人讲，当时见他们一下子来了那么多人，我就不相信他们是来参加庙会的；有的讲，他们这帮人也不像是那种土匪强盗，专门烧杀掳掠的人，个个都打扮得整齐体面，对人也挺和气的，有的人还有点文绉绉地，不像是坏人；有的人说，我见里头还有几个女的，而且人还蛮靓的，有年轻妹仔，也有半老徐娘的。有个年纪和哥朗差不多的男人，脸皮白净，斯斯文文的，手拿一把短枪，身边总跟着一个妹仔，二十四、五岁的样子，人才好靓的，像是俩夫妇，但是看他们的样貌又像是俩兄妹的样子。那个妹仔也拿着一把短枪，威风凛凛，比她哥还精神。这时，老六见粉店老板好像刚喝了酒似的，脸色微红，从他店里出来。老六和他打了声招呼："阿叔好生意！刚喝酒了吧？"老板见老六跟自己打招呼，就笑笑应道："你们两兄弟也出来看热闹？唉！你爹不在了，没有人陪，也只好一个人喝点闷酒了。要不你来陪叔喝点？"老六接着老板的话头说："哎哟！我这酒量敢陪阿叔喝酒？还有我爹在差不多！今天是见有这么个阵仗，心中忐忑，就拉老七一起出来听听消息的。你老有经验，给大家讲讲，哥朗他们这一闹，会不会害到我们这乡里头百姓？"老板听老六这一提问，乘着酒兴，就接口道："他们这帮人是三点会的，就像早几十年前的平靖王那帮人一样，他们不会和老百姓过不去，他们只找当官的，不管我们的事。这阵子他们可能都到了柳府里去了。"

天色慢慢地暗了下来，老板家也着手打扫关门，老六两兄弟也就回家去了。回到家里，向家里人转述了一下从外面听来的消息。

第二天正好又是圩日，来赶圩的人特别多，大多是想来打听哥朗他们的事情。听拉堡附近来赶圩的人讲，昨天下午哥朗他们就打进拉堡圩了。说是今天早上要把昨天抄没的当铺里典押的物品发还给货主。还要开仓救济那些缺衣少食的人家。他们这帮人的总头目就是双桥基隆村的人。有好多当地认得他的人，都自己要求参加他们的队伍。有点来宾、象州，甚至更远地方的人，都闻讯赶来参加。看来，这世道还真让人过不下去了，所以人们都不怕死，敢于拿着命来赌前程，赌生活了。

人们在不安中，一晃眼就过去了半个多月。从人们的议论中，哥朗他们一帮石门坳起义的事件，也算有了大概的结论。人们议论说，哥朗他们的起义队伍在进攻柳府时，在竹鹅塘被打败，退到双桥后被清军从拉堡和柳府两面夹击，且清军的人越来越多，起义队伍寡不敌众，渐显不支，只得各自寻路突围。听说起义的头领刘三经和韦四，带一部分人突出包围，并且都跑到忻城境内的偏远山区里藏着了，结果还是给抓住杀了。哥朗自己带得另一部分人也跑出来了，没有听说被抓或被杀。据哥朗他们村的人传说，他在事败几天后，曾带着几个人潜回板朝老家，但后来就不知去向了。官府的通缉告示中还有他的名字，说明是没有死，大概是上山为匪了。这么一件轰轰烈烈的大事就这样平息下去了。

三

一年一度的春节又到了。财主家在忙着准备过年，庄园里又恢复了往日的热闹气氛。女人们在忙着为家中的男男女女、老老少少们准备着过年所需的衣帽鞋袜，以及其他礼尚往来所需的糍粑、粽子、年糕等民俗糕点食品；男人们在忙着准备过年吃用的鸡、鸭、牛、羊等三牲供品，以及水酒等不可或缺的年货。这些民俗习惯，就算是穷人家也都或多或少地要有所准备的。财主家过年自然不缺这些东西。今年过年，他们家除了忙这些事情以外，各家男主事的，就都忙于搬出家中的账本地契，八兄弟围在堂屋中商量分家的事。

石门坳起义的事情平息下来后，老大就去跟他母亲讲："这世道事情多，不知道什么时候又会出个什么事来。我们这么大个家，总是特别显眼招人，我又没有爹在世时的那个本事，难以应付得了这样那样的事情，我想趁着石门坳这件事情刚过，短时间内恐怕不至于马上又会生出什么乱事来，就把家给兄弟们分了，让他们各当各的家，各操各的心，这样也能揽住他们的心，收住他们的性，不至于像原来大家过的时候，一个看一个的偷懒耍滑，养成了坏脾性，败了爹辛辛苦苦留下的这份家业。"

他母亲听着他讲完，想了想，就说："那你就召集他们几个老弟一起商量。记得，不要让女人们来掺和这事，女人话头多，让她们忙着张罗过年的事去。你们兄弟争取在年前把所有的账目地契弄清楚，先把一个方案商量出来，大家都没意见了，等出了年，就按方案分下去，也就好各自安排自己的家务农事了。"

老大按母亲的吩咐，在年前这几天里，兄弟几个就忙着商量分家的事情。样样都有账簿记载，分起来也没有什么争执不下的麻烦。庄园里的房屋都是一个套式的，当年他们老爹和两个叔叔就已经把爷爷留下的产业一分为三的分去三分之二，分归他们这一份，也就是三分之一多一点，那时还有老太婆，见他们这一支兄弟多，者又是财主本人一直在为这个家奔波劳碌掌的家，有功劳也有苦劳，就做主，把那些稍远稍贫瘠，他两个兄弟都不愿打理的田地，就都划作了他这一份。所以，归在他名下的产业，也就差不多的占了原来祖业的一半，再加上三兄弟分家后，两个兄弟疏于打理，或不务正业的，急需钱用的，又典出了不少的好田，他为了保住他大财主的名头，守住祖业不败，就拿出积蓄，把那些本来打算外卖的田地就都收归自己名下。比起平常人家还是稍有余裕，在外头人的眼里，财主大庄园依然气势不倒。

田地有好有坏，有旱地水田，有远有近，也就按个一二三等的定个标准，好坏、远近的搭配，然后也就八兄弟各人一份，抽签确定，也没什么太大的难度。大财主过世以后，留给他八个儿子的田地，平均分了，每人名下也还有个百十亩好田，比起平常人家，所有兄弟合在一起也还算是大财主。即使是一家一户地分开来，在当时当地也还算是大户人家，至少还称得上小财主。只是商量到分现钱的时候，老七老八因为另有一番盘算，他俩曾提出来说："我们宁可少要点田地，想多要点现钱，你们几个做兄长的是不是可以帮我们调剂一下？"听他俩这样一提出，其他几个各有心思的人也都有相同的意思，都想多要现钱，都嫌田地多劳神多，都觉得做生意的钱来得撇脱。

老大就觉得，这样一来，会把原来商量好的方案全打乱重来，太麻烦了。就说："反正眼下的现钱也不多，全平分了也只是够各家一年的开销。就按原来的方案分，你想要现钱，你就拿田地换，哪个愿意你就跟哪个换。家里没有人愿意换，你也可以卖给外头人换钱。"

老六说："这样做我倒是觉得可以，我是担心我们刚一分家就卖田地，给外头人晓得了，会骂我们是败家子。像以前我们老爹和二叔三叔分家以后一样，二叔三叔要卖田地，老爹怕被外头人讲闲话，就宁可自己买下来，也不许他们卖给外头人。"众人听了都觉得是这个理，就说先分了再说吧，先在家里兄弟相互调剂，也可以相互挪借来用嘛，实在不行，再商量。

商量到分房子的时候，却见老六缓缓地站起来，用眼从左往右地逡巡了众兄弟一眼后，提出了一个大家都没想到的事情。他说："众位兄长老弟们，当年我们爹爹亲手建起的这座大庄园，在爹和二叔三叔他们三兄弟第一次分家时，是由奶奶做的主，是按男丁人口分的，当时二叔三叔他们就觉得我们家兄弟多，这样分是他们亏了，但是，当时有奶奶镇着，他们也就只好认下了。分了以后，奶奶住着的那一进，就属于奶奶名下的，奶奶一直是和我们住着，由我们养老送终，奶奶的那一进房也就算是留给爹的，也是爹一直住着。这次我有一点要求，爹生前的时候，里里外外的都拉着我随在他老身边，有个紧急麻烦的事情，也总是支使着我跑上跑下的，就是他老人家生病那阵子，端屎倒尿的、擦身洗澡、喂药的，都是我在他身边服侍着，直到他老人家咽下最后一口气时，也只有我一个人在他身边。这些都是做子女应尽的孝心，我也没当作是我个人的功劳，我只是觉得我对爹的感情特别的深，我对他老人家也总是有一股恋恋不舍、念念不忘的感觉，就想多留下他老人家的一份念想。所以，我想把奶奶那进屋，连同堂屋上那块牌匾，就分在我的名下，我也不住那里，只把那进屋当作我们这一大家族的总堂，大家有个什么大事的也有个商量的场所，兄弟们认为如何？"众兄弟听了他这么一说，倒也觉得，老爹在世时，确实都是老六跟在他身边。老六确实也比其他人多做了很多事情。平时大家都是想吃就吃，想玩就玩，而老六却是跟着老爹早早晚晚，里里外外，风里来雨里去的奔波，对这个家就数他的贡献大。更何况这庄园的房屋间间都一样，分得哪间都差不多。就是那块牌匾只有一块，但那又不是什么金银财宝，也卖不了钱，不识货的不就是一块板子，劈来烧火了也烧不了多少天的，就给老六保管，好过自己保管，还要不时爬楼梯上去擦抹。于是都一致赞成分给老六。方案定下来后，一家人在一起热热闹闹，开开心心地过了年。年后就按着之前商量好的方案，把一个大家分成了八个小家。

家什器具也都按各人住的用的不动，这样一分下去，谁也亏不到哪里去，大家无话可讲，兄弟妯娌间也都相安无事，相敬相亲。

四

传说中，大财主家财万贯、良田万亩，那都是夸耀之词。但是，作为三都首富，他家当之无愧。甚或可称得上县中首富，也不算太过夸张。不然，"三都大财主"的美誉不至于在柳府一带，作为童谣俚语而流传至今。这一点，从他那至今保持完整，规模宏大的财主大庄园来看，可见并非虚传。

213

　　大财主从他母亲手上接过持家的担子后，尚可守业有成，且还略有发展而达到鼎盛。但是也在他的手上，因建庄园，打官司，修建石拱桥，嫁女，娶媳妇，加上母亲寿诞、丧礼，祖坟的修葺等等，由于过度地铺张和排场，把从母亲手中积攒下来的几乎全部现钱都花光了。由此而成就了他大财主名声的同时，却也大大地削弱了他的财富实力。加上风水在冥冥中的作用，此后，他也就再无建树，而是渐渐呈现出一派日薄西山的景况。

　　从他兄弟辈到他众多的儿孙辈当中，由于有他大财主的光环罩着，娇生惯养，不务正业的不乏其人。能潜心守业者也大都不学无术，能力泛泛。再经过他手上的第一次分家后，到他手中所能执掌的家业，就已经只有原来他们整个家族产业的二分之一不到。到他的儿子们再行分家之后，各自名下的产业，也就仅能维持在三都一带，晚清时期一般富户的水平了。

　　历史在不断演进，在建桥师傅的诬术作用下，财主家的风水神力也在逐渐式微。时间转眼就到了那风水被师傅所破的五十个年头了。在大财主的儿孙辈里，就再也没有出现过一个出类拔萃的人物。在农村土地兼并竞争激烈的晚清时期，尤其在精明而敢于冒险的三都人当中，有成功的，有失败的，有从穷人变成了富人的，也有富人变成了穷人的。三都的有钱人比比皆是，财主众多，但是贫穷凄惨的也不乏其人，像朗哥那样铤而走险者也大有人在。但人们都相信命运。命运好的有祖宗的荫庇，有风水的惠泽。人们也把命运寄托于风水的轮回，以三十年河东，三十年河西的信念，企盼着自己的好日子到来。"三都大财主"成为对三都人的赞誉之词，他的故事也就此流传下来了。但是，财主家的嫡亲儿孙辈们却反而难有作为。是他们天生的平庸？还是风水神灵的作祟？总之，能守住自己名下既有产业的，几乎没有哪一个，而是普遍的逐渐陷于惨淡经营的境况。大财主家族当年的风光已然不再，五十年前的风水传说中的衰象已渐显露。

　　财主家后人的日渐衰落之说，在乡间已经时有传扬，说大财主家眼看就要败落殆尽了。有幸灾乐祸的，也有惋惜同情的。人们猜测说，莫非是那个风水传说的故事开始应验了？边山村与大财主家同族同宗的旁支别系，都不断涌现出新富之家，而他们家反倒日渐衰败了。

　　听到了这样的传言，老六家的女人就提议老六进山去一趟，把九阳居士找来，让他来踏勘一下风水，查找一下原因。当老六进到山里，找到那九阳居士的时候，把来意说了，那九阳居士就直截了当地对他说："我就不用出去了，你们家那风水，早于先父在世时就对我说了，那是一卦鲤鱼跳龙门的风水。上次你爹病重的时候叫我去，我就曾到那桥上看过了那卦风水。那龙脉已经被当年帮你爹造桥的师傅，给暗施诬术而弄坏了。但是当年除了你爹和你奶奶以及先父而外，再没有其他人知道这事。怕的是让这事传出去，对你们家里不好，所以就一直保守着。这风水是上天神灵用以掌控人世间祸福兴衰的冥冥之中的神力，即使遭到破坏，也是一种天意，是任何人间之术所不能改变得了的。先父曾经对我说过，那风水的应验要在五十年后才开始显现，从当年你家修桥时候算起，距今已将五十足年了，你家当下的境况，正是应验着先父的预言。先父还说，这风水的报应，要一百年后才见结果。现在你们家的境况，不过还只是先兆，它预示了风水神灵的继续演进，再过五十年以后才是结果。"老六听如此说了，就问："如此说来，我家的前途已成定式了？"居士答道："天意不可违！但也还有一句话是说'天意不可测也'先父的预言也不过是一种猜测，当然，猜测也是需要有一定依据和功力的，也难免有失误。你们宁可信其有，不可信其无，但也不必太过在意，就顺其自然，听天由命吧！世道轮回，或许还有转机，万事皆有可能。只要记住'善有善报，恶有恶报'的因果报应，上天也是有慈悲感怀之心的。"居士这番话语，虚虚实实，真真假假，都是讲的两来话，老六听了蒙蒙然如堕雾中，不得其要领，从身上取些银钱欲作问卜之资，居士坚辞不要，他便拱手告辞，悻悻返回家中。

　　回到家中，老六将居士所讲的话，向他老婆复述了一遍。之后也就不再为此耿耿于怀，而顺其自然了。但他老婆却是个爱饶舌的妇人，不久，居士所说的话就传了出去。人们本来就对他们家的境况多有猜测，这话一传出去，很快便广泛流传开来，几至家喻户晓，慢慢地就形成了关于三都大财主的风水故事，有了财主家风水被建桥师傅所毁的情节流传下来，让人们对边山村的风水产生了极大的兴趣。

五

　　三都这地方，自光绪二十三年尾，基隆村人刘三经为首的三点会会众，在石门坳发起的一次反清起义，虽然整个起义过程的时间不长，波及的范围也不是很广，还没打到柳府，就于次年（光绪二十四年）年头，在一都圩被清军的优势兵力两面夹击，在敌众我寡的情况下，起义军四散突围，而最终失败了。这一事件，在柳府一带影响巨大。它是继太平天国拜上帝会起义、大成国的天地会起义之后，众多会党起义的继续。人们从这些前仆后继的历次起义中，意识到清朝的统治已经到了强弩之末，不会太久了。

　　在三都石门坳起义当中，就有不少的三都子弟参加其中。如板朝的哥朗就是乡里众所周知的人物。在三都大财主的后人中，虽然没有人直接参与，但是他家的老七、老八在暗中资助哥朗的事情，烧鸭粉店老板家的老二是知道的，但他们是好朋友、好兄弟，自然不会随便言传。

　　起义失败后。在官府的安民告示中说，暴乱首犯刘三经、韦四在忻城县三寨境内兵败被杀。但在告示中没有提及当时参加起义的哥朗。其后不久，在官府通缉的要犯中，有梁才、哥朗的名字。之后，哥朗这人就在三都一带销声匿迹了。

　　事情已经过去了五六年，到了光绪二十八年间（1903），人们几乎都把石门坳的事忘记得一干二净了，忽然有一天，板朝村里来了一对男女。男的四十岁不到年纪，身材魁梧，一身短打简洁的装扮，举止神情刚毅沉稳，神态自若。女的约莫也三十一二岁年纪，五官端正，体态丰盈而高挑，一身的素色便装，穿着合体，曲线轮廓分明，眉宇间透着一股英姿飒爽的侠女气概。两人从里别沿着龙塘山脚，向板朝村匆匆而来。当时人们正在忙着秋收，村里也没有几个闲人，只见他俩径自朝板朝村中而去，　到得哥朗那闲置了多年的房屋门前，也不叫门，便自顾咿呀打开那已显残破的木门，走了进去。

　　这是哥朗的家，两间低矮的泥砖瓦房，里面空空如也，进门左侧的屋角，有两截用泥砖摆起的，齐腿高的砖垛，几块七歪八扭的杂木板子，凌乱地斜倚在两垛泥砖墙之间，一床发黑的破棉絮，耷拉在一块翘起的木板头上，爬满了蜘蛛网。那就是当年哥朗白天当凳坐，晚上当卧榻的床铺。几张缺脚少腿的小木凳凌乱歪斜在屋中、墙角。

进门右侧是一个没有门板的门洞，过去就是里间，是哥朗的厨房兼柴房、库房。里间屋角有台三块泥砖摆成的灶，灶上一只崩了耳的菜锅，还有一只缺了口的铁鼎锅歪在一旁。墙脚边还有半捧烧剩的散乱柴火，旁边是一只多年不用而干裂松垮、开明透亮的小木桶。从房顶的横梁上垂下的一根麻绳头上，吊着一只空竹篮，从篮子到梁头爬满了烟熏火燎、乌漆墨黑的蜘蛛网。已经多年没有烟火了，屋里光线晦暗，散发着一股霉臭气味，让人有一股沉闷而窒息的感觉。只有从檐墙上一个笸箕大的窗口，透进了一束略显生气的微弱光亮。

他俩从进门时起，一直没有说过一句话，表情凝重、心潮起伏地里外走了一圈，在地上留下了两行清晰的脚印。那地已经六年没有人打扫了，积了一层厚厚的灰尘。屋里的陈设一目了然，显然是有人曾经在里面翻找过什么。

他们想找个地方坐下来歇一口气，但那几张小凳子显然是不能坐人的。唯一可以坐的只有那床板。那女子见男的向那床边走去，就知道他想坐一坐。便赶忙上前，伸手把那床烂棉絮从板头上拉下来，落了一地的灰，把那几块木板重新架在那两截砖垛上，让它成了个床的样子，用那烂棉絮把那床板的灰尘扫了扫，让他坐了上去。然后自己也在旁边并排坐着。男的坐下后，扭脸朝着门口望去，那眼神里含着一股莫名的酸楚。那女的抬起脸，两眼看着那男的脸，然后用柔柔的，略带哽咽地嗓音对那男的说："朗哥，家也看过了，我们还是走吧？"那男的挪了挪身子，侧身转脸向着那女子，正待要说点什么，这时，门口出现了两个老人的身影，一男一女，向屋内朝着他们走来。那老者尽力睁大着眼睛，力图看清楚他们的模样。还是那年轻的男子眼快记性好，一眼就认出了两个老人，赶忙从那床边立起，喊了一声："五叔、五婶！"那老者听到喊声，也马上确认了这不速之客是谁，赶忙应声道："啊！哥朗，是哥朗！侄呀！

是你回来了？！"那哥朗揽着五叔的双肩，与五叔四目相对，心潮澎湃，略带哽咽地应着："是我！是我！五叔，是我回来！"

这时五婶在一边也情不自禁地抻抻衣袖，抹着那不由自主涌流而出的老泪，向哥朗身边那女子凑了过去，那年轻女子也赶忙上前揽住五婶，五婶泪眼模糊地看着那年轻女子的脸，忍不住问道："朗呀！这是你媳妇吗？！"那边哥朗听到五婶问起，就扶着五叔在床边坐下，腾过手去和那年轻女子俩人一起，一左一右的揽扶着五婶，俩人同时应道："嗯！嗯！是！是！"那五婶听得是肯定的回应，霎时间便控制不住的悲哀嚎恸起来。在一边的五叔忍不住也声泪俱下。哥朗俩赶紧安抚两个老的，并安慰说："五叔五婶莫哭，我们这不好好地吗？"五叔听了劝，同时也好像想起了什么似的，叫五婶："不要哭太大声了，让所有人都听见了不好。"五婶听了劝，也就降低了声调，但马上也停不下来，只能哽哽咽咽，抽抽搭搭地抹着泪。

尽管五叔的劝阻让五婶的哭声收住了，毕竟刚才那恸哭声已打破了整个村子的宁静。那些三公，大伯，七姑八姨等所有在家的，突然听得这哭声是从哥朗家方向传来，乍觉得奇怪，稍顿一顿，马上都意识到什么似的，不约而同地朝这边来了。到得屋里，见真的是哥朗，大家都激动万分地，争相嘘寒问暖起来，真让哥朗应接不暇。也让哥朗夫妇感受到了浓浓的亲情、人性的温暖。

乡亲们七嘴八舌地问哥朗，这些年是怎么过来的？都在哪里过的？以后打算怎么过？哥朗本来不想向乡亲们提起自己那些不堪的岁月，以及那些血腥的往事。但见乡亲们那关切的神情，又挡不住他奔涌而出的，情感的冲动，忍着内心极度的伤痛，强忍着泪水，一一数道出来。

第十七章　七峒的土匪

一

　　哥朗在向乡亲们讲述着当年石门坳起义的故事，一个颜姓表叔向哥朗打了个往下压一压的手势，意即提醒他们声音放低些，他自己就朝门外走去，往四处望了望，然后回来在门口一侧站着，一面听着哥朗讲，一面用眼睛向路口周边警惕地逡巡着。

　　哥朗向众乡亲从头到尾地，回忆和叙述石门坳起义的故事，他说：那天一大早，所有参加起义的三点会的兄弟们，就聚集到石门坳下的龙屯庙前宣誓起义。然后就呼啦啦地扯起旗子，亮出兵器。他说："那时人们传说我当时带着几十个弟兄挑回来的是几十担的金银财宝，其实那都是武器。当然也有钱，要不我们拿什么起事？弟兄们要食要穿，总不能现去抢吧？"他说，宣过誓后，他们就跟着领头的，浩浩荡荡地从石门坳出发，向大河街的三都团练局而去。那是他们的第一个目标。是时，三都团总周沣已经得知三点会在石门坳举旗造反的消息，带着他儿子向六道方向逃逸。起义队伍即尾追而去。他们追到六道坳上就把周沣儿子抓住杀了，而周沣本人也被打伤，但却让他逃脱了。他们一路尾随追杀周沣而去，并随之攻下了拉堡。当天就占了拉堡圩。

　　进了拉堡圩后，起义队伍把圩上的当铺打开，把当铺里典押的所有物品免费发还给货主。起义队伍非但没有侵扰百姓利益，还打开官仓赈济贫民。加上起义队伍的首领刘三经又是本地基隆村人，素来得到百姓的拥戴和支持，于是纷纷有人自动踊跃参加起义队伍，使起义队伍一下子壮大到两千多人。

　　第三天，起义队伍在首领的率领下，挥师直逼柳府。到达拉堡与柳府之间的竹鹅塘时，遭到了清军在张公岭一线严阵以待，开展了强烈的阻击。经过几番激战厮杀，始终未能突破清军的防线，起义军已伤亡惨重，而清军的援兵还源源不断地，从基隆村和西鹅乡两面包抄而来。起义队伍已经渐显不支，只得退守双桥圩，以图扩充队伍伺机反击。但清军紧追不舍，双桥又无险可守，唯有槎山可以居高临下，让清军一时间也还不敢贸然进逼。然而槎山是一座孤山，阵地狭窄，枪炮射程不远，弹药有限，进不能攻，退不能守，槎山也发挥不了多大的作用。在粮断援绝的情况下，唯一能起到迟滞敌方进攻，掩护突围的作用，且还不能坚持太久，一旦让清军形成合围，则无路可走，最终必将招致全军覆没。

起义队伍此时已成疲兵，难以抵挡人多势众，兵精粮足的清军连番攻击。首领刘三经紧急召集韦四、梁才、和哥朗等几个头目阵前磋商，决定为了保存实力以图再战，分两路突围。一路由刘三经、韦四带领向铜鼓岭、文笔岭方向突围，突出重围后择路撤回石门坳；另一路由梁才、哥朗率领，由北山向四都方向突围，然后择路退回石门坳会合，据石门坳天险，建立以五都山区为中心的根据地，发展实力，待机再起。

哥朗和梁才带一部分弟兄据守槎山，居高临下配合掩护刘三经他们先行成功突围，然后再兵分两队，从南面往北山方向突围。哥朗负责带队作突围的前锋，梁才负责后卫掩护突围。哥朗带着三百多弟兄冒死冲出清军的包围圈后，又率领着剩下的二百来人从北山回援，侧击清军的南面防线，接应梁才他们突围。负责掩护他们突围的梁才一队，见哥朗率部已经突出了清军的包围圈，便趁清军的包围圈已被撕开之际，企图尾随其后，顺势突围。没有考虑到，在梁才他们刚从槎山上撤了下来，清军便紧随其后抢占了槎山制高点，架炮尾击梁才所部后卫队。梁才本想以闪击的形式，乘清军防线刚被哥朗他们打乱的时机，集中力量冲击清军的防线，而没有注意到适当地分散行动，都跑成了一堆，当他们刚冲出双桥圩来，就被清军一阵排炮轰击，二百多人几乎被炸死炸伤了三分之二。剩下的义军兄弟在毫无隐蔽的情况下仓皇夺路而逃，又被清军居高临下从容密集地炮轰，死伤枕藉。哥朗虽然已经组织力量回头接应他们，但没有有效的武器可以反制槎山上清军的大炮，突围人员处在束手挨打的境地，只有冒死逃命的份，没有还手之力。五六百人的队伍撤出来到四都的，只有不到三百人了。最为惨重的莫过于从双桥撤离时，作为后卫指挥的梁才，在清军的第一轮炮轰中便中炮身亡，连尸体都无法抢得出来。说到这里，只见哥朗眼含泪水，顿了一顿，放眼看了那女子一眼，见那女子已经是泪眼婆娑，哥朗就指了指她说："梁才就是她亲哥哥。她当时舍不下她哥哥，清军的炮弹就在她的身边周围爆炸，她还非要想把她哥的遗体背出来，我看着实在太危险了，如再迟延，她的命都难保，我只得冒着炮火，返回去救她出来。我刚冲进炮火中，把她硬拉带扛的抢出来不到半分钟，她哥的身边就落下了一颗炮弹，把她哥的遗体炸得粉身碎骨，连影子都找不到了，就只剩下她捡回来的那把枪，她这一条命算是给抢回来了。在整个突围的战斗中，义军出于求生的本能，个个奋勇，势不可挡，虽然伤亡惨重，但总算突围成功，免遭全军覆没的悲惨结局。"

二

  哥朗继续向乡亲们讲述着双桥突围的故事：

  哥朗他们往南突围出来，除了部分跑散了的，到四都收拢起来，只还有二百多一点。他们不敢从六道退回三都，而是连夜向小山方向而去，一路上饥寒疲惫交加。沿途遇有村子人家时，半讨半抢的，弄了一餐饭勉强填饱肚子，又继续赶路。当天晚上到小山弄里的山上抵着寒冷歇了一夜，天亮时又继续赶路，第三天上午才进到三合。

  哥朗说，他们把队伍安顿下来后，他们俩就假扮成夫妻，还带两个年轻仔一行四个人，想潜回村里来，打探三都和石门坳的消息。但是回到板江，就听讲三都一带已经进驻了清军。他们就折往板江坳向五都方向去，到了三村就听说石门坳也已经被清军占了，和刘三经他们约好的会合也就无法实现了，只好从屯马过乾土坳，回到里别，也不敢回村里来，一来担心遇上清军，暴露了行踪；二来也担心连累了村里的乡亲，就从里别往拉朝方向去，经盘龙返回三合。就此和刘三经、韦四他们失去了联系。两路人马从那以后，就成了两支孤军，不能统一行动而各自为战。

  哥朗说："我们回到三合，和弟兄们会合，弟兄们问七问八的，我都不知道如何回答他们好。大家知道的，我是个大字不识的人，我自己当时都有了穷途末路的感觉，不知道下去该怎么办！真想让弟兄们就此散了，各自回家自寻生路。但是弟兄们都不愿散去，说

221

是散了也是无家可回，不如抱成一堆，官军来了就和他们拼命。"
他缓了口气，指着那女的说："全靠她是读过书的，有学问，她们
俩兄妹当时是我们队伍里的才子。是她劝我带着弟兄们先找个地方
安顿下来，以图将来东山再起。"哥朗说到这里，他望了望一边的
女子，对众人说："我就听了她的，带着弟兄们从三合到了古立、
七峒，暂时安顿了下来。"讲到这，他稍歇了歇之后，继续说道：
"她叫梁凤娇，我们前年在弟兄们的撮合下成了亲，有了一个儿子
一岁多，我们这次回来时，把他留在七峒寨里给人看着。"

　　众人听哥朗说到还有了儿子，还听说他这个老婆既有人才又有
文才，都为他高兴。哥朗见大家都用赞赏的眼光看着他老婆，心里
甜滋滋的，便又对乡亲们进一步的夸赞起自己的老婆来："莫看她
是个女的，她打起仗来比男的还狠，她可以双手打枪。"乡亲们听
他这一夸，众人都不由自主齐刷刷地把眼光都朝着他老婆看过去。
他老婆在被大家看得不好意思的同时，心里也不免感受到一股温暖
和得意，两只手不禁下意识地向腰间摸去，瞬间，在她的两只手中
便各握着一把锃光瓦亮的毛瑟短枪来。在众目睽睽之下，只见她原
来还略带得意的神情，忽然间却又变得凝重下来，两眼闪着泪光，
注视着左手握着的那支枪，以略带哀伤地说道："这是我哥留下的
唯一物件！"接下来他说道："那些跑得出来的弟兄，都是在打仗
的时候，死命地跟着朗哥左冲右突的人。弟兄们都认为朗哥是个福
将，再危险的境况下，他都能安全脱险，且对弟兄们好，值得他们
信赖，都把他当成主心骨，害怕一旦离开了他，就不知道怎么办了。
从双桥突围的时候，如果没有朗哥，我也就和我哥一起被炸死了。
全靠他冒死把我抢了出来。所以我们都觉得真的离不开他，要死也
要死在一起。但是我们总要有个暂时安顿下来的地方。我们想来想
去，和刘三经他们又失掉了联系，石门坳又被清军占了，五都、三
都是待不下去的，我们只好又回到三合那边。三合也不是个久留之
地，我们就决定带队过七峒去。七峒那里山势连绵，洞穴遍布，林
深谷狭，有很多可以栖身的山洞，历来是绿林啸聚之地，英雄避难
之所。那里又有很多可以耕种的峒场、荒地，我们可以自种自收，
休养生息等待时机。"

三

　　乡亲们听哥朗夫妇诉说着他们这几年来的经历，有人就问道："听讲起义队伍最后都被剿灭了，刘三经和韦四也都被擒获杀了，我们以为你也跟他们在一起呢。"哥朗就接过乡亲们的话头，向乡亲们诉说了他后来了解到的，关于刘三经和韦四他们一班弟兄的情况。

　　哥朗他们到七峒安顿下来后，就派人四处打探刘三经他们的消息。派出来到柳府、三都的人回去说，官府有通告称："刘三经、韦四为首的匪众已经被官军悉数剿灭了。"但后来又看到官府张贴出来的通缉令。通缉令中说，还有少数匪徒漏网逃逸，特通令悬赏缉拿。通缉令中罗列的名单里，梁才、哥朗的名字首当其冲。关于刘三经和韦四他们从双桥突围出来以后的情况，是派去忻城打探消息的人，两个月后，从忻城思练带回一个当初跟在刘三经和韦四他们身边的兄弟后，才知道的。

　　从忻城思练带回来的弟兄，原来当过刘三经卫队队长，他一直跟在刘三经身边。听他讲，在双桥由于有梁才、哥朗他们在槎山上的掩护和配合，他们从双桥突围时，伤亡不算很惨重，上了铜鼓岭后，他们都还有五六百人。他们翻过文笔岭，过桐村，到凤山，又翻过凤凰岭到了福塘。听说石门坳已经被清军占领，他们只得改道从冲马岭进入五都甘贡，想从四案回屯马的虾濮弄，再想办法和梁才、哥朗联络。但清军已经在石门坳到四案一线布防，当时他们已经是疲惫不堪，不能再战了，只能避其锋芒，即刻绕道水源，过琴怀、到了保仁，就不知该往哪里去了。在保仁休息了两天后，刘三经他们商量，决定往忻城县与马平县交界的板罗堡、三寨一带安顿下来。到了那里后，就打算以那里为根据地，安顿下来等待梁才和哥朗前来会合，再图谋划长久之计。然而，还没等来梁才和哥朗，忻城县土司莫英和理苗县丞王国材就已经获得他们从保仁进入三寨的消息，于是便联合起来，分两路出兵进剿板罗堡和三寨的义军。王国材率的一路从大塘到保仁，沿着义军走过的路线，尾随义军向三寨进发。到达三寨境后，义军甫进入三寨和板罗堡尚未及布防，王国材部便对板罗堡和寨东展开阵势，切断了义军东面和南面的所有对外通道，等待从思练包抄过来的莫英部，对寨西和寨北形成包

223

围后，再同时发起攻击。由于双方兵力众寡悬殊，起义军又是新败的疲兵，脚跟还未站稳，军饷粮草都极度匮乏，弹药器械又残破不全，经半个多月的围困和连番的进攻，最后，三寨及板罗堡四个据点几乎于同一天被攻破，所有义军弟兄死的死，伤的伤，降的降，悉数被歼。刘三经与韦四最后因兵败被俘后就地杀害了。只有极少数弟兄侥幸脱逃。那个逃到思练的兄弟，当时是藏在一个崖壁上的山洞中，饿了几天几夜，一直等到清兵撤走后才从洞中出来，流落到思练一带，想等待和收罗那些侥幸逃得出来的弟兄，没想到有幸遇上哥朗派出去打探消息的人，都是认识的，才敢相认。后来也就在七峒跟随哥朗一起坚持了下来。

石门坳起义，不到一年时间，就失败了，前后有四千多人参加，最终也就只剩下哥朗、梁凤娇等二百多人，以及部分逃过官军追杀而流落民间的。石门坳起义是会党发起的，他们的斗争对象是清朝统治阶级，他们代表的是广大民众的利益，始终没有伤害到民众，且还在一定的程度上救济过民众，因而得到广大民众的同情和支持。当他们处于困难情况下时，也曾得到过一些民众的暗中资助。

哥朗夫妇向乡亲们讲述他们从石门坳起义，到退守七峒的全过程，他们讲得声情并茂，乡亲们也都听得全神贯注，其中情节，深深地表达了他们对乡亲们的眷恋之情，不免感动得乡亲们热泪盈眶。当乡亲们知道了他们这一段惊心动魄的生死经历后，乡亲们不免对他们的前途抱有深深的忧虑。

四

哥朗得知了刘三经他们的消息后，自知仅凭他们这点力量，是难有作为的，只好决定继续在七峒隐居下来。当时的七峒地处来宾、马平、忻城三县交界处，是个三不管的地方，那里没有村庄，远离官府衙门，远离集市圩场，与外界没有道路交通，是人迹罕至的荒山野岭。在那层峦叠嶂，野兽出没的环境里，偶尔在这个山头，或在那个峒场里，也有一两个人在那里过着与世隔绝的生活。他们之间也都互不往来，互不相识。那些人里，有在外面犯了事被官府通缉，负案在身的人；也有一些是为了逃避个人恩怨仇杀的人。他们到这样的地方来就是为了隐姓埋名，苟且偷生。那里有山有水，有地可种，还不用缴税纳粮，也就落地生根、就此定居下来。

七峒里突然来了哥朗他们这么多人，生产生活上的需求总是免不了缺这样少那样的，他们不得不为了不时之需，组织些小规模的外出活动，收集一些生活必需品和生产所需的器具等，也不失时机地筹集一些资财粮饷，以备应急之需。他们所到之处的行为形象，难免在百姓心目中成了土匪，被报到周边各县官府。由于当时反清的民众起义风烟四起，官府所关注的是那些攻州夺县，直接与官府作对的"反贼匪伙"，而对于专门劫掠百姓财物的土匪强盗，他们反倒没有太多的余力顾及，只能听之任之。哥朗他们出去抢的除了猪、牛、羊等家畜牲口、粮食外，不时遇着有弟兄们中意的姑娘媳妇，从长远计议的角度考虑，也允许他们顺手牵羊地掳将回来做老婆，以安士气军心。但是绝不允许为发泄一时淫欲而祸害妇女。这是阿娇一再提出的警告。她说："我们不是土匪强盗，不能滥杀无辜，奸淫妇女。"弟兄们一直都拿她的这一句话当成了做人的原则和行规。尤其是不能随意杀人，除非是受到攻击被迫还手造成的死伤。所以在官府接到的报案中，很少有人命案，于是官府便把哥朗他们当成一般打家劫舍的小股强盗待之，多一事不如少一事，不愿花过多心思去管老百姓的闲事。这样一来，哥朗他们也就得以在七峒安定地过了几年时间。

蓝嫂就是他们在七峒落脚后，一次外出庆远筹饷时，哥朗手下一个叫覃志的亲信掳回来的农家妇女。当时覃志他们突然出现在她们村口，恰遇着她正好出村，覃志见她一副少妇打扮，模样周正，当时就对她动了心，决定掳她回来，要娶她做老婆的。在那种情况下，不是什么花前月下的光景，由不得你同意还是不同意，就像赶牛赶羊一样的，强蛮地掳回来了。由于在掳她时，她呼救的声音引起了村里的警觉，村里人跑的跑，藏的藏，他们到村里也就得不到多少财物。他们原来有规定，出外筹饷，只要财物，不伤百姓，所以担心村民们返回来反抗，难免会伤着人命，也就匆匆带着她一起很快地撤离那个村子了。回到寨里来才知道她姓蓝，是从忻城县嫁过来的。覃志就跟她明白说要娶她为妻。那个时代的女子讲究"三从四德、从一而终、一女不事二夫"。你问她自然也就是死活不肯

225

的。她说她自己在家本来就有了男人，刚结婚不到一年，他男人对她也好，求他们放她回去。到了这强盗窝里来的，岂有放回去的道理？但覃志这人本来也是个斯文人，且感情专一，他既然看中了蓝嫂，他是宁可舍钱财不要，也要把蓝嫂留下的，就算是蓝嫂宁死不从，也不可能放她回去，好在蓝嫂也识时务，没有作任何无谓的反抗，在梁凤娇等人的再三劝说下，她也思来想去：覃志他们这伙人虽然是强盗，但见他们倒还处处都讲究礼仪道德的，抢劫时只要钱财，极少伤害人命。这帮人相貌也都不错，有胆有识，不是什么杀人不眨眼的凶神恶煞，特别是覃志这人还懂得疼人惜人，从来也没对她粗鲁过，比起她被掳时，躲在山上看着她被强盗抓走，却贪生怕死无所作为的男人来，就显得强了许多，而且跟他们来到这里至今，他们也总是以礼相待，特别是这里还有个女头领梁凤娇，以及其他的家眷，她们不也在这里成了亲？过得恩恩爱爱？她自被掳到这里，阿娇对她也一直维护有加，没有人敢动她一根寒毛，所以至今她仍毫发无损。至于要求他们放她回去，那也真是痴心妄想、太天真的事。再者，她又一想：就算他们慈悲为怀放她回去，她一个女人家又怎么能走得出这深山老林去？回得到她那连在哪个方向都不知道的家里去吗？就是回得去了，一个从强盗窝里逃生的人，又将如何地面对村里那些愚昧守旧的村民呢？她那个只懂做工、吃饭和床上那点本事的老公，说不定还因为她是进过土匪窝回来的，嫌她不守贞洁，隔三差五地揍你一顿，这一生还会有安生的日子过吗？她又想到梁凤娇，她一个模样俊俏，能文能武的女子，不也在这样的地方，和这样一帮人为伍，这许多的大男人们还都对她尊重有加？她冲着梁凤娇待她如亲姐妹，于是她也就同意嫁给覃志做了夫妻。

她和覃志做了夫妻后，也没她什么事可做的，只是整天跟在梁凤娇身边，不论公事私事的，都帮着梁凤娇，也就成了梁凤娇的贴身跟班一样的，深得哥朗夫妇的青睐和信任。梁凤娇坐月子也都是她随身照顾着，现在孩子都一岁多了，跟着她，孩子也从来没找过娘的，都把她当成最亲的人了。

哥朗他们刚在七峒安顿下来的时候，为了避免官府的眼线侦知他们的下落，惹来官兵的追杀。他们依据当地的地形，交通状况，按兵法的理数，分驻在几个咽喉要道之地，布以暗哨把守，严密封锁消息，所有义军人员不许外出，有事时相互呼应和配合。他们就地取材，盖起茅草房住了下来，看样子就像是普通的村寨一样。他们当时突围出来的时候，哥朗留了一手，专门给人带得有些银钱宝贝，还能维持得所有人半把年的基本生活，还可以购置一些必要的农具、种子，动手开荒种地，搞起了生产自救。自那以后，七峒就在这个山脚，那个坳口，这个弄场，那个岭头的，分散错落出好多个村子来了。

那些比他们先到七峒落户的，慢慢地也都知道了他们的来路，出于同病相怜，纷纷加入了他们的队伍。他们在七峒几年后，队伍反倒不断壮大，整个七峒都成了哥朗他们的地盘。

乡亲们听了哥朗夫妇诉说着他们在七峒里如何安顿下来的经过，大家都犹如醍醐灌顶般突然醒悟过来一样地"哦"了一声，七嘴八舌地议论开了："难怪这几年来，在我们这一带不时传出哪里、哪里又被七峒出来的强盗抢了牛、抢了女人"但凡哪里遭劫，就都被说成是"古立、七峒的强盗干的。""古立、七峒"都成了三都、五都、乃至忻城、庆远、柳城等县民众口中"土匪窝"的代名词了。

五

转眼间，他们从双桥突围，避居七峒已经四年有余，哥朗也和梁凤娇成了亲，有了儿子，也算是有了个正常的家。前些年处在生死存亡的关头，无暇顾及其他。再者哥朗自幼父母双亡早早地就成了孤儿，一直是一个人吃饱全家不饿，孤苦伶仃地苟活着，心中本来有的那份人性亲情都已经变得冷淡麻木了。但是，自从参加了石门坳起义到双桥突围，和弟兄们一起出生入死，共同亡命天涯，这人性的本能欲望，也随之复苏且渐显强烈，心中念念不忘的就是这二百多个生死与共的弟兄们的生死存亡。眼下脚跟基本落定，自己也成了家、生了子、为人父母了，也开始体会到了天伦之乐，心绪也自然逐渐趋于平和，便不时油然生起对家乡、亲人的思念之情。想起了当年在家时，无父无母，虽然难得像别人家的孩子那般饱享亲情温暖，但也不时地得到过村中父老近邻的接济和关怀。虽然也免不了些许的刻薄和白眼，但那些也都是人之常情。生活在乡亲邻里间，只要还有一颗正常人的心理，总是会让人感受得到亲情的温暖和可贵，不免会在心里留下一些不可磨灭的对亲情的依恋。这些年来亡命天涯的生活，与乡亲们断了来往，每到了心绪平和的时候，不免在心中泛起思念之情。不免怀念起了过去虽然艰辛但却正常而平淡的生活来，思想里浮现着的都是乡亲们对自己的好。不知道这几年他们都过得怎么样了？哥朗突然间就产生了要回一趟家看看的念头。但他没有忘记，他自己毕竟还是戴罪之身，还受着官府的通缉，于是也就不敢冒昧莽撞。他和梁凤娇商量了后，把弟兄们找来认真地协商了一下，大家也都想了解一下外面的情况，都同意让人出去探一探情况。但是给谁去好呢？

哥朗他自己心中其实早有了主意，这次出去，还非得他亲自出马不可，一方面想潜入柳府去探探这天下的大势；二来还有一件特别重要的事情，那是别人所代替不了的。到虾濛弄的天坑去看看，便是哥朗心念不已的大事。

那是当年他们在石门坳起义前，事先收藏武器和粮饷银钱的地方。但这件事只有他们几个头知道。当初突围的时候，就约好要回到石门坳重整旗鼓，东山再起，天坑里原来预备留下的钱财，将会对他们日后的事业起到极大的用场。当时在双桥约定好后，刘三经和韦四他们先行突围成功，待哥朗他们突围出来后，辗转回到三都，得知石门坳已被清军占领。且三都，泗案，屯马都有清军布防，和刘三经他们已无法在约定的地点会合。哥朗当初虽然曾经潜回到屯马三村一带，但是情况不明，也不敢贸然到天坑去看，怕行踪暴露，泄漏了自己的意图，致收藏落入清军或他人之手，坏了大事。但却不曾想到，自此便和刘三经他们失去了联络。后来得知刘三经和韦四在忻城三寨兵败被杀，于是这事便只有他和阿娇知道。"不知刘大哥他们之前是否到过天坑？是否起走了那批收藏？"哥朗曾经不止一次的跟阿娇提出过这个问题。这些年来，哥朗心中一直在琢磨着，如果天坑的东西还在，那将是他们报仇雪恨，东山再起的希望所在。早几年在七峒脚跟还没站稳，更是无力谈及东山再起的大事，也就没有动过那批收藏的念头，只把弟兄们的生存当着要务。现在算是在七峒有了个窝，也应当开始谋划一下往后的大事了，就决定出山回家去看一看。

　　哥朗夫妇跟乡亲们诉说着这次回来的目的时，只说想回来看看家，看看乡亲们，也想探探官府方面的消息，看看这天下大势变成什么样了。至于他们这次回家来，是先到了天坑后，从虾㵲弄翻过乾土坳回来的这件事却未漏过一点口风。乡亲们只认为是他在外面混了这么些年，以为当年石门坳那桩事情已经过去多年，如今已很少有人再提起了。现在他又成了家有了儿子，是不是想回家来过个安生日子？所以才回到他这破烂的家里来的。大家都七嘴八舌地劝慰他们道："这些年人们早把石门坳那事忘了，官府的通缉告示也早就让风吹雨打不知去向，那姓周的团总当年被你们打死儿子，他自己也被打伤落荒而逃，后来不知他是升官了，还是遭官府问罪，贬谪到什么地方去，或是伤重不治死了？自那以后在三都就再也没有见到他的影子。官府后来新派来的团总，也从来没提起过石门坳造反的事了，你们就带孩子回家来过吧，不会有事的。"

　　哥朗听起来，觉得心中暖暖的，但他是从血与火中拼搏过来的，他懂得轻重，他从来就没打算再回到这个家来，除非是清朝完蛋了，让他衣锦还乡地回来。他不会这个时候，在这样的情况下，回来躲躲藏藏地过日子。

第十八章 乱世人心

一

　　哥朗一行十一人从七峒出来，一副农民装束，头上都戴着福建帽或湖南帽。这两种帽据说是早年分别从福建和湖南传过来的，既可遮阳又可挡雨，必要时还可以遮掩一下人的面容，避免一些麻烦，且轻便凉爽。哥朗夫妇着短装，服装稍显洁净整齐，一副土财主走亲访友的派头。各人身上都藏着短火匕首等器械。他们一路遥遥相随，前后呼应，由三合过盘龙，从拉朝上板江坳，到了屯马村背的虾濮弄里。

　　哥朗把前队的三个人布置到乾超坳上，盯着从屯马村上山的路口，观察屯马方向的动静，以防让人察觉他们的行踪；让后队三个人到乾土坳，警戒着三都、里别进山的方向，警惕官府的动静。他们夫妇就带着三个人向天坑而去。此次行动的目的，他们对手下人讲是到屯马村背，当年和刘三经约定会合的地方去，看看刘三经他们当年是否回过那里，是否留有什么信物。跟随他们的这三个人中，就有当初他们从思练找回来的，刘三经当年的亲信随从刘明九。刘明九当年随刘三经突围出来，刘三经本来也打算带他一起到虾濮弄来的，但没有说是去虾濮弄干什么，后来也没有来过。听了哥朗讲后，他心里就产生了好奇，但又不敢问其详情，这是规矩。他心里想，当初他从思练找到他们，回到七峒时，已经把他们从双桥突围后，为了避开官兵的追杀，不敢回到虾濮弄来，而是从水源向保仁方向走了，直至在三寨被官兵剿灭的全部经过讲过多遍，看来哥朗并未完全相信他的话。其中有什么原因？他不便多问，但却留了点心眼儿，就特别的留意了哥朗夫妇的行踪。

　　哥朗夫妇安排好警戒后，五个人便顺着冲沟，七弯八拐地到了天坑边上。这个天坑就在屯马村背后山（水牛山）的东面山腰。从屯马村背往东上到乾超坳，从坳上沿冲沟往南下就到村背的东山丫口，这里杂草没膝，枯藤老树相互缠绕，枝叶交错，露重阴森，竟日如雾如霾，不时有松鼠在枝梢叶丛间蹦跳蹿跃，夹杂着虫鸣鸟叫声，凄厉惊悚，身处其间就会不由自主地感受到一股阴森荒凉和恐怖的感觉。朝着山腰直行，穿草丛，攀枯藤，往前直走，就见到一个一二十丈方圆的岩洞口，洞口的一半在崖壁上，崖壁上长满各种灌木，洞口下半部平于坡面，从洞口向下凹陷约二丈余，石壁陡峭，无路可下，只能靠绳索攀缘而下。这个天坑就处在屯马村背水牛山东头牛耳朵的位置上。下到坑底，地势便向山腹间倾斜，灌木乔木丛杂，枝叶茂密，顺着坑底斜行而下，坑的一半向天，一半却是延伸到山腹间。顺着坑底斜坡而下向山腹间直行而去，在茂密的枝叶覆盖着一个五丈方圆的岩口，向山腹间深处延伸，岩洞中乌漆墨黑，借着蜡烛的光亮，可见岩洞的穹顶下，倒吊着形状各异的钟乳石，就像鳄鱼的利齿般密布错落，沿着那钟乳石滴落而下的岩溶水滴哒可闻，却看不清洞底的究竟。这个天坑，常人只要走到坑沿就会望而生畏，似乎从来没有人下到坑底探究过。

哥朗是少年时候，来山里打柴时发现的这个天坑。一天，他一个人进山来打柴，无意中从虾㶑弄场横穿而过，爬上弄边的山坳，见到屯马村背林木葱茏，就拨拉着荆棘草丛，朝着最茂密隐蔽的方向连钻带爬地，无意间便到了一个大大的坑沿上，见那坑沿崖壁上长有许多名为"饿蚂蟥"的中药，他心中喜不自胜。他在父亲生前曾经跟父亲识得几味中草药，知道饿蚂蟥是专治幼儿疳积最具特效的中草药，采到柳府城中卖是能换几个钱的。平时进山打柴，不时遇着自己识得的草药，顺手采了回去，胜过打一担柴卖划算得多。当天发现这里有个天坑，并且长着不少的草药，打了柴回去后，第二天就准备了一根几丈长的麻绳缆子，为了独揽财路，他也没邀别人做伴，第二天，一个人就进山来采饿蚂蟥。起初他也不免心中害怕，在坑沿的一棵大树上系好缆绳，沿着缆子下滑的时候，心中禁不住的突突乱跳，当他下到坑底，见坑底由于林密，却没有什么杂草，只是一地的落叶枯枝，坑底地面潮湿，而且崖脚还随处都看到他所认识的许多中草药：如八角莲、七叶一枝花、虎仗、大钻、当归藤、土党参等等。便满心高兴地忘却了孤独和害怕，在坑中慢慢浏览个够。于是让他在几株大树枯藤掩映着的岩壁边，看到一个黑乎乎的洞口。黑古窿硐深不见底。他就壮着胆慢慢地打着火柴向里面照了照，见到里面只是黑乎乎一片，什么也看不清，只觉得里面很宽，且感觉到有一股阴湿的风扑面而来。他一个人也就不敢往里走了。当他采了些饿蚂蟥后，就沿着缆子往坑口上爬，他往上这一爬，便让他发现了这坑沿边原来有一条隐没在藤蔓间的，可供一个人侧身贴紧石壁可以立脚，攀扶着藤子就可以上下爬行的石缝凹槽，爬到坑沿上后，再往下看，由于枝叶藤蔓的覆盖，很难发现这里有路可下。他站在坑口边上再向坑下望去，之前在坑底发现的那个岩洞竟被那些灌木老树枯藤遮蔽得无影无踪。这是个极为隐秘的山洞。他有了这段经历，所以后来他们筹备石门坳起义的时候，这个天坑也就成了他们的秘密后勤仓库，把准备起事用的军火以及经费粮饷，就事先暗藏在这里，不漏半点风声。从这里经乾超坳、半面山、猫背山，沿拉沥冲沟直下，到龙屯村不过五六里路程，确实是个很隐秘的通道，让人很难发现。所以石门坳起义事前官府无从得知，这个天坑确曾发挥了很好的作用。

二

话说哥朗五人到了天坑口上，他们夫妇把其他三个随从安排在距坑口十五六丈远的周边警戒，只他们俩夫妇到了坑口上，留梁凤娇在坑口上看着，哥朗一个人找到了那隐秘的凹槽栈道，攀着树枝藤条下到那凹槽，沿着凹槽贴身坑壁慢慢攀缘而下到坑底。当年他就是这样带着梁才和韦四先下去，梁凤娇和刘三经以及另外三个亲信就在坑口上把东西吊下去，让他们三个人在下面接着，然后再搬入洞中，找了一个较为干爽的洞中洞放好，收藏起来的。后来要起用时也是哥朗带人来取的。每次上下，都是他亲自到场经手，洞中的情况也只有他最清楚。

哥朗一个人下到坑底后，就径直向洞口摸爬着进到洞里，他从怀里摸出一支蜡烛点上，就往洞里深处走去。这次来，不像以前他第一次发现这个洞时的那么提心吊胆了。一来他不再是当年那个十五六岁的少年了。如今，他已是经历过几番生死，从死人堆里摸爬滚打出来的，手底下有着三百多号人的，在平民眼中是个杀人不眨眼的强盗头子了。且在这之前，藏东西，取东西，他已经进出这个山洞多次，洞里的路径情况，在他心中了如指掌。虽然事隔多年，但他也还算是轻车熟路的，加上有了蜡烛的照明，很快就找到了那个藏东西的洞。

从岩洞口进去，大约有个五六丈的距离，在左手边的岩壁上，在离地面约三四尺的地方，有一个自然形成的，像一个门洞大小的口子，进到里面又是一个不到十多立方米空间的一个石室，里面尽管黑暗，但却干爽，不像外面大洞一样到处滴着岩溶水，潮湿阴冷。在这个石室中，倒有一股冬暖夏凉的感觉。哥朗进到石室中，就着烛光，到里边角落处，又有一个犹似壁柜一样的地方，又是一个洞中的洞。洞中的景象一如当初他最后一个离开这里时的模样不变。他就手摸了一摸，还不相信，便伸手打开了那个酷似于木箱一样的藤匣子，用蜡烛照了照，确认了是自己当初留下的东西，有金银玉器，还有珠宝等古玩饰物，都是些值钱的东西，这些东西的来龙去脉，他几乎都清楚地记得，当时他还真想就手抓一把放身上，但他最后还是打消了念头，若有所思地转身向洞外走去。因为他心里明白，这一切都是弟兄们用生命换来的，他要用在对得起兄弟们的地方。这就是他决定要回老家一趟的最终目的。

哥朗出到洞外面的天坑中，按原路攀爬而上，到了坑沿边上，梁凤娇在坑沿上伸手拉了一把，哥朗便上到了坑口上。梁凤娇关切地望了他一眼，他便轻声道出了两个字："还在！"梁凤娇轻轻地点了点头表示会意。然后一起边走边把刘明九三人召拢来，往乾超坳走去。在坳上会合了前队的三个人，哥朗神态轻松地招呼大家坐下歇一歇，他好像自言自语又像是特意对大伙说的一样，说："三经大哥当年真的没有回过这里。"然后望着梁凤娇问道："接下来我们该怎么走？"梁凤娇应道："先到乾土坳去和他们三个人会合后再说吧！"于是他们八个人就到了乾土坳上，那三个人正在着急地等着他们，向他们报告了这边的情况后，问他们该怎么走？梁凤娇看着哥朗说："朗哥已经六七年没回过家了，这次好不容易回到了家门口，哪有不回去看一看家，看一看乡亲们的道理？"他们一帮人此时在乾土坳上，听梁凤娇提到哥朗的家门口，就不由自主地将眼光投向龙塘山后的板朝屯望去。哥朗这时更是直直的朝着板朝方向眺望，在那隐约迷蒙的村落中，还似乎看得见他家那间老屋，屋顶上的那几片凌乱的瓦脊。他心中马上泛起了一丝思念之情。父母在他不到十岁就早早地过世了，小小年纪的他就孤苦伶仃地生活在那间低矮破烂的老房子里，全靠村中父老乡亲这个给一口，那个送一抓的接济着长大。后来听说他在外面入了黑道，做了土匪，村里人为他蒙羞为他担心。出了石门坳的事，晓得他是做大事业的人，为他高兴，后来事败了，也就再也没见到过乡亲们，不知道他们这么些年来是怎么过的？是不是因为自己而受到牵连，受到伤害？事隔六七年了，不知乡亲们是不是还在为他担心？或者是否已经把他给忘记了？到现在，他们也不知道我哥朗是不是还活着。于是下了决心，听梁凤娇的，到了这里，不管有多大的风险，都要回去看一看家，看一看乡亲们。就算是回去给乡亲们报个平安。于是他让原来前队的三个人下到里别弄，上到拉雅村背的虎山西岭上隐蔽着，后队的三个人就到里别村口的山边隐蔽，跟着他们的三个人跟他们一起走到龙塘村口的龙塘山边埋伏警戒，以防出现意外情况时，好随时准备就近接应。布置好后，他们才放心地朝着板朝村走去，去了却他几年来的一个心愿。

他们这次回家，想见的人几乎都见了，特别是五叔五婶这一对看着他长大的，对他最亲的人。他也如实地把自己这几年来的经历都告诉了乡亲们。当他们最后要离开的时候，乡亲们最关心的是他以后的打算，问他们准备回七峒还是要去哪里？那个一直在门口望风的表叔就赶忙地打断大家的话说："哎呀！大家就不要问得那么细了，他现在还是官府要找的人，他能什么都讲给我们听吗？万一漏了风声怎么办？我们也不要留他，彼此心意都晓得就得了，让他们趁早走吧，省得大家都提心吊胆的。"大家也觉得是这个理，哥朗夫妇也就顺势向乡亲们告辞。临迈出家门的时候，哥朗转过身对着老泪纵横的五叔五婶说："五叔五婶，我们这次一走也不知什么时候还能回来？还能不能回得来？这房子我们也是用不着了，留着没人住反而容易烂了，你们俩老就搬过来这里住吧，就算是帮我看着房子。"五婶原来见他们要走了，还只是哽哽咽咽地有点舍不得，一听到哥朗口中讲出这话来，就忍不住地放声哭了出来。五叔拉着哥朗的手，对他说："莫讲那泄气的话，我们过来给你守着，不管你什么时候回来，还是你的房子，到时候带着你老婆孩子回来。这天总是要变的，哪个朝代能够千秋万代？你会有回来的一天的。"

哥朗夫妇含泪依依不舍地，一一告别了乡亲们，悻悻而出了村去。他们这次从七峒回来的两件事算是圆满地完成了。

三

哥朗夫妇出了家门，依着原路返回到里别弄和弟兄们会合，然后一行人仍然按原来的序列，分前中后三队，下了乾土坳，朝着根坡、中南，向沙河方向而去，沿沙河东下，到龙兴过凤凰山，到了久远，从大枞坳朝二都而去。傍晚时分，一行人次第到了鱼峰山下的谷埠街，分头找了相互邻近的三个客栈住下。

到了柳府城里，也没几个人认得他们，只要他们的言行举止稍稍检点，不自己露出马脚，倒也不会有太大的危险。因为当年他们在三都石门坳起事，还没有打进柳府城中就被打败了，柳府人对那个事件已经没有几个人记得了。唯一懂得哥朗在石门坳起义造反身份的，只有三都烧鸭粉老板家的人知道。

当年鱼峰米行掌柜的曾经一度把哥朗当成黑道上的朋友。哥朗是因为家穷而出去当了土匪强盗的传言，就是通过老板的口在三都地方上流传出去的。哥朗也知道这些流言的出处，也没有怪罪他，因为哥朗所做的事，正需要有这些流言作掩护，当时的官府对土匪强盗并不怎么在乎，土匪强盗祸害的只是老百姓。他们在乎的是太平天国，大成国等拜上帝会或天地会那些会党组织，那都是要推翻清朝，挖他们祖坟的人。在关于哥朗的传言中，把哥朗说成是个侠盗，那是因为没有人知道他哥朗在哪里做过案，偷了谁抢了谁？所以就把他美其名为"侠盗"。且还为他粉饰为"兔子不吃窝边草"，都说他给自己立的规矩就是"不在家乡作案"，不管是对穷人对富人都一样。所以人们还常常为他编点故事，来吹吹他的正义形象。

那时老板安排他大儿子来米行跟掌柜的学做生意，掌柜就有意地把方方面面的朋友都让老大认识了。做生意，特别是在这柳府做生意，是需要有方方面面朋友的。到了老掌柜过世后，老大当上了米行掌柜，他二弟和财主家的老六也成了朋友，并时常带着他的七弟八弟一起来柳府玩，老大也就让哥朗和他们都一起认识了，所以对于哥朗的志向、为人都有一定的了解。哥朗有时出去忙事，十天

235

半月地回到柳府，也总是来米行会老大他们，有时还会借宿在老大家里，逢着老二和财主家几兄弟也在时，就不免一起出去喝酒逛街，彼此间也就无话不说了。哥朗要回三都筹备石门坳起义的事，也曾告诉过他们，他们也曾经探过哥朗的口气："你们在石门坳起事，到时候会不会祸及三都的老百姓？"哥朗曾明确地答复他们："我们反的是官府，不会伤害老百姓，特别是三都的老百姓，那都是我们一祖同宗的宗亲族人。"哥朗本来也想拉他们一起参加到起义的行列里来，但哥朗转念一想，他们家都是有钱人，何苦把他们拉来淌这种玩命的浑水？他们虽然没有参与其中，但在平日里，哥朗遇着点什么为难的事，或者是缺钱什么的临时困难，他们也都出于朋友、兄弟、乡亲的情谊，常常慷慨解囊，从旁相助，这样的交情也算不浅了。这造反杀头的事，毕竟胜败难定，有他们这班兄弟在外头，万一以后有个三长两短的危难之时，或许还能解得一时之难、不时之需。

这次哥朗来柳府，本来就打算还是要到米行里找老大，想通过老大了解一下白道黑道里的消息，从中寻找收罗一些当年石门坳起义失败后，流落在外的兄弟们的消息。打听一下这天下的形势，好做下一步打算。

四

话说财主家老六，自财主过世后，他们弟兄就分家过了，老六被他女人管着，再也不能三天两头地往外跑了，他就怂恿他家老七老八两个兄弟，把他们自己名下的土地交托他一起代管，明着说是他两个老弟把土地典给了他，他好把家里攒有的现钱拿出来，让老七老八两个老弟到柳府和粉摊老板家老二一起做生意，明着说是老七老八的生意，实际上也就是他们三兄弟合的伙。他在家里帮两个老弟管着土地产业，在背后当个甩手老板，有意让两个老弟在外面去闯荡出一番事业来。设若外面的生意亏了，家里的产业有他管着，才不至于没有了退路。

老六他老婆本来就是个好强泼辣的女人，不时跟着老六到柳府玩过，对城里人的生活也心有向往，也赞成老六出去闯出一条生意的路子来，知道老六拉着两个兄弟这样合作做生意，她也觉得稳妥。她是觉得那做生意的钱，是两个兄弟的产业典押着的，赚了大家有份，亏了也没有她们家的风险。兴许在生意上发了财，在柳府置了房产铺面的，也好去柳府当当老板娘，过几年风光潇洒的城市生活。老六时不时在柳府和三都之间跑来跑去，倒也让他家众兄弟们投来了许多赞许的眼光。老七老八反正也还没成家，就更巴不得把生意做上了路子，将来在柳府买房置产，就在府城里成个家，做个城市里的生意人，当上老板，比回乡下当财主要惬意，要风光得多。

财主过世后不几年，粉摊老板也一个人在酒桌边喝着酒就一醉不醒了。他两个儿子在商量他身后的家事时，老二不愿在家管这粉摊的生意，嫌那些田呀地的麻烦事多，求他大哥回家来掌管家政。老大是家中长子，老当家的过世，接掌家政的事，那是责无旁贷，情理之中。要管家，这田地家业都在三都，就势必要回家来就近管理了，但鱼峰米行的生意也不能没人管，那可是一家所有的积蓄现钱都押在里头了，断难放弃的。老爹在时，都是丢给老掌柜的经手掌管，像老掌柜那样的人，是再也难以找得到了。老掌柜生前也已经为自己的后事做好铺垫，给自己儿子攒了一份家业，所以老掌柜过世后，他的儿子也就不用再到鱼峰米行来做事了，他有他自己的生意。鱼峰米行的生意也就一直由老大自己掌管。他们老爹不在了，他要回家掌管整个家业，让老二到柳府去管米行的生意，也就是顺理成章的事，何况也是他老二自己提出来的。他到米行当上掌柜，又当老板，一切事务都由他说了算，也就遂了他的心愿。

财主和老板一代人都过世了，两家人过去的恩怨再也没有人提起，外头人也就没有谁知道了。原来地方上众所周知的，两家人之间曾经发生过的讼争宿怨，也早在两个当事人的晚年反思中，得到了冰释。老板家老二接掌了米行的生意后，和财主家的老六成了至交，老六也经常来柳府，到鱼峰米行来找老二喝喝茶，叙叙旧，谈谈生意上的事情，瞅着好机会，两个人也合伙做一些生意，赚些小钱，机会好的，做一桩生意下来，赚的钱比在家侍弄田地划算得多。这样下来，两个人的关系也更亲密了。

到财主家兄弟分了家后，老六也不用管那么多事情了，但他自己那份也是马虎不得的，需要在家管着，两个兄弟又是和自己走得近些，且还没成家，便觉得自己做哥的，对兄弟有一份责任，所以他就把老七老八两个老弟拉过来，为他们逗个头引个路，一起统筹着过了。他也有心把两个老弟委托给老板家老二带着一起做生意。

老二常在柳府生活，自然就习惯了城市人的生活了。老七老八两兄弟听从六哥的安排，跟着米行老板，先是帮着米行做些杂务，权当是做个学徒，顺便地学一些生意上的本事。跟着老板在商场上混，对城里人的生活，自然也就心领神会的长了些见识，对城里人的生活方式也免不了"山猪学吃糠"地有所模仿，和在城里认识的朋友套交情，拉关系，认识的人也就慢慢多了起来，在所认识的所谓朋友中，难免少不了白道黑道的都有。对天下大势也就知道的不少。

去年，柳城四十八弄又聚起了五六千人，打出了反清的旗号造反，在他们兄弟认识的朋友中就有人明里暗里地参加了。听说官府发了重兵围剿，至今也没听说是否已经剿平了。最近又有风声暗里传着，这柳府里好像也不太平，恐怕又要出点什么事来。这世道真是难得过上几年安稳日子，老百姓也都好像习惯了这种动荡的生活一样了，从市面上并不显得有什么慌乱的迹象。老七老八也还照样地找着生意做，没有事时也就到米行和老二喝喝茶，吹吹牛，也顺便打探些生意上的信息。

五

哥朗一行人到了柳府，安顿好了住宿后，嘱咐其他人不要乱走，以防不小心露了形迹，然后就朝着鱼峰米行而去，想先拜访一下米行掌柜，了解一下这几年柳府黑道上的消息。结果到米行却见到了老二，才知道老掌柜的已经过世，老二接掌了米行生意，比他见到老大更为开心。老二见是哥朗，感到惊喜，起身到门口看了一眼后，赶忙招呼他们坐下喝茶，然后叫小二去准备了酒肉饭菜，要好好地和他们边喝边聊。

老二沏好茶让他们边喝着茶，就边向他们问这问那的。特别是关于当年石门坳那件事。哥朗就把那件事的前前后后大略地向他道了出来。老二听了后，不胜感慨，庆幸哥朗能够死里逃生，且能坚持下来。哥朗对事业的执着，对朋友的义气给他产生了很大的影响。他从心里佩服哥朗，觉得哥朗是个值得交往的朋友。他边静静地听着哥朗讲，边在心里思忖着："他们以后该怎么办呢？"等哥朗讲完他们这些年来的经历后，他便把心里想的话向哥朗提了出来。哥朗听他问起，正待把自己的想法说了出来，梁凤娇就接过老二的话头应道："这也正是我们这次来柳府的目的，我们正愁着这往下去的日子不知该怎么办呢！这些年来，我们一直在那样的深山老林里，打着怎么样活下来的主意，但心里头却也从来没放弃过为弟兄们报仇的信念。现在基本上站住了脚跟，弟兄们对那大山里头的蜗居生活，也已经开始感到腻烦和厌倦了，但是对外头的情况又一无所知，就很难拿得出个主意来，所以就想出来看看。在柳府这里，过去的同道人也不知从何处去找，就只记得你家的这米行，也不知还在不在？今天算是运气好，特别又是你来当了主事的掌柜，如此一来，我们还能听听你的意见，真让我们喜出望外。"

听了梁凤娇这番话后，老二想了想，就把自石门坳那件事开始至今，柳府乃至广西所发生的一些事情向他介绍起来，他说：那年你们在石门坳起义的同时，在广西其他地方，由会党领导的农民起义风起云涌，此起彼伏。如 1898 年，几乎是与你们同一时间，在陆川有个李立廷为首的三点会起义；1899 年武鸣又出了一个苏贞松为首的起义；到了前年，在上思县又连续发生了两起起义。还有一帮在左江起义的队伍，曾经发展到五六万人；到了前年，南宁有一帮清军哗变，与会党联合发动起义。虽然那些起义最后都是以失败告终，但是老百姓并没有因此而气馁，一如既往地前仆后继，各地方的大大小小的起义还时有发生，从来就没间断过。

听完老二将这几年来，柳府乃至广西各地的反清斗争形势作了一番粗略的介绍后，哥朗两夫妇不禁为之振奋。哥朗说："可惜我们这么多年都窝在深山里，错过了许多报仇的机会。"梁凤娇听哥朗开口提起报仇的事，心里知道他是说给她听，他知道她心里放不下她哥哥梁才，一直都想着为哥哥报仇。其实她心里想的早就不是她哥哥一个人的事了，还有刘三经、韦四等等那一大帮死难的弟兄们。她早就在心里有了通盘的考虑，她想通了："那不是我个人的仇恨，个人的仇恨即使报了，这天下还是清朝的天下，我们还过着奴役般的生活，就迟早还会产生新的仇恨。只有彻底推翻清王朝，那才算是报了仇，那是民族的仇恨。那才是仇恨的根源。"她于是对哥朗说，这不是我们自己的事，我们不光要报自己的仇，还要想到三经大哥他们一大帮弟兄，最主要的还是，我们眼下还蜗在深山里头的那帮弟兄，他们什么时候才有个出头的日子？然后她把眼光转向老二，她说："我们现在还有二百来弟兄蜗在那山里头，但我们势单力薄，难有作为，兄弟你能不能通过你道上的朋友，帮我们探探，看是否还可以联络得上原来的天地会、哥老会或者三点会那班弟兄，看看他们这些年是不是还聚得在一起？我们还要发动多一点人，出山来才有意思。"老二听得她提出这样的问题，不禁有点佩服起这个女人来，一个女子难得有如此抱负。便很乐意的地答应她道："我可以给我那些弟兄们放话出去，看看是不是能找到路子。"

经过这一番交心交底的交谈，彼此更进一步的相互理解和信任。哥朗见天时将晚，便想告辞要走，老二便极力地挽留他们说："饭菜都弄好了，就吃一顿饭才走吧"。哥朗见他如此诚意挽留，夫妇俩便安心坐下，正正规规地吃了一顿饭，老二还劝他们喝一点酒，哥朗本来见了酒也想喝一点，但梁凤娇怕他喝了酒误事，不让他喝，他也就不喝了，夫妇俩吃饱了饭，等得小二收拾了饭桌后，便起身告辞。临走时，对老二交代道："我三天以后再来听消息。"夫妇俩就出了米行的门，走回客栈去了。

六

哥朗夫妇俩前脚刚走，老七老八两兄弟后脚就进了米行。"二老板今天关这么早的门，是有事要出去呀？"老七一进门就冲着二老板打招呼道。自从老二从他哥手中接掌了米行的生意后，他们便都把他称为"二老板"。本街人也都这样称呼他。

二老板见是他们俩来，赶忙往屋里让道："广西人讲不得。正想叫小二去请你们兄弟来喝茶，你们就自己来到了。快点进来！"老七老八跟着他就进了里屋，各自找位子坐下。二老板让小二泡来一壶茶，给各人斟了一杯，小二就自个儿出去收拾店面的事了。二老板呷了一口茶，抬眼看了他们兄弟俩一眼，然后低声道："有一个老朋友来了，招呼他们在这里吃了一餐饭，所以就早早地关了门。这个朋友你们也是认得的，你们猜猜是谁？"

老七老八认为是生意上的朋友，以为二老板可能又揽得一桩好生意了。就不耐烦地说："猜什么猜，有什么好生意做你就直接讲得了，我们听你的。"

二老板知道他们是误会了，就把哥朗夫妇刚才来过的事跟他们说了。老七老八异口同声惊讶地问道："哥朗还真的命大福大，那年双桥死了那么多人，他居然能挺得过来！"

"他不但自己活了下来，还拢得有二三百兄弟跟着，在古立七峒那里立下了脚跟，他还娶了媳妇生了一个仔，都一岁多了咧。"二老板应道。

老八好像对哥朗的事特别有兴趣似的："他们这些年就是在七峒过的？怪不得呢，听好多人都说七峒是强盗窝，久不时地出来大塘、欧洞、南乡、五都抢掠一些偏远的村子，他们每出来一次，都听说有牛呀猪呀被抢的，甚至有不少女子也被抢走的。倒是也听说，只要不反抗，不伤他们的人，他们一般都不杀人的。听你这样讲来，大概也就是哥朗他们一伙的了？看来，他那个老婆也一定是抢得的吧？"

二老板抢着说道："乱讲，其他人不敢讲，他这个老婆可不是抢来的哦。他这个老婆是当初和他们一起在石门坳起事的，也是领头当中的梁才的老妹，叫梁凤娇。这个女子打起仗来比男人还狠。两手可以打枪的，还是读过书的人，家里也不穷，她们两兄妹都有勇有谋，当初在双桥突围时，她哥梁才被炮轰死了，是哥朗把她从炮火中救下来的。现在哥朗什么事都还是听她的主张呢。"

老七一旁听了，就急着问道："那他们这次出山是为了什么？"

二老板就接着把哥朗他们的目的讲了出来。他说："他们就是想出来找找他们原来流落在外的弟兄们，他们想重新召集人，还要继续和清朝皇帝干到底，为死去的兄弟报仇。他们是想让我们帮他留意一下他们原来的那帮兄弟的消息。"

老八听了二老板说的哥朗此行柳府的用意，沉思了片刻后，似有所悟地说道："怪不得前些天，听得一个在先锋营中混的兄弟讲，说不定哪天他们又要重归绿林了。乍听得他这番话时，我也没往深处想，也就不再继续往下问他。哥朗这次来柳府，会不会与他们有点关系？"

二老板听他讲了这话后，也觉得这事大概是和哥朗他们多少有些关系的，就嘱咐老七老八往下多多留意这方面的消息，看看能不能帮得上哥朗一点忙。

第十九章　山酒店定方略

一

哥朗夫妇从米行出来后，即回到下榻的客栈住了下来。当晚俩夫妇就商量了明天该从何处着手，去找寻当年那些流落在外的兄弟们。也不知道能不能找得到？更不知道，在当年那场杀戮中，到底还有多少兄弟能幸存下来？

梁才兄妹俩是五都板洛村人，家道殷实，兄妹俩年纪相差六岁，哥哥梁才自幼聪颖，家里把他送到柳府读书。他熟读诗书，交游广泛，方方面面的朋友结识了不少。他曾与几个朋友相约，乘船沿柳江东下，游历了桂平、梧州、肇庆、佛山、广州等地，对外面的世界有他个人独特的认识和见解。妹妹梁凤娇自小聪明伶俐，性格倔强好动，很得到哥哥的喜爱，年少时在家里，俩兄妹都喜欢作伴嬉戏，形影不离，甚至在哥哥赴柳读书时，她都非要哥哥带着她也来柳府读书，家里拗她不过，就让梁才带着妹妹凤娇一起，到柳府读书。兄妹俩在柳府读书期间，就经常听到市井间的老人们，谈论过去的红巾起义（即太平天国的金田村起义）的故事。尤其是谈到其后的天地会起义，曾在广西浔州建立了一个与清王朝分庭抗礼的大成国，对广西人民造成了极大的影响，在当时代的社会中，普遍形成了以反清为志向的英雄情结，唤起了他们对英雄的崇拜。

大成国平靖王李文茂当年曾经一度占据柳府，他们的家乡在平靖王的治下，在家乡的百姓当中留下了不错的口碑。李文茂在他们的心中成了英雄。俩兄妹长期在柳府读书，也经常地流连于鱼峰山鲤鱼岩中和小龙潭畔，并结识了不少文人雅士，江湖豪杰。他们就是在鱼峰山鲤鱼岩里的诗会上，认识了基隆村人刘三经，并跟着刘三经参加了三点会。

想到他们和刘三经认识的往事，梁凤娇蓦然记起，当年刘三经曾带着他们兄妹俩一起，到过小龙潭边的灵泉寺内，去拜访过他的一个挚友，那个挚友身为出家人，但见多识广，经历丰富，刘三经在和他的交往中，得到他不少的教益。他们兄妹俩与他虽然是一面之识，从他的谈吐中领略了不少的道理，对他印象深刻。梁凤娇想到这里，似乎有所顿悟，或许当年石门坳事件的幸存者中，说不定有人去找过他。是不是可以从他那里，可以得到一点关于流落市井，或者隐居乡野的兄弟们的消息。于是就对哥朗提道："明天，我们不妨到灵泉寺找一找释然法师。或许他会知道一些我们想知道的情况。"哥朗不认识释然，听梁凤娇提议去灵泉寺，也就很乐意地答道："明天去吧，我们也顺便去求个签，为明仔祈个福也好。"

第二天一早起来，哥朗夫妇洗漱完毕，仍以生意人打扮，双双出门往鱼峰山方向走去，到得谷埠街头维新巷口的狗肉粉摊边，哥朗嗅到了狗肉的香味，想起好久都没吃过这么香的狗肉了，就提议先吃一碗狗肉粉再去。梁凤娇想起她们是要去灵泉寺会释然法师的，吃了狗肉粉到寺里，一身的狗肉味，那是出家人所忌讳的，是对法师的不敬。于是便领着哥朗到前面一家粥店喝了一碗玉米粥后，沿着鱼峰山西南麓，走到小龙潭畔的马鞍山西麓，拜了山门，说是要拜访释然法师。那看门的小沙弥听说是要拜访释然住持，叫他们在门房稍歇片刻，便进寺内通报去了。

待那小沙弥从里间出来，身后便跟着个年若七旬，髯须垂胸，面目亲善，住持打扮的老和尚。与哥朗夫妇俩见过面后，双手合十道："两位施主来访，不知可曾与老衲有过相识，抑或是老衲哪位故友推荐而来？"梁凤娇听了住持这般问话，料是法师已不认识自己了，便上前作揖道："小女子姓梁，早些年曾与哥哥一起随三经大哥来寺里拜会过法师，并有幸聆听法师的教诲。只是当年未谙世事，住持想必是未曾有过印象，而忘记了吧？"说完，又顺便指了一下一边的哥朗说："这是小女子当家的，也是当年小女子哥哥以及三经大哥的朋友。此次是为生意来柳，就想来拜访一下住持，也好完却哥哥当年的心愿。不知是否能与住持进寺一述？"

住持听她自己介绍说是姓梁，便即想起数年前和刘三经一起，来寺中见过的年轻人梁才，当即意识到，他们是刘三经的朋友，此来一定是有要事相求，便急忙把她们往寺里请。到了他的经堂，让她俩坐下后，泡来了两杯茶放在俩人面前，说道："请用茶，不知两位此来有何事相告？"

梁凤娇听住持问起，便把当年与哥哥梁才随刘三经来访的旧事提了出来，以便让住持忆起往事，消除彼此间的疑虑，才好把他们此来的目的告知，并期望得到他的帮助。老住持听她提起往事，也想起了当年和刘三经一起，来寺中拜会的梁姓兄妹俩来了。便静静地听着梁凤娇继续诉说着刘三经双桥兵败的前前后后。在听的过程中，他们的经历勾起了他对自己早年往事的记忆，不由思绪万千。

二

梁凤娇的叙述，油然唤起释然不堪的回忆。

释然本为湘南人氏，家道清贫，姊妹众多，他上有三个姐姐，三个哥哥，都在家中务农。他是家中老幺，很得父母疼爱，幼时曾得家中送入南岳塾馆读了几年塾学，识得四书五经上的几个字，秉性聪慧，心地善良。到得十三四岁时，家道中落，境况日渐窘迫，便让他辍学回家，为了他日后生计考虑，送他到湘潭一个陈姓的筑桥世家，去学造桥的石匠手艺，以便日后有一门讨生活的手艺。

释然住持就是那五十年前在三都为大财主家起造石拱桥的陈师傅的小徒弟，原名崔岭南。当年他给师傅当徒弟时才十五岁，跟着师傅到三都财主家修桥时才十七岁不到。已是跟随师傅走南闯北，浪迹江湖两年多了。当徒弟的不光只是跟师傅学艺，而服侍师傅才是做徒弟每天的主要工作。两年多来，随侍师傅左右，他手脚勤快，心眼灵活，且善解人意，很得那陈师傅的爱戴。在师傅眼里，他就是个惹人爱的小徒弟，是个可造之才。所以，在陈师傅手下一班兄弟当中，都习惯把他叫作"小徒弟"了之，倒把他的本名给忘了。跟着师傅学徒的两年间，几乎都是在广西乡间修造石拱桥过来的，所以他对广西民间风俗多有领会和了解。他跟师傅修造的最后一座石拱桥，就是三都大财主家乡的那座石拱桥。后来因为师傅在修那座石拱桥中，坏了财主家的风水，就借故走了。小徒弟当时还年轻，虽然觉得师傅有些反常，但对其中隐秘，师傅不说，做徒弟的也不敢多问。跟着师傅离开三都，回到柳府后，是准备着要回湖南过年的。从柳府回湖南，本应徒步往北，朝着桂林走，那才是近路，但师傅却不知为何，反其道而行之，领着大家乘船东下，结果在途经浔州时，阴差阳错地就投奔到大成国的义军中去了。

245

　　在投奔大成国之初，曾受平靖王的差遣，帮师傅把在三都财主家赚的钱，送回湖南师傅家中。为此，他才略有顿悟，师傅为何提前离开财主家，并为何要乘船东下，绕远路回家的个中隐情。但也不过知之窣窣，不得其中要领。直到跟随师傅，担当平靖王攻打柳府的先遣队，并奉师傅之命，挟持了鱼峰米行掌柜，逼出米行一库的大米充作了军粮时，他作为现场的侍卫，从头到尾的听了师傅与米行掌柜的对话，才从中解开了心中的疑窦，对师傅之前的内心世界才有了些许的洞悉。他对师傅领着他们，加入平靖王的队伍，从心里觉得那是师傅所做的事情中，最坦然荡气的一件事。他和师傅后来跟随平靖王北征桂林，在苏桥受湘军袭击兵败，并为平靖王护驾而身负重伤，到退守柳府治伤，师傅始终没有抛弃过他。在养伤期间，师傅也一直没有少对他关怀过，有空都来看他，问候他。师徒俩在谈到其他几个一起闯荡江湖的家乡兄弟，在苏桥一战中全部战死的事时，他都看见师傅的眼睛里总含着泪水。直至湘军攻打柳府时，平靖王因刚在苏桥兵败，造成了心理上的畏战情绪，加上他弟弟李文辉分兵在江口抵御湘军，又失去了联系，觉得自己孤军对敌，兵力不支，不得已未经开战，便主动退出柳府，进入桂西北山区游击。当时，他的伤势尚未痊愈，不能随军行动，师傅便亲自安排他进入灵泉寺养伤，并再三允诺，以后一定会来找他归队。还嘱咐他伤好后，不要擅自外出找师傅。自始，他便一个人孤零零待在灵泉寺中，在寺中僧人的照顾下养伤，过着隐居的生活。他伤愈之后得知，柳府早已回归清朝统治，而平靖王也已于怀远山中病死，平靖王旧部都已四散，各归新主，但却无半点师傅的消息。他曾四处寻找他的师傅，但却杳无踪迹，只得在一番奔波流离过后，不得不悒悒地又回到灵泉寺中，苦苦等待师傅来找他。一年又一年地等着，一直等到太平天国和大成国都彻底失败后，也不见师傅来找他，他心里认为师傅是和平靖王一样，在什么地方战死了，或是生病死了。他想想自己的一生经历过的这些往事，悲伤过后就是心灰意冷，且自养伤来到灵泉寺至今，都是在这寺里过的，寺里僧人对他的好，很是让他感动，于是，他便决定在这灵泉寺出家。他对住持道出了自己的心事，住持对他也很了解，就决定让他剃度，留在了寺里，并给他取了个法号"释然"。至此，这世间再无人知道有个石匠徒弟崔岭南了。

在灵泉寺中皈依佛门之后得知，在他出外寻找师傅期间，陈师傅曾来过寺中找他，几乎是擦肩而过，从此师徒音讯杳然，彼此再无消息。那已是清同治三年，甲子年前的事了。之后这段时间里，在广西发生的两件大事，即太平天国和大成国最后都彻底失败了，小徒弟是看破了红尘，就打消了回湖南老家的念头，而就此潜心事佛。尽管如此，但他对世间事仍然六根未净，虽身在佛门，他对世间反清大业却时有牵挂萦怀。所以，在鲤鱼岩中的诗友会上，他从诗友的诗词对联中，对刘三经便有了关注，并交上了朋友。他曾为刘三经的石门坳举义出过谋、划过策。对刘三经他们选择石门坳作起义的策源地，他曾用当年师傅对三都大财主的风水评析那一套理论，给他们做过详细的解说，做过地理上的评析。他对石门坳起义的失败也有过评判，他认为，刘三经他们的义举，没有群众广泛的参与，毕竟势单力薄，这是失败的主要原因。其中，天时、人和不济，故难成大事。

释然在梁凤娇、哥朗面前感慨万千，简略的倾诉了自己的经历和感受后，让梁凤娇和哥朗听后，彼此各在心中泛起了一股同病相怜的凄然之情。他对他们说："这些年来，我也曾留意过柳府市井中流传的各种消息，但都没有发现过有关刘三经，及石门坳方面进一步的消息，没想到还有你们这班兄弟坚持了下来，真是难得。"

哥朗在一旁一直是听着梁凤娇与释然的对话，不发一声，听释然发了一番感慨后说的这句话，就顺口插上一句道："我们一班兄弟整天蜗在那峒场里无所作为，弟兄们都难受死了，这往下的日子怎么过？还都心中没有谱呢。"

释然听他这番话，就知道他心中想的什么，便答道："自太平天国、大成国失败以后，单是柳府一带，在柳府流山，就有以私塾先生蓝山萃为首的，于壬申年（1872）为反征粮而发动的农民起义，不到一年也失败了；后来就是你们和刘三经在石门坳的义举，也相继失败了；就在去年，以覃老发为首，在柳城四十八弄又发起了一场起义，一直到现在还在坚持着，大概有五六千人，清军剿他们不下，但他们也难有发展，就这样僵持着，也只能待在四十八弄里，从来都没打到柳府过，我看处境没什么好，你们若是投到他们那里，我看也不会有什么好的前途，还不如你们继续就在七峒那里，韬光养晦，等待时机而动。"

释然在灵泉寺出家至今已有四十来年了，其间已有两任住持在寺中圆寂，下来就算他资格老，也得寺内众僧拥戴，由他接下了灵泉寺住持的衣钵。如今他已年届耄耋。由于他本性聪颖，且心无旁骛，经多年的修心养性，对佛学很有心得，在佛教同行中也颇有些名气。与柳府境内各寺庙的联系都很密切，甚至在柳府市井间方方面面也有朋友，他对世事的变迁，百姓的疾苦，都有相当的关怀和了解。

哥朗和梁凤娇来到寺中的时间也不短了，从释然对往事的回忆中，知道了释然原来也参加过造反，对释然也就产生了信赖感。这次的拜访虽然没有得到他们想要的消息，但也和释然法师接上了关系，也算不虚此行，要告辞出来时，再次郑重地交托释然法师，通过他与各方现有的渠道，帮他们找到一些有价值的消息，帮他们寻找一条出路。然后和法师依依告别。

三

哥朗夫妇从灵泉寺出来后，回到客栈，和弟兄们一起出去找饭馆吃饭。当时的饭馆大多集中在驾鹤路靠江一边的赵家码头一带。那一带过往的船客、商贾较多。

哥朗他们分作两帮，装着互不认识，从谷埠街口出来，朝着驾鹤路向东而去，到了赵家码头附近，大家正东张西望地寻看合适的饭馆吃饭。这时梁凤娇好像突然想起了什么，抬起头朝着驾鹤山望去，并跟哥朗他们说，不找了，我们就上半山酒店吃吧，那地方好，又清静。

听她说出了半山酒店的名字，其他人没有什么反应，因为他们没有谁认得这座驾鹤山上有个半山酒店。只有她过去跟着她哥哥梁才来过。梁凤娇知道这个半山酒店的来历。

在石门坳起事前，梁才、梁凤娇兄妹俩常常和刘三经、韦四他们几个人，来这半山酒店里喝酒吃饭。这个酒店是刘三经设在这里的接头地点，也是他们经常开会的地方。半山酒店实际就是个山洞，这个山洞在驾鹤山的西北山腰上，洞口直对着驾鹤路。在洞口远望，可以看到西鹅山，近看可以把驾鹤路整条街一览无余。从赵家码头上下的人，在洞口上都可以一个一个数得清楚。进出山洞，只有一条石板铺就的石级梯道可供上下。山洞并不高，也就三四十级台阶。因为这半山酒店名称好听，让人觉得高雅。酒店的招牌就镌刻在洞口石壁上当阳的地方，让人老远就可以看得见。酒店老板会做生意，掌厨的手艺也不错，做得一手能适合各方来客的口味，所以生意一直不错。

洞内空气清爽，冬暖夏凉，地面平坦，可以摆得下五六张桌子，容得下五六十人吃饭。厨房就设在洞口稍微向外凸出来的一个平台上，一把遮阳伞可以挡住日晒雨淋。烧菜做饭时的油烟也不会灌进洞里去，都让江面上吹来的风，从半山上给吹走了。

哥朗一伙五个人拾级而上，进到洞内，老板还是原来那老板，梁凤娇还认得出来。但她不敢轻易地就去相认，她甚至有意识的不与那老板正面相向，等那老板把她们迎进洞内靠旮旯拐的一张桌子坐下后，另外六个人也陆续进了洞口，老板忙着去迎接他们，梁凤娇、哥朗他们也趁这时候，把洞内的情形看了个清楚。在他们之前来的，在洞中喝酒的客人也有两桌，一共也就八九个人，听口音大概都是些过往的船客。且已经喝得差不多了，正在吃着饭压压酒气，那三个人一桌的已经呼唤小二结账了。跟着哥朗他们后面上来的六个人，自己选了个靠近洞口的桌边坐下了。

这酒店里也就是老板和一个小二，外加掌厨的共三个人，小二给客人都倒好茶，就问客人要点什么菜，是不是马上上酒？哥朗听到酒字，就按捺不住地让把酒先上来。小二送上了一壶酒及五个杯子，给他们倒上，这时梁凤娇才开了口说道："小二，先来一盘叉烧花生米，跟后给炒一盘这店里最拿手的菜来。"

不一会，酒菜都上来了，哥朗他们开始喝了起来。先来的两桌客人都结账走了。哥朗他们在洞口上那一桌的六个人，也开始吃喝起来了。看他们六个人中，有两个不喝酒的都吃上了饭，眼睛却都是向那山下瞭着，却装着若无其事，不理会那些喝酒的人。

梁凤娇不喝酒，她边吃着饭，眼睛却一直随着那老板转。点的菜都上来全了，只见老板不慌不忙地朝着他们桌边走来。打了声招呼道："要的菜都上来了，各位慢慢喝，不够吃就打声招呼。"这时梁凤娇对他唤了一声："老板，想向你打听个人，不知你是否晓得？""想找哪位，讲讲看，我这里来来往往的人多，说不定认识，说不定也记不了那么多。"老板一面应着，一面就向桌这边凑过来。

梁凤娇见他近了前来，就发问道："一个姓梁的书生，早年也常来这半山酒店喝酒的，每次来都是和个姓刘的生意人一起来的。"说到这里，她就顿住，想看看那老板的反应如何。

老板听她问起一个姓梁的书生（早年梁才在朋友中都被称为书生），似有些警觉，他不动声色地打量了一下梁凤娇，又似乎有所醒悟，于是他反问了一下道："来我这里喝酒，姓梁的不少，但是叫作书生的，倒是不多，你说他常跟着姓刘的生意人一起来的，这个人倒是有点印象。但是好多年不见来咯。"

梁凤娇从他回应的这番话听得出，他大概知道问的是什么人了，于是又进一步试探道："那书生有一个妹妹和我是朋友，是她托我打听一下，她那哥哥离家大概都六七年了，也没有个音讯的。"

老板听了，接口道："想想也确实有个六年多没来过我这里了呢。不光他，他那些朋友也没见有谁来过。"老板想想又反问道"你怎么想到要来这里问他呢？"。

梁凤娇说："他妹妹说，他们一帮朋友常来你这半山酒店喝酒，他妹妹也跟他一起来过，其他地方能打听的，她都打听过了，都没消息，就你这里她没来找过，所以就托我若能来到这里，就顺便打听一下。你还记得那书生的妹妹吗？"

老板听她讲到这里时，感觉得到，这个女客好像是在试探些什么，心中就似乎有所悟的，以眼光盯着梁凤娇看了片刻，这时梁凤娇也就和他认真地打了个照面，老板在和她四目相对时，觉得她那目光似曾熟悉，他的心思就进入了一阵短暂的回忆当中，努力地想从记忆里找出一点印象来。他继续看着梁凤娇问道："他那妹妹今年多大年纪了？"

"和我同年，个子也和我差不多，能想起来吧？"梁凤娇应道。老板听了，又陷入了沉思，他心里想，这女子倒是越看越像那个阿娇，莫非就是她？于是他又进一步试探道："听说那梁书生对他妹妹很是疼爱的，到哪里都带着他妹妹一起，她怎么就不知道了她哥哥的下落了？"

　　听到这里，梁凤娇心中就难以抑制对哥哥的思念之情，真想大放悲声的痛哭一场，又不得不强忍着，但她那眼睛中已经不由自主地噙满了泪水。她这表情的变化，已是给老板看在了眼里。只见掌柜抬头往洞内各个角落扫了一遍，眼睛停在了洞口上那张桌上的六个人片刻，然后放低了声音，凑上一步问道："客人莫非就是书生的妹妹阿娇？"

　　"我正是阿娇"话到这里，便哽咽着讲不下去了。

　　老板听阿娇应了，也就拿张凳子坐到桌边来，低声问道："洞口上那一桌几个兄弟是不是自己人？"

　　哥朗一直在一边听着阿娇和老板对话，一边喝着他的酒，听到老板问起，不等阿娇回应，就答道："那是我们的兄弟，不碍事的。"阿娇和老板相认了后，两个人便把话题从头扯起，交换着各自所掌握的讯息。她们总算找到一个他们原来认得的人。

四

　　哥朗、阿娇夫妇及随行众人，在半山酒店中几乎待了一个下午。从老板口中得知了石门坳起义失败之后，柳府一带的地下会党组织并未因此而销声匿迹，大小起义烽烟四起，此伏彼起，从未停止过。柳城四十八弄发起的起义，清军至今未能剿灭，义军还在继续坚持战斗，但却是被困在弄里出不来，未能有大的作为。这些大大小小的起义，举的都是反清的旗号，所以都能得到百姓的支持和同情，现在已经发展到五六千人了。

　　哥朗在这种场合下很少插话，他听到关于柳城四十八弄的事情，终于忍不住插话道："四十八弄的斗争虽还分不出输赢，但也比我们蜗在七峒那里要死不活地解气些。弟兄们都耐不住了，都想着出来，再轰轰烈烈地干一场，就是死了也比蜗在那山弄峒场里好，老是让老百姓误会我们，把我们当成打家劫舍的土匪强盗。不说那些不认识我们的人，就连我们家乡的亲人，都认为我们是因为当年起义失败后，就上山当了土匪强盗的。"

　　老板听了哥朗的口气，十分理解他的心情，就说："照现在的情况看，四十八弄的事也不怎么乐观，他们正处在清军的围困当中，你们没有必要在这种情况下，自己跑进清军的包围圈里，到四十八弄去等着清军围剿吧？这种时候，你们就应该趁着清军忙于对付四十八弄，无暇旁顾的机会，要有所作为，造出点影响来。要造成影响，你们就应当公开地打出反清的旗号，多笼络点力量，要扩大实力，建立起自己的一块地盘来，和四十八弄形成掎角之势，能起到牵制清军的作用，也就起到了帮助四十八弄的目的。而四十八弄也能趁此机会弄出点动静来，对你们也同样的能起到帮助的作用。再想办法和四十八弄取得联系，逐步的和他们达成统一，这样坚持下去，才有前途有意义，强过进到四十八弄去。按当下的情形，四十八弄在柳府的北边，你们七峒在柳府的南边，正好形成了南北夹击的态势，从军事上，这是求之不得的形势。在这样的形势下动起来，就会收到事半功倍的作用。你们想想看，是不是这个道理？"

听了老板的一番论述，让哥朗和阿娇如醍醐灌顶，茅塞顿开。他们原来所想的，只是把他们那点队伍拉出来，找官军拼命，为死难的兄弟们报仇。但他们没有去想，报了仇后怎么办？更没有想到要打出反清的旗号，要发展壮大，要彻底推翻清王朝。这一次出来以后，知道还有个四十八弄在和清朝官府斗，所以就曾一度产生了要去投靠四十八弄的想法。经老板一番点拨，他们才开了窍，特别是哥朗，于是，他们欣然认同了老板的想法。

老板知道哥朗他们同意了他的想法后，就和他们认真地讨论起往后的具体打算来。

阿娇说："就凭我们现有的二三百弟兄，也难成大事，我们还要广泛的联络各路弟兄。当然，眼下还不能公开打出反清的旗号，我们还只能秘密地进行联络和发动，我们还要以三经大哥原来所在的三点会的旗号作为号召。"

老板说："是应当这样着手，至于我大哥原来所在的三点会的一些老会员，老朋友，我还认识，但是大哥殉难以后，他们也没有来找过我，我也没找过他们，就在前段时间里，一个偶然的机会，我在城中平靖王府前街遇着一个姓谢的朋友，他还认得我，我也还记得他曾经跟我大哥来找过我，我问到他当下在何处谋营生，听他不无感慨地说道，他早两年曾经和先锋营的陆管带混过绿林，后来受了招安，现在仍在陆营中谋差事，管着营中弟兄的伙食。听他那口气，好像混得不怎么称心。他曾在不经意间露出了一句'说不定哪天还要回到绿林中去'的话语，我当时也不好深问，就各自道别走了。告别时，他还嘱咐我'得闲时再去找你喝酒，你有什么事情需要兄弟帮忙的，也可以来营中找我，到营中只要提到我谢老三的，弟兄们都熟。'最近，我也曾风闻一些消息说，陆管带的绍字先锋营过了年可能要开拔到广东去，但是该营的弟兄原来都是绿林出身，他们都不想到广东去，所以最近营中弟兄人心有点儿波动，是不是因此而产生了像谢老三所讲的，重新回到绿林中去的念头？这一点倒是值得我们暗中去探访一下，或许对我们的下一步打算有点帮助？"。

从老板的对话中，哥朗和阿娇知道了这老板原本就是刘三经的族弟刘三旺。当年刘三经要他开这个半山酒店，就是为日后布的一颗棋子，刘三经三寨殉难后，他也就一直坚持着，也想着来日东山再起，为族兄报仇，继续他的大业。

他们一直在半山酒店边喝边谈，到太阳已经快落到西鹅山顶时，在阿娇和哥朗的请求下，老板出于对族兄刘三经生前的嘱托，答应和他们协作，做好东山再起的准备工作。大家商量好后决定，首先从绍字先锋营着手，让老板找个机会，先去会一会谢老三，具体了解一下营中的情况。事情有了头绪后，哥朗和阿娇与老板约好了以后见面的办法，便带领弟兄们下山回客栈去了。

五

按照事前的规划，半山酒店老板刘三旺在和哥朗他们见面后的第三天早上，在军营门口的大街上等着谢老三。

刘三旺估摸着，谢老三每天早上都会从军营出来，到菜市场采买当天的菜蔬伙食，于是，他一大早就赶到营门外，远远地盯着那军营大门里头，看见谢老三从里面出来，估计了他的去向，就绕着道赶在他前面的巷里等着。看见他走过来了，就从巷子里出来，迎头走过去，装着和他偶然的巧遇，热情地和他攀谈，也不忙着马上和他有什么事情要商量，而是约他下午到小南门一个家常菜馆喝酒。

　　谢老三原本就是个黑白两道都熟的角色，也是个做生意的行家，他见刘三旺约他喝酒，首先想到的是，这三经大哥的族弟是个生意人，莫不是知道我是军营中当差管伙食采买的，要和我套近乎，拉生意的吧？他心里也在想，这军营里头最近传言颇多，人心不定，自己也应该多结识一些江湖上的朋友，对于日后万一有事需要拉个帮手，解一下燃眉之急，也不失为未雨绸缪之举。他毫不犹豫而爽脆地答应了下来。

　　刘三旺约好谢老三后，就径直回半山酒店去了。酒店照常营业，到了申时，他交代了厨师和小二几句后，就如约过河，到小南门家常菜馆去了。他到了小南门菜馆找了个偏角的座位，刚坐下不多时，谢老三也如约而至，出现在菜馆门口。他用眼往店内扫了一圈，一眼就看到刘三旺在角落里一张桌子边坐着，刘三旺也同时看到他走了进来，于是朝他稍稍抬了一下手，向他示意。一边就吩咐小二把酒上来，并点了两个店里的招牌菜。

　　谢老三进来坐好后，小二也把酒上来了，刘三旺先给谢老三和自己各斟了一杯茶，打招呼道："来，谢兄，先喝杯茶清清喉再喝酒。"

　　谢老三面含微笑，右手擎起盛着茶的杯子，向刘三旺递了过去，说道："难得兄弟还记得我，先谢过了。"

　　刘三旺也举起了杯子，寒暄道："我大哥生前好友，怎么会忘记得了？我倒是怕谢兄忘记了兄弟，或是怕认我这个兄弟了，所以之前几次想来找兄长喝酒，还就真的怕兄长不敢认我了呢！？"

　　谢老三早年和刘三经结识，那是在三点会里的事，曾经跟着刘三经一起，找过他这个族弟办过事，知道他是三经大哥的族弟。早年刘三经发动石门坳起义的事，他不但知道，而且还参加秘密策划过一些具体的事项，但刘三经不让他公开参与和露面，就是为了留下一条线，以备日后不时之需，做个应急的准备。所以和刘三经一起举事的梁家兄妹、韦四、哥朗等人没有谁认得他，也只是这刘三经的族弟认得他，但是关于他的身份底细也并不十分明了。后来刘三经殉难了，线也就断了，他们也就没有了联系。石门坳最后失败，清廷衙门在柳府周边的乡村进行了清乡运动，他谢老三为了躲过清廷衙门的清乡追查，就投身于绿林之中，跟着陆亚发活动于柳、庆、思、浔等府的山区农村。陆亚发本身就是三点会一个分支的总头领，所以，在他知道了谢老三的身份后，也就把谢老三当成了心腹。官府在拿陆亚发无可奈何的情况下，就改剿为抚，把陆亚发等招安了，谢老三也就跟着陆亚发受了招安，留在了绍字先锋营里，继续受着陆的重用，委他一个好的差事，专管营中弟兄们的伙食，直接听命于陆。因此，对于营中事务，他可是比谁都清楚的。

听了刘三旺的一番试探中带有激将的寒暄话后，谢老三经过一番短暂的回忆，心中便把原先自己估摸的，猜想这半山酒店老板找他的目的，是想跟他拉关系做生意的想法打消了，他开始明白过来：刘三旺这次请他喝酒，不是想做生意，而是另有目的。于是就耐心地等待着他的下文。他附和着说："三经大哥可是我过命的兄弟，岂能忘记得了？只是三经大哥出事后，就没有机会再见过兄弟表达一下慰问，还一直在心中存着内疚呢！"说话间，他脸上隐隐约约的透着些许寂然凄切的表情。

两个人经过了短暂的沉默过后，小二把所点的菜也都上来了，刘三旺就把斟好酒的杯子给谢老三面前端了一杯过去，两个人就开始边喝边聊起来。慢慢地，把话题引到了四十八弄的事情上来了。谢老三说："四十八弄他们闹了也一年多了，他们打不出来，官兵也一时没有足够的力量剿灭他们，就只想着把他们慢慢困死在弄里。现在的局面是官府剿不灭义军，弄里的义军也打不出来的相持着。"

刘三旺听了，就顺口问道："我听道上朋友说，你们先锋营过完年要调到广东去，不知有没有这事？"

谢老三听他问到这事，就应道："营里这不正在私下里议论纷纷吗！包括陆管带也正在为这事操着心呢。"

"调兵遣将，这不是军营里很正常的事吗？为什么有那么大的反应？"刘三旺问道。

"陆管带就为这伤脑筋呢，调动是正常的事，但是，这清政府素来不讲信义，早几年曾经多次用招抚的办法，招安过会党的帮众，比如梁果周、王飞凤等部。在接受招安过后，清廷对招安过来的绿林弟兄并不完全信任，而是时时处处地提防着受招安过来的弟兄们重归绿林，抗命造反。刚招安时，也好吃好住的相待，等受招安的帮众放松了警惕，都认为没事的时候，就假以调防为由，把招安各部集中调动，用船装载，然后在调运途中，或制造水难事故，或假以抗命的罪名，突然袭击，悉数剿杀。这样的手段，在地方上的老百姓无法知道内情的情况下，除去了他们心中的隐患，到头来就编个遭遇水难，或者是在战场战死了的等等谎言，掩盖了他们的阴谋。特别是去年冬，柳府知府兼统领祖绳武率大军到中渡，准备进剿四十八弄。祖绳武一面布兵，摆出重兵围剿的阵势，对覃老发等义军造成心理上的震慑，一面派绍字先锋营管带陆亚发进入油麻弄，说服覃老发接受朝廷招抚。陆管带在绿林时原与覃老发是至交朋友，便如约到响水会见祖绳武。祖绳武瞒着陆亚发，暗中事先做了准备，将覃老发骗到中渡后，设盛宴予以招待使覃失去警惕，在酒席间却突然发难将覃老发杀了。为此事陆管带一直心怀内疚，后悔自己受祖绳武利用，害死了覃老发。江湖上的朋友也都认为是陆亚发卖友求荣，四十八弄的弟兄们曾经派了几个江湖高手潜入柳府，企图找陆报仇，多亏柳府一些黑道上的朋友从中调和、解释。陆管带因而不满于清政府的不讲信义。陆管带对祖绳武的不满时有表露，祖绳武对此心里明白，但却隐忍不发，未对陆作过任何处置。直到今年入冬时，祖绳武才放出消息说，两广总督有令，欲调陆亚发的绍字先锋营去广东受训并换发枪械。陆亚发对此怀疑其中有诈，弟兄们也都担心会重蹈梁果周、王飞凤等人的覆辙，陆管带也正为此左右为难且苦于无所适从，不知如何应对。"

"还真是个左右为难的事呢！那你们打算如何应付这种局面呢？"刘问。

谢老三答道："难就难在这里，我们不知道我们的这次调动是不是阴谋？如果不是，我们处置不当，却正好给清廷有理由和借口剿杀我们。但如果是阴谋，到时候我们已经是瓮中之鳖，再后悔也就已经晚了。"

刘三旺听了，也觉得确实是个为难事，就说："是得想办法弄清楚，要有准备才好。如果是个阴谋，你们又打算怎么办？"

谢老三见问到这个问题，就说："有些兄弟就提出来干脆就重归绿林呗。"

"那陆管带的意思呢？"刘问。

"陆管带也有这个意思，但是他担心，既是官府的阴谋，他们肯定事先会估计到我们可能会抗命造反，而事先有所布置，到时候我们就一个营，兵力单薄，孤掌难鸣，像柳府这个地形，周边环水，他们只要在北边布有重兵，周边环河都有驻兵，我们就是插翅也难飞得出去了，如此一来不横竖都是死吗？"谢老三感慨了一番。

听了他这番感慨，刘三旺心中也觉得这确实是个棘手的事情。但他又沉思一想，这不正好是个机会吗？但这事还没有和哥朗、阿娇他们合计过，还不能贸然就此向谢提出来，得和他们先商量一下再说。他也就暂时按下这事不谈了。他只是装着不经意间，向谢老三透了点风说："我还以为你们弟兄受了招安过后，日子好过了呢，我大哥生前幸存下来的几个兄弟，几天前来找过我，还想托我找营中的兄弟，也想来营中混碗饭吃，我这次来找你不就是为这事来的吗？没想到你们又正好遇上这么个事儿，也好，兄长你这样讲了，我也就好回了他们。"

聊到这里，谢老三好像也知道了刘三旺这次找他的用意了，双方也就一下子不知道再聊些什么好了，酒也喝得差不多，时间也已傍晚，该回营去了，俩人就此道别。临走时，刘三旺跟谢老三说："兄长如果遇上什么紧急事儿，需要兄弟我出手的，就到半山酒店找我，我还在那开着酒店，只要兄长开口，兄弟我万死不辞。"

谢老三也拱拱手说道："兄弟你有事需要到为兄的，就来营中找我，我不会不管。"俩人就此告辞，各自走了。刘三旺下了小南门码头，登船向赵家码头摆了过去。

六

按照哥朗、阿娇和刘三旺的约定，每天都要有一个人来半山酒店跑一趟，以便于互通情报。刘三旺去与谢老三会面的事，当天晚上哥朗他们就知道了，第二天半山酒店开始营业时，他们就赶到了半山酒店。刘三旺把和谢老三会面的情况向他们从头到尾地述说了一遍。他们商量后，都觉得这是他们东山再起的好机会，一定要好好利用。于是决定让刘三旺明天去找谢老三，约他来半山酒店一趟，与哥朗夫妇见上一面，进一步和他摊开来谈，看看是否可以把先锋营的弟兄们都拉过来。

　　刘三旺当天下午就到营里找到了谢老三，约他明天中午到半山酒店来。

　　哥朗夫妇从半山酒店回来后，当天下午，又去鱼峰米行走了一趟。在米行见到了财主家的老七老八兄弟。老七老八那天听二老板说，哥朗想知道关于四十八弄的消息，于是他们兄弟便去找到一个九八行的九八佬，那个九八佬跟四十八弄有过联系，并曾经为四十八弄偷运过一批弹药军火，那笔生意老七老八也曾搭了伙，赚了点钱的。所以和那个九八佬算是知交吧。从他那里，还真的懂得四十八弄的好多消息。

　　他们两兄弟早就想见一见哥朗了，所以二老板今天特意就邀他们过来，让他们也见上哥朗一面。所以也就把那天哥朗托办的事，交给他们两兄弟去办了。他们还真的把这件事情办得出奇的圆满，而且还得到不少意外的收获。二老板说今天哥朗要来见他们，便把所有其他的事统统的抛往一边去，早早地就到米行里来，和二老板喝着茶等哥朗来到。见到哥朗夫妇进来，就像见到久别重逢的亲兄弟一样，激动得不得了。特别是老八，对哥朗所做的事尤其的钦佩向往。他觉得哥朗有胸怀有抱负，是个做大事业的人。

　　老八是在坐几个人中年纪最小的，哥朗夫妇进来坐下后，他就主动地立起，给他们各倒了一杯茶，殷勤地送到哥朗夫妇面前。待哥朗他们喝了一口茶后，老七就把这几天了解到的事情一五一十地向他们讲了出来。

　　老七说，他们昨天找了那个九八行的朋友，问了他关于四十八弄的事。他说四十八弄里的弟兄目前处境并不怎么好，清军封锁得越来越严了，里面的人出不来，外面的人也进不去，和弄里的生意没有办法做了。但是，清军短时间内也没有足够的实力，他们也不打算花太大的代价，非要在短时间内剿灭义军，只想慢慢地把他们困死在四十八弄里。所以清朝官府便在四十八弄外围周边的各县乡，都在抓紧组织和训练地方团练，搞好地方自治自保，以断绝四十八弄的外援。防止地方上再出现动乱，造成内外呼应的局面。

　　由此说，清军就是打算用长期围困的策略，让四十八弄里自己粮断援绝，然后自行瓦解。最后达到不战而胜。

　　哥朗听了，沉思片刻后，以近似于自言自语地说："清妖这一招还真够狠毒的，他们是在用各县乡的团练，来对付我们会党义军，等于就是用百姓对付百姓的办法，这样一来，他们就不用花钱养那么多兵。团练乡勇散布在百姓当中，成为朝廷的耳目爪牙，百姓当中发生的所有事情，他们都可以知道得很清楚，要想搞一点秘密的活动，就不再那么容易了。这样一来，他们四十八弄的义军就真的成了孤军，没有了外援，就难以长久坚持。最后的失败就是个时间的问题了。"

阿娇说："所以，在这个时候，我们正好趁着官府还没有留意上我们的机会，想办法和四十八弄，还有先锋营的弟兄们取得联系，想办法把他们拉过来，三方面的队伍能够统一起来，有个统一的规划，里应外合，相互协作，清朝官府就不可能轻而易举地，把先锋营的弟兄们吃掉。官府要用对付梁果周、王飞凤的老办法来对付先锋营的意图就不会成功。我们还可以乘机起事，把局面搞乱，让清朝官府的注意力都吸引到柳府来，势必就削弱了清军对四十八弄的围困，造成清军首尾不能相顾的局面，让四十八弄的义军趁机得以突破清军的围困，向柳府方向靠拢。在同一时间内，我们也乘机而动，把队伍从七峒拉出来，和先锋营里应外合，配合先锋营的弟兄把柳府占了。如果达不到这个目标，至少也能掩护先锋营的弟兄安全地从柳府撤出来，不至于让先锋营的弟兄孤军奋战，成为瓮中之鳖，被各个击破而歼灭。"

阿娇这一番富于战略性的设想，让二老板及老七老八两兄弟对她刮目相看，对她佩服得五体投地。觉得她真的是个巾帼英雄，是个做大事业的人。都为哥朗能得到这样一个能文能武的老婆而高兴。并且都觉得能按她说的这一套谋略去办，事情一定会成功。于是都同意按她的这个方案开展活动。并决定由老八负责想办法与四十八弄取得联系，并把这个计划转告四十八弄义军，争取得到他们的支持与配合。

第二十章 前仆后继

一

哥朗夫妇与二老板和老七老八兄弟商量好后，各自分头行动。

第二天按和刘三旺的约定，一早起来，两夫妇带着众人一起到半山酒店去，他们把六个人安排在山下几个路口盯着，只带三个人上酒店，让他们坐在岩口的一张桌上，和山下的人遥相呼应。

谢老三还没来到。刘三旺让小二沏上茶，给他们倒上喝着。过得半个多时辰，谢老三才出现在岩口，只见刘三旺迎上去和他招呼道："谢兄怎么才到？有什么事吧？"谢老三拱拱手道："今天的事情还真的有点多，想找个理由出来，就是脱不了身。还有点事只得交托给另外的兄弟办，才得和陆管带告了个半天的假就来了。"刘三旺把他引到哥朗夫妇坐着的桌子前面，向他介绍道："这俩朋友都是我大哥生前好友，和我大哥一起同过生死的兄弟姐妹，他们是夫妇俩，一早就来，已经到了差不多一个时辰的功夫了。"哥朗夫妇听他向来人介绍了他们俩，便赶忙站起身，拱了拱手，刘三旺接着又把谢老三介绍给他俩认识。彼此寒暄了一下，四个人就围着桌子坐下，阿娇面朝洞口，坐在桌子靠里的一边，随时能看到洞口坐着的那个兄弟。哥朗可能就没这么细心，而是坐在阿娇的右手一边，谢老三与哥朗对面坐着，刘三旺背朝洞口，与阿娇对面。

坐好后，大家边喝着茶，边听谢老三介绍先锋营的情况。阿娇特别地问到了陆管带的态度和想法。谢老三说："陆管带的态度很明确，也很坚决，先锋营无论如何是不会走广东这一趟的，虽然现在还没有确凿的消息证明这是官府的阴谋，但是，这一趟广东之行变数太多，只要是上了船，这命运就由不得我们自己做主了。与其抱着侥幸心理，去冒这个风险，还不如一不做二不休，干脆就和他们亮开招式，公开和他们干起来。但是，陆管带就是担心，我们只有一个营的兵力，一旦动起来，就显得势单力薄，我们又处在官府其他防营的包围之中，如果没有外面的接应，恐怕很难突得出去，到时候就会被他们包了饺子，一口把我们吃掉了"

听了谢老三讲的话，哥朗就接口说道："这不是还有我们在外头的嘛，只要你们在里面响了火，我们在外头也就同时搞他个遍地开花，让他们措手不及，然后我们向里冲，你们向外冲，搞他个里应外合，不愁我们找不到会合的机会，我们里外一旦能合到一处，再加上如果四十八弄能和我们配合行动，他们也能从四十八弄冲出一条路来，三方会合，大家拧成一股绳，看形势如果对我们有利，我们为什么一定要向外冲，为什么不可以就势占了柳府？过去平靖王李文茂不也占了柳府几年？我们为什么就不能？"

阿娇听哥朗讲完，就接口讲道："陆管带的顾虑是有道理的，先锋营的弟兄就一个营 1000 来弟兄，武器也比不得官兵的好使，且驻兵城中，占的位置本来就处在他们的包围之中，如果只靠硬拼，恐怕是真的出不来。所以，我们现在最重要的事情，是千方百计地和四十八弄取得联系，争取得到他们的配合，那才有成功的希望。"

大家都认同了阿娇的意见，最后就进行了分工。谢老三负责回营里，稳住弟兄们的情绪，特别是要让陆管带下定决心，暗中做好应变的准备，留意清廷官兵的动静。外面的工作由刘三旺和哥朗、阿娇他们分头进行，刘三旺主要负责联络他大哥生前的好友、兄弟以及会党中的会众，一方面尽可能多地发动一些人参加，以壮声势，一方面注意收集官府方面的消息，留意他们的动静。哥朗、阿娇则答应负责与四十八弄的联系，同时要回七峒整顿队伍，随时做好出山的准备。

众人都认为这个方案考虑得还是周全可行的，正准备就此散会，却见哥朗似面带沉思的，提出了一个众人没有估计到的问题，即万一这些准备工作都还没有就绪之前，清廷的调令就下来了，要先锋营的弟兄马上开拔，那该怎么办？

哥朗平时豪爽刚烈，甚至常常给人一种粗鲁莽撞的感觉，但在这样一个问题上，到了关键的时刻，他却变得细心和冷静。听到从他嘴中提出这样一个众人都没有想到的问题来，让在场的人都静下心来一想，都不免打了一个冷战而为之一惊。原来听传言，都说清廷官府是计划在年关过后要先锋营调防的，大家也就都信以为真了，考虑问题的时候，也就把这个时间作为其他工作的时间参照来安排。没有把可能突发的因素考虑在里面。但是，从清廷统治的历史中，特别是他们对付那些经过招安而来的，原来反叛过朝廷的人，从来就没有过信誉可言，所以，这个突发的可能性是很大的，如果不把这个可能性考虑进去，一旦出现这样的情况，大家就会措手不及，乃至功败垂成。

针对这个问题，他们进行了一番大费周折的假设和谋划，觉得，这事成功与否，很大程度上取决于四十八弄的配合。但其中最难估料的也是四十八弄的态度，他们愿不愿意配合，能够达成什么程度的配合，目前都还不得而知，眼下很难对他们抱过多的期望，只能将就眼下现有的条件，预设相应的对策。阿娇说："根据我们眼下的条件，就是先锋营的弟兄和我们七峒的弟兄，加上刘老板这边可能联系得上的其他会党的弟兄，加起来也就两三营兵力，与清军在柳府的兵力相比，力量悬殊。且先锋营弟兄们所占的地理位置极为不利，一旦动起来，正好中了清廷下怀，给他们找到镇压和屠杀先锋营弟兄的借口和理由，"最后大家确定，要应付这个突发的状况，只有让哥朗赶回七峒，让弟兄们做好随时出山的准备。这边让刘三旺负责和谢老三保持密切的联系，随时通报情况，一旦出现这种突发的状况，哥朗就把弟兄们及时地拉出来，和刘三旺的会党弟兄会合，接应先锋营的弟兄们先突出来，然后或向四十八弄靠拢，或先行撤往七峒，保存实力。

众人一致认可了这个方案后，就此散会。刘三旺叫小二把准备好的饭菜端上来，大家一起吃了一顿便饭，也不喝酒，吃饱了就先后次第下山去了。

二

和半山酒店老板的交往中，哥朗和阿娇没有把与二老板和财主家老七老八的关系公开出来，就像当初刘三经不让刘三旺公开参与石门坳起事一样，主要是为了保全他们，让他们在关键时刻起到更大的作用，同时，也是为了留一条后路。

有了明确的方向和目标，第二天起来后，哥朗和阿娇夫妇带着刘明九一起，到鱼峰米行去。二老板和老七老八已经在那里喝着茶等他们了。二老板招呼他们坐下，并给他们各人面前倒了一杯茶，倒到刘明九面前时，因为从来没见过，就多望了刘明九几眼，并招呼道："这个兄弟没见过，不知怎么称呼？"阿娇听二老板问了，连忙站起道："来不及介绍一下，这位姓刘，刘明九，原来是三经大哥身边的亲兵，三经大哥出事那天，他幸得脱身，几个月后，我们才在思练找到他。"二老板听了她介绍后，感慨地望着刘明九道："兄弟命大福大，真是大难不死，必有后福。"阿娇又接口道："我们今天带他来，就是特地让他来给你们认识一下，我们明天就回七峒去和弟兄们合计一下，做点准备，听这边的消息，随时把弟兄们拉出来。这一段时间呢，就让他在柳府和你们保持联系，一旦你有什么紧急事务要找我们，就让他及时把消息送回去给我们。"

接着几个人都坐下来，把一些该交代的事，都提出来，大家商量好应对的方案。哥朗嘱咐老七老八要抓紧想办法进一趟四十八弄，和覃六五他们取得联系。最后，阿娇还特别嘱咐二老板，要随时保障米行库存有足够的存粮。阿娇对二老板说，你尽管放心存粮，弟兄们不会让你吃亏的。到时候粮款不会少给你。二老板也很坦率地应道："两位放心，钱财乃身外之物，生不带来，死不带去，我只认定我们弟兄们这段情义。"把要交代的事都交代好后，也不吃饭，哥朗三人便起身向二老板等人辞行而出。

回到客栈，又把所有的弟兄们都叫上，就朝半山酒店走去。到了酒店，刘老板已把中午饭弄好。见他们都到了，就叫伙计把菜摆上桌来，还照原来分做两桌吃起来。这是刘老板昨天就讲好的，给他们摆一桌饯行饭。哥朗阿娇和刘老板边吃边谈，阿娇交代刘老板道："我们回七峒的这段时间，给明九和杰明俩留在柳府负责和你保持联系，有什么紧急情况，需要我们的时候，你就交代明九，他原来是三经大哥的亲随，杰明兄弟一直都是跟着我出生入死的，身手也不错，枪也使得好，一般不会浪费子弹的。你有什么事，找不到放心的人，你就交给他们去办，错不了。"

刘老板说："我这里有什么事，我有人手，用不到他们，他们就负责和你们七峒那边保持联系就得了，你们回去，尽快地把那边的事安顿好，随时听我的消息，主要是谢老三他们那边的情况随时都有可能变化，就怕事情来得突然，难得应对。"

阿娇说："你放心，我们回去那边只要跟弟兄们讲清楚，就随时可以开出来的，弟兄们早就想出来了”。刘老板听了点点头，表示赞许。阿娇又说道："我们这一次出来头尾也有三个来月了，这次回去又正好要到年了，我们就趁着过年，和大家过一个快乐年，并且把该准备的事情准备一下。另外，还请你设法找门路，弄一些枪支、弹药，我们那些都是老家伙了，子弹又少，原来剩下的也不知能不能用还是一回事。弟兄们到时候出来，得要有家伙用才行。一定要想办法，拜托你了！"

刘老板很有把握地答应道："放心，我有路子，只要给广州那边放话，要一两百条快家伙没有问题的"哥朗听了，又加了一句："钱的事我们会想办法。"

事情谈妥后，哥朗也就起身，叫弟兄们准备下山。阿娇对刘老板抱拳道："就此告别，我们明天一早就走，就此便向你辞行了。""祝你们一切顺利！"刘老板也拱拱手回礼道。一行人下山去了。

三

哥朗和阿娇一行人回到七峒已经半个多月，转眼就到了年节的除夕夜了。

刚回到七峒的时候，哥朗就对弟兄们讲，今年过年要大家伙在一起大团圆，过一个热闹年，把各个寨子里养的大猪都赶到村里来，做一处宰了，还有鸡呀鸭呀，高高兴兴地吃个够，喝个够，过完年，除留下一些老弱病残和带娃仔的在家留守，其他年轻力壮的，就静听消息，随时准备开拔到柳府去，为死去的弟兄们报仇的时机也该到了，弟兄们还敢不敢出去拼命？听他这样激将似的一问，弟兄们就知道，哥朗不是开玩笑，是真要出去干大事了。于是都齐声应道："有什么好怕的？死都死过好几回了，我们都比那些死去的弟兄多活几年了，该知足了，成天窝在这山旮旯里头，心里头想起那些死去的弟兄们，就觉得难受。"阿娇说："现在也还说不定什么时候出去，也不要干等着，该做的农活还要做，大家的身手该练的也要练练，莫要到时候手脚生疏了要吃亏。这些事情，由各寨的寨主具体安排，总的由覃志做好规划，各村有什么事，就找覃志商量定夺。"

　　当初刚进七峒的时候，考虑到要防范官府的进剿，所以就按着整个七峒的地形地势，安营扎寨，同时还考虑要做好长期的生存准备，不可能总靠以抢为生，要搞生产自救，这样才是长久之计。于是就把人员按需要搭配，分成组、编成队，驻扎在各个要隘点上。每一个点，按军事的需要配置人员。一个点为一个寨。那时他们对外还不敢公开打出造反的旗号，为了便于平时的称呼，也就都叫作寨。根据各村地形环境情况，人数少的二三十人一个寨，多的有四五十人一个寨。几年下来，也就习惯地叫作某某寨了。哥朗他们住的地方就叫作村，哥朗就算是一村之长吧，统率着八个寨子，每寨指定了寨主，一旦有情况就由村长调派。刚进到七峒时，总共就有二百二三十人，后来又从各地收容了一些原来流散在外的弟兄二三十人，加上多年来弟兄们外出时，掳回来的二十多个女人，给有些弟兄得以成了家，总的人数也就到了三百零头。在哥朗阿娇的明仔前后，村里出生的孩子也有七八个了，小的有几个月大，大的比明仔大几个月。所以，阿娇就考虑到，不能带着娃仔出去，要把有家室有娃仔的留下，一边要照顾娃仔，一边要坚持农活，把几年来开垦的田地继续种好，也算是给大家留个后路。也要给这些娃仔们留个家。

　　阿娇的想法得到弟兄们的赞同。阿娇这一次跟哥朗一起出去了几个月，把儿子明仔托付给蓝嫂代看，蓝嫂把他带得结结实实、乖巧聪明，阿娇不在时，明仔把蓝嫂看得比谁都亲。但是，亲情是天然的，尽管几个月没见爹娘，但是哥朗阿娇一回到家，他还是会扑到阿娇身上喊娘，弄得蓝嫂心里酸溜溜地心有不值。这孩子乖巧，好像看懂蓝嫂的心思一样，在他娘怀里撒了一下娇后，又自己回到蓝嫂的怀里，望着蓝嫂的脸叫"蓝妈"，弄得蓝嫂忍不住眼里含着泪花。蓝嫂为明仔的事问过阿娇和哥朗，打算怎样安置明仔？本来哥朗和阿娇是打算继续交给蓝嫂在家管着，但是，蓝嫂却表现得有点为难。哥朗对阿娇说，覃志已经对他讲了，这次要出山，本来他也打算继续把蓝嫂留在家带明仔，但蓝嫂说了，覃志到哪她就跟到哪。覃志说，出山去是要打仗要拼命的。但她跟了覃志这几年，觉得覃志这个人好，她这一生就认定了覃志，要死一起死，要活一起活，绝对不分开。她也舍不得明仔，但她提议把明仔托给另外那些有娃仔的人一起带，她一定要跟着罩志。阿娇听了，也很理解蓝嫂的心情。蓝嫂这一生遇上罩志这么个人，自己虽然是被罩志抢来的半路夫妻，但罩志却是真心对她好，比起她在家中那个原配的男人有情有义，更有做人的骨气，她觉得很满足，她在心里早就立下了生死与共的心愿。蓝嫂听说所有的弟兄们都要准备出山，她知道这一次出山，不是去游山玩水，是要去搏命的，她担心罩志的安危，如果罩志这一去就再也回不来，她这一世人也就活不下去了，如果真是那样，倒不如和他一起去死了好。她又想到蓝嫂曾经对她讲过："说不定有我在他身边，还会给他好运气，不至于出什么意外。"阿娇想到这些时，又不由她不想起，当初如果不是哥朗在双桥拼着命把自己从炮火里头抢出来，她也就跟着哥哥两兄妹死在一起去了。于是她决定成全蓝嫂的心愿，让她跟罩志一起出山，说不定她一个女的，到时候还能起到一些特殊的作用。

　　阿娇既然同意蓝嫂的要求，她就得考虑明仔的安置问题。于是到了晚上，等明仔睡着后，她就和哥朗商量起这事来了。她对哥朗说："我想把明仔送回河东去，你看怎么样？"哥朗听她问起这事，就说："我也想到过明仔的事，不能让明仔拖累弟兄们，但又想不出好办法。本来我是想把他送回板朝，托五叔五婶帮带，但我又想，五叔五婶他们都老了，而且周围的乡亲都知道他们的情况，突然从哪里得来一个小娃仔，恐怕人家一想就会想到我来，对明仔就不好了。我也正在为这事发愁呢。如果送回河东你家里，给你父母带就再好不过了，但我又怕他们看到明仔就想起你哥来又惹他们伤心。"阿娇接着哥朗的话头说道："去年杰明回河东时去看我父母，杰明说他们的身体还好，就是老想着我们兄妹，我交代过杰明，不让把我哥的事告诉他们，只对他们说我哥到广州去了，就我一个人在这边。还告诉他们，我已经在这里成了家，而且已经有了明仔，他们很高兴，还一再嘱咐叫我把明仔送回去给他们照顾。我想，要送明仔回去跟他们，一来我们也好放心，二来给他们老人家也得到一点安慰。以后什么时候气氛好点，再找机会把我哥的事告诉他们。"听阿娇这样一讲，哥朗也觉得这是个最好的办法了。于是就这样定了，接着就商量如何安排人把明仔送回庆远河东的事。

四

转眼间过完了年，快到清明节了，刘明九他们还没有消息回来。七峒里该撒秧的，还照着农时撒秧，该种玉米的也都种了下去，这几天大家也都准备按往年的惯例，要给死难的弟兄们在村里祭祀，按惯例，每年清明节都要给他们做清明，没有坟墓，就在村里统一给死难的弟兄们按清明的规矩，置办酒、肉、糯米饭，隆重地为他祭祀，为他们祈祷。以此表达对他们的思念之情。让他们的灵魂感受到活着的人没有忘记他们。这是活着的人对死去的人的情义。兄弟朋友都是要讲究情义的，无情无义就难得成为兄弟朋友，就难成大事。做清明，名为祭祀和纪念死者，重要的是做给活着的人看的。

清明那天一早起来，村里就忙着宰猪、杀鸡、蒸糯米饭。一帮人在村前空地上忙乎着布置一个祭台，今年比往年要讲究些。往年是以寨为单位自己做。哥朗说，今年要搞一个隆重的公祭仪式。阿娇见哥朗有这样的安排，心中很觉宽慰。每年到这个时候，阿娇在心里总是有一种沉重的感觉。这种沉重是来自她对哥哥的怀念，对死难的三经大哥、韦四等几百弟兄的怀念。她知道，哥朗心里始终念着死去的弟兄，始终怀着为他们报仇的耿耿之心。她由此而更加敬重哥朗，她觉得哥朗是个有血性的，有情有义的男子汉。

就在万事俱备，正准备着开祭的时候，一个在坳口上放哨的弟兄陪着刘明九来到哥朗面前。哥朗吩咐祭祀继续慢慢准备，稍稍推迟一下，便把覃志一起叫上，回到屋里，和阿娇一起，听刘明九汇报这一趟回来的目的。

刘明九说："你们回来这一阵子，刘老板都在为这事忙上忙下的积极活动，他说我们刘家有一个经常来往广州的族兄说，广州有一个同盟会，会员遍及全中国，甚至到达香港、日本，都是反清的。刘老板就以这一点，到处放话给散在各地的那些会党的弟兄，让他们准备好听从调遣，估计要是召集起来，会有个两三千人。前天，谢老三那边传来陆管带的话说，他们从柳府守备祖绳武口中探知，绍字先锋营可能会在四月底五月初要开拔去广东，大概也是要去对付那边同盟会的事情。但是不是阴谋就不知道了。刘老板让我告诉你，不管他是不是阴谋，我们都要准备好，只要先锋营一开拔，就是我们起事的日子。刘老板和谢老三他们商量好了，要你们在四月中旬前从七峒出去，你们的路线应该从小山四都走，过二都龙山绕到两合岩口， 翻过麻风洞，从桐岭过洪山到太阳村和新圩之间找地方隐蔽待命， 到时候我和杰明两个人负责交叉联络，我在这边他就在那边，他在这边我就在那边。保证信息畅通及时。"哥朗和阿娇听了，就觉得刘老板已经考虑安排得如此周全，看来已经是万事俱备了的。哥朗就想起几天前和弟兄们检查了一下军火，并以打猎的形式去山里试了一下那些枪械，几码有两成的枪弹都不能用了，还正在为这事伤神呢，于是就问刘明九道："上次回来的时候，我们托刘老板帮找一批军火的事，他联系得怎么样了？"阿娇也正好想问这个事，见哥朗先开了口，她就不再提了，都等着听刘明九的回答。

"我也正好想跟你们汇报这事呢"刘明九听哥朗问起这事便接口答道："刘老板叫我交代你，军火的事已经弄好，等我们出去后，就送到新圩给我们，保证有够我们用的。"哥朗听了高兴得不得了，就问道："大概要多少钱？"刘明九听问到这个事，他才意识到自己漏了什么重要的事似的，感到有点儿尴尬和不安地答道："刘老板没讲，我也没问。"大家听了也觉得这么重要的事，老板为什么没提呢？阿娇心想，刘老板没提这钱的事，恐怕是他已经有安排了吧？或许是好事呢！她想是想到了，但她也没讲出来。阿娇习惯坚持一个原则，在七峒里的事，她都由着哥朗说了算，有意地让他在弟兄们中间树立他的威信，他做的决定不对的地方，她从不在众人面前提出来，而是待过后单独再跟哥朗提出来，由哥朗自己去跟大伙纠正。但在外面就不同，在外面做错的也许就来不及纠正了。

哥朗见阿娇不作声，也就懒得再追问了，心里也在想，到时候再说吧，不要钱最好。刘明九讲完这些事，哥朗和阿娇还在期待着他继续讲下去，但是刘明九却表现得好像没有什么可讲的样子了，阿娇只好开口问道："你回来前是不是还到过米行见过二老板和老七老八他们？"刘明九见问了这事，便答道："去见了二老板，没见到老七老八，二老板说是他俩那天正好是跟一个九八道上的朋友去见一个刚从四十八弄出来的人，可能要到第二天才回得来。刘老板这边又是催我尽快回来见你们，我也就不等了。"

覃志见他们没有其他事要问的了，就说道："没有其他事，清明会就开始吧？"哥朗高兴地道："开始吧！"

五

　　村前地坪上旌旗林立，幡旆森森；祭台供桌上摆着全猪、全羊、全鹅、全鸡、五色糯米饭、大碗酒摆着，香烟袅袅，大红的蜡烛光影烁烁，不雨不阳的迷蒙天色，笼罩着这个独特奇异的山村，让人有一种沉重的感觉。没有小孩的欢闹嬉戏，没有大人的谈笑吆喝，人们的表情都不约而同，好像都沉浸在对往事的回忆当中：石门坳、六道坳、拉堡圩、竹鹅塘、双桥、槎山、枪声、炮声……，那一幕一幕悲壮惨烈的场景，在他们的意识里缓缓而过。

　　哥朗作为主祭人，此时此刻的心情尤为激动，他想得比别人想得更多，他想起当年和三经大哥他们一起猜码划拳谈笑风生的场景，想起在竹鹅塘的枪林弹雨，想起槎山上的隆隆炮声，尤其想起最后一颗炮弹在梁才身边爆炸的场景，不由得他眼中热泪潸然。他双手抓着一把燃着的香，举过头顶，朝着东南西北四方一一躬身膜拜，然后把香分插在供桌上的香炉盆里，插在祭台的四边，然后拿起一杯酒，双手擎过头顶，用右手中指蘸起杯中的酒，对着天穹、对着地府各弹了一下，最后，他直起腰，望着台下周边的弟兄们，沉声念道："三经大哥、韦四、梁才和所有死于清狗刀枪下的兄弟们，我们这帮活下来的弟兄们没有忘记你们，没有哪个是孬种，我们对天发誓，只要我们还在，就一定要为你们报仇！一定要把清朝皇帝赶下台，直到把他们赶出广西，赶出中原！"念完，把杯中的酒朝着地下洒成半个圆圈，然后又把供桌上所有的酒一杯杯拿起，朝着台下四周洒去。台下的弟兄们原来都在凝神看着哥朗，听着他对天而发的誓言，只见他把供桌上最后的一杯酒举过头顶，朝着台下四周的弟兄们，把声音抬高，朗声喊道："弟兄们要不要为死去兄弟报仇？""报仇！"台下立即爆起了响亮的回声。哥朗一声"干了"，全场人齐喊一声"干"！齐刷刷一杯酒都下了肚，大家情绪激昂，七手八脚地在场子上摆起了几十张桌子板凳，围着就吃喝了起来。酒足饭饱后，各回各寨。哥朗叫覃志交代各寨主，今晚大家都有点醉意了，都回去休息，并嘱咐，这几天，任何人不准离开七

269

峒，小心外来的人。明天所有的寨主再一起过来商量事情。

当天晚上大家都舒舒服服地一觉睡到天亮，第二天起来的时候，太阳已经一竿子高了，各寨的寨主倒也没忘了哥朗昨天晚上的交代，都一起集中到哥朗这里来。阿娇和蓝嫂俩人在忙着准备早饭，应该是中饭了。大家就边吃着饭，边就商量起事来。八个寨的寨主，加上从柳府回来的刘明九，覃志和哥朗夫妇，一共十三个人。哥朗开了头说："我们今天主要是来商量择个出山的好日子。再商量怎么出去，如何走法？路线怎么定？"他讲完这些，就顿了顿又说："日子就由覃志来择，他懂阴阳五行，就找个吉利点的日子时辰；怎么出去、如何走法？好好选一下路线，是做一路走还是分做几路走，到哪会合？"他讲完，大家就开始议论起来。有的思想简单粗鲁一点的就说，就做一路浩浩荡荡地出去，像我们以前从龙屯到拉堡一样，痛痛快快地一路打将出去呗。阿娇听了，就说："我们这一次不像上次，像上次那样，我们连柳府都到不了，这次就更加，我们就这一点人，恐怕连拉堡都到不了。而且，我们这一次出去，不是马上起事的，我们是想办法到得柳府后，配合柳府的弟兄们一起，统一行动。我们这一次最主要是要到得新圩，找地方暂时住下来。"听了阿娇讲后，大家就七嘴八舌地讨论了起来。

刘明九听了大家的议论，就说："刘老板本来倒是为我们想好了路线，但是，他说，这只是他的建议，如何走还是让我们自己商量决定。"

最后还是阿娇做了个总结，她说："我们这次出去的一路上还是尽量地不要把目标搞得太大，我想，我们还是夜晚出去好些。而且要分做两队，分走两条不同的路线。第一队就按照刘老板提议的路线，从两合岩口翻过麻风洞，过桐村洪岭到新圩；第二队应该从三合过盘龙，到龙女再过龙怀到福塘，从凤山过到新圩会合。"哥朗听了阿娇的意见后，觉得还是阿娇想得周全，于是他就做了个总结性的布置："我带西二寨和中寨走三合盘龙这边出去，阿娇和覃志、明九你们带东二寨，南二寨，北一寨走两合岩口这条线。你们第一晚上要赶在天亮前进到麻风洞休息。第二天晚上半夜到洪山东岭找地方扎下营。哪个队先到，就在新圩河口扎个草人，给草人扎个手，手指向相反的方向，后到的就顺着相反的方向去找队会合。”

覃志接着把他选好的时间向大家讲了：“今年是甲辰龙年，时间就定在这个月，丁卯月的廿二、廿三，也就是明后天辛未日、壬申日，阿娇姐我们这一队就算是东路，夜晚戌时出发。哥朗一队西路，就选在丁卯月壬申日子时，比我们晚一个时辰出发。下去这几天各寨要积极做好准备，尽量要考虑得周全点，该准备的都要准备好，有备无患。”都商量好了，哥朗就让大家各自回去安排，等待。

六

散会后各回各家，覃志两口子留下来，和哥朗两口子一起，商量具体的行动方案。阿娇本来不放心哥朗一个人带一队，担心一旦遇事，他容易沉不住气而鲁莽行事，特别这一次他这一队是要从虾濮弄走，要到天坑把那批财宝带到柳府，以备起事时急需之用。

哥朗听阿娇提出的这份担心时，就说了：“这个不用担心，跟着我的人都是上次跟我们一起去过天坑的几个兄弟，他们都是信得过的人，而且很听我的话，特别肯搏命，也熟悉那边的路。我还担心你们那边，主要是你要带着明仔，蓝嫂又是没经过这种场合的人，覃志要照顾着蓝嫂，万一途中有个什么变故，你们要想的，要应付的事情多过我们这一边。”

蓝嫂听了接口道：“这边你放心，这一路上明仔就由我一个人背着带着，阿娇尽管和覃志忙正事。走的时候，也给我一个家伙，这几年来我跟覃志也多少学会了一些招式，在急火时也应付得下来，跟在你们身边，我就负责带好明仔，绝不碍你们的事。”

阿娇听了蓝嫂的话也忙着接口道：“明仔由我背着，不用你背，你就跟好覃志得了，只要你没有事，覃志也才好处理其他事务，有他在我也就放心了。”

“明仔的事也不用争，就由阿蓝一路上负责，有我和阿娇姐前后护着，阿娇姐负责总指挥，有事就交代我去具体执行得了。到了新圩，阿娇姐和阿蓝再带两个人，就沿着太阳村过五都流山上三岔到河东家里，就让阿蓝留在家里陪着明仔，娇姐他们就马上赶回来，来回三天时间，我和哥朗会合后就在新圩等着你们回来。”覃志作

271

这样的考虑目的就是想让蓝嫂脱离大队伍，在河东带着明仔，顺便在那里隐居下来，等事情过后看情况再来决定去留。他是担心蓝嫂的安危，不想让蓝嫂和他们一起去冒险。

蓝嫂听了就急的话带哽咽地忙着回道："不！明仔到了外婆家，有外婆外公疼着，不用阿娇操心，也不用我操心了，我一定要跟着大家，不管上刀山下火海，我就是要跟着你一起。"说完急得眼泪都在眼里快要冒出来了。

阿娇理解蓝嫂的心思，也就帮着她对覃志说："蓝嫂这个主意是早就定下的，她就是铁心地要跟着你，你就遂了她的这个心愿吧。"大家也就默认了下来，不再争论这个问题了。

事情就这样定了下来，各自回家休息。

第二天大家都开始忙起来做各种准备。有家有娃崽的也都作了必要的安顿。到了晚饭时，就着昨天还有的肉菜吃饱，酒就不能让他们尽情了，适当地喝个五六成就都主动停了，时辰一到，就集合起队伍，明仔早已在蓝嫂背上睡着了，在阿娇前面等着上路，她转头逡巡了几圈看不到覃志，心里有点儿着急，想问一下覃志的去向，又不好意思。此时，覃志已经走在队伍的前面去了，阿娇见蓝嫂着急的样子就懂得蓝嫂心里在想什么，就对身边的刘明九说："你到前面去和覃志换一下，让他回到我这里来。"刘明九跑了几步上前把覃志叫了回来，蓝嫂见覃志回到自己的身边，就快步走上去，紧跟在了覃志的身边，跟着队伍朝着小山方向起程了。哥朗最后跟阿娇告了别，四目相对，阿娇在那微弱的灯火下，似乎看到哥朗眼里有泪珠在闪烁着，就说："这几年来，做什么事我们还没分开过，我总有点不放心你，这次你一个人带着队伍，什么事就全凭你做主了，不要急，凡事要多想想，我先走了，到新圩见。"哥朗在这个时候就不知道说什么好了，只知道"嗯、嗯"地应着，看着阿娇的背影消失在东山的黑夜里。

阿娇、覃志一队走了一个时辰后，哥朗的第二队也已整队完毕，就向三合方向出发了。他把队伍分成前、中、后三个小队，最前面的另外还组成了一个特别小分队，向他们交代了具体的路线，第一站到虾漤弄休息半个时辰。小分队的队长是上次和他一起去过虾漤弄天坑的，他告诉他先头小分队到达后，就按上次一样布置好警戒等待后队一起到了再决定下一步的走法。

话分两头。且说阿娇、覃志一队出七峒，翻过伦桃山，经龙泉、过尧治到分龙直插龙山，绕过二都大荣到两合，翻过黄岭进入麻风峒。他们这一路上为了绕过小山圩、四都圩而选择的都是些田间小路走。他们考虑到，小山圩、四都圩都有清朝官府的团防机关驻守，要走大路势必要经过小山圩、四都圩，就有可能与团练遭遇，就少不了要厮杀一番，地方团练就会把情况向官府报告，他们的行踪和意图就会过早地暴露，就会引起官府的警觉，对他们下一步的行动会造成不好的影响。且从小山到了四都之后，西到六道圩，北到二都圩，东到拉堡圩等团团环绕着的，一眼就能看得到头的水网稻田。南方稻田不同于北方的平原草地，连片的水田在春耕时节正是插秧的季节，田里都是泡着水的烂泥和刚插下的稻秧，纵横交错、横直无序、七弯八拐、宽窄不一、坎坷不平的田埂，人在其间行走，怎么走都快不起来的。这一大片稻田是柳府出了名的稻米之都，富裕之乡。整个地形就是一个群山环抱着大平原，南到四都圩，北到二都圩，西到六道圩，东到都龙坳，过了都龙坳就是拉堡圩，木罗河、白露河从中间穿流而过，又把这一片稻田分割成几个小块，在四都边上，就可以看得见二都有没有人在活动，只要有队伍在这些稻田中行进，便是毫无隐蔽可言，所有行动暴露无遗，被清廷团练从四面起而围攻，便是被困在水网稻田中无处可逃而坐以待毙。所以他们从七峒一出来，就是马不停蹄地急行军，势必要在天亮前穿过这片开阔的水网稻田，避免误了时辰，到天亮了就会暴露行踪。

还算好，一路上都没有出过意外。只是苦了蓝嫂一个人，一路上都是她背着明仔，阿娇要换她一下，她坚持不让，她担心一旦换人让明仔醒来，半夜三更的，怕他吓哭了暴露目标。而且阿娇还要跑前跑后地督促弟兄们尽快走过这一段危险地域。他们进入麻风洞后，天也开始慢慢地亮了。待他们又翻过麻风洞准备穿过桐村弄的时候，天也就大亮了。这个时候进入桐村弄也有一定的风险，万一桐村也有团练驻守，不能尽快通过而被困在弄里，势必就会全军覆没。这个桐村弄是个口袋形的峒场，南北长约两公里，东西宽不足一公里，三面是山，弄里是一片平展的耕地，在这个火枪时代，只要占住周边山头，陷在弄里的人也就无异于瓮中之鳖。尽管兄弟们走了一整个晚上，如今已是疲惫不堪，阿娇和覃志还是不得不催着他们坚持着，总算平安地通过了桐村弄，翻过桐村弄进入洪山岭，中午即到达了目的地。他们选择了洪山岭上一处丛林遮蔽的丘谷，布好警戒，让兄弟们像刚进入七峒那阵的办法，用草和树枝树叶，搭成些窝棚暂时住下。

　　这时，蓝嫂才得以松下一口气来，把明仔从背下放了下来，她的背后已经全部被汗湿透了，三月的天气，柳府一带已经感觉到初夏的闷热。这一路来连续背着明仔，上山下山，跑田埂，过沟坎，连续十多个小时剧烈的运动，明仔得背在背上走起路来摇摇晃晃像摇篮一样倒是舒服，所以一直都睡着，哼都不哼一声，而蓝嫂这一路上的苦和累就可想而知了。阿娇看着蓝嫂背后那湿透了的衣服冒着热气，感动得她话都讲不出来，赶忙从蓝嫂背后接下明仔。覃志更是心疼地赶忙找来干布巾，帮着蓝嫂里里外外地擦了一遍，也顾不了旁边的阿娇和其他人在。这一路上的苦和累是常人所无法体会得到的，但他们的心里，却在为重出江湖第一步的成功而感到高兴。

第二十一章 财主生前的愿望

一

　　阿娇和覃志一队离开七峒后一个时辰，哥朗他们第二队的特别小分队在韦傲的带领下，按哥朗交代的路线向三合方向出发了。一袋烟工夫后，前队、中队、后队也就次第出发。阴历二十几的夜，天乌漆墨黑，好在没有雨，一行人凭着感觉悄无声息地匆匆而行，一路上总算没有发生过任何横生的枝节，顺畅无阻，在阿娇她们抵达小山的时辰，哥朗他们也在预定的时间到达了虾濮弄。哥朗是随着后队到达的，他把后队安排在虾濮弄西头山口上隐蔽下来，监视着板江坳方向。他带着几个随从朝天坑走去。前队已经到乾土坳上警戒休息。中队在乾超坳监视着土博、水源来的方向。这时韦傲已经在天坑周边布置好警戒，不让任何人靠近天坑。

　　哥朗早在出发前就准备好下天坑需要的照明物件，以及便于携带物品的背袋。他让跟随身边的几个弟兄分散在天坑口上四周候着，一个人从那秘道下到天坑底。这时天已大亮，在洞口往洞里看，眼前只是漆黑一片，未到过洞里的人走到洞口也就只能望而却步，不敢再往前迈一步了。哥朗从袋里摸出蜡烛点燃，就着烛光朝洞里走去，轻车熟路地到了那个洞中洞，凭着烛光一看，藤匣子还在，打开看里面的东西依然如故，立马把所有的东西全部装到他事先准备好的背袋子里，正好装满一个袋子，随手就背到了背上。原来装着这些宝贝的那个藤匣子还在洞中原地留着。他手把着蜡烛照着亮向洞口走去，走了几步，心里突然生出一个念头：把东西都拿走了，以后也就不必要再回到这里来了。但想到这里，心里却有着空落落的感觉，走出这一步以后是个什么结果，心里没底。自从石门坳起义失败后，弟兄们死的死，散的散，只有他和阿娇带着两百多弟兄闯到七峒蛰伏了这几年，之所以能把弟兄们拢住坚持下来，就是因为还有一颗复仇的心，且在这心里还有这些可以赖以起家的资本。这一次重出江湖就要把这些资本都起出来全部拿走，便是破釜沉舟、孤注一掷了，倘若事业有成，将来可以衣锦还乡，就不需要再回到

275

这个天坑里来了。但他又往回一想，万一这一次事情又重蹈石门坳起义的覆辙，就再也没有回头的念想了。这种用命和官府争天下的事情成败很难逆料，今天之所以还可以东山再起，上次留下的这些东西不但让他存下一份信心，也省了好多周折。自古征战兵马未动粮草先行，如果弟兄们这次出山时一无所有，一开始行动就得靠抢掠来维持生存，所到之处无不害民扰民，自然被百姓视为土匪强盗避而远之，如此便等于将自己置于天罗地网之中，还有谁愿意跟着我们干？就靠眼下这两三百人的队伍怎么可能夺得天下？坐得江山？若是这样，当真就只能一辈子当土匪强盗了。想到这些，他便油然而想到他的老婆孩子，他也就下意识地停下脚步，定下神来好好地想一想。最终他决定还是留下一点东西，万一这一次事情又像几年前的石门坳那样，落得个亡命天涯的结局，还可以像上次流落七峒一样，才不至于走投无路。于是他把背上的东西重新放了下来，从中选些女人孩子用的金银佩饰，以备穷途末路时，还有个回头的念想，有这些东西还可以典当变现救急。他把选出来的东西重新放回藤匣子里，大约看来也有原来总数的四分之一到三分之一的模样。然后出洞上了天坑，召集几个队长聚到乾超坳上商量下一步走的路线。大家一合计，还是按原来设定的：经石门坳走龙女过三加到龙怀，再到福塘，翻过凤岭过太阳村到新圩与他们第一队会合。

还是原来序列，前队先走，中队跟进，哥朗这次是随中队一起走，让韦傲带着后队押尾。当过了石门坳，到龙屯庙时，哥朗的中队停下来等后队，约有一袋烟工夫，后队也赶上来了。韦傲见哥朗带着中队在等他们后队，就紧赶几步来到哥朗的身边，对哥朗说："刚才我们下石门坳时，看到有几个人在坳上，约有五六人的样子站在坳上看着我们，那为头的好像牵着马，在那指指点点的，隔着老远，我们也看不清他们的模样，他们也看不清我们的模样，彼此也不打招呼，我们便自顾下坳来了。"哥朗听了就说："有牵着马的，会不会是官府的公差？既然看不清楚谁是谁，也不用去管他，我们继续赶路，你得留两个人在后面，隔着一里地这样，盯着看，不要让人在后面跟着我们，要是有人跟着，就不能留有活口，避免暴露我们的行踪，坏了大事。"韦傲听了交代就到后面去布置了。所有人追着前队，朝着龙怀、福塘而去。

二

　　且说阿娇和蓝嫂他们在洪岭上过了一夜，第二天早上天刚蒙蒙亮，就早早起来，蓝嫂把还睡着的明仔背好，阿娇还选了两个身藏短火的人跟着，下了洪岭向太阳村、洛满方向而去。这一路要过洛满、流山，沿着龙江河南岸经大石、三岔朝河东方向而去。又将是一整天的路程。

　　梁才兄妹祖籍是庆远河东乡下。是他太祖父年代才从原籍迁至五都板洛村落户。当年她太祖父也曾有过一段与梁才兄妹相同的经历：他年轻时也曾在柳府参加过梁亚发领导的波山船手起义，起义失败后队伍各自星散，其个人也不便回庆远原籍，就到了当时的柳府五都，到一个未经开垦过的峒场垦荒定居。那峒场地势宽敞平坦，土地肥沃，很有开发前途，于是在他安顿下来后，便回原籍把家眷一起迁来定居于此。新开垦的土地也越来越多，光凭自家人操弄不开，就回原籍老家那边请来不少的帮工，那些帮工来到此地后，见此地生存条件优越，且还有不少可以开垦的荒地，他便怂恿他们也一起把家迁来定居。这样的事情对于那些帮工们来说是求之不得的事，都纷纷举家迁来，自己开垦荒地着手置业。不少年轻人不是举家迁来，则先在他家帮工，以他家作为暂住之所，一面也着手置业，就地成家立业。这样一来，慢慢地，人口在逐渐增多，这里也就自然地形成了一个村子。梁才他太祖是本地的开拓者，也就被人们尊为本村长老，村里的大事小事就都听他的决断。本村人大体上都是从原籍来的三亲六戚，彼此也都是同宗同族的，在农忙的时候，或者谁家有个大事小事的，也就可以采用换工的形式，互相帮衬着。到了梁才祖父这一代，他们家也就成了村中的首富。到了梁才父亲要成家的年龄，按他祖父的意思，就回到原籍河东娶了一个门当户对的人家女子做了媳妇，也就是阿娇的母亲。阿娇母亲也是一个殷实人家女子，且系书香门第，正好也姓梁，但两家梁姓却并非十代之内的宗族世系，也就并不犯禁。外家本来只此二女，姐出嫁，妹妹就只好招婿入赘。故外公外婆对梁才、阿娇兄妹亦视若掌上明珠般疼爱有加。

　　梁才兄妹参加石门坳起义的事，在五都本乡邻里传开后，被本地年轻人奉为英雄，几乎没有人不知道的。事败后，官府因不知梁才其人已在槎山突围一役殉难，而将其列入悬赏通缉之列，并多次到其家中骚扰其父母。其父母认为他兄妹既然还活着，就会有回家来的一天。然而，事有凑巧，自石门坳起义时，三都团练局团总周沣父子在石门坳事件中首当其冲，其子被义军杀于六道坳上，周本人也受了枪伤而逃往柳府，因其对石门坳之乱有失察之过，被朝廷追究后不知所终。三都团总一职由另一个人替补，而接任三都团总的人却恰好是五都甘贡人氏，属本乡本土人，阿娇父母虑及梁才兄妹一旦回家，其消息难免泄漏被官府侦获，其结果也就不难预知。为此打算，其父母才最终决定举家迁回庆远河东乡下原籍。这样和外家也就近了。但是他们原籍的祖业自她太祖迁徙五都后，家里也就没有人主事打理，到老一辈过世后，家境已逐步衰落，不再是过去那般风光。基于他家原籍族中已经破败，他们回到原籍后，等于白手起家，艰难可以想见，她外公外婆便主张他们干脆就回外家定居。所以，阿娇她父母也就一起在外家跟外公外婆和姨娘做了一家，而当家的自然还是她外公外婆。所以，早年阿娇让杰明回家探望父母，杰明回到五都板洛村家里扑了空后，只好循着阿娇事先所嘱预案：直接折往河东外家查访。杰明是到了河东外家才得见了她的父母。

　　杰明回来说了情况，阿娇对她父母的这一番良苦用心，自是心知肚明，知道是父母在盼着她们兄妹回家，这是给他们兄妹俩留的后路呢。上次阿娇让杰明在见到她父母时，不要把梁才的噩耗告知其父母，只说了阿娇的情况，她母亲听说阿娇已嫁人且有了儿子，一家人心中高兴，也就不深究她哥的下落，满以为梁才是真的去了广州。阿娇这次决定把明仔送回原籍老家托付给父母亲，一是考虑明仔的安置问题，二是想让父母有所慰藉，三也是考虑趁此机会回去看看几年不见的父母亲和外公外婆。她做出这样的决定，其中就抱定了她哥哥当初一直坚守的"生为男儿，志在四方"的信念，誓为哥哥和弟兄们报仇的必死决心，以及预后的准备：即万一仇报不了，或者有个什么意外，明仔留在母亲身边，哥朗和她也就可以放心了。

　　匆匆而行了一天，到得家来天已刹黑。父母亲及外公外婆一众家人见到阿娇等几个突然来到眼前，高兴得不知如何是好。蓝嫂把明仔从背上解下来，明仔一睁开眼就见到一大家子生面孔围着他看，开始时还显出有点怯生和迷惘的表情，匆匆地转着眼珠子在人群中搜寻着，见他亲妈也在人群中，再看自己还在蓝妈的怀中，那脸色马上就由阴转晴的现出了天真纯朴的天性来。阿娇对外公外婆等一众人说："这孩子一直都是跟着蓝嫂带大的，他把蓝嫂称作'蓝妈'，他把他蓝妈看得比我还亲"。蓝嫂听了，心中自是高兴，把明仔抱得更紧，但她也不失谦让地接口道："不管他如何的依我恋我，每次你出远门回来，他总是要从我怀中挣脱，扑到你的怀中甜甜地叫着妈，哪一次都把我叫得心里酸酸的，不过这孩子好像特别体会亲情的珍贵，也很体会大人的心意，他亲昵完他亲妈，他总不会忘记回来安慰我一下，他怕我在旁边吃他妈的醋。"听了蓝嫂这一番话，外婆赶忙地把这个第一次见面的曾外孙抢抱到怀中来，泪眼婆娑地左亲亲右亲亲一直不肯放手，蓝嫂见状自然理解外婆及众人的心情，赶忙叫明仔："明仔快叫太婆。"明仔平时也经常听他妈说过外婆，这下真的到了外婆家，他下意识地认为这抱他的人就是外婆了，也就没有特别留意蓝妈是让他叫"太婆"，就甜甜地叫了一声"外婆"。阿娇赶忙地纠正他说，叫太外婆，然后指着一直在旁边插不上嘴的外婆说："这才是外婆"。阿娇她妈妈也才有机会挤上一步，从她母亲的怀里接过明仔说："太外婆也累了，来，外婆抱一下。"听了外婆提到了太外婆累了，大家才想起阿娇她们进家到现在还没坐下呢，太外婆便吩咐家里人摆好椅子凳子让阿娇蓝嫂她们几个坐下来述谈，并吩咐阿娇她姨娘去做饭。阿娇这时才得以教明仔把在场的太外公太外婆，外公外婆，姨公姨婆等等所有人分别叫了个遍。等于也向蓝嫂他们一一介绍了她家里人。

　　她们到家的时候，家里本来就是准备要吃饭的，突然间阿娇他们从天而降，一家人高兴得就忘了吃饭，当外婆叫姨娘去做饭时，也就是多添了两个菜，一个年前的腊肉，一个炒鸡蛋，不一会就都端上来了。阿娇他们走了一天，讲到吃饭也就觉得又累又饿了，尤其是那两个年轻人。原来在七峒里虽然也不曾断过酒肉米饭的，但从来还没有吃过一顿正规的，像在家里吃的家常饭菜，今天一天都在马不停蹄地匆匆赶路，而且时时要提着心，预防着万一的变故，体力上的消耗，精神上的紧张，终于安全地到了家，也就得以放松下来，三下五除二地就连吃了几碗，尽情地吃了个饱。阿娇和蓝嫂也不示弱地狼吞虎咽地吃饱了。在一旁的外婆和母亲、姨娘们，噙着眼泪一直在旁边看着，一面也在心里琢磨着：这些孩子们这么些年来该是吃了多少的苦头啊！

吃饱了饭，外婆也就吩咐给他们安排住处，两个年轻人痛痛快快地洗了澡就睡去了。蓝嫂这一天下来是最累最苦的一个，但他仍然坚持着把明仔给拾掇好了，还带着明仔一起睡去了，外婆对蓝嫂说："这一天你也累得够呛的，把明仔留给我们来哄他睡吧。"蓝嫂说："他不习惯的，半夜里醒来还是要找我，要不就是找他娘，会吵得你们老人家睡不好，我也习惯了，没有他我也睡不稳。"阿娇说："由她去吧，我也不想睡那么早，我要跟外婆和娘说一晚话呢。"阿娇这话也正合她娘的心怀，就说："就让他还跟蓝嫂睡吧！"此时明仔已经在蓝嫂怀中睡着了，蓝嫂抱着他跟着姨娘进里屋去了。

堂屋里也就只剩下了阿娇和她娘及外婆、姨娘几个女人。在她娘的提议下就移步到了她娘房里去了。四娘女三代人盘膝坐在床上，她娘迫不及待地，把早就憋在心里想问的话提了出来："快说说，这些年你们是怎么过的？你哥现在还在广州吗？明仔他爹怎么也不回来给我见一面？"阿娇听娘问到哥，心中立即就咯噔一下，她这一情绪的微弱变化，她娘由于在杰明上次来时已经有过关于梁才的一问，杰明也按阿娇事先教的作了答复，加上又有了官府通缉令为证，她也就信以为真了。当见阿娇回到眼前时，满以为阿娇她哥会随后一起回来的，但终究未见到梁才出现，由于思念心切心中不免惴惴，只顾急不可待地想听阿娇的诉说，而没有留意阿娇的情绪变化，而外婆毕竟是老年人，经过的世事多，生活阅历丰富，从阿娇进家至今，她就一直盯着阿娇看，见阿娇的眼神总带有一丝游移不定，似乎有一种刻意回避的情绪表露，此刻在众闲杂人等都不在的时候，一面听阿娇她娘提问，一面也在专心地看着阿娇的表情，阿娇的这一微妙的情绪变化，就让她给捕捉到了，但她只隐忍在心里没有表露出来，继续静静地盯着阿娇看，也想听听阿娇怎么讲。她留意到阿娇她娘提到她哥时的眼神霎时油然闪烁而飘逸了一瞬间，仿佛带着一缕哀切和忧伤，但很快又镇定了下来，然后跟她娘首先说起的是哥朗而不是她哥的事，她心里就感觉到这里面一定有什么难言之隐，但她仍然不露声色地听阿娇在说。阿娇把兵败竹鹅塘和槎山突围的大致经过，都照实讲了，把哥朗如何不顾生死地把她从炮火中抢了出来，但她却有意识的含糊了她哥哥在这一过程的信息。在讲到她们一帮人在七峒的落脚，以及她和哥朗成婚乃至有了明仔这一长达几年的经历时，却没有一字提及她哥的事情，只是最后在她娘的再次追问下，她才说她哥是为弟兄们生存，到广州去买军火去了，她娘又问道："去那么久怎么还不回来，也不回来看看我们。"阿娇说在广州找不到，可能还要跑到香港去，她娘便不再追问下去。外婆在一边听着，一直没有插话也不作声，凭着她的经验，她心中已经有了粗略的结论了——阿娇她哥怕是凶多吉少了。于是她也就提议道："天也不早了，孩子又是累了一天，话一下子也讲不完的，改天再讲吧，让她睡了。"于她便把阿娇她姨娘拉上出了阿娇她娘的屋去了。屋里就剩下阿娇娘俩，把床铺好，娘俩也就躺下。四月的天气，晚上还有些阴湿寒气，娘俩盖着一床薄被。她娘本来还有很多要问的话，想趁着没有他人在的时候娘俩说个够，但是，阿娇这时却装着要睡的样子，把被子拉上把脸蒙上，让她娘看了也就认为累了，也就不忍心继续纠缠让她睡去。这时阿娇根本就没有睡意，刚才她娘问到她哥的事情时，当时她就强忍着悲痛，把哽在喉头的话又咽了回去。这时就娘俩在的时候，本来该把真情告知她娘，然后娘俩尽情地痛哭一场。阿娇打自哥哥殉难时起，她心里就一直深藏着一股复仇的火，却从来没有放声地痛哭过一场。但她转念一想，这回还不是对娘说出真相的时候，等到为哥报了仇后，再回来时才跟娘说。

三

　　阿娇蒙着被子装睡，心里在思念着哥哥，槎山突围的那一幕情景又不由自主地浮现在眼前。她只能让眼泪悄悄地流着。阿娇一直都没有睡着，她娘也一直在辗转反侧地睡不着，但都不想惊动对方。直到下半夜，娘俩才迷糊了一会，阿娇在梦中见到哥哥立于眼前，正想上前拉着哥哥撒一下娇，哥哥的影像立即又变成了血肉模糊的

281

样子，把她一下子惊醒了，她娘也被她的惊醒而惊醒，她娘问她梦见什么了？她说是梦见了三经大哥和韦四他们。于是娘俩又开始了交谈。她娘问她以后怎么打算？她就把一些外面的事情粗略地讲了一遍。她说，现在反清的起义风起云涌，在柳府周边就有反清的武装在四处活动，都在等待时机推翻清朝政府，清王朝的日子是长不了了。她娘说："你们就这两三百人的队伍能成多大的事？"阿娇说："娘你放心，不光是我们这点人，在清军里面也有我们的人，在柳城四十八弄还有一帮五六千人的队伍，等我们起事后，会有更多的人参加进来的。我们这帮人虽然不多，但我们同心同德，我们的队伍也会不断壮大的。"娘说："那你们这一次回来是什么意思？"阿娇顺着娘的话头说道："我这次回来，一是想看看你们俩老和外公、外婆、姨娘；二是明仔也慢慢懂事了，总是跟着我们也不是办法，我们在外面东奔西闯的都是搏命的营生，为的就是给他们一代人有一份好的将来。我们每次出去都没有想过还能不能再回来，以前我们每次出去都是有蓝嫂照看着，我们也放得下心，但蓝嫂知道我们这一次出来会有大仗要打，她无论如何的要跟着她丈夫覃志在一起同生共死，我们又不好拂逆了她对丈夫的一片痴情和忠心，明仔又是谁都不跟地只认她一个。所以我们就不知道托付给谁了。想来想去，只有送回家来托付给娘，我们才放心得下。本来哥朗也想过送回他老家去，但是他那边只有一个远房五叔五婶，五叔五婶倒是真心疼他，但都已六七十岁的孤寡老人了，体力也不好，再者，那边又都知道哥朗参加过石门坳起义，是被官府通缉的人，送明仔回去交给五叔五婶，人家就会想起是哥朗的孩子，对明仔不好。我们这边也全靠是你们打对了主意，搬回外婆家来，今天我们才有了家可回。哥朗本来打算跟我一起送明仔回来，顺便看看你们几个老的，但他要带着一帮弟兄，离不开身，我就只能和蓝嫂几个人回来了。"阿娇说到哥朗，才想起至今还没有正式地给家人介绍过哥朗这个人，讲到这里，她也就顺着话头接着说道："哥朗这个人命苦，才几岁就没了爹没了娘地成了孤儿，自己挣扎着长大，所以他也就特别体恤百姓的疾苦，他为人仗义，诚实，肯为兄弟两肋插刀，所以众弟兄都喜欢他，包括三都那个大财主家的几个儿子都和他交了朋友，都在暗地里帮着他，还多次暗地里资助过我们。"

　　阿娇把哥朗的事跟娘说了一遍，怕娘又把话题扯回她哥的事上来，紧接着就把这一次出山的打算大概地也说了一遍后，对她娘说道："以后我们只要能在柳府站得住脚，我们会回来把明仔接去跟我们的，如果是在柳府站不住脚，我们也会安排常回来看你们和明仔的。我们不在的时候明仔就辛苦娘照看了，这个娃仔也知道自己命苦，所以平时也少生病，也还是听话的。"说着天已经是大亮了，姨娘已经在叫着早饭做好了，该起来吃饭了。阿娇也就趁机收了话头，娘俩就起来洗漱准备吃饭。阿娇见那两个弟兄早早就已经洗漱收拾好了，就吩咐道，我们吃完饭就起程，趁着家里饭菜好吃，就多吃点，一路上不知道还有没有吃的。这时蓝嫂也来到了堂屋，阿娇见不到明仔，就问蓝嫂，蓝嫂说让他表哥表姐们领着玩去了。阿娇说让他玩去吧，最好是不要让他知道我们走，怕他见我们都走了，丢下他一个人，他不习惯，怕他闹着不好。蓝嫂说："就这样丢下娃仔走，心里不是滋味，于心不忍，还是让我明着跟他说吧，他会听我的。"

　　吃饭的时候，大家都知道这是一餐送别的饭，一大家人都到齐了。满满地摆了三桌。明仔也跟表哥表姐们玩耍回来了，规规矩矩地坐到蓝妈身边。本来明仔已经是会自己吃饭了的，今天蓝嫂非要喂着他吃，边喂边跟他说："明仔要吃得饱饱的，吃饱了又跟表哥表姐们玩去。"明仔听了还可以跟表哥表姐玩，高兴得不得了，大口大口地吃着，生怕表哥表姐们不等他一样。当他嚷着吃饱了后，蓝嫂把他抱过来亲了一下，有点依依不舍地对他说道："明仔乖乖，妈妈和蓝妈吃饱饭后，和叔叔们就要走了，明仔就留在外婆家和表哥表姐们玩，要听太婆外婆和大人的话，妈妈和蓝妈很快会来看你和外婆的。"以前在妈妈出去办事时，都是这样交代明仔的，这一次是在外婆家，而且连蓝妈也要走了，就有点不习惯，脸上马上表现出一丝不快的表情，蓝妈看出来，就接着说道："明仔乖，外婆家有那么多表哥表姐跟你玩，又有好多好吃的东西，下回蓝妈和妈妈来的时候，还会给明仔带好多好玩的东西的。"明仔听了脸色也马上变了回来，这时那些表哥表姐们又来邀他去玩，蓝妈就叫明仔到妈妈那里去，阿娇在明仔的脸上深深地亲了一下，明仔也在妈妈脸上亲了一下，就跟着小伙伴们玩去了。明仔走后，阿娇和蓝嫂看着明仔离去的背影，脸上都同时露出了不忍的表情，眼睛里噙着泪花。这一切老外婆都看在眼里，赶紧说："你们放心吧，在家里亏了谁也亏不了他。"

都吃饱了饭，把碗筷、桌子都收拾好后，阿娇他们也都收拾停当了，也就跟家人们一一告了别，她娘依依不舍地送到院子门口，两眼泪汪汪的千叮咛万嘱咐地，让阿娇凡事小心，并最后嘱咐道："你哥回到柳府一定叫他回来看我们一回，我都好多年没见他了！"阿娇一听这话，也就忍不住地哽咽着应道："娘，我知道了，您回吧。"接着不由自主地，回身在门口朝着家里跪下来瞌了三个头，起身用衣袖抹了一把泪，就和众人一道向东而去。

四

且说哥朗一队人从石门坳下来，向北翻过一座又一座坳，过了三加，又过龙怀到了福塘，已是下半夜了，不敢停留，就把队伍收拢来成为一个大队伍，从中选出十个人，作为先头小队，和整个大队拉开两里路的距离，朝着凤岭继续前进。这时韦傲过来向哥朗说道："在石门坳下我给三个人留在后面监视着坳顶方向，他们回来说，那几个人看着我们过了龙屯也就回头走了，看不清那几个人是朝哪个方向走的，他们在原地隐蔽等了约有半个时辰时间，没发现有人跟着，他们也就紧赶着追上来归队了。"哥朗听了说："没跟着我们就不管他了，你还是去押后吧，继续留点意就是。"于是整个队伍就远远地跟着前队的后面，朝着目的地而去。

翻过凤岭已是早晨。为了避免暴露行踪，只得依着凤岭山势而行，隐蔽地在山间的密林中向东南方向而去。他们就这样绕过了凤山村、太阳村、洪山村，也从阿娇她们走过的桐村背面的峒场经过，再翻上文笔岭，向北折上洪山岭，找到覃志他们已经安顿好的营地，两队人马如期会合在了一起。覃志向哥朗汇报说，阿娇和蓝嫂他们四人昨天就带着明仔往河东去了，如果没有什么意外，今天晚点也可以回到这里来了。哥朗一直未见到刘明九，就问道："明九呢？""昨天阿娇她们走后，他也跟着下山潜到柳府跟刘老板他们回话去了。"覃志回答道。哥朗让覃志把刚到的这帮弟兄先安顿好，让他们吃一顿饱饭，休息半天。等阿娇她们也回来后，再召集各队的头目一起商量下一步的行动。

待到天完全黑定后，还是等不到阿娇她们回来，哥朗他们就先吃了晚饭，刚把碗筷收拾好，阿娇她们四个人也就回到了。蓝嫂说一路都顺利，没碰到什么意外，就是把明仔这样丢给外婆，心里总是挂欠着，心里头不太习惯，一路上只顾埋头走路，话头也就少了许多。覃志叫人把饭给她们端来，让她们把饭吃了。阿娇一边吃一边也给坐在旁边的哥朗和覃志讲着她们去河东的情况。哥朗听说把明仔安顿了，心里也就踏实了。阿娇她们吃饱后，让韦傲把各队的头都找来了，大家开始商量下一步的行动计划。还是阿娇先开口，她说："明九没回来前，柳府的情况我们还不明了，进一步的行动也还没有办法定得下来。当前要考虑的是我们要选定一个地方，先驻扎下来，这个地方也要有点讲究，首先需要的是隐蔽，不能让外头人知道我们这里住着这么多人；其次就是要有水源，我们要吃要喝要洗的，不能没有水。再次就是要考虑地形地势，要具备进可攻退可走的条件。"众人都认为这个地方就不错，很隐蔽，只要我们不出去，外面谁也不会想到这里住着这么多人。覃志就提了出来："这个地方隐蔽倒是很隐蔽的，只要我们没有什么大的动静，外边人是很难发现的，一旦有情况也可攻可守，但是这里没有河没有濠，我们吃喝是一个问题，我们这么多人，现在天气又是越来越热了，弟兄们总要有个地方洗洗澡才行。我们不能总要下到洪山脚下河边去担水吧，那得要多少人工不说，我们的行踪也就容易暴露了。"

哥朗一大早从凤岭上下来，本来若直接从太阳村通过，上到洪山要不了一个时辰，但是太阳村一带都是平展开阔的耕地，村庄密集，行踪极易暴露，只得从凤山村绕着过洪山村、过桐村才来到这里，这一路上他就在想着这个问题，所以他也就特别留意了这一路经过的地方。他们从凤岭绕过洪山村、桐村的时候，曾经留意过桐村背面那个弄场，从这个地方到那个弄场口需要翻过几座山岭，那个弄场口在桐村南侧背，整个弄场就成个口袋形，弄口约有半里宽，往里约有三四里纵深，口袋底宽约三里多，弄里是无人耕种的荒地，灌木、芭芒草丛生，周边群山环绕，山上树木丛杂，山弄的东面一侧山脚有一股淙淙流淌的濠水，从弄底流向弄口的桐村，汇入洪山脚下这条小河，绕过洪山流到新圩渡口汇入柳江河。桐村背靠的桐岭形成一字形南北走向，从弄场翻过桐岭就是桐村人耕种的水田，水田北边翻过一个山坳就是文笔岭，下岭就是文笔村；在文笔岭上向东看，柳府府城、竹鹅塘、张公岭、飞鹅山乃至马鞍山、柳江河尽收眼底。文笔岭东南连着铜鼓岭，铜鼓岭南麓就是拉堡圩。沿着文笔岭东麓往北经西山、螃蟹岭可回到洪山岭现在的驻地；再往北就是新圩渡口，从渡口过河可以直达柳北，即壶城半岛壶口处，柳府三面环水的唯一陆路出口与长塘的结合部，由此向北就是沙塘圩、枯木坳，再向北上就是柳城沙埔圩。翻过沙埔白马山，渡过沙埔河向西是大埔圩，往北上可达太平圩。太平圩处于进出四十八弄西出口要道，太平圩也是桂西北长安、三江的必经之路。过新圩渡口到壶城北口东就是鹧鸪江、洛埠，是进出雒容、中渡的要道。中渡处在四十八弄东出口上，扼住了进出四十八弄的要道。控制住新圩渡口，就能保持与城内的联系，方可保住城中弟兄们的唯一陆路通道，不至于被清军困于城中成为瓮中之鳖。所以，新圩渡口就是这盘棋中的命门，谁占住新圩渡口谁就占住了主动权，这盘棋就可走活。

　　哥朗把自己的想法，向大家一一道了出来。阿娇听了他这番话，顿感欣慰，觉得哥朗并不是她一贯以来认为的只是一介莽夫，只知道讲义气和拼命的角色。覃志等人也一致认为哥朗想得很有道理，考虑得也很周到。阿娇就补充提出了一个问题："目前我们还不清楚清军对新圩渡口是否已经有所防范，所以，我们必须马上派人下山，去把新圩渡口周边的情况摸清楚。"哥朗见自己的意见得到大家的一致认同，也就把自己进一步的想法对大家讲了出来，他说："如果眼下新圩渡口清军还没有防范，我们必须尽快地作出部署，当然我们现在还不能大明摆白公开地去渡口布防，我们只能暗中监控，这洪山岭就是我们控制新圩渡口的前沿，必须牢牢占住，但我们又不能把全部人员都摆在这里，而且这里的条件也不宜于留那么多人，我的意思是留下50人，在这里负责对渡口的监控，并保证随时可以控制住渡口，其余人要退回到桐村弄去，那里便于隐蔽，还便于作多方面的机动和采取应急措施。但是我们主要的任务还是要牢牢控制住新圩渡口。"这一意见也得到了大家的一致认同。最后阿娇做了具体的布置：覃志负责洪山岭这边的具体策划和指挥；韦傲负责马上回桐村弄布置营地驻扎事务；总机关设在桐村弄，有事情向总部报告、决策，由阿娇协助哥朗负责。最迟于明天晚上把主力移往桐村弄，必须绝对保证洪山岭阵地不能暴露。

哥朗和阿娇趁韦傲那边还没有安排好，大家还在洪山岭这边的时候，和覃志具体商量了渡口的控制措施。覃志让六个弟兄，分成三队，吩咐他们马上潜下山去，一队到新圩周边侦察情况，把新圩到磨滩沿河一带方圆几里范围内的情况了解清楚：查清是否有清军的防守或有什么可疑人物在活动。另两队从渡口过到河东岸，一队沿东岸往南到黄村方向侦察；一队往长塘方向侦察，主要了解渡口周边是不是有清军的驻守或防范。了解清楚回来汇报。岭上还布置专人的固定岗哨，不间断地监视渡口的动静，同时要注意太阳村方向的动静，做好隐蔽工作。

派出去的人到傍晚都陆续回来了，都说没有发现清军对渡口有任何防范措施。覃志针对这种情况作了周密的部署。韦傲也给人回来报告，桐村那边已经做好各方面的布置，让哥朗他们移驻到那边去。蓝嫂要求跟覃志留在这边，哥朗和阿娇便领其余人做好晚上移驻桐村弄的准备工作，等天黑后行动，以免白天行动容易引起附近村民的注意，一旦消息传出去让清军侦知，目标和意图就会暴露。

吃了晚饭后开始行动，不到两个时辰就到了桐村弄。

桐村弄里，韦傲带人已经在弄底周边的山脚下，在灌木草丛中搭起了简易的棚屋，在弄口外往里看一点都看不出有什么异样。棚屋里用树枝干草搭成的一溜统铺，他们这些习惯了天当被、地当床生活的人住一两个月，做好防护保密工作，是不会出什么问题的。哥朗和阿娇精心地在四周山头布置有暗哨，这样就算暂时安顿了下来，等待着发起行动的那一天。

五

到桐村弄驻扎下来已经第三天了，吃过午饭不久，覃志带着杰明来到了桐村弄，杰明向哥朗和阿娇详细地汇报了他们回七峒后这段时间，他和刘明九在柳府活动的情况：

按哥朗和阿娇临离开柳府时的吩咐，杰明和刘明九留在柳府分头负责，并交替着回来向哥朗他们报告，这次是刘明九回去柳府跟老板报告了哥朗这边情况后，由杰明回来向哥朗报告柳府的情况。

在柳府，杰明是负责与米行二老板和老七、老八他们保持联络的。哥朗他们回七峒这段时间，二老板和老七老八两兄弟都在按哥朗他们的意思，积极地与各地米商联系，大量地购进谷米。这是一笔大生意，光二老板的经济实力，一时间也拿不出那么多闲钱来囤粮，这就给老七老八两兄弟提供了合作的机会，他们回家跟六哥商量，让六哥尽量地多筹些现钱，以便和二老板共同投资。他们家六哥也算过这笔账，这样的生意是稳赚不赔的，哥朗他们一旦走出七峒，几百号人每天需要的粮食就是几百斤，加上半山酒店刘老板他们会党的人，还有清军绍字先锋营的一帮人，一旦起事，每天就得几千斤粮，没有事先的准备，临时急需，就是去抢，一时间也没有那么多地方，那么多现存的粮可抢。至于官库粮仓，都有官军专事防守，一下子你也抢不过来。兵马未动，粮草先行，这种事非得未雨绸缪，有哥朗这条线在，晓得内幕的消息，且这事还是哥朗亲自交代的事，哥朗不会亏了他们，不管是从朋友的角度算，还是从生意的角度算，这生意都是要做的。于是老六又和他们家那些兄长们商量，让那些兄长们各人都筹些钱出来一起投资，能筹多少算多少。这几年刚分的家，各家多少都有些积蓄，只苦于不会经营，也没有路子，这老六一讲，当然老六也不会把和哥朗之间的内情都告诉他们，让他们有顾虑，老六说，他可以保证，如果弄赔了本钱，他可以拿他份下的田地做担保。那些老实巴交的兄长们见这些年分了家后，他们只会盯着祖上留下的那些田地过日子，平时有点什么急事拿不出现钱来，大多都拿着田地向老六做抵押，跟老六借钱，所以老六的田地越来越多，而他们一些人却是越来越少了。他们也知道，老六和老七老八他们是合着伙做事情的，老六有家有室，在家帮着两个老弟打理田地，而老七老八是在柳府做生意，但是拿主意的还得是老六。这次老七老八回来跟老六讲了这笔生意，老六觉得这样的生意是可遇不可求的，虽然也有风险，但却是稳赚不赔的，是许多人求之不得的好生意，肥水不流外人田，他想到的当然首先是自己几个兄长来，让他们也参与进来，让自家兄弟大家赚，这样对于他们家这大财主的名声也许才能长久维持下去。而他的几个兄长见老六这些年做生意确实是比侍弄田地好赚钱，所以也想学老六他们几个，找点生意做。但又没有路子，也没有胆量，这次听老六自己对他们讲，邀他们一起做生意，而且老六还愿拿自己家的田地做担保，于是也就纷纷想办法各人都筹了些钱，交给老六，让老七老八做这笔生意。

他们这样操作下来，就等于是粉店老板家和大财主家两家的合伙生意，这也就遂了大财主生前的遗愿了。大财主生前病重期间，就曾拉着来家看他的粉店老板的手，向他提出过，希望他能拉扯他家的孩子，也要学做点生意。他心里放不下的就是，因为他建了石拱桥而坏了自家的风水，就怕到风水变故的预言应验时，他的子孙们守不住他的家业。所以就希望他们能多学点持家的本事，避免到预言应验，家境破败时他们不至于流离失所。而粉店老板在当年为了前人留下的一句无根无据的话，玩了一套害人不利己的损招，坏了财主家的风水后，还偷鸡不着蚀把米，给那建桥师傅敲去了一大笔钱，而自己也没捞到什么好处。再三反省，一直就觉得自己过去做的那些事，对不起人家，便主动找机会和财主和好，经过以后多年的相处，知道这大财主是个厚道人，所以对大财主的生前所托，也就真心实意地想让两家人就此和好下去，让他的两个儿子尽量地拉扯老六他们兄弟一起做生意。而且他那二儿子和财主家老六老七老八几兄弟也投缘，竟然让他们都混成了至交朋友，亲如兄弟，在生意场上都能互相提携，共同进退。这米行生意眼见得就做大起来了。这鱼峰米行一时间就成了远近知名的粮米行内的翘楚头牌了。

六

这一期间，为了和四十八弄的弟兄接上关系，老八还和九八行里的朋友以做生意的名义，偷偷地潜入四十八弄。老八年轻气盛，天不怕地不怕，他没考虑过潜入四十八弄万一让官府抓住，问一个通匪的罪名，那便是个死罪。全靠那个九八行的朋友，本来就和四十八弄那帮弟兄混得烂熟，对进出四十八弄的路径谙熟在胸，进出自如，他曾经多次给四十八弄运过军火，也送了几次信，从来也没出过事。这一次也都顺顺利利，平平安安地回来了。想办的事也都能如愿以偿。

　　这个九八行的朋友叫"阿吹"，他曾经有过一段很长的时间不敢进出四十八弄，倒不是怕被清朝官府发觉，而是怕被四十八弄的弟兄要杀他。

　　事情是从四十八弄义军头领覃老发被柳府知府祖绳武诱杀的事件而起：阿吹曾经受清军绍字先锋营管带陆亚发之托，进四十八弄与覃老发取得联系，并约好时间，让覃到油麻弄与陆会面。陆在油麻弄见了覃后，把柳府知府祖绳武打算招抚覃老发的意思转达了覃老发。覃老发与陆亚发原是绿林朋友，陆是受朝廷招安而到清军中任职的，覃是以陆为榜样，既是陆牵的线，覃也就信而不疑，同意与祖绳武相约到响水见面商谈。到了响水与祖绳武见面后，祖绳武假意与覃商谈了一些招抚事宜，然后进一步约覃到中渡商谈招抚事宜，覃与陆都不知祖绳武其中有诈，便如约到中渡会面，祖绳武设酒宴招待覃老发，但却在酒席间给覃老发下药蒙醉后，将覃给杀了。此事发生后，四十八弄的弟兄们都认为是陆亚发卖友求荣，曾多次派人潜入柳府，企图刺杀陆亚发和祖绳武为覃老发报仇。阿吹是这个事件最初的牵线人，也就成了四十八弄弟兄怀疑的对象，成了四十八弄弟兄进城第一个要找的人。这个消息让阿吹在九八行中的朋友最先获得，阿吹便把这一消息告知了陆亚发。陆亚发对祖绳武诱杀覃老发的事本来也是被蒙在鼓里，事发后，他觉得对不起朋友覃老发，更恨祖绳武利用了他，陷他于不义，也曾立誓伺机诛杀祖绳武为覃老发报仇。他通过谢老三牵线，找到九八行中朋友，设法找到四十八弄潜入城中的弟兄见面，把事情的原委一一向弟兄们道明，并共谋刺杀祖绳武报仇。阿吹也参与了谋杀祖绳武的事件，是他通过九八行里的朋友探得祖绳武的行踪，报告了陆亚发和四十八弄的弟兄，在马鞍山脚灵泉寺前的小龙潭边设下埋伏，结果却因为偶然的节外生枝而最终失败，让祖绳武逃过一劫。

　　阿吹探得祖绳武要到灵泉寺上香的消息，他将此消息提前一天告知陆亚发，陆和四十八弄的弟兄们经过一番谋划，乘祖绳武去灵泉寺上香的时候，让弟兄们预先以游客身份，混在鱼峰山鲤鱼岩中，暗中监视着灵泉寺的动静，待祖绳武一行进了灵泉寺后，则让四个弟兄下山，让两人扮作挑菜卖的市郊菜农，菜篮中藏着炸弹，到灵泉寺前的小龙潭边休息等候，并假装向寺里推销蔬菜为名，周旋等待祖从寺里出来时，点燃炸弹后迅速撤离，另外两人负责掩护。两担菜四个炸弹，在寺前路两边同时炸响，其威力足可致祖绳武于死命。然而，好好的一桩计划，那天祖绳武也如期而来了，且来的随行人员也不多，包括祖在内也就十个人，在寺门外留了四个人，这四人并没有什么警觉，只在门内坐着，见到卖菜的向寺门走去，与寺内僧人商谈一些买卖的事，他们也并不在意。看到祖绳武一行从寺里刚跨出寺门，两个卖菜的已经依计而行并成功撤离，正期待着炸弹的爆炸时，就在这一瞬间，原来阴沉的天空突然响起了雷声，紧接着就是暴雨倾盆而下，让祖绳武一行随行人员拥着祖绳武转头又退回寺里避雨去了，也就在此同时，寺门外路边的炸弹也炸响了，菜叶菜篮炸得满天飞，祖绳武等一行人在寺内正好躲过一劫。真是人算不如天算，刺杀祖绳武的目的最终落了空。但是通过这个事情倒是得以解开四十八弄与陆亚发之间的芥蒂。在这个事件过后，阿吹一如从前的，得到四十八弄兄弟的信任，于是才又敢带着老八再次潜入四十八弄。这次进四十八弄，是带着陆亚发给四十八弄新头领覃六五的口信去的。

　　而老八也是带着半山酒店老板和哥朗的口信来跟四十八弄里的会党弟兄互通信息的。在四十八弄义军中，早就有会党中的人混杂其中，他们是带着明确的政治目的，想把四十八弄自发起来造反的弟兄们，引上具有明确目标的，彻底推翻清朝统治的道路上来的，而不是像他们那样，还企望着等待朝廷的招安，期盼着朝廷的赏赐。

　　四十八弄弟兄并没有因为覃老发在中渡被诱杀而放弃斗争，覃老发原来的手下弟兄覃六五等人继续带领着弟兄们坚持了下来，队伍也越来越壮大了，造成的影响对四十八弄周边的永宁、桂林、庆远、柳府等府县的清朝官府造成了极大的威胁。

　　这次阿吹给四十八弄带来陆亚发的口信说：灵泉寺刺杀祖绳武功败垂成之后，引起祖绳武对陆亚发的警觉，他千方百计地找理由清除陆亚发，灭掉绍字先锋营，但找不到理由和机会。灵泉寺事件后不久，他故意放出了让绍字先锋营调防的消息，试探陆的反应和动向。陆预感到祖绳武准备对先锋营下手了。这一调防之计最为狠辣，逼得陆亚发等先锋营弟兄进退两难，只能破釜沉舟，举旗反清。

清政府原是想以调防为名，将先锋营官兵诱上开往广州大营的船上，从柳府到广州一路都是水道，人到了船上，无异于困在牢狱囚笼之中，只要随意找一处滩险流急的地段，埋下伏兵等待，船到时一声令下，就可以轻易地将所有人击杀于船上，一切抵抗将毫无作用。事后官府可以对外宣称彼等企图谋反而被剿杀；抑或可以对外宣称，在移防途中遭遇水难事故而殉职等等，给你一个好名声，以掩人耳目欺骗死难者家属，却能达到清除后患的目的。基于此想，陆亚发决定在调令下达时即举兵反水，发动兵变。但是，先锋营在城中的位置处在清军各营团团包围之中，一旦起事，还未杀出营门就会被包了饺子，动弹不得。考虑到这些情况，他希望四十八弄的弟兄们能来柳接应他们，是时乘机消灭在柳府的清军势力，顺势占了柳府，效法大成国靖王爷李文茂之后尘，打出反清旗帜立起国号，取代清王朝的统治。如若不行，则随四十八弄弟兄们退走四十八弄，以图从长计议。覃六五等四十八弄弟兄们听了阿吹转达的陆亚发的口信后，一致赞同陆亚发的计划，都认为应该乘此机会，杀出四十八弄，攻占柳府，谋求长远发展。

　　杰明这次来见哥朗，除了把这些情况向哥朗汇报外，还带来了刘老板已经给哥朗他们弄到一百支快枪及一批弹药的消息，要哥朗策划好如何交接这批军火的具体方案，让杰明回去告诉他们，等刘老板确定方案后，再让人回来通知哥朗。

第二十二章　未雨绸缪

一

　　杰明从桐村弄离开后，过了两天，刘明九又来到了弄里，他此行是专为刘老板传达口信而来。刘老板决定于下月初十日把那批从广州买回来的枪械送进弄来，让哥朗他们做好接收的准备。从来处由刘老板派人负责押运，押运路线初步定为从双桥过槎山，绕过张公岭、竹鹅塘，从西鹅翻文笔岭进弄。沿途的警戒防护由哥朗负责安排，到文笔岭交接。并说这批军火不须哥朗他们出钱，算是刘老板他们会党的资助。哥朗听了非常高兴，心里想，刘老板不愧是三经大哥的兄弟，为了给三经大哥报仇，不惜毁家纾难。哥朗心怀感激，觉得刘老板是个干大事的人物，心中暗下决心，跟定刘老板做一番事业，以报三经大哥生前的知遇之恩。

　　初十之前，哥朗就分派了几组弟兄下山，到文笔岭下西鹅乡往北到新圩一带；往东到飞鹅山、马鞍山一带；往西到基隆、竹鹅塘、拉堡、双桥一带作了仔细的踩点、侦察。这一带地方是哥朗他们早年间石门坳举义时，曾经与清军有过殊死搏斗的地方，最后是在竹鹅塘到槎山一线败走三寨、七峒的，所以这一带的道路、河流、村庄，在他们心里都还留有刻骨铭心的记忆。哥朗按刘老板计划行动的路线沿途布下眼线、暗哨，在张公岭上潜伏着一小队人，暗中盯着基隆村和竹鹅塘到西鹅一线。在文笔岭主峰上设置了前哨指挥所，派韦傲带着十个弟兄提前占领了主峰。对文笔岭东麓的所有村庄道路进行不间断地严密监视；还嘱咐覃志加强洪山岭阵地，对新圩渡口采取了更为严密可靠的防控措施，与桐村弄保持密切的情报联通机制，为初十的军火交接做了万无一失的前期准备。这一次行动是哥朗一帮几百弟兄离开七峒以来，所采取的关系到整个队伍生死存亡的一次行动。得到这批军火，这帮弟兄们的战斗力将会得到成倍的增长，对弟兄们的士气起到了极大的鼓舞作用。

　　刘明九向哥朗传达了刘老板的口信后便返回柳府，给刘老板回话去了。到了初九那天，他从刘老板处又回到了桐村弄，他对哥朗说是刘老板让他回这边协助哥朗和阿娇进行交接。到了初十，哥朗早早地就让各组各队人员进入预定地点，随时保持临战状态。除了派出执行任务的人员外，弄里还有两百多弟兄，由阿娇负责调派，加强了驻地周边的值守防御准备，并随时准备万一在军火运送或交接过程中出现意外，弄里的弟兄则随时准备出弄接应或增援。哥朗正准备出弄上文笔岭坐镇指挥，临走时，刘明九才对哥朗说："刘老板说，你不必亲自到文笔岭那边去指挥，你只要按原定计划交代好韦傲他们该注意的事情就得了，今天送货的路线已经改变，不走那边了，而是由拉堡过黄岭，翻过两合岩口坳进麻风峒，再从麻风峒进弄。这样可以预防万一事前的计划泄漏，这一边他们也就来不及布防。刘老板让你现在马上带一帮弟兄翻坳进入麻风峒，到两合岩口坳上接应即可。刘老板之所以让我赶回来，并交代我非到这个时候才能告诉你这个方案，这是为了万无一失。"听了刘明九这番话，哥朗和阿娇都感到惊愕，心里在想，人家刘老板真正是运筹帷幄，考虑得滴水不漏。刘老板这一招"明修栈道暗度陈仓"之计确实用得出神入化，让他们从心底里佩服。哥朗马上调派了一百弟兄，亲自领着，匆匆从弄尾翻过西坳进入麻风峒，在麻风峒周边山头都布好了监视哨，着重在两合岩口坳上进行了一番周密的布置，等待着送货队伍的到来。到了未时，哥朗等人看到五辆马车正在小心谨慎地，从黄岭方向沿着山脚的牛车路迤逦而来，有坐车的，有跟在马车后面走的，正在缓缓地向两合岩口而来，到了坳下，马车也就没有向前可走的路了，只见那些人们从车上把篷布等掩蔽物扯下，从车上搬下一袋一袋的东西，然后各人分着扛起朝坳上来了。哥朗让弟兄们按刘明九交代的暗号，下到坳半腰，与来人接上了头，并分头帮着或扛、或抬地上坳来了。进到麻风峒，两路队伍也就完全会合了。哥朗留下 20 人在坳上断后监视，所有人随之扛着、挑着、抬着东西翻过坳，返回桐村弄。

　　这时，在文笔岭上和西鹅乡 、竹鹅塘、铜鼓岭一带等待接应的人，等到预定交接的时间未时已过，已快申时了，却未见有人前来接洽，也没见有人有车之类的送货队伍出现。一直到酉时，哥朗派来的人才来到，通知他们分期分批地悄悄撤回弄里来，并注意做好扫尾工作，不得留下任何可能让人觉察到的痕迹，尤其要注意不能留下任何的尾巴以致暴露行踪。

　　哥朗他们回到了弄里，把所有送来的东西一起集中打开，给刘明九一一照着从刘老板处得到的清单清点验收，整整一百条枪，一万发子弹，一看都是当时在军火黑市中难找得到的最新货色，完全吻合刘老板交代刘明九的货物清单所列货品。弟兄们禁不住地大声欢呼起来。有了这批新的枪械，再加上他们这帮经过九死一生，从死人堆里爬出来的人来说，无疑地增加他们的勇气和信心。然而，他们的勇气和信心要朝哪方面使？他们也说不清楚，他们大多数人只知道他们这些年蛰伏在七峒，就是在等着机会，为石门坳起义中死去的弟兄们报仇，这就是他们眼下想要达到的最高愿望。他们懂得，他们依然还是清朝官府缉拿的对象，万一他们暴露了行迹，官府是容不得他们的，如何生存下来也就是他们眼下所有努力要实现的目的。他们不知道什么是理想，他们心里想的，企望得到的，无非就是能和家人团聚，能吃饱饭，能娶妻生子等等而已。他们不知道这些都是他们作为人所应当享有的基本权利。而仅仅为了这些权利，他们却要拼命、流血，去冲去杀。哥朗是他们其中最有代表性的一个，在没有结婚生子以前，他不过就想能和一般人一样有点田地，有饭吃饱，有衣穿暖。但是，为了达到这一目的，他却要比别人付出许多本来不应当付出的代价。他为了达到这一目的，他不得不去铤而走险、去偷去抢，去谋财害命，那干的都是刀口上舔血的营生，那是残害百姓的营生。他出身于贫苦人家，他体会到平民百姓的艰辛，他每做完这样的事后，总难免要承受着良心的谴责。和官府斗也是一样刀口上舔血，但这样不用背负良心上的债务，就是死了也还痛快。现在结了婚生了子，为人夫做人父，心中自然也就多了几分思虑。加上平时经常受到阿娇的点拨，头脑上原来朦胧的目标也就慢慢地多了几分清晰。开始隐隐约约地知道了自己在为谁奋斗，为什么奋斗，但他讲不出什么大道理来，还只是一切都以义气为重，要对得起弟兄们，对得起老婆孩子。

　　哥朗他们得到这批武器后，便把所有的弟兄们进行一番整顿，把原来所用的冷兵器进行了一次彻底地清理，不好使的家伙该收起来的收起来，那些完全不能用的，该毁的毁掉。把所有人员分成三队，每队有百十来人不等。第一队由刘明九当头，第二队由杰明当头，第三队由韦傲当头。哥朗阿娇负责统领全部。覃志夫妇跟随哥朗身边，覃志负责帮助谋划日常事务并处理一些文职工作。经过一番整顿，这些从七峒里出来的三百多人，也就成了一个像模像样的队伍了。在这段时间里，刘老板让哥朗他们按正规队伍一样，进行了必要的训练，学一些打仗的基本知识。为此，刘老板还给哥朗他们派来一个曾经在队伍里混过，懂得一些军事知识的人，来帮助他们进行训练。

二

　　杰明从弄里离开后，回到柳府，基本上就是与米行老板和老七老八他们保持联系。随时过问着米行粮米的储备情况。

　　二老板得了哥朗那句话的交代后，和老七老八两兄弟商量好，由两家合伙做这笔生意。之后，老七老八回了趟家，告诉在家的六哥。在老六的首肯和具体筹划下，并由老六亲自运作了起来。他们两兄弟仍然回到柳府，和二老板一起与哥朗保持着联系，配合做好调运工作。

　　过去，大财主本人在世时，因为建造了大庄园，建起了石拱桥，让这"大财主"的名称响遍了柳府。到他为母亲的寿诞大宴宾客，从桂林请来了学政张为，且还赠了他母亲一方"浔水怀清"的牌匾，这名声就更加在地方上鹊起。之后又是接连不断地诸多儿女婚娶的场面；其母亲过世的吊丧大葬；祖坟的修缉立碑等等都是大排场，在这地方上自然也就无人能及，都成了当地流传的佳话。但是，经过如此这般的折腾，也把他的家底基本上消耗得所剩无多，虽然每年的收成尚依然如故，但是，靠一分一文，一斤一两地节俭积累，要达到原来的架势，没有个十年八年的精打细算，又谈何容易？再加上他母亲过世后，他和两个兄弟就分了家自立门户，这大财主的财势就已经减了大半。到了他本人百年之后，他的八个儿子也都各自成家立业，他名下的产业又再度一分为八的分了家，这大财主的名头，也就慢慢地成了历史的虚名。再加上此时正赶上晚清末年的社会动荡，给人的印象就是兵荒马乱，一般人在乱世中想的都是如何守成而求不败则足矣。只有在商场中混久了的精明商人，如粉店老板家的鱼峰米行老掌柜那样善于钻营的生意油子，才会去乱中寻找商机，去做那些火中取栗的生意，也即通常说的发国难财。国难财好发，但那是要担很大风险，搞不好倾家荡产甚至连命都会弄丢的生意。

大财主家的儿辈们在他们奶奶在世时的潜移默化中，大多为人厚道而守成有余，创业不足，到了大财主本人掌管家政时，都是因为大手笔花钱而出名，这就给他儿辈们带了个不好的头，让他那些儿子们留下了用钱大方的榜样，但在他手头除了花掉家中的所有积蓄，大搞形象工程外，却未见他为这个家增加了多少家当产业。所以到他过世后，他的儿孙们也就无所作为，只是老实巴交，小心翼翼地守着祖宗留下的那点产业，谨守奶奶"不做败家子"遗训，而全无建树，有个别还因经营不善而把原有产业损耗了不少，大财主当年的风光也就再难重振如初了。好在大财主本人生前因为建石拱桥，而坏了自家风水，他就一直坚信着当年叔公的那番风水解析的预言，且保守了这个秘密，外人无从知道，但他心里却是耿耿于怀，满心自责，担心他百年之后，因他而起的风水轮回之变故祸及子孙，到他临终前依然不能释怀。然而，上天神灵慧眼识珠，冥冥之中有感于他的心地善良，总能护着他遇难呈祥，把坏事变成了好事。

在他刚成年，从母亲手中接过当家大权后，因年轻气盛、好大喜功，做事有些过度张扬，引起街上粉店老板的嫉妒，几乎酿成世仇，好在两人都还有些肚量，也能拿得起放得下，尤其在他母亲的感化和鼓励下，趁他母亲大寿的时候都给化解了，反倒让两家后人成了世交。他对自己的一生也经过一番反省后，有了自知之明，有心让他的儿辈们不再像他一样只知坐吃老本，而应当有所开创，寻找新的财路。所以在他临终前曾有托于粉店老板，让老板代他教化一下他家老六学些生意经，以备将来风水变故的预言应验时，不至于让他家后人沦落到流离失所的境地。粉店老板也是出于对大财主家心存内疚，欣然接受了他的嘱托，有意让两个儿子与他家老六、老七、老八三兄弟交好。到粉店老板过世后，原来掌管鱼峰米行的大儿子回家来接掌家业，就让他家老二接管了鱼峰米行，人称"二老板"。这二老板更是个好结交的性情中人，在市井中进进出出，纾的事也多，在和人相处交往中，也能悟出了一套结交朋友的心得。

特别是在老一代人还在时，从小就跟着老掌柜在生意场中摸爬滚打的，君子小人各色人等都有接触，也不免练就一番心计，对良善是非也能分得清楚，胸怀豁达，为人不怎么斤斤计较，所以在生意场中也算玩得转混得开。自他接掌米行生意后，大财主家老六要回去掌管家务，把老七老八嘱托给他代为调教，加上这两兄弟的性格与他相合，他也就把他俩当亲兄弟一样照顾着。他俩也就对他言听计从，任他安排调派。有时米行生意急需人手，他俩也都任劳任怨，从不计较。对于从生意场中得到的生意信息，可行的，二老板也都安排他俩去做，有时是合伙，有时也让他俩自己去历练。他们两家合伙做生意的事，多多少少地也有些风声传了出来。见他们的生意越做越大，也都有人暗地里猜测说是粉店老板家也沾了他们大财主家风水的光了。人们并不知道他们家老六会做生意却是跟粉店老板家的鱼峰米行学来的。他们两家后人，好像比他们前一代人的胸怀更宽些，听到这些传言，却也并不去做什么理会，任由人们说去。像这次哥朗交代的生意，是笔大生意，就是想自己独吞也吞不下，所以二老板也就想到了两家联手，倾家上场了。讲好了，在三都当地的生意，就让老六他们一家揽下来。而二老板他们一家就由他家老大负责去抓二都下面的生意。老大原来在鱼峰米行时，曾经和二都熊家有过交往，由他去也就轻车熟路得多。两家这样一分工合作，这笔生意也就可以挥洒自如、得心应手了。

这笔生意的内幕也只有他们两家知道，他们知道这是个非同小可的秘密，是不可掉以轻心的，必须要保密到改天换地的那一天，是否可以公开出来还很难说。

三

话说鱼峰米行二老板让他哥负责与二都熊家接洽粮米生意，那二都熊家当下的财力，已经超过了三都大财主家分家后的财势，与老六、老七和老八三支合力的财势相当。老六往上的几个兄长都只惯于守成乃父留下的那点家业，这些年来，不但总体家业已经越缩越小，有几家甚至已经出现变卖祖业田产的现象了，个别家里到目前为止，仅能维持家计尚略有余裕，总体趋势再也没有大财主本人在世时的风光了。只有老六带着老七老八三兄弟抱团，且更新了经营观念，三兄弟分工合作，亦农亦商，励精图治，才勉强还能撑得住乃父创下的这个大财主的名头。而此时的熊家却已呈现出后来者居上的势头，成了二都的首富。鱼峰米行这些年在粮米生意上与熊家多有交集，也就懂得他们的家底。

鱼峰米行在老掌柜还把持着米行生意的年头，就和熊家开始了粮米生意上的往来了。那也是因为粉店老板与大财主家的宿怨纠葛而起的，且为此又把建桥师傅也给拉扯了进来。后来那建桥师傅又阴差阳错地成了大成国靖王爷的师爷。由于老掌柜与陈师爷间的旧怨宿仇，在陈师爷的逼迫下，不由得老掌柜不硬着头皮，揽下了大成国军粮供应的生意。那时老板和大财主家的关系还没有修好，为了能够向陈师爷交得了差，老掌柜也就千方百计地找到了二都熊家，也才稳住了他们这个米行，并得以维持下来。这米行生意也正因为陈师爷的关系，却也因祸得福，攀上了大成国军粮供应的官营之道，有了靖王府这样一把保护伞罩着，这生意也就稳赚不赔了。这样一来，不止保下了老掌柜的命，还为粉店老板大赚了一把。而老掌柜自己也乘机从中为自己攒下了一些家底，在他百年后，能让他的儿子不用再为老板操心，而可以自立门户去了。在这一期间，柳府的天下已经几度易手，人事几经沧桑了。也是因为老掌柜做事圆滑老到，当大成国在柳府得势时，他仗着陈师爷这层关系，生意顺风顺水，他知道这都是得益于陈师爷当初的不杀之恩，且还给他摊下了这桩好生意。为了报陈师爷的恩，也为了封住陈师爷的口，他也从赚得的红利中给陈师爷留着一份人情。陈师爷有感于他会做人，也就不咎既往地不去计较那些过去的事情了，而且还处处维护着他。老掌柜毕竟是生意场上的老油子，看得宽想得远，他一边做着生意，一边也在留意着世事风云的变幻，他一直对大成国的国运能维持得多久心怀疑虑，所以在生意好做的时候总留着一手，只管闷声发财而不事张扬，他从来就没有拿陈师爷的这层关系在行内做招牌吹嘘炫耀。所以直到后来清朝官府又收复柳府时，他鱼峰米行与大成国之间暗中的特殊关系也就不为人所知，让他得以把米行完好无损地交到了老板家老大手中，也算功德圆满。

二老板也是在这米行里得益于老掌柜的言传身教，学到了不少生意场上的人情世故，所以在和哥朗这层关系上，他也就借鉴了老掌柜与陈师爷的那套官商联手赚钱的谋略和理念，甚至于二都熊家这条在老掌柜手中建立起来的老路子都沿袭下来了。他让他大哥去与熊家把这桩生意定下了长年的关系，这一年四千多担，加上历年的库存，以及他们熊家在一都二都一带的亲戚朋友，两三万担也就有把握凑得起来，这样既保得了货源，且还不用拿钱去囤货，这是多好的生意。

哥朗的队伍来到柳府这一个多月里，所需的粮食，都是二老板的米行给供应的。是二老板就近从二都熊家调的粮，让哥朗的人从两合岩口偷偷运进弄。柳府衙门也就无从觉察出其中的异常，意想不到在他们的鼻子下面，已经潜伏着一支义军的队伍。老七老八两兄弟带着人给弄里送粮的时候，也到过弄里几次，和哥朗在弄里见过几面，心里想着，弟兄们这种生活，虽然是提着脑袋过日子，但也觉得蛮有意思的。而他们也意识到，他们自己其实已经和哥朗他们的命运连在一起了。他们赚的这些钱，其实也是在冒着生命危险的。哥朗也体会到他们做生意的难处，从来都是先给二老板预付粮款，不让他担心。何况眼下哥朗他们手中也还不缺钱，所以他们之间也都是相互信得过的。除了二老板这条路子，那半山酒店的刘老板那边也还有另一手准备。一旦动起手来，粮草上的事也就有了保障。

四

哥朗他们得到刘老板送来的武器后，队伍经过了整顿，并开展了十多天的训练，弟兄们对新武器也能得心应手地应用自如了。算下来，从七峒出来至今已经一个多月了。在这桐村弄里，不像在七峒里山高皇帝远，行动自由，这弄外东边不远就是柳府城区；弄外东南铜鼓岭下是拉堡、一都；西南是二都接着三都；西北到太阳、新圩、长塘，都不足半天路程。除了粮食有二老板他们定时供应外，其他生活必需品的采买都方便，有钱都能买得到，所以他们的伙食也还不错，饭能尽情吃饱，酒肉也没有断过，只是不能像七峒那样任着性子喝酒罢了。毕竟这里是官府的眼皮子底下，不能随便来去，只能成天困在弄里，算是把大家伙们养肥养胖了。这样一来，倒是能让弟兄们专心致志地搞训练。然而，训练时，无非就是成天摆弄着刚到手的新枪，却又不能随心所欲真枪实弹地试一把，那是担心有太大的响动，会引起弄外周边村民的注意，只能在心里盼着什么时候能真刀真枪地干起来。这些人都是当年在石门坳起义时玩过命，从死人堆里幸存下来的人，他们知道一旦真的干起来，那又是玩命的勾当，但他们知道自己已经踏在这条道上，由不得自己愿不愿意，横竖都是一死，也就不把死当作一回事了。

到了三月十八日那天，刘明九来到了弄里，对哥朗传达了刘老板的话。让哥朗两口子明天上午到酒店去一趟，商量下一步的具体行动。刘明九当天在弄里住了一个晚上，第二天上午带着哥朗、阿娇，另外带了四个弟兄随行护卫，从文笔岭下西鹅，过小鹅山，一路奔半山酒店而去。到了半山酒店，刘老板已经吩咐人做好了午饭，谢老三已于他们之前到达。刘老板让小二摆上饭菜，边吃边让谢老三介绍先锋营的情况。

月前，先锋营管带陆亚发从府署内探得，两广都督岑春煊已经给柳府知府兼防营统领祖绳武下达密令，着令先锋营管带陆亚发以下全营官兵，于五月初择日拔营，乘船循水路下广州大营，接受训练并换发新械。并密嘱祖绳武给陆亚发的调令暂不下达陆亚发，确定拔营时间三天前才向陆明示。在此之前，令祖绳武对先锋营实施严密监视，以防消息走漏，致陆等提前异动。对此，先锋营管带陆亚发早有警觉，得此消息后便引起他的疑虑。特别是柳府军火库内最近才从转运局新进了一批四五千枝的毛瑟快枪，却为何非要把他们调往广州换械？莫不是岑春煊、祖绳武又要故伎重演，灭杀先锋营弟兄。弟兄们纷纷主张就此抗命不从，陆亚发遵从众兄弟的意思，暗下决心，欲待拔营令下，全营官兵即乘机举旗反清。于是让谢老三约刘老板见面，把自己的打算告诉了刘老板，获得刘老板的认同，决定由刘老板出面与四十八弄联系，让四十八弄来人，共同策划一套统一的行动方案。刘老板正待派人前往四十八弄的头一天，在船帮里的会党弟兄送来了一个消息：柳府府署有一批官营的苏杭杂货、盐、糖等，价值约十六七万元的物资欲运往长安，需要船帮组织一百条船的船队负责运输，由府署派防营水师押运。定于二十三日启航运往长安。刘老板觉得这是个可以利用的大好机会，于是决定把哥朗和先锋营的陆管带邀来共同商量。今天陆亚发因公务缠身不能亲自前来，让谢老三代他前来相商。

　　刘老板对在座的几位讲出了他的想法：船帮这个事情，是个很值得利用的机会，一来这批官货价值不菲，先锋营这次兵变一旦发动起来，正需要有钱作为军费开支，这是个千载难逢的机会，找个好的地点把它劫了，一来可以解决经费的问题；二是先锋营正要找个起事的时机，如果把这劫夺船队官货的事发动起来，势必可以打乱祖绳武对先锋营的既定部署，减轻祖绳武对先锋营的压力，能保障先锋营举事成功。

　　大家觉得这个机会确实难得，都主张好好利用。哥朗听了刘老板讲了这个事情，又听了大家的议论，心里着实高兴，想到这些天来，弟兄们在训练中表现出来的，求战心切的高涨情绪，这事正好让他们去过一下新枪瘾，且当下能干这事的也只有他们，至于先锋营的弟兄当下还不能暴露出有异动的迹象。于是便激动地站起来自告奋勇地说："对！这个事就由我们去做，省得还要慢慢去找人而让机会给错过了。"阿娇见哥朗表现出来的冲动劲，就赶忙制止他道："你别急，听听刘老板怎么说，他们一定还有更好的办法。"谢老三也说道："按说哥朗兄弟的想法倒也不错，这个机会确实难得，是绝对不能错过的，但是，按船队的规模，要稳操胜券，去的人还不能少，我们先锋营不能动，当下的时间又紧迫，要临时去找这一大帮人，还真的找不出来，只有哥朗兄弟他们这一帮人是现成的，且还都是熟行熟道的。"听了他们几个人的一番议论，刘老板说："这个机会确实太难得了，这个事情做下来，就是一举多得的事。其实，最有价值的还是这事搞起来，给先锋营提前起事创造了机会，这个作用才是最重要的。这么大一笔物资钱财，在柳府防营职责范围内被劫，作为柳府知府兼防营统领的祖绳武有不可推卸的责任，消息一经从事发地报将上来，如此大笔官营资产被劫非同小可，谅他不敢敷衍塞责，无论如何，他都得从防营中调兵驰援，非要把这批物资追缴回来不可，否则上峰定会追究他的失职之罪。而当下他在柳府总共驻有包括先锋营在内的四个营兵力，他心中明白，他可以调动的也就只有三个营不足四千兵力，一经分兵，驻柳兵力则不足以控制先锋营，先锋营的弟兄们就可以乘机起兵反水，杀他一个首尾不能相顾，成功也就多了几分把握了。这个机会我们得好好掌握，认真筹划，要搞得万无一失。但是，我们还要抱着两种准备，如果我们不能乘机占住柳府，至少要能够保证先锋营的弟兄能够成功冲出柳府，到四十八弄扎下脚跟。大家想想，我们能够有什么更好的办法？"

大家听了刘老板的话后，静了好一阵子。阿娇毕竟是个女人，不容易冲动且心思细密，她想了想，就打破了沉默说道："我想，眼下我们最需要考虑的是，如何能配合先锋营的弟兄们的行动，使兵变发动后的先锋营能够得以保全，不至于让祖绳武有机会乘机吃掉先锋营。这个事情的成功，有赖于我们和刘老板的会党弟兄的共同配合和奋斗。按照在柳府我们与官兵双方的实力对比，我们是处于绝对劣势，若要有成功把握，还有赖于得到四十八弄弟兄的参与和配合不可。祖绳武他们不是泛泛之辈，他对先锋营的防备之心早就有之，此次两广都督岑春煊下令先锋营调防，看来都是他祖绳武的计谋。此次要付诸实施，是他祖绳武图谋已久的事，他必定早有多手准备。所以，我想，在柳府这一块，凭我们现有的这一点力量，能否保证先锋营弟兄从柳府全身而退尚未可知。若是再将我们这点力量分散出去，长途奔袭拦劫船队，柳府方面就只还有刘老板的会党弟兄，以及先锋营总共不足三千弟兄了，要应付方方面面的事情，就更显得捉襟见肘，顾此失彼了。而船队的事又确实机不可失，绝对不能不利用。想来想去，我是觉得，劫船队的事应该是让四十八弄的弟兄们去办最为妥当。一是从四十八弄到十五坡比我们从柳府赶往十五坡要近了好几倍，我们何必舍近求远？二是四十八弄远比我们人多势众，可以分出一批人去十五坡劫船队，在劫船队时，还应该把事情闹得越大对我们才越有利，他可以引起柳府知府祖绳武的更大关注，让祖绳武派尽量多的防营官兵前往救援。让四十八弄的弟兄们尽量在那里拖住他们，拖得越久，越有利于柳府方面的行动。最好能争取在十五坡那里消灭多一点官兵。让四十八弄的弟兄们能将其余的力量调到柳府来，配合我们共同促成先锋营的行动，我们成功的把握就更大些。至于劫船队的事顺利解决后，那部分弟兄就急速回援四十八弄，以保柳府方面弟兄们有后路可退，大家认为是否可行？"听了阿娇的一番话，大家都不约而同地表示赞同。最后由刘老板拍板定夺，就按阿娇的方案办。决定明天就派人前往四十八弄，告诉他们务必要按这个方案办，切不可错过了这个时机。

方案定了下来，会也就开到这里为止。刘老板心里明白，大家都还有一句话在会上不好意思提出来，即劫船队所得的财物最后如何处理？这是个最容易造成内部不和的，即通常在道上出现的所谓分赃的问题。现在他们这几方面的力量基本上还是各自为政，还存在着各自利益和目的的不尽一致，还没有形成一个统一的组织关系，这种利益分配很容易造成纷争，处理不好就会酿成内讧。他本来就有要把各条道上的力量统一到会党的旗下，但眼下还不是时候，他觉得在这个时候把这种敏感的事提出来，恐怕会对整个计划造成节外生枝的后果，所以也就有意识地含糊下来了。而哥朗心里也想过这个问题，他之所以没有公开提出来，是因为刚刚是他最先主动提出由他们去劫船队，若他提了出来，会让别人认为他是为了想独占这笔钱财，才争着要去做的。再者他也有一种想当然的道上规矩，即通常这种事最后都是会按规矩办的。凭着江湖道义，他也没提出来，是为了表现自己的豪爽气概。而阿娇是觉得，这种事应当是先讲后不乱，得让大家心里明白，而不至于过后因此而生变。她不好提出来也是因为刚才哥朗最先主动提出要带自己人去劫船队，若是她提出来了，就更容易让人误会。同时也怕刘老板会因此而反感。谢老三没提出来，他有他的想法，就是他们先锋营这次兵变计划成功与否，关系到他们的生死存亡，而他们的生死存亡又有赖于各路兄弟的援手，若是不成功，其他的事也就没有什么意义了。若是成功了，他们才能够生存下来，至于其他的事也就不是什么问题了。这事大家都不提了，也就让它含糊着。

五

次日，刘老板派人把在柳府商量好的方案带到了四十八弄，找到义军头领覃六五等人，转达了刘老板的意思，并再三提醒他们，船队明天就启航向长安送货，让他们尽快做出决断，及早行动，务必要在船队到达十五坡前做好准备，以免错过时机，让船队进入长安地界，一旦发生战斗，长安驻军防营会很快得到消息，派援兵乘船顺水而下，很快就会到达。加上柳府、柳城方面得到消息也势必会派兵驰援，而且船队护航的水师也是一支劲旅，是不可小觑的力量。面对几个方面的同时作战，即使把船队劫下了，货物是否能搬回到四十八弄就是个大问题。从龙头到太平进入四十八弄是最近的路程，只要进入四十八弄，官兵便不敢进弄追赶。所以要保证在劫得船队后，官府援兵到来之前，把所有东西搬运上岸完毕，且要全部运回到弄里才算完事，这个时间要算好，不能耽搁了。剩下的事就是做好打仗的准备，等着官府的援兵到来，而不是怕他们来。

覃六五紧急把各路头领们找来进行磋商。大家听了都觉得这是一个千载难逢的好机会。这个事搞成功，他们马上就会得到一笔不菲的资财，可以纾解他们经费困难的问题。他们都认为这是刘老板有意对他们的关照，才把这等好事让他们来做，这是出于对他们的帮助和信任，所以他们因此而对刘老板抱有感激之情。除了覃六五外，其他人并不懂得刘老板与他们之间的内在关系，也不懂得这件事情还与先锋营有关联，就提出留下守寨的人外，其余全部出动到十五坡去。覃六五就对他们说出了这件事的目的不止在于得到这批财物，而且还带有另一层意义，主要还是借助这个事情，起到声东击西的作用，把官府的注意力吸引到十五坡来，以便于先锋营弟兄在柳府起事。所以决定以四十八弄总兵力的一半前往柳府，配合先锋营袭取柳府，或至少能接应先锋营的弟兄们撤往四十八弄，这才是这个事件总的目的。

最后大家商量决定：一半兵力留守油麻弄大本营，由刘立勇负责统一调度指挥，把留守兵力分为三路，第一路一千人，先行奔赴十五坡负责劫夺船队货物；第二路以另外一千人负责十五坡和四十八弄之间的机动，尾随一路赶往十五坡接应，协助第一路完成劫夺船队的任务，并负责向油麻弄大本营转运物资，如果大本营受到攻击，则协助后方留守；第一路在完成第一项任务后，协助第二路搬运货物，直至保证所有货物运回到四十八弄，而后继续留在十五坡，以逸待劳，打击官府援兵，造大声势，尽可能地拖住官兵。所有任务达成后，退回大本营共同留守。其余人全部由覃六五率领出中渡，沿洛清江南下雒容往洛埠接应先锋营。

　　调配就绪，覃六五带领大队伍朝中渡方向南下东出四十八弄。向十五坡去的队伍即刻西出太平圩，朝十五坡方向出发。

　　朝十五坡去的第一路由梁进统领，到太平后，所有人员分为三个队，一队由梁进亲自带领直奔洛崖圩。由周实、刘立明分别带领二队、三队同道朝龙头而去。到达龙头后，周实带着他的二队在龙头驻下，分兵两岸构筑工事，休息等待。三队由刘立明带领朝十五坡而去。

　　梁进一队到达洛崖已是二十二日晚上，分一部分人过江到洛崖圩，占领圩头的崖山，队伍隐蔽潜伏于崖背。在崖头上设下观察哨，监视下游江面的动静。到次日辰时，只见一支船队首尾相接，浩浩荡荡地出现在江面上，正在迤逦逆流而上。崖头上的哨兵把信号传给了领队梁进，梁进传令观察哨继续观察。当船队驶过崖脚江面，并未靠岸停歇，而是继续奋棹上行，待船队驶过崖脚半个多时辰时，观察哨已看不清船队尾船，领队即令哨兵给对岸发信号，让所有人员分左右两岸循旱路，保持与船队一定的距离，不让船队有所察觉，悄悄尾随船队逆流而上。

　　在此同时，在崖山下游江面远处有一只快船正朝着崖山逆流而上，崖山两岸的动静已经让船上人看在了眼里，而崖上的观察哨却认为是大埔一带江边的渔船。那船到达崖山江面时，便停靠在崖山脚下江边，有两个人急速登上崖顶，朝上游江面两岸看去，只见两岸各有一支队伍，朝着船队行进的方向逆流尾随而去，他们心里已经明白是怎么回事了，便下山登船掉转船头顺流飞速而下。

　　尾随船队而去的梁进一队人马到达龙头时已是午时，与在龙头潜伏等待的队伍成功会合后，即由周实带领他的第二队人马，接替了梁进一队尾随船队而去。梁进一队则就地驻扎下来，休息片刻后，用先行到此的人弄来的拦江竹缆，把江面横断，并在两岸构筑起战斗工事。拦击有可能突围出来的船只顺流逃逸。同时也准备阻击从柳府府城、柳城旧县逆流而上来援的官兵。一切准备就绪，只待船队逆流而上，到达十五坡和码头江面时，即可发起攻击。

　　周实二队尾随船队朝十五坡码头方向而去。十五坡圩和码头村分别在江的右岸和左岸，不到一个时辰，周实部也就到达了与十五坡隔江相望的码头村，布好阵后，船队也几如同时进入刘立明第三队的伏击圈内。刘立明见船队领头船已经到达他们预设的拦江竹缆处，便下令两岸拉起拦江竹缆，横江拦住了船头，并同时向船队喊话："船帮弟兄们，你们这船上运的东西都是官货，你们只要把船靠过左岸来，我们只要东西，搬完货就让你们开船走人，我们绝不伤人。"听到岸上的喊话，那护航水师的人知道是遇上劫匪了，便阻止船员不准靠岸，并向两岸开了枪。刘立明等人见护航队先开了枪，并且见护航队驾得有自己的船随护，并不与货物同船，也就一齐向护航队的船上开了枪。但护航水师的船都是铁壳船，枪弹打在船帮上都伤不了人，这时周实二队的人也正好赶到，于是就开足全部火力，朝着护航船队打。两岸居高临下，护航水师利用船帮掩护还击，但毕竟躲得左岸的枪子，却又顾不了右岸的枪子。岸上的枪虽然不好，但人多，从岸上到江中也不远，一阵枪响过后，船中一下子也就死伤了十多人。由于水师用的都是快枪，且训练有素，这岸上的人也有一些死伤。这护航队见到这种阵势，知道他们面对的不是一般劫匪，而是专门与官府作对的绿林悍匪了。于是他们借助自己的铁壳船可以抵御枪弹，又看到右岸上的人稍少些，就冒着两岸居高临下的攻击，一部分掩护，一部分则冒死向右岸突击，企图打开一个缺口，攻夺一段江岸，摆开阵势和匪众缠斗。当时四十八弄义军的武器相对落后，有相当部分还是些猎枪火铳甚至还有不少刀矛之类的冷兵器，即使是火枪类大部分还只是上一弹放一枪的单响漏壳。和水师的快枪相对，就很难占得便宜，只能依仗江岸居高临下的有利地形及人多势众，才可以勉强造成对护航水师的威慑。然而，护航水师善于借助水性和江岸地形，战法灵活，特别是他们还带有一门小钢炮，而江岸上的义军大多为贫苦流民，没有文化，见识少，更没经过军事训练，没经历过大的阵仗，只习惯于趁火打劫、聚众起哄，一旦遇上久经战阵的兵油子，就都乱了手脚，让护航的水师往岸上轰了两炮，那岸头阵地里的人为了躲炮，就都作了鸟兽散地纷纷往后跑，竟让那些水师不顾身后左岸的枪子朝着背后打来的危险，也是由于这一带江面较宽，左岸上义军的枪弹射程有限，杀伤力不大，那些护航的官兵们在江中、岸边丢下十几具尸体后，竟让二十多个官兵冲上了岸头，抢占了右岸上原来义军的阵地，反过来凭着他们武器的优良，压制了左岸义军，掩护了那些还被困在船上的水师也跟后冲上了江岸。由于开始时那护航水师受到两岸义军居高临下的突然攻击，已经死伤了十多人，抢占岸头阵地时又死了十多人，待他们在岸头阵地站稳脚跟时，也就只剩下六十多人了。他们占了岸边阵地后，虽然兵力悬殊，凭借着他们手中的武器精良，原来左岸上的义军一时间也过不了右岸，而原来在右岸上被炮轰四散后撤的义军，又重新收拢来，反过来远远地包围了岸头阵地中的水师，他们一时间也无法突出包围圈。且他们对江中船上的货物负有保护的责任，他们也不敢丢下船队不管，只能坚守着阵地，对船队仍然起到守护的作用。四十八弄的义军一时间也无法搬运船上的货物。

护航官兵们心中有数，他们这里发生的事，已经让一直跟随着船队后面的那只快艇的人报告到旧县衙门，并且通过县衙很快就会将情报转到柳府府署。他们只要在这里能坚守一天，官府的援兵就一定会到达。他们只要占住这一处江岸阵地，劫匪就无法把江中船队的货物搬上岸运走。但此时已是酉时，再往后不久就到傍晚，他们隔着江岸，尽管枪好，也是鞭长莫及，管不了对岸的劫匪卸船搬货。

占领了右岸阵地的水师与刘立明队暂时形成了对峙，刘立明把原来留在左岸的那部分人也全都调到了右岸，把水师团团包围在岸头阵地里。把左岸全部交给了周实部，继续控制着船队。此时，从太平方向来了一大队人马，约有两千余人，给水师的人隔着江看，还以为是他们自已的援兵，待那支大队伍越来越靠近江岸时，才看清了，竟是劫匪一伙的。

左岸刚到达的是从四十八弄出来的邓云飞的第二路，领着大队的马车、牛车、手推车，还有挑着筐子的、扛着麻袋布袋的，老百姓装束的人。到了岸边，邓云飞见了刘立明，听刘介绍了情况后，知道一时间还不能下到江边卸船搬货。商量后，由周实也带着他的全部人马过江，和刘立明一起，集中力量向右岸水师所占的岸头阵地发起猛烈攻击，让他们无暇顾及江中船队，掩护邓云飞部卸船搬货。刘立明与周实在右岸的两队人马汇合一起，对水师阵地形成一个弧形的包围圈，仗着人多，开始向水师阵地发起了猛烈的攻击，阵地中的水师受到猛烈攻击，只顾拼死抵挡刘立明等的围攻，坚守待援，或者等待天黑突围。江那边的义军已经开始搬货上岸，装车、装担，一个多时辰，百多船货物都一搬而空，并开始陆续向太平往四十八弄起运。

护航水师原来是一百人，此时在右岸阵地中，只剩下六十多人了，面对义军五百多人的围攻，仗着他们的枪快弹足，还有一门小钢炮，还凭借着这岸边阵地是一丘乱石岗，且周边都是开阔平缓的农地，义军却也一时拿他们无可奈何。加上他们坚信他们的援兵很快便会到达，且他们知道他们唯一的活路就是坚守待援，只有拼死抵抗。刘立明等义军一时间难以攻下水师所占的乱石岗，到了天黑时，也就停止了进攻，让形势变成了僵持的局面。天黑对水师来说是不利的，他们担心义军会趁天黑，仗着人多势众，从四面八方慢慢逼近收拢了包围圈，他们枪好的优势也就被抵消了。江对岸的义军此时已经搬运完所有的货物，刘立明等也不急于要消灭他们，而是故意地拖延时间，不时发起小规模的进攻，骚扰和消耗他们的子弹，故意要等待官府的援兵到来，好配合柳府方面的行动。

六

且说从洛崖掉头的那只快船，沿江顺流而下，不到一个多时辰就到了旧县码头，登岸到了县衙，通报了船队的情况。县衙因事发地在本县境内，责任重大，在未来得及等待府署的明令之前，即一面仍令快船赶赴柳府府署报告，一面召集本县团练、调集船只，准备发兵增援船队。

柳府府署得到报告时，已是傍晚时分，知府兼防营统领祖绳武得报惊出一头冷汗，即刻把各防营管带招来，陆亚发为先锋营管带，自然在召之列。祖绳武深感兹事体大，不敢贻误，但他觉得，近日因忙于秘密策划应付先锋营的事，却对货运船队的事掉以轻心，当他给船队组织护航时，他认为从柳府到长安只是一天多的水路航程，有一百水师护送足矣，却疏忽了融江沿岸的匪情。没有考虑到融县、柳城两县交界处的四十八弄，离融江都不超过一天的路程，而四十八弄正是五六千逆贼叛匪盘踞之老巢，一旦走漏消息，让他们得知有如此大宗官货船队途经其眼鼻子底下过，且还是逆流而上，等于将肉送到他们嘴边，岂有不抢之理？船队面临的威胁也就可想而知。一旦这批官货丢失，朝廷追究下来，他祖绳武便是失职之罪。如今事已至此，如不赶紧派兵赴援，保住那批货物，如此巨大的损失，自己是知府又是防营统领，本辖区地域出现劫匪，且抢劫的是官货，自己将难辞其咎。但是为难的是，自接到两广总督密令，着手策划处置先锋营的事，被他看成是重中之重了，一刻不敢怠慢疏忽。再者，他认为那官货的运输事务，已派有水师护航，满以为不会出事，哪知这就偏偏出了事。既然事情已经到了这一步，若从柳府防营分兵出援，势必造成柳府兵力的不足，再让这先锋营的事给搅黄，这才是大事。但又不能不采取措施，必须立即调派人马赴援。让他好一番思忖，才想起，近年来各县各乡都组织有团练营，何不就此事无兵可调之际，令周围几个县团总，调集本县团练赶赴增援也不失为妙计，如此上峰追责也就讲得过去了。想得此，他自觉是个好办法，便即书就手令，因事发于柳城境内，首先命令柳城县府，督促县团总立即抽调本县团练营及各乡团练，倾巢出动，驰援洛崖、龙头、十五坡，保住船队货物不得让乱匪劫夺。再令融县、马平两县各凑足一千人马，分南北对进，驰赴太平、浮石，截断劫匪遁入四十八弄的退路，并伺机阻杀四十八弄出来的援兵，争取在龙头、十五坡把劫匪包围就地歼灭，不让其再度遁逃四十八弄继续作乱。着令府城内各营按兵不动，严阵以待。

柳城县府在得到快船报告时，未得到柳府府署明令之前，因为事发本县域内不敢怠慢，怕上峰追究下来难辞其咎，便立即自行主张，派团练营倾巢出动，并急调各乡团练，共凑足了一千多团练，分水旱两路逆江而上，一路从头塘上岸，沿旱路经二塘到洛崖，与寨隆、四塘两乡团练会合，在右岸面向龙头十五坡搜索前进，驰援船队；由水路而上的县团练营在洛崖左岸面向龙头搜索前进，遇上劫匪即行攻击，捕杀劫匪。令六塘乡团练直赴寨隆与寨隆乡团练会合，到龙头右岸的隆水布阵；令冲脉、古砦两乡团练在古砦会合、面向十五坡布阵。柳城县府的布局正与祖绳武之意图不谋而合，动作也够迅速。

融县、马平两县得到祖绳武的令后，已经迟了一天，援兵方得组队出发，加之团练本为民兵组织，未经严格训练，有的还只有名在册却未经训练的，军事素质低下，行动迟缓。融县防营兵只有四五十人，得令后驾着三条船沿江而下，到达十五坡上游五里外，便遭遇刘立明所设的伏兵阻击，不敢轻兵冒进，双方在原地形成胶着状态。此时已是二十四日午间，船队货物已在十五坡码头被四十八弄义军搬运一空。长安援兵只能与柳城县古砦团练联系配合，夹击劫匪于十五坡和龙头两岸。而由长安旱路南下的融县团练到达浮石时，未发现义军的动静，即继续南下，到太平与从柳府经沙埔北上的马平团练会合，一面布置以四十八弄为正面的防御阵地，准备阻击四十八弄援兵。一面分兵向洛崖、龙头、十五坡搜索前进，阻击回撤四十八弄的劫匪，对四十八弄义军形成包围态势，企图将义军歼灭于龙头、十五坡左岸。祖绳武此番部署不可谓不周全，但他却忽略了四十八弄义军行动的神速，此时船队货物已于二十三日晚间被义军劫掠一空，并于二十四日凌晨天未亮前，已经将所劫得的货物搬运完毕，经太平全部进入四十八弄。留在龙头、十五坡两岸的就只有刘立明、梁进、周实三人带领的千多人还在按原计划，坚持在龙头十五坡两岸，企图把官军援兵吸引过来。奉柳府府令的融县、马平两路援兵到达太平会合时，邓云飞义军搬运队已去无踪影。他们不敢轻兵冒进，尾随搬运队进入四十八弄追击，只得就地布防，切断还在龙头、十五坡的劫匪回撤四十八弄的退路，企图将义军围而歼之，好回去交差。

七

到二十四日傍晚时，官方各路援兵全部到达，并成功会合，三县团总商量，因事发本县地域，故推举柳城县团总统一指挥。并组成了以融县和睦、潭头，柳城太平、大埔、洛崖、寨隆、古砦约方圆百里地域的包围圈。义军千余人处在官方团练三千多人的包围之中。绿林众人大多来自乡村贫苦农民，以及城市中失业的贫民，都是些少文化，未经过训练，战斗力不强的人员。唯其有少部分会党人员是有文化有信仰有抱负的人，这些人可以为信仰而死，也有一定的斗争经验。有这么些人在这绿林队伍中作为中坚骨干，对付团练还属民对民，可以应付得过去。且眼下留在十五坡、龙头的绿林队伍的枪和团练们的枪都不相上下。从双方人数对比，团练的三千多人马对义军一千人马，义军队伍在人数上就差了一大截。此时被围在右岸上石丘中的几十个水师见他们的援兵已经陆续来到，并已把义军实行了反包围，便和援兵配合对义军发起了反攻，把右岸刘立明等一众义军队伍一分为二，包围在右岸的几个村子里，但一时间也还无法对他们实行歼灭。

在龙头下游到洛崖之间，沿水路来援的柳城县团练在洛崖就登上了左岸，把在龙头到大埔的大路给阻断了。梁进见了这等阵势，心里明白义军已经被团练实行了反包围，从整个战场态势看是敌强我弱，己方已被敌包围在融江两岸的狭长地带，实际上处于背水作战的态势，若无援兵接应，即有被歼灭的可能。如此，必须及早做好突围的准备。但仅凭眼下的力量而没有救兵来援，突围也将是难以成功的。当下四十八弄留守的刘立勇部再加上搬运货物的邓云飞部也只是两千多人马。而赶赴柳府的覃六五部三千多人目前处在什么位置，尚不得而知，所以必须让人突围出去报信。梁进当机立断，在未来得及与周实、刘立明协商的情况下，选派了五个精明强干的弟兄做好准备，他趁团练初到，情况未明，阵脚未稳之际，组织了一次对团练的攻击，趁团练被突如其来的攻击冲得七零八落之际，梁进命那五个兄弟乘机冲出团练的包围圈，并嘱咐他们："冲出包围圈后，让两个人经鸡公山潜回四十八弄，嘱刘立勇派原来出来搬货的邓云飞部原班队伍，急速返回，向太平一线的团练发起攻击以接应我们突围；另外三个人翻过白马山到东泉，前往雒容，一定要找到覃六五，把这里的情况向他们报告，让他们急速沿着你们去时走的路，翻过白马山，到达沙埔后，分成两路，一路往北向太平进攻，配合邓云飞夹击太平一线的敌团练，守住进入四十八弄的通道。一路经大埔从洛崖向龙头、十五坡靠拢，接应我们突围。"

五个人冲出团练的包围圈后，即时翻过凉水山，取道杨梅、庙口，潜过马平县团练的太平警戒线到达近村，按梁进的吩咐五个人分头行事，两个人向北翻过鸡公山，进入四十八弄；另三人则穿越白马山到东泉，取道向洛埠、雒容而去，追寻覃六五等四十八弄义军，催他们回兵救援。

梁进见五个弟兄已经安全突了出去，才放下心来。派人找来周实和刘立明，三个人针对眼下的形势，进行了认真的商量，研究对策。眼下刘立明、周实两部的处境较为困难，刘立明部两百多弟兄与周实部共五百多人，被水师和柳城县团练一千多人，分割包围在右岸。刘立明还有一百弟兄在十五坡上游也处柳城县团练与融县防营兵的南北夹击之中，拼死坚守在右岸边的阵地，那是他们的退路，但眼下还不能撤过江来。这边梁进部的三百多人，面对的是融县、马平两县团练两千多人不断收缩的包围圈，这边不能过去，那边也不能过来。只能等到援兵到来后，才可以设法集中力量接应他们过江一起突围。

　　十五坡圩与码头村一在右岸，一在左岸。周实所部在的码头一带，眼下和团练尚未有过接触，只是隔江看着周实部和刘立明部在对岸，与护航水师及来援的团练在右岸的拼杀。过了不到一个时辰，从太平搜索而来的团练也陆续到达，对他们所占领的几个村子形成了包围。形势对他们极为不利。他们本来的任务就是以劫夺船队货物为主，兼作诱饵，诱使祖绳武调动驻柳防营兵来援，企以牵制分散祖绳武柳府的兵力，减轻先锋营的压力。眼下这要劫的货倒是到手了，但这些来援的却不是柳府的防营兵，只是祖绳武调来的各县各乡团练，看来祖绳武对先锋营的动向已经有所警觉，并已经做好了应对的部署。刘老板企以为先锋营创造机会的计划是难以达成了，原定的计划不得不暂时搁置，不敢贸然行动。

　　尽管祖绳武派来增援船队的只是各县团练，其战力远不及防营兵，但团练人数众多，声势浩大，对义军构成的威胁也不容小觑。刘老板原来只是想让四十八弄义军作为诱饵，吸引和诱使祖绳武分兵赴援，祖绳武并未上钩，却只是调派各县团练出援对付四十八弄，如此反倒使得四十八弄义军要真的成了被团练抢着吞吃的鱼饵了。

　　刘立明趁夜黑，让他的人马与右岸包围他们的团练对峙着，掩护周实驾船过江和梁进紧急磋商。梁进说："我们现在已经被四面包围，来的虽然都是团练不是官府营兵，但人数不少，看来不下三千。不知道邓云飞他们昨天晚上是否已经将货物运进弄去了？看这个情势，我们不能待在这里让他们围着我们打，我们必须组织突围，但是仅凭我们眼下的力量，突围可能很难成功，我已经派了五个弟兄潜出团练的包围圈，让两个弟兄回油麻弄报信，把这里的情况向家里报告，请他们派援兵前来接应我们突围，有了援兵与我们里应外合，方有成功的希望。我还另外让三个弟兄直接奔柳府找覃六五大哥，让他即刻回兵柳城救援。"梁进讲完，周实认为梁进处理得很好。他们还商量了如何坚持到援兵的到来。梁进说："在突围前，不能暴露我们突围的意图，避免让他们发觉我们的意图，仗着他们人多，提前向我们发起进攻，和我们抢夺岸边阵地，控制江面，阻止我们过江会合。到我们实施突围时，他们便可以过江，衔尾攻击我们。"他们对右岸队伍应该于什么时机过江，还没有一个成熟的方案。只有等待来援的弟兄们配合，里应外合才能奏效。

第二十三章 聚散生死

一

话说覃六五带领三千多四十八弄弟兄于二十四日凌晨到达雒容，屯兵于洛埠、雒容，等待陆亚发带领先锋营弟兄们起事后，或配合先锋营向柳府发起攻击，夺占柳府府城；或原地等待接应先锋营撤向四十八弄。但祖绳武并没有落入刘老板和陆亚发他们预设的圈套，先锋营不敢贸然行动，他们也只得就地继续观察等待。直到梁进派来报信的三个人找到覃六五，向他报告了十五坡方面的情况，觉得情况紧迫由不得犹豫，必须找到刘老板商量如何统一应对。当时兵马在外，覃六五是主帅，不敢擅自离开队伍，只得派人潜入城内，找到刘老板，刘老板随来人到雒容见了覃六五。听了来人对十五坡的情况汇报后，他当时就做出了撤销原定计划的决定，派人通知陆亚发的先锋营暂时按兵不动。让覃六五率领四十八弄原班人马，在来人的向导下，沿来路返回鸡公山，给被包围在十五坡的弟兄们解围。

刘老板离开雒容回城的同时，派人赶赴桐村弄通知哥朗取消原定计划，暂时原地待命。

这边覃六五知道十五坡情况紧急，即刻带领原班人马，马不停蹄地朝东泉、太平而去。一路上却苦了三个报信的兄弟，这一个来回就是 200 多里路程，好在队伍里还带有几匹马给他们骑着赶路。覃六五此时的心境自然焦急，担心祖绳武的团练万一提前对十五坡的弟兄们发起进攻，而梁进他们三个若应对失误，就有可能被进一步分割包围，各个击破，对四十八弄来说，劫得的那些货物算下来也就得不偿失了。

一路上不敢过多耽搁，只在东泉休息了一下，让大家吃了点干粮，喝了点水，便又上路。紧赶慢赶，第二天快中午时分过了白马山到达沙埔地界，覃六五让覃则伦领着一千人朝鸡公山而去。鸡公山是太平进入四十八弄的隘口通道，嘱咐他们务必坚守鸡公山隘口，并设法与可能从四十八弄出来接应的邓云飞部取得联系，让他们转达邓云飞，命他绕道过太平，直奔浮石，截断长安南下的通道，占领浮石进入四十八弄的泗顶坳，扫清浮石与太平之间的所有团练据点，准备接应突围出来的弟兄们。另派韦守礼领一千人向北直插到太平与龙头之间，隔断融县、马平两县团练在太平与十五坡之间的防线，切断他们的联系后，分割包围，能消灭的要力求消灭掉，杀一杀这些团练走狗们的威风。然后转向龙头、十五坡搜索前进，一旦发现还有团练据点，即发起猛烈攻击，让团练措手不及，打乱他们的部署。剩下的一千多人由覃六五亲自带领，由大埔过洛崖，直接攻击团练对龙头、十五坡南面的包围圈，向被围困的弟兄靠拢，接应他们向南冲出来会合。布置完毕，仍然让三个出来报信的兄弟潜入龙头、十五坡给梁进等人把这一部署转告他们，嘱他们一定要按这个部署配合行动。覃六五这个部署的企图在于为被困的弟兄解围的同时，争取在浮石、太平、大埔、洛崖及十五坡之间，尽可能多地消灭团练的有生力量。

四十八弄的义军弟兄们对团练有切骨之恨。团练也是由民众组成的，这些年来，由于晚清政治腐败，农民起义烽烟四起，造成了清朝吏治顾此失彼，一些土匪强盗也趁机打着反清起义的旗号，行劫掠百姓之实，搞得民间风声鹤唳，草木皆兵。而清政府为了应付农民起义，对社会治安、民间疾苦无暇顾及，于是清政府就提出要大办团练，组织民众进行自保，由政府组织并进行训练，平时维护地方治安，在需要时可以防匪防盗的名义随时调派利用，协助官兵打仗。官府利用民众求安心理，就把团练当成了准军事组织，对他们进行蛊惑教育，并施以小恩小惠，给他们发一些官兵不用的旧枪旧炮，无须给他们发薪饷；只是训练时官府供他们饭吃。不用他们的时候，他们就各自在各家做自己的事，到有事需要利用他们的时候，随便地编一个理由，把起义军与土匪强盗混为一谈，把起义军队伍也一概混称土匪强盗。用他们填补官兵的不足，来对付起义军。要用他们的时候，有饭供他们吃饱，有时也还有酒有肉，当时的老百姓要求不高，就这样就能让他们觉得满足，并让他们自认为成了吃公家饭的人，觉得光宗耀祖了。并让他们自己觉得比一般老百姓高一等，官府一旦派下这等差事，乡村里的这些人，也就都趋之若鹜，自告奋勇，甘愿为官府卖命。这些人没有文化，也没受过什么训练，平时对待乡里百姓都是狐假虎威的，官府利用他们对付乡里百姓倒还是很受用的，但到了真正要面对土匪强盗，打仗要拼命的时候，一听到枪响就都躲的躲，藏的藏。他们常常胡乱抓一些普通百姓充作土匪向官府邀功。他们对抓来的普通百姓或者小偷小摸，总是狗仗人势、吆喝呐喊，不分青红皂白，一哄而上，用最最残忍龌龊的手段折磨人取乐，他们做这种事情的时候，眼睛一眨都不眨。一些参加四十八弄起义的弟兄们有时偷着回家，被他们发现，他们就会毫不犹豫地去向官府通风报信。有不少弟兄就曾经有过这样的遭遇而被杀害。乡里有参加起义的人，他们抓不到本人，就把人家家人抓来折磨、残害。这些团练既起到兵的作用，又能起到警的作用，清政府采用的这一套以民治民之术在太平天国起义时最为时兴，还真的很管用，为官府节省了很多的军费开支。直至民国时期，广西统治者桂系集团也一直沿袭下来，直至很久以后。四十八弄义军的弟兄们知道，这一次来十五坡增援船队的都是团练民兵，而不是正规的防营兵时，知道他们既没有经过正规训练，且武器也和起义军的差不多，就想借这次机会教训他们这些团练解恨。

且说覃则伦所部到了鸡公山隘口后，作了一番布置，把太平作为攻防目标，进行严密的监视。同时派人沿着隘口朝四十八弄总部，一路往回搜索寻找从总部出来的队伍。由于当时梁进派回总部搬取救兵的两个人一路无阻地回到四十八弄总部，找到了留守总指挥刘立勇，把梁进的意图清清楚楚地向他作了报告。当时邓云飞所率的搬运队伍已经先一天把劫得船队的货物运回到油麻弄总部入了库，正在休整待命。刘立勇即和邓云飞商量，决定按梁进的意思，作了分工：刘立勇仍然负责留守后方，邓云飞率原班人马取道北上，向融县泗顶方向出弄，奔袭浮石。邓云飞率部正待出发，覃则伦所派来人也回到了总部，听完来人说了覃六五的部署，与梁进原来的意图衔接得上，这样综合了各方的讯息后，就算得出了一个全盘的规划，这边邓云飞也就按这个统一规划的步骤，向泗顶方向出发。来人也就带着这个大家认同的规划，立即返回鸡公山隘口报告。

回弄的人返回到鸡公山，向覃则伦报告了全部情况。覃则伦为了保证情报的一致性，让其本人继续赶往洛崖追寻覃六五通报了这个统一的计划。此时，覃则伦等人估算，邓云飞部应该已经占了浮石，他们也就开始行动起来，向太平正面的马平团练发动了攻击，配合邓云飞部从浮石南下。太平正面的团练受到突然攻击时，他们没有其他路可走，只能向十五坡和龙头方向，试图向他们原先派往包围十五坡的队伍靠拢。覃则伦部衔尾追击，把他们压缩到龙头周边包围了起来。马平团练原来已经包围了龙头周边的义军，并做好了向义军发动攻击的准备，正待总指挥下达攻击命令。但他们却没有料到，他们的攻击命令尚未下达，四十八弄义军的援兵已经对他们形成了反包围。在韦守礼部发起的突然攻击下，包围在码头周边的融县团练一下子就给冲得七零八落，阵脚大乱。包围着龙头的马平县团练几乎也在码头这边的枪声响起的同时，正欲想过来问问情况，在他们南面洛崖方向也响起了枪声，覃六五所部也在洛崖发起了攻击。覃六五是兵分两路而来，另一路也在这个时候到了龙头，几乎是同时向包围龙头的马平县团练发起了攻击，一时间四面枪声大作，让团练的兵勇们晕头转向，不知敌人来了多少，人在哪里，想找反击的目标都没有。于是便成了群龙无首，各自找路奔逃，完全失去了抵抗。融县团练被韦守礼部攻击下，还算沉得住气，一面还击，一面有组织地向融县方向撤退，被韦守礼部紧紧咬住不放，穷追猛打，不到半个时辰就溃不成军，在码头到进入融县境的一路上，枪械、装备及尸体遍地都是。让韦守礼部一直追过融县境的巷口村十多里，天将快亮时，看到村庄逐步密集而停止了追击。

在韦守礼部向融县方向追击融县团练时，梁进部连夜派部分人悄悄把江中的船只用缆子系牢，搭成了一座浮桥，并通知刘立明准备组织队伍，通过浮桥退过左岸。左岸的梁进部搭好浮桥后，即针对原来团练所占的村庄阵地开展清理工作，对龙头和码头周边的所有村庄中未来得及跑掉的残敌以及受了伤跑不掉的敌伤兵，进行了肃清。并向右岸进行警戒，配合右岸的刘立明、周实部过江。

刘立明部把所有右岸的队伍分成三个梯队，让周实部作第一梯队先过江；剩下刘立明部又分成两队，每队约百多人，轮替转换，相互掩护着过江。过江前，组织了一次对护航水师的岸边阵地的猛烈进攻，以接应上游部分弟兄向下游的主力靠拢会合，准备渡江。护航水师一直占领着岸边阵地。那个阵地就在岸边，对渡江行动造成最大的威胁。而且他隔在十五坡上游和下游之间，让刘立明留在上游的百多名弟兄，被以古砦为中心集结的三百多团练包围在以十五坡为中心的一带右岸。刘立明曾多次试图让他们向下游靠拢，连成一片，正是因为有护航水师这一阵地，构成了强有力阻击而难以达成。所以，在梁进他们搭建浮桥时，只能选择在岸边阵地下游稍远的地方，江面有个拐弯，水流稍缓的地方。在水师的阵地里只能看到浮桥的一部分，且在护航水师阵地射程内的强弩之末。但是，如果不能清除这个水师阵地，上游的部分义军弟兄就成了孤军，被困在右岸上游无法通过浮桥渡江，处境堪忧。而且只要这个阵地还在，护航水师还在，他们对右岸义军的渡江行动会造成极大的威胁。这时覃六五部与梁进部已经肃清了洛崖左岸与龙头间的团练，将他们逼到洛崖下游左岸大埔一带，从大埔到沙埔一带已经全部掌握在覃六五部手中，只待右岸弟兄们渡江后，即可全线回头包抄夹击太平到浮石一线的团练，即算打通撤回四十八弄的全线通道。按当下双方兵力的对比，义军有五千多人，团练方有三千多；双方兵器火力相差不大，且团练方刚刚受到了一阵突然攻击，阵脚已经被打乱，死伤的也不少，士气战力都受到了相当的削弱，所以，义军原定要求安全撤回四十八弄的目的已经完全有把握达到，而眼下是想趁此机会，尽量多地消灭官府的团练，打击一下民众参加团练的积极性，在一定程度上削弱官府的统治基础。他们一起商量和制定了一套如何掩护右岸刘立明部安全渡江的方案。

二

　　当下右岸还有柳城县团练近一千人的队伍，一直与刘立明部对峙着，未受到打击。他们和护航水师密切配合，死死地缠住了右岸的刘立明包括周实部。如果不把他们打残，他们就会趁刘部渡江时，衔刘部之尾，采取"半渡而击之"的策略，发起攻击，而左岸的梁进、韦守礼两部则只能隔岸观火、采用远距离的火力支援，作用有限，刘立明部的渡江行动有可能造成大量伤亡。此时，覃六五所部已经在洛崖面向大埔的左岸一线完成了布阵，他召来了梁进、周实、刘立明、韦守礼等各路首领，一起商量，作出了统一的行动部署，并确立了这次行动由他统一指挥。针对刘立明部的渡江行动，他们

319

商量决定，由梁进部通过已经搭成的浮桥过江到右岸，配合刘立明部，在发起渡江前，对右岸的团练阵地发起一次猛烈地攻击要使他们在短时间内形不成对渡江行动的威胁。尤其是那个护航水师的阵地，力求至少要把水师赶走，把阵地抢过来，因为水师阵地是对渡江行动最大的威胁。

梁部于当晚夜间通过浮桥过了江，左岸的一切事务由覃六五、韦守礼部分成南北两路，负责十五坡到太平、沙埔、大埔、洛崖、龙头沿岸的防御，保证撤往四十八弄的退路无阻。梁进所部到了右岸，把他原来在龙头对岸的队伍集中收拢，对柳城县团练在寨隆一带的据点形成了包围，并发起了攻击。梁进部过了江，即从水师阵地与古砦之间穿插而过，与刘立明部原来留在十五坡的队伍会合一处，他以主力对古砦的团练阵地形成包围之势，切断了古砦与水师阵地之间的联系，并面向古砦构筑阵地，对团练发起佯攻，总体则取守势。另一部人回身面向水师阵地，与刘立明部，组成对水师阵地的三面包围态势，加上对岸韦守礼部的沿岸阵地，水师处于四面合围之中。意欲全歼水师于阵地中。

水师是从义军手中夺过这个岸边阵地的。这个阵地是这一带江岸几里地范围内的制高点，是一座与江岸相对高度约有二十来米，突兀的土坡，坡上散布着错落有致，嶙峋的石丛石墩石丫。那些石头的高矮都在半米到两米之间，大小不一。石头根部是披着绵软草皮，犹如绿色地毡一样的坡地。这种奇特的地质形貌，就是南方所特有的喀斯特地貌。从整个地形看，极似如传说中三国诸葛亮的八阵图。在热兵器刚在中华兴起的时代，这样的石头阵是极利于防守的天然阵地。在这样的阵地中，持枪者可随心所欲地利用地形地物，采取卧射、跪射、立射无不得心应手。石丛、石墩、石丫之间有宽有窄，宽至两三米，窄处仅能一人通过。坡的周边全是开阔平缓的耕地，坡面占地约在二三十亩方圆，属于一种易守难攻的地形，在当时所应用的枪械性能之内，没有炸弹或火炮类武器，进攻这样的阵地有如巷战一样的难度。水师当时还有六十多人，足够布置在这样的阵地中，可谓防守严密，只要有足够的弹粮，作短期内的坚守当属无虞，攻者着实也拿他无可奈何。而守者唯一担心的是天气问题，因为这些石墩不是房屋建筑，也没有树木等可以遮风挡雨的东西，万一老天下起瓢泼大雨，守方无异于任由风雨摧残而无计可施，只能听天由命了。有这个阵地的存在，水师对周边义军在江岸的活动一目了然，加之他们还配备有一门小钢炮，对义军所搭的浮桥造成了极大的威胁。所以必须要把这个阵地夺回来，以保障渡江行动不受威胁。

周实负责阻击古砦团练对水师阵地的支援，切断水师西北方向的退路。

刘立明负责指挥对水师阵地的攻击。开始时，刘立明欲以四百人对六十人的优势以多击寡，发动三面同时攻击的策略，以分解水师武器上的优势。但是这帮水师是训练有素的职业军人，在融江、柳江一线护航年久，很善于江岸的作战。他们依仗优良的武器，利用石头阵的优势，组织了严密的防守作战，企以坚守待援。他们认为以义军的实力，绝对阻挡不了寨隆方面和古砦方面团练的援军，他们认为寨隆方面和古砦方面还会不断地有后援补充，官府会督令团练，甚至还会有柳府来的营兵来增援他们。并会组织大部队向整个右岸的义军发动总攻，他们只要能坚持两天，他们便可以反守为攻，配合援军消灭右岸的所有义军。基于这种信念，起初，他们的防守都进行得有条不紊，义军在发动一两次冲锋，还没靠近石头阵的外缘，就在阵前丢下了十多具尸体。但他们发现这些义军真的是不怕死的绿林好汉，前面的倒下，后面的还照样不停地继续朝着石头阵冲来。水师们便有所顾忌了，怕这样打下去，他们的弹药坚持不了两天，而且他们所带的干粮也坚持不了两天。这样打下来，他们的人也死伤了不少，阵地已经出现不少防守的决口了。再加上已经打了半天，也不见外围有援兵来援的迹象。他们已经完全陷入孤军作战的境地了。于是在心中便产生了劫意。义军指挥刘立明见攻了半天，伤亡了不少弟兄，却仍无法靠近石头阵，只得静下心来，重新考虑了一套战术，针对水师阵地情况，想出了新的策略：以六个人为一个攻击小组，配以三条快枪，两支钢砂枪，一把弩弓，每人各带一把砍刀。在夜黑前，各小组选好突破口，频频发动佯攻，以消耗敌人的子弹，疲劳他们的意志，到夜黑时，两支砂枪轮番向选定的突破口轰击。砂枪装药时，尽量多装些钢砂，因为石头阵内，石丛林立而形成一个个独立空间，面积都不大，这时砂枪就成了小炮，不需要太精确的瞄准，只要朝着石门口往里轰，钢砂打在石壁上会反弹开来，也就仅次于炮弹爆炸的作用，钢砂四溅，人在那么一个小空间里，很容易地被钢砂流弹所伤，虽然一时间死不了人，但是伤着脸面手脚，却也能起到杀伤的作用，在一定程度削弱敌方的战斗力，打击敌方的战斗意志。每打一枪，敌方的守兵都会进行躲避，就形成了短时的防守空虚，其他人员则可乘机发起冲锋，这样轮番递进，只要能突进决口进入阵中，就可采用近身肉搏的战术，发挥大刀的优势，以众敌寡。这个战术还真的起了作用，义军的弟兄们从天黑时开始用这个战术，连续发起了猛烈攻击，起初是从上、下游两个方向趁水师打了一天，饭都来不及吃，再加上给义军的砂枪连番的猛轰，在石头阵中钢砂横飞乱窜，藏无可藏，因为是夏初的天气，水师们身上穿得也大多单薄，身上、脸上、手脚上，无不挨上几颗钢砂嵌入皮肉之中，虽不致当场死亡，可那疼痛的滋味却也实在不好受，所能产生的影响不容小觑。一经冲开一个口子，有一组人突入阵中，就逼着水师失去了快枪的优势，不得不与水师展开近身肉搏。义军的人进得了一组，就连着有第二组、第三组跟着源源不断地冲进去，这近身肉搏，大砍刀劈砍起来，就比什么都更得心应手了，还不到下半夜，整个石头阵就给全夺了下来，水师所有人全都在阵中被劈砍而死，无人幸免。且还让刘立明部缴获了近百条快枪，最让他们欢呼雀跃的是缴得了水师那门小炮。

待到了天明，刘立明部打扫战场，整个石头阵死伤枕藉，单在阵前义军就倒下三十多个弟兄，那些伤的已经被抬下战场的不计。在石头阵里，几乎每一个石头旮旯都躺着水师或义军的尸体。算下来，光义军就战死了百多人。原来阵中那绿茵茵的草地，几乎让鲜红的血给染成了红色。代价是巨大的，但总算把这个决定全盘胜负的一仗打赢了。

在石头阵中喊杀声震天响时，外围古砦方向的团练也坐不安宁了，他们怕上峰追究他们见死不救的责任，也曾试图出兵支援水师，无奈在途中被周实部严阵以待，一阵阻击丢下十多具尸体，便不得不回身逃窜。大埔、寨隆两处合兵来援，到洛崖一线便被梁进部迎头痛击，再被梁进部一阵反冲锋，也给打得七零八落地转头就跑了。梁进部见目的达到，也不恋战，由他们自顾逃逸去了。整个右岸战场，经过一天一个晚上的拼搏，全部意图得以实现。梁进即和刘立明、周实商量，尽快打扫完战场，收兵过河，以免时间长了变生意外而前功尽弃。

果然不出梁进所料，全部人马刚刚渡过左岸，断后人员正在破坏浮桥时，寨隆、古砦两路团练便返回，企图对义军实行尾击，但他们也无法过河，只能隔河枪战。义军断后人员不得不在岸上人员掩护下，把浮桥拆掉，把船只凿沉在江边。右岸上的团练也只能眼巴巴地看着无可奈何。

<h1 style="text-align:center">三</h1>

又到了夜晚，覃六五让梁进、周实、刘立明继续留守左岸阵地，阻击企图过江的团练。命韦守礼部回兵太平，到龙头与太平之间选择有利地形，接应梁进等部跟进，两路人马轮番互换，往太平方向靠拢。因为是夜间，右岸的团练对左岸情况不明，也没有渡江的器具，不敢过江追击。让义军有了安全后撤的足够时间。

覃六五把自己所部分成三路，一路面向沙埔警戒，保障二路和三路的侧翼安全，尾随二路三路之后向鸡公山靠拢。二路面向大埔、洛崖警戒，掩护一路、三路侧背，与三路相互交替掩护，向太平、鸡公山靠拢。

从龙头到太平，几十里路程一夜之间，所有人员都从十五坡码头、龙头、洛崖、大埔安全撤离，到凌晨时分，已经把个太平包围在一个弧形的包围圈中。和覃则伦联系上后得知，目前邓云飞部正在浮石与太平之间与融县、马平两县团练苦战当中。

邓云飞部自四十八弄离开，急速向泗顶方向急进，次日到泗顶后，未发现泗顶一带有官兵或团练的任何动向，便向浮石开进，当他们突然出现在浮石时，驻浮石的融县团练总部措手不及，未有任何抵抗，便全线溃散，各自分向大良、潭头、巷口、和睦等方向溃逃。其大部随总部南下到大良、潭头，得到太平方向来援的柳府团练的增援，才站住了阵脚。往巷口、和睦方向去的部分溃兵，不期而遇上了沿融江而下增援船队的一路团练，正好也从十五坡、码头被义军韦守礼部突袭而往和睦、巷口方向溃逃，两路合为一路，领头的团总害怕上峰追究，不敢擅自散回家去，便重新集结整队，取道向太平方向靠拢。至此，整个战场态势就成了以太平为中心的主战场，集结着融县、马平两县团练的全部，处在四十八弄义军的包围之中。而柳城县团练大部仍被阻在融江右岸，处于太平主战场的侧后方。覃六五了解了这一态势后，即时重新调整了部署，仍让梁进、周实、刘立明等所部面向融江左岸警戒；命韦守礼部改向巷口、和睦进攻，切断融县团练向和睦方向的退路，将团练向太平方向压迫，让邓云飞部步步为营，向南推进到大良、潭头与韦守礼部会合，覃则伦部布阵四十八弄太平隘口；覃六五所部向太平进逼，逐步收缩包围圈，力求将两县团练歼灭在大良、潭头、太平之间。

在大埔的柳城县团总此时也基本掌握了整个战场的总体态势，他们衡量了双方兵力的对比，知道现在集结在太平一带的匪众，大概已经是四十八弄总兵力的九成以上，以他们当下三县的团练兵力与之对阵，尚处于绝对劣势，不宜与之决战，只能向柳府请求派兵增援，呈请祖绳武趁此四十八弄后方老巢空虚之际，出兵捣其老巢，让匪众沦为流匪，失去地利之机，派大兵予以剿灭，成就一劳永逸灭绝匪患之大功。此计本来是个好计，派人赴柳府向祖绳武陈情。祖绳武权衡利弊，知眼下太平情势已是燃眉，而柳府眼下并无可调之兵，且对付先锋营乃当前首务，万不可掉以轻心。无可奈何之下，祖绳武唯有命各县团练暂且避其锋芒，不得与匪寻求决斗，应当巧妙与之周旋，严密监视其动向，以待彻底解决先锋营后再作打算。祖绳武急令来人速返大埔，传谕祖之命令。

柳城县团总得令后，考虑当下融县、马平两县之团练已是处在四十八弄匪众的包围之中，如不采取措施加以营救，则有被全歼之危险。便将所有可调动之团练兵勇，从大埔渡江，到右岸集中，沿江逆流而上，到十五坡上游渡江过左岸，抢占融县之和睦、巷口，向大良、潭头攻击前进，为被围的融县、马平团练打开一个决口，接应他们从融县与柳城两县交界处冲出包围圈。此时，义军邓云飞部、覃则伦部、覃六五部已经从北、东、南三面向太平与大良、潭头的团练发起总攻，而西面的韦守礼部尚未见有动静。受攻击的融县、马平团练见攻势迅猛，阵地已经出现动摇之势，正逐步由潭头、巷口向西退却。原来韦守礼部从巷口进入融县境后，正在向和睦推进时，在沙巩与自小长安过来的，柳城县团总所率的柳城团练遭遇，双方实力相当，都想抢占和睦，战斗一度相当激烈，双方都有死伤。韦守礼部无力顾及背后潭头方向的团练正向和睦、巷口而来，自己反而陷于腹背受敌，情势一度变得异常紧张。他不得不放弃抢占和睦的意图，所部向巷口收缩，力求背靠十五坡、龙头，并急派人回头向梁进等部寻求增援。而此时他仍处在两面作战的形势，已经渐感兵力不支。好在梁进、刘立明与周实等部并不太远，得讯后，立即停止向太平前进，而是转身北上潭头，他们并不直接加入韦守礼部的战阵，而是直接向潭头发起攻击，那些被围攻不支而从太平、大良往西退却的融县、马平两县团练正欲从潭头向和睦退却，和他们正好遇上，被迎头予以痛击，阵脚大乱，死伤不少，加上覃六五、邓云飞两部南北对进夹击，唯一只有一路向西。趁韦守礼部刚被柳城县团练攻击，因腹背受敌而收缩阵地，而致包围圈尚未形成留下的缺口，拼命向和睦冲出包围圈。邓云飞、覃六五两部在后面紧紧追着打，死伤无数。还多亏了柳城县团练死死缠住了韦守礼部，让韦守礼无暇分身阻击。而梁进等部也只能起到侧击的作用，未能正面阻截挡住去路，最终还是让他们边战边退地退到和睦，在柳城县团练的接应和掩护下，退入罗城县境，避免了被全歼的命运。四十八弄义军追到和睦时，顾忌到罗城与庆远邻近，恐怕在罗城境内早有庆远驻军和团练埋伏，且进入罗城则离太平越来越远，担心会有官军从长安南下，或自柳府经沙埔北上夹击太平，切断他们撤往四十八弄的退路，罗城方面的团练回身反击，他们则反遭包围。基于此顾虑，再者，这次从四十八弄几乎是倾巢出动的主要目的有二，一是拦江劫夺船队物资：二是趁此机会，调动柳府驻军，打乱祖绳武在柳府的部署，配合先锋营起事。但是，拦截船队物资的第一个目的虽然圆满达成，但是第二个目的因为老奸巨猾的祖绳武在柳府按兵不动，却未能给先锋营造就兵变的机会，反而让祖绳武调动和利用了几个县的团练，使四十八弄梁进等部一千多人陷入重围，面临被歼的危险。由于梁进机谋善变，及时应对，派人从雒容召回四十弄主力覃六五部三千多人，又从四十八弄把已经完成任务，回到四十八弄的邓云飞部再度调出来，不但为被围的梁进等部解了围，反而形成了对团练的反包围，给团练造成了沉重的打击，可谓大获全胜，没有冤枉了这一次的倾巢出动。也报了前首领覃老发被祖绳武诱杀之仇。这次胜利也算得是四十八弄举旗以来的一次大胜利。覃六五等人基于此想，决定适可而止，趁团练新败而逃，脚跟未稳，无力回顾之机，宜果断收兵后撤，回师四十八弄。

覃六五着令各部人马，连夜整顿队伍，按当下各自所处位置的远近顺序，依次经太平隘口，撤回四十八弄。韦守礼部最后通过隘口，他们过后，覃则伦部便解除对隘口的警戒，尾随其后向四十八弄腹地回撤。不日各部回转各自原来驻地，整顿练兵，以待再战。

四

各县团练队伍被义军猛烈追击下，慌不择路，唯恐逃之不及地向罗城境内鼠窜狂奔。柳城县团总因事发本县地域，不敢擅自逃离，怕上峰追究临阵脱逃之罪，只得拼力断后掩护，待得所有人都已逃远后，且见义军追兵即将追到阵前，他们也才开始且战且退。到得临晚时分，义军追兵便停止了追击，人声枪声逐渐沉寂下来了，他便派人一路沿着那些刚逃下来的融及马平两县团练队伍的踪迹，找到各队的首领，向他们传达祖绳武的指令，将退下来的各县团练逐一召集收拢，重整队伍，仍然以县分团，各为一路，由柳城团总统领，分南北中三路，向太平齐头并进，跟踪追击。北路由融县团练从和睦直插浮石，控制四十八弄经泗顶进出的通道；中路由马平团练从龙头径奔太平；南路由柳城县团练出大埔向沙埔北上太平。这些团练们经此一役，被四十八弄义军一阵穷追猛打，死伤惨重，惊魂未定，追击时也就不怎么积极主动了，巴不得那些土匪们跑得快些，不想再遇上他们又来一番拼杀。结果追了一天，到得浮石、大良、太平，已经不见了义军的踪迹，因不敢深入四十八弄，只得依令扎营，就地布防。

过了好多天，待得风声稍定，上峰督令柳城县府对此一役进行盘点上报。据各县呈报，此役各县损失团练兵勇均在百人以上，加之船队护航的水师全军覆没，共损失近五百余人。船队所运物资全数被洗劫一空，可算是人财两空的一次惨败。但他们这些团练已经尽力，牺牲惨重，若是上峰追究下来，也不是他们的事，而知府兼防营统领祖绳武却就难辞其咎了。首先在组织船队发运货物一节，他就犯了轻率从事，疏于防备之误。二是既知此案为四十八弄所为，祖绳武却未能调令防营赴援，挽回损失，而只调团练应付了事，敷衍塞责。为此，祖绳武遭到了上峰严厉苛责，知府之职也就此被撤掉了，但他仍负有统领之军职，故此心存惴惴，忐忑不安。祖绳武经此一惨败，究其原因，则全在于陆亚发的先锋营身上，因为他对陆亚发等先锋营之事尤为专注，成败系于他自己的生死存亡，故唯恐有失。对于从绿林招安来的先锋营官兵，他早就警戒于心，他一直认为陆亚发等存心反叛，所以时时都得小心提防着，甚至认为，他们只要反叛，绝对会拿他祖绳武第一个开刀。他知道，他祖绳武欠了他们一笔血债。那便是前年他利用了陆亚发，在中渡诱杀了四十八弄大首领覃老发。覃老发和陆亚发原为绿林朋友，若不是陆亚发前往四十八弄与覃老发相约，覃老发绝对不会答应到中渡，以致遭到祖绳武的杀害。为覃老发被诱杀一事，几致酿成陆和四十八弄的反目，还几乎造成陆被四十八弄所暗杀。后来祖绳武也曾多次险遭行刺，他知道那都是四十八弄的人所为，由于他早有防范，而没有成功。他也知道，每一次都离不开陆亚发在其中所起的作用，由于没有抓到任何的证据和把柄，却也奈何不了陆亚发，至于在两广总督岑春煊面前，他曾多次进言，要岑春煊将陆亚发拿办，但岑春煊认为他没有掌握陆亚发任何可以构成罪名的证据，也不敢随意给人家安个罪名就把人给杀了，多少还得讲点王法的。这一次也是他一再向岑春煊罗织了陆亚发"图谋反叛"的罪名和证据，岑春煊才肯再三斟酌地下发了调兵的命令。但是给定的时间又拉得太长了，得等到五月上旬才能实施。夜长梦多，这对祖绳武也是一次严峻的考验。

船队被劫一事发生过后，让岑春煊完全理解了祖绳武为什么非要除掉先锋营的用心。也促使他接受了祖绳武的意见，最后下定了要除掉先锋营的决心，把先锋营调防的时间定为五月十一日。

陆亚发接到正式调令是在调防前三天。他让谢老三即时与刘老板取得了联系，谢老三把陆亚发的打算也都告诉了刘老板，希望刘老板能动员他们会党尽可能多的人，到柳府来配合行动。刘老板让谢老三回去告诉陆亚发，让他按他的计划行事，并随时保持联系。

　　刘老板打发谢老三走后。便立即让人把刘明九找来，让他马上赶往桐村弄通知哥朗他们做好出弄的准备。另外派人立即赶往四十八弄，让覃六五他们得讯后，依然像上次一样，立即带兵到雉容、洛埠、鹧鸪江一线待命。

　　祖绳武一直防着先锋营，早于半月前他就接到岑春煊下发给先锋营的调防令，为了给他们没来得及做任何的准备，他故意拖到只还有三天时间才正式通知陆亚发。但陆亚发心中早有准备，所以也并不感到突然，这三天来全营表现得一如往常一样的平静，该干啥的干啥。让祖绳武感到庆幸的是，在这最后的几天中，竟然没有生出什么事端来。他给黄村西大营和白沙北大营和箭盘南大营等各营管带传的令是，让他们随时驻营听令，没有他的命令，不要擅自出营。陆亚发毕竟不是等闲之辈，他对祖绳武的一言一行也是了如指掌的。到了五月十日申时，他中规中矩地下令拔营，让各队人马次第出营，到小南码头登船。到已有半数人马上了船后，陆亚发带着营中各级官佐到府署向知府兼统领祖绳武辞行。陆的这一行动，本属正常，调防或离任的下属行前向长官辞别也是官场礼数，祖绳武得到衙门卫兵的通报，他竟传令卫兵给他们放行，并出于礼仪，只身出外相迎。陆亚发等一行官佐得到卫兵放行，他们也并不再朝署里走去，只说就在此见一眼统领告辞一声便走。他们见祖绳武只身从署里向外走来，一行人便急步拥上，把祖拥在了众人中间。也就在此时，码头方向响起了枪声，从街上也传来了嘈杂熙攘之声。陆亚发等人以对祖行护卫之状，把祖团团围在中间，府署大门的两个卫兵也在此同时，让陆亚发的人给缴了械。于是陆才对祖说："弟兄们都知道，我们这次调防就是要送我们上路的，也知道统领你一直对我们都不放心，既然如此，弟兄们决定就此反了，重新回归绿林。凭你与我们绿林及会党弟兄之间的恩怨，你是知道的，本来我们可以就此杀了你，为四十八弄的大首领覃老发等弟兄报仇，但是，你若识趣，下令各防营不要轻举妄动，我们便让你从东门出城，过河到窑埠后，何去何从任你自处。我们的恩怨也算就此了了。"祖绳武听了陆的一番话后，也就觉得，经此一番事件，加上之前船队官货被劫一事，朝廷一旦追究下来，丢了官是小事，他自己的死罪也是难逃的。事已至此，再作什么努力，也是白搭的，还要成了他们的刀下鬼，死后都难得一个好名声。于是就答应了陆亚发的要求，不作任何的反抗，也不发表任何言论，只让他自己过河到窑埠去即可。这时，已经上船的先锋营的士兵们都已全部离船上岸，回到街上，场面极度混乱，陆亚发考虑了祖绳武的要求，也觉得，现在如果杀了他，在道义上无可指斥，但是像祖这样的官员，他责任在身，在他任上出了这样两件事，他必难以逃脱朝廷的追究，结果也是死路一条。不如放他出城，我们还可以借他的事，说服其他官员士兵放下武器，让他们自己选择回家还是跟着我们干，或许还可以争取到不少人。至少也可以减少一点抵抗，少一点死伤。经此一想，他就答应了祖的要求。于是让其他各队首领回去招呼各自的手下，维持眼下的秩序，然后按原定计划行动。他自己带几个人，把祖绳武送到东门码头，要了一只渡船，吩咐船夫把他送过河到窑埠去。他们看着祖绳武乘船过了河，到窑埠码头上了岸，他们便离去，按着他们原来和刘老板商量的计划，开始下一步的行动。

那边祖绳武只身随船过河，他也不知该上哪里，想来想去，他总觉得自己这一生也是命运不济，好不容易在军中以命相搏才当上个统领，而且刚在官场上捞了个柳府知府，这知府的座椅还没坐暖，为了官运前途，本来早就想把陆亚发这类从绿林中招安出来的人，趁早除掉，在这知府任内也好邀个功请个赏，能把这知府的官当得顺心稳当长久些。不曾想在这个关键的时刻，又来了那么一批官货要运送，让自己顾了这头却忽略那头，到头来，还是给他们先下手了，结果竟还让陆亚发大发善心，摒弃个人恩怨，让他全身而退，并还礼送他出城。混成这么一个下场，真让他无颜面对亲朋故旧。他一个人孑立岸边，回头看了一眼那已经显得破败的东门城楼，看一眼整个柳府城，忽然就想起唐朝的柳宗元被贬到柳府，也没当上几年的刺史，最后仍郁郁而不得志，但还算在柳府留下了个好名声，让后人一直还记着这么个人。看来，自己连这一点都难得和柳宗元相提并论了。这柳府是个好地方，但是自己却赶上这大清朝气数将尽的年头，自太平天国红巾起义始，这柳府就没有安宁过，城头的大王旗频频变换，这个来那个走的。尤其是这两三年来，从光绪二十八年的周继仁在知府位上还未坐暖，到二十九年就换成了赵涞彦。而赵涞彦还没做到年尾，即因四十八弄叛乱，就让他祖绳武以统领之职因成功诱杀匪首覃老发有功而兼任了知府，这一兼还不到一年，上个月就因船队官货在十五坡被劫，就被拊去知府职，还算好仍能当回统领的职务，目的不就是想让他把陆亚发的先锋营解决了再说。这统领之职可是个卖命的角色。官货的事未了，这陆亚发又起兵哗变，这陆亚发的事是在他知府任上就让他专管的事，结果如何他都是脱不了干系的。这刚上任的知府陈嵩澧，是不可能为他分担这份责任的。那两广都督岑春煊就更不会放过他。看来，这清朝气数将尽，他的官运也就到此为止了。想到这里，他实在是不敢往下想了。他看看对河的东门城楼，又低头看了看这码头边壁立的崖石，石壁顶上一棵千年古榕婆婆娑娑地把整个石壁遮蔽得不漏一点天光，本来今天这个天气就是要雨不雨的阴沉而灰暗，把崖脚下的一汪水面遮盖得更加阴森幽静得带着几分恐怖的气氛，让他的心情更加郁闷凄怆，前途的无望，人生的失落顿时一股脑儿袭来，让他绝望至极。他不知道，也没有想过，先锋营哗变的责任该如何向上峰交代，他不由自主地，沿着码头的台阶向那古榕遮蔽下的石壁走去。那石壁滨水的地方，水下是一处岩穴，那水显得特别的幽深阴暗而冰凉，此时，他已经完全失去了意识，下意识地抬起腿朝着那阴暗处一跃，没有发出多大的响声，只见水面上冒起了几串轻轻的水泡之后就悄无声息了。第二天下午，在那古榕下的石壁边水面，浮起了一具穿着官服的尸体，那些在先锋营哗变时，就争先逃出城来的知府，知县等各级官员们闻讯赶去，一看就看出那就是统领祖绳武的尸体。人们知道那是他因惧于朝廷问罪而自杀了。而知府陈嵩澧见是其前任知府已经死了，心里反而感到一阵轻松，这一系列事件的责任，便不难交代了，几码不至于让他才上任便丢官而问罪吧！这柳府知府不好当啊。

五

　　且说哥朗的一班人马，在上个月十五坡劫船队的事时，按大家商量好，分派给他们的主要任务是负责控制新圩渡口，监视太阳村到新圩及河西一带；二是从新圩渡口过河，沿东岸前出黄村监视官军在黄村的城防营，与新圩保持联系；三是过渡口，机动于渡口到露塘、长塘之间，监视柳府往长塘、沙塘方向，保证鹧鸪江一带会党侧翼的安全，保障先锋营北撤的通道。他们知道，祖绳武此次并未把心思放在船队货物一事上，他的重心仍然还是在先锋营身上。所以刘老板与陆亚发权衡利弊，也没有把占领柳府定做先锋营的最终目的。只要求先锋营能够全身而退，摆脱祖绳武的控制，投奔四十八弄，保全实力，以待时机。

后来因为四十八弄义军在十五坡被团练所围，覃六五回兵救援，柳府这边先锋营的兵变计划也就不得不耽搁了，哥朗他们也就先返回桐村弄待命。这一次先锋营趁拔营反水的事，虽然祖绳武只提前了三天才通知陆亚发，但陆亚发自己早就有所准备，也不算匆忙。刘老板的会党弟兄是随召随到的，哥朗他们也是早就枕戈待旦，所以只要刘老板一句话，就可以按原定方案就位。到了陆亚发决定兵变时，哥朗他们的人便已经从弄里出来并按原定计划，各就各位，对黄村防营进行了严密的监控，等待着先锋营的弟兄们到来，夹击城防营。

陆亚发决定要起兵反水时，就下了决心，借受命整装待发期间，把所有队伍进行了整编，把全部人马分成三个大队。到时候趁拔营向小南路码头进发之机，在小南码头上一举发难，拉起队伍，直接进入战斗状态，沿河岸转头北上，朝黄村方向发起冲锋，第二队紧随其后；第三队负责断后，包围祖绳武的马平府署，切断祖绳武与其他官兵各营的联系，阻击城内官兵向黄村方向增援。由刘老板组织的会党队伍提前潜入城中，秘密向鹧鸪江一带集结待命，接应四十八弄来柳的队伍。结果由于陆亚发对祖绳武的处置得当，护送祖绳武出城过了窑埠后，城内各营的士兵也没有接到任何行动的命令，而按兵不动。到了第二天，祖绳武在窑埠自杀的消息在城内传得沸沸扬扬时，陆亚发便利用祖成武这个事件，向在城内的各营做起了宣传鼓动工作，结果不但没有遭到各营的抵抗，反而还得到了各营兵勇的附和，先锋营一下子扩大到拥有四五千人马的队伍。哗变开始的当天，马平县衙便被先锋营攻破，并将在押的监犯一百余人放了出来。柳府知府守兵一百多人，道员衙署守兵三百余人，绥靖军哨一百余人，商会用钱招募来护航的广胜军也有三百来人，一下子都附和先锋营参加了哗变。趁此机会，陆亚发和刘老板商量，决定打出反清的旗号，把柳府城给占了。但还有驻守在庐陵会馆和学院的武匡军一营官兵，仍然坚持与哗变的兵勇对抗，双方展开了枪战，对峙了四天，造成哗变军队一定程度的伤亡。先锋营在柳府哗变的当天，新任知府陈嵩澧当即就将情况电报广州两广都督府，请求调兵镇压。岑春煊得到报告后片刻不敢延缓，他知道此事件皆因他的一纸调令而起，朝廷追究下来，自己脱不开干系，所以赶紧上报朝廷，清廷随即下旨，调集广西、广东、湖南、湖北、云南、贵州、安徽等七省清军四十余营，近三万多人驰援柳府，由岑春煊坐镇省城桂林指挥，对叛军进行围剿。

此时，在柳府的先锋营及其他附和兵变的各营官兵，加上刘老板会党的人马，以及哥朗他们一班弟兄，加起来不过也就六千来人。原来驻扎在雒容、洛埠准备接应的四十八弄三千多人马，早前为了给陷入柳城融江一线，被团练围困的弟兄解围，已经全部撤回柳城，接应梁进、刘立明、周实等部突出重围，撤回四十八弄。到了五月十四日的几天时间内，他们获悉清廷调发的七省援兵已经陆续抵达广西境内，省内柳府各地援兵也都纷纷到达府城周边，并占领了城外对河周边的所有山头，对柳府府城形成了团团包围之势。以柳府府城所占的地形地势，短日内虽然也无法攻进城来，但是，一旦援兵全部到齐，便可以依着柳江河岸，对叛军形成三面包围之势，仗着柳江天险，只围不攻，叛军想突出三面环江的柳府一座壶城，简直就是妄想了。唯一可以突围而出的，只有向北面的长塘、沙塘往柳城东泉方向，或向洛埠、雒容、中渡方向。然而此时，清军正以重兵从柳城方向，取水路顺流而下；旱路则在柳城太平由团练组成防御阵势，阻击企图从长塘、沙塘、沙埔而来的叛军。且从湖南、湖北、安徽多省南下平叛的清军，正源源不断地自北南下，凭先锋营等哗变军兵区区不足万人的力量，从柳府的局势看，已经是无险可守，再坚持死守孤城是毫无意义的。其结果将必定招致全军覆没。眼下趁清军援兵尚未到达，柳府北面未形成合围之际，当机立断，组织向北突围。洛埠、雒容在四十八弄弟兄势力范围，眼下尚没有清军驻守，可保一侧安全。让先锋营的弟兄分为东西两路，东路由白沙向鹧鸪江、洛埠出雒容，沿洛清江向中渡靠拢；西路由黄村一线向北、经新圩渡口向露塘、沙塘过枯木坳，分两路，一路直奔白马山，向沙埔、太平警戒。一路取道上雷往东泉转进。东西两路全部突围成功后，西从东泉、白马山经鸡公山进入四十八弄。东路人马则从中渡经平山进入四十八弄，暂以四十八弄作为根据地与清军周旋。按此规划，从十五日开始，陆亚发将他的先锋营及附和的各营官兵，一分为二，分成东西两路，东路到白沙、双山与会党队伍汇合，到雒容后沿洛清江北上，直奔中渡。西路到黄村与哥朗部会合，经新圩渡口，从露塘过沙塘、枯木坳，横渡大冒河到上雷，占领白马山向沙埔警戒，队伍到东泉作短暂停留后，翻过鸡公山进入四十八弄。所有哗变的队伍撤出柳府时，由于清廷大军尚未赶到，一路上没有遇上任何阻击，两天时间，全部进入四十八弄。起义队伍进入四十八弄，经过一番安顿后，进行了整编。原来四十八弄的人马依然由覃六五统驭，分成六个营。哥朗部人马进入四十八弄后，便全部融入会党的队伍中，分成两个营。但以哥朗部原班人马为基础组营，人员尚嫌不足，把在柳府附和陆亚发先锋营哗变的，原来黄村城防营的官兵，以及原知府衙门和县衙门、道员衙门等部守兵，再从刘老板的会党弟兄中拨过来一百人，共组成一个营，由哥朗统领。原会党的人员组成一个营，由刘明九负责统领。陆亚发原部先锋营加上后来加入的人员，编成四个营，由陆亚发委以各营统领。经整编后，全部人马编成了十二个营。商讨到队伍如何命名，由谁统一指挥时，也即由谁充当最大头领时，各部则都想以自己为核心掌握着统率的权力。为此出现了争论。原四十八弄义军认为，他们是四十八弄的主人，其他各部都是来投靠依附他们的，应当客随主便，听命于覃六五为总头领。而陆亚发部则认为，他们是经过训练的正规军伍，有专门军事常识，论打仗就应当听从陆管带的指挥，才能打胜仗。刘老板是在起义队伍全部进入四十八弄以后，才从柳府潜到四十八弄来，参加这次整编的。他的意思是，历来的起义由于没有一个统一的目标，没有一个坚定的信仰，所以最后都失败了。他提议，大家应当团结起来，形成一个统一的领导机构，至于谁当头领，负责领导和指挥，由大家共同推举。至于要树立的目标，就应当是以推翻清王朝为最终目的。大家听了刘老板的一番话后，因为原来四十八弄的覃六五等一班弟兄们都知道，刘老板原来都帮过他们很多忙，比如帮他们买过很多次军火，也救济过他们很多钱财粮草，特别是这一次十五坡劫船队的事，又是刘老板故意让他们去劫，等于是把这批钱财有意地送给他们。出于对刘老板的感激，他们倒是愿意听刘老板的，更别说在覃六五手下的一班干将本来就是刘老板把他们安插进来的。目的就是通过他们来笼络四十八弄这股力量。至于哥朗他们，就更是与刘老板有更深的渊源，唯刘老板之命是从是出于感激，也是出于崇拜。会党的弟兄们本来就是刘老板的人，自然是唯刘老板马首是瞻了。只是先锋营陆亚发手下一帮弟兄，他们原来就是绿林出身，他们都自恃曾经在军伍中混过，打起仗来都有一股兵油子的劲头，他们对四十八弄一帮因为穷而造反的人，多少有些看不上眼，认为他们无非是一帮见利就上的，没有见识，不会打仗的升斗小民，绝不能听他们的号令。陆亚发心里明白，他们这次哗变之所以没受任何损失，成功地撤到四十八弄，也是仰仗于刘老板从旁多方协调的作用，当然，四十八弄所给予的帮助，刘老板在其中所起的作用也是不可或缺的，对刘老板也心存感激，但是，刘老板没混过绿林，也没经过打仗，这往下的事就是打仗拼命的事，就得自己做主，不能听别人的。但他陆亚发也不能过河拆桥，与刘老板争第一把交椅。所以陆亚发不好公开反对让刘老板当首领，他只好委婉地说："这以后的事，多半就是拼命的事了，但是粮草军饷的事没有刘老板筹划是不行的，至于打仗的事，还应该让我们先锋营的弟兄打头阵，我们毕竟吃过多年军粮。"听了陆亚发的一番话，大家心里都明白了他的意思，就是不想把军权让给别人。这时，还是阿娇出来说了一番话："听了陆管带刚才的话，以后下去的日子，多半也就是拼命的事情了，眼下这形势，要活下去就得拼命，面对清廷的大军压境，我们弟兄们必须同心协力，若是各自为战，我们就会被官军各个击破，谁都活不下来。我还是觉得，我们几方面都需要有一个统一的首领。既然大家都认同刘老板是朋友，我们愿意听他的。"四十八弄的弟兄有些人愿意附和阿娇的意见，有点人还是坚持认为他们四十八弄是他们先开辟出来的地盘，其他人都是来投靠来依附他们的，不能像梁山泊的宋江一样，夺了晁盖的权，反客为主就不道义了。陆亚发一帮人虽然也认同四十八弄后面这部分人的意见，但他们毕竟还是认为四十八弄的人没见过世面，没有见识，成不了大事。刘老板意识到，既然存在各种不同意见，一下子也难以调和，就只好维持现状，仍然分成三个山头，在四十八弄里基本保持着既统一又各自为政的局面，遇到大事相互协调，一致对外，绝不能做出对不起朋友的事。他说："如果大家都能以我为朋友、做兄弟，以后遇事，我有求于兄弟们时，希望大家能给我面子，大家互伸援手相帮，共渡难关。眼下，我们就考虑一下，在这四十八弄里，大致地划分一下各自应负责的范围，即各自的防区，划分各营驻扎防守的地点。"刘老板这个意见得到各方的认同和响应，也就以此为各方约定的规矩，以江湖道义为准则，大家自觉遵守。至于讲到仍然各自为政，其中也还有一层不便明说的小算盘，既然各成系统，那么军费粮草就得各自打各自的主意。其中就有着不好明说的心事。就是这次四十八弄劫船队所得，算下来也有十多二十万，解决了他们不少问题，但一起摊开来大家用，也就解决不了多大的事了。而先锋营也有自己的心事，他们在柳府的几天里，从几个衙门里也弄得二十多万现钱，他们的人比四十八弄少，也能维持不少时间，他们也不想拿出来大家用。大家若是统一在一起，这钱也都应当统一起来，就由不得自己打算了。而哥朗他们，这一次没有机会捞到钱，就只有从虾瀇弄的天坑里带出来的老本了，他们当然也不愿意掏出来一起用。他们只是觉得，四十八弄这次劫船队得的，还有先锋营起事时在柳府那几天捞得的，都应当算是大伙儿都有份才对，但是看在刘老板的面子上，刘老板没提出来，他也就不好提出来做话了，以免让他们另外两帮人把自己看成是为了钱来的。也就忍了下来不提了。

六

　　拥谁做四十八弄首领的事就暂且搁下不提，以免争论不休变生内讧，只能维持着山头并存的现状。原四十八弄覃六五他们力量最大，他们一直以油麻弄为总部驻地。油麻弄地处四十八弄东南一隅，往东出弄是中渡。中渡是四十八弄东南要塞，是个商业集散之地，农业、商业、交通都很发达，生活便利。中渡滨临黄腊河，水运便利，顺河东下到旧街汇入洛清江，沿洛清江南下可达雒容，再往下到白沙江口汇入柳江。然而洛清江到雒容可转陆路到柳江洛埠码头，

335

步行不足 40 里路程。洛埠地处柳江"江流曲似九回肠"的转圜之地，洛埠码头乃柳江水道进出柳府之要津，乃咽喉之地，是历来兵家必争之地。当年大成军李文茂苏桥兵败，退守柳府，为防清军蒋益澧率湘军自永宁沿洛清江水路进攻柳府，派其弟李文辉率百多只船前往白沙江口布防，阻击湘军自水路犯柳。却不料蒋益澧船队到达雒容后，命湘军登岸步行，并将船只抬到洛埠码头下水，避过了大成军江口防线，出其不意地直抵柳府城下，令李文茂措手不及，误认为江口防线的水军已经全军覆灭，只得弃城而出。可见雒容、洛埠在军事上对于柳府所具有的特殊意义。而中渡对于四十八弄就在于进可攻退可守的军事意义。

油麻弄向东北可达百寿三皇，北上可直接威胁永宁乃至省城桂林。油麻弄西出有鸡公山，西南有白马山为屏障。柳城太平、沙埔分处鸡公山、白马山西麓；油麻弄西出鸡公山、白马山，即可控制太平、沙埔；沙埔河又是个天然屏障，控制了太平、沙埔，则可完全切断长安到柳府的交通。在太平和沙埔往西到融江东岸皆属柳城地域仅半天路程，可扼制融江中游水路要道。油麻弄实为四十八弄最宜屯兵驻防之地。

史上历次农民起义都以四十八弄为根据地。四十八弄只是该地区的总称。其地处中渡、洛容、永宁、融县、柳城等县交界之处，属多县共管而又都不管的偏远之地。弄与弄之间无路可通，而是以山坳为界相通，过了一座山 ，翻过一个坳就是另一个弄。油麻弄只是四十八弄中的一片地域，是由一个弄连着一个弄，连绵不断的一大片地域的总称。弄中有峒，峒是弄中的基本单元，一个峒相当于一个小型盆地，其周边是群山环绕峙立，山脚地势相对平缓，该地可以开垦种植，其中一些峒场也有山泉小溪等水资源，其环境条件也很适宜人类生存，只是由于地处僻野，人烟稀少，除采药掘矿者偶有进入此等荒野之地外，很少有人涉足其间，因而被世人看作是化外之地，官府的行政法度鞭长莫及，形同虚无。此等环境最适合于一些逃避王法管束的人，或因负案在身，被官府通缉的匪盗，多以此为隐居之所。由于该地域广阔，可容纳众多人口生息，又因弄内地形复杂，易守难攻，也就被历次农民起义队伍择为立寨之所，作为与官府武装对抗的根据地。

　　一个弄是由许多峒场互相连结组成的。而四十八弄则是由许多不同称谓的弄连成一片的地域总称。"四十八"只是个代名词，并不是排序的编号，也不是严格的数值概念。它也许是三十八弄，或者是四十弄，抑或是五十弄等等，总之无法精准计算有多少个弄。四十八弄就是由无数个峒场连绵不断的相互连结组成。其间弄连着弄，弄里山连着山，山绕着峒，峒连着峒，山中有洞，洞与洞相通，岭与岭相连，弄里山上，杂草丛生，古藤老树森森，伴有各种野兽鸟虫出没。弄的地形地貌和环境特征大致相同，其具体的区别在于地域面积的大小不同，弄相对宽广，而峒只能是弄中的一个单元。正如四十八弄中有个乌石崖以及其他大小不一的峒等等，它是由许许多多的峒场绵延连接组成。如油麻弄之中，还有各自独立的，地域相对窄小的峒场组成。油麻弄之能成为四十八弄绿林聚义首举之地，其主要原因是其地势险要，水资源丰富，此为人类生存的主要条件，如响水即弄中较有名气的峒。覃老发、覃六五起义也就沿袭绿林前辈的套路，以油麻弄为屯兵驻防首选之地。

　　四十八弄属广西特有的喀斯特地貌，其间有广阔的可耕之地，居者可以耕种事农，自给自足，不受官府之法度管束和赋税盘剥。他们拥有可以自治自保的武力以拒绝官府的管束和干预，只要不打出反清的旗号，不出弄骚扰民众，官府也便懒得理会他们。而所谓绿林，都是不服官府管制的化外之民，他们本来就是不遵王法，不守规矩，他们在有机会的时候，趁官府无力顾及，偶有出弄劫掠官财富贾。他们大多是贫民出身，他们遵循的是江湖义气、绿林规矩的劫富济贫，民众与他们可以相安，官府视他们为土匪。覃老发、覃六五他们开始就是此类人物团伙，遇着官府招安，条件对他们有利，能让他们谋得一官半职，一份官俸，同时还可免除他们为匪之罪，让他们自认为可以光宗耀祖，他们也便乐于顺从。这便是这等农民造反的局限性，覃老发就是因为抱有这样的念头，而被祖绳武以招安为饵诱杀的。也正因此，他们也就成了刘老板等会党政治启蒙和笼络的对象，接受会党的政治理念，公开打出了反清旗号。刘老板的会党组织在四十八弄中力量最小，但他们有明确的政治目的。在四十八弄里，覃六五与陆亚发都曾经得到过他的帮助而对他怀有感恩之心，刘老板在他们两股力量中，也分派有会党人员以为耳目，以便于让他能在两者之间发挥协调作用。覃六五、陆亚发他们都未明确推举刘老板为整个四十八弄的首领，他们都各有打算，他们只是想招揽刘老板这样的人才为他们所用，而不是想把自己起家的家底交给刘老板主宰。刘老板却是有着明确政治抱负的，他是想以江湖义气在两者之间周旋，驾驭着这样一股反清的力量，慢慢地，潜移默化地把他们拉到会党中来，去实现会党的政治目标。眼下也就不急于与他们争这些主客高下之分了。

在讨论各自的驻防之地时，覃六五他们本来就以油麻弄为驻地，也就没有什么必要说明和争议的了。而陆亚发的先锋营刚到四十八弄，尚属客座，有待好好斟酌选择，既可以对整个四十八弄的防务起到关键性作用的，又能有利于自己独立生存的地方。陆亚发本系绿林出身，又受过官府招安，是受过一些正规军事训练的军人，他自然有其从军事、政治、经济角度的考量。他认为乌石崖是最为适合他们的驻防之地。

乌石崖是四十八弄北部要塞，其地域几乎占了整个四十八弄的北半部有多。其地形更比油麻弄复杂险要，山势更为陡峭，山上洞穴繁多，峒与峒之间多以山坳、山洞互通连接。每一个峒即可独立自成营垒，平时可以化整为零，一旦有事，相互支援极为便捷。乌石崖的西北出口，即四十八弄的北口要隘泗顶，那里有丰富的矿产资源蕴藏于深山老林之中，各种名贵木材比比皆是，老林中还附生着各种原生中草药，是个物产丰富的富庶之地。乌石崖西出不远即长安。长安据融江之要津，是融县首府，自长安溯流而上可达三江怀远，进抵柳江源头之黔东南；顺流南下可达柳城、柳府。长安自古是商贾云集之地，豪富安居之所。占住乌石崖，与油麻弄形成掎角之势，拱卫着整个四十八弄。过去覃老发起事时，虽然笼络了周边十数股势力，然而总兵力也才六千多，不足以掌控整个四十八弄，只能以有效控制油麻弄一隅，其他山弄峒场却只能任其空置，权作回旋余地而已，不敢分散兵力企求面面俱到。眼下整个四十八弄的实力陡增了两倍多，也就有了力量通盘经营起整个四十八弄了。

先锋营此次柳府兵变，不仅在多个衙门府库中获得了五千多件新式枪械弹药，还得了府库官银之钱款二十多万元，若论军力，如包括哥朗等会党在内，则略强于覃六五部。论财势，覃六五他们在十五坡劫得的官货价值加上原有财力，双方也都相差无几，所以，陆亚发从军事角度绸缪，决定选择乌石崖作为先锋营驻地。众人都认为这样的决定很具有军事上的深谋远虑。

这样的会议，作为石门坳起义军元老派的哥朗阿娇，虽然他们原有实力，在四十八弄中不足以与其他两股势力比较，但通过这次柳府兵变，从头到尾有他们的参与，且表现得有条不紊，应对得当，足以显出他们的刚勇、智慧和魄力，最主要的是他们所表现出的一股江湖义气，加上他们当年槎山突围的惨烈故事曾广为人知，对后来者也都能起到激励和号召的作用，在四十八弄各山头、帮派中普遍受到敬重和景仰。覃六五、陆亚发等都把他们看作是一支可以独当一面的势力，乐于与他平起平坐。尤其是刘老板这次又把会党队伍交由哥朗统率，人们对他们就更是刮目相看。在筹划四十八弄的布局驻防中，也就把他们作为一个独立单位考虑，让他率领由会党为主力组编的两个营驻扎在鸡公山，扼守鸡公山要隘，拱卫四十八弄的西大门。鸡公山与油麻弄、乌石崖势成三足鼎立，位处乌石崖西南，油麻弄西北。在四十八弄的整体军事布局中，鸡公山的地位尤其显得重要，鸡公山一旦失守，敌可长驱直入，切断油麻弄与乌石崖的联系，分割包围，各个击破。然而，智者千虑，难免一失，四十八弄最后的失败，就偏偏发生在大家都认为这是一招深谋远虑之举上。这是后话。

第二十四章 弃守鸡公山

一

话说义军各部在油麻弄聚会后，各自率所部人马到各自驻地屯兵布防，安营扎寨。一面进行着必要的休整和训练，严阵以待两广总督岑春煊率七省大军前来会剿。

岑春煊是广西西林人，系本土壮族人氏，对广西风土人情了如指掌，尤其对广西的山山水水，地形地貌也有透彻的研究和了解，他对四十八弄的造反尤为重视，他力主以招抚为主。陆亚发等人之前的招安，都是他经手策划的，其后又责成祖绳武对覃老发进行招安，并让陆亚发以绿林故交的身份出面招抚覃老发，本来事情已经办好，但祖绳武自作主张节外生枝，竟把覃老发诱到中渡给杀了，这让陆亚发很是为难，也引起了四十八弄众义士对岑春煊和祖绳武产生了极大的疑忌和仇恨。此次陆亚发的兵变，便是由此而起，其中就存在着因疑忌而误判的因素，起因皆为祖绳武而起。年前祖绳武诱杀了覃老发后，曾遭四十八弄多次派人潜入柳府，对祖实施行刺，但因祖绳武的警觉而未遂，祖也知道这些行刺图谋中有陆亚发的参与，但没有抓到确凿证据，他曾多次向岑春煊进言，密告陆亚发等先锋营图谋叛乱，力主以调防之计灭了先锋营。岑春煊并未全信祖绳武的进言，但也想试一试陆亚发等，故早早放出欲将先锋营调防广州大营的消息，一则试一下陆亚发是否真有反叛之意，若如遵令执行，则证明其并无反叛之心，便让其留驻广州大营。既可保陆亚发等不再受祖绳武之挟制，也可免除祖绳武的疑虑和担心。由于陆亚发有前车之鉴，认定了此次调防就是岑、祖的阴谋，便借移防之机发起了兵变，引起了清廷的特别关注。清廷唯恐匪乱坐大，酿成五十年前太平天国之乱，殃及全国。岑春煊是两广总督，责无旁贷，奏请朝廷调派了数倍于四十八弄叛匪之七省大军会剿，岑春煊早就成竹在胸，势有必得。

此时，岑春煊已经坐镇桂林，并做好了会剿四十八弄的通盘谋划。而清廷派发的湘、鄂、皖三省大军，都已到达广西境内，只待岑春煊下达指令。于是岑令三省各军分为三路，由北而南，直逼四十八弄北面、东北和东面，形成了弧形的包围态势，先围而不攻，待各路大军皆已齐集后再发起攻击。同此期间，黔军、滇军也分两路先后到达长安和庆远驻扎待命。岑春煊令黔军进驻浮石与融县团练换防，令融县团练移驻泗顶，进逼乌石崖西北。令滇军进驻庆远府，依龙江布阵，会同马平、柳城两县团练，控制凤山、旧县、大埔，控制鸡公山、白马山，堵住四十八弄义军的西南出口至融江东岸地域。粤军最后到达，于六月中旬才沿西江而上，到达白沙江口，岑春煊令其沿洛清江北上，到达中渡，然后兵分两路，一路驻中渡，一路进驻东泉，负责堵住四十八弄义军东南及南路出口。桂军属本地防军，早在为了应对陆亚发兵变时就已经齐集柳府，祖绳武自杀后，岑春煊令柳府知府濮贤恒率柳防军两营兵力，及都司刘鸿芬的广胜军一营以及邕州、庆远、浔州等各州防军，仅桂军一省兵力，加上原来三县团练三千多，总兵力就达一万四五千。加上各省来的两万多人马，围剿四十八弄叛军总兵力达到三万多。至此，整个四十八弄已经处在团团围困之中。由于四十八弄地形复杂，易守难攻，岑春煊未敢轻易下令攻击，待他摸清了四十八弄的整体布局后，得知陆亚发所率叛军驻防乌石崖，因为该部叛军原来是由绿林招安入营后，经过一番正规的军事训练，如今复归山林为匪，其为人更为狡诈，战斗力相对于覃六五等贫民造反组成的队伍更强出不知多少。而覃六五部虽然人员素质不及陆亚发部，但他们人多势众，且在油麻弄经营良久，其地形又对其有利，也不容小觑，不敢冒进。唯哥朗所部兵力最弱，其大部未经训练，没有战斗经验，虽然其意志坚定，但凭区区两千来人，驻守于四十八弄的咽喉之地，一旦受到重兵围堵，在兵力的应用上，也就显得捉襟见肘，不敷调派了。岑春煊对哥朗所部在鸡公山的驻防部署作了进一步的了解，侦知四十八弄义军的整体布局就好像是由西向东的倒八字一样，覃六五部就像是八字的一撇，陆亚发部则是八字的一捺，而哥朗所部则正处在八字头上的那个口子一样，整个形势就如一个八阵图，一旦受到攻击，其两侧的覃六五部和陆亚发部同时出手相援，则可形成反包围的态势。但那都是过去冷兵器时代的阵法操演模式的战法。在热兵器时代，且有绝对优势兵力，采用分割包围，各个击破的谋略，鸡公山也就坚持不了几日。一旦夺下鸡公山，整个四十八弄就大门洞开，用重兵从八字中间长驱直入，直插永宁，把四十八弄分为南北两半，切断两部间的一切联系，使其成为两支互不能相援的孤军，然后次第围困、各个击破歼灭。在有足够兵力的情况下，这一招确实狠毒。然而陆亚发和覃六五，包括哥朗们，只是想到，来剿的清军一定会仗着人多势众而采用四面围攻，步步为营的战法，逐渐收缩包围圈，最后一举聚而歼之。如是这般打法，义军则可利用山弄峒场的地形优势，诱敌深入、逐峒防守、不与敌决战，集中优势兵力，枪打出头鸟的战法，专找那些敢于冒进，突入四十八弄的敌先头部队逐峒消灭。

然而，老谋深算的岑春煊并未采用如义军们所猜想的那一套战法，他却命各部在四十八弄周边，全面发动佯攻，让义军产生错觉，不敢轻举妄动，以致首尾不能相顾，失去了相互支援，更利用义军内部并非铁板一块，或相互猜疑的弱点，以哥朗部的鸡公山为突破口，集中绝对优势兵力向鸡公山发起突然猛烈进攻，力图在最短的时间内进占鸡公山。为达迅速占领鸡公山的目的，而是采用欲擒故纵之计，故意造成破绽，让哥朗所部趁机逃离鸡公山，失去地利优势，并利用其所部在运动中兵力分散，然后在融江东岸各要道处处设伏，张网以待分而歼之。

为发动对鸡公山的攻击，岑春煊动用了全部的桂军，把原驻防在太平、浮石、沙埔一带的马平、融县、柳城团练营全部调往大埔、洛崖、龙头、码头一带布防，令原驻防在那一带的滇军一部配合团练，张网以待，力图将哥朗部歼灭在融江东岸。

战斗首先在陆亚发部的乌石崖周边打响，清军湘、鄂、皖加上黔军在乌石崖东面、东北面、北面及西北面发起了佯攻，令陆亚发部穷于应付。粤军同时也在中渡、东泉方向发起了佯攻，让覃六五部也无暇顾及其他。此时，桂军已经派出一支奇兵，绕到鸡公山侧后，将鸡公山团团围住，并切断了鸡公山与油麻弄、乌石崖的所有联系，随时发起了猛烈的攻击。哥朗发现己部已经陷入重围之中，连向乌石崖和油麻弄通报、求援都来不及了。看到清军来势汹汹，且攻势如潮般猛烈，枪炮火力之猛胜过哥朗当年槎山突围之数倍，尤其是清军拥有威力凶猛的众多大炮，其射程和威力远非当年槎山突围时，清军那种大炮的性能可比，在攻山时能够发挥到义军所也无法抵御的作用。在此危急关头，哥朗和阿娇等一班石门坳起义的老班底倒还能镇定并奋力抵抗，但会党那帮新手却大部分已经表现得手忙脚乱，几欲濒临崩溃。

这时刘明九所部纯会党营负责鸡公山北部的防御，已经开始出现不小的牺牲，渐显阵脚大乱之势，纷纷要求刘明九带队突围，不要再做无谓的死守了。刘明九当初接受刘老板委予该营统领的职责，主要念及他是本家子弟，曾经是刘三经亲信护卫，跟随过刘三经出生入死，经受过考验，且有一定的战斗经验，相信他一定会好好珍惜这些革命的种子，让他们在关键时刻发挥更大作用。此时在弟兄们强烈情绪的压力下，他感受到山雨欲来的紧迫，自己的情绪也产生了无所适从的动摇，他打算去找哥朗协商一下对策。

二

哥朗一个营负责鸡公山西南面的防御，情况还没有出现像刘明九他们山北那样的严重，只是不时遭到清军的炮击，且尚未出现伤亡。那是清军故意营造的震慑性行动，只是围而不攻。在鸡公山与白马山之间，只看到官兵有小规模的运动，未发现有大部队的部署和运动。

刘明九找到哥朗把情况说了，哥朗紧急招来阿娇和覃志等几个队长商量。看这情势确实紧急，首先是无法与油麻弄和乌石崖取得联系，不知道他们的情况如何？他们自从柳府退往四十八弄时就知道，岑春煊已经调了七个省的数万大军，前来围剿四十八弄。原来只是想，到了四十八弄有几股势力合作起来，力量壮大了，还可以仗着四十八弄复杂的地理条件，可以和来剿的官兵周旋抗衡，让他们像前几次的清剿一样，吃了几次亏后就会知难而退，义军便可以像他们当年在七峒一样，在四十八弄坚持下来，再发展壮大，待时机成熟时打回柳府，打到桂林，打到庆远，逐步扩大力量，像过去的大成国、太平天国一样，攻州夺县，建立起自己的政权。然后参加到全国的反清洪流中去，一举推翻清王朝的统治，夺了清王朝的江山。这些都是会党的弟兄们常常议论的话题。但是，他们没想到这次官兵来得这么快，他们刚到四十八弄脚跟还没站稳就打来了，而且还用的是这种打法，一来就投入这么大的兵力，把鸡公山团团围住，完全切断了他们与油麻弄和乌石崖的联系，使相互之间无法协调，形于孤军作战。好在他们这帮人还有过几年前竹鹅塘突围的经历，还不至于束手无策，张皇失措。

大家来在一起，针对当下的形势，七嘴八舌地议论开来。有的说："不知道乌石崖和油麻弄他们两边眼下的情况怎么样，也不见他们来人通报一下。"有的说："他们毕竟比我们人多势大，枪和钱都比我多，比我们好，也不见他们来帮我们一下？"又有人说："当初我们应该在一起抱成团，不应该隔得这么远，官兵来了也好大家一起拼命。死了就一起死，现在一个在一处，到底谁生谁死都不晓得。"还有人说："我看他们两帮也不怎么道义，都是我们帮他们，到头来一个都不愿让我们和他们在一起，""他们都认为他们自己力量大，我们力量小，他们都有钱，就我们是穷光蛋，就怕我们拖累他们，所以都不愿要我们和他们一起。"还说"这一次从柳府出来，他们都各得了一大笔钱，先锋营在柳府就得了官库银钱几十万，而覃六五他们抢船队也得了十多二十万的财物，也没见谁说要分一点给我们。"哥朗、阿娇、覃志、刘明九听了这些话，不免心中都有一番感触。哥朗心里也在想，弟兄们心里有疙瘩也是道上行规常情，在所难免，这种事在绿林中是常遇到的，但是在绿林中遇到这样的事，都是按绿林规矩见者有份，过后也就没这么多的话讲了。这一次的几个事情，确实也都没按规矩办，就难免弟兄们拿来议论。阿娇心里在想，有这种想法的人，都是绿林中乌合之众的习惯想法，是绿林观念，也算正常现象。弟兄们在这种情况下，在生死存亡关头，想的不外乎就是如何生存下去的问题。覃志是个单纯的人，但他和蓝嫂成了夫妻后，也不由得他不想到，这以后，万一和大家伙们都被打散了，自己也是要考虑生存问题的，如果还能夫妻俩在一起，这以后的生活确实也是需要有一点钱在身上才不至于要去偷、去抢。刘明九更有他的想法，在石门坳起义时他一直跟着三经大哥，知道一些头头们的事儿，一切财呀物呀的来龙去脉，多多少少的知道一些，有时也就有意无意间地在心里留下一点自己的想法和心念。比如跟着三经大哥从竹鹅塘兵败到三寨期间，也曾经听到三经大哥说过关于虾瀵弄天坑藏宝的事，三经大哥罹难后，从七峒出来时。也跟哥朗再次回到那个天坑去过，但每一次都离得远远的，这种事情也不好问哥朗，只是在心里留下了这么一件事儿，哥朗虽然是个豪爽义气的人，但是那天坑里的宝到底有多少，是不是都已经全部都起出来了？只有他哥朗一个人知道。自七峒出来后，这一路也都是用的那个钱，包括一应粮草采购，还有购买军火，除了刘老板送的那一百支枪和弹药不用给钱之外，也还托人买了不少。和鱼峰米行二老板他们的粮米交易，等等都是用的这批钱。但是这批钱到底有多少，心里总是说不清楚。他心里猜想，那天坑里的东西，哥朗不会是全部都拿出来了吧？打仗这事难说什么时候你死我活的，万一哪一天哥朗或弟兄们都不幸给打没了，这事也就没有人知道了，那些事也就成了千古之谜。或者万一弟兄们都没了，就剩我一个，那我就不得不去探一下这个秘密了。想到这，刘明九就留了心眼：如果实在情况紧急，那也就顾不了那么多，自己能脱身得了就想办法脱身，回到天坑去找一找那批收藏，或许还留下一些，也够我今后找个地方隐居下来，过这后半辈子的日子，也不冤枉了自己出生入死的前半个人生。想到这里，刘明九也没说出来，他只是说道："这个时候还讲这些干什么？现在都是生死存亡关头，他们两处都没有消息，说明他们的处境也不好过，那就只好各自打算了。我们的力量最弱，又是处在最关键的位置上，官府肯定不会放过我们，一定会不惜重兵，务必要消灭我们才肯罢休。这种生死关头，我们就是拼死守住鸡公山，不过也就我们这区区不足两千来人，又能维持得了多久？其他且不说，就拿粮食来说，官兵只要把我们长期地困下去，我们的粮食又吃得了几天？到那时，我们出又出不去，外面就算有人帮我们找好粮食，也送不进来给我们，到头来不被打死，饿也会饿死我们。所以，我们还是商量一下，怎么样突围出去，才是当务之急。"

经刘明九这样一说，大家又都静了下来，又经过一阵七嘴八舌地议论，大家一致认为：看眼下这形势，坚持是没有多大意义的，不如趁敌人还没有完全合围，趁早突围出去，以保存实力。覃志说："关键是现在怎么突围？从哪个方向突围，突出去后向哪个方向走？"最后阿娇说："现在敌我力量悬殊，我们不宜硬拼，要和他们躲猫猫，他们来我们就走，他们走了我们就要找地方住下来。但是，这次来围剿四十八弄的官兵加上团练总兵力不下四万，我们整个四十八弄三个方面的力量合起来才一万多点，恐怕整个四十八弄都难守得下去。然而，现在还有一个关键的问题是，我们没有办法和乌石崖和油麻弄取得联系，不知道他们的情况怎么样，我们要马上突围，当然对我们比较有利，但又担心，他们两边还在坚持死守，而我们却丢下他们不管，等于我们主动地把四十八弄的大门打开，让官兵长驱直入，将会对他们两边造成极大的不利，乃至整个四十八弄因为我们而全军覆没，这就无异于是我们把朋友给出卖了，我们就成了绿林中的千古罪人了，以后还怎么在江湖上混下去？但是，如果他们两边本来已经不保，或已经各自突围而出，而我们却还在死守，等到官兵把所有的力量都转过头来对付我们，我们再突围，就坐失良机了，想再突出去恐怕也突不出去了，只有在鸡公山拼完为止。何去何从？现在是需要我们痛下决心的时候。"刘明九心中另有打算，所以他是极力主张马上突围的，他接着阿娇的话说："看这情况，官兵好像把力量都已经集中来对付我们了，就怕是乌石崖和油麻弄的情况已经比我们更糟了，或者他们已经突围出去了，或者说一句不吉利的话，是不是已经被官兵都给灭了？要不都这个时候了，怎么就见不到他们一个人来跟我们打声招呼？所以，我认为我们还是不能再等了，再等到官兵把全部力量调过头来对付我们，包围圈一合拢，我们再想突围也就突不出去了。就目前的形势看，南面敌人的包围圈尚未合拢，力量好像比较薄弱，我们可以从南面冲出去，向白马山靠拢，可以试试看，万一能和油麻弄的弟兄们会合就更好，如果到不了白马山，就折向西往龙头洛崖方向过融江，再向龙江靠拢，如能过到三岔，就向南乡方向回七峒。"哥朗他们几个不作声的，心里正在想，突出去又向哪里去呢？听了刘明九的一番话，正好都解答了他们心里所想的问题。他们在最迷茫的时候，最终还是把七峒当成他们的老家了，他们都觉得在七峒的那些年是他们最值得留恋的日子。于是都同意按刘明九这番思路去行动。

　　大家都等着哥朗开口。哥朗心里想，也只能这样了。于是说道："就按明九说的这一套做好准备。明九一下子回山北去，到天临晚时发起一阵佯攻，布一个疑阵，不要让官兵发现我们的突围意图，随之把所有弟兄们带回这里与我们会合。等到你们一起来到后，就轮番着相互掩护，迅速向白马山方向突围。到白马山、沙埔一带，看看沙埔河是否有官兵防守？如果能过河就过河，向柳府方向冲出去。如有重兵防守，就立即折往洛崖、龙头方向渡过融江，要尽量快，否则可能就过不了江。突围时注意两个营之间要轮番相互掩护，营中各队也要以队为单位，队与队之间也要相互掩护，一个掩护一个快走，先走的要回头掩护着后面的走，不要跑丢了。午夜时分开始行动。"

哥朗讲完便开始各自行动。刘明九立即赶回他的营地，对下面各个队的队长布置了具体的任务。天刚刹黑，就选几个能进能退的地方，向官兵发起了一阵佯攻，并在山上东一处西一处的点着香，让官兵误认为他们还在山上阵地中，趁这个时候就悄悄地南下向哥朗他们靠拢。他们的这些小动作，并未引起官兵多大的反响，反正他们的行动正是岑春煊计划之中所期待的，官兵也就无须在乎他们的真真假假、虚虚实实，只是采取了一些防御措施震慑他们，不让他们从这个方向冲出去。好像在认真地在对付他们的进攻。这些细节，刘明九们也并未留心去考察，只要他们不随后追击即可。

刘明九一营很顺利地到达了鸡公山南麓和哥朗他们会合，此时正是午夜时分。哥朗发话立即开始突围，刘明九营打头阵，哥朗他们随后。待他们全部离开鸡公山几里地外，那官兵似乎也毫无觉察和追击的迹象，一直到前队已经抵近白马山时，发现白马山已经在官兵的控制之下了。一路上也曾遭遇过一些小规模的交火，一经接触，双方都主动地力图摆脱对方的纠缠。先头部队曾派人前往沙埔河沿岸试探，发现都有重兵布防，只好折向洛崖、龙头而去。这一路上都顺风顺水、无阻无拦。无需赘言，这一切都是岑春煊所蓄意布置好的。当先头刘明九部正待抵近融江河东岸时，时间已是寅时，在野外的能见度已经逐渐明朗，只见那沿岸一带都是一片片起伏的丘陵坡地。哥朗和阿娇带着三个大队处在中段位置上驰行。

三

覃志夫妇带着后卫队一百多人，又分成前中后三队跟在最后面。

他们走的这条牛车路在丘峦的西侧半坡上，行进方向的东边丘顶距他们只有 200 多米。牛车路面坑坑坎坎、凹凸不平，路的左边有约一米左右高的路坎，路右边有一条被水冲成的拦水沟，沟深不足一米，宽约一米上下，恰如一条堑壕。路上下两边坡地里除了长满野草的荒地外，那些耕地里都种着些红薯芋头之类的作物，那地便形成了一箱一畦的，那畦沟的深度可以躺下一个人的身体勉强避得了来自东侧坡顶打来的枪弹，那右侧往下就是一个约有百亩宽的丘谷，谷边又是一个大丘陵，但那丘顶高约与这条牛车路持平。用眼向周边看过去，都一览无余地毫无隐蔽，再往前看，几乎都是类似的地形状况。在每一座坡顶上，都事先有官兵团练修筑的工事，并进行了伪装和隐蔽。在前面大队伍经过时，还属半夜，能见度低。到覃志的后卫队进入了伏击圈后，霎时间枪声大作，所有义军正在行进的队伍全部暴露在官兵和团练们的火力之下，躲无可躲，藏无可藏。唯一可供他们隐蔽的，就是路坎下的拦水沟，以及红薯芋头地里的畦沟，可以全身贴地卧倒，才能避得了枪弹的直接瞄准射击。可怜那些动作迟缓的弟兄都已成片地倒在了路旁坡边，这后卫队覃志率领的百多人的队伍，能够举枪还击的已经不到一半了。天越来越亮了，形势越更凶险，剩下的人更是无处可藏，全部暴露在官兵的枪口下，好在这里大多是团练兵勇，枪械不怎么好，打枪的人准头也不怎么好，否则这下恐怕就全没了。只见走在后面的覃志和蓝嫂夫妇俩还有几个弟兄们正挤做一排，仆倒在一个稍高的路坎下的拦水沟里，头都不敢抬起来。这时覃志左臂搂着蓝嫂，右手里提着他那把崭新的二十响驳壳枪。覃志感觉到蓝嫂的身子在微微地抖动着，他认为是蓝嫂心里害怕，就把蓝嫂搂得更紧些，并轻言轻语地安慰着蓝嫂说："不用怕，我在你身边护着你，"只见蓝嫂睁开眼看着覃志，面含微笑地，轻轻对覃志时断时续地说："志哥，我这一世人能嫁给你做老婆，我心里足了，可惜我还没有为你生得一个娃仔，你我的日子恐怕就到今天这里止了，你不要管我怎么样……，只要你能够一个人好好地活着出去，我才放心。你出去后将来再找一个好女人，为你生个孩子，为你传宗接代。"说到这，覃志感觉到蓝嫂抱着他的双手越抱越紧，好像有些不太对劲，待他低下头来看着蓝嫂时，才发现，蓝嫂身子下面有一摊鲜红的血，他意识到蓝嫂已经受了枪伤，而且伤得不轻。他仔细地抚摸着蓝嫂的身子，想找出伤口，想为她处理伤口，他顾不了还有其他的人在场，翻开蓝嫂的衣服，翻开前面没有，再翻开后面，才看到在左边肩胛骨下方的肋骨间，有一个血洞，还在不断地冒着血，但找不到出口，说明子弹还在胸腔中，这让覃志无能为力而悲痛欲绝，甚至当着众人的面哭出声来，他对蓝嫂发了誓说："我绝不会丢下你不管，我一定要把你带出去治好，要死我们就死在一起。"蓝嫂听了覃志发的誓，赶紧攒足了最后一口气，对覃志说："莫要，你一定要活着冲出去。"蓝嫂拼尽最后一口气讲出这句话后，抱着覃志的手也慢慢松了下来，眼睛随之也闭上了。覃志这时几乎昏了过去，他伸手在蓝嫂胸前探了一下，蓝嫂的心跳已经停止。他忍住了悲痛，整理了一下蓝嫂身上的衣服，把蓝嫂的遗体挪了一下，平展地放在土坎下，扯了一抱草和着红薯藤、芋头叶，把蓝嫂的遗体全部都盖好后，他把他那把二十响快机驳壳枪拿了出来。这把枪是到柳府后，哥朗托刘老板帮买的，子弹充足，他原来那把单响折腰式就交给蓝嫂作防身用。覃志从蓝嫂腰间取下那支单响，别在自己腰间的腰带上。他重新检查了一下他那把二十响的弹匣，在鸡公山突围前装满的弹匣还是满满的，从鸡公山突围出来到这里，一个晚上都没有发生过战斗，没开过枪。他意识到，他们这是中了官兵的计了。想到这，他双眼冒着火花，他发誓一定要为蓝嫂报这一枪之仇。

覃志把平时一直都跟在他身边的弟兄，招到一起来，一共还有七个人，除了在他们附近倒着的五个血肉模糊的尸体外，突围时一起跟他负责断后的一百多人，都东一个西一个地倒在路上、沟边、地里。找不到活人的踪影，这一夜之间就成了阴阳相隔的山野幽魂。

这一带地形都是丘陵坡地。弟兄们都平卧着靠近覃志的身边，听他说："我们这是中了官兵的计了，之所以我们能这么顺利地突围出来，是官兵给我们设的圈套，故意把我们放出来，让我们离开了对我们有利的地形，进入到他们预设的埋伏圈里。我们已经完全处在他们的包围之中，地形对我们非常不利，目前的情况下我们所有的弟兄已经完全被分割包围，在我们前面的弟兄比我们陷得更深，他们都处在包围圈的中央，现在是谁也帮不了谁，只能各自为战了，我们唯一可以做的就是拼死突出重围。我们现在几个人好就好在因为是断后的，我们所处的位置在包围圈的后缘，冲出包围圈的路途相对近些，需要的时间也就短些。我们现在所处的地形还有可以利用的地方，你们看一下我们两边的侧后方各是一个坡地，沿着我们来时的路就处在两个坡地的中间，再往后去有一片坟地，就在这条路的下方，我们只要往后退得二三十丈后，就可下到那片坟地，可以利用坟堆的掩护，冲出这个包围圈，然后你们就可以试着朝沙埔方向跑，但不要到沙埔去，到沙埔河的北边就朝山的方向跑，一直朝西边去，能出去一个好一个。"弟兄们听了覃志这番话，就有一种预感，他这不是在对弟兄们做最后的交代吗？他怎么就不说他自己怎么办？就异口同声地哽咽着说："志哥，你要带着我们一起走，你不走我们也不走！"覃志听了也感动得嗓子哽咽着，但口气强硬地带有命令的口吻说："我要掩护你们冲出去，我一个人死好过大家都死，"大家都说："要死大伙死，不能让你一个人为我们死。我们掩护你冲出去。"覃志听了紧接着说："你们莫蠢多，你们还年轻，你们都还没讨过老婆呢，争取活着出去，然后讨个老婆，等以后天道好了，过上几年好日子。再者，我不能丢下阿蓝一个人在这里。你们出去后，到清明节的时候记得朝这边烧根香，心里念到我就得了，也说不定我就一定会死，搞不好我还活着，你们谁能活着出去，记得到我家里打声招呼留个地址，我好去找你们。"大家都晓得，这话不过是为了安慰他们而已，他们都知道，覃志这人平时文质彬彬的很重弟兄感情，特别是对他老婆蓝嫂，虽然蓝嫂是他在七峒时抢回来的女人，但两夫妻很恩爱，每一次行动他都带着蓝嫂形影不离，没想到这一次因为他一直牵着蓝嫂的手紧挨着走，如果不是蓝妇紧挨着他身边，那一颗子弹就直接打在他的身上了，是蓝嫂为他挡了那颗子弹，你说他能接受得了蓝嫂为他而死？他是下定了决心，不惜代价要为蓝嫂报这一枪之仇的，他要兑现他在蓝嫂生前所许下的诺言。

天还没有完全亮，枪声还在时断时续地响着，不时还传来中枪者的惨叫之声。覃志最后下定了决心，要用他的生命来换取这七个兄弟的生路。他对那七个兄弟说："你们现在就沿着这条干沟，匍匐着向坡下爬去，动作要快，但不能让官兵发觉，你们主要注意这个坡顶上的官兵，对面那个坡隔得远，虽然他们看得见，但是子弹打不了那么远，伤不到我们，不让他们看得见就行。等你们爬到沟尾时，那里是一片平地约有五六十丈长，那一节无遮无拦的，要全靠你们自己动作快，而且要躲着子弹跑，全凭你们个人的运气，跑过这段开阔地，到了那片坟场就算成功了。现在看，那个坟场好像没有官兵防守，但你们还是要防着点，以免万一有埋伏。总之随时都要小心，眼下是生死时刻。你们现在马上行动，等你们到了沟尾，我就想办法把这坡顶上的官兵的注意力引过一边，我这里枪声一响，你们就开始分开冲，一定要快，莫要犹豫，莫要管我，到了坟场后不要停留，就继续按照我原来的吩咐，尽快地离开，走吧！"这时弟兄们都齐声哭着说："志哥，跟我们一起走吧！"覃志着急地催道："莫啰嗦，快点走！"

覃志看着那七个兄弟爬着离开后，他又回到蓝嫂的遗体边，最后理了理盖在蓝嫂身上的那些杂草，他轻轻翻开蓝嫂脸上盖着的几张芋头叶，轻轻地靠了过去，向蓝嫂的面颊上贴了上去。然后依依不舍地移开，回过头去看着那七个爬着离去的弟兄们，他们已经到达了这条沟的沟尾正等待着他的枪响。覃志这时从腰间抽出枪握在手中，动作敏捷地跳过前面的土坎，继续朝前蹿去，他想利用前面的几个土包，尽量地接近坡顶。这时，他的整个身体在跳跃中暴露无遗。坡顶阵地中是马平县团练，覃志快捷的动作把他们搞蒙了，一时间便不知所措，覃志瞅着这个机会，就朝着坡顶上扫了一梭子，只听得哎哟一声，好像是有人中了覃志的枪子了。覃志这时若是往后退到原来他们所处的沟坎下，大概是不会有事的。但是他却压根儿就没打算往后退，反而是趁机继续向前跃进，在他右前方两丈远处有一丘稍大点的土包，他试图凭借那个土包更接近团练的阵地，他的驳壳枪才好发挥作用。但团练的阵地上响起了密集的枪声，一颗子弹打中了他的右边大腿，他踉跄了一下，也刚好倒在了那个土包后面。他意识到他是真的要在这里拼尽他最后一口气了。这本来也就是他的初衷，他为能够如愿以偿地给蓝嫂兑现自己的诺言而感到欣慰。于是，他也就懒得理会伤口的血还在流着，反倒冷静地考虑着准备如何做这最后的拼搏。他想了一下，他的枪刚才打了一个连发，用去了三颗子弹，他身上还有两个压满了子弹的弹匣，身上也还有散装的子弹，但是，他估计，他大概没有机会打完身上的所有子弹了。他设想着自己应该以什么方式结束自己的生命，但无论如何，绝不能让官兵们抓了俘虏，受他们的侮辱，也不能自杀，一定要和他们拼到最后，宁可死在他们的枪下。于是他决定，就利用这个土包，和他们做最后的拼杀。他现在唯一牵挂的是弟兄们是否已经穿越了那一片开阔地？必须把这坡顶上的官兵牵制在这里，让弟兄们得以脱身。他忍住伤痛，在土包后调整了一下自己的位置，坡顶上打来的枪子嗖嗖地从他的头上飞过，他也就瞅准机会，紧盯着坡顶阵地中的动静，看着有人冒头，他就甩过去一梭子，那些团练们又安静了一阵子。就这样反反复复的，让他甩了四五梭，也不时听到团练们的闷哼之声。他枪里的子弹也打完了。他换上了一个新弹匣，又等着机会。这时也听到那团练阵地中传来了"别乱开枪，他就一个人，让他打完子弹抓活的。"这同时，也听到有人惊叫了一声："坡下有人向那边跑了，"又听到那个当头的叫道："你们几个盯着那边，不让他们跑了。"覃志听了就知道他们几个还没有完全穿越那片开阔地，必须继续给他们创造机会，要不然就前功尽弃了。于是他又朝着坡顶上阵地中连续扫了几个连发，停了一会，听得坡顶阵地中团练又朝着坡下方向打枪，估计是弟兄们又开始穿越那片开阔地了，他想，他们怎么还没过完呢？于是他又忍住伤痛，翻了一个身，伏在那土包上，用两只手把着枪，对着坡顶阵地打了一个长长的连发，让那些团练头都不敢抬起来，给坡下的弟兄们争取了时间，大概也应该都过完了吧，也就在这个时候，一颗子弹打在了他左肩上，他的左手垂了下来，只还有右手握着枪，他还坚持着不停地开枪。枪里的子弹打完了，他放下枪，从身上掏出一个新的弹匣，一只手换弹匣又接着重新上膛，动作慢了许多，刚上好膛，就见五六个团练已经持着枪，枪口都对着他围了过来，大概那些人认为是他的子弹打完了，就准备过来活捉他，他见势想都不想，用未受伤的左腿猛然撑起身子，挥枪就朝着那些围过来的团练们扫过去，当场就见倒下了三个，几乎在这同时，一颗子弹射中了他的胸膛。

　　话说那七个弟兄按覃志的安排，从那干沟中爬到沟尾，一直都没有被坡顶阵地中的团练们发觉，这时，覃志的枪响了起来，他们没有一次性同时冲过那片开阔地，而是分成两次冲，他们考虑到万一在坟场中有埋伏，这留下的几个人也就可以作掩护。前一队四个人在覃志的枪声响起时，以快速冲刺的速度冲过开阔地后，没有被发现，因为坡顶上的团练们正在应付着覃志。而在覃志换弹匣时，耽搁了那么十多秒钟的时间，一个团练趁着这个空隙时间向坡下瞅去，第二批刚好起步跑了两丈来远，恰好就给他看到了，一阵密集的枪声朝着他们打过来。跑在最后的一个不幸给打中倒下了，当团练们正待继续朝另外两个开枪时，覃志两手持枪朝团练的阵地猛扫，给他们抢得了半分钟的时间，得以顺利通过那危险地带。然而，覃志也就因为这不停顿的一梭连发，把枪里的子弹打完了，就在他再一次换弹匣的刹那间，他兑现了自己对爱人的承诺，把灵魂和身躯都留了下来，永远陪伴着他的阿蓝。

四

覃志的枪声，让处在这个战场中央的哥朗和阿娇他们都听出来了。他们知道，他们已经全部落入官兵的埋伏中了。之前一阵突如其来的猛烈枪声，使他们的队伍也几乎损失过半。阿娇跟着杰明走在哥朗他们前面，与刘明九营相隔有两里多路。也不知是什么地方的枪声最先响起，第一轮排枪过后，走在最前面的杰明就倒下了，哼都没哼一声。

哥朗他们是走在覃志的后卫队前面两里地，当覃志的后卫队方向传来枪声时，哥朗他们刚好过完后面那一条坡。前面的路左侧是一片山塘，虽然已是三更刚过的时分，那塘面泛着幽幽的波光，看去约莫十丈宽的塘面，对岸是一长排丈余高的石壁，塘这边的人只能看到一整片塘面，而无法看到塘那边石壁后面的状况。塘水深浅也无从得知。沿着塘边向前延伸的路约百来丈远，只看到塘头，就再也看不到前面的路向了。他们的右手边上去是连绵的高坡，坡面缓斜，从坡顶上可以把整个坡面一览无余。坡顶是一片凸露的石丘、石笋、石棱，枪便是从那上面打下来的。这里的地形比后面覃志他们那里更凶险，枪声响起时，来不及作任何反应，原来行进中的队伍便齐刷刷地都倒下了，也分不清谁是中枪倒下的，其中有人却是出于本能地为了躲避枪弹而自己仆倒下去的。跟在哥朗周边的大多是从七峒出来的，经历过这种场面，没显出慌乱。而在前面行进中的队伍，多半是刚编进来的会党弟兄，大多是第一次经历这种场面，枪声一响起，便乱了阵脚，各自东奔西突地乱跑乱窜。越是这样，造成无谓的伤亡就越大。这一路上的坡边地里，到处都是横躺竖卧的尸体，那些受了伤而还活着的，哀嚎惨叫和咒骂声混成一片。阿娇见杰明已在第一轮枪响过后就已倒下不起，她只好出来控制场面，让还活着的先找有利的地形躲着枪弹，她则趁着天色尚未明朗，在寻找着摆脱这个险恶处境的方向。同时也极力搜寻哥朗所在的位置，她此时正处在塘头，而哥朗正好就在塘尾。塘头的正前方是一座高坡横挡在路头，路只能向右拐，但她无法看到这路拐了弯后，前面又是什么样的状况。她让两个人摸到前面去探探路况。前面和右边坡顶上依然枪声不断，去探路的人回来说，这路右拐了约五十多丈后，前面就是一处平展的峒场，进到里面，就等于进了口袋，官兵若扎住这个袋口，要想再出来可就难了。这就意味着，前面的路也是死路。

枪声还在密集不断地响着，哥朗发现，他们唯一可以摆脱当官兵活靶子处境的，就是在塘尾有一个急弯，过这个急弯就可以看到石壁后面是一片几百亩宽的，长满芭芒草的滩地，这片滩地横看约有四十来丈宽，因为芭芒草长得高深茂密，无法看出这一片芭芒草地到底有多宽多大，只能看到芭芒草的尽头，是一座险峻高耸的石山，几乎和这塘边石壁形成一个丁字，丁字下面一半是山塘，一半便是这片芭芒草地。在草地外面，无法看到这芭芒草地里面是什么情况。这片芭芒草地，大概就是山塘涨水后漫过塘堤，浸润而形成的滩地，潮湿的地气才能润生出这样密集茂盛的芭芒草来。塘尾这个急弯处，和来路上那个长坡，即覃志他们被伏击的那座长坡的坡尾，突然凹陷下去的一个冲沟凹囊，只有那里才是那座高坡和右侧长坡顶上的射击死角，那里可以暂避一时。但是塘对岸那堵石壁上，如果埋有伏兵，就会对塘边这一路上形成近距离的阻杀，眼下的局面就更加难以想象了。但官兵为什么不在其上设有阵地呢？进到草地里后，才知道，那只是一堵孤立而单薄得像一堵墙一样的石壁，上面根本无法容身，也就没有多大的战场价值了，且这石壁上面全都处在周边坡顶阵地的射程之内，即使是让义军占了也起不到什么作用。

哥朗带着他身边还剩下的一百多弟兄，冒着坡顶射来的密集枪弹，从塘头那片坡地向那片芭芒草地冲过去，又有不少弟兄倒在了塘边那拐角之处，但总算到达了那个凹囊之处，前面就是芭芒草地，这个急弯之处就成了这片芭芒草地唯一的进出通道，进到这片草地，就可以得到了暂时的安全。在前面那些还活着的弟兄，看到哥朗他们朝那边冲去好像都成功了，也都各自主动地，冒死地朝那边冲过去。坡顶的官兵团练们发现了他们的意图，就都把火力集中过来对付他们，封锁了往那边去的路，所以后面冲的，就没有了先前出击不意的效果，付出的代价就要多得多了。哥朗看着弟兄们一个个倒下，这情景就像当年槎山突围时的重演，心里很不是滋味。

在前面被困住的阿娇他们，知道哥朗他们已经冲出了一条路，心中略感宽慰，但她们这里，也要步哥朗他们的后尘，一则距离太远，从这里到哥朗那里就有半里路程，而这一段路程完全没有可资利用的地形，硬冲过去就意味着要和敌人的子弹赛跑，那牺牲的代价也就可想而知了。除此之外，目前还没有更好的办法能够摆脱这种困境，只能趁现在天色还朦胧不清的时候，前面的路是敌人布好的又一个口袋，进去就等于送死，而等在原地也无异于等死，只能让弟兄们冒一冒风险而别无他法。

这时哥朗派来的一个兄弟找到阿娇，让阿娇带着弟兄们也朝那边冲过去。从这塘头到塘尾几十丈距离的路虽不太远，却是一条完全暴露在敌人枪口下的死亡之路，只能靠硬冲了。她选出几个枪法较好的人，组成了一个掩护的队伍，利用眼前可资利用的地形，朝着坡顶仰攻，虚张声势，尽量地为其他人创造机会，向哥朗他们那边冲过去。这个不是办法的办法，倒也能产生一些效果，尽管还是付出不小的代价，但是绝大多数弟兄终于能够进入芭芒草地，求得一时安全，换得一个可以喘息一下的机会。但是，他们并没有意识到，进入这片草地后才是他们真正噩梦的开始。

五

哥朗他们抢占了那片芭芒草地后，才发现石壁后面竟是一片数百亩宽的芭芒草地，几百上千人潜入其中，都可以无影无踪。他来不及进到里面或到草地的周边细看一下整个的地形，觉得这恐怕就是他们的唯一生路了。这时阿娇带着她那帮弟兄们已经都冒死进到草地里来了，先让他们分开，沿着草地边沿到石壁下面避枪弹，有这堵石壁挡着，那坡顶上打来的枪都给挡住，周边坡顶上的枪都打不到这草地里来。

阿娇跟在弟兄们后面，冒着雨点一般的枪弹，也进了芭芒草地和哥朗会合了。哥朗左看右看，总找不到杰明，就问阿娇，阿娇含着眼泪告诉他，杰明在第一轮枪响时就已经倒在路上了。哥朗听了不禁黯然。杰明是个多么好的兄弟，石门坳起义时就跟着梁才阿娇两兄妹出生入死，也曾经为明仔的事跑上跑下的，就在这一夜之间成了永诀。哥朗的脑海里思绪中，不断地浮现着杰明的影子，竟至失神而忘了眼前的处境。阿娇见哥朗这番神情，知道杰明在哥朗心中的分量，赶忙地拉了一下他的衣袖，提醒他道："我们赶快看看周边的地形去。"他们走到那石壁的后面，才知道那堵石壁竟比一堵墙厚不了多少，所以根本就无法在上面构筑阵地，且那石壁上面仍然在那坡顶阵地的控制之下。而这一片芭芒草地就在石壁的后面，只是在塘那边因为这堵石壁的遮挡，无法看得到这边的状况。他们走到石壁后面那片芭芒草地的尽头，才看到那草地的边缘竟是几丈深的绝壁，绝壁下面是一条河，河面宽三至五丈，水的深浅，水中的情况不得而知。河对面又是一片低矮的丘陵。看过后才知道，这片芭芒草地本身就是一片绝地。在此境况下，他们意识到，他们之所以能进入这片草地，恐怕是官兵故意给他们留下的漏洞，是欲擒故纵之计，让他们慌不择路时东冲西撞，自己会不由自主地进到这片绝地中来，然后把包围圈一收紧，封死那唯一可以进出的口子，便可以来个瓮中捉鳖，一网打尽。如遇殊死抵抗，最后则可以一把火就能把这一大片芭芒草地烧成灰烬，就算是野兔子也跑不出这一片死亡之地。而哥朗当时正是处在敌人的枪林弹雨之下，为求一时偏安，却未来得及往深里想，想也没用，这就是岑春煊为他们规划好了的从鸡公山突围出来的路径，也是他们的必然归宿。

哥朗和阿娇他们经过一番勘查，意识到他们的生死存亡将在此一役。在这千钧一发的紧急关头，他们尝试着从原路冲出去，但是，进来的路已经被官兵严密封锁住，就是插翅也难飞得出去的。但是，官兵也一时无法从那唯一的进口冲进来，只能采用围困的办法，等待义军看清形势，束手就擒。然而，哥朗和阿娇他们又怎么会甘心束手就擒？所谓置之死地而后生，他们干脆就从那绝壁上去找生路。哥朗在这种时候，突然想起，他小时候去虾濑弄的天坑采药时，曾经在那看似绝壁的边缘发现了一条暗道，说不定在这芭芒草地边的绝壁上，也能找到一条生路来。他们平时行动都习惯于带上缆绳，或许这缆绳当下能帮助他们找到一条生路。哥朗让人去找来那三个专门背着缆绳的弟兄，但找来找去，只还能找到两个，另一个已经找不到了。平时行动时，那个背着缆绳的兄弟都是跟着杰明的，恐怕是和杰明一起中了枪吧？或死或伤的再也回不来了。面对这种情况，他的心情尤其沉重。哥朗让两个人跟着那两个背着缆绳的弟兄，和他一起朝那绝壁边走去，他们要寻找一个长有树的，或者有石缝能够攀缘上下的地方。每一条缆绳的长度约为三丈左右，两根接起来也能有个五六丈长，这一段石壁离河面最矮的地方大约也就六七丈高，足可以去试一试，或许能绝处逢生，给弟兄们找到一条生路。

　　哥朗看着几个弟兄借助缆绳，从绝壁边慢慢地摸索着一节一节地攀缘往下，约莫半个时辰，一个弟兄便上来对哥朗报告说："从这个地方可以下去，但是缆绳只够到离水面还有半丈高的地方，只能靠手抓住藤蔓蹬着石缝才能下到水里，石壁下面的水很深，水下的情况怎么样没来得及探察清楚。"哥朗听了，忐忑的心才算是有了着落，他让这个弟兄再带着几个会游水的人，马上沿着缆绳下去，加上原来在下面的一起有十个人，嘱咐他们道："注意不要把响动搞得太大，下到河面后，即刻游向河对面，试探一下对面河岸上是否有官兵防守。如果没发现有官兵，就分成三队，向周边分开进行警戒，不管怎样，如果有官兵来，要不惜一切代价坚守住岸边的阵地，只要能在岸上占住一块地盘，给下去的弟兄们有个能站得住脚的地方，我们就能摆脱这个绝境，这是我们唯一的一条生路，就看你们的了。"他看着那些弟兄们一个接着一个地下去了，便和阿娇商量，挑选了四十个从七峒出来的弟兄，他们手中的枪都是刘老板刚给的新枪快枪，让他们带足子弹，分为两拨，一拨埋伏在那塘边石壁的后面，一拨埋伏在那个进口凹囊处的上沿，一边监视着覃志他们遇袭的那个方向，警戒着芭芒草地的侧后方，坚守住这个唯一的进出口，争取时间，让其他弟兄能从那绝壁边下去。因为那下去的路只是一条缆绳，只能一个一个的下，最快也要有一个时辰的功夫，才能下完这所有的弟兄，如果让官兵这个时候冲进来，他们就有全部被包饺子的可能，总之，他们要尽量争取能够冲出去一个好一个，不能全完蛋在这里。哥朗把自己的想法都对这四十个弟兄们全说了出来，并说："记住，坚持到所有弟兄们都下去后，我和你们最后一起走。"就这样安排停当，哥朗和阿娇便立即开始督促其他弟兄抓紧行动。

哥朗安排有人下去后负责指挥抢占岸头阵地。他和阿娇依然留在这绝壁上，督促着弟兄们一个跟着一个下去。他知道在这里多待一分钟就多一分危险。看看这绝壁上还有五六十个弟兄还没下去，那芭芒草地外面就响起了密集的枪声，官兵和团练已经从周边几个坡顶上下来，正朝着山塘边涌来，把这石壁后的芭芒草地团团围住，堵死了那个唯一的进出口，并开始发起了猛烈的进攻，几次试图冲进草地来。那埋伏在石壁后面和那个凹囊上面的弟兄们顽强地进行了阻击，最终还是因为兵力过于悬殊，让那些团练兵勇们在当官的威逼和利诱下，不顾死活地往里冲。负责在那里狙击的四十个弟兄已经剩下不到三十个人了，他们只好一边拼命顶着，在敌人猛烈密集的火力攻击下，被逼着往草地深处边战边退，逐步向那系着缆绳的绝壁边靠拢。借助着芭芒草的密集，那些团练和官兵们企图尾追而来，向草丛中央进逼，但他们只要一进到芭芒草丛里，就被不知从何而来的枪弹击中，不死也伤，有去无回，他们也就不敢冒失地再往里钻了，只能在草地的边缘围着，不停地向草地丛中密集地射击，尽管人进不去，但那些芭芒草并不能挡得了枪子儿，义军的弟兄们仍然处在危险的境地。这时从绝壁边上已经下去了百多人，天已经大亮了，官兵还没有发现义军正在借助缆绳从绝壁边下去，他们还以为所有义军都还藏在这一片草海子里，官兵们在无计可施的情况下，想起了用火攻的歹毒战术，在草地边上放了几把火，那火乘风势，一下子蔓延开来，眼看着就烧到哥朗他们系着缆绳的绝壁边来了。

哥朗他们见官兵们烧起了火，再看这绝壁边上还有二三十个人还没下去，负责掩护的人也还有二十多个，若是都等着从这一条缆绳下去，恐怕还下不了二十个人，那火也就烧到这里来了。火可不像枪弹可躲可避，也不像水那样可以互相拉扯帮扶，那火头过处剩下的就全是灰烬，几十个弟兄就要像野兔子一样被烧焦在这里了。这可真的到了火烧眉毛的关头，再也想不出什么好办法可以脱身了。在这生死存亡关头，也是急得没办法了，就想到，留在这里被烧死，还不如淹死在河里舒服。于是他便催促弟兄们："会水的先往下跳，到下面等着，不会水的跟后跳，到下面由先下去的负责搭救不会水的弟兄，我在最后把这条缆绳放下去后我就跟着跳下去。"原来留在后面迟迟没有下去的，都是不会水的人，算下就有一半是不会水的，哥朗就催着他们往下跳，那些会水的就都像下饺子一样地从这里往下跳了，一些不会水的人，也都抱着反正是一死的念头，闭着眼睛也往下跳去。还有七八个人在岩壁上团团转，硬是下不了决心跳下去。哥朗和阿娇眼看着火势越来越逼近了，已经感觉到全身都被烤得火辣辣的难受，再晚几秒钟那火头就能把衣服燃了，他最后忍不住怒吼起来："平时打仗都不怕死，跳到下面给水淹死也比留在上面被火煨了好。"喊完，他含着眼泪看了他们一眼，无可奈何地，把那缆绳解开甩了下去，自己拉起阿娇的手，双双从绝壁上纵身往下跳去。在上面的人还听到他一路下落还一路喊着："快点跳，我们在下面等着你们。"

　　若是平常，从这上面往下看去眼睛都会发花，就是哥朗自己也不一定敢跳，那几个弟兄确实让眼前绝壁下那幽深的场面吓着了。再者，他们也还抱有另一种侥幸逃生的念头，他们在火头前面往没有火的地方跑，或许能找到可以避火的地方，他们没想到即使能逃过这场火灾，他们又能如何躲得过官兵团练的剿杀呢？就在他们向着火还没烧着的草丛间跑去时，那连片茂密的芭芒草随着他们跑动带起的风，那猛烈燃烧着的火头被那风势引领着，来势更加迅猛地向着草丛中间扑来。在芭芒草丛中跑，不是像在平坦开阔的路面上跑，那草丛中缠手绊脚的，跑得不快，但却能促使芭芒草摇来晃去煽起的风把火头招引过来，瞬间便把他们团团围住，他们就真的像野兔子一样东奔西窜，再想跳也找不到地方可跳了，几个人就这样活生生地给那漫天的大火吞没了。

　　哥朗跌落水中约一丈多深处，还没感觉到了水底，就被水的浮力托住往上浮起。会水的人才能感觉得到水的浮力，不会水的人跳下来，就浮不起来了。哥朗他们浮出水面后，叫几个会水的赶紧把那些不会水的捞起来，但是由于水太深，大多数沉入水底后，就找不到了。他还在等着，以为那几个不敢跳的，最终给火逼着也会跳下来的。但是等得都感觉到水冷得实在待不住了，他才断了等的念头。这一轮逃生，从鸡公山出来到这里，跟着哥朗的一千多人，包括覃志他们负责断后的，眼前剩下的已经不足三百人了。之前因疲于奔命，只顾眼前，至今才想起，走在前面的刘明九营的情况不知到底怎么样了？至今完全失掉了联系。哥朗来不及想这个问题，赶紧上岸，把队伍收拢来，趁着后面芭芒草地的火还在烧着，官兵团练还没有办法进到火场中间来，也还没发现他们已经下了绝壁，过到了对岸，不然两岸相隔就十来丈远，在绝壁上摆开阵势，彼高此低，这边岸上一里地内，仍然还在射程之内尚不能算脱险，况且河的这一边岸上不知还有多少路程才到融江边，吉凶如何还无法预料。

六

　　话分两头，且说刘明九营从鸡公山出来，一直走在队伍的前面开路，一路上没有遇到什么阻碍，直到哥朗所率后卫营遭遇袭击，他们已经远出了十里地外，当他正想停下来等一下哥朗他们时，队伍也正好转过一个坳口，前面就是一片宽阔的峒场，这峒场周边尽是高山，形势犹如一处盆地，且都是当地农民耕种的土地，没有河流沟坎，没有树木草丛，这样的地形从军事角度来说，对于外来者属易守难攻的凶险之地，不明地形兀自闯入则不啻自投罗网。但当时因为尚属夜半时分，周边地形难以分辨，刘明九也未作过多考察，便让队伍毫无顾忌地径直前行，当队伍全部进入峒场内时，方隐隐听得后方远处传来了骤急的枪声，当他正想作出反应之时，发现他们刚过来的坳口已被堵死，接着便是从四面八方响起了暴风骤雨般的枪声，瞬息之间身边弟兄们便都成片地倒下了，没倒下的则四处奔突，中枪者哀号惨叫之声不绝于耳。刘明九毕竟经历过多次这样的场面，他一听枪声骤起，便本能地扑倒，滚到身边稍显低洼之处，可以避开流弹的飞蹿。待他稍定下神来，唤了几声一直跟随在他身边的几个护卫，却都听不到回应，他意识到这一次损失不亚于当年随刘三经在三寨的兵败。他的召唤既已毫无反应，让他忘却了自己是这个队伍的统帅，竟又像当年在三寨的遭遇一样，重演当年他与刘三经被打散后的那一幕，自己想办法寻找一个但能只身脱逃的机会。他定下心来，观察了整个战场的形势，他的人已经全部分散在整个峒场里，走在前面的弟兄们还有部分在进行抵抗，企图寻找冲出包围的机会，所以，前面周边山上的枪声也就特别密集。而后面坳口左侧有一座耸立的高山，枪声却显得明显稀拉而断断续续，大概那是无路可走的一面了。他就此做了逆向选择，一个人尽可能隐蔽地，匍匐着向那山边而去。就这样约爬行了几十丈远，发现有一条稍显潮润，但却并无水流的干沟朝着那山崖而去，沟深不足两尺，但有些地段却可以躬身而行，能比纯粹爬行速度快了许多。由于峒场前方的出口方向还在激烈拼杀，官兵团练的注意力都朝着那边去了，没有人留意到没有出路的方向，让刘明九竟然能神不知鬼不觉地到了山脚下，并发现这竟是一座十数丈高的山崖石壁，所以官兵团练并未在此布防。刘明九仔细地观察了这座石壁，寻找可以攀援的物件和地形，进而搜寻可以暂时隐身的地方。也是苍天垂怜，在这山脚下，有一溜茂密的杂树斜着向上，说明那石缝中一定有泥土，那是一道石峡，从正面远处看，看不出那石峡有多宽。那树长到七八丈高处，在石壁上凸出一处约五尺方圆的平台，那树便更显茂盛。刘明九便朝崖脚而去。到了那石峡底下，一看那峡缝并没有连到崖脚，而是在离崖脚有五尺多高处，须攀爬石缝而上方到得石峡。他把他的枪揣入怀中后，手脚并用地爬到石峡上，果然不出所料，真的是一条中间有泥土，长着杂树老藤的石峡壁缝，刚好可以容下一个人攀着树根老藤便可轻松上去，在崖下却看不到石峡中的状况。他沿着石峡而上，不多时间便到了那突兀悬危的岩台上，那岩台上竟还稍形内陷，并如一座壁雕的神龛一样，勉强容得下一个人侧卧于其中，外面的树丛藤蔓恰好把这一切遮挡得极为隐蔽，人在其上，又恰好可以透过树丛将整个峒场一览无余。刘明九此时不由得无比虔诚地相信了自己真的是得到了神灵的护佑，每一次都能在生死关头逢凶化吉。

　　当刘明九幸运地找到这个可以暂时栖身之所时，哥朗他们却正在那芭芒草地的绝壁边催着他的弟兄们跳崖。刘明九在崖壁上的岩洞中待了足足两天，对眼前整个峒场里的拼杀作了壁上观，他看得很清楚，在这样的形势下，即使他冒死下去，组织弟兄们拼死反击已是无济于事，只是徒增一具尸首而已。无可奈何，只能眼睁睁地看着他手下那些帮会的弟兄们，被官兵团练一个个射杀或者被俘。一直到第三天早上，整个峒场静寂了下来。接着是官兵和团练们在打扫战场。一些躲在旮旯里、凹槽里、草丛中一息尚存的弟兄，都陆陆续续地被拖了出来，用麻绳捆成一长串，一些负了伤走不动的，都被那些团练们当场补枪的补枪，用刀捅的刀捅而死。面对如此残忍的场面，是刘明九有生以来从未见过的，他真的想下去，和那些畜生们一拼死活，但当他冷静下来时，意识到上天好不容易赐给自己这样一个逃出生天的机会，这也许是天意，决不能逆了天意，只能将这些仇恨留在心底，终归有报仇雪恨的一天。他又在岩洞中躲到了第四天，看着官兵和团练们收兵离去，峒场里那死难弟兄的尸体都被官兵团练们押着俘虏挖坑草草给埋了。整个营一千多人，最后活下来被抓走的不到两成，其余全部都死在官兵和团练们的手下。刘明九身上还带有一天的干粮，他省做四天吃，总算熬了过来，此时已是傍晚时分，他知道这个时候应该是他离开的时候了。他知道绝不能走大路，只能找偏僻的地方，向东走才是安全的。那正是他们从鸡公山来时的路，到沙埔后拐向旧县方向，过了龙江就算脱离了四十八弄的境域。

　　刘明九一个人逃离险境，他个人的生死存亡那是后话，且按下不表。再回到哥朗这边，他带着那些跳崖下来的弟兄上了对岸，便赶紧把所有剩下的人集中起来，带着他们平安穿越了官兵的大埔防线，偷渡过了融江，绕过四塘朝六塘、三岔而去。他们打算到三岔渡过龙江。三岔一带河中石墩突兀，石坪宽展凸露在河滩边、河水中，形成弯弯绕绕的石峡沟涧，把河水分成数股水头流过，水面不宽，没有船只也可以凭着人多和一些简单的补助器物，如绳缆、木板、竹篙等等，相互拉扯牵扶着通过。哥朗阿娇他们毕竟缺乏军事常识，他们没料到，岑春煊早已把龙江河作为四十八弄剿匪的最后一道防线，责令云南防营兵负责布阵驻防。

　　云南防营兵出云南时，每个人头上都缠着红布条，他们到广西后所过之处无不烧杀掳掠，故被广西民众称之为"红头军"。从庆远下来的龙江下游到凤山江口，是由红头军布防，尤其是从三岔到凤山江口一段，岑春煊布有重兵防守。当哥朗他们所有义军弟兄都下到河滩准备渡河时，埋伏在龙江两岸的红头军便倾巢而出，以江岸为阵地，居高临下朝着渡河的义军发起了猛烈的突然袭击，那些在河滩上的弟兄们完全暴露在伏兵的枪口下，顷刻间石滩上伏尸累累。还在左岸上负责断后，掩护渡河的哥朗并未作过这方面的预案，只带着几十个弟兄在防备着后面的追兵，他在岸上看着阿娇带先头部队下到河滩，正着手渡河，在第一轮枪响过后，阿娇就已经中枪倒在了石滩上。哥朗眼瞪瞪地看得真真切切，心急如焚但又爱莫能助，无可奈何。他们自己也已经被官兵从后面团团围住，自顾不暇，他来不及多想，唯一的只有带着弟兄们回头往四塘马山方向，冒死突围，他身边的弟兄一个个都倒下了，最后就只剩下他孤身寡人一个，好在到马山时，天也黑下来了，他摸摸身上所剩不多的子弹，只剩下两个弹匣了，他不敢进村，只在野外山边的隐蔽处找个能藏身的地方，歇下来喘口气。他这时才感觉到肚子饿得难受，自从芭芒草地跳崖脱身后，只得吃了一顿身上各人带的一坨饭团，一天一夜地疲于奔命，也就感觉不到肚子饿，这一阵孤身一人时，在感到孤单的同时，也才感觉到了肚子里空空如也地饿得难受。

　　再饿也没有办法，在忍受着饥饿的同时，他的心绪又自然而回到龙江河滩上的那个场景：就在阿娇中枪倒下的时候，河滩上的弟兄们正乱纷纷无所失措，有的纵身跳入河水中，寻找可以躲避枪弹的地方，有的还在不断地被岸上打来的枪弹击中而被水流冲走；有的还在石滩上来不及跳入河中，就被乱枪击中而倒在河滩上，倒在阿娇身边、身上，一个挨着一个，一个压着一个，河水被鲜血染红了，石滩上的血不断地流淌，染红了石头，流到了河水里，那一段河面成了血流成的河。此时正值夕阳西下的时刻，那一轮残阳在西边天上投下一抹抹浓重的，猩红色的光芒，笼罩着整个河滩。哥朗感受到自己正沉浸在血色的光芒之中，那苍茫的血色又在他的眼神里幻化成愤怒的火山，烧红了整个苍穹。他愿意让那火把自己一起烧化，他愿意和他最心爱的阿娇，以及所有死去的弟兄们共同烧化成那一片片红霞，把所有的黑暗照亮。把陈旧的世界，烧化成他所向往所追求的新世界。但是，他却不知道那新世界应该是什么样子？从来没有人告诉过他。他只是从生活中体验到自己命运的悲惨，他只是不甘于命运的安排，他一次次地想改变自己的命运，他不屈地挣扎、奋斗，但结果都失败了，他甘愿与这世界共同毁灭，但他却发现，他一次次的失败了，而这世界却依旧存在，让他心存疑惑，人的命运真的是由天注定？不可改变的？思绪至此，更让他悲痛欲绝。他的脑海里又幻化出所有死难的弟兄们，想到覃志和蓝嫂夫妇，想到杰明、想到书傲。最后又情不自禁地想到了他年幼的儿子明仔，想到他一生唯一的爱，他的阿娇，明仔从此成了和自己小时候一样的孤儿，再也见不到妈妈了。想到这些，他把所有的伤痛和饥饿都忘记了，他定下心来，提醒着自己，不能死，一定得想办法活下去，不能让明仔没有妈妈又再没有爸爸。得想办法潜回河东，去看看明仔和阿娇的所有家人，去告诉他们这一切的不幸，把明仔托付给他们。

第二十五章 四十八弄的传统

一

　　且说哥朗所部的主动撤离，正合了岑春煊下怀，中了他的调虎离山、引蛇出洞之计，鸡公山就此易手。

　　清军不费吹灰之力占了鸡公山后，便由鸡公山向东长驱直入，使桂军与布防永宁一线的皖军连成一气，把四十八弄一分为二，使油麻弄与乌石崖从中间隔断，形成了分割包围的态势，乌石崖陆亚发部与油麻弄覃六五部断了联系，各自为战。岑春煊考虑到乌石崖陆亚发部曾经受过正规军事训练，且装备相对规范优良，加上此次哗变时从府库中得了五千余套快枪和大量现钱，可谓兵精粮足，则对其部采取围而不攻的策略，耗其粮饷物资，消磨其斗志。以湘、鄂军将乌石崖团团围住，封锁其所有通道，断其所有对外联系。而对于油麻弄的覃六五部，则视其为啸聚山林的乌合之众，未受过军事训练，且武器装备残缺不全，新旧杂陈，志气不彰，战力低下。为此，岑春煊则集中了桂军、粤军、黔军、皖军等主力，对油麻弄展开了猛烈的攻击。

　　对于鸡公山哥朗所部兵力相对薄弱，并已离开鸡公山，失去了地利优势，且已陷入岑春煊所编织的罗网之中，以马平、雒容、融、罗城、庆远等五县团练，配以各县防营官兵，在四十八弄以西，融江东岸地域各交通要道设伏，严阵以待，守株待兔。以滇军作为最后的屏障，沿龙江布防，阻止鸡公山流匪西窜，期以彻底围歼其残部于龙江东岸，不留后患。哥朗及其所部刘明九、覃志等最终自投罗网，陷入重重埋伏之中惨遭覆没，这一切都在岑春煊算计之中。

　　油麻弄覃六五部发现受重兵包围后，与鸡公山哥朗部和乌石崖陆亚发部也完全失去了联系，彼此间信息不得而知。覃六五曾派人分头潜往鸡公山、乌石崖联系，得知鸡公山哥朗部已于日前不战而主动撤离，鸡公山已为清军所占。乌石崖因为被清军严密封锁，无法取得联系，只是知道也已经受到重兵包围，自顾不暇，整个四十八弄已经形成了各自为战的态势。对于鸡公山的不战而主动撤离，在油麻弄义军弟兄中曾经有过流言传说：哥朗等会党人不顾兄弟情义，自顾逃跑，造成四十八弄西大门洞开，以致油麻弄、乌石崖遭到清军突然袭击，分割包围，各个击破。此传言导致哥朗等会党人的名声在江湖上一度遭到诟病。

且说油麻弄在清军的重兵围剿下，坚持不到三个月，最终因为寡不敌众，被清军剿灭，覃六五战死。而乌石崖陆亚发部在油麻弄被围攻期间，感于油麻弄弟兄曾经在先锋营发动兵变时，远赴柳府接应，让他们得以安全撤出柳府到达四十八弄，出于报恩的动机和江湖道义，曾经试图出兵支援油麻弄，但因清军的重重阻截，难以奏效。也正因为陆亚发部有此举动，让包围乌石崖的清军误判了陆亚发部的意图。以为他们企图与油麻弄汇合，于是增调兵力，加强了乌石崖与油麻弄结合部的防御和阻击，阻止两股匪徒重新纠合的意图。为此，岑春煊顾此而失彼，反倒忽略了四十八弄西北方向的防线，以致陆亚发部得以乘虚从泗顶一线突围而出，进入桂西北融县的元宝山区，借重苗民的收留和协助，在雨卜苗寨到鹰嘴崖一带大山中坚持了半年多。由于苗区物资贫乏，难以长久坚持而改变策略，试图北上贵州，在辗转跋涉中，由于清廷采取层层封锁，步步设防的征剿策略，陆亚发部曾经一度进入黔东南山区，却因受到黔省防营军的攻击，未能站稳脚跟，不得不退返桂西北融县、罗城境内的五十二峒，再次落入岑春煊征剿大军的罗网之中，由于陆亚发在战略战术上屡屡失误，所部疲于东奔西突战损严重，士气低落，在此境况下，陆却又做出错误的决策，欲东进长安，企图重返四十八弄。东进途中在怀远一役受到重创，惨遭最后失败，陆亚发被俘，并解往省城桂林，于次年被凌迟处死，写下了一篇清朝末年四十八弄农民反清起义的壮烈诗篇。而广西人民以柳府为中心，反抗清王朝封建统治的斗争，并未因此而结束，直到清王朝彻底覆灭前的几年里，反清的斗争就从未间断过。

二

哥朗是个福将，由于他憨厚诚实的性格，英勇无畏、临危不惧的精神，在与清王朝统治者的斗争中，不屈不挠、屡挫不馁，且往往在面临危机和绝境时，总能得以置之死地而后生。他自鸡公山因中了岑春煊的调虎离山之计，率部主动撤离鸡公山，退走融江的一路上，一而再、再而三地累遭伏击，先是在融江东岸首度中伏，他的爱将覃志、蓝嫂夫妇生死不明，杰明、韦傲等全部战死，所部几至全军覆没，却让他利用了芭芒草地，带领二百多漏网的残兵跳崖逃生，偷渡融江，但却最终过不了岑春煊的龙江防线，把他手下残存的百多弟兄，甚至连他最心爱的老婆阿娇，都丢在了龙江石滩上。他亲眼看着阿娇等弟兄们战死河滩后，带着几个弟兄从龙江东岸冒死突围，最后，就剩下他孤家寡人一个，在无路可走的情况下，东躲西藏地待到整个战场趋于平静之后，他才寻机得以潜回五都山里，最终回到了虾濮弄。本来回虾濮弄一则可以借助天坑的隐秘而待上一段时间，避避风头，躲过官府的追缉。二来，天坑里还有他留下的那些收藏，他对东山再起还寄托着希望。但令他意想不到的是，当他回到天坑时，那些收藏却已不翼而飞，踪影全无了。洞里唯一留下的是当时用以包裹那个藤匣子的一张油布。他实在想不起，这藏宝的地方除了他一个人外，还有谁知道？这个事情对他造成的打击是致命的，他就此真正一无所有。特别是他又想起阿娇、覃志和蓝嫂、杰明、韦傲等所有弟兄们都死在战场了，就剩他孤零零一个人，他因此而感到孤单、绝望，甚至也想到一死了之，去追随阿娇、覃志他们。但他又想起了明仔，他才下定了决心，为了儿子明仔，好赖都要活着，或许还有翻身的机会。由于柳府兵变事件未过，四十八弄战事正紧，他不敢在这种时候冒险到柳府去。为此，他就在天坑的对面，虾濮弄的东边崖脚下一个岩洞里住了下来。这个岩洞是他过去进山打柴时发现的。洞口很隐蔽，且恰好可以居高临下很清楚地观察到天坑的全部动静。他蛰伏在岩洞里的这段时间里，他几乎动用了他过去作为孤儿时所熟悉的一切手段，去找能吃的东西回来果腹充饥，过着野人一般的生活。这种境况的生活对丁哥朗，并不算是什么特别的悲惨，他参加石门坳起义之前没少经历过这样的生活。后来从槎山突围到进入七峒，一开始也是与眼下的境况差不多。这次从龙江兵败只身脱险，不敢直接回到这里来，只能辗转到这个峒场，那个山弄，这里躲一阵，那里藏一时地，将近一个月才回到这里。在得知藏宝丢失后，一来是不知道要去哪里安全些，二来也想在这里守株待兔，想探知这藏宝到底是让谁得了。如果是自己人得了，就有再回到这里的可能，于是才找了这个岩洞待下来，转眼又是一个多月过去，他想得到的仍然一无所获。在这里等着的这段时间里，他一直在反复想着：那个得到藏宝的人，不会愚蠢和无聊到还想回来寻找藏宝人吧？即使是自己人，从死里逃生回来，得了那么一笔钱，足够他自己回去隐居，过他下半辈安然的生活不好吗？他何须自找麻烦，来找人共分。除非得到这些藏宝的人是自己身边最至亲的人，然而这个人除非是阿娇或者覃志夫妇，或者是杰明或韦傲。是别人就不会再来这里找他的。然而，这几个人已经在从鸡公山出来的几次突围战斗中战死了。只有两个人是他没有得到过确切死讯的，一个是覃志，一个是刘明九。所以，他才决定在这弄里等着试一试，是否还有可能遇得上他们其中一个。眼下的结果证明，这样的想法只能是幻想。既是幻想，再这样等下去就毫无意义了，于是他从幻想中醒了过来，面对现实，决定冒险潜往柳府，一来想去半山酒店找一下刘老板，向他了解一下四十八弄的具体情况，并请他帮忙出出主意，往后的路该如何走法；二来也想去鱼峰米行找找二老板和老七老八两兄弟，看看他们都知道一些什么，有什么消息会对自己有些帮助。他在心里做出这个决定的时候，正好是靠在岩口边上，面对着天坑。此时正当盛夏时节的晴空万里，整个弄场里杳无人迹，只听得到整个弄场里唧唧不停的蝉噪虫嘶声。当时已过午间时分，从岩口到天坑中间是一片平畴荒野，尽管是灌木丛杂的荒草地，但草木并不高，相距不到半里路程，由于是居高临下，只要有人或动物出现，还是可以一目了然的。如果是人，只要是认识的，在这样的距离内，也完全可以认得出是谁。

无巧不成书，正当哥朗想到这个问题时，突然就在哥朗的视线中，出现了一个熟悉的身影，正从乾超坳朝着天坑走来。这个人到了天坑边，在天坑边缘转了几个圈，好像在寻找什么，哥朗定睛一看，就认出是刘明九。这个发现，简直让哥朗兴高采烈，但理智让他即刻冷静了下来，陷入了思索：刘明九也和自己一样，在这场血腥残酷的劫难中活下来了？他是怎么活下来的？他所带领的那帮弟兄们还有多少人，和他一起得以死里逃生？他为什么一个人要到这里来？这些问题在哥朗心中一一闪现，促使他迅速在心中自问自答地寻找着答案：刘明九来这里的目的是和我一样的吗？是为了那批藏宝而来的？但是，他并不知道这里还有藏宝呀？又转眼一想，这里藏有东西，他刘明九只要是有一点心机，也应该是可以猜得到的。一是他跟在刘三经大哥身边，三经大哥生前有可能对他交代过；二是他跟我来过这里，虽然来的目的没有讲明，他也应该猜得到。根据这两点估计，他在这次劫难中幸存下来，并且不知道我是否还活下来，他来这里一来为了寻回这批财宝，二来或者是为了寻找我的下落，确认我的生死也是理所当然的。他一定会想到，只要我还活着，就一定会回到这里来。除非这里的东西都全部拿走了。哥朗一面在心里猜度着刘明九的心理，一面也在目不转睛地盯着刘明九在天坑那边的举动。同时他也在心中盘算着，要不要下去和刘明九见面？为此，他又在心中考虑着：刘明九这个时候来这里，可以说明，他是为了那些藏宝而来的，而绝不是他已经把东西拿走后，再来这里找我的。他要找我可以到鱼峰米行问二老板，也可以到半山酒店找刘老板。于是他决定立即下去与刘明九见面，对他把情况讲清楚，两个人劫后余生再重逢，彼此交流一下这次惨遭失败的经历。再商量一下以后该何去何从。

　　话说刘明九带着弟兄们从鸡公山撤出来后，一直走在整个队伍的最前面，到达白马山，无法渡过沙埔河，便按计划折往龙头方向，到快要接近龙头的时候，在一个四面环山的不知名的峒场里，被早已在那里埋伏等候的清军团练团团围堵在峒场里，展开了猛烈的攻击，一直打了三天三夜，一千多弟兄死伤殆尽。他一个人躲过了那一场殊死的搏斗，并在一个山洞里，目睹了弟兄们被屠杀，被抓走，被埋葬的全过程。一直看着清军团练们打扫完战场并全部撤走，他才得以一个人从那死人谷里逃生。几经辗转，从沙埔和大埔之间穿过，到了旧县凤山，沿着柳江河左岸，过沙塘到露塘，从新圩渡口过柳江河，上了洪山岭，从桐村弄翻到麻风峒，在麻风峒的山上躲了两个多月的时间，他心里一直惦记着天坑里的藏宝，也正是由于他心中的这个不了的心念，支持着他度过了两个来月的非人生活。本来，他可以就这样躲下去，等到这场危机过后，再找个地方隐姓埋名地过着以后的人生。但他心里所念念不忘的始终是天坑中的藏宝，如果哥朗真的还留有一些财宝，那么他以后的人生也就好过了，不至于冤枉了自己这几年水里来火里去的生死拼搏。就是不知道哥朗当初从七峒出来到虾灢弄的时候，是否全都带走了。那天晚上他的队伍遭遇埋伏前，他是隐约听到了后面的激烈枪声，他估计哥朗他们也同时遭到了埋伏，他意识到他们是中了岑春煊的连环计了，没有谁能够得以幸免。现在也不知哥朗他们到底还有多少人能活着出来？哥朗夫妇俩是否还活着？他本来想先进柳府探一探他们的消息，最后还是抱着一点私心，想先回到天坑看看，东西还有没有？如果还得到东西，他也就不打算再进柳府，也不打算再到江湖上露面了，去找个没有人认识的地方，隐姓埋名地过这后半辈子。也许是冥冥之中神灵鬼怪的作祟，抑或是他命中注定，就为了这么一点私心，而酿就了他的千古遗恨。

　　刘明九从麻风峒出来，经过二都，翻过大纵坳，到了三都境内，从凤凰山下沿着大沙河，向石门坳而上，到了当年他们起义的龙屯庙前，他竟不由自主地在那庙前踟蹰徘徊了好一阵子，当年他们举义的场景，随即在他眼前重现，不禁感慨万千。他想起了和三经大哥在一起的那些日子，那些往事，不由他不泪眼模糊，当他从回忆中清醒过来后，他抹了一把眼泪，省了一泡鼻涕，顺手把鼻涕甩在脚边地上，便沿着当年和哥朗走过的路，沿着龙女沟溯源而上，向虾灢弄走去。他这前脚刚走，还没有一袋烟的工夫，龙屯庙前又来了五个人。这几个人恰好是现任三都团总带着四个全副武装的随从。这个团总是五都甘贡人，姓韦。石门坳是府城及三都回他甘贡老家的必经之路，是个险要之地。甘贡韦家与邻乡水源村林家有宿仇，而两个村子外出柳府走的是同一条路，都必须经过石门坳，且两个村子到石门坳的路程几乎相等，随时都有两村人在半路相遇的可能一旦狭路相逢，则必定会发生火拼，所以，这团总每次出行，一则为了安全，二则也为了显示他的官威，都习惯了带着至少四个背着长枪的随从兵丁。也是无巧不成书，上次是清明节后，哥朗带队从七峒到虾灢弄下了天坑后出来，也是走的龙女沟这条路，从这里过三加、龙怀到桐村弄的。那一次韦傲对哥朗报告说看见坳上有几个牵着马，在看着他们的人，正好就是这个团总一行人。哥朗让韦傲给人隐蔽在这里，暗中观察那坳上的人是否跟在队伍后面，等了一个时辰，没发现有人跟着，韦傲他们也就追赶队伍去了。

　　那时这个团总也是带着这四个随从，从他们甘贡往三都去的，走到坳上发现有一支约两百人的队伍从龙女沟出来，向三加、龙怀方面而去，他们便在坳上停下来看了许久，他们断定这是一支土匪队伍，他们人少，也就不敢理会，等到那土匪队伍过完后，他为了探究那些土匪的踪迹，于是他们便沿着龙女沟土匪们走过的路进行搜索，想了解一下这些土匪从哪里来？到哪里去？做过什么案子？一两百个人走过的路，留下的踪迹并不难找，他们很快便循着踪迹找到了天坑边，一看那天坑的形势，他们便认定了，那是土匪的一个窝点，不是住人，就是藏物的地方。于是他派两个人回村子找来缆子和照明用的东西，他让两个人在天坑上守着，自己带着两个人就下了天坑，起初他们是攀着缆子下去，结果也给他们发现了哥朗走的暗道。他们是五都本地人，钻这种山洞对他们是轻车熟路，他们进洞找了不多时，哥朗藏宝的地方就让他们给找到了，简直让他们欣喜若狂，团总意识到，他们确实是发了横财了。这是他们自己发现的，这一次他们也不是出来办什么公务，他就决定把这事给瞒了下来，不向上司报告，几个人就私吞了。他对手下人说是各人分一点，其余的还得缴给上峰，只让他们不要声张即可。那些手下人基本上也都是他本宗族人，自然都听他的。这件事也就这样瞒了下来。

　　而今天他又恰巧是回家处理点私事经过这里，正好就和刘明九前脚走后脚跟地上了龙屯庙。这团总到了庙前，却也偏偏在刘明九停留过的地方驻足，让他看出了地上的一点异样，断定是有人刚刚从这里离开，特别是偏偏让他看到了刘明九的那一泡浓鼻涕，让他感到恶心的同时，也引起了他的好奇和注意，他举目四望，看看是否还看得见这个刚离开的人，看他向哪个方向走？当他的眼光顺着龙女沟看去时，远远地看到有一个不像本地人装束的人，正沿着龙女沟逆流而上，朝着虾濮弄方向去。"虾濮弄"在他的心中存有一份独特的记忆，很容易地使他产生了联想：这个人朝着虾濮弄而去，他是不是与那批藏宝有关？如果是，他找不到那批财宝，会不会把事情闹大，万一给官府知道了，他们私吞藏宝的事情或许就会暴露出来。为了万无一失，除非是让那批藏宝的知情人全都闭了口，方可除去后患之忧。

　　他们远远地跟在刘明九的后面，看着刘明九真的是到了天坑边便停了下来，他断定此人就是来找藏宝的人了。于是他们就隐蔽地向天坑运动，并密切地观察着刘明九的动静，他看着刘明九已经下了天坑，他们就不用担心被刘明九发现了，几个人分散开向天坑边包抄过去。他们万万没有料到的是，螳螂捕蝉黄雀在后，当他们悄悄把刘明九包围在天坑下面之后，哥朗在岩口也把他们在天坑上的所有行迹都看在了眼里。

　　哥朗在岩口看着刘明九找到那个天坑边的暗道后，已经下天坑去了，他觉得这个时候下去，到天坑边上等他上来再相见是最好的时机，他正准备从岩口下去之前，习惯地用眼睛把整个弄场周边都巡视了一遍。当他的眼光转到了乾超坳方向时，团总等人的出现，让他吓了一跳，他正抬起的前脚下意识地往回收。并立即在脑海里否定了原来的打算，在岩口继续注视着天坑周边的动静。他根据观察到的情况判断，这伙人与刘明九不是一路人，是什么人他也搞不清楚，不能让他们发现自己，只能远远地看着他们怎么动作。他意识到刘明九有危险，但是他自己只一个人，对方那是五个人，所谓双拳难敌四手，而且自己身上的子弹所剩无多，一个拼五个，实在没有取胜的把握。刘明九又还在天坑下面，走又走不了，上又上不来，即使上面打起来，仅可以起到报警的作用，让他进洞躲一躲，上面的事他是帮不上忙的。解决不了上面的这些人，刘明九的处境终究还是凶多吉少。何况还不知道对方在天坑周边是不是就只这五个人？所以，哥朗难免也就算计了一下：为了帮刘明九却暴露了自己，让那些人反过来一起对付自己一个人，他觉得对刘明九而言是于事无补，后果只能是引火烧身，让自己作了无谓的牺牲。但是，作为同道兄弟，毕竟是同过生死，共过患难，总不能眼睁睁地看着刘明九在自己的眼皮子底下丧命而见死不救呀！经过一番斟酌算计，最终他还是出于江湖义气，弟兄情谊，横下心来，决定给刘明九报警，让他躲在洞里别出来，凭着他自己的运气，或许能让他躲过这一劫。决心已下，他就想找个能进能退的地形，然后向那几个不速之客发起突然袭击，能打死一个好一个，然后就撤往板江坳。确定了行动方案，正待要实施，然而，天坑边已经响起了枪声。

三

哥朗正待从岩口下去，听到天坑那边响起了枪声，他又一次欲行又止，继续在岩口躲着看动静。

且说天坑边上，那团总几个人分开，几把上好膛的枪，悄悄对着天坑下面，团总吩咐他的随从人员，两把长枪盯着天坑下的洞口，人从洞里出来不要理他，只要封锁好洞口不要让他再往洞里去。另外两把长枪加上他自己的一把短枪就盯着那条暗道，只要那人上了暗道一半，就同时开枪，务必一击而中，只要死的不要活的。布置妥当后待了一阵子，那刘明九便两手空空地出现在洞口，朝着暗道走来。他的心里正沉浸在一种深深的失望中。

刘明九循着那条暗道，下了天坑，踏着没足的枯枝败叶走到岩洞口，点起了蜡烛照着进到了洞里，不多会就找到了哥朗藏宝的那个洞中洞，然而，出现在他眼前的，只是被哥朗随手遗弃的那张油布，哥朗当时进洞时，看到的也是这个情景。刘明九不甘心地拾起那张油布，仔细地翻来捏去，才确认了没有自己想找的东西。然而，他仍然心有不甘，他从这个洞中洞出来，又在大洞里找了个遍，结果还是一无所获。他心里想，哥朗确实是个没有私心的人，把东西都带走了，没有给自己藏一点私。刘明九后悔自己这一次的决定，多此一举地冤枉了这趟路程。他怀着失望的心情往洞外走去。他到天坑来的这一路上，心里想的都是满载而归，都在设想着得了这批藏宝后，到什么地方去，如何的安排这以后的人生，他压根就没有考虑过会出现什么危险，他几乎是达到了心无旁骛的境地。当他快快不乐地从洞里出来，神不守舍地爬到暗道的半中腰时，早就对着他瞄准的三把枪就同时响了，他连一点反应的机会都没有，就从暗道中间摔落到天坑底部，哼都没哼一声，可怜他几次死里逃生，却不声不响地死在了这个无人知无人晓的天坑里。

团总他们在天坑上看了刘明九好一阵子时间，确认他已经死后，让两个随从沿着暗道下去，吩咐他们，一是看看他身上是否还带有点值钱的东西，全部搜查清楚连同他的枪械等物品，然后把他的头颅割下来，用他的衣服包好，一起带回去报功请赏。

团总把这一切都圆满完成后，便满怀喜悦地，也不再回他家去

373

了，而是直接取道乾土坳回三都，到县衙报功去了。从天坑回三都的路是穿过弄场，到乾土坳的路是从哥朗所在的那个岩洞下面经过。他们一路走，一路津津乐道地议论着他们刚刚取得的胜利成果。这一切都让在岩口上注视着他们的哥朗看到了，也听到了，特别是团总交代他的手下人，以后对人说起这件事，切记不要漏出上次来过这个天坑的事。

事已至此，哥朗也算没有白在这个岩洞里待了一个多月，他想要探究的事情总算得到了圆满的答案。这个团总在他的心中刻下了深深的印记。他暗下决心，有朝一日一定要血债血偿。要为刘明九兄弟报仇，让他们吐出在天坑里得到的所有东西。然而，眼下他还是清醒的，他没有意气用事，拿鸡蛋碰石头，去和他们拼命。他只是静静地听着，确认他们都走远后，这时已是傍晚时分，整个虾瀵弄里，只还有一抹惨淡的斜阳，从西边山丫口照向峒场中央，那些野鸟鸣虫可能是被刚才天坑的枪声给惊吓得销声匿迹，不敢发出任何的声响，使峒场里显得格外的静寂。哥朗从岩洞中下来，朝天坑走去，他要去看一下遗弃在天坑下面刘明九的遗体。他从坑壁暗道下到坑底，刘明九的遗体就躺在暗道下面。刘明九那被割掉头颅的尸体血淋淋的，衣服被他们剥去包裹头颅，没有了头颅的上半身裸露着，场面惨不忍睹。哥朗从自己身上脱下自己的衣服，把刘明九的遗体包好，因为两手空空，没有办法掩埋，只能就地用一些落叶乱草盖在上面，用一些枯枝给压住。仅能如此而已，尽一份同道情谊、寄寓一份哀思。

哥朗草草处理完刘明九的遗体后，身上穿着一件汗衫，上了天坑，回到他藏身的岩洞里，他还随身带有一件换洗的外衣，向卝儿山、猫背山，沿着龙女沟，大沙河，连夜赶往府城。虾瀵弄再也没有什么值得他牵挂的了，他义无反顾地离开这曾经寄托着他的希望的地方，去寻找未来的路。

四

哥朗一夜紧赶，趁天拂晓时进入谷埠街，到了鱼峰米行，米行还没开门营业，他敲开了店门，是二老板来开的门，一见是哥朗，赶忙让他进了门，又把门重新关上。把哥朗拉往里屋，给他倒了一杯水，端详了他许久，惊惶地问道："你是怎么来的？从哪里来？讲讲，快点讲讲！"哥朗便一面喝着水，一面向二老板诉说着陆亚发兵变，到退往四十八弄，后来如何撤出鸡公山，并一路遭受伏击兵败，如何只身脱逃，如何辗转回到虾濑弄，包括最后在天坑遭遇的所有经过。他讲完后，让二老板讲讲他所知道的关于四十八弄的消息。

哥朗从二老板的口中得知，油麻弄覃六五部惨遭覆灭，覃六五战死的消息。而陆亚发率部败走桂西北，情况如何尚未得知。二老板还吞吞吐吐地跟他讲起，江湖中有传言说，哥朗所部不顾大局，置油麻弄和乌石崖弟兄于不顾，自顾撤出鸡公山，导致油麻弄和乌石崖被分割包围而兵败。听到这些话，让哥朗觉得比天坑的藏宝被人盗走还难受，但他却百口莫辩。当他回头又一想时，也认识到四十八弄的失败，确实也是因为自己中了岑春煊的奸计，弃守鸡公山，自投清军罗网而全军覆没。并因此而导致四十八弄大门洞开，使油麻弄随之覆没，陆亚发败走乌石崖，这一切后果，自己确也难辞其咎。为此让哥朗在二老板面前也觉得无地自容。他对二老板道出了事情的原委，二老板表示理解。哥朗把自己目前的处境向二老板也讲了，并请教他，这以后该如何是好？二老板也向他讲起了自柳府兵变事后的情况。

二老板说：自柳府兵变，祖绳武自杀，陆亚发率先锋营撤往四十八弄后，岑春煊到桂林坐镇指挥，在围剿四十八弄的同时，清廷效咸丰八年大成国兵败后，因一都三迁隆胜庄曾家大院资匪，而派重兵予以征剿，烧毁庄园，杀200多人的故事，在柳府发起了清乡运动。时柳府府城及马平县域尤为清乡重点，追查余党，对境内的商家富户，有资助过叛匪钱、粮，或与叛匪有牵连的，都被缉拿问罪。鱼峰米行因此事曾被仇家密告以粮资匪，曾一度受府衙立案追查，好在他们做事一向小心，不事张扬，密报者拿不出什么证据，府衙也无可奈何。加上他们在老掌柜当家时，和府衙在生意上有过往来，且在衙门里一直都有为他们讲话的人，有什么消息都可以提前知道，早早做了防范，加上衙门里的人也帮说了好话，这事总算蒙得过去了。不过衙门里的朋友也让他们暂时歇业，避避风头，等这阵风过了再说。他们现在正做着清仓停业的准备工作。他们是想把这米行生意让二都熊家接管继续做下去。二都熊家有本家人在衙门里讲得话，二老板他们就换过来当个二道贩子，改变了他们与熊家的主客关系，生意只要还能继续做下去，就不怕没得钱赚。哥朗听二老板说到此处，一直没有提到老七老八兄弟，就插问了一句："老七两兄弟现在还在柳府吗？"二老板本来也正好想讲一讲他们两兄弟，听问起了就接口说道："他们两兄弟前阵子听传言说，你们在四十八弄已经被清军覆灭了，还听说你们两口子都已经双双战死在龙江河畔了，他们两兄弟曾经闹得几天丧魂落魄地，老七还在我面前叹道：'哥朗这人终究命苦，难成大事，俩公婆就这样活不见人，死不见尸地留下一个孤儿，这以后该多么可怜'。他们两兄弟这几年跟着我也做了不少生意，特别是做了你们这档子生意，多少也赚了点钱，之前听说官府查到了我们这米行的生意时，那些黑道上的朋友也提议他们暂时先收手避一避，他们和我商量，我也主张他们先回家去过一阵子再说，他们才刚回去不到十天呢。我也正在做着收尾工作，清仓盘点，等二都熊家在衙门里活动，把我们那一档子事彻底摆平后，就把米行移交给他们。说是要摆平那事，也多少还要花些钱财，只要能免得了灾祸，总要舍得蚀财消灾，留得人在，钱财总会赚得回来的。"二老板说完，停顿了一会，认真地看了一下哥朗，觉得哥朗已没有了原来那种意气风发，潇洒镇定的那种气派了，看着他那晦暗的面容里，深藏着忧伤和绝望，心里顿生出一股同情之心，想安慰他一下便说："像你现在这种情况，目前也不宜在柳府过多露面，因为柳府这道上的人也有不少是认得你的，这些人杂得很，什么人都有，卖友求荣的人也不在少数，万一遇上一个这样的人，那麻烦的事可就大了。所以，你要少露面，让人认为你还在义军里或者已经死在四十八弄了，也就不至于让官府知道你还活着，而到处通缉你，你的处境会更加艰难。我劝你尽量避得远一点，隐姓埋名几年，我看这清王朝也维持不了多少日子了。或者我提议你干脆到广州去，我听说同盟会的总机关就在广州，他们那是公开反清的，势力很大，遍布全国，他们领头的是广东人，叫孙文，柳府就有不少人在广州加入了同盟会的。"

哥朗听了二老板这番话，觉得也有道理，心里便活动了起来。

但他沉下心一想：我现在一无所有，眼下的生存都成问题，我怎么到广州去？即使到了广州，我一个大老粗，大字不识一个，又不会讲广州话，人家能要我吗？我唯一能做的就是打打杀杀的事情，如果还有阿娇在，她有文化，能讲会算，跟着她我身上这点本事才有用武之地。如今只剩下我孤家寡人一个，才真正体会到寸步难行的窘境。想到这些，他知道，他当下需要考虑的就是如何生存下来。要生存，就得有个栖身的住所，落脚的地方，得有充饥果腹的东西。归根结底就是得有钱。然而，他原来所寄予希望的，藏在天坑里的那些东西，却让那个团总给起走了，把他所有的精神寄托都毁灭了，现实让他感到绝望。现在唯一让他心中放不下的，就是他的儿子明仔，在激励着他争取生存下去的勇气。他再也顾不得面子，掩饰不住他那哭丧似的脸色、模样，向二老板倾诉着他目前的处境，并当面请求二老板能够帮助他渡过眼前的难关。他说："要不然，在穷途末路之下，就只能重操旧业，去偷去抢了。"二老板理解他的处境，答应资助他，但也只能解得了些许燃眉之急，却无力帮他成就什么大事了。

五

哥朗从二老板手上接过了一笔足以够他从柳府到广州去的盘缠。仅此而已，再好的朋友，能够做到这一点已经是难能可贵的了。二老板经过这事，一来生意也不好做了，二来在衙门方面的活动，也是个无底洞，眼下还不知道要花多少钱才能了结。

哥朗从米行出来，就想去半山酒店一趟，试探一下是否能见到酒店刘老板，不知道他是否受到这个事件的牵连。他为了避免让熟人撞见，从米行出来，就先绕了一圈鱼峰山，到灵泉寺找到住持，向住持道明了来意，求住持给他安排一个晚上的住宿，并把从二老板处得到的钱，交托住持代为保管，然后向住持告辞说要出去找一个朋友，稍晚些才能回来，只住一个晚上，明天就走。他从寺里出来，就拐往鞍山背后，沿着山脚僻静处朝驾鹤山而去，一路上倒也很少遇着人，到了驾鹤山下找了一个隐蔽处，打眼向驾鹤路及赵家井一带逡巡了一周，见很少行人，此时也正好是该晚饭的时间，他

377

已经许久没有理发，也没刮过胡子了，衣服倒是在二老板处找了一套原来小二留下的旧衣服，整个装束有点像店家打杂的模样，他若不是自己亮明身份，倒也不会有人认得出他。他犹豫了一下，便朝着酒店拾级而上，到得洞口处，只见得有两个店小二模样的人，正坐在那里打盹儿，见有客来，其中一个就过来打声招呼："客官有请，到里面坐吧！"哥朗随着小二到里间一张桌子边坐下，小二把茶壶茶杯送过来后，给他斟了一杯茶顺便问了一声："客官是想吃饭还是喝酒？要点什么菜？"哥朗并不认识这个小二，他只是认得另一个是原来掌勺的师傅。他让小二把那个掌勺师傅给叫来，小二去了，那掌勺的师傅也就到了他跟前，向他拱了拱手说："客官有点面熟，以前可来过小店？"哥朗把头抬起，把头巾往上挪了挪，和那掌勺师傅打了个照面，然后问道："刘老板今天还来不来店里？"那师傅听他一开口说话，就觉得这嗓音熟悉，便定下神来多打量了一阵，认出是哥朗，就举目向洞口方向扫了一扫，见没什么异样，就应道："啊！是你老哥呀！难得！难得！因为酒店生意不好，老板已是很久没来坐店了，只是我们俩在这等着生意。"哥朗听了，就追问道："我能不能见到他一下？"师傅说："恐怕是见不到，他出了远门，已经几天了，什么时候回来也没有个准信。"听师傅如此说，也就知道是难以见到刘老板了。于是决定也不多作停留，就告辞说："既然见不到，我就告辞了，他回来的时候，请你告诉他一声，以后有机会再来这里找他。"师傅听他说要走，就挽留道："难得来，老板不在，我炒个菜给你吃了饭再走。"说了也不等哥朗答应，就去灶边操弄去了。哥朗见师傅是真心要留他吃了饭才让走的，而且今天一天只在鱼峰米行随便吃了一点，提到吃饭，肚子就觉得饿了，也就顺水推舟坐着等。一会师傅就弄好一菜一汤让小二端了上来。也没有给他上酒，就直接让小二给他送上饭来。师傅既然认出他来，也就自然知道他当下的处境了，便不与他客套，让他吃饱了就走，不让他多作停留，以免节外生枝。

哥朗边吃着饭，边和坐在一旁的师傅问了一些他想知道的消息，想多了解一下最近发生的事情，特别是刘老板的一些事情。聊着聊着，师傅就提到了一个月前，有一个原来常来找刘老板的，也是姓刘的人，那天也来到这里见了刘老板。哥朗听了。赶紧问道："是

不是左边脸上有一道刀疤的，刘老板叫他老九的人？"师傅说正是
那个人时，哥朗也就不做声了。只说道："麻烦你设法转告一声刘
老板，我十天后来这里见他。"说完便告辞下山了。

　　哥朗从半山酒店回到灵泉寺，在住持安排的房里草草睡下了。
第二天一早起来，就告辞了住持，匆匆离寺而去。他没什么地方好
去，他现在唯一心中挂欠的，就是他的儿子明仔。他决定冒一次险，
潜回河东看看儿子，并把阿娇的事告诉她家人。这是个非常艰难的
决定，见儿子是他心中一直所想，特别是阿娇出事后。但是，到了
外家，就必须把阿娇的事情，甚至阿娇她哥梁才的事情，如实地向
岳父母，向老外公、老外婆等所有家人都讲出来，不能再隐瞒了。
尤其他想到，这次他不讲出来，也许这些事情就会成为永远的历史
之谜，这对于老人们来说，将是多么残忍的事情。因为梁才的事情
瞒了那么久，已经给老人们在心中留下了无尽的痛苦期待。然而，
如今又加上阿娇的事情，该是如何开这个口？所有的家人听到这个
沉痛的消息后，他们能承受得了吗？会产生什么样的后果？他心里
一点把握都没有，最主要的是，他在这种时候，根本就不知道如何
安慰他们，因为他连自己怎样安慰自己都不知道。他不知道如何面
对这一大家子的人，他也不知道自己如何面对年幼的儿子，应该如
何对儿子说出他母亲的噩耗。尤其是，还必须说出他蓝妈、覃志叔
叔、杰明叔叔等等，他所认识的，他认为最至亲的人的不幸。他不
敢想象，一旦把这些事情都讲出来后，又将会出现一个什么样的场
面？

　　好在河东地方不在这一次四十八弄事件的范围之内，哥朗一早
从灵泉寺告辞了住持出来，就直奔庆远河东而去。当他经过新圩，
从洪山脚下过的时候，又不免想起原来朝夕相处的弟兄们。一路上，
这心情一直没有平静过，脚步也没有停歇过。走了整整一天，到了
天傍黑的时候，才找到阿娇她外婆家。他从来没有来过这里，他又
不便随意地向人打听，他只是凭着阿娇平时跟他说的，外婆家的情
况来判断来搜寻。他是以外婆家的院门来估计的，阿娇说，外婆家
的院门是村里最正规最工整的。也许是阿娇的神灵在冥冥中的引领，
当他来在院门外，正向着院内打量时，明仔却恰如其时地出现在院
子里，他迫不及待地推门而入，直奔明仔，明仔也似乎是专门出来

迎接他似的，还来不及叫声爹，就直扑到他的怀中，并随之向屋里喊道："外婆，我爹来了。"明仔的这一声喊，把一家人的注意力都吸引过来了。刚吃过饭闲坐在堂屋中的所有的人，都条件反射地拥向门口，哥朗怀里抱着明仔急走两步已经进到了屋中。哥朗和家人从来没有见过，都只是凭着刚才明仔的那声呼喊，他们就知道，这就是明仔他爹，阿娇的丈夫。大家都盯着哥朗看，竟都忘了叫他放下明仔坐下来。哥朗看着一家人围着他看，他才想起，他这是第一次见岳父岳母等家人，于是他放下明仔，就朝着明仔喊外婆的人双膝跪下，喊了一声"娘"。然而，他这一声娘的喊声里却带着哽咽，让所有人都能从中感觉得出其中的哀切之情。阿娇她妈赶紧上前一步，出手把他从地上拉起："哎呀！崽啊，快点起来讲！"一家人见了哥朗这种表情，又是见他一个人的突然出现，人们都已经预感到一种不祥的征兆，阿娇她母亲才有此一语。阿娇她外婆见此情状，以长者的身份吩咐道："先给他倒一杯水，把刚才还有的菜给他热一下，端来给他先吃饱了再讲。你们不要催他。"

阿娇她姨娘倒来一杯水让哥朗喝着，又到厨房张罗热菜去了，阿娇她娘就一直待在哥朗身边等着，也不管老外婆怎样吩咐，见他喝完了一杯水后，就迫不及待地催问道："怎么是你一个人回来呢？阿娇呢？阿才呢？蓝嫂呢？"她这一连串的问，就让哥朗不知从何讲起，只能让他从来没有过的潸潸热泪滚滚而下，泣不成声。他本来想好、编好的一番话，在情急之下，也就全都忘了。他也忘了明仔还在他的怀里，最终还是忍不住悲声地哭了起来，他从小到大，从来就没有这样哭过。在老外婆的安慰下，把覃志和蓝嫂、杰明等所有人殉难的过程，都哽哽咽咽地讲了出来。覃志和蓝嫂遇难的过程他并不清楚，他只知道就是那天晚上，最先听到枪响的，就是覃志他们的后卫队，枪响的也尤为激烈。他听得出覃志的枪声。也就是覃志为了掩护其他人突围时的枪声。只有阿娇的牺牲过程，是他从头到尾看得清清楚楚的，他说道："我们已经从芭芒草地的崖上跳下来，突出了清军的包围圈，并已经偷渡过了融江，到了龙江边三岔的对岸，我带着三十几个人，在岸上警戒，掩护阿娇他们准备抢渡龙江，没想到清军早已在河的两岸埋有伏兵，当阿娇她们全部下到河滩，准备在那一段河面最窄的地方抢渡过河时，清军伏兵就全部出现在河岸上，向河滩发起攻击，阿娇正准备指挥弟兄们撤到河岸上来的时候，就中了枪，倒在那石滩上，弟兄们冒死去救她，她已经不行了，我正好要下去背她回来，这时，我们背后的清军伏兵已经朝着我们包围着冲上来，想要消灭我们，我只能带着弟兄们想法突围，也就没办法顾及她了。后来我们在岸上的几十个人在突围的时候也全部都遇难了，只还有我一个侥幸活下来，在马山圩外面的山上躲了四天，才得以跑回到五都山里。前几天我偷偷跑到柳府，才知道，四十八弄的义军已经全部都覆灭了。除了我一个人外，我也不知道还有谁还活了下来。"这时，大家已经都哭得不成了样子，阿娇她母亲又接着问道，为什么我听你讲的话里头，总没提到阿才呢？那一次杰明回来，我问了，说了是去广州，上一次阿娇回来，我又问了，还说是去广州没回来。他到底怎样了？哥朗见问了，知道再瞒已经没有意义了，就如实地讲了出来。听了哥朗讲完梁才遇难的经过，大家就再也忍不住地放声哭了起来。哥朗怀中的明仔见家里人都哭了，其实他心里已经明白到底发生了什么事，但他也学会了强忍着，只是见他眼里也含着泪。这一下，他见外婆、外公、连太外婆、太外公、姨婆、姨公以及他爹都放声哭了，他也就忍不住了，也跟着大家一起哭了起来。并"妈妈、蓝妈"地喊着。满屋的悲声，把左邻右舍都给惊动了。便有人过来问候打探，不便明说，只好搪塞了过去。并把哭声控制在最小的程度。

　　去给哥朗热饭热菜的人，也完全忘了这事，哥朗也因为沉浸在悲痛之中，忘记了饥饿。这时，只还有老外婆还保持着一些清醒，她也和大家一起哭了一大阵子，因为哭声惊扰了左邻右舍的人过来打探和安慰时，没有人出去搭理，她才抹着眼泪，到院子里去搪塞，把人家打发走。她见除了阿娇她亲娘一个人还止不住地悲嚎外，其他人都基本上都放低了悲声，还在抽抽搭搭地哽咽着，她就吩咐了一声说："好了，事情都知道了，就先放一放，让明仔他爹把饭先吃了，跑了这一天的路，够饿的了。"于是阿娇她姨娘让家中厨娘从厨房端来饭菜，让哥朗先吃着，她也顺手从哥朗怀中接过明仔。明仔还在无声地哭着，泪眼汪汪地看着他爹，眼睛里充满着期待，期待着爹爹会告诉他，妈妈什么时候才能回来要他？还有蓝妈什么时候再回到他的身边？他在姨婆的怀里还在一抽一嗒地，只是不会如何表达罢了。在他幼小的心灵里，初次尝试到了失去母亲的悲切。由于他还太幼小了，在这样的场合下，他除了开始体会到没有母亲的痛苦，但他却还不会延伸思考，他会不会还要失去爹爹呢？这是个残酷的问题。然而，这个问题已经在大人们的心里形成了，只是暂时还没有问出来而已。

六

人们看着哥朗在痛苦地，强忍着心中的悲痛，囫囵吞枣地和着泪水，把一碗饭一口一口地强咽硬吞而完，人们都让他再吃一碗，但他怎么也吃不下了。老外婆就说，让他先缓一缓，待过一阵子后饿了再吃吧。叫人把碗盘收拾了，并让所有人都各自散了。阿娇她娘在哥朗吃饭的时候，已经自个进了自己的房间，一直在哭着，阿娇她爹也一直跟在她身边，陪着她流泪。这是多么难以承受的痛苦，曾经在他们心中被视为骄傲的一双儿女，都离他们而去了，至此，留在他们心里的，就只有无尽的思念，和痛苦的回忆。

所有的人让老外婆都支走后，堂屋里只还有老外婆，和在一旁苦着脸皱着眉的老外公，一言不发地坐在香火神台下的八仙桌一旁。哥朗抱着儿子，坐在吃饭时就坐着的那张凳子上，眼中的泪水在打着转转，无所失措，他不知该做些什么？是该安慰一下老人们呢？还是陪着他们一起哭？他确实想哭，但他又顾忌到那样会增加老人们的哀痛。儿子偎缩在他的怀里，两只手分向两边张开，紧紧地抱着他那宽厚的胸膛，两父子的心贴在一起跳动着，能听得到两颗心相互的撞击和跳动的声音。时间已过戌时，老外婆唤来姨娘，让她把明仔带去洗一洗，让他先睡下，但明仔不愿离开他爹。哥朗也想把他留下跟着自己。姨婆只好答应明仔，让他洗好后再来跟他爹，他才松开手让姨婆抱走了。儿子离去时，哥朗也就起来对老外婆说："我想进去看看爹和娘"。老外婆也顺势说道："去吧，我跟你一起去"。哥朗便搀扶着老外婆进到岳母娘房里。

房里岳父、母两老还在哭着，见到哥朗跟着老外婆进来，那哭声不由自主地更加大了起来。哥朗赶紧上前，到两老面前跪下，也忍不住悲声地哽咽着道："爹！娘！我对不住你们，我没有保护好阿娇，也没保护好才哥。请你们老人都多保重，相信我一定会为她们报仇的。"岳母娘听到报仇两字，便止住了悲声道："这样的仇你如何报得了？又不是哪一个人作的恶，你可以去找他拼命。他们是朝廷是官府啊！除非是他们倒台了，改朝换代了。否则，就凭你一个人，怎么斗得过他们？"哥朗听了，沉默良久，然后似有所思地，又似自言自语地说道："这个仇会报得了的，这个朝廷不会坚持得多久了的。"听到哥朗说到这些话，他岳母娘就顺着他的话问道："这以后你打算怎么办？"哥朗接口道："我这次回来，一是要回来看看你们几个老的，二来想回来安顿一下明仔。这次闹了几年的四十八弄起义都全体覆没了、失败了，到底还有几个人能像我一样地活下来，也说不清楚，但就凭着我们为数不多的，侥幸活下来的人，要想重新组织起来和朝廷对抗，一时半会也不容易？恐怕要等些年月？像当年我在石门坳起义一样，到现在也都六七年了，我们原以为这一次能和先锋营的弟兄们一起，再加上四十八弄的弟兄，有一万多人，借着四十八弄的地势，至少能坚持几年，等到全国各地都闹起来的时候，这朝廷也就会顾此失彼，难以维持下去，我们也就能等到出头的日子。这次四十八弄的失败，也是因为我们自己应对失策，更主要的还是我们内部人心不往一处想，各自为政，没有一个统一的指挥，才被他们各个击破而打败的。再者也是我们缺少了外部配合与呼应。不过，这一次失败也只是我们柳府一带，或者说只是广西这片土地上的失败，全国还有那么多地方，到处都有反清起义，而且听朋友讲，已经逐步形成了全国性的反清组织，都在力图推翻清王朝，只要大家都在不懈的努力，这个朝廷终究要倒台的。他们说，这个组织叫什么同盟会，是一个广东人领的头，总部就在广州。我要到广州找他们。但是，我从小是个孤儿，又不识字，没有文化，也就难做得成大事，但是我打仗是不怕死的，他们也许会需要我这样的人。只是，以后明仔就不得不留给你们照顾了。以后不管我在外面怎么样，你们就当我是和阿娇，和才哥他们在一起吧，只求你们帮我把明仔带大以后，让我和阿娇有一个传后的人，但愿到明仔长大的时候，他能有个好的前程，做个为人称道的人物，并且还记得他曾经有过我们这样的父母，我们在九泉之下，也就对你们做父母的感激不尽了。我这身骨头不管丢在哪里，也会瞑目的。我这一次捡得一条命突围出来，想回三都那边的虾㿟弄去，在那个天坑的岩洞中，还留有一点值钱的东西，本来打算弄回来，给你们几个老的养老和作为供养明仔的用度，哪晓得回到那里，才发现东西全让三都团总给起走了。阿娇她爹听说是三都团总，就问道："那个团总是不是甘贡韦家的人？"哥朗应道："就是那个吧？这次我在天坑那里守着的时候，亲眼看着他又在天坑杀了我们一个兄弟，这个兄弟姓刘，以前是刘大哥的身边的随从。他也是想去找那些藏宝，却没想到让那团总悄悄在后面跟着到了天坑，被那团总枪杀在天坑里，还把头给割掉，拿回去报功领赏。这个仇也是要报的。我这次回来，只带得一个朋友给我到广州去的盘缠，钱不多，我就把它全都留下来给你们，就算是我做父母对明仔的一点心意。"说完，他把身上带的，二老板给的那批去广州的路费钱拿了出来，全部交到了岳母娘手里。二老板给他钱的时候，已经考虑到，他到了广州以后，在一时间无法着落的情况下，还不至于真的要讨饭过日子，或者甚至要重操旧业。所以这批钱以乡村人的生活用度，还是够把明仔养到读书成人。二老板算得上是个生死之交的朋友，他这些年暗里跟着哥朗他们做的粮米生意，不光是帮了哥朗他们，同时也确实赚了不少钱，所以他一直也记着哥朗的好，他能给予哥朗无私的援助，也是出于对他的感激和回报。几个老人见他把这些事情都安排得如此肯定和周全，知道再怎么讲也是改变不了他的主意了，就说："你至少留一点防身吧。"他说："我只要回到柳府就会有办法的。"

在河东外家住了几天，这一大家人就是哥朗在这世上最亲的人了，还有他自己亲生的儿子，让他更加感觉到这亲情的可贵。他隐隐感受到在七峒时曾经有过的些许天伦之乐。然而，眼下一大家人的团聚，却没有了阿娇的存在，没有了最亲的人的存在，又让他沉浸在失去亲人的哀痛氛围中，岂能从中感受得到天伦之乐？

哥朗从柳府来到河东外家，今天已是第八天了，在这八天里，哥朗因为能和儿子朝夕相处，除了深深地体会了父子情深之外，更多的是让他陷入了，对失去阿娇的痛苦的煎熬之中。让他产生了一种想早早离开，但又依依不舍的矛盾心理。终究是要离开的，他把自己的决定告诉了老外婆和岳父母。第二天一早，哥朗一早起来，把一切都收拾停当，姨娘让人做好了早饭，全家人陪着他一起吃了饭后，他最后抱起明仔，对明仔说："明仔乖，听外婆的话，爹到年又回来看你，给你买好多好玩的东西。"然后在明仔的脸上深深地亲了一口，强忍着心中的泪，告辞了全家向柳府方向走了。哥朗这一走，就再也没有回过河东，也没有再回过他的家乡三都。

后记

　　三都大财主一代人的故事，到此并未结束。社会在不断发展，历史在不停地延续。故事的真真假假，信有信的依据，疑有疑的理由。总之，大财主庄园依然完整地存在至今，并得到政府斥资进行了修缮，且列为不动产文物保护单位，受到法律的保护。庄园前面的月光潭和那一条后河，也得到了有效的整治，自然环境与几十年前不可同日而语。那一条石头风水鱼，已经从泥土中被挖掘出来现了全形，还为它建了水池养着，它的形象更加栩栩如生。其背上被建桥师傅恶意整蛊凿成的石坑，依然清晰工整，它是这个故事传说的真实性的最好证明。边山村的后人为了挽回那个石坑所造成对风水的伤害，又去造了一块鱼鳍状的石头，用来填充那个石坑。他们的用心和愿望可以理解，他们是想让那条神鱼起死回生，恢复它在冥冥中的神奇功力，继续庇护和造就边山村的富裕，恢复"三都大财主"昔日的风光。其实，他们这个美好的愿望已经实现了，但并不是因为人们填补了那个石坑所致。而是早在四十年前开始的改革开放，就已经开创了他们今天的富裕。现在每一天都有知道这个传说故事的人，前去游览观光。边山村的面貌已经焕然一新，将为这个并不古老的传奇故事添加光彩。

　　在民间流传的故事中，除了传说着三都大财主这类富豪人家的故事外，同时也流传着像哥朗这样，不甘于贫穷而富于抗争精神的穷人。他没有文化没有知识，但他力图通过抗争来改变自己的命运，毅然走上了与封建专制统治者斗争的道路，被不了解他的人们把他视为强盗。但也有理解他的乡亲从正义的角度，津津乐道地将他称为侠盗。但是，没有人能说出他偷了谁，抢了谁。他以后的下落和最后的归宿，家乡没有人知道，他村里的人从流言中得知，虾瀵弄的天坑里有一个被三都团总杀死的人，头颅被割去领赏了，有几个大胆的村里人，曾去过天坑现场察看，说是认得盖在那无头尸身上的那件衣服是哥朗的。他们也就认定了那死者就是哥朗，他们就地给他挖了一个坑，草草地埋了，也尽了一份同宗兄弟的情分。所以，后来在家乡人的传说中，都认定了哥朗是死在了虾瀵弄的天坑里了。

据说很久很久以后，有庆远河东人曾来到村里查问过他的下落。并自称是哥朗的后人。然而，在柳府的同道中人才知道，哥朗在一次次的死里逃生之后，从来没有害怕过，也没有停止过抗争，他把自己唯一的亲生儿子交托给外家，又义无反顾地，去寻找新的道路。后来，他跟着一些柳府的名人志士，如刘古香、李德山等跑到广州去了。他最后是在参加黄花岗起义的战斗中牺牲的，那黄花岗革命烈士纪念碑上刻有李德山等七十二位烈士的名字。但没有哥朗的名字，他可能是在黄花岗起义中牺牲的第七十三，或者是第七十四、七十五个人。他算是七十二烈士的坚定追随者或同道人。

鱼峰米行的二老板，因为一直做着粮米生意，和大财主家的老七老八一起联手，暗中与起义军勾连，既赚了钱也帮助了起义军。因为起义失败，他们的事情有所败露，但他以生意人的机巧，摆平官司，同时也急流勇退，当机立断，把米行生意让给了二都首富经营。他仍然暗中与二都首富合作，他们不过转换了彼此的角色而已，原来他们做的是坐台老板的生意，后来让二都首富家当了坐台老板，他们反倒做了二道贩子。再后来，他们做的是共产党地下组织的生意。他们做的这些生意，不知道的就叫作"发国难财"。他们在做生意赚钱的同时，实际上就是在不同程度地参与了地下革命活动。他们这种方式的革命，一直在秘密地进行着。一直到他们的下一代，在他们的鼓励、纵容和支持下，他们家的年轻一代人，都勇敢地参加到革命的阵营中，为国家和人民作出了不同的贡献。包括哥朗的儿子明仔，跟着外婆长大后，也和鱼峰米行二老板们以及老七老八两兄弟的后人，都跟着二都首富家的后人一起，走上了共产党领导的革命道路。直至最后推翻了统治中国几千年的封建专制制度，为解放柳府，解放全中国，为建立中华人民共和国立下了不朽的功勋。柳侯公园里的柳州解放纪念碑上应该记载着他们的名字。他们的母亲也不愧于享有"浔水怀清"这样的美名清誉。

这些都是后话，由于篇幅所限，这以后所发生的故事，将留待另一部著作再作叙述。

完